1 – Das erste aktivierte Paar

Raubtier I

Tuamotu-Inseln, 2. Mai

Ein Fleck auf der Sonne. Damit fing alles an.

Damit begann auch die Zeitrechnung. Genau in diesem Augenblick.

Davor war lange keine Zeit vorhanden gewesen. Sie befand sich an einem Ort, an dem die Zeit nicht mehr existierte. Sie hätte die Fältchen in ihren Augenwinkeln zählen können, wenn es einen Spiegel gegeben hätte, dessen Oberfläche sich nicht ständig bewegte. Aber das Meer lag niemals ganz still da, und das Einzige, was auf der Insel verboten war, waren Spiegel.

Obwohl, richtig verboten waren sie nicht. Eher unerwünscht. Und alles, was unerwünscht war, wurde entfernt. Das war das Einzige, was sie für ihn tun konnte. Das war sie ihm schuldig.

Es war auch ein Ort, an dem man sich schnell auf die Nerven gehen konnte. Das war am Anfang auch häufig der Fall gewesen, aber jetzt nicht mehr. Nicht, seit sie ganz allein auf der Insel waren. Seitdem war er ihr Leben und sie seines.

Und da die Entsalzungsanlage jetzt funktionierte, waren sie Selbstversorger. Teiki kam immer seltener mit seinem Auslegerboot und hatte noch seltener Grundnahrungsmittel dabei. Am Anfang war viel los gewesen auf der Insel, die gesamte Energie galt der Errichtung der Gebäude und Konstruktionen, und Teiki hatte Solarzellen, Elektronik, Kabel, Sonnensegel, Baumaterial, Werkzeug, Taucherausrüstungen, Eimer mit Sonnenschutz, Angelutensilien – und Fleisch geliefert.

Fleisch hatte sie am meisten vermisst. In kürzester Zeit hatten sie zwar eine kleine Hühnerfarm aufgebaut, aber Schwein, Rind und Kalb blieben Mangelware, ihre Nahrung bestand zu fünfundneunzig Prozent aus Fisch.

Fleisch war genau genommen das Einzige, was Teiki nach wie vor lieferte. Fleisch und Wein. Industriestaatenüberfluss. Teiki kam ungefähr jede zweite Woche, vielleicht sogar noch seltener, sie wusste es nicht genau, Zeit existierte ja nicht. Das Fleisch hielt sich in der kleinen Tiefkühltruhe ein paar Wochen; sie war nach wie vor darüber erstaunt, dass man Wärme in Kälte umwandeln konnte. Oder was auch immer passierte, wenn die Solarzellen die Kühltruhe betrieben.

Die Solarzellen waren hinter einem Tarnnetz verborgen, das zwischen den Kokospalmen und ihrem kleinen Stück Land gespannt worden war. Auf dem kargen und sandigen Boden wuchs nicht viel, aber was erst einmal Wurzeln geschlagen hatte, wurde nicht nur sehr groß, sondern gedieh auch das ganze Jahr über. Es gab Bananen, Apfelsinen, Yamswurzeln, Wasserwurzeln und Brotfruchtbäume. Ihr war es sogar gelungen, eine Tomatenstaude zu ziehen. Italienische Flaschentomaten. Sie pflegte sie mit großem Aufwand. Sie ersetzten das Kind, das sie niemals bekommen würde. *Pomodori*.

Ansonsten gab es nur Fisch. Fisch, Fisch und nochmals Fisch. Fische, deren Namen sie in keiner der Sprachen kannte, die sie beherrschte. Fische in allen Farben des Regenbogens. Fische, die aussahen, als wären sie Albträumen entstiegen.

Während sie ihren Blick über das Fischerboot schweifen ließ – das zwar primitiv, aber dennoch robust und funktionell war, trotz seines selbst gezimmerten Rumpfs –, stieg in ihr der Gedanke auf, dass heute ein *Fleischtag* war. Heute Abend musste es unbedingt Fleisch geben. Irgendetwas würde doch noch in der Tiefkühltruhe zu finden sein.

Wie viel Zeit war seit Teikis letztem Besuch vergangen? Wein hatten sie schon eine ganze Weile nicht mehr, das einzige Rauschmittel, das ihnen noch zur Verfügung stand, war dieser ekelhafte Palmwein, den Teiki mit großer Beharrlichkeit den Palmen abpresste. Nein, sie brauchte heute richtigen Wein.

Europäischen. Am liebsten italienischen. *Barolo*. Und dazu Fleisch. Kalb. *Vitello*.

Teiki, wo bleibst du?

Der Wein wurde in Pappkartons transportiert, das Fleisch in Plastik eingeschweißt, und dann bekamen sie noch diese Eimer geliefert. Die Eimer mit den Ködern. Sie hatte einmal zugesehen, als er einen der Eimer geöffnet hatte. Um zu fischen, benötigte man natürlich auch Unmengen von Ködern, aber mussten die in Blut baden? Es plätscherte in den Eimern, ein dunkles Plätschern, und der Inhalt erinnerte an die blutgetränkten Eingeweide von Säugetieren.

Die Köder sahen eher aus, als könnte man damit größere Raubtiere fangen als nur Fische. Aber es funktionierte, denn jedes Mal, wenn er mit dem primitiven Boot zurückkehrte, hatte er etwas gefangen. Viel zu viel Fisch. Er behauptete zwar, dass er sich mit Fischen auskennen würde, die genießbaren von den ungenießbaren unterscheiden könne, die geschmackvollen von den giftigen. Und doch dachte sie immer, wenn sie am Strand hockte und die Fische ausnahm und filetierte, unweigerlich an den Mondfisch. Sie dachte an den Fugu, sie dachte an ein Nervengift, das tausendfach stärker war als Cyanid, sie dachte an Tetrodotoxin.

Aber die Speisen schmeckten immer köstlich, und wenn er ab und zu mit einem Thunfisch zurückkam, dann erkannte auch sie, dass die unappetitlichen Köder doch ihren Zweck erfüllten. Aber ihr war es ein Rätsel, wie er den Kontakt mit den Haien vermied.

Denn es war ein Haigewässer. Jeden Morgen machte er sich auf den Weg mit dem schmalen selbst gebauten Boot aus instabilem Palmenholz und hatte einen Eimer mit blutigen Eingeweiden dabei. Und doch wurde er kein einziges Mal von Haien angegriffen. Was am Anfang ein Mysterium gewesen war, war im Lauf der Zeit Alltag geworden. Ein Alltag im Stillstand. Ein Alltag ohne Zeit.

Ein Leben ohne Zeit.

Bis heute.

Sie saß unten am Strand in einem Sonnenstuhl aus Treibholz und spielte mit ihren Zehen im Wasser. Sie trug einen Bikini, war sorgfältig mit Sonnenschutzmittel eingecremt und blickte in den Himmel hinauf, an dem die unendliche Sonne hing. Keine einzige Wolke war zu sehen. Dies hier war das Paradies. Aber die Sonne hatte einen Fleck.

Und damit begann alles.

Sie bemerkte den Sonnenfleck und musste an eine Sonnenfinsternis denken. Gab es nicht ganz unterschiedliche Varianten einer Sonnenfinsternis? Auch kleinere?

Einen Sonnenfleck?

Plötzlich stand er hinter ihr. Sie hatte die beherrschte, aber unmissverständliche Tonlage seiner Stimme schon lange nicht mehr gehört. Darum horchte sie augenblicklich auf, als er sagte: »*Raubtier.* Jetzt.«

Sie warf ihm einen schnellen Blick zu. Er stand reglos da und sah in den Himmel. Es dauerte eine Sekunde, bis das Codewort zu ihr durchgedrungen war. Aber als er sie anlächelte und bestätigend nickte, stürzte sie sich augenblicklich in das türkisfarbene Meer.

Raubtier, das Wort wanderte durch ihren Kopf, während sie immer tiefer tauchte. Sie wusste nach wie vor nicht, was damit gemeint war.

Sie erreichte das Korallenriff, ein blaugrünes Universum aus sonderbaren fingerartigen Strukturen, die von farbenfrohen Fischschwärmen durchzogen waren, deren zuckende Bewegungen ganz eigenen physikalischen Regeln folgten.

Sie fand ihren Weg durch das Korallenriff. Zumindest glaubte sie das. Sie orientierte sich an den äußeren Kanten der Kalkformationen, verdeckt von den bunten Fischschwärmen. Irgendwo musste sie sein, die Grotte, sie musste hier ganz in der Nähe liegen. Ihr ging langsam die Luft aus.

Nein, das stimmte ja gar nicht. Die Grotte befand sich noch tiefer unten. Sie versuchte, sich zu orientieren. Sie wusste, dass der Sauerstoff in den Lungen meist viel länger reichte, als man dachte. Es war alles eine Frage der Einstellung. Also riss sie sich zusammen. Mahnte sich zur Ruhe. Sie wedelte einen Schwarm kleiner, fröhlicher blaugelber Fische beiseite und tauchte tiefer.

Schließlich entdeckte sie eine bekannte Korallenstruktur. Und nur wenige Meter links davon musste der Grotteneingang sein. Sie glitt an einer großen Koralle vorbei und sah tatsächlich nur unweit davon den dunklen Schatten des Eingangs. Es handelte sich um jene Art von Hohlraum, die sie bei einem normalen Tauchgang wie die Pest gemieden hätte. Aber das hier war kein normaler Tauchgang.

Ein schwaches Licht fiel auf die beiden Sauerstoffflaschen, die mit einem Metallband an der Korallenformation befestigt waren. Die zwei Tauchermasken und Mundstücke schwebten schwerfällig im Wasser wie schwarze Seeanemonen.

Hastig zog sie sich eine Maske über das Gesicht, legte den Kopf in den Nacken, lockerte den unteren Rand der Taucherbrille und blies Luft durch die Nase. Maskenleerung, dachte sie. Danach drückte sie die Maske fest aufs Gesicht, drehte das Luftventil auf und nahm einen ersten Atemzug.

Das fühlte sich göttlich an, das Leben wurde förmlich in sie hineingesogen. Sie löste die Taschenlampe, die mit starken Magneten auf der Rückseite der Flasche befestigt war, und leuchtete die Grotte ab. Nach und nach normalisierte sich ihre Atmung.

Raubtier, dachte sie erneut. Das war das Codewort für den sofortigen Aufbruch. Was hatte er entdeckt?

In diesem Augenblick wurde das Korallenriff vollkommen unerwartet von den Detonationen erschüttert. Zweimal in schneller Abfolge. Das zuvor klare türkisfarbene Wasser war jetzt bräunlich. Die Bodensedimente wurden aufgewirbelt und hatten das Wasser so eingetrübt, dass sie kaum mehr den Eingang der Grotte ausmachen konnte. Sie war umringt von kleinen Fischen, die von Panik gepackt um sie herumschossen.

Sie rührte sich nicht von der Stelle, sondern versuchte sich in eiskalter Gelassenheit. Sie wartete ab, bis der Lichtkegel der Taschenlampe wieder weiter als einen halben Meter reichte.

Langsam sanken die Sedimente zurück auf den Meeresboden, die türkisfarbene Klarheit kehrte zurück. Auch der Eingang der Grotte wurde wieder sichtbar. Alle Fische hatten den Weg heraus gefunden, und sie konnte wieder ohne Schwierigkeiten den Luftdruckmesser ablesen. Sie würde noch für mehrere Stunden Luft haben.

Sie verharrte noch eine Weile dort. Dann erst löste sie die Sauerstoffflasche aus ihrer Befestigung und schnallte sie sich um. Sie nahm auch die zweite Flasche und Tauchermaske.

Raubtier, das Wort tauchte wieder in ihrem Kopf auf, und ein eiskalter Schauer lief ihr über den Rücken. Ein eiskalter Schauer der Angst.

Dann machte sie sich auf den Weg.

*

Raubtier, schoss es ihm durch den Kopf, während er unverwandt in den Himmel starrte. Das Codewort für den sofortigen Aufbruch. Aber nicht nur das.

Er blickte aufs Wasser. Von ihr waren nur noch ein paar Luftblasen an der Oberfläche zu sehen. Es müsste gut gehen.

Dieser Teil sollte zumindest gut gehen.

Und dann gab es natürlich noch seinen Auftrag hier.

Erneut hob er den Kopf und sah zur Sonne hoch. Der Fleck war größer geworden. Er schärfte sein Bewusstsein, formte es zu einer Pfeilspitze der Entschlossenheit. Bereitschaft. Geistesgegenwart. Aber nicht nur das allein. Er rechnete. Er zählte die Sekunden.

Es konnte sich nur um das eine handeln. Das *Raubtier*. Die Drohne MQ-1 Predator.

Immerhin war es nicht der *Sensenmann*, der MQ-9 Reaper. Denn sonst würden sie unter Garantie sterben.

Als der Fleck auf der Sonne sichtbar geworden war, hatte er gewusst, dass es das Raubtier war und sie wenigstens eine geringe Chance hatten. Diese Drohne war ein älteres Modell der *Remotely Piloted Aircraft*, RPA. Sie war mit dem Höllenfeuer ausgerüstet, zwei lasergesteuerten Luft-Boden-Raketen, den AGM-114 Hellfires.

Er wartete. Der Fleck war längst kein Fleck mehr, er nahm Form an. Die Form eines Flugzeugs. Er wartete, bis er sicher war, dass der Pilot in der Bodenstation auf der anderen Seite des Globus ihn gesehen hatte. Das unbemannte Flugzeug zitterte in der Luft, als würde es sich ab jetzt voll und ganz auf ihn konzentrieren.

Dann rannte er los.

Er war zwar barfuß, aber er rannte so schnell, dass der glühend heiße, korallenweiße Sand ihn nicht verbrannte. Er lief zwischen den verlassenen Bungalows hindurch in Richtung Hühnerstall. Jetzt befand er sich auf freiem Feld. Er war sichtbar. Ein Blick über die Schulter sagte ihm, dass die Drohne deutlich größer geworden war. Näherte sie sich nicht viel zu schnell?

Er ließ den Hühnerstall und die Entsalzungsanlage hinter sich und näherte sich den Palmen und dem kleinen Acker mit den Solarzellen. Aber kurz davor bog er ab und stürmte auf ein Gebüsch zu. Ein zweiter Blick verriet ihm, dass die Drohne ebenfalls den Kurs gewechselt hatte. Und dass sie sehr nah war.

Er erreichte das Gebüsch. Hinter ein paar hochgewachsenen Pandanusbäumen kauerten Gestalten. Er warf sich hinter die buschigen Pflanzen und griff gleichzeitig nach einem Seil, das in dem sandigen Boden verborgen war. Auf dem Bauch liegend, hob er den Kopf und sah in den Himmel. Das *Raubtier* war gefährlich nahe. Die Drohne korrigierte ein letztes Mal ihre Flugrichtung. Die Raketen saßen am Rumpf der Maschine.

Zwei Sekunden, sagte er sich. Das digitale Signal von der Bodenstation zur Drohne hat eine Verzögerung von zwei Sekunden.

Er zerrte an dem Seil, stemmte die schwere Luke im Sandboden hoch und sprang in die Öffnung. Die Luke schlug über seinem Kopf zu, und er konnte gerade noch die Handflächen auf seine Ohren pressen. Denn unmittelbar danach waren zwei ohrenbetäubende Detonationen zu hören, die sein unterirdisches Versteck erschütterten. An den Rändern der Panzerluke rieselte feiner Sand zu Boden.

Auf allen vieren kroch er zum Kommandostand vor, packte den Joystick und fing die Drohne in dem Moment mit der Kamera ein, als diese einige Hundert Meter von der Insel entfernt abdrehte. Er arretierte den Sucher und ignorierte den Blutstropfen, der auf die Tastatur fiel und den Buchstaben »S« traf. Das *Raubtier* hatte gewendet und kam wieder zurück. Er hörte, wie die Drohne über seinen Standort flog, und sah sie in niedriger Flughöhe an der Kamera vorbeischweben, die im Wipfel der höchsten Kokospalme angebracht war. Als das Flugzeug ein drittes Mal herankam, flog es deutlich langsamer als zuvor, als würde es alles genau in Augenschein nehmen. Dann drehte es ein paar Kreise über der Insel.

Erst danach verschwand das *Raubtier*. Offensichtlich zufriedengestellt.

Bald war die Drohne wieder nichts weiter als ein Fleck auf der Sonne.

Sie hatte das Höllenfeuer gelegt.

Er spulte die Aufnahmen zurück. Eine der fest installierten Kameras war auf die Pandanusbäume gerichtet. Nichts rührte sich. Hinter ein paar hochgewachsenen Bäumen konnte er zwei kauernde Gestalten ausmachen. Er wechselte zu einer anderen Kamera. Diese war oben auf dem Hühnerstall montiert. Sie filmte ebenfalls die Pandanusbaumgruppe, nur von hinten. In dieser Einstellung war zu erkennen, dass die beiden Gestalten nur Puppen waren.

Kauernde, lebensechte Schaufensterpuppen.

Zeitgleich mit seinem Erscheinen in der Kameraaufzeichnung wurde auch die Drohne im oberen linken Bildrand sichtbar. Während er sich dabei beobachtete, wie er sich hinter das Gebüsch warf und exakt zwei Sekunden wartete, während die Drohne immer näher kam, wurden ihm zwei Dinge klar. Zum einen stellte er fest, dass die Puppen überzeugend echt und lebendig aussahen. Zum anderen hatte er registriert, dass noch alles vorhanden war. In ihm. Er war geistesgegenwärtig genug gewesen, ebendiese zwei Sekunden zu warten, um bestätigt zu bekommen, dass die Raketen justiert wurden. Das deutete darauf hin, dass seine Fähigkeiten mitnichten so eingerostet waren, wie er es gehofft hatte. Es war paradox. Um durchzukommen, benötigte er diese unversehrte Geistesgegenwart. Aber um wirklich zu *überleben,* musste er sie eliminieren.

Als die Sequenz kam, in der er nach dem Seil griff und sich dann in die Luke warf, hielt er den Film an und tauschte ihn aus. Den neuen Film spulte er vor, bis das mitlaufende Datum von vorgestern auf gestern gesprungen war. Zum frühen Morgen des gestrigen Tages. Er wusste zwar noch gut, dass er die beiden Hohlkörper gefüllt hatte, aber dennoch wollte er es zur Sicherheit noch einmal überprüfen. Die Sonne hatte gerade den Horizont erklommen, als er im Bild auftauchte. Er trug einen weißen Eimer in der Hand und näherte sich den Pandanusgewächsen. Dann packte er den Hals der einen kauernden Puppe und schraubte ihr den Kopf ab. Nachdem er den Deckel des Eimers entfernt hatte, goss er die mit Bröckchen durchsetzte rote Flüssigkeit in den offenen Hals der Puppe. Danach brachte er den Kopf wieder an, richtete die langhaarige Perücke und wiederholte die Prozedur mit der zweiten, kurzhaarigen Puppe.

Ihm gefiel es nicht, dass er ihr nicht die Wahrheit gesagt hatte. Aber wem nützte es, wenn sie sich Sorgen machte? Sie ging davon aus, dass die Figuren sein Hobby wären und in den Eimern Fischköder.

Erneut tauschte er den Film aus und ließ die aktuellsten Aufnahmen weiterlaufen. Er sah, wie er das Seil packte, die Luke aufriss und sich in den Schutzraum fallen ließ. Zwei Raketen schlugen praktisch direkt dort ein, wo er zwei Sekunden zuvor auf dem Boden gelegen hatte. Das Höllenfeuer.

Die Raketen hatten die Puppen getroffen. Zwei Volltreffer. Die Drohne schoss an der Kamera vorbei und verschwand aus dem Bild.

Er spulte zurück und ließ die Sequenz noch einmal in Zeitlupe laufen. Erst jetzt konnte er den Weg der Raketen verfolgen, bis diese die Brustkörbe der Puppen durchschlugen. Die Puppen wurden in ihre Einzelteile zerlegt. Zwei rote Wolken stoben mit geradezu unheimlicher Lautlosigkeit aus dem Gebüsch und legten sich als rote, eiförmige Flächen auf den korallenweißen Sand. Vereinzelt erkannte er Teile von Eingeweiden in all dem Roten.

Das *Raubtier* drehte eine Kurve und kehrte zurück. Sondierte die Oberfläche. Befand das Ergebnis für gut. Befand, dass die beiden Zielobjekte perfekt von den Raketen getroffen worden waren. Dann kehrte es, nach erfüllter Mission, zur Bodenstation zurück.

Er schloss die Augen und dachte kurz nach. Die Drohne war die einzige Möglichkeit für sie gewesen, ihm auf die Spur zu kommen – aus genau dieser Richtung. Darauf hatte er sich minutiös vorbereitet. Dass sie den MQ-1 Predator eingesetzt hatten statt den weitaus moderneren MQ-9 Reaper, sprach dafür, dass ihre Ressourcen dann doch begrenzt waren. Dann war wohl doch nicht das Militär hinter ihnen her, und daher war es durchaus möglich, dass sie doch nicht satellitenüberwacht wurden. Und ihre Verfolger würden eine Weile brauchen, um die Aufnahmen der Drohne zu sichten und zu analysieren.

Auf den ersten Blick würde der Film ihn zeigen, wie er ins Gebüsch hechtete, um sich zu verstecken. Dort wartete bereits die zweite Person, die unsinnigerweise hinter einem Pandanusbaum kauerte. Und es würde aussehen, als wären sie beide ausgelöscht worden.

Aber es würde einen zweiten Blick auf die Aufnahmen geben. Je früher sie sich auf den Weg machten, desto besser.

Er sah sich im Inneren des Schutzraumes um. Hier befanden sich all die Dinge, die ihm Teiki heimlich bei Nacht gebracht hatte. Waffen. Computer. Alarmsysteme. Nichts davon würden sie benötigen. Nichts davon würde sie verraten können. Zumindest nicht in dem Zustand, in dem die anderen die Sachen vorfinden würden.

Alles, was er wirklich benötigte, befand sich im Cyberspace.

Das Einzige, was er mitnahm, waren zwei Paar Schwimmflossen, ein größeres und ein kleineres, sowie eine Rettungsfolie. Er beugte sich über die Tatstatur und sah den Blutfleck auf dem »S«, der sich bereits über seine Nachbarn, das »W« und das »X«, ausgebreitet hatte. Er berührte seine Ohren. Aus beiden tropfte Blut. Er war sich nicht sicher, wie geschädigt sein Gehör war. Und er wusste auch nicht, ob das Blut nicht die Haie anlocken würde. Er zerriss ein Stück Stoff, stopfte es sich in beide Ohrmuscheln und beugte sich erneut über die Tastatur. Auf dem Monitor klickte er eine Digitaluhr an und stellte 10:00 ein. Dann startete er das Zählwerk. 09:59 und los.

Er wickelte sich in die Rettungsfolie ein, sodass sie ihn vollkommen bedeckte, drückte die Panzerluke auf, verschloss sie wieder hinter sich und schlich auf der anderen Seite der Bucht hinunter zum Strand. Die ersten Meter lief er über geronnenes, verbranntes Blut, dann hatte er das Wasser erreicht. Er zog die Schwimmflossen an und ließ die Folie erst los, als er abtauchte. Ein paar Minuten lang dümpelte sie auf der Wasseroberfläche, dann versank auch sie und verschwand.

Er tauchte hinunter zu den großen roten Korallen. Als er sie in der Grotte warten sah, spürte er, wie sich ein Lächeln auf seinem Gesicht ausbreitete. Er streckte ihr die Schwimmflossen hin, nahm die Tauchermaske und leerte sie, bevor endlich die Luft aus der Sauerstoffflasche seine brennenden Lungen erlöste. Sie blickten sich an. Er nickte und zeigte ihr die Richtung, weg von der Insel.

Sie schwammen und schwammen immer weiter. Nur weg. Dann warf er einen Blick auf die Uhr und gab ihr ein Zeichen. Er zeigte zur Wasseroberfläche, und sie stiegen auf.

Oben lagen sie auf dem Rücken und ließen sich treiben, ihre Blicke waren auf die Insel gerichtet. Ihre Insel.

Die in Flammen aufging. Die Bungalows, der Hühnerstall, ihr Acker, die Entsalzungsanlage, die Kokospalmen.

Ihre *pomodori*.

Alles stand in Flammen, es war ein besonderer, fast klarer Feuerschein. Und beinahe lautlos.

Sie sah ihn an und fragte: »Wer war das?«
Er schüttelte den Kopf.
»Keine Ahnung. Unbekannt.«
»Wir könnten ihn X nennen«, schlug sie vor.
Er lachte trocken und sah ihr hinterher, als sie wieder abtauchte.
»X«, wiederholte er.
So einfach.
X.
Dann folgte er ihr.
Sie waren das erste aktivierte Paar.

Gustaf Horn

Stockholm, 20. Juli

Man könnte meinen, dass die beiden Landspitzen der zwei größten Inseln von Stockholm sprachhistorisch miteinander verbunden wären. Zumal der äußere westliche Teil von Södermalm seit dem Mittelalter »Horn« genannt wurde. Der Name bezieht sich mit großer Wahrscheinlichkeit auf die spitze Form dieser westlichen Landzunge. Und als dort Mitte des 17. Jahrhunderts eine Zollstelle errichtet wurde, hieß sie selbstverständlich Hornstull. Die Namensgebung von Hornsberg auf Kungsholmen hingegen ging auf Gustaf Horn zurück, einen der bedeutendsten schwedischen Feldherren im Dreißigjährigen Krieg. Zeitgleich mit der Zollstelle Hornstull entstand auch Hornsberg auf Kungsholmen, eine Art Schloss, aber wohl eher ein Malmgård, die innerstädtische Variante der Herrenhäuser des 17. Jahrhunderts.

In der Zeit der Großmächte im 17. Jahrhundert dämmerte bald auch dem kleinen Land Schweden, dass es zu internationaler Bedeutung aufgestiegen war. Und besagter Gustaf Horn war nicht nur der Held der Schlacht bei Breitenfeld gewesen, die den Dreißigjährigen Krieg zugunsten der Protestanten entschieden hatte, sondern war auch in Lützen zugegen, als der damalige König Gustaf II. Adolf auf dem Schlachtfeld im Nebel umkam. Nach dem Tod des Königs wurde Horn zum Oberbefehlshaber ernannt, wurde aber kurz darauf in der Schlacht bei Nördlingen gefangen genommen und saß dann acht Jahre in Bayern in Kriegsgefangenschaft. Als er nach Schweden zurückkehrte, hatte sein Schwiegervater, Axel Oxenstierna, sein Land fast ein Jahrzehnt lang mit eiserner Hand regiert. Während Gustaf Horn einen Feldzug im Krieg gegen Dänemark anführte – den man später »Horns Krieg« nannte –, wurde die Thronfolgerin endlich mündig. Das neue Staatsoberhaupt war tatsächlich eine Frau, und Königin Kristina bezog bei ihrem Amtsantritt gleich Position und verteilte staatliches Land an ihre Günstlinge. Gustaf Horn bekam ein großzügiges Stück Land im Westen von Kungsholmen. Dort ließ er sich einen eleganten Hof mit einem erlesenen Garten nach dem Vorbild des Riddarhuset errichten, das damals das Versammlungshaus des Adels in der Altstadt von Stockholm gewesen war. Das Anwesen wurde später nach seinem Besitzer Hornsberg genannt.

Ein Problem stellte lediglich dar, dass Gustaf Horn viele solcher Anwesen besaß und bereits kurz nach der Fertigstellung von Hornsberg starb. Das Gebäude verfiel, und die Gartenanlage wurde anderweitig genutzt. Carl von Linné studierte ihren Artenreichtum, und Carl Michael Bellman schrieb mehrere Lieder über Hornsberg, aber das Anwesen verrottete. Eine Textilfabrik wurde darauf errichtet, die später zu einer Zuckerraffinerie umfunktioniert wurde, und Ende des 19. Jahrhunderts wurden die verbleibenden Gebäude abgerissen. Nicht etwa, um Licht und Luft zu schaffen, vielmehr um der Großen Brauerei genügend Platz zu bieten. Bier war zum Hauptgetränk der Stadtbevölkerung geworden und wurde in beeindruckenden Mengen gebraut. Bei der Produktion entstanden Nebenerzeugnisse und Abfallprodukte, Vitamin B und Enzyme. Das war der Anfang der Veränderung von Hornsberg hin zu einem Standort für die Biotechnologie.

Die Biotechnologie ist im Großen und Ganzen das Einzige, was erhalten blieb, als vor einigen Jahrzehnten dieses verfallene Industriegebiet rundum erneuert wurde. Heute ist Hornsberg ein herausgeputztes Stadtviertel für den jungen urbanen Mittelstand. Und in seinem Zentrum befinden sich mehrere biotechnologische Unternehmen.

Eines davon ist die Bionovia AB. Und dort saß in den wegen

der Sommerferien praktisch menschenleeren Büroräumen, mit Aussicht auf den Ulvsundasjön, ein junger Mann ganz allein in einem Computerraum mit zwanzig PCs und Monitoren. Dieser junge Mann, der sich von anderen jungen Männern in nichts unterschied, hieß Gustaf Horn.

Aus Mangel an Arbeit hatte er im Internet eine Seite über seinen Namensvetter aus dem 17. Jahrhundert aufgerufen. Aber soweit er das bisher ermitteln konnte, bestand keinerlei Verwandtschaftsverhältnis zwischen ihm und dem Feldherrn. Als er sich um den Sommerjob beworben hatte, war er davon ausgegangen, dass er andauernd mit seinem Namen aufgezogen werden würde. Das Sonderbare war jedoch, dass niemand eine Bemerkung machte. Keiner seiner temporären Kollegen schien auch nur das Geringste über Gustaf Horn oder die Zeit der Großmächte zu wissen. Aber das störte ihn nicht weiter. Allerdings hätte er ganz gerne mit irgendjemandem gequatscht, doch nicht einmal der Abteilungsleiter hatte sich für etwas anderes interessiert als seinen Golfurlaub auf Ibiza. Gustaf Horn hatte gar nicht gewusst, dass es auf Ibiza Golfplätze gab. Für ihn war Ibiza vielmehr die Insel mit den weltweit meisten Geschlechtskrankheiten pro Kopf. Obwohl sich Golf und Geschlechtskrankheiten vielleicht gar nicht widersprachen.

Aber Geschlechtskrankheiten waren in Gustaf Horns momentanem Leben nicht relevant. Er war zweiundzwanzig, hatte das erste Jahr seines Studiums zum Systemanalytiker an der Universität beendet, hatte Semesterferien und war Single. Der Sommerjob in der IT-Abteilung von Bionovia hatte sich wie ein Traumjob angehört, und in gewisser Hinsicht war er das auch. In seinem Lebenslauf würde er sich sehr gut machen. Aber der Posten war leider unendlich langweilig. Gustaf Horn hatte keine direkten Kollegen, saß allein in diesem Raum, und seine einzige Aufgabe bestand darin, »den Datenverkehr zu überwachen«. Die Instruktionen, wie das vonstattengehen sollte, waren allerdings alles andere als ausführlich gewesen. Dafür war er quasi allein verantwortlich.

Die Bionovia AB war ein relativ junges Unternehmen im biotechnologischen Bereich, und ihr Sitz hatte sich in Lichtgeschwindigkeit von Räumen in einer Bürogemeinschaft zu einer eigenen Firmenzentrale in einem glänzenden Neubau am Hornsbergs strand gemausert. Die Firma war spezialisiert auf die Interaktion der verschiedenen Moleküle und Systeme in einer Zelle, sowohl in der Nanopartikel-Molekularforschung als auch in der Proteinforschung. Hier wurden unter anderem auf Plasmabasis hergestellte Proteinarzneimittel hergestellt. Das war Gustaf Horns Wissensstand, aber immer wenn er sich das in Erinnerung rief, klang es in seinen Ohren, als würde er es auswendig aufsagen. Eigentlich hatte er keine Ahnung, was das alles bedeutete. Er war ein echter Computernerd und stolz darauf.

Es war Hochsommer. Er vermied den Blick auf das glitzernde Wasser, wo die Hausboote am anderen Ufer neben dem Strandrestaurant Pampas dümpelten. Aber mittlerweile langweilten ihn die Geschichten über die bewegte Vergangenheit von Hornsberg, seinen Namensvetter aus dem 17. Jahrhundert und Bellmans Gedichte. Er hatte versucht, im Tagebuch von Gustaf Horns Tochter Agneta zu lesen. Es galt als das wichtigste Zeugnis schwedischer autobiografischer Texte des 17. Jahrhunderts und hatte den umwerfenden Titel *Die Beschreibung meiner bejammernswerten und äußerst abscheulichen Wanderjahre sowie aller meiner großen Unglücke und großen Herzenssorgen und Abscheulichkeiten, die mir derweil unzählige Male begegnet sind, von meiner frühsten Kindheit an, und wie Gott mir stets geholfen hat, mit viel Geduld alle diese Abscheulichkeiten zu überstehen.* Aber nach einer Weile hatte ihn auch das gelangweilt. Und Computerspiele konnte er hier nicht öffnen, dafür hätte er sich einloggen müssen.

Er starrte auf den Monitor. Zog die Maus an der verschlüsselten Liste nach oben und nach unten. Den Datenverkehr der vergangenen Woche hatte er bereits überprüft, und besonders viel Neues war seitdem ganz offensichtlich nicht geschehen. Es war Ende Juli, und da herrschte Flaute in der Biotechnologiebranche. In Ermangelung einer besseren Idee begann er, sich durch das vergangene halbe Jahr der Aufzeichnungen zu scrollen. Auch das war im höchsten Maße langweilig. Er würde diese Tätigkeit sofort gegen jede erdenkliche Geschlechtskrankheit tauschen. Natürlich nur unter der Bedingung, sich mit dieser Krankheit auch auf eine angemessene Weise angesteckt zu haben.

Diese Listen bestanden hauptsächlich aus Posten. Jeder einzelne bezeichnete eine Cyberaktivität zwischen Bionovia und der Außenwelt. Die Reihen von Buchstaben und Ziffern verrieten, bis zu welchem Sicherheitsniveau der anfragende Computer vorgedrungen war, was wiederum – in Echtzeit oder im Nachhinein – mit verschiedenen Listen abgeglichen wurde, die aus zertifizierten und identifizierten Codes bestanden. Je höher das Sicherheitsniveau war, desto kürzer und umfangreicher wurde die Liste der Zugangsberechtigten. Um in das höchste Niveau zu kommen – das »Niveau acht« genannt wurde und in dem Bionovia seine vertraulichsten Unternehmensgeheimnisse versteckte –, war es erforderlich, einen lückenlos dokumentierten Suchpfad vorzulegen. Bereits auf Niveau fünf wurde schon bei der geringsten Unstimmigkeit der Alarm ausgelöst, dabei handelte es sich da meistens nur um einfache Formen von trojanischen Pferden und falsch benutzte Eingabemasken. Aber auch auf Niveau sechs und sieben kam es zu vereinzelten Versuchen, sich etwa über Tastaturspione Zugang zu verschaffen. Laut dem Abteilungsleiter – dem Ibiza-Golfer, an dessen Namen er sich nicht erinnern konnte – war der schwerwiegendste Angriff vonseiten einer neuen Sorte von Spyware gekommen, die vor etwa einem halben Jahr auf Niveau acht herumgeschnüffelt habe. Allerdings war damals jeder erdenkliche Alarm im Haus losgegangen und der Eindringling schnell identifiziert worden: ein vierzehnjähriger russischer Hacker, der mittlerweile in einer Jugendstrafanstalt saß.

Gustaf Horn konzentrierte sich jetzt auf Niveau acht. Die Listen waren mehrfach kontrolliert und bereits archiviert worden. Es gab keinerlei Anzeichen dafür, dass andere als die sehr beschränkte Anzahl von Befugten dort eingedrungen waren.

Er blätterte durch die Reihen von bereits kontrollierten Ziffern und Buchstaben, überprüfte jedes noch so kleine Zeichen, und ganz plötzlich hatte er das Gefühl, als hätte jemand in ihm einen Schalter umgelegt.

Gustaf Horn hatte sich zeit seines bewussten Lebens mit Computern beschäftigt. Er gehörte zu jener Gruppe von jungen Männern, die sich in ihrer Kindheit und Jugend nur äußerst selten im Freien aufhielten. Statt die sozialen Codes zu erlernen, war er ein Experte in Computercodes geworden. Und sein Umgang mit diesen Codes war mindestens so subtil und nuanciert wie das Vermögen anderer Menschen im sozialen Umgang miteinander. Von außen betrachtet ging es nur um digitale Logik, Einsen und Nullen – und doch war das Entdecken eines Musters für ihn jedes Mal wie ein Mysterium.

Und was er jetzt vor sich sah, war ein solches Muster. Aber es würde zweifellos sehr schwer werden, diesen Umstand zu erklären. Und das ließ ihn zögern. Er wollte niemanden anrufen, er hatte eine ganze Liste von Argumenten, die dagegensprachen. Aber er war gezwungen, es zu tun. Dieses Muster verlangte, dass er sich über seine Sozialphobie hinwegsetzte.

Gustaf Horn öffnete das Skype-Fenster auf seinem Rechner und holte einmal tief Luft. Dann rief er an.

Verschwommene Bewegungen tauchten auf dem Monitor auf, und es dauerte einen Augenblick, ehe er begriff, was sein Chef in der Hand hielt. Es war ein Vierer-Eisen. Die Sonne schien auf den hellgrünen, kurz geschnittenen Rasen, und der Abteilungsleiter schob sich die Sonnenbrille auf die Stirn und starrte überrascht auf sein Handy.

»Horn?«, sagte er mit einer Skepsis in der Stimme, die Gustaf Horn unter normalen Umständen den Boden unter den Füßen weggerissen hätte. Ihn vernichtet hätte. Aber diese Umstände waren alles andere als normal.

Mit erstaunlicher Leichtigkeit entgegnete Gustaf Horn: »Herr Jägerskiöld. Können wir ungestört reden?«

Die Augen in dem sonnenverbrannten Gesicht blinzelten ein paarmal angestrengt, bevor im Hintergrund ein paar Sätze auf

Englisch gewechselt wurden und das Bild gewaltig zu tanzen begann. Nach einer Weile wurde es schattig, wahrscheinlich hatte er sich unter eine Palme gestellt.

»In Ihrem eigenen Interesse sollte es sich um etwas Wichtiges handeln, Horn«, zischte der Mann mit der verbrannten Lederhaut.

»Ich bin mir ganz sicher, dass Bionovia in den letzten sechs Monaten mindestens drei Hackerangriffen ausgesetzt war«, sagte Gustaf Horn.

Jägerskiöld setzte sich offenbar.

»Niveau?«, fragte er, allerdings klang es nicht wie eine Frage.

»Ich hätte mich nicht gemeldet, wenn es sich nicht um Niveau acht handeln würde.«

»Und wenn Sie ›ganz sicher‹ sagen, dann meinen Sie also ...?«

»Ganz sicher.«

Jägerskiöld drehte sein Handy, und Horn hatte fünf Sekunden lang nur die Wurzeln der Palme vor Augen, die sich wurmgleich umeinanderwanden. Dann kam sein Chef zurück in den Bildausschnitt und fragte: »In den letzten sechs Monaten, sagen Sie? Sie müssen entschuldigen, wenn ich so skeptisch klinge, aber wie sollen die unser Sicherheitssystem überwunden haben?«

»Die haben sich sehr clever getarnt«, antwortete Gustaf Horn. »Der Eindringling hat die Identität vorheriger Besucher angenommen. Erst wenn man die Pfade zurückverfolgt, entstehen Diskrepanzen, und die ergeben ein Muster.«

»Aber Sie haben keine Anzeichen von Spyware gefunden?«

»Nein, damit kommt das Programm allein zurecht. Es scheint sich um sporadische Angriffe zu handeln. Eindringen in den Sicherheitsbereich, kopieren, ausloggen. Und es hat nie länger als eine halbe Stunde gedauert. Ohne Aufmerksamkeit zu erregen.«

Jägerskiöld nickte. Er nickte eine ganze Weile, bis er sagte: »Wenn wir unseren Geschäftsführer in seinem Urlaub auf Ornö stören sollen, dann müssen Sie mir garantieren, dass Sie sich nicht geirrt haben. *Garantieren!*«

»Ich verstehe«, erwiderte Gustaf Horn und begriff, um was es hier ging.

Sein oder Nichtsein. Weiterzuarbeiten oder nie wieder im ganzen Leben in dieser Branche einen Job zu finden.

»Und?«

»Ich garantiere es.«

»Bleiben Sie dran.«

Gustaf Horn wartete, die abrupte Stille löste eine erneute Unsicherheit in ihm aus. Hat er ein bisschen überreagiert? Hätte er nicht zur Sicherheit noch einmal alles überprüfen sollen? Das Bild auf dem Monitor zitterte und zuckte, und dann tauchte ein zweites Gesicht auf.

Gustaf war Hannes Grönlund, dem Geschäftsführer von Bionovia, bisher nicht persönlich begegnet. Es überraschte ihn, dass der Mann so jung aussah. Er trug einen Hipsterbart und ein T-Shirt, dessen Aufdruck verkündete: *My shirt is more ironic than yours*. Er saß an Deck eines Bootes, hatte einen blauen Drink in der Hand, und im Hintergrund erkannte Gustaf einen gigantischen schwarzen Außenbordmotor mit mindestens dreihundertfünfzig PS.

»Nein, Peder«, sagte er gerade und nippte an seinem Drink. »Das hatten wir so nicht vereinbart.«

»Höhere Gewalt«, entgegnete Jägerskiöld von dem Videofenster direkt daneben.

Hannes Grönlund stellte seinen Drink beiseite, wedelte ungehalten mit der Hand und verschwand dann aus dem Bild. Nur der klarblaue Himmel war zu sehen. Dann kehrte sein Gesicht zurück, und er sagte: »Leg los.«

»Es gab in den letzten sechs Monaten mindestens drei unentdeckte Zugriffe auf Niveau acht.«

»Sagt wer?«

»Die Sommeraushilfe«, antwortete Peder Jägerskiöld.

»Eine Sommeraushilfe in der IT-Abteilung?«

»Ja. Er ist dem Gespräch zugeschaltet.«

Gustaf Horn spürte, wie sich der Blick des Mannes auf dem oberen rechten Videofenster in ihn bohrte.

»Gustaf Horn mein Name«, stellte er sich vor.

»Und was haben Sie entdeckt?«, fragte Hannes Grönlund knapp.

»Ein Eindringen, wie schon gesagt, aber sehr clever getarnt.«

»Gibt es Anzeichen, von wo?«

»Nein, ich habe so etwas noch nie gesehen. Mir ist nur das Muster aufgefallen. Drei verschiedene Rechner mit Zugangsberechtigung hatten sich eingeloggt – ganz gewöhnliche längere Benutzereinheiten –, aber denen folgten jeweils drei kurze. Und offensichtlich von dem jeweiligen Rechner. Und einer davon ist – ja – Ihrer.«

»Ihrer? Unserer?«

»Ihrer.«

»Meiner?«

»Am 4. März hat sich Hannes Grönlund auf Niveau acht eingeloggt, für zwei Stunden und vierzehn Minuten. Vier Minuten später hat sich derselbe Rechner erneut eingeloggt, dieses Mal nur für zweiundzwanzig Minuten. Als hätten Sie einfach nur eine Kleinigkeit vergessen und würden Ihre Unterlagen vervollständigen. Und dasselbe Muster – auch mit vierminütigem Abstand – wiederholt sich noch an zwei weiteren Stellen.«

»Wie bitte?«, fragte Hannes Grönlund. »Da greift sich jemand die Identität und die Zugangsdaten von demjenigen ab, der gerade eingeloggt war?«

»Ganz genau«, bestätigte Gustaf Horn. »Allerdings scheint das stattzufinden, *während* derjenige eingeloggt ist. Dann wartet er, bis der Nutzer sich wieder ausloggt, nimmt seine Identität und loggt sich wieder ein. Vier Minuten später.«

»Was zum Teufel ist da los!«, schrie Grönlund auf. »Peder!«

Im linken Videofenster räusperte sich der Sicherheitschef Peder Jägerskiöld. Er hatte nach wie vor seinen Golfschläger in der Hand, diesen aber umgedreht und sein Kinn auf den Schlagkopf gestützt.

»Muster«, wiederholte er nach einer Weile. »Unglaublich gute Arbeit von Gustaf Horn, aber, Hannes, wir müssen jetzt über andere Muster sprechen.«

»Vollkommen richtig«, sagte Hannes Grönlund, »sehr gut beobachtet, Gustaf. Wir werden uns in Kürze darüber unterhalten. Aber Sie dürfen diesen Zwischenfall unter keinen Umständen einem Dritten gegenüber erwähnen. Ich hoffe, das verstehen Sie?«

»Das verstehe ich«, antwortete Gustaf Horn.

»Sehr gut. Wir melden uns in Kürze bei Ihnen, wie wir damit weiter verfahren. Kannst du Gustafs Fenster schließen, Peder?«

»Selbstverständlich«, sagte Jägerskiöld.

Die Inhalte der Videofenster verschwanden vom Monitor. Eigentlich hätte auch die Tonspur verstummen müssen.

Aber das tat sie nicht. Jägerskiöld musste es versäumt haben, sie abzuschalten. Zu Beginn der darauffolgenden Unterhaltung erwog Gustaf kurz, ob er selbst den Ton ausstellen sollte. Aus Gründen der Diskretion. Aber er tat es nicht. Er hörte zu.

»Und so etwas kann also eine Sommeraushilfe bemerken, Peder?«

»Das ist einerseits sehr unglücklich«, erwiderte Jägerskiöld. »Aber andererseits auch wieder nicht.«

»Und inwiefern, bitte?«

»Na, diese Information ist doch quasi tabu. Wenn dieser Jüngling jemals wieder einen Job in der IT-Branche haben will, dann muss er die Klappe halten. Das hat er kapiert.«

»Wie sind die reingekommen?«

»Keine Ahnung. Ich werde mich sofort darum kümmern.«

»Nach dieser Golfrunde?«

»Natürlich nicht. Ich werde mir umgehend eine sichere Verbindung besorgen.«

»Ich wette, es sind die Chinesen«, sagte Grönlund.

»Vermutlich. Der fünfzigste Versuch, oder? Könnte es das Projekt Myo sein?«

»Das liegt auf Niveau acht. Natürlich besteht das Risiko. Aber du hast gesagt, du könntest es schützen.«

»Verdammt«, brüllte Jägerskiöld. »Ihr hättet es auch besser sichern müssen. Aufteilen. Das habe ich ja versucht, euch zu erklären.«

»Du bist nicht wirklich in der Position, mir Vorwürfe zu machen, Peder. Es ist immerhin *dein* Sicherheitssystem, das hier versagt hat. Aber es ist *mein* Projekt, das wahrscheinlich gestohlen wurde. Hast du überhaupt eine Vorstellung davon, was wir in dieses Projekt Myo investiert haben?«

»Mir ist durchaus bewusst, was da passiert ist.«

»Und wie sieht dein nächster Schritt aus?«

Der Sicherheitschef Jägerskiöld seufzte laut und entgegnete dann: »Tja, wenn es wirklich die Chinesen sind, weiß ich nicht, ob meine Kontakte weit genug reichen.«

»Du kannst doch nicht im Ernst vorschlagen, dass wir uns an die wenden sollen ...«

»Nein, nein, nein, verdammt. So schlimm ist es nicht. Aber ...«

»Aber?«

»Aber unsere Auftragnehmer können uns diesen Teil der Welt nicht vorbehaltlos garantieren.«

»Warum bezahlen wir sie dann?«

»Weil sie die Besten sind. Aber die Chinesen ...«

»Polizei?«

»Nein, ich kümmere mich darum. Wir müssten schnell herausbekommen können, ob es ... ja, ob es das Militär ist.«

»Zwei Tage, Peder. Nicht mehr. Dann gehe ich zur Polizei.«

»Ich habe verstanden«, sagte Peder Jägerskiöld.

Dann verschwanden auch die beiden leeren Videofenster vom Bildschirm in Hornsberg. Gustaf Horn starrte auf den blanken Monitor. Lange saß er so da, bis er den Blick hob und über den Ulvsundasjön gleiten ließ. Und plötzlich befand er sich im Schloss von Hornsberg. Die Königin hatte ihm das Land geschenkt, und er hatte den renommierten Architekten Jean de la Vallée gewonnen, um eine Kopie des Riddarhuset im Westen von Kungsholmen zu errichten. Er saß im obersten Stock seines Schlosses und blickte über die glitzernden Wogen. Für einen sehr kurzen Augenblick war er der Herrscher von Stockholm.

Hornsberg ist mein, dachte Gustaf Horn.

Dann wandte er seine Aufmerksamkeit wieder dem Rechner zu.

Los Indignados

Madrid, 23. Juli

Es hätte ihn nicht weiter überraschen sollen. Er hatte alles darüber gelesen, es seit Mitte Mai aufmerksam verfolgt. Aber dann war sein Universum tief erschüttert worden. Seine Welt war von einer Liga verschluckt worden, die alle Bettler in ganz Europa kontrollierte. Danach hatten mehrere Rippen daran glauben müssen, als er einer fliegenden Glaskugel hinterhersprang, in der ein Höllenzeug schwappte, und schließlich war sein blinder Sohn auf ihm herumgehüpft und hatte ihm den Rest gegeben.

Lange Rede, kurzer Sinn, Felipe Navarro war krankgeschrieben und verbrachte diese Zeit in seiner Heimatstadt Madrid. Die Dämmerung brach herein – auf der Puerta del Sol, dem großen Marktplatz in der Mitte von Madrid, Spaniens Nabel –, und die Demonstrationszüge drängten aus allen Teilen des Landes in die Stadt.

Es hätte ihn nicht weiter überraschen sollen, aber die Kraft, die Entschlossenheit und die Energie waren überwältigend. Und trotzdem galten seine Gedanken einer anderen Sache. Am Tag zuvor hatte eine dunkle und kranke Version dieser Kraft, Entschlossenheit und Energie ein zuvor verschontes Land im Norden Europas heimgesucht. Ein ideologisch vollkommen gestörter Norweger hatte in und außerhalb von Oslo eine bislang unbekannte Anzahl von Menschen ausgelöscht, hauptsächlich Jugendliche. Und diese dunkle Energie hatte die gesamte mediale Aufmerksamkeit von der hellen Energie abgezogen.

Und die helle Energie war hier. Hier in Spanien.

Die Leute in diesem Land hatten die Nase voll. Die Arbeitslosigkeit war die höchste in ganz Europa, die Finanzkrise hatte das Land härter getroffen als andere, und ununterbrochen wurden neue phantasievolle Korruptionsfälle in den höchsten politischen Ebenen aufgedeckt. Die Liste ließ sich beliebig ergänzen, und Felipe Navarro musste – aus der Distanz – mitansehen, wie sein Land verfiel.

Doch jetzt war diese Distanz aufgehoben. Er hatte Den Haag verlassen und war zum ersten Mal seit Jahren wieder in seine Heimatstadt geflogen. Was ihm dort entgegenschlug, war der Schmerz. Er war auf der Straße zu spüren. Schmerz darüber, nach Jahrzehnten der Diktatur keine richtige Ordnung in der politischen Landschaft geschaffen zu haben. Darüber, dass die empfindliche, noch junge Demokratie in die Hände von Leuten geraten war, die sich nur bereichern wollten.

Dieser Schmerz war am Ende explodiert. Inspiriert vom Arabischen Frühling, entstand in Spanien die digitale Plattform *iDemocracia Real YA!* in den verschiedenen sozialen Netzwerken. Ihre Parole lautete »Echte Demokratie JETZT!«, und mittels Twitter und Facebook hatte die Organisation in fünfzig spanischen Städten zur Demonstration am 15. Mai aufgerufen. So wurde die Bewegung *Movimiento 15-M* geboren. Die Bewegung 15. Mai.

Allein in Madrid nahmen daran über fünfzigtausend Demonstranten teil, und auf der Puerta del Sol beschlossen »die Empörten« – *Los Indignados* –, bis zur nächsten Wahl in einer Woche den Platz zu besetzen. Im ganzen Land herrschte Aufbruchstimmung, und die Demonstrationen fanden in Dutzenden Städten statt.

Mit der Zeit entschieden sich die Menschen, ein Protestkunstwerk zu schaffen, einen Demonstrationszug von Menschen aus sechzehn Städten, ähnlich einem achtarmigen Tintenfisch, der an ein und demselben Tag aus allen Ecken des Landes gleichzeitig auf der Puerta del Sol eintreffen sollte. Dieses Datum war der 23. Juli.

Heute.

Und gerade als Felipe und Felipa Navarro zusammen mit Félix im Kinderwagen an der Puerta del Sol saßen und in dem magischen Licht kurz vor der Abenddämmerung einen Kaffee tranken – in diesem Augenblick kamen sie an. Langsam, aber beständig erreichte der Sternmarsch sein Zentrum, das Zentrum, von dem aus alle Wege ins Land führten.

Die Puerta del Sol.

Nach dem einmonatigen Zug sahen die Wanderer des »Volksmarsches der Empörten« ziemlich erschöpft aus. Und dennoch ging von ihnen eine Kraft aus wie von Siegern eines Marathonlaufs. Der Körper war am Ende, aber die Seele unüberwindbar.

Als sich die Familie Navarro in das Café gesetzt hatte, war der Platz fast menschenleer gewesen. Plötzlich aber strömten die Leute von überall her, und während die Dämmerung hereinbrach, wurden gigantische Banderolen in den Himmel gehoben, und die Menschen versammelten sich unter den Worten »Bienvenida la dignidad«.

Willkommen, Würde.

Felipe und Felipa Navarrro sahen sich an. Sie saßen auf diesem Platz und hatten beide gleichzeitig das Gefühl, in Madrid angekommen zu sein. In Spanien. Zu Hause.

Ihr Sohn Félix war zum ersten Mal hier, doch es war auch sein Heimatland. Aber seitdem hatte sich sein Verhalten verändert. Félix war von Geburt an blind, knapp ein Jahr alt und hatte außer seine Eltern bisher noch niemanden Spanisch sprechen hören. Und jetzt war alles anders. Plötzlich war seine Welt erfüllt von diesen vertrauten Geräuschen. Plötzlich hörte er überall seine Muttersprache – die er selbst noch gar nicht beherrschte. Es war sehr interessant, ihn dabei zu beobachten.

Obwohl das natürlich nicht das richtige Wort war. Es war vielmehr herzzerreißend, ergreifend und tief berührend.

Felipe Navarro sah zu, wie sein blinder Sohn nach Hause kam.

Es war unmöglich, sich zu unterhalten. Denn jetzt war alles Sprache. Die Sprechchöre, die am Anfang noch vereinzelt und schwach zu hören gewesen waren, wurden immer lauter und einheitlicher. Es ging um Menschenwürde und Demokratie, um Gemeinschaft und die Chance, eine gerechte Gesellschaft zu erschaffen. Und das alles auf Spanisch. Felipe beobachtete seinen Sohn, er versuchte zu begreifen, was Félix hörte. Wie er diese plötzliche Flut seiner Muttersprache wahrnahm. Sein Mund war geöffnet, als würde er die Sprache durch sich hindurchfließen lassen, ohne dass sie in seinem Körper auf Widerstand träfe. Aber allmählich überstieg der Geräuschpegel die Schmerzgrenze. Zumindest für einen blinden Einjährigen.

Felipa Navarro gab ihrem Mann ein Zeichen. Er sah es zwar, aber die Stimme, die ihre Geste unterstreichen sollte, konnte er nicht hören. Aber dennoch verstand er sie. Es galt, den Ort so schnell wie möglich zu verlassen, bevor es für Félix zu viel wurde. Aber ihre Geste hatte noch eine zweite Bedeutung. Offenbar wollte sie, dass er blieb. Dass sie ihren Sohn nach Hause zu der Großmutter bringen würde, wo sie unter zunehmend klaustrophobischen Umständen die Nächte verbrachten, und er auf dem Platz blieb.

Felipa stand auf, packte den Kinderwagen und verschwand. Er sah den beiden hinterher, wie sie in eine Seitenstraße einbogen und versuchten, die Menschenmassen hinter sich zu lassen. Sie waren in Sicherheit.

Auch Felipe Navarro konnte nicht auf seinem Stuhl sitzen bleiben. Ihr Cafébesuch war durch den Aufmarsch der Demonstranten beendet worden. Sofort wurde sein Stuhl von der Menge davongetragen bis in die Mitte des Platzes, auf dem das Denkmal mit dem Madrider Stadtwappen stand, der Bär am Erdbeerbaum. Auch Felipe wurde in diese Richtung geschoben. Ihn zog es magisch in das Zentrum des Sternmarsches. Dort fand eine Art Besprechung stand, die Arme des Tintenfisches konferierten nach ihrer einmonatigen Wanderung, und die Erfahrungen aus sechzehn spanischen Städten wurden ausgetauscht. Navarro beobachtete es, er hörte Schlagwörter wie »El libro del pueblo« und begriff, dass die Teilnehmer vorhatten, ein »Buch des Volkes« zusammenzustellen. Aber der Großteil der Menschenmenge interessierte sich dafür nicht besonders, weder für das Buch des Volkes noch für das Zentrum des Tintenfisches. Sie wollten zusammensitzen, ausruhen und vielleicht ein bisschen Schlaf finden. Navarro war in einem Strom von Menschen gefangen, der ihn förmlich vom Platz trug, bis er im Osten die große Hauptstraße Paseo del Prado erreichte, wo provisorische Lager für die Tausenden und Abertausenden von Demonstranten errichtet worden waren. Ihm wurde ein Platz auf einem Feldbett angeboten, den er höflich dankend ablehnte. Eines der Lager befand sich in der Nähe des Nationalmuseums Prado. Dort hockte er sich hin und kam endlich ein bisschen zur Ruhe. Als er seinen Blick über die unendlichen Reihen von Feldbetten und Schlafunterlagen gleiten ließ, auf die Jung wie Alt erschöpft niedersanken, wurde ihm erst bewusst, dass ihn die Menschenmasse fast einen Kilometer weit geschoben hatte. Da bekam er zum ersten Mal ein Gefühl für die Macht des Volkes. Die Kraft der Massen.

Und in dem Augenblick sah er den Mann, der nicht ins Bild passte.

Natürlich waren die Demonstranten eine heterogene Gruppe, sie entstammten jenen Teilen der Bevölkerung Spaniens, die am härtesten von der Finanzkrise getroffen worden waren. Unter ihnen waren Universitätsprofessoren und Gymnasiasten, Ärzte und einfache Arbeiter, Ingenieure und Krankenschwestern. Aber dieser Mann, der sich da von Schlafplatz zu Schlafplatz schlich, gehörte vom Typ her nicht dazu. Gerade hatte er sich neben einen jungen rothaarigen Mann gehockt und unterhielt sich mit ihm. Es sah sogar so aus, als würden sie etwas austauschen, und danach machte sich der Mann im Anzug Notizen auf einem kleinen Block.

Felipes erster Eindruck war, dass es sich bei dem Mann um einen Polizisten in Zivil handelte. Das war bei Demonstrationen auch nicht weiter ungewöhnlich. Sie wurden zwar nicht verdeckt eingesetzt, um Organisationen zu infiltrieren, sondern es ging vielmehr darum, eine möglicherweise kritische Situation im Vorfeld zu erkennen und einschätzen zu können.

Aber irgendetwas stimmte da nicht. Felipe hatte sich aufgerichtet und wollte sich dem Kollegen nähern und ihn ansprechen, doch im letzten Augenblick zögerte er. Mit dem Mann stimmte etwas nicht.

Aber dieser zuvor geduckt herumschleichende Mann, dessen Gesicht wegen der zunehmenden Dämmerung kaum zu erkennen war, war auch keiner dieser Kleinkriminellen, die solche Menschenansammlungen dazu nutzten, ihre Finger in Taschen und Jacken wandern zu lassen. Doch er war auch definitiv kein Demonstrant und schon gar kein Polizist. Kein echter.

Er stand noch immer im regen Austausch mit dem Rothaarigen. Etwas hatte den Besitzer gewechselt, es waren Notizen gemacht worden.

Eigentlich sollte Felipe Navarro sich umsehen und die Stadt seiner Jugend in sich aufnehmen, sein Madrid, und diese Stimmung genießen, die er schon so lange nicht mehr erlebt hatte. Diese plötzliche, urgewaltige Flut an Optimismus, diese Bewegungsabläufe potenzieller Veränderungen.

Aber im Moment reagierte nicht der Landsmann in ihm auf die Situation, sondern der Polizist. Und der Polizist beobachtete den Mann in der Hocke und konnte ihn nicht einordnen. Der Polizist sollte im besten Fall die rationale Hälfte von Felipe Navarro einnehmen, der Optimist die andere, irrationale Hälfte. Aber es war Instinkt. Der Mann hatte sich erhoben und lief die Straße hinunter, und bevor Navarro seine Entscheidung reflektieren konnte, hatte er die Verfolgung bereits aufgenommen.

Sein Anzug war viel zu fein für einen Zivilpolizisten, und auch die Schuhe waren zu teuer. Der Mann erinnerte Navarro an einen Leibwächter, so wie er sich durch die Menschenmenge auf dem Paseo del Prado zwängte. An einen amerikanischen Bodyguard, einen Agenten vom Secret Service, der Staatsmänner bewacht und immer eine Sonnenbrille trägt. Dieser trug zwar keine Sonnenbrille, und er bewachte gerade niemanden, so wie er sich fortbewegte. Und dennoch, er hatte im Lager eindeutig ein bestimmtes Ziel verfolgt.

Felipe Navarro ging den Paseo del Prado hinunter hinter ihm her und bog dann in eine sehr schmale Straße ein, die anmutete, als wäre sie eine breite, baumbestandene Allee. Während Felipe den Gutgekleideten nicht aus den Augen ließ, schoss ihm der Gedanke durch den Kopf, was wohl passieren würde, wenn die Laubbäume auf der Calle de las Huertas weiterwachsen würden. Die Häuser würden erdrückt werden.

Die Verfolgung war einfach. Der Mann ragte gut zehn Zentimeter aus der Menge heraus. Der fast kahle Kopf bewegte sich wie eine losgerissene Boje in dem Menschenmeer. Je weiter sie sich vom Paseo del Prado entfernten, desto weniger Menschen waren auf den Straßen unterwegs. Es wurde immer leichter, sich fortzubewegen, aber auch leichter, entdeckt zu werden. Navarro war zwar überhaupt nicht wie ein Polizist angezogen – kein Polizist mit einem Mindestmaß an Selbstachtung würde Shorts mit so überdimensioniertem Blumenmuster tragen –, aber er wusste sehr gut, dass sein Verhalten diesen Eindruck vermitteln konnte.

Die Straße wurde breiter, bis sie sich zu einem kleinen Platz öffnete, einem kleinen Stadtviertelmarktplatz. Der Mann überquerte die Plaza Ángel und ging dann eine große breite Straße hinauf bis zur riesigen Plaza Mayor, die merkwürdig menschenleer war. Aber sie war gesäumt von Restaurants, die Tische waren voll besetzt mit Menschen, die über *¡Democracia Real YA!*, *Movimiento 15-M* und *Los Indignados* diskutierten.

Der Gutgekleidete überquerte die Plaza Mayor in einer sauberen Diagonale. Als er hinter der nächsten Häuserecke und in den Gassen der Altstadt verschwand, rannte Felipe los. Er wusste nach wie vor nicht, was für ein Ziel er hatte. Eigentlich war er nicht der Typ Mensch, der seiner Intuition folgte, auf sein Bauchgefühl hörte. Daher redete er sich ein, dass seinem Verhalten rationale Einschätzungen zugrunde lagen, keine eindeutigen, aber dennoch rationale. Als der Mann jedoch hinter einer weiteren Ecke verschwand, spürte Navarro das Adrenalin in seinem Körper. Und gleichzeitig tauchte in ihm die Frage auf, wie das funktionierte. Warum wurde plötzlich Adrenalin in den Körper gespült und führte dazu, dass er sich auf einmal ganz anders verhielt?

Als der Gutgekleidete eine Karte aus der Jackentasche zog, eine Schlüsselkarte, und sie durch ein Lesegerät an einer vollkommen unauffälligen Tür zog, jagte die nächste Dosis Adrenalin durch Felipes Blut. Der Mann beugte sich vor und starrte scheinbar die Wand an. Danach verschwand er in dem Gebäude.

Es war ein sehr altes Gebäude in einem der ältesten Viertel der Stadt auf dem Hochplateau, die Anfang des 17. Jahrhunderts zu ihrer größten Überraschung zum Zentrum der einflussreichsten Kolonialmacht der Welt geworden war. Felipe Navarro schlich näher heran, und je geringer die Entfernung zu der Eingangstür wurde, desto deutlicher erkannte er, dass dieses Haus einer Festung glich.

Vielleicht nicht buchstäblich einer Festung, aber einem sehr gut bewachten Gebäude. Über der Tür entdeckte er ein paar Löcher im Mauerwerk, die dort nicht hingehörten, und als er an dem Haus vorbeischlenderte – so unauffällig wie möglich –, begriff er, warum sich der Mann vorgebeugt hatte. Auf den ersten Blick hatte es so gewirkt, als habe ein extrem Kurzsichtiger versucht, das Schild über der Klingel zu entziffern. Aber das war nicht der Grund. Navarro kannte das Gerät nicht, aber er wusste, was es war. Und es war nicht das Einzige, was sein betont unbeschwerter Blick erfasste. Er konnte auch einen Firmennamen lesen. Polemos Seguridad S.A. Dann setzte er seinen Weg fort. Die Kameraaufzeichnungen von dem Mann mit den Blumenshorts würden niemals einen bleibenden Eindruck hinterlassen.

Denn das verbarg sich in den Löchern an der Hauswand: Überwachungskameras. Und das Gerät, vor das der Mann sein Gesicht gehalten hatte, war entweder ein Irislesegerät oder ein Netzhautlesegerät.

Auf seinem Rückweg zur Plaza Mayor gingen Felipe folgende Fragen durch den Kopf: Warum mischte sich ein Mann im Maßanzug, der bei einer professionell bewachten Sicherheitsfirma namens Polemos Seguridad S.A. arbeitete, unter die Demonstranten, die einen einmonatigen Protestmarsch aus unterschiedlichen spanischen Städten hinter sich hatten?

Felipe Navarro blieb abrupt stehen, lehnte sich gegen eine der Mauern aus dem Mittelalter und versuchte, sich an das Geschehen zu erinnern. Er sah die vielen Feldbetten vor sich und einen rothaarigen jungen Mann. Dann stürmte er los.

Er rannte durch die kleinen Gassen, über die Plaza Ángel und durch eine weitaus stärker bevölkerte Calle de las Huertas. Das provisorische Lager aus Feldbetten war noch voller als zuvor. Erneut schob Navarro sich durch die Menschenmenge, es war nicht einfach, sich zurechtzufinden, aber er hatte den Prado als Orientierungspunkt. Nachdem er eine Weile zwischen den Betten umhergeirrt war, hatte er entdeckt, was er suchte. Auf der Pritsche, neben der der Gutgekleidete gehockt hatte, lag eine Gestalt mit einem Kapuzenpulli. Felipe ging ebenfalls in die Hocke. Die Gestalt auf dem Feldbett drehte sich zu ihm um, und er sah in das überraschte Gesicht einer alten Frau. Erschrocken sprang er auf, entschuldigte sich und setzte seinen Weg zwischen den wahllos aufgestellten Betten fort. Erst als einer der Demonstranten ihm »Scheißbulle« hinterherrief, blieb Felipe Navarro endlich stehen.

Er wusste nach wie vor nicht, welches Ziel er verfolgte.

Aber er wusste, dass es wichtig war.

Cimitero del Verano

Rom, 24. Juli

Es gab nichts beizusetzen. Der Inhalt des Sarges, der würdevoll durch das majestätische Portal des Cimitero del Verano transportiert wurde, bestand kaum aus Überresten. Es waren nur vereinzelte Zellen, mühsam zusammengekratzte DNA-Ketten.

Rom steuerte einen besonders heißen Sommertag bei, seine Fassaden leuchteten. Ein paar unermüdliche Tauben gurrten apathisch, und der Leichenwagen wurde von Sonnenreflexen überzogen, als er durch das mächtige Mittelportal fuhr.

Paul Hjelm saß in seinem Wagen, folgte mit den anderen Fahrzeugen der Prozession und schwitzte. Sein Blick wanderte auf den Rücksitz, auf dem mehrere Leute saßen. Sie sahen alle sehr mitgenommen aus.

Was wahrscheinlich nur im Ansatz widerspiegelte, wie bedrückt er selbst aussah.

Wie grundlegend sich das Leben in den vergangenen Tagen verändert hatte. Zwei Jahre hatte er in der Annahme verbracht, zwei seiner Mitarbeiter in den Tod geschickt zu haben. Und als ihn dann ein Video erreichte – aktuelle Aufnahmen, auf denen die beiden Totgeglaubten zu sehen waren –, wurde zeitgleich eine andere Mitarbeiterin mit einer Bombe in die Luft gejagt. Nun hatte er also nur *eine* Mitarbeiterin in den Tod geschickt. Und ihre Überreste wurden gerade auf den größten Friedhof Roms gebracht.

Donatella Bruno, die schöne, kultivierte Römerin, die er aus den Gefilden der Antike in den barbarischen Norden gelockt hatte. Sie hatte er auserwählt, ein Lockvogel zu sein, um an einen Mafioso heranzukommen, und das hatte sie aller Wahrscheinlichkeit nach das Leben gekostet. Und Paul Hjelm hatte diese Entscheidung getroffen.

Auf seinen Schultern lag eine schwere Last.

Jutta Beyer konnte das erkennen. Aber er wollte das Mitleid in dem Blick seiner vermutlich besten Mitarbeiterin nicht sehen. Und doch war es nichts gegen die Blicke von Donatellas Eltern vorhin in der Kirche. Sie waren nicht anklagend gewesen, wenn, dann klagten sie Gott an, aber er sah einen Anflug davon. Er hätte sie besser schützen müssen, schließlich war er ihr Vorgesetzter.

Aber vielleicht hatte er das auch nur in die Blicke hineininterpretiert.

Er meinte zurzeit, überall Anspielungen zu entdecken. Es waren harte Tage. Manchmal wünschte er sich, ein richtiger Chef zu sein, so ein hartgesottener Internatsschüler, dem jedes Empathievermögen mit den Initiationsriten ausgeprügelt worden war. Aber dieser Wunsch war nicht ganz ernst gemeint. Die vergangenen Tage wären so zwar leichter zu ertragen gewesen, dafür wäre aber der Rest des Lebens die reinste Hölle.

Nein, er war gezwungen, das Ganze durchzustehen, und zwar so, wie er war. Und gleichzeitig musste er unbedingt diesen Fall lösen, der sich zu einem Fall entwickelt hatte, »den Gott vergessen hatte«.

Neben Jutta Beyer saß Arto Söderstedt, Hjelms alter Freund seit Urzeiten. Sein Gesichtsausdruck war wie immer unergründlich. Die unzähligen Jahre mit Söderstedt hätten Hjelms Interpretationsvermögen von dessen zerstreuter Abwesenheit eigentlich stärken müssen. Aber das hatte sich nicht wirklich eingestellt. Doch es hatte auch etwas Befreiendes, dass man nie wusste, woran man bei Arto Söderstedt war.

Die Autoprozession glitt an einer gewaltigen Ansammlung von Gräbern vorbei, die wie aufeinandergetürmt scheinbar an einer senkrechten Mauer emporkletterten. Eine Leiche auf die nächste gestapelt. Das Bild von der »Mauer der Toten« entsprach für Paul Hjelm seinem derzeitigen Leben. Eine Leiche wurde auf die nächste gestapelt. Und der einzige Schuldige war er.

Natürlich war das ein geradezu makabrer Gedanke, nur zwei Tage nach dem Massaker in Norwegen. Und doch hatte er diese Worte in seiner ersten Sitzung bei der Psychologin gewählt. Nachdem die ersten Ermittlungsfäden, so gut es eben ging, geknüpft worden waren, hatte der Direktor von Europol ihn zwei Tage nach dem Mord an Donatella Bruno mehr oder weniger genötigt, »eine der routiniertesten Polizeipsychologinnen Europas« zu konsultieren. Sie war klein, dunkelhaarig und hieß Ruth – ihm fiel es schwer, sich ihren Nachnamen zu merken. Allerdings hatte seine erste Frage gelautet: »Wie wird man eigentlich zu einer der routiniertesten Polizeipsychologinnen Europas?« Ruth hatte geantwortet: »Hat der Kerl wirklich ›routiniert‹ benutzt und nicht etwa ›herausragend‹?« Von diesem Augenblick an hatte ihre Zusammenarbeit alle Erwartungen übertroffen. Er hatte geplaudert, und sie hatte sein Plaudern unterbrochen.

Von Anfang an betonte Ruth, dass er ihr gegenüber alles offen ansprechen könne, dass ihre Schweigepflicht hundertprozentig sei. Und doch kamen ihm immer wieder Zweifel, ob er ihr wirklich vollkommen vertrauen konnte. Er wandte den Blick, um dem Gedanken an Ruth zu entkommen, und dachte kurz an seine frischgebackene und doch so schmerzlich vermisste Ehefrau Kerstin Holm, die sich nach wie vor in Den Haag aufhielt.

Der Cimitero del Verano war ein eindrucksvoller Friedhof. Ein enormes barockes Kunstwerk, wo die italienischen Hinterbliebenen in einem wilden Wettstreit darum lagen, ihren Ahnen und Verwandten ein herausragendes Andenken zu erschaffen. Die Grabgewölbe öffneten sich zu archaischen Grotteneingängen, mythologische Figuren konkurrierten mit christlichen Archetypen, vergängliches Fleisch gefror zu Stein, als würden die Skulpturen den unaufhörlichen Lauf der Zeit leugnen wollen.

Paul Hjelm hätte den Anblick der Grabmäler gerne genossen. Stattdessen sah er zu Marek Kowalewski auf dem Beifahrersitz, einer schweren bäuerlichen Gestalt mit verbundener Nase. Er wirkte ganz mitgenommen von den Exzessen des Katholizismus im Süden Europas. Ihre Blicke trafen sich für einen kurzen Augenblick. In ihnen lag nur Trauer. Die Trauer über den unglaublich brutalen Mord an einer neuen Kollegin, die Trauer darüber, dass auch das Lebenszeichen von Fabio Tebaldi und Lavinia Potorac kein echter Trost sein konnte. Denn was das Video zeigte, waren zwei Menschen im Angesicht des Todes. Und das waren sie seit zwei Jahren. Zwei Jahre unter schrecklichsten Bedingungen als Geisel der süditalienischen Mafiaorganisation 'Ndrangheta.

Wenn die tatsächlich der Geiselnehmer war.

Erst nachdem der Rauch in Donatella Brunos Wohnung abgezogen war und die Spurensicherung fremde DNA in den Überresten sichergestellt hatte, hatte Hjelm begonnen, das Geschehene mit dem *Signal* in Verbindung zu bringen.

Das war eine lange Geschichte.

Donatella Bruno hatte einen italienischen Mafioso, der sich Antonio Rossi nannte, mit einem Chip verwanzt, der durch ein Getränk in dessen Körper gelangt war. Einige Tage lang hatten sie so Rossis Bewegungen elektronisch verfolgen können, bis hinunter nach Kalabrien, dann verschwand das Signal plötzlich. Ein paar Tage später tauchte es dann wieder für wenige Sekunden auf, und zwar direkt in Donatella Brunos Wohnung. Natürlich konnte es sich um einen technischen Fehler gehandelt haben. Warum sollte das Signal des Chips in Antonio Rossis Körper auf einmal aus der Wohnung von Bruno in Den Haag kommen? Und warum war der Chip so unvermittelt reaktiviert worden? Und wenn es sich tatsächlich um Rossi gehandelt hatte, warum hätte er sich zusammen mit seinem Opfer in die Luft sprengen sollen? Stammten die genetischen Spuren überhaupt von Rossi?

Als aber der DNA-Abgleich mit den Funden aus einem vollkommen ausgebrannten Haus in Amsterdam positiv ausfiel, formte sich die Andeutung einer Erklärung. In besagtem Haus hatte Antonio Rossi mehrere Monate lang gewohnt. Und die DNA-Reste von dort stimmten mit jenen aus Brunos Wohnung überein. Zusammen mit dem so plötzlich aufgetauchten Signal hatte sich ein Szenario vor ihnen ausgebreitet, das mittlerweile als Arbeitshypothese A bezeichnet wurde und folgendermaßen aussah:

Donatella Bruno hatte Antonio Rossi in einer Bar in Amsterdam mit einem Chip verwanzt. Er hatte sie angebaggert, sie hatte ihm den Mikrochip ins Bier fallen lassen und sich aus dem Staub gemacht. Rossis engster Vertrauter hatte ihn begleitet und war höchstwahrscheinlich mit ihm nach Kalabrien geflogen. Das Signal hatte so lange gesendet, bis der Chip vermutlich in Rossis Körper entdeckt wurde. Unter Umständen wurde Rossi sofort mit einem Genickschuss liquidiert und der Chip aus seinem Körper entfernt und unschädlich gemacht. Unter Umständen wurde sein Vertrauter intensiv befragt, wie dieser Chip dorthin gelangt sein könnte. Und der erinnerte sich eventuell an die Bar in Amsterdam. Möglicherweise wurden ihm daraufhin alle Fotos von italienischen Polizistinnen gezeigt, von denen die Mafia Kenntnis hatte, und zum Schluss tippte er auf das Bild von Donatella Bruno. Unter Umständen wurde daraufhin eines von Antonio Rossis Körperteilen – eventuell der Kopf – in einem Paket an Brunos Adresse geschickt. Eventuell war der Chip so programmiert worden, dass er sich beim Öffnen des Pakets aktivierte. Aber nicht nur das. Unter Umständen hatte er auch zeitgleich die Bombe gezündet.

So lautete also die Hypothese A: dass Bruno durch die Aktion in der Bar aufgeflogen war. Aber es existierte auch eine Hypothese B, die allerdings war weitaus verworrener. Sie hatte überhaupt nichts mit der Bar zu tun, sondern vielmehr mit Donatella Brunos inoffiziellen Theorien, dass Tebaldi und Potorac noch am Leben waren. Denn das Video mit dem Lebenszeichen der beiden erreichte Paul Hjelm im Augenblick der Detonation. Und in seinen Ohren hallten Donatella Brunos Worte: *Ich glaube nicht, dass es sich hier um die 'Ndrangheta handelt.*

Der Leichenwagen hielt an. Neben einem offenen Grab in einem relativ nichtssagenden Teil des gigantischen Friedhofes stand ein Priester in vollem Ornat. Der Sarg wurde aus dem Wagen geschoben, die Sargträger standen bereit. Die Fahrertür wurde geöffnet, und Paul Hjelm spürte, wie sich eine Hand auf seinen Oberarm legte. Er sah auf und direkt in Corine Bouhaddis blau geschlagenes und ebenfalls bandagiertes Gesicht. Sie nickte ihm zu, ein kurzes, tröstendes Nicken. Aber es machte es leichter auszusteigen.

Die kleine Opcop-Delegation aus Den Haag versammelte sich am Grab. Das waren Hjelm, Beyer, Söderstedt, Kowalewski und Bouhaddi. Sie senkten ihre Blicke und betrachteten den Sarg, der neben dem offenen Grab stand. Dann ergriff der Priester das Wort.

»Herr Jesus Christus, Du ruhtest drei Tage im Grab, erst dann bist Du von den Toten auferstanden. So weihtest Du die Grabesruhe für diejenigen, die an Dich glauben. Du bist die Auferstehung und das Leben, und wir bitten Dich: Lass Donatella Bruno in diesem Grab in Frieden ruhen bis zum Tage der Auferstehung, und lass sie dann im Ewigen Licht erwachen und Dich sehen, von Angesicht zu Angesicht, in Ewigkeit. Du lebst und herrschest von Ewigkeit zu Ewigkeit.«

Und alle sagten gemeinsam: »Amen.«

Die Grabrede wurde von Arto Söderstedt simultan übersetzt. Sein Italienisch war tadellos. Aber vielleicht hatte er auch wild improvisiert.

Paul Hjelm hatte zu seiner Psychologin Ruth gesagt: »Eine Leiche wird auf die nächste gestapelt. Und nur ich trage die Schuld dafür.«

Ruth hatte erwidert: »Unter Umständen. Aber bitte berichten Sie ausführlicher.«

Und er berichtete. Dabei sprach er plötzlich von Dingen, die er sich bisher nie wirklich bewusst gemacht hatte. Von der Kehrseite des Chefdaseins. Von der ewigen Ungewissheit, ob er das Richtige getan hatte. Von dem freiwilligen Exil und seiner Einsamkeit. Von den Frustrationen in dieser Einsamkeit. Von der allgegenwärtigen Präsenz des Todes. Von der Gewalt, die notwendig war, um eine noch größere Gewalt zu verhindern. Von dem Gefühl, dass die Erde eine entsicherte Handgranate war, die jederzeit losgelassen werden konnte.

Erst da unterbrach ihn Ruth und fragte: »Losgelassen?«

Er zügelte seinen Wortschwall und erklärte: »Ja, wenn man eine Handgranate loslässt, dann ...«

»Was für eine banale Metapher. Aber *wer* lässt da los?«

Paul Hjelm verstummte. War das nicht die eigentliche Frage? Tief in seinem Inneren?

Der Sarg wackelte. Als würden zu viele Gedanken auf einmal in sich zusammenstürzen. Die Träger hoben ihn hoch und ließen ihn einen Augenblick lang über dem offenen Grab schweben, aus dem in dieser südeuropäischen Hitze ein sehr intensiver erdiger Geruch aufstieg.

Der Priester schlug ein Kreuz über ihm und sagte: »Ich segne dieses Grab im Namen des Vaters, des Sohnes und des Heiligen Geistes.« Er spritzte Weihwasser in das Grab und fuhr fort: »Möge Gott, der dich aus dem Wasser und dem Heiligen Geist hat entstehen lassen, das vollenden, was er bei der Taufe in dir begonnen hat.«

Zumindest laut Arto Söderstedts Übersetzung.

Und dann wurde der Sarg ins Grab hinabgelassen.

Paul Hjelm fühlte sich so klein. Hätte er verhindern können, dass dieses Leben ausgelöscht wurde? Ja, wenn er jemand anderen für den Auftrag in der Bar in Amsterdam ausgewählt hätte. Zumindest wenn man Arbeitshypothese A zugrunde legte. Aber wenn nun die Hypothese B zutraf? Er hätte auf jeden Fall Donatella Bruno besser zuhören und ein paar Minuten entbehren sollen, um über ihre inoffiziellen Theorien zu Tebaldi, Potorac und die 'Ndrangheta zu diskutieren. Aber hätte das ihr Leben retten können? Vielleicht hätte er bei der Durchsicht ihres Materials festgestellt, dass sie bedroht war. Wenn er sie gründlich befragt hätte. Denn es war eine Tatsache, dass sich aus dem Material in ihrem Computer in der Zentrale keine akute Bedrohung herauslesen ließ. Ihr privater

Rechner und die geheimen Ermittlungsakten auf Papier, von deren Umfang er keine Vorstellung hatte, waren vollkommen zerstört worden.

Allerdings hatte sie auf ihrem offiziellen Rechner im Büro einen Ordner eingerichtet, den sie mit »Privat« betitelte und in dem sie Kopien des elektronischen Materials gesichert hatte. Was aus diesen Daten hervorging, war, dass Donatella Bruno Kontakt zu den Instanzen der italienischen Justiz und Polizei aufgenommen hatte, die sich der Bekämpfung der Mafia widmeten. Allen voran jene Abteilungen, die für die Untersuchung des Schlosses verantwortlich waren, bei dessen Sprengung Tebaldi und Potorac ums Leben gekommen sein sollten. Sie hatte die Ergebnisse angezweifelt – die Frage blieb, wie deutlich sie ihren Zweifel geäußert hatte. Eine weitere Frage war, ob die zuständigen Polizisten erkannt hatten, dass sie inoffiziell ermittelte, und ob sie tatsächlich bestochen worden waren. Außerdem war die Frage, ob der Mafia die Informationen über Brunos inoffizielle Ermittlungen zugetragen worden waren.

Vielleicht war Bruno schon längst bekannt gewesen, als sie von Antonio Rossi angebaggert worden war, der ein relativ hohes Tier bei der 'Ndrangheta war. Vielleicht war sie bereits in der Bar erkannt worden und somit sofort aufgeflogen.

Allerdings musste es sich auch gar nicht um die 'Ndrangheta handeln.

Zumindest war Bruno anderer Auffassung gewesen.

Hatte das ihr das Leben gekostet?

Der Sarg setzte am Boden des Grabes auf. Hjelm sah in den unbarmherzigen Himmel. Die Sonne war wie eine offene Wunde und die unbeantworteten Fragen wie multiresistente Bakterien darin. Die der Sonne etwas noch Schonungsloseres verliehen.

Er musterte seine Mitarbeiter und war sich sicher, dass sie alle aufrichtig trauerten. Aber eine trauerte ein wenig mehr als die anderen. Eine, die sich so lange einen Partner gewünscht und diesen in Bruno gefunden hatte. Jetzt war Corine Bouhaddi wieder auf sich allein gestellt. Hjelm sah eine Träne in ihrem

Augenwinkel, die von der Gesichtsbandage – einem Andenken an einen anderen Fall – aufgesogen wurde.

Der Priester warf drei Schaufeln Erde ins Grab und sagte mit dumpfer Stimme: »Von Erde bist du genommen, zu Erde sollst du werden. Unser Herr Jesus Christus möge dich auferwecken am Jüngsten Tag.«

Am Jüngsten Tag, wiederholte Paul Hjelm in Gedanken.

Vielleicht war der schon längst gekommen? In einer Welt, in der eine Polizistin einer äußerst geheim operierenden Spezialeinheit innerhalb Europols auf brutalste Weise ermordet wird, in der zwei weitere Mitglieder dieser Einheit seit zwei Jahren unter schrecklichsten Umständen als Geiseln gehalten werden, in so einer Welt war der Jüngste Tag vermutlich nicht mehr allzu weit entfernt.

Aber Hjelm wollte alles tun, was in seiner Macht stand, um den Jüngsten Tag hinauszuzögern.

»Loslassen?«, wiederholte Ruths Stimme mit Nachdruck.

»Ich finde, Sie konzentrieren sich nicht auf die richtigen Dinge.«

»Wie gut, dass das mein Job ist und nicht Ihrer. ›Das Gefühl, dass die Erde eine entsicherte Handgranate ist, die jederzeit losgelassen werden könnte.‹ Einmal abgesehen von der etwas schwerfälligen Formulierung: Wer lässt da los?«

»Aber das habe ich doch nur so gesagt. Es war eine misslungene Metapher.«

»Genau das glaube ich aber nicht.«

»Ich weiß es nicht«, meinte Paul Hjelm. »Die Verbrecher? Die Welt ist in der Hand der Verbrecher?«

»Aber dann wäre es doch positiv, wenn die loslassen?«

»Dann sind es eben wir.«

»Wer wir?«

»Na, wir. Die Polizei. Wir, die versuchen, die Demokratie aufrechtzuerhalten.«

»Das tut die Polizei?«

»Das sollen wir. Wenn wir nicht ...«

»Ja ...?«

»Wenn wir nicht aus Versehen loslassen ...«

»Sie?«

»Ich, zum Teufel. *Ich*.«

»Haben Sie das Gefühl, dass Sie nicht mehr festhalten können und loslassen werden? Und dass die Welt explodiert, wenn Sie das tun?«

»Nein. Aber ich fühle mich zusehends wie Don Quijote. Ich kämpfe gegen Windmühlen, die mir als Riesen erscheinen.«

»Fahren Sie fort.«

»Jetzt wird es interessant, ja ...«

»Fahren Sie einfach fort.«

»Ich weiß nicht, was ich damit meine. Ich habe das Gefühl, dass ich keines dieser Verbrecher habhaft werde. Meine Ermittlungen sind raffinierter als je zuvor, und meine Abteilung kann viel komplexere Leistungen bringen als früher, um diesen Schurken auf die Spur zu kommen. Aber wir bekommen keinen zu fassen. Ich zerstöre einen Haufen Windmühlen, aber die Riesen verschwinden nicht. Niemand kann sie vernichten.«

»Wer sind denn diese Riesen?«

»Alle, die sich von einer gerechten Strafe freikaufen können.«

»Und wer sind die?«

»Viel zu viele.«

In diesem Moment ertönte erneut die Stimme des Priesters: »Herr, schenke dieser unserer Schwester Deine Barmherzigkeit und richte nicht über Deine Dienerin, denn trotz ihrer Unvollkommenheit wird sie Deinem Willen folgen. Lass sie auch im Himmel eine Deiner Getreuen sein und sich mit den Engeln und Heiligen vereinen. Durch Jesus Christus, unseren Herrn.«

Und die Versammelten sagten: »Amen.«

Paul Hjelm sah sich um auf dem Cimitero del Verano. Wohin er auch blickte, die Welt um ihn herum war ein einziger riesiger Friedhof.

Dann drehte er sich zu seinen Kollegen um. Sie blickten einander an, Paul Hjelm und Jutta Beyer, Arto Söderstedt und Marek Kowalewski und Corine Bouhaddi. Und ihre Blicke sprachen eine eindeutige Sprache. Die anderen Trauergäste bedankten sich beim Priester und zogen sich vom Grab zurück. Die Totengräber begannen, in gleichmäßigem Rhythmus Erde ins Grab auf den praktisch leeren Sarg von Donatella Bruno zu schaufeln. Ein dumpfes Echo war zu hören.

Am Ende standen nur noch die Vertreter der Opcop-Einheit um das Grab.

Da ergiff Paul Hjelm das Wort: »Unser Versprechen an dich, Donatella, ist es, deinen Mörder zu finden. Und Fabio und Lavinia zu retten. Das ist ein aufrichtiges Versprechen.«

Schweigen breitete sich aus.

Nach einer Weile fuhr er fort: »Wir müssen einfach nur noch besser werden.«

Und Arto Söderstedt sagte: »Amen.«

Erste Aussage

Aosta, Italien, 20. September

Da es mehrere gute Gründe dafür gibt, dass ich eine schriftliche Aussage mache anstatt einer mündlichen, werde ich diese Sondergenehmigung nicht als Freundlichkeit auslegen. Aber Sie haben erreicht, dass es mir wie eine vorkommt, und das überrascht mich vor dem Hintergrund der Ereignisse, die meinen Worten vorangingen.

Die vergangenen Monate.

Die einzige Anweisung, die ich bekam, lautete: »Fangen Sie einfach beim Anfang an.« Das Problem ist nur, dass ich nicht weiß, wo der Anfang ist. Wann fing es an?

Eine Antwort wäre »Am Anfang aller Zeit«. Als der Mensch sich seiner Situation bewusst wurde und begann, sich in Gemeinschaften zu organisieren, gab es noch keine einheitlichen Gesetze, nur Myriaden von verschiedenen Regelsystemen. Es gab keinen Staat, keine Öffentlichkeit. Das Gesetz des Stärkeren galt.

Ein Mann trat hervor und begründete das erste Gesetz der Welt. Er war ein Schafhirte und ein Sklave, und es gelang ihm, die neu gegründete Kolonie in Erstaunen zu versetzen. Sie hatten ja händeringend nach einer Lösung gesucht, weil die Gesetzlosigkeit in der neuen Stadt uferlos geworden war. In ihrer Panik hatten sie das Orakel in Delphi befragt, aber nur als Antwort erhalten, sie müssten ihre eigenen Gesetze erschaffen. Und da kam plötzlich dieser Schafhirte mit einem Bündel handgeschriebener Gesetze und behauptete, Athena sei ihm im Traum begegnet und habe ihn gebeten, diese Gesetze aufzuschreiben.

Das war Mitte des 7. Jahrhunderts vor Christus, als das antike Griechenland zwischen Chaos und Zivilisation schwankte. Der Schafhirte hieß Zaleukos und die soeben gegründete Kolonie Lokroi Epizephyrioi, sie war der entlegendste Posten der griechischen Zivilisation an der südlichsten Spitze des Apennin. Die Gegend, die dann später »Italien« genannt wurde und diese besondere Region »Kalabrien«.

Dort hätte die Geschichte eigentlich aufhören können – oder sich zumindest so weiterentwickeln können, wie es andernorts geschieht: Kosmos besiegt Chaos, der Terror der Finsternis muss dem Licht der Zivilisation weichen. Aber dazu kam es nicht. Die Entwicklung Kalabriens nahm einen anderen Weg.

Die Antike bestand fort und ging nahtlos in die byzantinische Kultur über, alles blieb urgriechisch. Bis die Araber kamen. Da floh die Bevölkerung in die Berge, in das unzugängliche Massiv des Aspromonte, und dort entstanden neue, vollkommen isolierte Orte. Staat und Zivilisation existierten nicht mehr, man kehrte zum Urzustand zurück, und es galt wieder das Gesetz des Stärkeren. Außerdem werden noch heute in einigen Orten das byzantinische Griechisch und das Altgriechisch der Antike gesprochen.

Der Feudalismus – das allmächtige Regelwerk des einsamen Herrschers – hatte die Region bis ins 19. Jahrhundert fest im Griff. Dann kam Napoleon. Kalabrien wurde von den Franzosen okkupiert, und der Boden und das Ackerland wurden wieder frei und gingen in Privatbesitz über. Problematisch war nur, dass es keine Gesetze für Privatbesitz gab. Die Orte und Städte sahen die Gelegenheit für neue Einnahmequellen, und die eng zusammenhaltenden und isolierten Bergfamilien wurden zu Klans – 'Ndrina – und teilten die neuen Wirtschaftsquellen untereinander auf.

Um 1860 richtete der neu gegründete italienische Staat seine Aufmerksamkeit auf Kalabrien und erhob Ansprüche, auch dort Gesetze einzuführen. Für die Bergbewohner war das nur eine weitere Okkupationsmacht, die nicht begriff, dass sie bereits ihre eigenen Gesetze hatten. Das Gesetz des Stärkeren hatte Bestand.

Zaleukos bekam keine zweite Chance in Kalabrien. Vielmehr ging es darum, die Gesetze des jungen Staates auszunutzen und das Geld der Eindringlinge an sich zu reißen. Dafür gab es unterschiedliche Phasen und Stufen. Eine wichtige Phase war der Bau der Autobahn A3, die ewig unvollendete Autostrada del Sole von Kampanien bis nach Kalabrien, deren Instandsetzung die Klans untereinander aufteilten. Eine andere war der Bau des Stahlwerkes mit dem dazugehörigen gigantischen Hafen in Gioia Tauro, dem größten Industriehafen des Mittelmeeres.

Eine dritte Erwerbsquelle schließlich waren Entführungen. Die Norditaliener kamen in den Süden wegen der Großbauten. Sie hatten zuvor Kalabrien wie die Pest gescheut, aber für die gigantischen Bautätigkeiten kamen sie. Und um den Bau der Autobahn, des Industriehafens und des Stahlwerks koordinieren zu können, mussten sie mit vielen verschiedenen Klans zusammenarbeiten. Sie einigten sich zwar, machten sich jedoch verwundbar. Die Klans – die sich zuvor gegenseitig in gleicher Weise bekriegt hatten, wie sie auch den Staat bekämpft hatten – ergriffen ihre Chance. Man entführte wohlhabende Norditaliener und ihre Familienmitglieder, wobei die Klans zusammenarbeiteten. Die geeignetste Gegend dafür war der Aspromonte, die unzugänglichen und zerfurchten Regionen des Bergmassivs in Kalabrien. Vor allem die Klans in Platì, Africo und San Luca waren dafür zuständig, die Opfer zu verstecken. Sie waren näher an Kalabriens Ostküste, näher am Ionischen als dem Tyrrhenischen Meer. Näher an dem archaischen Griechenland.

1975 befanden sich fünfundsiebzig Geiseln in und außerhalb der Ortschaften des Aspromonte. Das Geld floss in Strömen. Die Entführungen brachten die ersten großen Kapitalerträge der Klans ein, aber sie erzeugten auch ein negatives Bild in der Öffentlichkeit. Bald hatte Kalabrien wieder den schlechten Ruf wie schon zu jener Zeit, als Goethe 1787 diesen Landstrich auf seiner Italienischen Reise mied. Das Konzept ging nicht auf. Wenn die Klans Wachstum wollten, brauchten sie ein besseres Image, eine engere Zusammenarbeit untereinander und Zugang zu legalen Geschäftsmodellen. Also musste eine vollkommen neue Form der Zusammenarbeit entwickelt werden. So entstand die La Santa.

Das Ziel dieses mächtigen Zusammenschlusses einer überwältigenden Anzahl von Klanbossen war es, eine bis dahin geheime Welt zu betreten, um die Klans in die legale Geschäftswelt einzubinden. Es ging um die Welt der Freimaurer. Bald wurde einer bedeutenden Anzahl wichtiger Klanmitglieder der Zutritt zu den Logen gewährt, und dadurch konnten sie entscheidende Kontakte knüpfen: zu Geschäftsmännern, Juristen, Politikern. Genau genommen konnte sich die 'Ndrangheta erst seit Gründung der La Santa als eine Organisation bezeichnen.

Allerdings funktionierte der Zusammenhalt keineswegs reibungslos. Nicht nur die Entführungen warfen ihre Schatten auf den Ruf der 'Ndrangheta, sondern auch die internen Auseinandersetzungen. Es ging um Blutrache und den Ehrenkodex. Und natürlich kam es auch bei der Gründung der La Santa zu Streitigkeiten, die schnell die Form einer Vendetta annahmen. Das war der sogenannte erste 'Ndrangheta-Krieg. In einer drei Jahre andauernden Familienfehde wurde ein Großteil der gefährlichsten Bosse ermordet, und es waren an die hundert Tote zu beklagen. Einer von ihnen war einer der Gründer der La Santa, Giorgio De Stefano, dessen Kopf nach einem angeblichen Schlichtungsgespräch 1977 an seinen Bruder Paolo geschickt wurde.

Paolo aber hielt an der La Santa fest, und so gelang es den meisten Bossen, den »*santinisti*«, Mitglieder in den verschiedensten Freimaurerlogen zu werden. Das war ein erster bedeutender Schritt in die Legalität.

Aber die 'Ndrangheta war nach wie vor die 'Ndrangheta. Nur wenige Jahre später brach der zweite 'Ndrangheta-Krieg aus, der noch wesentlich grausamer war. Mindestens siebenhundert Menschen wurden in den Jahren zwischen 1985 und 1991 ermordet.

Aber ich nehme an, dass Sie nicht diesen Anfang erwartet hatten. Nicht von jemandem wie mir. Aber sonst können Sie nicht begreifen, was aus der 'Ndrangheta nach 1991 wurde. Diese Zeit war nämlich perfekt, um einen Platz in der ständig wachsenden informellen Wirtschaft, der Schattenwirtschaft nach dem Mauerfall, einzunehmen. Die 'Ndrangheta wurde zu einer Kombination aus Wirtschaftsunternehmen und Mafiaorganisation, ein perfekter Wurf. Das ist die heutige 'Ndrangheta.

Während des zweiten 'Ndrangheta-Krieges wurde ich zum Mann. Ich verabschiedete mich von meiner Kindheit und trat in die Erwachsenenwelt ein, als die Kämpfe ihren Höhepunkt erreichten.

Ich vermute, dass Sie eigentlich wollten, dass ich an dieser Stelle beginne. Aber ich fand, dass Sie etwas Hintergrundwissen benötigen. Das nächste Mal werde ich von der Kindheit der beiden Jungen aus San Luca in Kalabrien erzählen. Versprochen.

Aber jetzt brauche ich erst einmal eine Pause.

Biotechnologie-Cluster

Stockholm, 30. Juli

Frescati sah nicht mehr so aus, wie Sara Svenhagen es in Erinnerung hatte. Das gesamte Gelände der Stockholmer Universität hatte eine gründliche Veränderung erfahren seit jenen zwei missglückten Jahren, in denen sie sich sehr darum bemüht hatte, keine Polizistin zu werden. Damals hatte das Siebzigerjahregefühl alles beherrscht. Zusammen mit ihrem Vater, dem Kriminaltechniker, und ihrer Familie hatte sie viele europäische Universitätsstädte bereist und immer wieder über die schönen und gut ausgestatteten Universitäten in den Innenstädten gestaunt. Sie hatte sich sehr darauf gefreut, ihr Studium in Stockholm zu beginnen. Denn sie war insgeheim davon überzeugt gewesen, dass Stockholm, eine der schönsten Städte der Welt, selbstverständlich auch über eine schöne Universität verfügen würde.

Als sie dann am ersten Tag ihres Studiums der Kulturwissenschaften, achtzehn Jahre jung und beeindruckend naiv, die seelenlosen Korridore der Ostblockarchitektur betrat, stürzten viele Illusionen in sich zusammen. Und zwei Jahre später war von ihnen kaum noch etwas übrig.

Sogar die Polizeihochschule war attraktiver.

Sara Svenhagen lief ein Schauer über den Rücken, sie gab Gas, ließ das Universitätsgelände hinter sich und fuhr an dem unveränderten Naturhistorischen Reichsmuseum vorbei. Die morgendliche Sonne strahlte freundlich, als sie in den Bergiusvägen einbog. Aber je näher sie dem Lappkärrsberget kam, desto lauter meldeten sich die Erinnerungen. Die Studentenwohnheime – wo sie auf vielen Partys gewesen war – hatten sich kein bisschen verändert. Hier war die Zeit nach den Siebzigerjahren einfach stehen geblieben.

»Hier hast du also studiert?«, fragte Kerstin Holm vom Beifahrersitz.

»Man kann es nicht gerade eine glückliche Zeit nennen«, erwiderte Sara Svenhagen und parkte nachlässig auf dem Dozentenparkplatz. Als die beiden Freundinnen aus dem Wagen stiegen, erhoben sich vor ihnen die Backsteinfassaden wie die Siebzigerjahrereplik einer mittelalterlichen Burg. Sie fanden die gesuchte Hausnummer, nahmen die Treppe und standen vor einer Namenstafel, die einen repräsentativen Querschnitt der Studentenschaft bot. Trotz eines vor Kurzem eingeführten zusätzlichen und relativ hohen Studentenbeitrages für ausländische Studierende war die asiatische Dominanz nicht zu übersehen. Aber unter den vielen chinesischen Namen entdeckten sie auch den einen.

Und das war ein sehr schwedischer Name.

Sie gingen in den ersten Stock in die Gemeinschaftsküche, deren Sauberkeit zu wünschen übrig ließ. Von hier aus gelangte man auf die Flure mit den Studentenzimmern. Die Türen waren lediglich mit Nummern versehen. Auf ihrem Weg durch die Flure kamen sie an einem öffentlichen Telefon vorbei, dessen Anblick die Siebzigerjahreanmutung noch verstärkte. Aber nicht nur das.

Kerstin Holm zeigte auf das Telefon, und Sara Svenhagen nickte.

Sie hatten ihr Ziel erreicht. Die Tür sah so unscheinbar aus wie alle anderen. Eine fast unsichtbare Nummer klebte daran. Ein kurzer Blickwechsel, und Svenhagen drückte die Klinke herunter. Draußen herrschte strahlender Sonnenschein, aber dieses kleine Studentenzimmer war in tiefe Dunkelheit getaucht, die einen ganz besonderen Geruch ausströmte. Und doch war das nicht der dominierende Eindruck. Den erzeugten die Rechner. Es schien praktisch unvorstellbar, wie man so viele Computer, so viel Hardware in so ein kleines Zimmer packen konnte.

Auch als sich ihre Augen an das Dunkel gewöhnt hatten, konnten sie niemanden entdecken. Nur die Bildschirmschoner zeigten gleichmütig ihre phantasievollen Muster über die acht Monitore, und der neunte schaltete in diesem Augenblick sein Schonerbild ein. Sara Svenhagen trat an ihn heran und klickte sich routiniert durch den Ordner mit den Systemeinstellungen.

»Zwei Minuten«, sagte sie.

Kerstin Holm nickte und ging hinaus in den Flur. Dort war keine Menschenseele zu sehen, die dunstige Luft stand vollkommen still. Kein Fenster und keine Tür schienen in den maximal zwei Minuten geöffnet worden zu sein, die verstrichen waren, seit der Besitzer des Rechners seinen Platz verlassen hatte. Holm ließ den Blick den Flur hinuntergleiten, vorbei an einer Reihe identischer Türen bis zu seinem Ende, wo sich ein schmutziges Fenster befand, das die einzige Lichtquelle darstellte. Es gab kein zweites Treppenhaus dort hinten, und ihnen war niemand entgegengekommen.

Sara Svenhagen trat an die Fensterfront des Studentenzimmers und schob die Verdunklungsgardinen beiseite. Das Erste, was sie sah, nachdem der enorme Helligkeitskontrast seinen Angriff auf ihre Großhirnrinde beendet hatte, war ihr Auto. Der Wagen von Europol. Sie schüttelte den Kopf und murmelte: »Sehr schlampig geparkt ...«

»Du warst mit deinen Gedanken woanders«, flüsterte Kerstin Holm und ging leise den Flur hinunter.

Die ersten sechs Türen auf beiden Seiten des Flures entsprachen der Zahlenfolge, die sie auch zu der Tür geführt hatte, hinter der jener beeindruckende Rechnerpark untergebracht war. So lautlos wie möglich drückten sie die Klinken herunter, eine nach der anderen, Sara auf der rechten und Kerstin auf der linken Seite. Die Türen waren alle abgeschlossen. Und kein Laut drang nach draußen. Die siebte Tür sah anders aus. Sie hatte keine Nummer. Svenhagen öffnete sie sehr vorsichtig. Es war ein Badezimmer mit Duschkabinen. Es war leer, nur ein schwacher muffiger Geruch schlug ihnen entgegen. Auf der gegenüberliegenden Seite war eine Tür mit einem Schloss, die mit viel gutem Willen als »weiß« bezeichnet werden konnte. Holm öffnete sie ebenfalls, die Toilettenbrille war schmutzig, aber der Raum ebenfalls leer.

Sie setzten ihren Weg fort. Die Luft schien auch hier stillzustehen. Das Studentenwohnheim Lappkärrsberget lag so verlassen da wie nach dem Jüngsten Gericht.

Sie kamen zu weiteren Türen mit aufsteigenden Nummern. Hinter der einzigen Tür, die nicht verschlossen war, saß eine dunkelhaarige junge Frau mit gigantischen Kopfhörern, den Blick aus dem Fenster gerichtet. Kerstin Holm schloss die Tür wieder, ohne von der Bewohnerin bemerkt worden zu sein.

Im Übrigen war das Stockwerk menschenleer.

Kurz vor dem schmutzigen Fenster am Ende des Flures aber befand sich abermals eine Tür, die anders aussah als die Zimmertüren. Sie war schmaler und hatte keine Nummer.

Kerstin Holm legte ihre Hand auf die Klinke, aber als Sara Svenhagen in die Innenseite ihrer Jeansjacke griff, schüttelte sie den Kopf und rief: »Ich öffne jetzt die Tür der Besenkammer, Gustaf Horn.«

*

Kerstin Holm hatte die Situation tatsächlich richtig eingeschätzt. Sara Svenhagen musterte ihre Chefin, die konzentriert durch den Einwegspiegel in den Verhörraum sah. Er war einer der wenigen, die es im Polizeipräsidium von Stockholm überhaupt noch gab. Dabei drehte sie unablässig an ihrem neuen Ehering. Svenhagen hatte plötzlich ein sonderbares Déjà-vu. Als sie Kerstin Holm das letzte Mal, am Anfang aller Zeit, dabei beobachtet hatte, wie sie ihren Ehering drehte, war das ein sehr schlechtes Zeichen gewesen. Die Konfrontation mit ihrem Exmann hätte Kerstin Holm beinahe zu ihrem Tod geführt. Aber vermutlich war dieser Vergleich nicht nur falsch, sondern geradezu wahnsinnig. Ihre Chefin war frisch verheiratet. Und zwar mit Paul Hjelm. Auch wenn diese Ehe sonderbar begann. Nämlich mit einer Explosion. Mit einer gewaltigen Detonation im Zentrum von Den Haag, die Hjelm aus der Ferne sah und bei der eine der Kolleginnen förmlich pulverisiert worden war. Eine seiner engsten Mitarbeiterinnen.

Es gab keine Flitterwochen.

Vielleicht drehte sie genau aus diesem Grund an ihrem Ring.

Sara Svenhagen spürte, wie sie die Augenbrauen runzelte, während sie ihren Blick ebenfalls in den Verhörraum wandern ließ. Als sie den Jungen sah – kein anderer Ausdruck war angemessener –, der stumm auf die Tischplatte starrte, musste sie an einen ganz anderen Fall denken. An einen Jungen, der Johannes Stiernmarck geheißen hatte, aber nicht mehr so hieß. Auch er hatte den grenzenlosen Zynismus der Elterngeneration durchschaut.

Sara Svenhagen hatte schon so viel erlebt, dass jedes Ereignis sie an ein anderes erinnerte. Bedeutete das, dass sie alt wurde? Oder gar klug? Oder nur zynisch?

»Wollen wir reingehen?«, fragte Kerstin Holm und hörte auf, an ihrem Ehering zu drehen.

Sie setzten sich auf die andere Seite des Tisches. Der Junge hob nicht den Blick, sondern war vertieft in die feinen Muster der Resopaltischplatte. Kerstin Holm unterbrach sein Studium mit den Worten: »Ihr Namen kommt mir bekannt vor, Gustaf.«

Der Blick des Jünglings löste sich auch jetzt nicht von der Tischoberfläche. Aber er schüttelte sanft den Kopf.

»Gustaf Horn, der Herrscher von Hornsberg«, sagte Kerstin Holm mit mehr Nachdruck in der Stimme.

»Hören Sie auf«, sagte der junge Mann und hob zum ersten Mal den Blick.

»Der Herrscher von Hornsberg kauerte hinter einem Eimer in der Besenkammer von Lappkärrsberget«, fügte Sara Svenhagen hinzu.

»Wir wissen, dass Sie uns angerufen haben, Gustaf«, sagte Holm sanft.

»Auf diesem Flur wohnen superviele Leute«, entgegnete Gustaf Horn trotzig. »Warum sollte das ausgerechnet ich gewesen sein?«

»Wir haben uns im Sekretariat des Wohnheims erkundigt. Aus diesem Stock hatten sich alle Bewohner bis auf fünf über die Semesterferien abgemeldet. Und von den verbleibenden fünf sind drei Asiaten, außerdem Sie und die Schwedin Alice Larsson. Und der Anrufer war unzweifelhaft ein Mann, ein junger Mann und Schwede.«

»Es muss doch niemand aus diesem Stock gewesen sein, der unser Flurtelefon benutzt hat. Wäre es nicht klüger gewesen, das Telefon in einem anderen Wohnflur zu benutzen?«

»Es gibt Gründe dafür, und die sind mir jetzt viel klarer geworden«, fuhr Kerstin Holm in derselben Tonlage fort.

»Klarer geworden?«

»Klarer, nachdem ich Sie kennengelernt und einige Dinge nüchterner betrachtet habe. Sie *wollten* von uns gefunden werden.«

»Reden Sie keinen Unsinn.«

»Hören Sie auf, Gustaf. Sie rufen anonym bei der Polizei an und sagen, dass Sie – Zitat – mit ›der Europol-Einheit‹ sprechen wollen – Zitatende. Und als die Notrufzentrale wissen möchte, worum es sich handelt, sagen Sie, dass ›ein schwedisch-europäisches Unternehmen in einer sensiblen Branche‹ einen Fall von Industriespionage verschweigt und sich an eine unbekannte Instanz wenden will, um das Problem zu lösen. Dann haben Sie aufgelegt ...«

»Ich habe nicht ›verschweigt‹ gesagt«, entgegnete Gustaf Horn und verstummte dann.

»Jetzt haben Sie es schon wieder getan«, sagte Kerstin Holm.

»Wovon reden Sie?«

»Sie sind viel zu clever, als dass Ihnen so ein Schnitzer passieren würde. Sie sagen: ›Ich habe nicht ‚verschweigt' gesagt‹, um sich dann die Hand vor den Mund zu schlagen. Und natürlich weiß ein Computernerd, dass ein Telefongespräch von einem Festnetzanschluss zurückverfolgt werden kann und uns dann unweigerlich zu Ihnen führt. Das ließe sich zwar als psychologischer Verteidigungsmechanismus interpretieren, damit man sich nicht als Spitzel und Verräter fühlen muss. Aber ich bin der Meinung, das wäre eine Fehlinterpretation.«

Zum ersten Mal sah Gustaf Horn richtiggehend interessiert aus. Er lehnte sich über den Tisch des Verhörraums und blickte die dunkelhaarige Frau, die seine Mutter hätte sein können, durchdringend an.

Die andere, etwas jüngere Frau beobachtete mit zunehmendem Interesse den Schlagabtausch, verhielt sich jedoch passiv. Passiv, aber jederzeit bereit für eine Improvisation.

»Und was glauben Sie dann, was ich hier tue?«, fragte Gustaf Horn.

»Uns testen«, erwiderte Kerstin Holm.

»Worauf?«

»Ob wir clever und vertrauenswürdig genug sind, um Ihrem Plan zu folgen, damit Sie nicht als Leck enttarnt werden können. Dann hätten Sie nämlich große Schwierigkeiten, jemals wieder einen Job in der IT-Branche zu finden. Aber etwas an dieser Spionage in ›einem schwedisch-europäischen Unternehmen in einer sensiblen Branche‹ hat Sie dazu veranlasst, nicht länger zu schweigen. Und für uns liegt es nahe, an Ihren Sommerjob bei der Bionovia AB in Hornsberg zu denken. Ihr ganz eigenes Hornsberg.«

Gustaf Horn musterte die beiden Frauen eine Weile, eine nach der anderen, ganz nüchtern und klar, und kam dann offensichtlich zu einem Entschluss.

»Ich sage kein Wort mehr, bevor Sie mir nicht das Versprechen geben.«

»Bevor wir was versprechen?«

»Mich da rauszuhalten.«

»Wenn Ihr Plan keinen Einfluss auf unsere Ermittlungen hat, haben wir keinerlei Veranlassung, Sie zu entlarven«, sagte Kerstin Holm leise. »Sie könnten uns sogar noch von großem Nutzen sein«, fügte sie gerissen hinzu und warf Sara Svenhagen einen Blick zu, die sofort auf die Anspielung reagierte.

»Erzählen Sie uns jetzt bitte von dem Hackerangriff, Gustaf«, forderte sie ihn auf.

»Ich muss gleich zu Anfang sagen, dass ich genau genommen keine Ahnung habe, worum es da konkret geht«, antwortete Gustaf Horn und seufzte. »Ich habe keinen Schimmer, was sich in den geheimen Dateien von Bionovia befindet.«

»Das Unternehmen beschäftigt sich mit Biotechnologie«, sagte Svenhagen. »Sie analysieren die Interaktion von Molekülen und dem System in den Zellen, sie widmen sich der Mikromolekular- und Proteinforschung und stellen Arzneistoffe aus Plasmaproteinen her.«

»Aber ich weiß eben nicht genau, worum es bei der ganzen Sache geht.«

»Und trotzdem kam es Ihnen so bedeutsam vor, dass Sie bereit waren, Ihre heiß ersehnte Karriere in der IT-Branche aufs Spiel zu setzen?«

»Das Sicherheitssystem besteht aus acht verschiedenen Niveaus«, sagte Horn. »Bereits auf Niveau sechs und sieben handelt es sich um veritable Firmengeheimnisse. Und der Hackerangriff fand auf Niveau acht statt.«

»Und Sie haben das umgehend gemeldet, als Sie es entdeckt haben?«

»Ja, und im Anschluss habe ich durch Zufall ein Gespräch zwischen dem Sicherheitschef und dem Geschäftsführer mitangehört. Der Sicherheitschef wollte sich mit seinen ›Kontakten‹ besprechen. Der Geschäftsführer hat ihm zwei Tage Zeit gegeben, dann würde er zur Polizei gehen.«

»Sie sagen, Sie hätten ›durch Zufall‹ dieses Gespräch mitangehört?«

»Ja, das war tatsächlich so.«

»Und wie lange ist das jetzt her?«

»Zehn Tage.«

»Und haben die beiden seitdem etwas zu Ihnen gesagt?«

»Nichts. Das ist doch der Punkt. Ich verstehe nicht, warum sie das vor mir geheim halten sollten, ich habe den Angriff doch entdeckt.«

»Dann scheint es dem Sicherheitschef offenbar gelungen zu sein, seine ›Kontakte‹ zu aktivieren«, sagte Sara Svenhagen. »Es gibt kein Gesetz, das sie zwingt, sich an die Polizei zu wenden.«

»Ich habe das überprüft«, entgegnete Gustaf Horn. »Unter bestimmten Umständen muss so ein Angriff gemeldet werden. Es gibt eine Meldepflicht, wenn die Bedrohung von einer offiziellen Stelle einer ausländischen Macht ausgeht.«

»Einer offiziellen Stelle?«

»Der Sicherheitschef und der Geschäftsführer haben Chinesen dahinter vermutet«, erklärte Horn und beobachtete aufmerksam die Reaktion seiner Gesprächspartner.

»Geht das ein bisschen genauer?«

»Der Sicherheitschef erwähnte das Militär. Deshalb habe ich mir eine Sache auch genauer angesehen.«

»Und welche?«

»Die Muster«, sagte Gustaf Horn. »Ich mag Muster.«

»Und wie haben Sie das getan?«

»Es gibt im Netz ein Forum, in dem über Datensicherheit diskutiert wird ...«

»Und ich nehme an, dass die Nutzer des Forums nicht gerade für die Datensicherheit von Unternehmen zuständig sind?«

»Eher das Gegenteil«, bestätigte Horn. »Es sind Hacker. Richtig hochtalentierte Hacker. Ich habe ganz unauffällig gefragt, ob jemand schon einmal von der Methode gehört habe, eine eingeloggte Identität und Einloggdaten abzufischen, abzuwarten, bis derjenige sich wieder ausgeloggt hat, und sich dann mit derselben Identität wieder einzuloggen. Bevor jemand antwortete, kam die Frage: ›Vier Minuten?‹«

»Vier Minuten?«

»Ja, mit einem Fragezeichen. Das war die Schlüsselfrage. Jemand hat das Muster wiedererkannt. Der zweite Einloggvorgang fand bei allen Versuchen exakt vier Minuten nach dem Ausloggen statt. Insgesamt waren es drei, einer davon lief direkt über den Rechner des Geschäftsführers.«

»Wir müssen das alles in Kürze noch einmal im Detail aufnehmen«, sagte Sara Svenhagen. »Und zwar am besten in Anwesenheit eines unserer Computerexperten. Aber jetzt für uns: Was kam bei dem Austausch im Forum heraus?«

»Haben Sie schon einmal von der ›Einheit 61398‹ gehört?«

Kerstin Holm und Sara Svenhagen wechselten Blicke.

»Vage«, antwortete Svenhagen. »Chinesische Spionagezentrale?«

»Es ist ein zwölfstöckiges Wohnhaus in Schanghai. Dort hat die Volksbefreiungsarmee, also das chinesische Militär, aller Wahrscheinlichkeit nach die Einheit für Cyberspionage sitzen.«

»Und Ihr Kontakt in dem Forum behauptet also, dass diese Vorgehensweise mit der vierminütigen Verzögerung mit der ›Einheit 61398‹ zu tun hat?«

»Er hatte von dieser Methode im Zusammenhang mit dieser Einheit gehört, das war alles. Ich weiß nicht, wer mir da geantwortet hat. Aber es passte sehr gut zu dem, was der Sicherheitschef und der Geschäftsführer gesagt haben. Und wenn man vom chinesischen Militär gehackt wird, besteht definitiv Meldepflicht.«

Erneuter Blickwechsel zwischen Holm und Svenhagen.

»Und Sie haben wirklich keine Vermutung, um was es bei dieser vermeintlichen Cyberspionage gehen könnte?«, fragte Sara Svenhagen nach einer langen Pause.

»Na ja, der Geschäftsführer hat eine Sache mehrmals wiederholt ...«

»Und das war?«

»Aber ich habe keine Ahnung, was dahintersteckt. Ich habe diesen Namen noch nie gehört.«

»Ein Name? Der Name eines ... eines Projektes?«

»Ganz genau«, Gustaf Horn nickte. »Das Projekt Myo.«

Ein Schweigen senkte sich über die drei im Verhörraum. Dann sammelte Kerstin Holm ihre Unterlagen zusammen und sagte: »Wollen wir jetzt von Ihrem Plan sprechen, Gustaf?«

*

Es war Samstagvormittag, als der Wagen von Europol die Igeldammsgatan hinunterrollte, bevor diese sich mit der Straße Kungsholm strand verband und zu Hornsbergs strand wurde. Kurz darauf unterquerten sie die Stadtautobahn Essingeleden und folgten der Straße, die sich nach Südwesten wand. Als sich der Mälaren vor ihnen ausbreitete, hatten sie ihr Ziel fast erreicht. Sie stellten den Wagen auf einem großzügigen Parkplatz ab, der unter Garantie noch nicht existiert hatte, als sie das letzte Mal in Hornsberg gewesen waren, und legten den Rest des Weges zu Fuß zurück.

»Dort«, sagte Kerstin Holm und deutete ins Leere.

»Was?«, rief Sara Svenhagen, und Holm registrierte eine eilige Handbewegung von Sara unter ihre Jacke.

»Nein, nein«, bremste sie ihre Kollegin. »Keine Waffe. Dort befand sich früher einmal Hornsberg, das Schloss oder Herrenhaus von Gustaf Horn. Das wurde abgerissen, nicht etwa für mehr Licht und Luft, sondern um Platz für die Große Brauerei zu schaffen. Teile der Brauerei stehen noch – dort drüben – und beherbergen heute ein großes Tochterunternehmen von Bionovia. Und nach wie vor ist das Unternehmen der Kern dieses sogenannten Biotechnologie-Clusters.«

»Ich bezweifle, dass viele das so nennen.«

»Da hast du wahrscheinlich recht. Aber da ich als deine Vorgesetzte das so bezeichne, tust du es mir nach, nicht wahr?«

»Selbstredend«, antwortete Sara Svenhagen mit neutraler Stimme.

Nur wenige Minuten später waren sie am Ziel. Der Eingang des Gebäudes war unprätentiös, auch der Empfangstresen wirkte unprätentiös, allerdings traf das nicht auf die Empfangsdame zu, die ihnen erst nach Rücksprache und Erlaubnis von höherer Stelle Einlass gewährte. Kurz darauf befanden sie sich in einem Flur, der unendliche Ausmaße zu haben schien. Die Luft stand still wie im Studentenwohnheim von Lappkärrsberget, nur dass hier unzweifelhaft eine andere Haushaltslage vorherrschte.

Endlich hatten sie die richtige Tür erreicht. Einem kurzen

Anklopfen folgte eine gemurmelte Antwort, die sie beide als zustimmend deuteten. Sie traten ein.

An einem ovalen Konferenztisch saßen zwei Männer, die unterschiedlicher nicht hätten sein können. Der eine sah aus wie ein Hipster, mit Vollbart und einem T-Shirt, das verkündete, dass sein Träger *Out on bail* war. Der andere trug einen Boss-Anzug, und sein braun gebranntes Gesicht sah irgendwie ledrig aus. Er stand auf und kam mit seiner wilden blonden Mähne, die normalerweise wahrscheinlich mit Gel nach hinten frisiert war, auf sie zu. Er streckte die Hand aus.

»Peder Jägerskiöld, Sicherheitschef bei Bionovia. Und das ist Hannes Grönlund, der Geschäftsführer.«

»Kerstin Holm.«

»Sara Svenhagen.«

»Nicht nur, dass heute Samstag ist«, sagte Jägerskiöld und setzte sich wieder, »wir beide haben auch unseren Urlaub unterbrechen müssen. Und ich hoffe, dass Ihr Besuch das wert ist.«

»Das wird sich herausstellen«, entgegnete Holm und nahm ebenfalls Platz. »Wir sind Ihnen auf jeden Fall sehr dankbar, dass Sie sich die Zeit genommen haben.«

»Um was geht es?«

»Wir haben Hinweise erhalten«, sagte Kerstin Holm. »Wir können nicht im Detail darüber reden, aber kennen Sie die FRA?«

»Den Schwedischen Nachrichtendienst? Natürlich«, antwortete Jägerskiöld.

»Dann ist Ihnen ja auch der aktuelle Stand des FRA-Gesetzes bekannt. Das wurde nämlich erweitert. Wir können zum jetzigen Zeitpunkt noch nichts Genaueres sagen, aber die Spionagezentrale des chinesischen Militärs ist in den Fokus geraten. Können Sie mir folgen?«

Jägerskiöld und Grönlund wechselten unbeeindruckte Blicke.

Dann sagte der Sicherheitschef: »Natürlich können wir Ihnen folgen, aber was hat das mit Bionovia zu tun?«

»Aber das wissen Sie doch ganz genau«, antwortete Kerstin Holm und beugte sich über den Konferenztisch. »Sonst wären Sie Ihren Posten als Sicherheitschef doch schon längst los.«

Hannes Grönlund unterband mögliche Einwände seines Kollegen mit einer einzigen Geste.

»Ich nehme an, dass Sie von Cyberspionage sprechen?«

»Erzählen Sie uns alles, dann vergessen wir vielleicht die Unterlassung Ihrer gesetzlichen Anzeigepflicht.«

Grönlund seufzte und gab Jägerskiöld ein Zeichen, der wiederum viel zu schnell erklärte: »Es stimmt, dass wir einen Hackerangriff hatten, aber wir haben keine Ahnung, wer sich dahinter verbirgt, und daher auch keine Anzeigepflicht.«

»Ihre Aussage beinhaltet einige interessante Aspekte«, sagte Kerstin Holm und sah zu ihrer Kollegin. »Unterlassungsdelikte und eine offensichtliche Lüge.«

Sara Svenhagen verstand den Hinweis. Sie hatten einen Trumpf im Ärmel. Mit nachdenklichem Gesichtsausdruck sagte sie: »Sie widmen sich der Forschung und Entwicklung von Medikamenten auf einem Niveau, das Sie auf Ihrer offiziellen Firmenwebsite als ›the utmost degree of secrecy‹ beschreiben. Und als Sie einen Hackerangriff auf Ihre Daten registrierten, haben Sie ... nichts unternommen? Ist das so weit richtig?«

»Der Vorstand hat darüber diskutiert, die Prozesse zu überarbeiten«, entgegnete Peder Jägerskiöld steif.

»Autsch«, rief Sara Svenhagen und zuckte zusammen, als hätte sie sich verbrannt. »Noch eine offensichtliche Lüge.«

Kerstin Holm übernahm wieder: »Wir waren so frei und haben untersucht, warum Sie sich gegen eine Anzeige entschieden haben. Sie beschäftigen eine eigene interne Sicherheitsfirma.«

»Alles andere wäre auch sonderbar«, warf Hannes Grönlund leise ein. »Die Sicherheitsfirmen, die sich auf Cyberspionage spezialisiert haben, sind weitestgehend von der Polizei abhängig. Vor allem, was die Ressourcen angeht.«

»Gilt das auch für China?«

»Wir wissen nicht, ob der Angriff aus China kommt. Sie

behaupten das«, sagte Grönlund. »Und damit wissen Sie mehr als wir.«

»Das klingt äußerst beunruhigend«, pflichtete Jägerskiöld bei.

»Sollte unsere Sicherheitsfirma zu demselben Ergebnis kommen wie Sie«, fuhr Grönlund fort, »dann werden wir das selbstverständlich zur Anzeige bringen. Aber ich sehe nach wie vor nicht den geringsten ernst zu nehmenden Anlass dafür, dass wir beide unseren Sommerurlaub unterbrechen mussten.«

»Das ist geradezu lächerlich«, fügte Jägerskiöld hinzu.

»Ihre Sicherheitsfirma heißt Inveniet Security Group AB, stimmt das?«, fragte Kerstin Holm, die Nase tief in einem Berg Papiere vergraben.

»Ja«, antwortete Jägerskiöld.

»Diese Firma wiederum hat einen Subunternehmer namens Chu-Jung mit Sitz in Schanghai.«

»Soweit ich weiß, hat die Firma etwa dreißig Subunternehmer in der ganzen Welt.«

»Aber nur an Chu-Jung wurde vor Kurzem eine große Vorschusssumme von der Inveniet Security Group AB überwiesen.«

»Die haben viele Klienten und machen zahlreiche Geschäfte weltweit.«

»Unter anderem mit der chinesischen Mafia, und die steckt hinter der Organisation Chu-Jung, daran ließ die chinesische Polizei keinen Zweifel«, sagte Kerstin Holm.

»Ich habe von solchen Gerüchten gehört«, meinte Jägerskiöld mit einem Achselzucken. »Wir haben das Inveniet gegenüber erwähnt, aber soweit ich weiß, konnte nichts bewiesen werden.«

»Zwischendurch braucht man eben ein paar Kerle, die aufräumen?«

»Ich habe keine Ahnung, worauf Sie hinauswollen, Frau Kommissarin, aber ganz offensichtlich kennen Sie sich nicht besonders gut in der Security-Branche aus.«

»Klären Sie mich auf.«

Jägerskiöld warf seinem Hipster-Geschäftsführer einen hektischen Blick zu, aber der starrte an die Decke und war ganz, ganz weit weg.

»Man heuert jemanden an, um ein Problem zu lösen«, begann Jägerskiöld langsam. »Dieses Problem liegt aber jenseits der Grenzen der Legalität. Die Polizei muss sich immer an die Gesetze halten, eine Sicherheitsfirma hat da andere Möglichkeiten und Kontakte. Naivität hat noch keinem erwachsenen Menschen geholfen, und es gibt niemanden in der internationalen freien Wirtschaft, der nicht bestätigen würde, dass manchmal eine kurze und schnelle Überquerung der Grenzlinie notwendig sein kann.«

»Wissen Sie, was Chu-Jung bedeutet?«, fragte Kerstin Holm in einem Tonfall, der aufs Vortrefflichste naiv klang.

»Wie bitte?«

»Chu-Jung ist ein Gott in der chinesischen Mythologie. Er ist der Gott des Feuers und der Vollstrecker des Himmels, der über die Gesetze, die Rache und den Tod herrscht.«

»Das ist doch nur ein Name.«

»Der aber alles andere als eine ›kurze und schnelle Überquerung‹ der Grenze zur Welt der Kriminellen meint. Wie lautet der Plan? Ein Frontalangriff auf das chinesische Militär, eine der größten Kriegsmaschinerien der Welt?«

»Ich bitte Sie«, sagte Peder Jägerskiöld und hob die Arme mit einer Geste der Verzweiflung.

Da riss sich Hannes Grönlund vom Anblick der Decke los und erklärte: »Wir sind nur an einer einzigen Sache interessiert, und zwar dem Stopfen des Lecks. Wir müssen dafür sorgen, dass sich so etwas nicht wiederholen kann. Das ist alles.«

Kerstin Holm musterte ihn eindringlich.

»Genau genommen ist die Kombination das Interessanteste«, sagte sie nach einer Weile.

»Die Kombination?«, wiederholte Grönlund und klang beinahe neugierig.

»Sie sind doch eher untypisch für einen Geschäftsführer, oder nicht?«

»Ich bezweifle, dass diese Geschichte etwas mit mir zu tun hat.«

»*Out on bail* – auf Kaution frei?«

»Ich bin nicht aus Ornö angereist, um mir von einer Kommissarin einen Vortrag über meinen Kleidungsstil anzuhören«, entgegnete Grönlund ruhig.

»Ein Steve-Jobs-T-Shirt und die dazupassende Jeans sind das eine«, sagte Kerstin Holm. »Eigentlich sind sie auch nur eine Alternative zu Anzug und Krawatte. Das ist beides eine ... Uniform. Aber bei Ihnen verhält es sich anders, oder nicht?«

»Wenn Sie mich analysieren wollen, Frau Psychologin, kommen Sie leider ein Jahrzehnt zu spät.« Hannes Grönlund lächelte.

»Damals waren Sie noch der jüngste Professor aller Zeiten am Institut für Immunologie, Genetik und Pathologie, kurz IGP, an der Universität von Uppsala. Und trotzdem nicht zufrieden mit Ihrer Situation.«

»Die Universitäten in Schweden stehen vor einem Kollaps«, erwiderte Grönlund. »Alle Investitionen kommen nur dem Verwaltungsapparat oder höchstens der Lehre zugute. Niemals der Forschung. Das ist unhaltbar. Die richtige Forschung findet daher heutzutage nur in Privatregie statt.«

»Sie standen kurz vor der Fertigstellung eines neuen Buches, als Sie dort aufhörten. Stimmt das?«

»In der Welt der naturwissenschaftlichen Forschung schreibt man keine Bücher, man veröffentlicht Artikel, meistens in einer Autorengemeinschaft. Man arbeitet zusammen.«

»Entschuldigen Sie, aber 2002 haben Sie einen Artikel aus der *Nature* zurückgezogen, der wohl renommiertesten naturwissenschaftlichen Zeitschrift der Welt, den Sie zusammen mit zwei Doktoranden in Uppsala geschrieben hatten. Und beide arbeiten jetzt für die Bionovia AB, ist das richtig?«

Hannes Grönlund nickte. »Es gibt diese seltenen Augenblicke, in denen selbst der scharfsinnigste Mensch seinen Gegner unterschätzt. Das sind die weniger glamourösen Momente für sie oder ihn. Aber auch die lehrreichsten.«

»Man kann ›sie oder ihn‹ auch weglassen. Das vereinfacht es.«

»Aber es ist weniger präzise und nicht so schön«, sagte Grönlund und lächelte erneut.

»Haben Sie die Chinesen unterschätzt?«

»Nein, ich habe Sie unterschätzt, Kerstin Holm.«

»Es war leider unmöglich, an diesen Artikel zu kommen.«

»So soll es auch sein.«

»Aber so ist es nie. Nicht wirklich. Es gibt immer irgendwo ein Leck.«

»Nicht ohne Bestechung. Wen haben Sie bestochen, Kerstin Holm?«

»Ich habe noch nie in meinem Leben jemanden bestochen und werde das auch niemals tun. Das unterscheidet uns beide, Herr Grönlund.«

»Ich vermute, Sie denken an Geld, aber es gibt viele verschiedene Möglichkeiten, jemanden zu bestechen. Ich glaube, ich weiß, wen Sie meinen, und ich weiß auch, um welche Form der Bestechung es sich bei dieser Person handelt.«

»Klären Sie mich auf.«

»Wertschätzung.«

»Aber das genügt doch nicht.«

»Doch.«

»Sagen Sie mir, was Sie denken.«

»Sie haben es auf dieselbe Weise gemacht, wie Sie es bei mir versuchen, Kerstin Holm. Sie sehen mir in die Augen und nehmen mich ernst. Sie haben keine Ahnung, was das für eine Kraft hat ...«

»So begegne ich allen Menschen. Wenn sie nicht komplett verrückt sind.«

»Dann sind Sie vermutlich eine brillante Polizistin. Johan Bergström.«

»Aha«, sagte Kerstin Holm neutral.

»Endlich sind Sie um eine Antwort verlegen.«

»Sie glauben also, dass ich mit Johan Bergström gesprochen habe?«

»Nein. Ich weiß es.«

»Dann ist Ihnen wahrscheinlich auch das Protein Myostatin geläufig?«

»Selbstverständlich.«

»Der Artikel in der *Nature,* den Sie zurückgezogen haben, handelte von dem Gen, das für die Steuerung des Myostatin zuständig ist. Richtig?«

»Ich habe den Artikel zurückgezogen, wie Sie ganz richtig gesagt haben. Er existiert nicht mehr.«

»Sie sind Genetiker, Herr Grönlund. Sie sind der jüngste schwedische Professor für Genetik aller Zeiten gewesen. Und als der Tag gekommen war, dem ›i‹ sein i-Tüpfelchen aufzusetzen, sind Sie abgesprungen, weil, wie Sie sagten, die richtige Forschung heutzutage nur in Privatregie stattfindet?«

»Ich bin nicht abgesprungen. Im Gegenteil.«

»Sie sind stattdessen Unternehmer geworden?«

»Ich nehme an, dass Sie sich darüber im Klaren sind, in welchem Jahrhundert wir leben?«

»Absolut, Herr Grönlund. Das Myostatin steuernde Gen heißt MSTN, richtig?«

»Ich weiß Studenten zu schätzen, die ihre Hausaufgaben machen.«

»Und die Myogenese ist das Wachstum von Muskeln?«

»Auch das ist korrekt.«

»Und Myozyten sind Muskelzellen, die durch die Verschmelzung von Myoblasten gebildet werden und aus Myofibrillen bestehen? Und das alles hängt zusammen mit den Begriffen ›Myokardium‹ und ›Myometrium‹?«

»Auch das ist korrekt.«

»Da kommt ganz schön oft die Silbe ›Myo‹ vor ...«

»Ich kann Ihnen nicht folgen?«

»Projekt Myo«, sagte Kerstin Holm.

Der Trumpf war ausgespielt, dachte Sara Svenhagen und musste innerlich lachen. Hannes Grönlund sah zu Peder Jägerskiöld, der seit geraumer Zeit versucht hatte, die Aufmerksamkeit seines Vorgesetzten zu erlangen. Svenhagen hatte das sehr wohl bemerkt und sich so still wie nur möglich verhalten.

Überraschenderweise breitete sich ein Lächeln auf Grönlunds Gesicht aus.

»Ich wiederhole mich. Ich weiß Studenten zu schätzen, die ihre Hausaufgaben machen«, sagte er.

»Was verbirgt sich hinter diesem Projekt Myo?«, fragte Kerstin Holm.

»Sie können keine Kenntnis von diesem Projekt haben«, sagte Grönlund leise. »Das ist unmöglich.«

»Ich glaube, dass Sie schon bald erfahren werden, wozu die NSA, der Geheimdienst der Amerikaner, fähig ist ...«

»Wir müssen das Gespräch jetzt leider abbrechen«, warf Peder Jägerskiöld schroff ein und sprang auf. »Vielen Dank für Ihren Besuch.«

»Es ist zu spät, Peder«, sagte Grönlund. »Und das ist auch in Ordnung so.«

»Die Bezeichnung ›Projekt Myo‹ war Gegenstand des Hackerangriffs. Aber mehr ist nicht bekannt. Worum handelt es sich dabei?«

»Um Muskeln«, sagte Grönlund. »Alles mit dem Präfix ›Myo-‹ hat etwas mit Muskeln zu tun.«

»Und ganz speziell geht es hier um das Gen MSTN, das für die Erhöhung des Myostatin-Spiegels verantwortlich ist, das wiederum das Wachstum der Muskeln hemmt?«

»Das ist Grundlagenforschung. Das Protein Myostatin hemmt das Wachstum von Muskelgewebe. Das funktioniert über die Inaktivierung der Muskelstammzellen, aber wir wissen nicht im Einzelnen, wie das vonstattengeht.«

»Und damit beschäftigte sich Ihr Artikel?«

»Die wissenschaftliche Maschinerie lief so unendlich langsam. Ich hatte den Eindruck, es würde leichter sein, diese Fragen auf dem freien Markt zu verfolgen. Und Biotechnologie und Genetik waren gerade topaktuell. Die Risikokapitalisten aus ganz Europa kamen zu uns. Wir gehören einem Konglomerat von Firmen aus Deutschland, Polen und der Schweiz, deren einzige Vorgabe lautet, dass ich das Unternehmen leite. Meine beiden Doktoranden und ich hatten so die Chance, weiter an dem Projekt Myo zu forschen, während wir Banalitäten wie auf Plasmabasis produzierte Proteinarzneimittel herstellten. Unsere drei Computer wurden gehackt.«

»Das heißt, Ihr Rechner und die Ihrer ehemaligen Doktoranden?«

»Genau. Wir sind das Kernteam.«

»Und was ist das Ziel des Projektes?«, fragte Kerstin Holm.

»Ziel ist es, das Gen MSTN kontrollieren zu können.«

»Das die Produktion von Myostatin steuert?«

»Das wiederum bestimmt, wie groß unsere Muskeln werden.«

Kerstin Holm und Sara Svenhagen nahmen fast unsichtbar Kontakt zueinander auf.

»Und die praktische Umsetzbarkeit? Wofür soll das gut sein?«, fragte Kerstin Holm nach einer kurzen Pause.

Hannes Grönlund zuckte mit den Schultern.

»Für unseren Teil geht es um die Herstellung eines Produkts, mit dem alle Formen der Muskeldystrophie behandelt werden können. Alle Krankheiten, die mit Muskelschwund zu tun haben. Das ist ein Milliardengeschäft.«

»Und für Ihren ganz eigenen Teil?«

Grönlund lachte auf.

»Tja, liebe Frau Holm. Ich würde mehr über die Funktion von Genen erfahren, darüber, wie unser Körper funktioniert. Ich bin praktisch zweigeteilt: Die eine Hälfte ist der pragmatische Geschäftsmann, der ein Ziel hat und das umsetzt. Die andere Hälfte ist der theoretische Grundlagenforscher, der sich der Wissenschaft verschrieben hat. Der Grundlagenforscher, das ist mein wahres Ich.«

»Und für die Chinesen?«

»Sie sind unerbittlich, Frau Holm, das gefällt mir. Lassen Sie es mich so formulieren: Als vor etwa fünfzehn Jahren das Myostatin und das Gen MSTN entdeckt wurden, gelang es den Forschern, eine Generation von Mäusen zu züchten, die über kein MSTN-Gen verfügten. Diese Tiere wurden doppelt so groß wie die gewöhnlichen Mäuse.«

»Aber jetzt geht es schon lange nicht mehr um Mäuse?«

»Nein«, sagte Hannes Grönlund und stand auf. »Es geht nicht mehr um Mäuse.«

Als Kerstin Holm ihm zum Abschied die Hand reichte, beugte er sich vor, als würde er sie umarmen wollen. Sara Svenhagen und Peder Jägerskiöld beobachteten die Szene erstaunt.

Als sie das Firmengebäude verließen, türmten sich die Wolken über Hornsbergs strand. Kerstin Holm personifizierte kompaktes Schweigen, was Sara Svenhagen schließlich zu der Äußerung veranlasste: »Ich fasse zusammen: Die Chinesen wollen also größere Muskeln.«

»Ich vermute, dass wir nicht im Ansatz die Reichweite der Konsequenzen erahnen können«, erwiderte Kerstin Holm leise, aber eloquent.

Doch Sara Svenhagen war noch nicht zufrieden.

»Ich habe zwei Fragen.«

»Und ich bin ganz Ohr.«

»Frage Nummer eins: Wer zum Teufel ist Johan Bergström?«

Kerstin Holm lachte leise. »Ich habe nicht den blassesten Schimmer.«

Sara Svenhagen sah sie überrascht an. »Aber woher hast du dann diese Informationen über das Gen MSTN und das Myostatin?«

»Eine Praktikantin in der Redaktion von *Nature* hat geplaudert, und ich wollte sie nicht verraten. Und Frage Nummer zwei?«

»Frage Nummer zwei: Was hat er dir bei der Verabschiedung ins Ohr geflüstert?«

»Wie bitte?«, fragte Kerstin Holm.

»Schon gut. Es sah auch sehr nett aus, wie der Herr Professor beziehungsweise der Herr Geschäftsführer sich zu dir herunterbeugte und dich umarmt hat. Aber was hat er dir ins Ohr geflüstert?«

»Nur zwei Worte«, antwortete Kerstin Holm und lachte erneut, allerdings nicht mehr ganz so unbekümmert.

»Dann lass mal hören«, forderte Svenhagen sie auf.

»Gustaf Horn.«

Der Sündenbock

Den Haag, 31. Juli

Diese dunklen Augen. Die Ruhe, die sie ausstrahlten. Das Lachen in ihnen.

»Geht es Ihnen besser?«, fragte Ruth.

»Nicht wirklich«, antwortete Paul.

»Die Beerdigung ist jetzt eine Woche her.«

»Tatsächlich?«

»Gelingt es Ihnen, Ihre Gefühle von Ihren Handlungen zu trennen?«

»Könnten Sie bitte verständlichere Fragen stellen?«

»Das wäre aber unter Ihrer Würde.«

»Unter null?«

»Sie haben keinerlei Vorstellung, wie sich null anfühlt. Machen Sie sich nicht so wichtig.«

»Ich nehme mal an, dass Ihre Frage darauf abzielt, was ich mache.«

»Ich glaube nicht, dass es Ihnen gelingt, Ihre berufliche Tätigkeit von Ihren Gefühlen zu trennen, nein. Und genau das könnte auch zu einem Problem werden.«

»Geben Sie doch zu, dass Sie neugierig sind. Was für ein Glück, dass Sie der Schweigepflicht unterliegen. Der Direktor von Europol hat mir garantiert, dass ich Ihnen sagen kann, was ich will. Es wird behauptet, dass Sie die einzige Psychologin in Europa sind, die mit einer solchen Sicherheitsklassifizierung arbeitet.«

»Tun Sie das denn auch, Paul? Sagen Sie mir alles? Weg mit den Verteidigungsmauern! Was geschieht in Ihrer Welt?«

»Sie wollen das also wirklich wissen? Ich habe zwar die offizielle Erlaubnis, Ihnen alles sagen zu können, aber wollen Sie es auch wirklich wissen? Sind Sie sich sicher?«

»Das ist auf jeden Fall ein guter Anfang.«

»Gut. Wir arbeiten dreigleisig, um den Mörder von Donatella Bruno zu finden. Wir haben die Untersuchung des Tatorts, die per Mail erhaltene Videodatei und Brunos inoffizielle Ermittlungsunterlagen. Aber nichts davon erscheint im Moment besonders Erfolg versprechend. Und in der Zwischenzeit sitzen Fabio und Lavinia in einem unbekannten Loch irgendwo auf der Welt und rotten vor sich hin.«

»Sie haben jahrelang angenommen, dass die beiden tot sind ...«

»Ich war naiv. Ich habe vertraut. Damit muss jetzt Schluss sein.«

»Sie haben der italienischen Polizei vertraut?«

»Ja. Ich habe nicht gesehen, was für ein abgrundtiefer Protektionismus in der europäischen Polizei herrscht.«

»Haben Sie überhaupt noch zu irgendjemandem Vertrauen?«

»Ich will ja auch kein Pessimist sein. Das liegt mir nicht. Ich will daran glauben, dass der Mensch tief in seinem Inneren wenn schon nicht gut, dann doch zumindest sozial ist. Wir wollen zusammenleben, wir wollen nicht allein sein. Wir wollen uns mit Menschen umgeben, die sich gerne mit Menschen umgeben. Wenn ich kein Vertrauen mehr habe, dann sterbe ich.«

»Das ist ein guter Ausgangspunkt. Allerdings sind Sie eine sehr einsame Seele.«

»Habe ich da ein Fragezeichen gehört?«

»Ach, ich rede ohnehin viel zu viel. Ich ziehe Ihnen diese Minuten von der Rechnung ab.«

»Die ja ohnehin Europol bezahlt.«

»Europol, Ihre Familie.«

»Nicht Europol ist meine Familie, das sind eher die lästigen Verwandten. Wenn, dann die Opcop-Gruppe.«

»Sie haben eine sehr emotionale Bindung zu den Mitarbeitern aufgebaut. Sind Sie der Vater der Gruppe?«

»Ich habe eigene Kinder. Danne hat seine Ausbildung zum Polizisten abgeschlossen und arbeitet in Tumba, dem Vorort, in dem ich meine Kindheit verbracht habe. Und Tova studiert Politologie in Cambridge. Es geht ihnen gut, und ich bin stolz auf sie.«

»Stolz, aber abwesend.«

»Sie reden nach wie vor zu viel.«

»Sie haben recht.«

»Es stimmt, ich war viel zu oft weg. Aber jetzt sind die beiden erwachsen und führen ihr eigenes Leben. Ich bin nur noch eine Schattenfigur aus der Vergangenheit.«

»Aber das glauben Sie noch nicht einmal selbst, oder?«

»Nein.«

»Ich vermute, dass Sie meiner Frage nach Ihrer emotionalen Bindung an die Opcop-Mitglieder ausweichen wollen.«

»Und damit haben Sie wahrscheinlich recht.«

»Tut es sehr weh?«

»Der Schmerz, als Fabio Tebaldi und Lavinia Potorac starben, ist unvorstellbar groß gewesen. Aber er ist nichts gegen den Schmerz, als ich erfuhr, dass sie leben. Und in derselben Sekunde starb Donatella. Das war ein so teuflisches Timing, dass ich große Schwierigkeiten habe, es zu begreifen.«

»Sie meinen das Motiv?«

»Ja ... oder vielleicht eher ... ich weiß nicht ... die Absicht?«

»Sie glauben, dass diese Anschläge gegen Sie persönlich gerichtet sind?«

Jetzt folgte die erste richtige Pause. Hjelm wusste nicht, was er darauf antworten sollte. War er auf dem besten Weg, verrückt zu werden? Aber das durfte er sich nicht erlauben, im Gegenteil, er war gezwungen, sich selbst zu übertreffen.

»Das wäre doch gar nicht interessant«, sagte er dann. »Vielleicht will jemand nur, dass ich das glaube. Damit ich verrückt werde.«

»Die Videodatei ist direkt an Sie geschickt worden.«

»Ich würde eher sagen, an die Opcop-Gruppe. Jemand will

uns mit großem Nachdruck darüber informieren, dass sie von unserer Existenz wissen.«

»Aber da muss doch mehr dahinterstecken, oder?«

»Ich glaube, dass sie sich damit gegen die Idee einer gesamteuropäischen Polizeimacht richten. Und wir sind die Speerspitze dieser Idee. Wenn wir scheitern, stürzt vielleicht das ganze Konstrukt eines europäischen FBI in sich zusammen.«

»Sollte es politisch motiviert sein?«

»Lassen sich denn Politik und Geschäfte überhaupt noch voneinander trennen?«

»Glauben Sie, dass die Mafia dahintersteckt? Oder mehrere Organisationen, die zusammenarbeiten?«

»In gewisser Weise schon, doch. Da sind mehrere Szenarien denkbar. Eines davon sieht folgendermaßen aus: Als Fabio Tebaldi vor etwa zwei Jahren nach Italien fuhr, wusste die Mafia nicht, was für einen Auftrag er hatte.«

»Aber jetzt weiß sie es?«

»Nach zwei Jahren Folter ... vielleicht?«

Ruth nickte und sagte mit sanfter Stimme: »Dann hat die Mafia mittlerweile alles über die Opcop-Gruppe herausbekommen, den Chef ermittelt, eine inoffizielle Ermittlung entdeckt, die verdeckt von einer Opcop-Polizistin geführt wurde, dieses Mitglied eliminiert und im gleichen Zug den Mafiaboss umgebracht, dem die Opcop auf den Fersen war. Und dann haben sie Ihnen, Paul, mit einem einzigen K.-o.-Schlag mitgeteilt, dass sie über all das Bescheid wissen.«

»Das klingt viel zu passiv.«

»Sie meinen, es handelt sich um eine aktivere Tat?«

»Ich glaube, dass sie einen Weg gefunden haben, Europa, und ich meine damit die ganze EU, aufzufordern, sich aus ihren Angelegenheiten herauszuhalten.«

»Aber ist das nicht auch ziemlich passiv?«

»Ich weiß, was Sie vermuten.«

»Sie sind hinter Ihnen her, hinter Paul Hjelm. Wer sich auch immer hinter dem Ganzen verbirgt.«

»Es tut so gut, dass Sie mir Trost spenden, Ruth.«

»Geben Sie mir mehr Details.«

»Sollte sich dieses Gespräch nicht mit meiner Psyche beschäftigen?«

»Doch. Dann geben Sie mir alle Details darüber, wie weit Sie vorangekommen sind.«

»Die Untersuchung des Tatorts hat nichts Verwertbares ergeben. Soweit wir das beurteilen können, muss die Bombe einen Zeitzünder gehabt haben. Der Countdown muss mit dem Öffnen des Pakets aktiviert worden sein. Der Sprengstoff war eine Flüssigkeit mit einer Sprengkraft, die zehnfach stärker ist als die von Nitroglyzerin. Das Material wird eingesetzt, wenn man erdbebensichere Gebäude sprengen muss. Auch das Militär benutzt es, um Panzer auf der ganzen Welt in die Luft zu jagen. Das kann, muss aber nicht notwendigerweise auf die Beteiligung einer militärischen Organisation hindeuten. Obwohl der Begriff ›Militär‹ heutzutage nicht mehr dieselbe Bedeutung hat wie früher.«

»Aber?«, fragte Ruth.

»Aber?«, wiederholte Paul.

»Sie hatten ein ›Aber‹ auf der Zunge.«

»Ja, meinetwegen. Acht Personen kamen bei der Explosion ums Leben, darunter zwei Kinder. Eigentlich vermeidet das Militär so etwas. Das deutet eher auf die Mafia hin.«

»Das war allerdings nicht das ›Aber‹, das ich gehört habe.«

»Vielleicht war es das hier: *Aber* der Sprengstoff ähnelte dem Material, das sich in einer Glaskugel befand, die vor Kurzem bei einem Anschlag anlässlich der Sommerrede der EU-Kommissarin Marianne Barrière beinahe zum Einsatz gekommen wäre. Allerdings ist der Sprengstoff auch wieder nicht ungewöhnlich genug und hat deshalb keinerlei Bedeutung.«

»Da ist doch noch etwas ...«

»Also gut. *Aber* bei der Untersuchung des Tatorts ist die Frage aufgekommen, wie die Bombe in Donatella Brunos Wohnung gelangt ist. Sie kann natürlich beispielsweise in ihrer Handtasche platziert worden sein, aber der Zündmechanismus aktivierte sich durch Druck oder Zug, wenn zum Beispiel ein Paket geöffnet wird. Sie hätte jedoch niemals ein Paket mit unbekanntem Absender geöffnet. Also muss das Paket an jenem Abend geliefert worden sein, und zwar in einer Form, dass sie dem Inhalt vertraut hat. Und vermutlich lag der Kopf von Antonio Rossi drin.«

»Und wer hat das Paket geliefert?«

»Wir haben alle nur erdenklichen Kurierdienste und Paketboten überprüft und alle Überwachungskameras überprüft. Nichts.«

»Hätte er oder sie denn zwangsläufig auf einem Film der Überwachungskameras auftauchen müssen?«

»Ja, es gibt mehrere Kameras, die einen Boten erfasst hätten, wenn er auf normalem Weg gekommen wäre. Dieser Bote hingegen wusste genau, wo die Kameras angebracht sind und wie er ihnen ausweichen konnte. Und der Auftrag wurde von keinem der gemeldeten Kurierdienste ausgeführt.«

»Die Mafia?«

»Wohl eher irgendein Unterhändler, ein Befehlsempfänger der untersten Ränge. Aber er hat seinen Auftrag sauber erledigt.«

»Und was noch? Was ist mit der Videodatei?«

»Leider auch nicht viel. Das Hotmail-Konto, über die sie kam, wurde nur ein einziges Mal benutzt. Der Rechner, auf dem das Konto eingerichtet wurde, stand in einem Internetcafé in Rom. Einiges spricht also für Italien.«

»Wurde das extra für die Mail eingerichtet?«

»Nein, bereits zwei Wochen vorher. Niemand in dem Café kann sich an irgendetwas erinnern. Von wo aus die Mail tatsächlich geschickt wurde, lässt sich nicht ermitteln. Und was das Video angeht, es wurde mit einem Handy aufgenommen, das Experten zufolge ein iPhone 4 ist. Wir haben auch ein Team von Botanikern gebeten, die Gewächse zu analysieren, die in dem Film zu sehen sind. Und ein Team von Bauhistorikern und Ingenieuren hat versucht, das Gebäude, vor dem Fabio und Lavinia sitzen, architektonisch einzuordnen. Sie haben sich die Zähne ausgebissen. Das Gebäude ist ein Schuppen, der überall auf der Welt stehen könnte, außer auf Grönland und in der Antarktis. Die Botaniker haben im Hintergrund eine Eiche ermitteln können – also wahrscheinlich sind sie in Europa oder Nordamerika – und eine Blume mit dem lateinischen Namen *Aster alpinus,* die an kleine Priesterkragen erinnert, lila mit Gelb in der Mitte. Die wächst wild und kommt genau genommen auf der gesamten Nordhalbkugel vor, bevorzugt jedoch in Bergregionen. Aber als Zierpflanze gibt es sie überall.«

»Die Aufnahmen wurden also von jemandem gemacht, der weiß, wie man Fehler vermeidet.«

»Es besteht kein Zweifel, dass Tebaldi und Potorac so platziert wurden, dass wir keinerlei Anhaltspunkte finden. Wir haben es hier mit routinierten Verbrechern zu tun. Aller Wahrscheinlichkeit nach europäischen Verbrechern. Eventuell in einer Bergregion.«

»Geräusche?«

»Auch die Tonspur wurde sorgfältig analysiert. Man hört die Schritte des Kameramannes durch Gras gehen, man hört einen etwas zu tiefen Atemzug – vermutlich ein Raucher –, und man hört Grillen.«

»Grillen oder Grashüpfer?«

Paul Hjelm lachte laut auf. »Sie sind wirklich eine der routiniertesten Polizeipsychologinnen Europas«, sagte er dann.

»Ich habe im Laufe der Jahre ein gewisses Interesse für die polizeiliche Ermittlungsarbeit entwickelt«, erklärte Ruth und wirkte verlegen. Obwohl es wahrscheinlich gespielt war.

»Das ist nämlich eine entscheidende Frage in diesem Zusammenhang«, fuhr er fort. »Eine Gruppe von Zoologen hat uns diese Frage beantwortet. Es handelt sich um Grillen. Sie kommen in der Mitte und im Süden Europas vor, am häufigsten südlich der Alpen.«

»Was sagen Sie zu meiner Vermutung: Es ist eine Bergregion in Südeuropa?«

»Es ist nicht mehr als das: eine Vermutung.«

»Dann kommen wir zum wichtigsten Punkt«, sagte Ruth. »Tebaldi und Potorac haben zwei Jahre in Gefangenschaft verbracht, als Geiseln in einem Schuppen, vielleicht in den Bergregionen Süditaliens. Sie haben zwei Jahre der Entbehrungen ertragen und sind offenbar wild entschlossen zu überleben. Sonst hätten sie schon längst aufgegeben, wären gestorben oder hätten sich das Leben genommen. Wahrscheinlich ist es das erste Mal, dass sie gefilmt wurden. Denn offensichtlich handelt es sich um Verbrecher, die keine Spuren hinterlassen wollen, und bis zu diesem Zeitpunkt gab es keine Veranlassung für Aufnahmen. Diese Leute gehören nicht zu der Sorte Verbrecher, die Videos drehen und sie auf Partys herumzeigen und auf YouTube stellen. So weit, so gut?«

»Absolut«, sagte Paul Hjelm.

»Glauben Sie nicht, dass sich Tebaldi und Potorac eben auf diesen Augenblick vorbereitet haben? Dass sie sich eine Möglichkeit ausgedacht haben, wortlos mit Ihnen zu kommunizieren? Geben die beiden keinerlei Zeichen, die Sie lesen können?«

»Sie dürfen sich das Band gerne selbst ansehen.«

Ruth zuckte leicht zusammen, zumindest bemerkte Paul Hjelm eine minimale Bewegung in dem Sessel in der äußerst sparsam und etwas altmodisch eingerichteten Praxis in der Altstadt von Den Haag. Er zog sein Handy aus der Tasche.

»Aber Sie müssen nicht …«, meinte er.

»Ich glaube, es ist besser, wenn wir uns auf Sie konzentrieren.«

»Ich dachte, das tun wir gerade.«

Ruth lächelte und erhob sich. Auch Hjelm setzte sich auf. Dann nahm Ruth neben ihm auf dem Diwan Platz.

»Ich nehme mal an, dass es sich nicht um ein handelsübliches Handy handelt?«, sagte sie.

»Schweigen Sie und schauen Sie sich das an.«

Er ließ das Video laufen. Zu sehen waren zwei Menschen, die im Tageslicht, gegen eine Wand gelehnt, dasaßen und aus etwa fünfzehn Meter Entfernung gefilmt wurden. Die Kamera zoomte näher heran. Der Mann war von Narben übersät, verwahrlost, dreckig, trug einen Bart und hielt die Tageszeitung

La Repubblica hoch. Die Frau neben ihm war genauso übel zugerichtet und zahnlos. Schließlich formten die trockenen, aufgesprungenen Lippen des Mannes zwei Worte: »Hilf uns.«

Dann war das Video zu Ende.

Paul Hjelm wandte sich ab. Ruth schüttelte zaghaft den Kopf, entweder weil sie die geballte menschliche Grausamkeit von sich abschütteln wollte oder weil sie doch nicht das hatte entdecken können, was sie erhofft hatte. Sie machte eine Geste, und Hjelm ließ die zweite Hälfte des Videos erneut laufen.

»Haben Sie überprüft, an welcher Stelle der Zeitung er seine Hand platziert hat?«

»Ja«, erwiderte Hjelm. »Das können Sie hier nicht erkennen, die Auflösung ist zu schlecht, und er streckt die rechte Hand senkrecht in die Luft. Aber sein linker Zeigefinger liegt tatsächlich auf einem Artikel. Und eine detaillierte Untersuchung hat ergeben, dass Fabio auf einen Bericht über den italienischen Fußball zeigt.«

»Fußball?«, wiederholte Ruth enttäuscht.

»Ich erinnere mich, dass Fabio Tebaldi einmal gesagt hat, dass er ein vielversprechender Fußballspieler gewesen sei …«

»Und dann haben Sie eine Gruppe Fußballexperten bei Europol darauf angesetzt, den Text zu dechiffrieren?«

Hjelm lachte laut und lange.

»Ja, so ungefähr. Der Artikel handelt von der sogenannten Krise der beiden römischen Mannschaften Lazio Rom und AS Rom, die in der Serie A nur den fünften und sechsten Platz belegt hatten, und zwar hinter dem SSC Napoli aus der selbst krisengeschüttelten Stadt Neapel sowie dem Udinese Calcio aus der kleinen norditalienischen Stadt Udine. Mitten in dieser kritischen Analyse steht der Satz, auf den Tebaldi seinen Zeigefinger hält. ›Die Ursachen für diese Krise lassen sich vor allem in der mittelmäßigen Rekrutierung von ausländischen Spielern finden.‹«

»Und diesen Satz können Sie auswendig?«

»Der wurde in den vergangenen Tagen heftig diskutiert, das

kann ich Ihnen sagen. Alle in der Gruppe haben den exakten Wortlaut auswendig gelernt.«

»Sind Sie der Auffassung, dass Tebaldi damit etwas mitteilen wollte?«

»Ich habe noch eine zweite Version, warten Sie.«

Hjelm öffnete eine andere Datei. Fabio Tebaldis Gesicht in Großaufnahme. Die Auflösung war schlecht, aber das machte die Aufnahme nicht weniger beängstigend. Das Video wurde extrem langsam abgespielt, und als Tebaldi »Hilf uns« sagte, war das weniger ergreifend als vielmehr angsteinflößend, was auf Ruths überraschend behaarten Unterarmen eine Gänsehaut erzeugte.

»Und?«, fragte sie.

»Warten Sie einen Augenblick.«

Da machte Tebaldi eine Bewegung mit den Augen, die auch in der Zeitlupe pfeilschnell war, ein blitzartig kurzer Blick nach links unten.

»Absichtlich?«, fragte Hjelm und schob sein Handy zurück in die Innentasche seiner Jacke.

Ruth erhob sich und antwortete mit einem Schulterzucken. Sie sah angespannt aus, als sie zu ihrem Sessel zurückkehrte. Auch Hjelm legte sich wieder auf dem Diwan zurecht.

»Das sah tatsächlich nach Absicht aus«, murmelte Ruth.

»Und wie interpretieren Sie das?«

»Dass ihm jemand die Zeitung ein paar Minuten vor der Aufnahme in die Hand gedrückt hat und er die Möglichkeit hatte, sie durchzublättern, um eine passende Formulierung zu finden. Und dass er wollte, dass wir diese lesen. Aber wir kommen nicht weiter. Wir verstehen es nicht. Eine Krise, die vor allem durch eine ›mittelmäßige Rekrutierung von ausländischen Spielern‹ verursacht wird?«

»Aber irgendeinen Ansatz werden Sie doch wohl haben?«

»Es scheint entweder um eine Einmischung von außen, aus dem Ausland, zu gehen oder aber um eine schlechte Rekrutierung von etwas oder jemandem. Aber was will er uns damit sagen? Es ist verständlich, dass man keine so große Auswahl hat, wenn einem irgendeine Zeitung in die Hand gedrückt wird und man auf die Schnelle versucht, auf der betreffenden Seite eine Mitteilung zu finden. Aber wenn man sich diese Titelseite der *La Repubblica* durchliest – und ich verspreche Ihnen, das haben wir alle sehr oft getan –, dann entdeckt man dort weitaus deutlichere Sätze. Aber Fabio wollte uns genau das mitteilen, und wir wissen verdammt noch mal nicht, was es zu bedeuten hat. Das bringt uns keinen Schritt voran.«

»Vielleicht ist es eine Selbstkritik? Ist er die mittelmäßige Rekrutierung, und zwar aus Italien?«

»Die meisten in der Gruppe teilen diese Ansicht.«

»Aber Sie nicht?«

»Das würde er nach all diesen Jahren nicht machen. Warum sollte er seine Zeit und Energie darauf verwenden?«

»Eine andere Kritik? Kritisiert er jemand anderen?«

»In diesem Fall wäre das ...«

»Das wären Sie?«

»Sie kommen immer wieder auf dasselbe zurück ...«

»Ich mache mir Sorgen, dass Sie sich permanent die Schuld geben, Paul. Das macht Sie nicht nur zu einem unglücklicheren Menschen, sondern auch zu einem schlechteren Polizisten.«

»Und Ihr Job ist es, aus mir wieder einen besseren Polizisten, aber nicht unbedingt einen glücklicheren Menschen zu machen?«

»Sie haben vorhin selbst erwähnt, wer meine Rechnung begleicht. Ich denke, beide Ziele laufen auf ein und dasselbe hinaus.«

»Macht mich das nicht zu einem klassischen Workaholic?«

»Meiner Meinung nach ist das ein bisschen komplexer. Sie fühlen sich viel lebendiger, seit Sie mit der Opcop-Gruppe zusammenarbeiten. Das geht doch alles Hand in Hand. Dort werden fast alle Ihre Bedürfnisse befriedigt. Und Sie haben erst vor Kurzem geheiratet, stimmt das?«

»Ja, was für ein beschissener Start in eine Ehe ...«

»Und das ist auch Ihre Schuld, oder was?«

»Definitiv meine Schuld.«

»Darauf werden wir später noch einmal zurückkommen. Wie geht die Bearbeitung von Brunos inoffiziellen Ermittlungsunterlagen voran?«

»Sie wechseln aber schnell das Thema.«

»Aber das wollen Sie doch, Paul.«

»Bis jetzt war das eine einzige Enttäuschung.«

»Unser Gespräch?«

»Ganz genau.«

Paul Hjelm musterte Ruths Gesicht und bemerkte, wie sich eine dünne Falte zwischen ihren Augenbrauen bildete und die Stirn in zwei Hälfte teilte.

»Nein«, sagte er dann mit einem Grinsen. »Brunos inoffizielle Ermittlungsunterlagen.« Die Falte verschwand, und er fuhr fort: »Die ermüdende Erkenntnis ist, dass wahrscheinlich das wichtigste Material zusammen mit Donatella Bruno von der Bombe vernichtet wurde. Sie hatte auf ihrem Rechner einen Ordner eingerichtet, den sie ›Privat‹ genannt hat. Das sah am Anfang sehr vielversprechend aus, denn er enthielt Massen an Informationen über den Fortschritt ihrer Ermittlungen – aber leider praktisch keine Quellen. Wir haben versucht, uns einen Überblick über die Ermittlungsarbeit der italienischen Polizei bezüglich der Sprengung des Schlosses in der Basilikata zu verschaffen. Wer daran gearbeitet hat und diese Dinge. Aber schon solche banalen Fakten sind unglaublich schwer zu bekommen. Wir haben die Hoffnung noch nicht aufgegeben, dass wir irgendwo doch ein geheimes Versteck von Donatella finden werden. Aber wenn sie eines nicht war, dann naiv. Sie hat genau gewusst, welche Mächte sie mit ihrer Arbeit herausgefordert hat. Wir suchen wie wild nach dem kleinsten Hinweis auf ein Bankschließfach, eine Homepage oder ein Lager. Aber das Material ist enorm umfangreich.«

»Lässt sich aber dennoch zusammenfassen?«

»Einigermaßen. Was mir am meisten imponiert, ist, dass sie keine vorgefertigte Meinung hatte, wie man das gerne bei den Verschwörungstheoretikern findet. Sie hatte nicht im Vorhinein bestimmt, was sie finden würde – was ja, wie Sie wissen, jede Ermittlungsarbeit im Keim erstickt –, sondern hat ganz unbefangen gegraben. Sie macht zwar zwischendurch Gedankensprünge, die nicht zu dem sonstigen Material passen. An einer Stelle zum Beispiel schreibt sie: ›laut R‹. Dieser ›R‹ ist unsere größte Hoffnung. Aber ihn zu finden ist wie die berühmte Nadel im Heuhaufen.«

»In dem das Stroh vielleicht sogar spitzer ist als die Nadel ...«

»Sie haben zu viel mit Polizisten zu tun, Ruth. Sie sollten Ihren Radius erweitern.«

»Aber Ihr Berufszweig ist eindeutig am hilfsbedürftigsten.«

»Daran habe ich nicht gedacht.«

»Sie sagten ›unsere größte Hoffnung‹. Es gibt also noch andere?«

»Sie wissen doch, die Hoffnung stirbt zuletzt.«

»Leider glaube ich nicht daran. Aber ich folge ja auch dem Ansatz der klassischen Psychoanalyse. Erst wenn man die Hoffnung fahren lässt, beginnt man zu leben.«

»Das glauben Sie doch wohl selbst nicht.«

»Nein.«

»Eine andere Hoffnung ist der Kaffeefleckmann.«

»Das klingt herrlich geheimnisvoll.«

»Tebaldi war von der 'Ndrangheta, der kalabrischen Mafia, zum Tode verurteilt worden. Trotzdem machte er sich auf den Weg nach Italien und ließ die Bodyguards in Den Haag zurück. Aber er erwähnte Bruno gegenüber etwas Wichtiges. Wenn sie auf den Unterlagen einen Kaffeefleck entdecken würde, wäre das ein sicheres Indiz für die Echtheit der Papiere. Und das in einem Umfeld von Betrug und Verrat. Bruno war davon überzeugt, dass dieser Kaffeefleckmann, dem Tebaldi als Einzigem vertraute, ihn verraten hat. Wir glauben ebenfalls, dass Tebaldi von ihm Informationen erhielt, als er im Auftrag der Opcop nach Italien zurückkehrte und spurlos verschwand. Darum scheint der Kaffeefleckmann aktiv an der Entführung von Tebaldi und Potorac beteiligt gewesen zu sein.«

»Haben Sie diesen ominösen Kaffeefleckmann denn gefunden?«

»Nein. Aber wir haben zwei Leute dafür abgestellt, die nichts anderes machen, als nach ihm zu suchen.«

»Interessant. Eine Herzensangelegenheit. Welche Kollegen haben Sie auserwählt?«

»Jorge Chavez ist in Den Haag.«

»Ihr ältester Partner. Ihr eigener Kaffeefleckmann.«

»Der große Unterschied ist, dass er mich niemals verraten und den Wölfen zum Fraß vorwerfen würde. Dasselbe gilt für Angelos Sifakis, meinen Stellvertreter. Die beiden zerbrechen sich die Köpfe, während ich hier herumliege und meine kostbare Zeit verschwende.«

»Es ist Sonntag, Paul. Unter Umständen arbeiten Ihre Kollegen heute gar nicht.«

»Sie arbeiten doch auch. Erhalten Psychotherapeuten eigentlich Sonntagszuschläge?«

»›R‹ ist also Brunos Quelle und der Kaffeefleckmann Tebaldis Verräter?«

»Und wahrscheinlich auch Brunos.«

»Stimmt. Spannende Aufgabe. Ist das der einzige Fall, mit dem Sie sich zurzeit beschäftigen?«

»Im Großen und Ganzen, ja«, sagte Hjelm zögerlich.

»Aha. Ein Zögern? Warum?«

»Ich habe selbstständige Mitarbeiter – so steht es in ihren Stellenbeschreibungen –, und manchmal sind sie sehr eigensinnig.«

»Aha. Sie meinen damit Sadestatt.«

»Söderstedt. Aber nein, ausnahmsweise meine ich nicht ihn damit. Aber auch die hierarchisch geschulten Polizisten vergreifen sich manchmal im Ton.«

»Vergreifen sich im Ton?«

»Nein, nicht wortwörtlich. Aber Felipe Navarro zum Beispiel ist inoffiziell einer Sache auf der Spur und ist der Meinung, ich wüsste nichts davon.«

»Aber Sie sehen alles?«

»Aber nur weil er will, dass ich es mitbekomme. Ich habe seine Vorgehensweise ein einziges Mal hinterfragt, und jetzt fährt er eine Zermürbungstaktik. Er hat etwas in Madrid beobachtet und es für wichtig erachtet. Aber es ist ihm nicht gelungen, mich von der Wichtigkeit zu überzeugen.«

»Was hat er denn gesehen?«

»Eine Art inoffizielle Überwachung einer großen Demonstration.«

»Ach so, *Los Indignados*.«

»Sie haben eine sehr gute Allgemeinbildung.«

»Für mich gilt dasselbe wie für Sie und die Ihren, das gehört zu meiner Stellenbeschreibung. Überwachung?«

»Unklar. Viel zu unklar. Aber ich halte ihn nicht zurück. Wenn Navarro etwas finden sollte, werde ich eine Entscheidung treffen. Aber das habe ich ihm noch nicht gesagt.«

»Sondern nur ein Nein?«

»So ungefähr. Aber dann ist da noch etwas gekommen. Heute früh. Aus Stockholm.«

»Aha. Von der Ehefrau?«

»Um den Bogen zu schließen, ja. Kerstin Holm – die auf keinen Fall Hjelm heißen will – meint, einer chinesischen Industriespionage auf der Spur zu sein, die sich gegen ein europäisches Biotechnologieunternehmen richtet. Aber diese Sache ist noch ganz frisch, noch ist nichts entschieden worden.«

»Warum wollte sie nicht Ihren Namen annehmen?«

»Ich vermute, dass Selbstständigkeit auch Teil der Stellenbeschreibung ist, auch in einer Ehe.«

»Aber warum haben Sie das eben erwähnt?«

»Tja«, entgegnete Hjelm. »Das frage ich mich auch. Und wenn es eine Person gibt, die uns diese Frage beantworten kann, dann sind Sie es, Ruth.«

»Ich bin besser im Fragenstellen als im Antwortengeben, Paul.«

»Sie haben einen echten Scheißjob. Sagen Sie schon, was Sie glauben.«

»Ich glaube, dass Sie Ihre Frau sehr vermissen.«

Ein Schweigen breitete sich in der Praxis aus.

»Ich vermisse sie schon seit Jahren«, sagte Paul Hjelm schließlich.

»Ich weiß.« Ruth lächelte. »Alles handelt immer von etwas anderem.«

»Sie leuchten richtig, wenn Sie so geheimnisvolle Dinge sagen.«

»Und wie läuft es bei ihr?«

»Beruflich läuft es hervorragend. Laut Sara Svenhagen hat sie eine messerscharfe Befragung des Biochemikers durchgeführt. Aber sie hat sich für die Rolle des Sündenbocks entschieden.«

»Sündenbock?«

»Sie fühlt sich nach wie vor verantwortlich für den Tod eines jungen Chinesen, der in der Nähe von Amsterdam ermordet wurde. Ich habe versucht, ihr diese Ansicht auszureden, und ihr gesagt, dass niemand sie für den Mord an Liang Zunrong verantwortlich macht.«

»Unsere Zeit ist gleich um, Paul. Wissen Sie, wie ich unser heutiges Treffen beenden wollte?«

»Keine Ahnung.«

»Doch, doch. Das wird keine Überraschung. Jetzt nicht mehr.«

»Ist es etwas Gutes oder etwas Schlechtes?«

Ruth lachte auf.

»Ich wollte Folgendes sagen: Es ist eine ganz billige Ausrede, sich für alles schuldig zu erklären, alle Schuld auf sich zu laden, sich darin zu suhlen und sich im lauwarmen Wasser der riesigen Schuldbadewanne auszustrecken. Dort kann man es sich so richtig gemütlich machen. Sie, Paul Hjelm, haben sich aus lauter Bequemlichkeit selbst zum Sündenbock gemacht.«

2 – Das zweite aktivierte Paar

Das Schlachthofgelände

Stockholm, 2. August

Mit ein paar Tagen Abstand betrachtet, war »Pyrrhussieg« wahrscheinlich die beste Bezeichnung für das Ergebnis der Befragung der Geschäftsführung von Bionovia, dem Biotechnologie-Cluster in Hornsberg.

Kerstin Holm und Sara Svenhagen hatte zwar sehr viel von Hannes Grönlund erfahren. Aber sie hatten auch dafür gesorgt, dass ihre Quelle, der Whistleblower Gustaf Horn, entlassen worden war. Wie der alte Grieche Pyrrhus gesagt haben soll: »Noch so ein Sieg, und wir sind verloren.«

Gestern, am Montag, war Gustaf Horn zur Arbeit erschienen. Aber seine Ausweiskarte hatte nicht mehr funktioniert. Dann hatte er die ihm bekannten Nummern angerufen, aber niemanden erreicht. Er war hinausgeflogen und ausgeschlossen. Sein Plan war absolut nach hinten losgegangen.

Einen Tag später saß er mit leerem Blick bei Kerstin Holm im Polizeipräsidium. Gestern noch hatte er ganz anders ausgesehen. Mit roten, geschwollenen Augen und niedergeschlagen. Sie hatte kein tröstendes Wort für ihn finden können.

Heute aber war die Situation eine andere. Sie hatte zusammen mit Sara einen Tag Zeit gehabt, eine Lösung zu finden. Schließlich konnte sie schlecht Peder Jägerskiöld und Hannes Grönlund dazu zwingen, Gustaf Horn wieder einzustellen. Und die Lösung – und zwar in mehrerlei Hinsicht – hatte einen Namen: Jon Anderson.

Als der ehemalige Kollege aus der A-Gruppe am Tag zuvor zu

Besuch kam und sich auf das Sofa setzte, bemerkte er einen Fleck. Er untersuchte ihn und fragte dann: »Tränen?«

»The tears of a whistleblower«, antwortete Kerstin Holm dramatisch.

»Reden wir von *dem* Material?«

»Ja, Jon. Wie kommt ihr voran?«

»Einheit vier arbeitet schichtweise und somit kontinuierlich daran, aber sie haben es auch erst seit knapp einem Tag. Doch es gibt erste Anhaltspunkte.«

»Sehr gut. Und du hast das alles in Gang gesetzt, Jon.«

»Was meinst du damit?«

»Als du damals, vor etwa zwei Jahren, die Überwachungssysteme des Schwedischen Nachrichtendienstes FRA getestet hast, wurde dadurch ein Schneeball ins Rollen gebracht, der wahrscheinlich bald schon zu einer gewaltigen Lawine anwachsen wird. Aber deswegen bist du nicht hier.«

»Und trotzdem fühlt es sich so an.«

»Du hast damals die Verbindung zwischen einer schwedischen Möbelfirma und der italienischen Mafia aufgedeckt. Das hatte Konsequenzen, die keiner von uns erahnen konnte. Und dafür sind wir dir sehr dankbar. Heute würden wir dich gerne um einen anderen Gefallen bitten ...«

Einen Tag später saß Gustaf Horn mit leerem Blick erneut auf dem besagten Sofa.

»Ich habe einen Plan«, sagte Kerstin Holm.

Gustaf Horns Blick veränderte sich, er wurde skeptisch.

In der Garage des Polizeipräsidiums erwartete sie ein schmaler großer Mann. »Ich heiße Jon Anderson und bin der Chef der Datensicherheitsabteilung der Reichskriminalpolizei. Und Sie sind ein Whistleblower. Datensicherheit und Whistleblower vertragen sich eigentlich nicht besonders gut.«

Sara Svenhagen setzte sich hinters Steuer. Gustaf Horn antwortete erst, als sie die Tiefgarage wieder verließen.

»Wenn das chinesische Militär ein wichtiges schwedisches Unternehmen mit Spionage schädigt, dann sollte die Polizei davon erfahren. Das war alles.«

»Das sehe ich genauso«, sagte Jon Anderson und fügte, in Sara Svenhagens Richtung gewandt, hinzu: »Zum Schlachthofgelände.«

Sie fuhren die Fleminggatan nach Osten, überquerten die Kungsbron und nahmen die Stadtautobahn Söderleden. Sie kamen am Rathaus vorbei, passierten Riddarholmen und die Altstadt und tauchten dann in den Söderledstunnel ab, der unter Södermalm hindurchführte, und kamen erst auf der Skanstullsbron wieder ans Tageslicht.

»Zwei Dinge vorab«, sagte Jon Anderson und drehte sich zu dem Passagier auf dem Rücksitz.

»Sprechen Sie mit mir?«, fragte Gustaf Horn mit einer Mischung aus Trotz und Unsicherheit in der Stimme.

»Ja, und ich will, dass Sie besonders gut zuhören. Denn was jetzt gleich passiert, dürfen nicht so viele von Ihren Landsleuten erleben. Hören Sie mir zu?«

»Ja.«

»Gut. Zwei Dinge also. Erstens: Sie haben zum letzten Mal in Ihre Trillerpfeife geblasen. Wir fordern absolute Schweigepflicht. Sie werden nachher einen Vertrag unterschreiben, der Sie an diese Pflicht unwiderruflich bindet. Können Sie mir folgen?«

»Ja.«

»Gut. Zweitens: Sie bekommen eine einzigartige Chance geboten, das muss Ihnen klar sein. Und die hätten Sie niemals erhalten, wenn sich Kerstin Holm nicht so dafür eingesetzt hätte. Sie ist die beste Chefin, die ich je gehabt habe.«

Danach herrschte Schweigen im Wagen, bis sich die gigantische Kuppel der Globen-Arena vor ihnen auftürmte wie ein notgelandeter Miniplanet. Sie umrundeten die Kugel und fuhren auf die riesige Baustelle, die seit ziemlich genau einem Jahrzehnt unter der Bezeichnung »Schlachthofgelände« firmierte.

Es war ein ungewöhnliches Industriegelände, im permanenten Wandel, chaotisch und gleichzeitig sehr strukturiert, dreihunderttausend Quadratmeter, die nach wie vor ihrem Namen alle Ehre machten. Die Hälfte der über hundert Unternehmen waren aus der Lebensmittelbranche und davon kein geringer Anteil tatsächlich Schlachtereien. Aber die Gegend war auch hip geworden, ein bisschen wie in Berlin, Clubs waren dort eingezogen und wurden größer und begehrter, mit nächtlichen Warteschlangen rund um die Häuserblocks.

Aber die Gegend selbst hatte sich noch den Charme eines trostlosen Industriegebietes bewahrt, und Jon Anderson dirigierte Sara Svenhagen in ein etwas abgelegenes heruntergekommenes Viertel. Vor einem ungewöhnlich hohen Zaun, der ein mehr oder weniger verfallenes Gebäude umgab, hielten sie an. Jon Anderson stieg aus, zog eine Karte aus der Jacke und hielt sie an ein kaum sichtbares Lesegerät. Dann beugte er sich vor und verharrte kurz in dieser Position.

Es war diese Bewegung, die Kerstin Holm erkennen ließ, dass sie zu bestimmten Teilen der Polizeiarbeit keinen Zugang hatte. Denn es gab keinen Zweifel, dass sich Anderson – ganz gleich, wie absichtlich alt das Gebäude dahinter aussah – soeben zu einem Irislesegerät vorgebeugt hatte.

Dann tippte er eine lange Zahlenreihe in das Gerät, und erst daraufhin öffnete sich das Tor, das wahrscheinlich weitaus stabiler und gesicherter war, als es den Anschein machte. Als er wieder eingestiegen war und sie langsam über das verfallene alte Schlachthofgelände rollten, sagte Anderson: »Kerstin Holm hat mir erzählte, dass Sie einen Plan haben. Aber offenbar ist der clevere Hannes Grönlund nicht darauf hereingefallen. Können Sie mir mehr zu diesem Plan sagen?«

»Die wollten dem Schwedischen Nachrichtendienst die Schuld an dem Leck geben.«

»Ist das schon alles?«

»Ich wollte ein bisschen vorgreifen«, antwortete Gustaf Horn unsicher.

»Und zwar mithilfe von Informationen, die Sie in diesem Online-Forum über Datensicherheit aufgeschnappt haben? Oder sagen wir lieber: *gegen* Datensicherheit ...«

»Ja. Es gibt ein Gerücht, dass die schwedische Regierung heimlich mit den USA und Großbritannien zusammenarbeitet, um neue Gesetze für die Überwachung im Internet zu verabschieden. Und dass die NSA, die National Security Agency der USA, die treibende Kraft dahinter ist.«

»Okay«, erwiderte Jon Anderson und zeigte wie in Gedanken versunken auf ein verfallenes Garagentor in der brüchigen Fassade. An beiden Seiten des Tores standen ähnliche Elektrokästen wie am Haupteingang, und Anderson wiederholte die Prozedur.

Die Garagentür glitt auf. Dahinter war es pechschwarz, bis sich die Tür hinter ihnen wieder schloss. Dann leuchtete eine spiralförmig nach unten führende Fahrbahn auf, und Sara Svenhagen ließ den Wagen sacht hinabrollen, ein Stockwerk tiefer, dann ein zweites und ein drittes. Es war unvorstellbar, dass sich unter einem so alten Schlachthofgebäude so viele Kellerebenen befanden.

Jon Anderson dirigierte sie schließlich zu einem Parkplatz, auf dem bereits zehn Wagen standen. Sie stiegen aus und folgten ihm einen langen, gewundenen und äußerst sparsam beleuchteten Gang entlang. Vor einer Metalltür, die gänzlich unscheinbar aussah, blieben sie stehen. Anderson zog drei Papiere und drei Stifte aus seiner Tasche.

»Als Plan taugte das überhaupt nicht«, sagte er. »Aber als Vermutung war es in der Tat herausragend. Meine Damen, ich befürchte, auch Sie müssen hier unterschreiben.«

Gesagt, getan. Aber nicht ohne Bedenken.

Jon Anderson legte die Hand auf die Klinke, es dauerte einen Moment, dann ertönte ein kurzes Brummen, und sie traten ein.

Sie standen auf einer Empore, die im Halbkreis in etwa fünf Meter Höhe an der Wand eines Raumes entlang verlief, der an eine Notrufzentrale erinnerte. Kerstin Holm zählte neun Personen, die vor Monitoren unterschiedlichster Größe saßen. Auf einem der größten Bildschirme war eine Weltkarte zu sehen, auf der stromförmige Bewegungen zwischen den Kontinenten und Ländern abgebildet wurden, in einem unablässigen, aber ständig sich verändernden Fluss.

Jon Anderson folgte Kerstin Holms Blick.

»Das sind ermittelte Cyberspionagetätigkeiten in Echtzeit.«

»Dann findet hier also eine ... Cyberkontraspionage statt?«

Anderson nickte nachdenklich.

»Du hast es vorhin selbst gesagt, Kerstin, dass ich vor zwei Jahren einen Schneeball ins Rollen gebracht habe, der wahrscheinlich bald schon zu einer gewaltigen Lawine anwachsen wird.«

»Sogar wortgetreu!«, murmelte Kerstin Holm.

»Das traf sogar in mehrerlei Hinsicht zu. Als ich die Überwachungssysteme der FRA überprüft habe, habe ich quasi die Zukunft getestet. Dann ging alles blitzschnell. Die erweiterten Möglichkeiten unseres Nachrichtendienstes riefen sofort das Interesse der Amerikaner und der Briten auf den Plan, die NSA und die GCHQ, die Government Communications Headquarters, meldeten sich prompt. Daraufhin wurde die bereits bestehende Zusammenarbeit nachhaltig erweitert und ausgebaut.«

»Und das hier ist diese Erweiterung?«

»Hier arbeiten Repräsentanten aus den verschiedenen Abteilungen, wie man gut sehen kann. Unterschiedliche Länder, unterschiedliche Organisationen. Wie euer geheimes Projekt bei Europol handelt es sich hierbei ebenfalls um ein wahrhaftig grenzüberschreitendes Unternehmen. Und mit entsprechender Geheimhaltungspflicht.«

»Wir haben es ja gerade mit einem Unternehmen mit ähnlicher Geheimhaltungspflicht zu tun. Das ist immer eine Frage der Balance. Aber *das hier* ...«

»Wir müssen weiter«, unterbrach Jon Anderson sie.

Sie verließen die Empore und folgten Anderson einen anderen Gang hinunter. Sara Svenhagen warf einen Blick auf Gustaf Horn. Seine Augen glänzten.

Hinter einer zweiten, ebenso unscheinbaren Tür eröffnete sich ihnen eine weitere Parallelwelt. Dort saßen sechs Menschen in einer kleineren Ausgabe der vorherigen großen Zentrale. Sie alle hatten schwarze Haare, und als sie sich zu ihnen umdrehten, blieb kein Zweifel, dass es sich bei ihnen um Chinesen handelte.

Eine Mitarbeiterin, eine kurzhaarige Frau Anfang dreißig, kam heran und nickte Jon Anderson zu.

»Es gibt Neuigkeiten«, sagte sie in akzentfreiem Schwedisch.

»Sehr gut, Guang«, antwortete Anderson. »Aber zuerst etwas anderes: Das hier ist der Praktikant, von dem ich gesprochen habe. Ich bin davon überzeugt, dass er ein paar Lücken in den Bereichen Information und Methodik schließen kann. Gustaf, Sie sind hier jetzt für zwei Wochen als Praktikant, damit Sie zeigen können, was Sie können, dann gibt es eine Auswertung. Wer kümmert sich um ihn?«

»Das macht Jinhai«, sagte Guang und winkte einen jungen Chinesen in Hip-Hop-Klamotten zu sich. Der streckte Gustaf Horn seine geballte Faust hin, und nachdem dieser den Gruß auf gleiche Weise erwidert hatte, verschwanden die beiden wie alte Sandkastenfreunde.

Anderson zog Guang zur Seite.

»Was für Neuigkeiten?«

Guang warf Holm und Svenhagen einen prüfenden Blick zu.

»Die Organisation Chu-Jung in Schanghai hat tatsächlich in der vergangenen Woche ihre Cyberaktivität erheblich erhöht. Sie verfügen jedoch über eine gute Kryptierung, daher ist es uns bisher nur teilweise gelungen, die Kommunikation zu lesen. Aber es geht offenbar darum, aus der Cyberspionage der Einheit 61398 Informationen zu ziehen.«

»Und das, was du letztes Mal angedeutet hast, dieses Outsourcing?«

»Da haben wir mittlerweile ein bisschen mehr Klarheit gewonnen. Was wir bisher dechiffrieren konnten, stützt unsere Hypothese, dass das chinesische Militär bestimmte Abteilungen ihrer Einheit 61398 an ausgewählte Unternehmen verleiht. Genaueres wissen wir jedoch noch nicht.«

»Aber ...?«

Ein flüchtiges Lächeln flog über Guangs Gesicht.

»Stimmt genau. Es gibt ein ›Aber‹. Das Interessanteste ist nämlich, dass Chu-Jung selbst auch überwacht wird.«

Da mischte sich Kerstin Holm ins Gespräch ein.

»Und hier bitte ich um eine kurze Pause. Schaffen wir Klarheit und uns einen Überblick. Dank Gustaf Horn hat Bionovia überhaupt mitbekommen, dass ihnen wichtige Dokumente gestohlen wurden. Sie wenden sich also an ihre Sicherheitsfirma Inveniet Security, die wiederum Kontakt mit ihrem Subunternehmer aufnimmt, der Organisation Chu-Jung, die unter Umständen mit den Schanghaier Triaden in Verbindung steht. Chu-Jung wird bestätigt, dass tatsächlich die Cyberspionageorganisation Einheit 61398 des chinesischen Militärs dahintersteckt beziehungsweise eine ihrer Abteilungen, die ›outgesourct‹ wurde. Und jetzt sagen Sie, Guang, dass Chu-Jung ebenfalls überwacht wird? Von wem denn?«

»Soweit wir das beurteilen können, von einer selbstständig und isoliert arbeitenden Einheit der chinesischen Polizei«, antwortete Guang.

»So etwas gibt es?«, entfuhr es Sara Svenhagen.

»Die schnelle Entwicklung in China erzeugt ganz unerwartete Luftblasen«, erklärte Guang. »Wenn eine Polizeieinheit mit großer Überzeugung und Kraft geführt wird, eröffnen sich ungeahnte Möglichkeiten für ein selbstständiges Arbeiten. Diesem Phänomen sind wir schon öfter begegnet. Plötzlich gelingt es, die Triaden hier dingfest zu machen, jenen korrupten Politiker dort zu stürzen und für Gerechtigkeit zu sorgen. Allerdings ist uns gerade diese Einheit nicht bekannt.«

»Aber Sie wissen, wer dahintersteht?«, fragte Kerstin Holm.

»Wir wissen, wer ihr Vorgesetzter ist. Er heißt Wu Wei, nicht älter als sechsunddreißig und in keinem Archiv zu finden. Das deutet entweder auf eine militärische Ausbildung hin oder auf den Geheimdienst ...«

»Oder?«

»Oder er ist eigentlich untragbar, muss aber aus irgendeinem Grund gehalten werden. Vielleicht kennt er die richtigen Politiker, oder er erledigt seine Aufgaben ganz einfach hervorragend. Fängt die meisten Schurken. Er taucht in keinem Archiv auf, weil er offiziell nicht existiert.«

»Gibt es einen Grund zu der Annahme, dass die besagte Abteilung mehr Erfolg hat beim Dechiffrieren von Chu-Jungs Kommunikation als Sie?«

Guang antwortete zuerst mit einem Schulterzucken.

»Sie hatten auf jeden Fall mehr Zeit«, sagte sie dann.

»Und was glauben Sie selbst, Guang? Arbeitet diese Polizeieinheit von Wu Wei wirklich selbstständig?«

»Auch die Selbstständigkeit hat eine Grenze ...«

»Aber ...?«

Guang kicherte.

»*Aber* meiner Meinung nach weisen die Anzeichen darauf hin, dass Wu Wei zwar ein unangenehmer Zeitgenosse ist, aber ein ziemlich passabler Polizist, den man nicht einfach aus dem Weg räumen kann, denn das wäre eine wahnsinnige Ressourcenverschwendung. Also lässt man ihn gewähren. Und lässt ihn so selbstständig arbeiten, wie das in China überhaupt möglich ist.«

»Phantastisch«, sagte Kerstin Holm. »Wenn ich bedenke, wie geradezu gruselig illegal das ist, was hier in diesem Keller vor sich geht, freut mich diese Einschätzung noch mehr.«

»Danke?«, sagte Guang mit einem sehr großen Fragezeichen.

»Das ist nicht illegal«, entgegnete Jon Anderson mürrisch. »Das entspricht in jeder Hinsicht den neuen FRA-Gesetzen.«

»Ich habe zwei Fragen«, sagte Kerstin Holm. »Die erste lautet: Würden Resultate, die Wu Weis Abteilung mithilfe von Chu-Jung oder der Einheit 61398 erzielt hat, uns eine Antwort darauf geben können, wer hinter der Spionage bei Bionovia AB steht?«

»Ich bin mir ganz sicher.« Guang nickte.

»Sehr gut. Dann kommt jetzt meine zweite Frage.«

»Shoot!«

»Ob Wu Wei sich wohl mit uns unterhalten würde?«

Guang dachte einen Augenblick angestrengt nach, dann sagte sie: »Ich würde fast davon ausgehen.«

Zweite Aussage

Aosta, Italien, 20. September

Vielen Dank, ich brauchte wirklich eine Pause. Es ist doch zum Kotzen, so schwach zu sein, ich bin das nicht gewohnt. Es kommt Ihnen zupass, dass ich so gut schreiben gelernt habe.

Und die Voraussetzungen dafür waren nicht optimal. Meine Eltern waren beide Analphabeten. Wir lebten seit Menschengedenken in San Luca, meine Großmutter sprach noch Griechisch, ich glaube, sie stammte aus einer ganz alten, bedeutenden Familie. Sie sprach von der Antike, als gehörte sie zur Familiengeschichte.

Womit mein Vater sein Geld verdiente, habe ich nie ganz verstanden. Wir hatten viele Waffen zu Hause, und als kleiner Junge dachte ich immer, sie wären für die Jagd bestimmt. Denn es gab nichts Aufregenderes, als bei einer Wildschweinjagd dabei zu sein.

Das stimmt nicht, es gab etwas noch Aufregenderes: Lesen. 1991 beschlossen sie, dass wir alle in die Schule gehen sollten. Ich konnte erst mit zehn Jahren lesen, aber danach habe ich alles aufgeholt. Sie nannten mich einen »klugen Kopf«.

Damals kannte ich den Nachbarsjungen schon. Wir sind zusammen aufgewachsen, haben miteinander gespielt, haben uns gegenseitig alles beigebracht. Sein Spitzname war aus einem unerfindlichen Grund »Bohnenpflücker«, und weil ich nicht so gut sprechen konnte, habe ich das verkürzt und ihn immer nur »Bohne« genannt. Das passte gut, denn er hatte eine bohnenförmige Warze auf seiner rechten Wange.

Ich weiß nicht, ob Sie sich eine Kindheit in einem von der Umwelt abgeschnittenen Dorf in den kalabrischen Bergen vorstellen können. Unser Leben pendelte extrem zwischen Freiheit und Zwang. In dieser Zeit hielt man die Kinder am kurzen Zügel, oft wurde ich geschlagen, ohne den Grund dafür zu kennen. Das geschah ganz automatisch. Auf der anderen Seite hatten wir die absolute Freiheit, und die begann nur zehn Meter hinter unserem Haus.

Wir waren vielleicht sechs Jahre alt, als wir uns zum ersten Mal so weit von zu Hause entfernten und die Berge hochkletterten, bis wir die Dächer von San Luca nicht mehr sehen konnten. Und dieses Schwindelgefühl kommt auch heute noch wieder, jedes Mal, wenn ich vor etwas Unbekanntem stehe und das mir Vertraute hinter mir lasse. Und wie Sie wissen, ist das schon häufiger in meinem Leben passiert.

Bis zu unserem zehnten Lebensjahr ging keiner aus dem Dorf in eine Schule. Wir waren immer in den Bergen, auf den mal kargen, mal dicht bewaldeten, aber immer wilden und steilen Hügeln des Aspromonte. Wir waren wie Bergziegen, später dann wie Steinadler oder Gänsegeier, die mit ausgebreiteten Schwingen über die mächtigen Bergkuppen schwebten und jede Schlucht kannten, jede Spalte und jede magische, vom Sonnenlicht überflutete Lichtung. Bevor wir das Alphabet beherrschten, konnten wir den Aspromonte besser lesen als die Erwachsenen. Es gab nur Bohne und mich, und die Berge waren unsere Welt.

Die Berge und Fußball. Wenn wir nicht in den Bergen waren, wurde gekickt. Ich muss leider zugeben, dass Bohne mir immer überlegen war.

Wir waren Nachbarn und wohnten außerhalb des Dorfes in Häusern, die man heute wohl eher als Hütten bezeichnen würde. Sie standen nur hundert Meter voneinander entfernt, und wir gingen in beiden ein und aus, als wären wir eine große Familie. Unsere Väter waren Arbeitskollegen, aber wir hatten keine Ahnung, welcher Arbeit sie nachgingen. Es hatte mit etwas Größerem zu tun, so viel begriffen wir, aber nicht, was genau sie taten. Als hätten sie den Entschluss gefasst zu schweigen, bis die Zeit, uns einzuweihen, gekommen wäre.

Ich bin mit zwei älteren Schwestern aufgewachsen, Maura und Debora, Bohne hatte einen älteren Bruder, Paolo. Für uns war es immer spannend, ihren Spielen zuzusehen. Wir lagen oft auf der Lauer, wenn sie sich trafen. Meistens haben sie uns entdeckt, und dann war es nicht etwa Paolo, der sich die schlimmsten Bestrafungen für uns ausgedacht hat. Vor allem Maura hatte ein großes Geschick entwickelt, uns zu peinigen. Vermutlich weil sie doch heimlich in Paolo verliebt war und ihm imponieren wollte.

Allerdings war Paolo alles andere als beeindruckt von Mauras Grausamkeit. So ein Typ war er nicht. Ein paar Jahre vor uns geboren, war es ihm verwehrt gewesen, in die Schule zu gehen. Und als er in das Alter kam, in dem man eigentlich wild und aufsässig wird und sich seine »Ehre« verdienen soll, in dem man also die besten Chancen hat, ein ›contrasto onorato‹ zu werden, war er überhaupt nicht daran interessiert. Statt sich darum zu bemühen, in den Klan der Väter aufgenommen zu werden, zog sich der Bruder von Bohne lieber zurück und schnitzte. Er erschuf kleine meisterhafte Holzfiguren von allen Tieren des Waldes. Und von den Bewohnern des Meeres. Im Lauf der Zeit entstanden phantastischere Gebilde.

An einem heißen Tag Ende August – wir waren etwa acht Jahre alt – erfuhren wir, dass wir alle nach Polsi aufbrechen würden. Im Santuario della Madonna della Montagna sollte die Madonna verehrt werden. Dieses Fest fand jedes Jahr am 2. September statt. Die alte und etwas schieläugige Madonna wurde in einem Prozessionszug durch das kleine Dorf Polsi getragen. Damals, Ende der Achtzigerjahre, konnte man dort nur zu Fuß hinkommen. Ich erinnere mich genau, wie wir gleichzeitig aufbrachen – beide Familien – und mehrere Stunden unterwegs waren. Bohne und ich waren, obwohl wir noch so klein waren, die Reiseführer. Das lag vor allem daran, weil unsere Väter etwa fünfzig Meter hinter uns liefen. Die Gewehre geschultert, gingen sie nebeneinanderher und unterhielten sich. Sie wechselten so viele Worte, wie ich es bei diesen rauen, wortkargen Männern noch nie zuvor beobachtet hatte.

Hier bin ich genötigt, für einen kurzen Moment die Sichtweise des Kindes zu verlassen und in die so viel schmutzigere Gegenwart der Erwachsenen zurückzukehren. Diese erst pilgerartige Wanderung nach Polsi fand also Ende der Achtzigerjahre statt. Das war mitten im zweiten 'Ndrangheta-Krieg, dem Kampf um Erneuerungen, der über siebenhundert Tote forderte. Als die Reformer schließlich als Sieger aus dieser Fehde hervorgingen, begann für uns die Schulzeit.

Erst sehr viel später begriff ich, dass unsere Väter in der Auseinandersetzung unterschiedlichen Parteien angehörten. Genau genommen war das zwar unmöglich, denn sie gehörten zum selben Klan. Sie waren Teil der lokalen »*crimine*«, der einheimischen Verteidigungsorganisation. Sie durften ganz einfach nicht unterschiedlicher Auffassung sein bei einer Sache, die über das Wohl und Wehe des Klans entschied. Von ihnen wurde bedingungslose Loyalität gefordert. Und bedingungslose Loyalität bot eigentlich keinen Raum für lange Diskussionen. Und dennoch redeten sie miteinander, Bohnes Vater und meiner, sie diskutierten den ganzen Weg bis nach Polsi.

Die Forschung ist heute weiter als in den Neunzigerjahren. Damals ging man noch davon aus, dass die Mafiagruppierungen ebenso wie die japanische Yakuza, die Hongkonger Triaden und die russische Mafia in einem sozial und finanziell benachteiligten Milieu entstehen. Heute weiß man, dass sich das nicht so verhält. Im Gegenteil, das Wachstum der Mafia ist ein Anzeichen für Modernisierung und ökonomische Expansion, dem kommen die bedeutend langsamer sich verändernden Gesetzes- und Polizeistrukturen nicht hinterher. Und genau das geschah damals. Italien wuchs, bis hinunter nach Kalabrien. Das lag an der A3, dem Bau des Stahlwerkes, der selbstverständlich scheiterte, aber vor allem an dem gigantischen Hafen in Gioia Tauro. Dann folgte das umfangreiche Projekt, eine Brücke nach Sizilien zu errichten, die jene drei Kilometer über den Stretto di Messina, die Straße von Messina, überspannen sollte. So sollten Kalabrien und Sizilien miteinander verbunden werden. Obwohl die Cosa Nostra zu diesem Zeitpunkt kräftigen Gegenwind von der italienischen Regierung bekam, galt eine Zusammenarbeit als nutzbringend.

So dachten zumindest die Reformer. Die andere Fraktion wollte lediglich so viel Geld wie möglich von diesem Brückenprojekt abzweigen und aus den Norditalienern herauspressen. Aber die Reformer dachten einen Schritt weiter. Vor allem bedachten sie die Möglichkeiten des Hafens in Gioia Tauro. Wenn die Brücke gebaut werden würde, könnten sowohl die Cosa Nostra als auch die dann enger zusammengewachsene 'Ndrangheta enormen Profit aus diesem Hafen ziehen, der für ein gigantisches Stahlwerk gebaut wurde, das es gar nicht gab. Die Entführungen in den Siebziger- und Achtzigerjahren hatte ihnen ein ökonomisches Fundament verschafft. Sie hatten Kapital, das investiert werden musste, und am besten in ein ausländisches Produkt mit lohnender Rendite, das über den Hafen ins Land gebracht werden konnte.

Die Reformer dachten an Lateinamerika.

Die Reformer dachten an Kokain.

Kalabrien war in dieser Zeit beispielhaft für eine ökonomisch expandierende Region ohne funktionierende öffentliche Hand. Schon wenige Jahre später vollzog sich dasselbe erneut in Osteuropa, mit den identischen Effekten. Allerdings war die 'Ndrangheta zu diesem Zeitpunkt bereits – aufgrund der geheimen Führungsebene La Santa – eine gut funktionierende kapitalistische Organisation.

Davon hatten wir natürlich keine Ahnung, als wir die zwanzig Kilometer über die Hänge des Aspromonte wanderten, meine Familie und die Familie Allegretti. Wir bildeten kleine Einheiten. Vornweg liefen die Reiseführer, die geografisch frühreifen Achtjährigen, Bohne und ich. Dahinter kam die kichernde Fraktion aus Maura, Debora und Paolo. Dann folgten die Mütter, schweigsam und würdevoll, die unverkennbaren internen Oberhäupter der Familien. Und am Ende, etwa fünfzig Meter dahinter, liefen die externen Oberhäupter, die Väter, vertieft in ihr nicht enden wollendes, so überraschendes Gespräch.

Die Kirche und das Kloster von Polsi liegen weit unten in einer Schlucht, die sich allerdings dennoch neunhundert Meter über dem Meeresspiegel befindet. Westlich des Klosters steigt der

Aspromonte weiter an bis zu seinem höchsten Gipfel, dem Montalto, der auf etwa zweitausend Metern liegt. So weit waren wir auf unseren Wanderungen nie gekommen. Ich hatte diese Gegend noch nie zuvor gesehen.

Die Familien fanden zusammen, die ursprünglichen Gruppen lösten sich auf. Die anderen waren nicht zum ersten Mal dort, trotzdem blickten sie mit einer Ehrfurcht in das Tal hinab, wie ich sie noch nie beobachtet hatte, zumindest nicht auf den Gesichtern meiner fröhlichen Schwestern. Aber in Bohne Allegrettis Gesicht entdeckte ich etwas ganz anderes. Er hatte Gott gesehen.

Wir waren in einer Art Pilgerlager untergebracht. An den Tag der Madonna, die eigentliche Prozession, werde ich mich mein Leben lang erinnern. Die Skulptur der Madonna wurde über die maroden Straßen und winzigen Gassen des Dorfes getragen, Bohne und ich immer hinterher. Der lange Tag endete mit einem wilden Tarantella-Tanz, und mein Gehirn stand in Flammen, sodass ich die ganze Nacht nicht schlafen konnte. Am Morgen waren unser Väter verschwunden.

Es dauerte lange, bis ich meine Mutter nach ihnen fragen konnte; ich hatte sie noch nie so lange schlafen gesehen. Allerdings hatte ich sie auch nie zuvor so tanzen gesehen wie am Abend zuvor. Sie sagte nur ein einziges Wort, und zwar in einem Tonfall, der jede weitere Frage im Keim erstickte: Versammlung.

Bereits 1803 vermeldete die Polizei, dass zeitgleich mit der Madonnenprozession in Polsi die Versammlung einer kriminellen Organisation im Ort stattgefunden habe. Und seit diesem Tag war dies der Jahrestag der großen Klanversammlung. Jeder Klan musste über seine Aktivitäten des vergangenen Jahres Rechenschaft ablegen, die Zahl der Entführungen, die Zahl der Morde. Und an dieser Versammlung nahmen unsere Väter teil.

Als wir uns am nächsten Tag auf den Rückweg machten, sprachen unsere Väter kein Wort miteinander, sondern liefen mit großem Abstand zueinander.

Etwa eine Woche später waren Bohne und ich wie immer in den Bergen unterwegs. Wir entschieden uns für einen Weg, den wir bis dahin vermieden hatten, weil er über einen Steilhang führte. Oft hatten wir dort gestanden, um dem Pfad mit den Augen zu folgen, der immer schmaler wurde und in die Tiefe führte. Und jedes Mal waren wir umgekehrt und hatten einen sichereren Umweg gewählt. Als wir an diesem Tag die ersten Schritte wagten, dicht an den Felsvorsprung gedrückt, war der Sog in die Tiefe nichts im Vergleich zu dem Anblick des Heiligtums von Polsi. War das Kloster unten in der Schlucht, über der sich das Montalto-Massiv wie eine väterliche Hand erhob, einfach betörend gewesen, hatte hier der Sog in die Tiefe etwas Überwältigendes. Eine ganz andere Art der Verlockung. Verführerische Rufe stiegen von den steilen Hängen empor, auffordernde Rufe, sich hinabzustürzen, sich hinzugeben. Ich krallte mich am Berg fest, an kleinen kargen Gewächsen, die aus den Felsspalten wucherten und natürlich in keiner Hinsicht Halt boten. Aber der Kontakt mit dem Boden gab uns Trost, und wir schafften es tatsächlich, den Steilhang zu passieren. Zweihundert Meter weiter wurde der Pfad wieder breiter, und nach zwanzig Metern verlief er um den Fels herum und verschwand im Wald.

Dort an der Kurve blieben wir stehen. Ich sah Bohne an, die Furcht in seinen weit aufgerissenen Augen glich meiner. Aber wir hatten die Tiefe besiegt, hatten ihren verführerischen Rufen widerstanden. Als wir dem Pfad in den Wald folgten, gelangten wir auf eine große Lichtung. Das kam uns wie eine Belohnung Gottes vor. Hinter der Grasfläche – gesprenkelt von den Lichtspielen der tiefgrünen Blätter der Steineichen, dem hellgrünen Laub der Buchen und Kastanien und den dunklen Nadeln der Kiefern – erhob sich ein Fels, höher noch als die höchsten Wipfel der Steineichen. Dort liefen wir hin. Als wir näher kamen, entdeckten wir einen dunklen undefinierbaren Schatten, der sich über den unteren Teil des Felsens zog. Und als wir noch näher herangingen, schoss ein zweiter Schatten senkrecht aus dem ersten hervor. Dieser Schatten kreiste einen Augenblick ruckartig und blitzschnell über unseren Köpfen. Aber erst als eine Bergziege aus dem ersten Schatten hervortrat, begriffen wir, dass es sich um einen Höhleneingang handelte und der aufgescheuchte, geisterhafte Fledermausschwarm nun wieder in sein dunkles Zuhause im Berginnern zurückkehren konnte.

Die Blicke, die wir wechselten, die Blicke zweier Achtjähriger, sprachen eine eindeutige Sprache. Wir hatten bereits die große Herausforderung des Tages gemeistert. Aber wir hatten auch den verführerischen Gesang der Sirenen aus dem Inneren der Höhle vernommen.

Aber wir mussten keine Entscheidung treffen. Denn von der anderen Seite der Lichtung näherten sich Schritte, die geschmeidigen Schritte eines erfahrenen Wanderers. Ohne weiter darüber nachzudenken, rannten wir in die Höhle und pressten uns gegen die eiskalte Felswand. Hinter uns im Dunkeln hörten wir das schreckliche Flattern und Kratzen Hunderter von Fledermäusen, die langsam wieder zur Ruhe kamen. Aber ihnen galt nicht unsere Aufmerksamkeit. Unsere Augen waren auf die Höhlenöffnung gerichtet. Nur wenige Meter von uns entfernt lief ein Mann mit einem Gewehr über der Schulter vorbei. Es war Bohnes Vater.

Aber Teobaldo Allegretti sah ganz anders aus als sonst. Irgendetwas stimmte nicht mit seiner Körperhaltung. Er, der Stolze, Aufrechte, ging merkwürdig gebückt. Als würde eine unglaubliche Last auf seinen Schultern liegen und ihn zu Boden drücken.

Wortlos und ohne einen Blick zu wechseln entschieden wir, uns nicht zu erkennen zu geben, sondern ihm zu folgen. Der Grund dafür war vielleicht die Angst vor einer Strafe, vielleicht waren wir aber auch einfach nur neugierig – denn es war äußerst selten, dass man Teobaldo nicht in Begleitung meines Vaters sah.

Etwa hundert Meter weiter verschwand er plötzlich im Felsen. Wir rannten hinterher, lautlos, so wie es uns die Jahre in den Bergen gelehrt hatten. Teobaldo hatte sich durch eine enge Felsspalte gezwängt und lief auf dem schmalen Pfad dahinter, der sich sanft in den Wald hineinschlängelte.

Wir folgten ihm etwa eine halbe Stunde lang. Dann beschrieb der Weg eine Kurve, und plötzlich war Teobaldo verschwunden. Als wir es nach einer Ewigkeit wagten, um die Ecke zu sehen, entdeckten wir eine kleine grüne, zugewachsene Hütte, die vom Wald förmlich verschluckt zu sein schien. Wir kauerten hinter einem großen Stein und warteten.

Nach einer Weile kam Bohnes Vater aus der Hütte. Aber er war nicht allein. Er hatte sein Gewehr von der Schulter genommen und zielte damit auf eine merkwürdige Gestalt. Es war ein Mann, er ging tief gebückt und schief, und sein ehemals eleganter Anzug war verdreckt und zerrissen. Und was ihm Teobaldo Allegretti abnahm, war eindeutig eine Krawatte. Er zog sie ihm aus dem Mund.

Der Mann beugte sich vor und rieb sich unsicher die Hände, während Teobaldo leise mit ihm sprach. Dann deutete Bohnes Vater in den Wald. Dort begann ein weiterer Pfad. Der Mann starrte ihn an, das Weiß seiner Augäpfel leuchtete. Eine große und erschütterte Verwunderung ließ seinen Körper erzittern.

Dann lief er los, stolperte in den Wald und verschwand außer Sichtweite.

Teobaldo Allegretti blieb stehen und sah ihm lange nach. Viel zu lange.

Dann warf er sich das Gewehr wieder über die Schulter und brach ebenfalls auf. Seine Körperhaltung hatte sich nicht verändert, er lief noch so gekrümmt wie zuvor.

Als er unser Versteck in nur fünf Meter Entfernung passierte, hielten wir die Luft an. Ich beobachtete Bohne. Noch niemals hatte ich ihn so blass gesehen.

Ich habe nie aufgehört, ihn »Bohne« zu nennen, aber in den darauffolgenden, so dramatischen Tagen erfuhr ich, warum er »Bohnenpflücker« genannt wurde.

Fabio kommt aus dem Lateinischen und bedeutet ganz einfach »Bohnenpflücker«.

Jetzt verlassen mich meine Kräfte wieder. Ich überlege, ob ich meine Gefängniswärter darum bitten soll, die Morphindosis in meiner Infusion zu erhöhen.

Auf jeden Fall brauche ich jetzt eine Pause.

Alles handelt immer von etwas anderem

Den Haag, 2. August

Das war natürlich total unpassend, aber Paul Hjelm dachte über seine Fenster nach. Er hatte sich beim Entwurf seines Büros in dem neuen Gebäude von Europol an seinem alten Büro orientiert und es demgemäß gestalten lassen. Wenn er den Kopf zur einen Seite drehte, sah er über das sommerliche Den Haag, drehte er ihn zur anderen Seite, hatte er freie Sicht in die Bürolandschaft seiner höchst aktiven Opcop-Gruppe.

Andererseits fragte er sich, was Ruths mehr als kryptische Äußerung zu bedeuten hatte.

»Alles handelt immer von etwas anderem.«

Vielleicht hatte er sich deshalb im Computer die alten Fälle der Opcop-Gruppe angesehen? Vielleicht handelten die auch von etwas anderem?

Es gab gelöste und ungelöste Rätsel. Es gab Fehlschläge und Erfolge und immer wieder verschwommene Ergebnisse.

Aber der größte Fehlschlag von allen war der Fall, den die Kollegen hinter dem Fenster des Großraumbüros bearbeiteten und aufzuklären versuchten. Die Entführung von Fabio Tebaldi und Lavinia Potorac. Und der Mord an Donatella Bruno. Auf eine sehr quälende Weise hingen die beiden Ereignisse nämlich zusammen.

Er beobachtete die Gruppierungen seiner Schützlinge und befand alle für gut. Im Rahmen des Möglichen natürlich.

Jorge Chavez und Angelos Sifakis saßen in der einen Ecke des

Büros und standen in permanentem Kontakt zur italienischen Polizei, nicht zuletzt dank des derzeitigen Repräsentanten der nationalen Opcop-Einheit in Rom, der den beeindruckenden Namen Salvatore Esposito trug. Arto Söderstedt und Jutta Beyer beschäftigten sich zurzeit hauptsächlich mit der Zeitung *La Repubblica* und der Möglichkeit eines versteckten Hinweises von Tebaldi. Und zwar, obwohl sie die Anweisung bekommen hatten, sich der Gruppe um Felipe Navarro, Adrian Marinescu, Marek Kowalewski und Corine Bouhaddi anzuschließen, die Donatella Brunos inoffizielles Material bearbeiteten. Miriam Hershey und Laima Balodis überprüften Kurierdienste und versuchten, Überwachungskameras in Brunos Viertel in der Altstadt von Den Haag ausfindig zu machen.

Mit anderen Worten, alle arbeiteten an derselben Sache.

Die aber unter Umständen von etwas ganz anderem handelte, dachte Paul Hjelm und vertiefte sich wieder in die alten Fälle. Mal erstarrte er zu Eis, mal verbrannte er sich, aber unterm Strich badete er die meiste Zeit im lauwarmen Wasser der riesigen Schuldbadewanne.

Nach einer nicht ermittelbaren Anzahl von Minuten tauchte ein sehr bekanntes Gesicht auf seinem Monitor auf und verjagte schlagartig alle alten Fälle.

»Hallo, meine wunderbare Ehefrau«, grüßte er sein Skype-Fenster.

»Hallo, mein wunderbarer Ehemann«, antwortete es. »Hör gut zu.«

In diesem Augenblick – durch ein anderes Fenster getrennt im Großraumbüro – wünschte sich Jorge Chavez, er könnte den Hörer auf die Gabel knallen. Aber das ging nicht mehr, die Zeiten hatten sich verändert. Der heftigste Gefühlsausbruch, um ein Telefonat zu beenden, war heutzutage ein aggressives Tippen mit dem Zeigefinger.

»Ich werde wahnsinnig«, rief er in die Runde.

»*Werde?*«, fragte Angelos Sifakis.

»Wie kann es so schwer sein, polizeiliche Ermittlungsunterlagen in die Hände zu bekommen? Das sind doch elektronische Dokumente, die müsste man doch mit einem einzigen Klicken weiterleiten können.«

»Das Problem dabei ist, dass es sich eben nicht nur um eine einzige Ermittlung handelt«, entgegnete Sifakis. »Das ist ein ganzes Sammelsurium an Ermittlungen, die von unterschiedlichen Behörden beauftragt und durchgeführt wurden, die alle im Geheimen operieren. Auch voreinander. Es beschäftigen sich so viele Instanzen mit der italienischen Mafia, dass die Situation, von außen betrachtet, vollkommen unübersichtlich ist. Da haben wir die Nationale Antimafia-Staatsanwaltschaft DDA, die *Direzione Distrettuale Antimafia*, die der mutige Jurist Giovanni Falcone ins Leben gerufen hat, kurz bevor er 1992 umgebracht wurde. Dann haben wir die DIA, die *Direzione Investigativa Antimafia*, die nationale Kriminalbehörde zur Bekämpfung der Mafia, die alle Polizeieinsätze koordiniert. Und das ist wirklich notwendig. Die Carabinieri sind Polizisten und auch wieder nicht, sondern vielmehr eine eigenständige Verteidigungseinheit des Militärs, wie das Heer, die Luftwaffe und die Marine. Schließlich gibt es noch die zweite paramilitärische Polizeieinheit, die Finanzpolizei *Guardia di Finanza*, zur Bekämpfung der Wirtschaftskriminalität. Sie alle sind äußerst interessiert an den Ermittlungsergebnissen über die Mafia. Und die vielen Instanzen der herkömmlichen Polizei haben wir noch gar nicht erwähnt.«

»Und die haben alle ihre Finger in den Ermittlungen über die Detonation in Basilikata und operieren alle streng geheim.«

»Ich möchte gerne für mein Land eine Lanze brechen«, sagte der elegante Salvatore Esposito, ein Mann mittleren Alters in einem gut sitzenden Anzug, der nur äußerst selten seine Stimme erhob. Überhaupt schien es, als hätte er bereits zu viel erlebt, um sich noch über irgendetwas aufregen zu können.

»Und wie stellst du dir das bitte vor?«, bellte Chavez.

»Unter Berücksichtigung der unberechenbaren Bedingungen – also eines Systems, das lange vor dem italienischen Staat entstanden ist, sowie der schwarzen und der grauen Ökonomie, der Untergrundwirtschaft und der Schattenwirtschaft –

haben wir doch Beeindruckendes zuwege gebracht. Der unerbittliche ›Artikel 416bis‹, der durch das Antimafia-Gesetz ins italienische Strafgesetzbuch Einzug fand, wurde schon 1982 verabschiedet. Und seit diesem Tag bewegen wir uns in die richtige Richtung. Langsam zwar, aber beständig. Unser Problem ist die graue Ökonomie, weil jede Mafiaorganisation Wege gefunden hat, in den legalen Sektoren Geldwäsche zu betreiben. Ein ganz aktuelles Beispiel ist die Tatsache, dass die Mafia zu den wichtigsten Investoren für erneuerbare Energien geworden ist, vor allem in der Windkraft. Sie profitieren von den EU-Fördergeldern und können gleichzeitig ihr schmutziges Geld mithilfe legaler ökonomischer Aktivitäten waschen.«

»Du willst sagen, die sind mittlerweile überall?«, fragte Chavez. »Also, ich verstehe ja, dass ihr eine Menge verschiedener Polizeieinheiten dafür benötigt, um dieses Problem zu lösen. Aber die könnten doch ein bisschen hilfsbereiter sein, oder?«

»Ich glaube, mein griechischer Freund hier hat mehr Verständnis dafür, dass die Dinge ihre Zeit brauchen«, sagte Esposito. »Geduld ist nicht gerade deine Stärke?«

»Warum ist es bitte nicht möglich, den zuständigen Ermittler an den Apparat bekommen, der zu dem sonderbaren und umstrittenen Ergebnis kam, dass Il Sorridente und Il Ricurvo *vor* Teobaldi und Potorac umgekommen sind?«

»Das sind alles extrem vertrauliche Informationen«, entgegnete Esposito. »Und ich verstehe, dass es einem Schweden mit Transparenz als gesellschaftlicher Lebensrichtlinie schwerfällt, die richtigen Fragen zu stellen.«

»Wir müssen nur zwei Freunde finden, nicht mehr. Zwei Vertraute von Donatella Bruno respektive Fabio Tebaldi. Aller Wahrscheinlichkeit nach war ein ›R‹ Brunos Hauptinformant in ihrer inoffiziellen Ermittlung, und es war definitiv der Kaffeefleckmann, der Tebaldi mit autorisierten Dokumenten versorgt hat. Die beiden Personen waren – und *sind* es vermutlich noch – entweder Polizisten, Staatsanwälte oder Richter. Warum ist das so schwer?«

»Weil sie sich beide verstecken«, antwortete Esposito. »Weil ›R‹ streng geheimes Material an einen Europol-Bullen herausgegeben hat. Und weil der Kaffeefleckmann Tebaldi höchstwahrscheinlich verraten, ihn der Mafia serviert und ihn zu zwei Jahren Tortur verurteilt hat. Sie werden auf keinen Fall vortreten und ›hier‹ rufen. Aber wir können sie indirekt aufspüren. Dafür benötigen wir jedoch sehr viel Geduld. So wie dein griechischer Freund hier.«

Sifakis sah von seinem Monitor auf und sagte: »Ihr führt diese Unterhaltung jeden Tag. Und genau das frisst meine Geduld auf.«

»Wie siehst du es denn?«, fragte Chavez mürrisch.

»Ich suche in Donatellas Vergangenheit nach einem ›R‹. Ich werde das Gefühl nicht los, dass man so lebenswichtige Dinge nur Menschen anvertraut, die einem ganz nahestehen. Aber Donatellas Privatleben befindet sich hinter einer fest verschlossenen Tür. Ich suche weiter ...«

»Sehr gut«, sagte Chavez. »Ich brauche deine Sprachkenntnisse, Salvatore.«

»Wo soll ich anrufen?«

»Ich habe Fabio Tebaldis erste Dienststelle ausfindig gemacht. Und es scheint so, dass sein ehemaliger Vorgesetzter noch dort arbeitet. Ich will mir ein genaueres Bild von Fabio machen können.«

Er wurde von einer absurd lauten Frauenstimme unterbrochen.

»Neue Kamera!«, brüllte Miriam Hershey.

Laima Balodis rollte mit ihrem frisch geölten Stuhl an ihren Schreibtisch.

»Die Explosion fand um 22:04 Uhr am Samstag, den 16. Juli, statt«, erklärte Hershey. »Wir dachten, dass wir alle verfügbaren Kameras überprüft hätten. Aber ich habe noch eine weitere gefunden.«

»Wie ist dir das denn gelungen?«, fragte Balodis.

»Es war ein Samstagabend, zehn Uhr. Ich habe überprüft, ob zu diesem Zeitpunkt nicht irgendwo in der Nachbarschaft eine Party gestiegen ist. Heutzutage wird ja immer gefilmt auf Partys.«

»Und, gab es eine?«

»Die Wohnung auf der anderen Straßenseite wurde bei der Explosion ja praktisch in Schutt und Asche gelegt. Das ist jetzt zwei Wochen her, die Aufräumarbeiten sind in vollem Gange. In einer der Wohnungen schräg gegenüber von Brunos fand tatsächlich eine Party statt. Wir hatten uns die Verletzten durchgesehen, aber nicht begriffen, dass die zu den Partygästen gehörten. Vier Personen standen bei der Explosion auf dem Balkon und erlitten Schnittwunden durch herumfliegende Glassplitter. Eine der Geschädigten konnte erst jetzt vernommen werden. Sie gab zu Protokoll, dass sie bei der Denotation ihr Handy verloren habe. Das wurde in einem der Blumentöpfe auf dem darunterliegenden Balkon gefunden.«

»Sag jetzt nicht, dass sie etwas gefilmt hat?«, entfuhr es Balodis.

»Doch«, entgegnete Hershey. »Das Handy war beschädigt, aber die Speicherkarte konnte gerettet werden. Ich bekomme jeden Moment den Film aus dem Labor geschickt.«

Jutta Beyer betrachtete die beiden von der Seite, als diese sich gleichzeitig über den Monitor beugten, und dachte: Wie die Erdmännchen.

»Da ist er!«, rief Hershey.

Beyers Neugier siegte über ihr Widerstreben, und sie schob sich zwischen Hershey und Balodis – wie das dritte Erdmännchen.

Auf dem Bildschirm lief ein Video. Die Kamera glitt über eine schicke Wohnung, in der passend gekleidete Menschen standen, die in unterschiedlichster Weise darauf reagierten, dass sie gefilmt wurden, bis die Kamera sie hinter sich ließ und sich durch eine flatternde weiße Gardine auf einen winzigen Balkon schob. Dort draußen standen drei Leute, die sich auf das Geländer und einen Stuhl stützten. Die Kamera filmte die drei, einen Mann und zwei Frauen, die lachten und der Filmenden zuprosteten. Dann veränderte sich die Perspektive, offenbar war diese auf den Stuhl gestiegen und nahm die drei von oben auf. Gestenreiche Kommentare wie »Hey, sei vorsichtig, vergiss nicht, du hast ein paar Lines intus« begleiteten die sonst stummen Aufnahmen. Das Trio führte scheinbar unendlich während Minuten Grimassen und Gesten vor, bis schließlich der Mann mit geschmeidigen Bewegungen sein Hemd aufknöpfte und die Kamera auf seine beeindruckenden Brustmuskeln zoomte. Die beiden Frauen schrien auf und kicherten.

Ganz anders als die Frauen vor dem Bildschirm. Die warfen sich eher skeptische Blicke zu. Dann erfolgte die Detonation. Da hatte sich die Kamera von der Brust des Mannes gelöst und wieder das ganze Ensemble mit der Straße im Hintergrund im Bild. Die Explosion selbst war nicht zu sehen, nur das darauffolgende wilde und verpixelte Chaos. Die weißen Gardinen hingen plötzlich in Fetzen und waren blutbespritzt, und für einen kurzen Augenblick war der große Glassplitter zu sehen, der in der blutverschmierten Brust des Mannes steckte. Dann erst fiel die Handykamera zu Boden, rutschte durch einen Spalt im Fußboden auf den darunterliegenden Balkon und landete in einem Blumentopf. Der Anblick eines im Wasser stehenden Ficus war das Schlussbild.

»Die Techniker haben gesagt, dass nicht der Sturz das Handy zerstört habe, sondern dass es quasi im Blumentopf ertränkt wurde«, erklärte Hershey. »Die Nachbarn waren im Urlaub und hatten ihre Pflanzen extra großzügig gewässert. Daher haben sie das Handy auch erst vor Kurzem gefunden.«

»Spul mal zurück«, sagte Beyer.

Miriam Hershey klickte zurück auf den Anfang der Aufnahme und spielte sie dann in einer extremen Zeitlupe ab. Erneut glitt die Kamera durch die Gardinen hinaus auf den Balkon, seine Besitzerin kletterte ebenso langsam auf den Stuhl, und die drei auf dem Balkon begannen mit ihrem Affentheater.

»Stopp«, rief Laima Balodis.

Sie zeigte auf das eingefrorene Bild. Hinter dem Trio, unten auf der Straße, war eine Tür zu sehen, die von einer Straßenlaterne beleuchtet wurde.

»Verdammt!«, rief sie. »Das ist doch Brunos Tür, oder?«

»Stimmt.« Hershey nickte. »Nicht groß und nicht besonders deutlich, aber ohne Zweifel ihre Haustür. Wie viel Zeit noch bis zur Detonation?«

»Die war um 09:18«, warf Beyer ein. »Wir sind jetzt bei 04:41. Also bleiben noch vier Minuten und siebenunddreißig Sekunden.«

Hershey und Balodis sahen sie an. Derselbe Blick, wie zwei Erdmännchen.

»Ich erinnere mich, dass sie etwa vierzig Sekunden auf seinen Brustkorb gezoomt hat. Wir haben also eine Zeitspanne von etwa vier Minuten, in der der Bote dort unten auftauchen kann. In welchem Stock wohnte Donatella?«

»Zweiter Stock, kein Aufzug«, sagte Hershey.

»Der Bote braucht dafür höchstens dreißig Sekunden, sie aber benötigt doch mindestens eine oder zwei Minuten, um das Paket zu öffnen. Vorausgesetzt natürlich, dass sie es nicht schon am Nachmittag bekommen und stehen gelassen hat.«

»Es gibt zu viele Möglichkeiten«, entgegnete Hershey. »Das war unser erster freier Samstag seit sehr langer Zeit. Wir haben keine Ahnung, was Bruno an diesem Tag gemacht hat, und sie hatte auch noch keine engen Freunde in Den Haag. Das Paket kann also jederzeit geliefert worden sein, unter Umständen sogar im Laufe der Woche.«

»Lieferungen am Samstag sind aber eher ungewöhnlich«, gab Beyer zu bedenken.

»Nur zwei Kurierdienste bieten Samstagslieferungen an. Wir haben uns die ganz genau angesehen. An besagtem Samstag gab es tatsächlich keine Lieferung in dieses Stadtgebiet.«

»Am plausibelsten wäre aber doch, dass der Bote sich zu diesem Zeitpunkt bereits im Gebäude befindet«, sagte Beyer und zeigte auf den Bildschirm. »Die Bombe explodiert vier Minuten und siebenunddreißig Sekunden später. Diese Zeitspanne ist zu kurz, als dass jemand ins Haus gelangt, die Bombe liefert, das Gebäude wieder rechtzeitig verlässt und Donatella das Paket auch noch öffnet.«

»Das glaube ich jetzt nicht«, rief Balodis.

»Was denn?«

»Verdammt, hört auf, hier herumzuquatschen, und lass den Film noch mal laufen.«

Hershey und Beyer sahen einander an und lachten. Beyer war fasziniert, ihr war es tatsächlich gelungen, sich dem scheinbar hermetisch geschlossenen Duo anzuschließen.

Hershey spielte den Film ein zweites Mal ab.

Es dauerte erneut unendlich lange, ehe hinter den Grimassen und Verrenkungen etwas anderes geschah. Es war nur wie ein Blinzeln, ein kurzer Wechsel der Lichtstärke im Hintergrund.

»Verdammt, was ist das?«, stöhnte Balodis.

»Noch einmal«, sagte Beyer.

Hershey spielte die Sequenz wieder ab, abermals langsamer als zuvor. Und dieses Mal konnten sie ziemlich deutlich sehen, dass jemand die Haustür aufstieß. Hershey hielt den Film an.

»06:09«, vermeldete sie. »Noch zirka drei Minuten bis zur Explosion.«

»Drei Minuten und neun Sekunden«, korrigierte Beyer atemlos.

»Wir sind uns also einig, dass die Tür in diesem Augenblick von innen geöffnet wird?«

»Genau«, antworteten Beyer und Balodis wie aus einem Mund.

Der Film lief weiter, und ein Mann mit einer Schirmmütze trat aus der Tür und eilte, dicht an der Hauswand entlang, am Lichtkegel der Straßenlaterne vorbei und verschwand um die nächste Häuserecke. Das Ganze dauerte nur wenige Sekunden.

»Wow«, sagte Beyer.

»Wäre er durch den Lichtkegel der Straßenlaterne gelaufen, hätte ihn die Überwachungskamera gefilmt«, sagte Hershey. »Das wusste er.«

»Mist«, stieß Balodis hervor. »Dann ist das also der verdammte Mörder?«

Hershey ließ den Mann wieder rückwärts ins Bild laufen und hielt den Film an der Stelle an, wo die Aufnahme am hellsten war. Der Mann lief seitlich, mit dem Rücken zur Hauswand. Aber die Erscheinung war nicht mehr als ein Fleck in schlechter Auflösung hinter dem Grimassen schneidenden Trio auf dem Balkon.

»Ja, also ein Gesicht haben wir nicht gerade«, sagte Balodis.

»Aber vielleicht können die Techniker doch noch irgendetwas mit dem Bild anfangen«, meinte Hershey.

»Die Mütze deutet jedenfalls auf eine Kurierfirma hin«, warf Beyer ein. »Oder zumindest soll sie den Anschein erwecken.«

»Hockt da nicht rum und faulenzt«, rief in diesem Moment eine wohlbekannte Männerstimme.

Die drei Frauen drehten sich gleichzeitig um, aber nur Jutta Beyer seufzte laut auf. Langsam kehrte sie in ihre Ausgangsposition zurück.

»Ausländischer Herkunft«, sagte Arto Söderstedt mit bedeutungsschwangerer Stimme.

»Wir haben schon in alle erdenklichen Richtungen recherchiert«, seufzte Jutta Beyer erneut. »Wir wissen nicht, was Fabio Tebaldi uns sagen wollte.«

»Ist mir klar«, antwortete Söderstedt. »Aber ich will dich darüber informieren, in welche Richtung ich tendiere.«

»Und die ist also ›ausländische Herkunft‹? Wirklich eine starke Interpretation ...«

»Ironie passt gar nicht zu dir, Jutta.«

»Wir hören jetzt damit auf und wenden uns wieder Donatellas Ermittlungsmaterial zu. Wir haben ›ausländische Herkunft‹ schon hundertmal angedacht.«

»›Die Ursachen für diese Krise lassen sich vor allem in der mittelmäßigen Rekrutierung von ausländischen Spielern finden.‹ Könnte das nicht Donatellas These stützen, dass es sich eben *nicht* um die 'Ndrangheta handelt? Sondern um eine Bande von ausländischen Spielern?«

»Auch das haben wir schon tausendmal durchgekaut«, sagte Beyer. »Wenn wir uns die italienische Reise von Tebaldi und Potorac noch einmal ansehen, was hatten sie für Beweggründe? Also, wir haben eine Pipeline direkt in das Herz der 'Ndrangheta gefunden, nämlich eine Internetverbindung, die im Schloss in der Basilikata lokalisiert werden konnte. Von dort stand das 'Ndrangheta-Mitglied Il Sorridente in direktem E-Mail-Kontakt mit einem Möbelhersteller, der die 'Ndrangheta angeheuert hatte, um Giftmüll zu entsorgen, und ihnen dann über ein Konto auf den Cayman Islands Zugang zu seiner Firma ermöglichte. Il Sorridente ist außerdem unzweifelhaft der Mann, der Tebaldis Todesurteil ausgesprochen hat. Als sich Tebaldi und Potorac ins Schloss schlichen, waren Il Sorridente und sein Leibwächter, Il Ricurvo, bereits ermordet worden, wahrscheinlich weil ihre Tarnung aufgeflogen war – das ist eine direkte Parallele zu Antonio Rossi. Und dann haben sie den ganzen Krempel in die Luft gesprengt, allem Anschein nach inklusive Tebaldi und Potorac. Alles, wirklich alles, deutet darauf hin, dass die 'Ndrangheta ihre Deppen entsorgt und den Tod der Polizisten inszeniert hat, sie aber in Wahrheit gekidnappt hat, um aus ihnen Information herauszupressen.«

»Allerdings lag das Schloss in der Basilikata und nicht in Kalabrien«, gab Söderstedt zu bedenken.

»Wir treten auf der Stelle«, entgegnete Beyer und öffnete ein anderes Dokument.

»Ich weiß«, sagte Söderstedt, stieß sich abrupt von der Schreibtischplatte ab und rollte mit dem Stuhl hinüber zu Felipe Navarro. Der starrte auf seinem Monitor auf eine Seite mit einer Überschrift, die, bevor sie weggeklickt wurde, noch rufen konnte: »¡*Democracia Real YA! No somos mercancías en manos de políticos y banqueros.*«

»Hat deine gebrochene Rippe was damit zu tun, dass du die Dokumente nur so langsam schließen kannst?«, fragte Söderstedt.

»Ich bin zu früh zurückgekommen«, sagte Navarro und grinste gequält.

»Du bist doch noch einen ganzen Monat lang krankgeschrieben. Warum bist du schon wieder da?«

»Es wurde uns zu eng bei der Schwiegermutter in Madrid.«

»Alles nur Ausreden!«, widersprach Söderstedt. »Was hast du dort unten gesehen?«

»Das versuche ich ja gerade herauszufinden.«

»Das musst du aber besser verbergen. Ich glaube, Paul ist dir schon auf den Fersen. Schau doch, wie skeptisch er aussieht – in seinem Brutkasten. Jetzt erzähle endlich. ›Wahre Demokratie jetzt! Wir sind keine Ware in den Händen der Politiker und Bänker.‹«

»*Los indignados*«, antwortete Navarro. »Die Proteste in Madrid. Eine private Sicherheitsfirma namens Polemos Seguridad S.A. hat offenbar mit einigen der Demonstranten eine Art Handel getrieben, etwas ausgetauscht, als die Leute nach einem einmonatigen Protestmarsch in Madrid eintrafen. Ich habe keine Ahnung, was und warum, und versuche alles über diese Firma Polemos herauszubekommen. War das deutlich genug?«

»Mehr als genug«, erwiderte Söderstedt. »Und spannend dazu. Hast du ein Bild von dem Spitzel machen können?«

»Ich hatte leider keine Kamera dabei, aber der Typ war viel zu gut gekleidet für das Umfeld. Da hat etwas den Besitzer gewechselt, und der Kerl hat sich dann auf einem Block Notizen gemacht – welche, weiß ich auch nicht. Und das ärgert mich.«

»Wenn ich mich nicht irre, bedeutet ›polemos‹ auf Altgriechisch Krieg, aber Polemos war auch einer der Götter. Ich glaube, Heraklit hat gesagt, Polemos, also der Krieg, sei der Vater aller Dinge.«

»Das scheint auf jeden Fall ganz gut zu passen«, sagte Navarro. »Ich habe bisher vier Söldner gefunden, die bei Polemos auf der Gehaltsliste stehen: ein Serbe, zwei Spanier und ein Amerikaner. Alle hatten bereits Einsätze auf der ganzen Welt.«

»Glaubst du nicht, dass ein paar nervöse spanische Bankiers Polemos angeheuert haben, um die Kritiker ausspionieren zu lassen?«

»Natürlich kann das sein, aber was wollen die damit erreichen? Da wäre jemand, der sich einschleust, doch viel geeigneter.«

»Und die Besitzverhältnisse?«, fragte Söderstedt und nahm ihm die Maus aus der Hand. Navarro hatte keine Chance auf Gegenwehr, als Söderstedt ein Dokument öffnete, das mit einer digitalen Ecke unter dem geöffneten Dokument aus Brunos »Privat«-Ordner und der zur Hälfte verdeckten Homepage von www.democraciarealya.es hervorsah. Zum Vorschein kam ein Ordner, der ganz schlicht »Asterion« hieß.

»Aha«, sagte Söderstedt und ließ die Maus wieder los.

»Lass das, Arto«, zischte Navarro zwischen zusammengebissenen Zähnen und klickte Brunos Material wieder zurück an die Oberfläche.

»Du suchst nach Verbindungen«, stellte Söderstedt nüchtern fest.

»Es sind tatsächlich ein paar Verbindungen im Zusammenhang mit dem, was du ›Besitzverhältnisse‹ nennst, aufgetaucht«, brummte Navarro. »In meiner Zeit als Polizist in Madrid habe ich die sonderbarsten Geldströme über den gesamten Erdball verfolgt.«

»Und was hast du dabei gefunden?«

»Noch nichts. Aber jetzt bin ich auf der richtigen Spur. Es existieren drei Konten in Offshore-Banken, die Polemos mit einer Sicherheitsfirma in Verbindung bringen, der wir früher als Asterion Security Ltd. begegnet sind. Diese Firma gibt es ja bekanntlich nicht mehr, aber einige Anzeichen weisen auf einen Dachverband hin, unter dem sich mehrere Sicherheitsfirmen versammelt haben. Aber das ist alles noch viel zu vage.«

»Und doch höre ich da eine Andeutung, Felipe.«

»Verdammt, Arto, kümmere dich um deinen Kram. Ab ins Körbchen!«

»Auf keinen Fall. Das hier ist zu aufregend. Erzähl, was du vermutest.«

»Aber das hat nichts mit dem Mann aus Madrid zu tun.«

»Hör auf, dich so zu winden. Was denkst du?«

Felipe Navarro seufzte und starrte an die Decke. Es dauerte

eine Weile, dann hatte er einen Entschluss gefasst und antwortete: »Ich glaube, dass Asterion langsam, aber systematisch eine Sicherheitsfirma nach der anderen gekauft hat – amerikanische, europäische, russische, chinesische – und im Laufe dieses Prozesses einen Dachverband gegründet hat, die Camulus Security Group Inc., die gerade auf dem Weg ist, an die Börse zu gehen.«

Arto Söderstedt schwieg. Und das kam nicht so häufig vor. Felipe Navarro musterte ihn von der Seite.

»Als ich diese Verbindung entdeckt habe, konnte ich nicht mehr aufhören weiterzusuchen. Ich habe das Gefühl, dass gerade du am besten verstehen kannst, was ich meine.«

»Sehr gut sogar«, antwortete Arto Söderstedt mit Nachdruck. »Aber ich muss meine Gedanken erst einmal sortieren. Asterion Security Ltd. hat uns seit Jahren das Leben schwer gemacht als eine Art private Polizeimacht, die sich vom Höchstbietenden kaufen lässt. Geführt wird sie aller Wahrscheinlichkeit nach von dem ehemaligen amerikanischen CIA-Agenten Christopher James Huntington. Drei von uns – Jorge, Miriam und Laima – sind ihm schon einmal leibhaftig begegnet. Aber nur drei. Laima hat ihn zweimal gesehen, in einer Bank in Berlin und in einer Hütte im spanischen Estepona. Gibt es in deinen Unterlagen irgendeine Spur von ihm, Felipe?«

»Die Andeutung einer Spur«, sagte Navarro. »Die Konturen einer Spur.«

»Unsere Nachforschungen haben ergeben, dass er ein Mann der Tat ist, der sich gerne am Ort des Geschehens aufhält und nicht in irgendwelchen Konferenzräumen zu finden ist. Aber gleichzeitig scheint man immer direkt mit ihm zu verhandeln, wenn man seine Leute anheuern will.«

»Es gibt keine Fotos, die jünger sind als acht Jahre. Damals hieß er auch noch Christopher James Huntington. Aber dieser Name existiert nicht mehr. Allerdings gibt es ein Konglomerat von Risikokapitalgebern, von denen einige an der frühen Firmengeschichte von Asterion beteiligt waren und die Firmengründung mitfinanziert haben. Wir dürfen nicht vergessen, dass Asterion eine supermoderne, hochtechnologische Organisation ist, die ihre Firmengeschichte auch rückwirkend frisieren kann. Daher ist das ja auch so schwer. Ich muss jetzt Beweise finden und alte Versionen der Firmengeschichte, die sie übersehen haben. Das ist ein mühsames Unterfangen.«

»Ein Konglomerat von Risikokapitalgebern?«

»Eine ziemlich große, bereitwillige Anzahl, die mit ganzer Kraft in die Branche mit den größten Zuwächsen investiert: die Sicherheitsbranche. Und ich gehe jede Wette ein, dass Christopher James Huntington höchstpersönlich einer von ihnen ist. Allerdings unter seiner neuen, unbekannten Identität.«

»Jede Wette?«, wiederholte Söderstedt.

»Jede Wette!« Navarro nickte. »Was jedoch weit von einem Beweis entfernt ist.«

Söderstedt rieb sich die Stirn, ehe er fortfuhr: »Deine spanische Polemos Seguridad S.A. firmiert also unter dem Dachverband Camulus Security Group Inc., die quasi die jüngste und bisher größte Nachfolgerin der ursprünglichen Asterion Security Ltd. ist und außerdem auf dem Weg an die Wall Street? Und darauf bist du also gekommen, weil du so einen Sicherheitsmann beobachtet hast, der in einer sehr ungeschickten Art und Weise die radikalen Demonstranten in Madrid observiert hat?«

»Die Wege des Herrn sind unergründlich«, antwortete Felipe Navarro.

»Aber hast du zu dem Verhalten dieses Typen keine Parallelen gefunden?«

»Nein. Aber dafür bin ich auf das hier gestoßen.«

»Das hört sich aber sehr vielversprechend an.«

»Was klingt vielversprechend?«, wiederholte Marek Kowalewski plötzlich, der sich unbemerkt auf seinem Stuhl genähert hatte.

Das wiederum führte dazu, dass Adrian Marinescu, der neben Navarro saß, von seinem Monitor aufsah. Aber sowohl Söderstedt als auch Navarro schwiegen.

»Weißt du, worum es da geht, Adrian?«, fragte Kowalewski.

Marinescu seufzte und rieb sich über den kahlen Kopf.

»Was ich genau weiß, ist, dass Felipe ein ganz schön schwieriger Partner ist. Verschlossen wie eine Auster. Und ich weiß, dass er sich nicht mit der Lösung des Mordes an Donatella Bruno beschäftigt. Was ich hingegen tue.«

Während Söderstedt langsam an seinen Platz zurückrollte und Navarro seinen gesamten Bildschirm mit Dokumenten aus Brunos Ordner pflasterte, sagte Kowalewski: »Felipe Navarro ist ein sehr schwieriger Mensch.«

Das wiederum brachte ihm einen schiefen Blick von Navarro ein, dem ein ersticktes Lachen von Marinescu und ein – weitaus überraschenderer – Kommentar von oben folgten: »Redet ihr von Felipes Geheimermittlungen in Madrid?«

Die drei blickten auf und direkt in Paul Hjelms Gesicht.

Aber Hjelm war offenbar nicht gekommen, um Kritik an Navarros Arbeitsschwerpunkt zu üben. »Marek und Corine, kommt ihr bitte mal mit«, sagte er stattdessen.

Auch Kowalewski rollte an seinen Platz zurück, wo Corine Bouhaddi träge von ihrem Rechner aufsah. Die beiden folgten Hjelm in seinen Brutkasten.

Paul Hjelm hatte zwei zusätzliche Stühle geholt und vor seinen Schreibtisch gestellt. Während er Marek und Corine bat, Platz zu nehmen, schweifte sein Blick über die Kollegen im Großraumbüro. Jedes vorhandene Augenpaar war auf den Brutkasten gerichtet.

Er lächelte und begann: »Ihr beide seid mein neues Radarpaar. Und das liegt nicht nur daran, dass ihr identische Bandagen am Kopf tragt.«

Kowalewski und Bouhaddi wechselten einen schnellen, etwas verstörten Blick über die bandagierten Nasen, erwiderten aber nichts.

Hjelm nahm ebenfalls Platz und fuhr fort: »Ich erwäge, euch nach China zu schicken.«

»Verdammt!«, stieß Kowalewski hervor.

»Der Hintergrund in Kürze: Der Bionovia AB, einem schwedisch-polnisch-deutsch-schweizerischen Unternehmen für Biotechnologie mit Sitz in Stockholm, wurden von Hackern wichtige Dokumente entwendet. Es handelt sich um Formeln für ein Präparat, das ein Gen mit dem Namen MSTN kontrolliert, das wiederum die Produktion von Myostatin steuert. Und dieses Protein bestimmt, wie groß unsere Muskeln werden. Das Projekt der Firma läuft unter dem Codenamen ›Projekt Myo‹ und ist aller Wahrscheinlichkeit nach von einer Cyberspionageeinheit des chinesischen Militärs gestohlen worden, der Einheit 61398. Könnt ihr mir so weit folgen?«

»Wenn auch mit einiger Mühe«, gestand Kowalewski.

»Ich folge dir«, sagte Bouhaddi.

Hjelm nickte und sprach weiter: »Diese Einheit 61398 befindet sich einem zwölfstöckigen Haus in Schanghai, daher hat die Sicherheitsabteilung von Bionovia, die Inveniet Security Group AB, ihrem Subunternehmer, der Organisation Chu-Jung, die unter Umständen mit den Schanghaier Triaden in Verbindung steht, den Auftrag erteilt, sich die Sache näher anzusehen. Chu-Jung bespitzelt wiederum einen, wie sie meinen, ›outgesourcten‹ Teil dieser Einheit 61398. Also nicht die Volksbefreiungsarmee, sondern vielmehr ein Kleinunternehmen oder so etwas Ähnliches, das bei der Einheit 61398 quasi zur Untermiete sitzt. Könnt ihr mir noch immer folgen?«

»›Outgesourct‹?«, wiederholte Kowalewski.

»Im Moment herrscht in China eine sonderbare Konstellation aus Diktatur und Marktliberalismus. Also der Traum eines jeden multinationalen Unternehmens. Und wenn diese Informationen richtig sind, gilt das auch für die berüchtigtste Cyberspionagezentrale der Welt.«

»Dann handelt es sich doch ziemlich sicher um ein Unternehmen mit Sitz in China?«

»Zumindest eines, das in China aktiv ist und das die Volksbefreiungsarmee als wichtig für China erachtet.«

»Darauf wollte ich gar nicht hinaus«, sagte Corine Bouhaddi zögernd.

»Worauf wolltest du denn hinaus?«, fragte Hjelm sie aufmunternd.

»Woher kannst du wissen, was so eine Organisation wie Chu-Jung herausbekommen hat?«

»Richtige Frage«, entgegnete Hjelm und war sehr zufrieden mit seiner Wahl des Radarpaares. »Uns ist es gelungen, Kontakt zu einer weitestgehend selbstständig operierenden Polizeieinheit in Schanghai aufzunehmen. Sie überwacht Chu-Jungs Cyberaktivitäten seit Langem.«

»Ich bin mir nicht sicher, ob das wirklich meine Frage beantwortet ...«

»Aber es wird die einzige Antwort sein, die du bekommst«, sagte Hjelm und wechselte das Thema. »Diese Polizeieinheit wird von einem Mann namens Wu Wei geleitet. Er erwartet uns. Auf meinem Rechner. Wir werden uns jetzt mit ihm unterhalten.«

»Aber was zum Henk...«, rief Kowalewski, verstummte aber, als ein asiatisch aussehendes Gesicht auf Hjelms Bildschirm auftauchte.

»Good evening, Chief Inspector Wu Wei«, grüßte Paul Hjelm. »Wir sind Ihnen sehr dankbar, dass Sie sich so spät noch die Zeit nehmen, mit uns zu sprechen.«

»Ich bin in der Regel noch viel länger im Präsidium«, antwortete der elegante Chinese in einwandfreiem Englisch. »Außerdem sind die Chancen so weitaus größer, ungestört zu sein.«

»Ist das eine sichere Verbindung?«

»So sicher, wie eine Verbindung in China sein kann«, antwortete Wu Wei. »Sie wollten mit mir über Chu-Jung sprechen, habe ich das richtig verstanden? Ich vermute, dass Sie wissen, wie wenig wir externe Einmischung in interne chinesische Polizeiermittlungen schätzen?«

»Das wissen wir sehr wohl«, sagte Hjelm. »Unser Interesse richtet sich auch nicht auf Chu-Jung, sondern vielmehr auf ein europäisches Unternehmen. Ich bin Paul Hjelm, der stellvertretende Direktor von Europol. Bei mir sind die Kommissare Marek Kowalewski und Corine Bouhaddi. Sie sind mir direkt unterstellt.«

»Sehr erfreut, Sie kennenzulernen«, sagte Wu Wei zuvorkommend. »Das hier ist also eine offizielle Anfrage von Europol aus Den Haag?«

»Wünschen Sie, dass es eine offizielle Anfrage von Europol aus Den Haag ist?«

»Das klingt nach einer hervorragenden Lösung, ja. Ich bin davon überzeugt, dass wir alle vom internationalen Austausch profitieren, solange es sich nicht um interne chinesische Angelegenheiten handelt.«

»Ich freue mich auch, Sie kennenzulernen«, sagte Hjelm. »Ich habe schon viel Gutes von Ihrer Einheit gehört.«

»Das bezweifle ich sehr«, entgegnete Wu Wei mit einem Lächeln. »Wir sind nicht gerade die Vorzeigekinder der chinesischen Polizei.«

»Vielleicht gerade deshalb«, meinte Hjelm mit einem ähnlichen Lächeln. »Ich vermute, Sie haben Kenntnis davon, dass Chu-Jung einer schwedischen Sicherheitsfirma dabei assistiert, die Einheit 61398 auszuspionieren?«

»Von dieser Einheit habe ich noch nie etwas gehört«, sagte Wu Wei.

»Nein, natürlich nicht. Verzeihen Sie mir bitte.«

»Keine Ursache. Aber es trifft zu, dass wir einen recht guten Überblick über die Aktivitäten von Chu-Jung haben, vor allem über die Cyberaktivitäten.«

»Haben Sie auch schon von Spionageakten gehört, die sich gegen ein europäisches Unternehmen namens Bionovia AB richten?«

»Lassen Sie es mich so formulieren: Ich habe von einem Projekt gehört, für das es einige Interessenten gibt.«

»Würde es Ihnen die Sache erleichtern, wenn ich den Namen des Projektes nenne?«

»Das müssen Sie entscheiden, Direktor Hjelm.«

»Stellvertretender Direktor, bitte. Es geht um das ›Projekt Myo‹, und es unterliegt einer sehr hohen Geheimhaltungsstufe. Wenn Sie davon noch nie gehört habe, dürfen Sie gerne protestieren.«

Sie beobachteten Wu Wei, der schweigend dasaß.

Nach einer angemessen langen Pause ergriff Hjelm wieder das Wort: »Wenn Sie nicht wissen, worum es bei diesem Projekt geht, dürfen Sie ebenfalls gerne protestieren.«

»Nein, von diesem Projekt habe ich noch nie gehört.«

»Aber sollte Chu-Jung einen ähnlichen Spionageakt vollzogen haben, würden Sie nichts dagegen haben, diese Informationen mit Europol zu teilen?«

»Nicht, wenn es sich nicht um interne chinesische Angelegenheiten handelt.«

»Würden Sie es sich sogar vorstellen können, eine offizielle Europol-Delegation in Empfang zu nehmen, bestehend aus diesen beiden erfahrenen Europol-Kommissaren? Natürlich nur, um Ihre Ermittlungsmethoden kennenzulernen?«

»Eine offizielle Delegation von Europol würde vonseiten der Behörden bestimmt positiv begrüßt werden«, sagte Wu Wei zurückhaltend.

»Wir werden bei der zuständigen Behörde selbstverständlich vorher einen Antrag stellen«, erklärte Hjelm ähnlich reserviert. »Wir werden darum bitten, die Polizeiarbeit bezüglich der Triaden in Schanghai beobachten zu dürfen und dafür Sie, Wu Wei, als Verantwortlichen zugeteilt zu bekommen, wegen Ihres tadellosen Rufs als Polizist. Klingt das akzeptabel?«

»Es gibt zu viele ausländische Großunternehmen von zweifelhaftem Charakter, die Vorteile aus der derzeitigen Entwicklung der chinesischen Wirtschaft zu ziehen versuchen«, sagte Wu Wei.

»Ich deute das als eine Zustimmung ...«

»Das ist eine vollkommen korrekte Deutung.«

»Großartig«, sagte Hjelm. »Wir werden uns bemühen, alles Notwendige so schnell wie möglich zu veranlassen.«

»Die Kommissare Kowalewski und Bouhaddi sind uns willkommen.«

»Und Sie wissen jetzt auch, wie sie aussehen. Es werden nur die beiden kommen. Vertrauen Sie nur ihnen, und glauben Sie niemand anderem. Außer mir vielleicht noch.«

Wu Wei lächelte und legte seine Handflächen zu einer Abschiedsgeste aneinander. Dann verschwand das Bild.

Kowalewski und Bouhaddi starrten ihren Chef an.

»Und, was sagt ihr?«, fragte er.

»Das ist ein Mann, der es gewohnt ist, sich vorsichtig auszudrücken«, antwortete Kowalewski.

»Er klang vertrauenswürdig«, sagte Bouhaddi. »Aber wenn er wirklich vertrauenswürdig ist, dann ist er ein sehr einsamer Mann.«

»Er hat eine Gruppe hinter sich«, erklärte Hjelm. »Und eine Gruppe, die gegen ein gemeinsames Ziel arbeitet, kann sehr stark sein.«

»Und wann fliegen wir?«, fragte Marek Kowalewski und legte seine Handflächen zu einer Abschiedsgeste aneinander.

»Ihr müsst zuerst diese Bandagen loswerden.«

Ganz einfach

Den Haag, 2. August

Als er aus Paris in Den Haag ankam, badete die Stadt in den leuchtenden Farben des Sonnenuntergangs. Mittlerweile wusste er, dass diese Reise genau drei Stunden dauerte. Und das war exakt die Zeitspanne, die er benötigte, um einen Gang herunterzuschalten. Drei Stunden Zugfahrt und eine halbe Stunde Abendspaziergang. Das war notwendig, damit er nicht als eine aufgeladene Gewitterwolke ankam.

Nach Hause kam?

Ja, er kam tatsächlich nach Hause.

Das war noch so ungewohnt. Er hatte in seinem ganzen Leben kein Zuhause gehabt. Beziehungsweise in all den Jahren, die er statt eines Lebens verbracht hatte.

Aber jetzt gab es eines. Es fühlte sich an wie ein Knasttraum. Eine Illusion, die man braucht, um so etwas überhaupt auszuhalten.

Dass er nicht mehr im Knast saß, war das eigentliche Mysterium. Aber zurzeit war alles ein einziges Mysterium für ihn.

Sein letzter Knastaufenthalt. Der sein endgültig letzter werden sollte. Dieses definitive Versprechen war wie von selbst in ihm entstanden und gewachsen. Er wollte ein anderer werden oder sterben.

Das galt nach wie vor: Ein anderer werden oder sterben.

Gesessen hatte er im Maison d'arrêt de la Santé im 14. Arrondissement, einem der destruktivsten Gefängnisse der Welt. Er war in dem magischen Jahr 2003 dort, als hundertzweiundzwanzig Insassen Selbstmord begingen.

Er selbst tötete drei Mitinsassen in seiner Zeit im La Santé, in allen drei Fällen wurde er wegen Notwehr freigesprochen. Und es war auch Notwehr gewesen. Allerdings traf das nicht auf alles in seinem Leben zu.

Er schüttelte die Vergangenheit ab. Die drei Stunden waren vorüber. Der Zug rollte in den Den Haag Centraal. Die Dämmerung war hereingebrochen, mittlerweile war es dunkel.

Er stieg aus und blieb einen Moment lang auf dem Bahnsteig stehen. Der Geruch von Den Haag war sehr charakteristisch, aber er würde ihn nicht beschreiben können. Ihm fiel nichts anderes dazu ein als das Wort »Leben«. Hier hatte sein Leben begonnen. Zu guter Letzt.

Hier hatte er seine zweite Chance bekommen.

Er ging los und nahm den Weg, den er immer nahm. Die Hausfassaden würden noch bis in die frühen Morgenstunden die gespeicherte Wärme des Tages abstrahlen.

Es war Dienstagabend. Er hatte die Wochenendschicht gehabt, und es war ein hartes Wochenende in Clichy-sous-Bois gewesen, einem Pariser Vorort. Sein Auftrag war es, die Jugendlichen davon abzuhalten, den nur allzu selbstverständlichen Weg der Bandenkriminalität, Prostitution und des Drogenmissbrauchs zu gehen. Den Weg, den er selbst bereits mit dreizehn genommen hatte. Damals hatte es keine Alternativen gegeben.

Und genau das versuchte er, ins Leben zu rufen: Alternativen. Die enormen aufgestauten Energien von Frust und Rachlust aufzufangen und ihnen eine andere, neue Richtung geben. Wenn Europa nur begreifen würde, welche kolossalen Kräfte in den sogenannten Problembezirken der Vororte schlummerten. Wenn man die vernünftig auffangen würde, hätte man enorme Ressourcen, auf die man jederzeit zurückgreifen könnte.

Sport, sehr viel Sport – Boxen war seine Spezialität –, aber auch unerwartet erfolgreiche Studienzirkel, Kurse zur Selbstständigkeit, für Bewerbungsgespräche, Kurse über den sozialen Hintergrund, über Respekt und Demokratie und über wahre Stärke, nicht künstliche. Natürlich gab es immer wieder Rückschläge, auch Rückfälle, sogar bei den Hoffnungsträgern. Zwischendurch fühlte sich die Arbeit wie eine weitere Strafe an, zusätzlich zu der großen Strafe, die sein Leben war. So wie bei Sisyphos, der seinen Stein bis auf den Gipfel des Berges rollte, aber der Stein rollte jedes Mal wieder hinunter.

Aber so ging es ihm nicht immer. Die Organisation leistete gute Arbeit, die kreative Zusammenarbeit zwischen den Kinderrechtsorganisationen Save the Children, UNICEF und einigen lokalen christlichen und muslimischen Einrichtungen war auf dem richtigen Weg. Hundert Schritte vor, neunundneunzig zurück, aber am Ende des Tages war man einen Schritt vorangekommen. Und es waren diese Augenblicke: Wenn ein Mädchen, das seit seinem zehnten Lebensjahr Drogen nahm und sich prostituierte, plötzlich lesen lernte und dadurch eine wertvolle Entdeckung machte. Oder wenn ein schwerkriminelles Bandenmitglied sich plötzlich mit der Person konfrontiert sah, zu der es geworden war, und neu anfangen wollte. Oder aber wenn die Bedeutsamkeit und das wahre Wesen der Demokratie einem kleinen Junkie mit ganzer Kraft bewusst wurden. Wenn ein Elfjähriger, der auf dem besten Weg war, ein Drogenkurier zu werden, plötzlich sein Basketballtalent entdeckte und zehn Zentimeter wuchs, nur weil er vor Stolz den Rücken durchstreckte.

Sie hatten viele Freiwillige, die sich ihnen für kürzere oder längere Zeit anschlossen, mit mehr oder weniger Geduld im Gepäck. Meistens waren sie selbst ehemalige Kriminelle, so wie er auch. Menschen, die einen Teil ihrer Schuld an die Gesellschaft zurückzahlen wollten, in der Hoffnung, ein Kind, nur ein einziges Kind zu retten. Es vor dem Schicksal zu bewahren, dem sie selbst ausgeliefert gewesen waren.

So verhielt es sich wohl auch mit dem Bärtigen. Er meldete sich als Freiwilliger, und man merkte sofort, dass er den Großteil seiner Kindheit in Clichy-sous-Bois verbracht hatte, ein Einheimischer, zurückhaltend, vom Leben gezeichnet, unbeugsam, ein ehemaliger Boxer. Drei Wochen lang hatten die Jugendlichen beim Boxtraining gebettelt, sie wollten unbedingt einen Kampf zwischen den beiden hochgewachsenen Mentoren und Trainern sehen. Vergangenes Wochenende war es so weit.

Er lief am Kanal entlang, Richtung Universitätsgelände. Die hell erleuchtete Stadt spiegelte sich auf der dunklen Wasseroberfläche. Es war eine schöne Stadt. Seine Wut vom Wochenende war verflogen, übrig war nur noch so etwas wie Scham. Er geriet eigentlich nicht mehr in Rage, nicht mehr wirklich. Aber dem Bärtigen war es tatsächlich gelungen, ihn wütend zu machen. Doch er wollte jetzt nicht daran denken.

Aus dem Dunkel tauchten schon die Umrisse der Studentenwohnheime auf. Eine kleine vertraute Welle der Vorfreude durchströmte ihn und machte ihn so sanftmütig und weich, wie er es niemals für möglich gehalten hätte.

Er sah sie vor sich. In der Küche. Er hielt fest an dem Gedanken, dass sie es liebte, so spät am Abend noch Essen zu kochen, wenn er aus Paris kam. Dass sie es nicht tat, weil sie meinte, dass sie es müsste, sondern weil sie es wollte. Er konnte schon den Duft ihrer Halskuhle riechen, ihres Nackens, ihres Haares ...

Sie war sein Leben.

Und deshalb wollte er auf keinen Fall als die aufgeladene Gewitterwolke nach Hause kommen, die er nach jeder Schicht in Clichy-sous-Bois war. Normalerweise genügten ihm die drei Stunden im Zug und die halbe Stunde Nachhauseweg, um ganz entspannt zu sein, wenn er seine Nase in ihren Nacken bohrte.

Als er die Anlage des Studentenwohnheims erreichte, fühlte er sich auch in der Tat entspannt. So sehr hatte ihn diese Irritation am Wochenende doch nicht berühren können. Dass der Bärtige den K. o. nur vorgetäuscht hatte. Er hatte schon in den ersten Runden gemerkt, dass etwas nicht stimmt. Der Bärtige hatte nur auf seine Deckung geachtet, auf eine ekelhaft präzise Weise. Und als es dann in der fünften Runde heiß wurde, hatte er sein dämliches bärtiges Kinn vorgestreckt und war einfach mit dem Schlag mitgegangen. Er hatte sich nach hinten fallen lassen, sodass es wie ein richtiger Knock-out aussah. Alle waren darauf hereingefallen.

Vermutlich war der Idiot ein Pazifist.

Was er auch werden wollte. Woran er aber immer wieder scheiterte.

Er stand im Aufzug und wollte wirklich, mit aller Kraft, keine Gewitterwolke mehr sein. Während der Aufzug sich stöhnend nach oben bewegte, versuchte er mit einer letzten Anstrengung, seinen Geist zu reinigen. Er dachte daran, wie Europa sich mit erschreckender Zielsicherheit über Jahrzehnte hinweg ein neues, noch machtloseres Proletariat erschaffen hatte, ein Prekariat. Eine eigene Klasse Kanonenfutter, die sich aber zu einer Pulverkammer entwickelt hatte. Wie in den USA.

Der Aufzug hielt an. Einen Augenblick lang blieb er still und mit geschlossenen Augen stehen. Dann öffnete er sie wieder und sah sich im Spiegel des Aufzugs an.

Nein, er sah seinen Brustkorb. Er musste sich tief bücken, um seinem Spiegelbild auf Augenhöhe zu begegnen.

Er hatte schon längst die Hoffnung aufgegeben, den harten, unerbittlichen Ausdruck in seinem Gesicht abmildern zu können. Das war nicht mehr möglich. Seine Erlebnisse und Erfahrungen hatten sich tief in seine Züge eingegraben, hatten sie versteinert. Sein Blick wirkte härter, als er sich im Inneren fühlte, in diesem Körper mit seinen schlecht verheilten Wunden und alten Tattoos.

Er schüttelte den Kopf und lief den Flur hinunter, bis er eine Tür erreichte, auf deren Namensschild »Balodis« stand. Dort blieb er wie immer für einen Augenblick stehen. Ihn durchströmte das eiskalte Gefühl, dass die beste Freundin seiner Geliebten – und auch ihre unmittelbare Nachbarin, nicht nur physisch – direkt durch ihn hindurchsehen konnte. Sie blickte ihm direkt in seinen dunklen Kern und würde auch nie etwas anderes in ihm sehen können.

Dann schüttelte er sich erneut und ging ein paar Schritte weiter. An der nächsten Tür stand »Hershey«. Sein Herzschlag wurde ruhiger. Andere Gefühle meldeten sich. Er spürte, wie er weicher wurde.

Er erinnerte sich an ihre erste Begegnung. Am dreckigen Tresen des Café Rosso im angesagten Viertel Oberkampf in Paris. Ihm waren die beiden Urlauberinnen aufgefallen, er sah ihr Zusammenspiel. Wie die Dunkle und die Helle, die so offenkundig ganz verschiedener Herkunft waren, sich eine gemeinsame Schutzmauer gegen die Außenwelt errichtet hatten, mit der sie nur unangenehme, aufdringliche Erfahrungen gemacht hatten. Sein Blick war an der Dunklen hängen geblieben. Er wusste genau, dass er nicht dort sein sollte. Er nippte an seiner Cola Light und ließ – als sie in seine Richtung sah – seinen Blick sofort über das Whiskeysortiment hinter der Bar wandern. Warum setzte er sich so einer Situation aus? Warum stand er an diesem Tresen und litt jene Höllenqualen, vor denen ihn alle gewarnt hatten? »Das Rückfallrisiko steigt in einer Kneipe auf etwa zweiundneunzig Prozent«, hatte ihm sein alter Bewährungshelfer Maurice immer gesagt. Als er aber einen zweiten Blick wagte und bemerkte, dass sie näher gekommen war und ihm zuprostete, wusste er ganz genau, warum er sich dieser Situation ausgesetzt hatte.

Er hob die Hand und klingelte an der Tür.

Zu Hause. Klingelte man an seiner eigenen Wohnungstür?

Er besaß schon seit Monaten einen eigenen Hausschlüssel, aber er war nicht in der Lage, ihn zu benutzen. Nicht, wenn sie zu Hause war.

Sie öffnete. Die strahlenden braunen Augen. Das phantastische Lächeln. Ihr glänzendes Haar. Die Hände, die sich ihm entgegenstreckten, die ihn empfingen und akzeptierten und sein hartes, vernarbtes Gesicht liebten. Sie, die hinter die zerschundene Visage des Kriminellen sehen konnte. Die direkt in seinen hellen Kern sehen konnte.

Er umarmte sie. Er umarmte sie mit seinem ganzen Ich und flüsterte: »Miriam.«

Sie erwiderte die Umarmung und antworte nur: »Nicholas.«

Und alles war eigentlich ganz einfach.

Raubtier II

Clichy-sous-Bois, Paris, 3. August

Widerwillig betrachtete der Bärtige sein Gesicht in dem fleckigen Spiegel in der heruntergekommenen Kaschemme. Er mochte keine Spiegel, musste aber überprüfen, ob das K. o. vom Wochenende irgendwelche Spuren in seinem Gesicht hinterlassen hatte. Er fand keine, schließlich war er dem Schwung des Schlages gefolgt, ehe er wie ein gefällter Baum zu Boden gegangen war.

Also konzentrierte er sich auf seinen Bart. Es war gar nicht so einfach, dieses etwas ungepflegte Äußere herzustellen. Lustlos schnitt er ein bisschen an seinen Bartstoppeln herum und wandte sich dann seinen Augen zu. Dieses Mal war es verhältnismäßig einfach, die farbigen Linsen einzusetzen, und während er sie mit tränenreichem Blinzeln an Ort und Stelle platzierte, konnte er zum wiederholten Mal feststellen, dass Verwandlungen seine Spezialität waren. Mit den grünen Kontaktlinsen waren ihm schon drei alte Schulkameraden begegnet – Freunde konnte er sie wohl kaum nennen –, und keiner von ihnen hatte den früher ziemlich introvertierten Oberschichtenjüngling wiedererkannt, der in den heruntergekommensten Vororten herumgelungert hatte.

Er war zunehmend davon überzeugt, dass dies einer der cleversten Schachzüge überhaupt war. Die Wahrscheinlichkeit, dass er nach Clichy-sous-Bois zurückkehren würde, war quasi gleich null. Als er so selbstzufrieden vor dem Spiegel stand, wurde ihm bewusst, dass sein ärgster Feind dieses Gefühl von

Zufriedenheit war. Er kannte es von der Insel. Vor allem wenn er mit dem Boot hinausfuhr, um zu fischen. Die einfache, selbst gebaute Konstruktion ermöglichte ihm unbemerkt das notwendige Training. Vor allem die Sache mit den Haien war spannend gewesen.

Aber das war Vergangenheit. Die Gegenwart sah anders aus. Während er draußen Feldarbeit leistete, saß sie im Büro, als ausgebildete Sozialarbeiterin. Es fühlte sich eigentümlich *richtig* an, für diese Organisation zu arbeiten. Sie war real. Und neben einer perfekten Tarnung gab ihm die Arbeit Energie für die Zukunft.

Wie auch immer diese aussehen mochte.

Klar war jedoch, dass er nicht einfach nur passiv herumsitzen und warten konnte. Diese Alternative gab es für ihn nicht. Daher verliefen seine Nächte auch so.

Er hatte seinen inneren Widerstand gegen das Spiegelbild überwunden und betrachtete sich eingehend. Die grünen Augen hatten aufgehört zu tränen. Er blickte tief in sie hinein und gestand sich ein, dass sie sich nicht aus rein selbstlosen Gründen als Freiwillige gemeldet hatten. Dass sie für die Buchführung zuständig war, machte für ihn alles wesentlich leichter, als er kurz darauf Leiter der Informatikkurse wurde. Sie ließ anonym Gelder in die Bücher der Organisation fließen, die er wiederum für den Erwerb von IT-Ausrüstung investieren konnte. Das war eine hervorragende Methode, um Geld zu waschen und gleichzeitig die Ausrüstung zusammenzustellen, die er für seine nächtlichen Aktivitäten benötigte. Er tröstete sich damit, dass sie weit mehr Geld einspeisten, als sie für Computer und Zubehör entnahmen.

Zusätzlich verwendete er einen Teil des nicht gewaschenen Geldes für die Anschaffung von so etwas Banalem wie Waffen. Stolz war er darauf nicht.

Sich allerdings in die Bedienungsanleitungen der unterschiedlichen *Raubtiere* zu hacken – die Drohne MQ-1 Predator – war alles andere als einfach. Die Firewalls hatten sich in dem einen Jahr, in dem sie auf der Insel gewesen waren, unglaublich weiterentwickelt. Aber er kam voran, wenn auch absurd langsam. Wie formulierten sie das in der Organisation immer?

»Hundert Schritte vor, neunundneunzig zurück, aber am Ende des Tages ist man einen Schritt vorangekommen.«

Er verließ das Badezimmer und ging in ihr gemeinsames Schlafzimmer. Sie saß auf dem Bett und las ein Buch. Sie hob nicht einmal den Kopf, als er an ihr vorbei zum Schreibtisch ging, wo die Computerausrüstung stand. Er überprüfte die letzte Suche, die bereits die vergangene Nacht angedauert hatte. Die Suche war jetzt beendet, er speicherte das Ergebnis und klappte dann die vier Laptops zu und packte das Zubehör ein.

»Ist es schon so weit?«, fragte sie.

»Es ist gleich halb acht«, antwortete er.

»Müssen wir wirklich ...?«, seufzte sie.

»Ja, wir müssen. Wenn wir uns sicher fühlen, dann wird es gefährlich.«

»›Keine Spur, die den Weg nach Hause weist, nur immer neue Wege zur Arbeit und zurück‹«, zitierte sie und schlug ihr Buch zu.

»Nicht einmal ein Buch«, sagte er und lächelte.

Sie erwiderte das Lächeln und steckte das Buch in ihren bereits ziemlich vollen Rucksack.

»Aber das mit den Wegen zur Arbeit und zurück, muss das wirklich so unglaublich, wie soll ich sagen, ausgefeilt sein?«, fragte sie.

»Du weißt, worauf das System aufbaut. Das ist gar nicht so kompliziert.«

»›Betrachte den gestrigen Weg von einer anderen Seite‹, ich weiß, ich weiß.«

»Was für ein Glück, dass Paris so ein facettenreiches Straßennetz hat. In New York wäre das schon wieder anders. Da gibt es nur gerade Linien.«

»Du bezeichnest das hier wirklich als einen Teil von Paris? Das lässt ja Kaliningrad wie das reinste Paradies erscheinen.«

»Aber hier sind wir sicherer.«

»Sagtest du nicht gerade, dass wir uns auf keinen Fall sicher fühlen sollen?«

Er lächelte erneut. »Jetzt komm. Hast du alles?«

»Alles dabei«, seufzte sie und erhob sich schwerfällig.

Draußen im Treppenhaus drehte er sich um und warf einen letzten Blick in ihre schäbige Herberge. Sie hatten keine Spur hinterlassen. Dann traten sie hinaus auf die Straße.

Es verhieß ein weiterer strahlender Hochsommertag in Clichy-sous-Bois zu werden. Doch im Moment war niemand unterwegs, die Straße vor dem Hochhausblock war menschenleer. Sie war nicht mit Überwachungskameras versehen, was sein einziges Kriterium bei der Wahl der Wohnung gewesen war.

Die Tumulte in diesem Stadtviertel hatten am 27. Oktober 2005 begonnen. In den darauffolgenden drei Monaten des Ausnahmezustandes hatte der sonst sehr sympathische Bürgermeister von Paris, Bertrand Delanoë, beschlossen, die Anzahl der Überwachungskameras deutlich zu erhöhen. Mittlerweile waren sie unzählbar.

Sie stellten natürlich ein gewisses Risiko dar, waren aber gleichzeitig auch Anhaltspunkte für ihre Wahl des Weges zur Arbeit und zurück. Man konnte sie nicht vollkommen umgehen – und die Wahrscheinlichkeit, so enttarnt zu werden, war äußerst gering –, aber wenn sie von einer Kamera erfasst worden waren, galt sie als Anhaltspunkt für die Wegplanung des nächsten Tages.

An diesem Morgen entschieden sie sich für einen sogenannten Waldweg, der nicht mehr war als ein Trampelpfad durch eine Ansammlung von verstreut stehenden Bäumen. Dies war eine dieser sonderbar konzipierten Parkanlagen, die man definitiv nicht nachts aufsuchen sollte. Allerdings wirkten sie auch am Tag nicht besonders ansprechend.

Dass er die Kameras als Anhaltspunkte betrachtete, hatte er ihr gegenüber nie erwähnt. Dann hätte sie seine Pläne und Vorgehensweisen nicht nur, nun ja, ausgefeilt gefunden, sondern geradewegs geistesgestört. Sie hatten bereits vier Kameras passiert und etwa die Hälfte der Strecke zurückgelegt und liefen nun den Hang eines kleinen Hügels hoch. Von Weitem sah er die fünfte Überwachungskamera ein Stück die Straße hinunter. Ein paar Meter weiter stand ein demolierter Sicherungskasten. Das alles registrierte er, während sie weitergingen. Nein, er konnte daran nichts Auffälliges entdecken.

Doch plötzlich zog er sie hinter den Sicherungskasten und ging in die Hocke. Sie hatte gelernt, sich in solchen Momenten ruhig zu verhalten, und sagte kein Wort. Er lugte hinter dem Kasten hervor.

An dem blauen Ford, der direkt unter der Überwachungskamera parkte, war auf den ersten Blick auch nichts Auffälliges zu entdecken. Außer der Tatsache, dass die Fahrzeugkabine exakt außerhalb des Erfassungsbereichs der Kamera stand. Und darin saßen zwei Personen.

Gestern Abend hatten sie auf dem Heimweg diese Kamera passiert. Und jetzt stand dort ein Wagen mit zwei Männern darin.

Sie hatten die Mittel, ihnen eine Drohne auf den Hals zu hetzen. Wenn sie routinemäßig Leute aussandten, sobald sie einen Verdächtigen registrierten, könnte es durchaus sein, dass in dem Auto dort zwei lokale Einsatzkräfte saßen. Aber dann wäre das gesamte Projekt vollkommen unübersichtlich, mit Tausenden von lokalen Mitarbeitern. Das war äußerst unwahrscheinlich. Also waren sie tatsächlich auf den Aufnahmen der Überwachungskamera identifiziert worden, obwohl das eigentlich unmöglich sein sollte. Wenn dies der Fall war, waren die beiden Männer garantiert nicht alleine im Einsatz.

Während seine Hand in ihren Rucksack glitt, führte er im Kopf eine schnelle Berechnung durch. Wie wahrscheinlich war es, dass dieser ganz gewöhnlich aussehende Ford mit Panzerglas ausgestattet war? Wie wahrscheinlich war es, dass plötzlich eine Horde aus dem Wald gestürmt kam? Wie viele von diesen bemannten Wagen standen hier noch herum? Und wo?

Seine Finger mussten sich zwischen einem runden und einem kantigeren Gegenstand entscheiden, aber sein Bauchgefühl hatte bereits den Gedanken formuliert: Du wirst das Glas der Scheiben durchschlagen müssen.

»Bleib dicht hinter mir«, sagte er.

Die Pistole im Anschlag, fand er ohne Schwierigkeiten den toten Winkel und rannte geduckt auf das Auto zu. Das Glas der Scheiben zerbarst, und das Echo der Schüsse hallte über das sommermorgendlich verschlafene Clichy-sous-Bois. Er erschoss die beiden Männer schräg von der Seite, irgendwo zwischen Schläfe und Halswirbelsäule. Dann drehte er sich zu ihr um, sie war nur wenige Meter hinter ihm, als sie aus dem Wald auftauchten. Zwei Männer mit Maschinengewehren.

Wie gut, dass ich mich für beides entschieden habe, dachte er. Denn in diesem Augenblick explodierte die Handgranate, die er entsichert am Sicherungskasten liegen gelassen hatte. Die beiden bewaffneten Männer verschwanden in einer Wolke aus Feuer und Rauch. Von der Druckwelle wurde sie nach vorn geschleudert, aber er fing sie auf, und als die Reifen aufheulten – sowohl hinter als auch vor ihnen –, hatte er bereits beide Leichen aus dem Wagen entfernt.

Mit der Pistole fegte er die Reste der zerborstenen Windschutzscheibe von den Sitzen und warf seinen Rucksack in ihren Schoß. Während er den Wagen startete, versuchte er zu orten, aus welcher Richtung die Verfolger kamen.

»Die Uzi«, forderte er.

Sie tauschten hastig Waffen, und er griff nach der israelischen Maschinenpistole. Von vorn schien sich ein größerer Wagen zu nähern. Außerdem wollte er nicht gegen die Sonne fahren. Also wendete er den Wagen praktisch im Stand und jagte Richtung Westen. Ein baugleicher blauer Ford kam ihnen entgegen. Der wäre ihm niemals entgangen, er musste also in einer Garage gestanden haben. Mit ein bisschen Glück waren die Insassen vom Sonnenlicht geblendet.

»Runter!«, rief er.

Er raste auf sie zu, die Sonne im Rücken, und schoss eine Salve durch die fehlende Windschutzscheibe. Der Fahrer des entgegenkommenden Zwillingswagens riss in einem Glassplitterregen das Steuer nach rechts und prallte ungebremst in den hohen Mast der Überwachungskamera.

Plötzlich tauchte ein schwarzer Hummer H3 im Rückspiegel auf. Er konnte das dunkle Brummen eines Fastvierlitermotors hören. Zweihundertvierzig PS, dem Wagen konnte man nicht entkommen. Das musste anders gelöst werden.

Die erste Salve auf drei, dachte er und bog scharf nach links, in eine Art Industriegebiet, ab. Vermutlich bot das Straßensystem dort nur wenig Alternativen. Eine Kugelsalve zischte an dem hin und her schlingernden Ford vorbei.

Er raste weiter durch das Industriegebiet und bog erneut scharf nach links ab, während er mit ruhiger Stimme zu ihr sagte: »Bleib unten und hol ›h‹ raus.«

Im Rückspiegel sah er den Hummer etwas schwerfällig um die Ecke biegen. Er geriet ins Schlittern, sodass der aus dem Beifahrerfenster gelehnte Schütze mit seiner MP7A1 schwankte. So würde er nicht gut zielen können, aber das hatte nichts mehr zu bedeuten, wenn der Hummer aufholen würde. Und so kam es auch. Der Wagen fing sich, die schweren Reifen bekamen Bodenhaftung. Auch der Schütze konnte seine Position stabilisieren.

Der Hummer kam immer näher, jetzt trennten sie nur noch wenige Meter.

Da riss er das Steuer ein letztes Mal herum und nahm eine scharfe Kurve nach rechts. Fünfundzwanzig Meter weiter machte er eine Vollbremsung und sprang aus dem Wagen.

»H«, sagte er nur, und sie reichte ihm ›h‹.

Der Hummer bog schlitternd um die Ecke. Er hatte nicht mehr als eine Sekunde, bis sich der Wagen wieder stabilisiert hatte. Er zerschoss die Windschutzscheibe, warf ›h‹ in den Fahrerraum und sprang hinter den Ford.

Die Explosion war ohrenbetäubend. Die Heckscheibe des Fords wurde pulverisiert und verteilte sich in winzig kleinen Splittern im Inneren des Wagens.

Er richtete sich auf. Der Hummer brannte, eine kolossale, schon beinahe komplett ausgebrannte Fahrzeugleiche. Auch der Fahrer stand in Flammen, aber der Schütze hatte es nach draußen geschafft. Er kam auf sie zugestolpert, seine MP7A1 zeigte zu Boden, und er versuchte, sie hochzuheben. Dann fiel er vornüber. In seinem Rücken steckte ein großer Metallsplitter von der Beifahrertür.

»H«, wiederholte er und trat an den Gestürzten heran. »›H‹ wie in Handgranate. Ihr solltet versuchen, aus euren Fehlern zu lernen.«

In dem Moment kletterte sie aus dem Ford, und winzige Glaspartikel rieselten von ihrem Körper.

»Unverletzt?«, rief er.

»Ja«, hustete sie und stolperte auf ihn zu, beide Rucksäcke in der Hand.

Er nickte ihr zu, bürstete sie ab und umarmte sie kurz. Sie war wirklich bemerkenswert gelehrig.

Andererseits waren sie ja gewissermaßen Geschwister.

Er wühlte in ihrem Rucksack und holte ein multifunktionales Werkzeug und einen Gefrierbeutel hervor. Sie starrte ihn an.

»Sieh weg!«, forderte er sie auf und ging neben dem ehemaligen Schützen in die Hocke. Das Blechstück aus der Beifahrertür steckte wie tief verankert in seinem Rücken.

Er packte den Haarschopf des Toten, hob den Kopf hoch und machte ein Foto mit seinem Handy. Danach sägte er dessen rechte Hand ab und legte sie in die Tüte.

Sie hatte nicht weggesehen.

Sie starrte ihn an. Und war ganz weiß im Gesicht.

»Da steckt jede Menge Information drin«, sagte er und schüttelte die Tüte. Dann legte er sie in den Rucksack und ließ seinen Blick über die Gebäude streifen, die an die Straße grenzten. Einige Fenster standen offen und spiegelten die frühe Augustsonne in verschiedenen Richtungen.

»Wir sollten jetzt von hier verschwinden.«

Die Stellenausschreibung

Den Haag, 4. August

Jutta Beyer fuhr mit dem Fahrrad. Es war ein magischer Sommermorgen in Den Haag, die Luft war so klar wie in den Alpen – ein mehr als ungewöhnlicher Zustand in Holland –, und sie strich über ihr Gesicht wie eine besonders zärtliche Berührung. Das war ein sehr romantisches Gefühl, das Jutta Beyer sofort auf ihr neues Cervélo R3 übertrug, ein Rennrad mit einem Rahmen, den das Radsportteam Garmin-Sharp-Barracuda bei der Tour de France verwendet hatte.

Sie fuhr sehr schnell.

Sie strampelte sich Leben in den Körper.

Das Hauptquartier von Europol – sie hatte versucht, es Europol-Haus zu nennen, aber das wollte nicht richtig über ihre Lippen kommen – türmte sich vor ihr auf. Dass die vier miteinander verbundenen, asymmetrischen Gebäudeteile einen ziemlich bedrohlichen Eindruck machten, berührte sie nicht im Geringsten. Sie holte ihr Fahrradschloss aus der Tasche, hielt dann aber inne und blieb eine Weile nachdenklich stehen.

Es war nicht so, dass sie Marek Kowalewski vermisste, der stets in diesem Augenblick angekommen war und vorgeschlagen hatte, sie sollten doch ihre Räder zusammenschließen. Als würde sie jemals zulassen, dass ihr Cervélo R3 auch nur in die Nähe seines polnischen Allerweltsfahrrades geriet. Nein, das war es nicht, was sie mitten in ihrer Bewegung hatte innehalten lassen, und auch nicht die Tatsache, dass sich Kowalewski gerade auf der anderen Seite der Erde befand. Es war vielmehr die Tatsache, dass der Kauf ihres Fahrrads fast ein ganzes Monatsgehalt verschlungen hatte. Sie musste grinsen und überlegte, ob es überhaupt machbar wäre, ein Fahrrad mit in das Hauptquartier von Europol zu nehmen. Wahrscheinich würde sie sofort von den Sicherheitsbeamten übermannt und in einen Verhörraum geschleppt werden, in dem Paul Hjelm nach einer Weile auftauchen und mit geradezu sanfter Ironie sagen würde: »Du hast also versucht, eine wahrhaft gefährliche Mordwaffe in das Herz der europäischen Polizeimacht einzuschleusen?«

Woraufhin Jutta Beyer einige sehr unpassende Gedanken über das Herz der europäischen Polizei (und vielleicht auch das von Paul Hjelm) kommen würden.

Sie ließ es auf den Versuch ankommen, schulterte ihr federleichtes, zartes Fahrrad und betrat das Hauptquartier.

Wenige Minuten später versammelte sich die Opcop-Gruppe in dem etwas pompösen Konferenzraum, der unter der inoffiziellen Bezeichnung »Die Neue Kathedrale« firmierte. Der Zusatz »Die Neue« war allerdings schon wieder am Einschlafen. Bald würde der Ort so heißen wie im ehemaligen Europol-Haus: die Kathedrale.

Die Gruppe war weitestgehend vollzählig. Eine etwas affektierte Debatte zwischen den nationalen Repräsentanten Jorge Chavez und Salvatore Esposito – in der Ersterer für das Ausmaß der Affektiertheit verantwortlich war – wurde von Angelos Sifakis zum Schweigen gebracht. Felipe Navarro starrte ins Leere, während Adrian Marinescu, Miriam Hershey und Laima Balodis eher gelangweilt aussahen. Arto Söderstedt wirkte einfach nur einsam. Denn es fehlten nicht nur Marek Kowalewski und Corine Bouhaddi in der Runde. Paul Hjelm, der oben auf dem Podium thronte, warf einen Blick auf die Uhr und stellte überrascht fest, dass Jutta Beyer zum ersten Mal zu spät zu einer Besprechung kam. Genau genommen war es das erste Mal, dass sie sich überhaupt verspätete. Kurz streifte ihn der Gedanke, ob ihr vielleicht etwas zugestoßen sein könnte. Er hatte sich gerade dazu entschlossen, die Morgenbesprechung zu eröffnen, als die Tür aufgestoßen wurde und eine hochrote Jutta Beyer erschien. Über der Schulter trug sie ein in seine Einzelteile zerlegtes Fahrrad, und ihre Haare ragten wild aus den Öffnungen ihres Fahrradhelms.

»Fragt nicht«, stöhnte sie.

»Nimm bitte wenigstens den Helm ab«, sagte Paul Hjelm.

Mit einem Stöhnen lehnte Beyer die mindestens zehn Fahrradelemente gegen die Wand. Irritiert sagte sie: »Also, die Sicherheitsleute da unten sind vollkommen wahnsinnig.«

»Outsourcing«, konterte Hjelm nüchtern. »Setz dich. Wir fangen mit Angelos an. Was haben eure Kontakte zur italienischen Polizei ergeben?«

Sifakis' Blick hing an seinem Bildschirm.

»Nicht viel, ehrlich gesagt. Wir arbeiten ja von zwei Flanken aus. Wir suchen nach ›R‹, der mit großer Wahrscheinlichkeit Donatella Brunos Hauptinformant bei ihren inoffiziellen Ermittlungen war. Und dann suchen wir den Kaffeefleckmann, der die Echtheit von Tebaldis Material damit bekräftigte, dass er einen kreisrunden Abdruck eines Kaffeebechers auf autorisierten und geheimen Dokumenten hinterließ. Diese beiden Herrschaften müssen Teil des Polizei- oder Justizapparates sein und sowohl Bruno als auch Tebaldi nahegestanden haben. Hierbei geht es um Vertrauen auf Leben und Tod.« Sifakis scrollte auf der Bildschirmseite weiter herunter und fuhr fort: »Leider hat Bruno ihr Privatleben auch sehr privat gehalten. Ich habe mich durch ihre gesamte Lebensgeschichte gearbeitet, aber eigentlich nichts Nennenswertes gefunden. Habe mit ehemaligen Vorgesetzten gesprochen, habe ehemalige Kollegen aufgespürt, aber keiner von denen konnte wesentliche Informationen beisteuern. Außer dass sie sich gerne aus allem heraushielt und niemanden wirklich an ihrem Leben teilhaben ließ. Auf dieser Seite der Ermittlung sieht es zurzeit also leider etwas düster aus. Aber mir ist es gelungen, über eine schreibgeschützte und kryptierte E-Mail, die wir in dem Ordner ›Privat‹ gefunden haben, ihren Liebhaber ausfindig zu machen. Ein Nigel Gadwell, Professor an der University of London. Verheiratet und daher auch nicht besonders gesprächig. Auch er konnte nicht viel Neues beitragen, nur die Bestätigung, dass Bruno eine sehr geheimnisvolle Aura umgab, ›die mich immer wieder so erregt hat‹, Zitat Ende. Aber er sagte eine Sache, die möglicherweise für uns von Interesse sein könnte. Er betonte nämlich, dass er ›einen Hang zu ungewöhnlichen Geschenken habe‹, Zitat Ende. Die habe er ihr ab und zu geschickt. Das konnte alles sein von einem aparten Kuscheltier bis hin zu exklusiver Kleidung.«

»Ich gehe davon aus, dass es noch einen Schlusssatz gibt?«, fragte Hjelm.

»Eher eine Hypothese«, räumte Sifakis ein. »Wenn dieser Gadwell ihr ab und zu unangekündigt ungewöhnliche Geschenke gemacht hat, erklärt das unter Umständen, warum eine für ihre hoch entwickelte Intelligenz bekannte und von einer möglichen Bedrohung wissende Polizistin so unvorsichtig war und ein Paket annahm, das von einem Kurier gebracht wurde. Vermutlich stand Gadwell sogar als Absender darauf – oder zumindest London –, was wiederum darauf hindeutet, dass die Mafia über das intime Leben der geheimnisvollen Frau Bescheid wusste. Was für eine weitreichendere Überwachung spricht, als wir bisher angenommen haben.«

»Sehr gut«, sagte Hjelm. »Und wie willst du da weiter vorgehen?«

»Die Mail beweist, dass Donatella einen privaten E-Mail-Account hatte, über den ihre persönliche Korrespondenz lief. Ich will genauer untersuchen, wie und wann dieser Account gehackt wurde. Leider war keine Mail mehr erhalten, weder im Eingang noch im Ausgang. Dafür aber gab es Spam in Reinkultur, also jede Menge Werbung, was uns einen Hinweis auf die Seiten geben kann, die sie besucht hat. Das will ich mir auch genauer ansehen.«

»Hervorragend«, meinte Hjelm, aber bevor er fortfahren konnte, wurde er unterbrochen.

»Verzeihung«, sagte Jutta Beyer. »Ich möchte eine Sache gerne ein bisschen differenzieren. Mir wird hier etwas zu viel von Brunos angeblicher geheimnisvoller Aura geredet. Ich glaube, es ist alles viel einfacher, und ich weiß, dass alle Frauen in diesem Raum das nachvollziehen können. Als Frau in einer männerdominierten Welt muss man einfach vorsichtiger sein. Ihr müsst daran keinen Gedanken verschwenden, weil ihr das Privileg habt, als Mann geboren worden zu sein.«

»Vollkommen richtig«, sagte Miriam Hershey.

»Sollte man sich merken.« Laima Balodis nickte zustimmend.

»Ja«, sagte Sifakis. »Ihr habt recht, da habe ich wohl etwas falschgelegen.«

»Vielen Dank, Jutta«, sagte Hjelm. »Sehr vernünftiger Einwand, ist vermerkt. Aber wir hier sind doch nicht so gefährlich, oder? Zumindest nicht jetzt im Moment.«

»Nein«, antwortete Beyer, »aber ...«

»Dann kannst du doch jetzt deinen Helm abnehmen. Neues vom Kaffeefleckmann?«

»Das ist mein Part«, meldete sich Jorge Chavez zu Wort. »Wir mussten ebenfalls ganz schön tief in Tebaldis Vergangenheit graben. Die interessante Neuigkeit ist, wie *früh* Tebaldi in seiner Karriere schon Morddrohungen vonseiten der Mafia erhalten hat. Und zwar während seiner Zeit als Polizeianwärter in Genua, also lange vor seinem ersten Posten in Turin. Sein Chef aus Genua hat angedeutet, dass es damals Gewaltandrohungen gab und sie deshalb die Bewachung des Polizeipräsidiums erhöht haben. Das weist uns auf zwei Aspekte hin, der eine ist wohl weniger wichtig, der andere hingegen kommt mir wichtig vor. Der eine lautet, dass Tebaldi sich offensichtlich systematisch nach Norden orientiert hat, vielleicht auch nur, um eine möglichst große Entfernung zu der Gegend seiner Kindheit zu schaffen. Vielleicht aber hat es auch mit einer anderen, weitaus wichtigeren Sache zu tun: dass er bereits Morddrohungen erhalten hatte, lange bevor er überhaupt als Ermittler gegen die Mafia auftreten konnte. Die naheliegende und logische Schlussfolgerung ist, dass er gewissermaßen von Anbeginn auf der Flucht war.«

»Ja, das ist sehr interessant«, sagte Hjelm. »Dann ist er also nach San Luca zurückgekehrt, um dort als Ermittler gegen die Mafia tätig zu werden, *nachdem* er von ihnen Morddrohungen erhalten hat?«

»Ganz genau.« Chavez nickte. »Warum bekommt ein kaum zwanzigjähriger Polizeianwärter in Genua Morddrohungen? Die einfachste Erklärung dafür ist, dass man schlicht und ergreifend nicht Polizist zu werden hat, wenn man aus der Hochburg der 'Ndrangheta stammt. Das tut man einfach nicht. Und wenn man so etwas hoffnungslos Dämliches doch macht, dann bekommt man eben Morddrohungen.«

»Könnte das schon die Erklärung sein? Nachdem er in seinem Job gewachsen war und sich die Anfangspanik gelegt hatte, hat er sich darüber aufgeregt und entschieden, in die Höhle des Löwen zurückzukehren, um die Widersacher auf legalem Wege zu bekämpfen?«

»Das ist durchaus denkbar«, sagte Chavez. »Aber es gibt noch ein kleines Detail. Als Fabio Tebaldi mit seinen Leibwächtern bei uns einzog, hat er nie einen Hehl daraus gemacht, dass er aus San Luca stammt, richtig?«

»In seiner offiziellen Bewerbung für den Dienst in der Opcop-Gruppe stand es auch explizit. Aufgewachsen in San Luca«, bestätigte Hjelm.

»Aber er taucht nicht in den Akten des zuständigen Einwohnermeldeamtes auf«, sagte Chavez.

»Wie meinst du das?«

»Von ihm gibt es bis zu seinem fünfzehnten Lebensjahr keine Spur. Erst dann wird er in einem Gymnasium in Rom geführt. Aber davor: kein einziges Lebenszeichen. Hier können wir wirklich von einer ›geheimnisvollen Aura‹ sprechen.«

»Verdammt.«

»Ich weiß nicht, wie ich das einschätzen soll, ich muss das in Rom überprüfen. Ins Archiv des Gymnasiums gehen, mit dem alten Direktor und den ehemaligen Lehrern sprechen. Um es kurz zu machen, ich muss nach Italien. Und ich will, dass mich Angelos und Salvatore begleiten. Darüber haben wir vorhin debattiert.«

»Mir erscheint das ein sinnvoller Schritt zu sein«, warf Sifakis ein. »Wir kommen hier in Den Haag mit Donatella Brunos Vergangenheit keinen Millimeter weiter. Ich glaube, Rom ist ein guter Ausgangspunkt.«

»Ich verstehe nur nicht, warum ich da mitfahren soll«, sagte Salvatore Esposito.

»Lokale Verankerung«, erläuterte Chavez. »Jemand, der die Kultur und die Sprache kennt. Du warst doch in Rom stationiert.«

»Das klingt hervorragend«, sagte Hjelm. »Ihr drei fahrt, so schnell es geht. Aber schreibt mir vorher ausführliche Berichte. Ich werde Rom auf euch vorbereiten. So, und dann haben wir noch die Filmaufnahmen von dem ›Kurierfahrer‹.«

»Und viel mehr ist da auch leider nicht herauszuholen«, entgegnete Miriam Hershey und öffnete ein Dokument. Auf der heruntergelassenen Leinwand hinter Hjelm tauchte ein Bild auf. Ein Mann stand mit dem Rücken zu einer Hauswand. Man konnte seine Gesichtsform erkennen und die Farben seiner Schirmmütze, die mit dem Grün und Gelb seiner Jacke übereinstimmten.

»Weißer Kaukasier um die fünfundzwanzig«, sagte Laima Balodis. »Etwa einen Meter fünfundsiebzig groß, leicht übergewichtig, zirka fünfundachtzig Kilo schwer, ziemlich rundes Gesicht. Er vermeidet mit großer Eleganz die Überwachungskamera, die vor der nahe gelegenen Bank angebracht ist.«

Hershey übernahm.

»Die gelb-grünen Farben entsprechen den Firmenfarben eines Kurierdienstes, der auch samstags ausliefert. Hier ist ein Foto von Schirmmütze und Jacke. Sie gehören dem ortsansässigen Kurierdienst, der in Den Haag, Amsterdam und Rotterdam aktiv ist und HAR Koeriersdienst N.V. heißt.«

»Das ist kein Riesenunternehmen, aber mit immerhin hundert Angestellten. Wir haben das Foto in allen lokalen Büros der Firma vorgelegt und es so vielen Angestellten wie möglich gezeigt. Niemand hat diesen Mann je zuvor gesehen.«

»Allerdings hat HAR Koeriersdienst N.V. leider auch keinen

Überblick über die Zuteilung ihrer Uniformen. Wenn also eine Schirmmütze und eine Jacke entwendet werden, würde das niemand bemerken. Die sind aus dem allerbilligsten Material hergestellt. Es ist preisgünstiger, sie einfach unkontrolliert auszuteilen, als jemanden zur Koordination einzustellen. Ein Zeichen unserer Zeit.«

»Wir sind noch dabei, die Angaben der Angestellten zu überprüfen – aktuelle und älteren Datums –, aber bisher haben wir nichts von Interesse gefunden.«

»Eine Weile hatte es durchaus vielversprechend ausgesehen«, beendete Hershey ihren Bericht.

»Gut«, sagte Paul Hjelm. »Bleibt noch einen Tag dran, aber dann wenden wir uns weiteren Punkten zu. Ihr anderen, ihr habt euch ja aus den unterschiedlichsten Perspektiven mit den inoffiziellen Ermittlungen von Donatella beschäftigt. Wer will anfangen?«

Das wollte anscheinend niemand.

»Jutta?«, forderte Hjelm sie schließlich auf.

»Es tut mir furchtbar leid, aber wir kommen mit dieser Textpassage, auf die Tebaldi in der *La Repubblica* zeigt, einfach nicht weiter. Wir haben auch nicht den geringsten Hinweis auf ein angebliches Geheimversteck gefunden, wo sie die Originale ihrer Dokumente aufbewahrt haben könnte. Das Wahrscheinlichste ist wohl, dass sie bei der Explosion zerstört wurden. Natürlich suchen wir weiter. In gleicher Weise sind wir auch an dem Hotmail-Account gescheitert, der in einem Internetcafé in Rom eingerichtet wurde. Und es gelingt uns auch nicht, Donatella Brunos Äußerung, ›Ich glaube nicht, dass es sich hier um die 'Ndrangheta handelt‹, zu deuten. In ihren Unterlagen finden wir keinen genaueren Hinweis. Vielmehr geht es darin ja hauptsächlich um die Widerlegung der italienischen Ermittlungsergebnisse, die wir bis heute nicht von den dortigen Kollegen erhalten haben. Sollten ihre Argumente von den Originaldokumenten aus Italien bestätigt werden, wäre das eklatant. Ohne sind sie allerdings wertlos.«

»Sie wurde umgebracht, weil sie ihnen zu nahe gekommen

war«, sagte Adrian Marinescu. »Sonst hätten sie es nicht gewagt, eine europäische Polizistin zu ermorden.«

»Oder ihr Ziel war es, uns ein deutliches Zeichen zu geben«, gab Paul Hjelm zu bedenken. »Für mich persönlich ist das die Hauptfährte. Es ging nicht nur darum, dass Donatella zu viel herausbekommen hatte. Allem voran wollten sie uns damit eine Nachricht zukommen lassen. Daher das teuflische Timing.«

»Erklärst du das als Chef?«, fragte Arto Söderstedt. »Ist das der offizielle Standpunkt der Opcop?«

»Ich habe doch gesagt: ›für mich persönlich‹«, erwiderte Hjelm. »Mir wäre nichts lieber als ein Beweis dafür, dass Donatella zu viel herausgefunden hat. Es wäre alles so viel einfacher, wenn sich die Tat nur gegen sie persönlich gerichtet hätte. Aber weil der Mord an ihr zeitgleich mit der Reaktivierung des Chips und dem Eintreffen der E-Mail mit dem Video stattfand, weiß ich einfach, dass alles miteinander zusammenhängt. Ohne es aber beweisen zu können.«

»Dann lassen wir andere Theorien also außer Acht?«, bohrte Arto Söderstedt unbarmherzig weiter.

»Nein. Ich will ja nicht, dass es sich so verhält. Ich begrüße mit Freuden jeden Beweis, der in eine andere Richtung zeigt.«

»Wie lautet denn eigentlich die neueste Version?« Arto Söderstedt ließ nicht locker. »Lasst uns probehalber an der Ausgangsposition festhalten, dass es sich bei unserem Gegner um die 'Ndrangheta handelt – alles spricht schließlich dafür. Was haben wir vorliegen, wenn wir deine Deutung zugrunde legen? Wir haben zwei Dinge: die Entführung von Tebaldi und Potorac sowie die von Angelos gerade erst entdeckte E-Mail und die damit einhergehende Analyse der Mailkontakte von Bruno. Was wir wissen, ist die Tatsache, dass der Mitarbeiter der 'Ndrangheta, den wir Antonio Rossi nennen, nach Kalabrien zurückgekehrt war und dort entlarvt wurde. Das hat uns der Chip verraten. Das war ein schnelles Abwägen an höchster Stelle vor Ort: Was machen wir mit Rossi? Wer hat ihm einen elektronisch so avancierten Mikrosender verabreicht? Vielleicht gelingt es ihnen sogar, den Sender zu entfernen, ohne

Rossi zu töten. Vielleicht erinnert er sich, wann er diesen verfluchten Sender geschluckt haben könnte, assistiert von seiner rechten Hand, die in der Bar dabei war, als Bruno ihm den Chip in sein Bier hat fallen lassen. Sie kommen zu dem Schluss, dass es nur dort passiert sein kann. Da es in der Bar keine Überwachungskameras gab – das haben wir überprüft –, versuchen sie, Brunos Erscheinung zu rekonstruieren, sie war Italienerin, wahrscheinlich Polizistin. Bestimmt ist es nicht unmöglich, an eine Liste der zahlenmäßig ziemlich unterrepräsentierten weiblichen Polizisten Italiens zu kommen. Sie identifizieren Bruno, finden heraus, dass sie mittlerweile für Europol in Den Haag arbeitet, und schicken den Chip an sie zurück, zusammen mit einem dicken Büschel von Rossis Haaren, damit sich seine DNA am Tatort befindet. In diesem Paket ist auch eine Bombe platziert. Sie gilt Donatella Bruno und nur ihr. Sie wissen nicht, dass sie für die Opcop-Gruppe arbeitet. Sie wissen nichts von der Existenz von Opcop. Und sie haben keinen Schimmer von Brunos inoffiziellen Ermittlungen. Das ist saubere, kalte Rache. Ganz klassische Mafiarache.«

Hjelm seufzte.

»Wir sind also wieder bei der alten Arbeitshypothese A, richtig?«

»Diese Hypothese hat einen großen Vorteil«, sagte Söderstedt. »Ahnt ihr, welchen?«

»Tebaldi und Potorac hätten nicht geplaudert«, sagte Laima Balodis. »Die Mafia hätte nach wie vor keine Ahnung davon, dass es die Opcop-Gruppe gibt.«

»Aber sie hat einen noch größeren Haken«, warf Jutta Beyer ein. »Woher wussten sie, an wen sie das Video mailen sollten? Das ging direkt an Hjelm.«

»Er ist einer der stellvertretenden Direktoren von Europol«, entkräftete Söderstedt den Einwand. »Das ist schließlich die offizielle Tarnung unseres verehrten Vorgesetzten. Eine gut bezahlte Tarnung, nebenbei bemerkt.«

»Willst du damit sagen, das Video hätte an jeden Polizisten auf dieser Ebene von Europol geschickt werden können?«

»Absolut«, sagte Söderstedt.

»Nein, Scheiße, verdammte«, rief Hjelm wütend dazwischen. »Sie haben mir das Video geschickt, weil ich der Chef von den dreien bin. Ein impotenter schlechter Chef, der seine Kämpfer zwei Jahre lang in der Hölle schmoren lässt, ohne auch nur den kleinen Finger zu rühren.«

Ein Schweigen senkte sich über die Anwesenden in der Kathedrale. Eine fast dröhnende Kathedralenstille.

»Ich war gezwungen, dich zu testen«, sagte Söderstedt schließlich.

»Arto, was soll das, zum Teufel ...«

»Ich wollte testen, wie persönlich du die Angelegenheit nimmst. Jetzt weiß ich es.«

»Also gehen wir jetzt über zu wichtigeren Dingen«, mischte sich Jorge Chavez barmherzig ein. »Wo genau haben wir den Kontakt zu Rossi verloren? Ich war ja in Stockholm, als das passierte.«

»Westliches Kalabrien«, sagte Angelos Sifakis. »Auf der Autobahn A 3, der Autostrada del Sole.«

»Ich meinte eigentlich die exakten GPS-Daten«, erklärte Chavez. »Wissen wir genau, wo das war?«

»Die Übertragung war am Ende ein wenig gestört«, sagte Sifakis. »Ungenaue Koordinaten. Das Signal sprang immer wieder an und aus, bevor es endgültig erstarb. Deshalb gibt es keinen exakten Punkt, eher drei oder vier. Aber wir können ein bestimmtes Gebiet eingrenzen.«

»Dann fahren wir dorthin, Bruder.«

»Das tun wir«, antwortete Sifakis und fügte nach einer etwas zu langen Pause hinzu: »Bruder.«

»Einen haben wir noch, der die ganze Zeit über schweigsam dabeisaß. Hast du etwas auf dem Herzen, Felipe?«, fragte Hjelm.

»Ja«, antwortete Felipe Navarro gedehnt. »Es *ist* vielleicht sogar das Herz ...«

»Die konzentrierte Version, bitte«, sagte Hjelm. »Wir müssen an die Arbeit. Und damit meine ich nicht, ein bedauernswertes, zerlegtes Fahrrad wieder zusammenzusetzen. Oder *endlich mal* den Helm abzunehmen.«

»Okay«, sagte Navarro. »Ich habe Asterion gefunden.«

Dieses Mal trat keine Kathedralenstille ein. Die sich jetzt ausbreitende Stille erinnerte viel eher an die totale Lautlosigkeit in dem Anechoic Chamber in den Orfield Laboratories in Minnesota, in dem neunundneunzig Prozent aller Geräusche absorbiert werden und der dafür bekannt ist, der stillste Ort der Welt zu sein. Sogar Astronauten werden nach einer halben Stunde in dieser Stille wahnsinnig.

Doch obwohl es manchen so vorkam, dauerte sie im Hauptquartier von Europol in Den Haag keine halbe Stunde an. Nach einer unbestimmbaren Zeitspanne ergriff Hjelm das Wort.

»Ich gehe davon aus, dass du jedes deiner Worte auf einer Goldwaage wiegst.«

»Ja«, sagte Felipe Navarro. »Asterion Security Ltd. ist heute ein Dachverband von mindestens dreiundzwanzig Sicherheitsfirmen auf der ganzen Welt, unter anderem einer in Madrid, die unter dem Namen Polemos Seguridad S.A. firmiert. Der Dachverband heißt Camulus Security Group Inc. und wird in den nächsten Tagen an die Börse in New York gehen.«

»Ohne Frage war das eine sehr konzentrierte Version«, sagte Hjelm. »Beweise?«

»Nicht direkt. Aber die Indizien sind sehr stark.«

Hjelm nickte nachdenklich, er sah etwas angeschlagen aus. War das der Tropfen, der das Fass zum Überlaufen brachte?

»Aber das ist noch nicht alles«, fuhr Navarro fort. »Camulus hat gerade mehrere Stellen in New York ausgeschrieben.«

»Ausgeschrieben? Schreiben lichtscheue Sicherheitsunternehmen ihre Stellen aus?«

»Nicht über die üblichen Kanäle, natürlich nicht«, entgegnete Navarro. »Ich kann euch alle Details aufführen, wenn du willst.«

»Was denn für Stellen?«

»Für den Durchschnittsbürger klingt es wie ein ganz normaler Job im Sicherheitsdienst. Aber die Eingeweihten können das Wort ›Söldner‹ heraushören. Es gibt deutliche Codes.«

Hjelm ließ seinen Blick über die Anwesenden gleiten, drehte den Kopf zu Navarro und sagte: »Und damit willst du also andeuten ...?«

»Dass wir vor einer einzigartigen Gelegenheit stehen.«

»Gelegenheit?«

»Jetzt wacht doch mal auf!«, platzte es aus Felipe Navarro heraus. »Wir könnten endlich Asterion infiltrieren. Und zwar sofort. Die Bewerbungsfrist läuft am Montag, dem 15. August, aus.«

»Verdammt.«

»Ganz genau. Einen härteren Job als den gibt es nicht. Wir haben zwei in unseren Reihen, die schon viel Erfahrung mit Infiltration gesammelt haben. Leider sucht Camulus explizit Männer. Die physischen Voraussetzungen sind aufgeführt. Mindestens einen Meter neunzig groß muss man sein und über hundert Kilo pure Muskeln verfügen. Sie haben sogar einen Maximalwert für das Unterhautfett angegeben, und diverse Test müssen auf höchstem Leistungsniveau absolviert werden. Außerdem gibt es eine Altersgrenze, die nicht überschritten werden darf.«

Balodis warf Hershey einen Blick zu, den diese erwiderte. An Erdmännchen dachte diesmal niemand. Nicht zuletzt, weil die Blicke sich im Moment doch wesentlich unterschieden.

»In Ordnung«, sagte Hjelm. »Vielen Dank, Felipe. Ich werde mich bei unseren nationalen Repräsentanten umsehen, da sind ein paar potenzielle Kandidaten dabei. Im schlimmsten Fall müssen wir uns auf die nationale Ebene einer unserer siebenundzwanzig Mitgliedstaaten begeben. Aber ich muss mir das reiflich überlegen. Es muss alles Hand und Fuß haben.«

»Denkst du da an jemand Speziellen?«, fragte Söderstedt.

»Mach dir keine Sorgen«, erwiderte Hjelm. »Gunnar ist auf jeden Fall zu alt für den Job.«

Die Opcop-Gruppe löste sich auf, und die Teilnehmer verteilten sich wieder im Büro, die Gedanken bei anderen Themen.

Nur zwei Teilnehmer blieben in der Kathedrale sitzen, im Blick des jeweils anderen versunken. Nicht einmal das Geschepper diverser Fahrradteile ließ sie aufsehen.

Erst als alle anderen die Kathedrale verlassen hatten, sagte Miriam Hershey: »Nein.«

»Ich habe nichts gesagt«, antwortete Laima Balodis.

»Doch, nur nicht mit Worten.«

»Ich sage auch jetzt nichts.«

»Er hat keinerlei Erfahrungen, weder bei der Polizei noch beim Militär.«

»Ich habe nichts gesagt.«

»Er ist ein Knastbruder und dazu noch ein betagter Knastbruder.«

»Jetzt machst du ihn aber kleiner, als er ist.«

»Das ist doch sonst dein Job, aber auch da ohne Worte«, entgegnete Hershey.

»Hör auf damit. Ich freue mich ja für dich. Aber Nicholas würde tatsächlich perfekt auf diese Stellenausschreibung passen. Außerdem will er doch nichts lieber, als seinen Teil an die Gesellschaft zurückgeben. Dann würde es auch dir besser damit gehen.«

»Nein, mir würde es nicht besser gehen, wenn ich ins Leichenschauhaus nach Manhattan fahren muss, um seine Leiche zu identifizieren.«

»Du weißt, was er schon alles überlebt hat, Miriam. Und kennst seinen Körper besser als jeder andere.«

»Ich will ihn behalten.«

»Ich weiß. Aber ich bin mir sicher, dass du ihn stärker und gewachsen wiederbekommen würdest. Er ist unterfordert. Sein Körper will etwas anderes, als er glaubt. Der geht langsam, aber sicher zugrunde. Sein ganzes Wesen geht zugrunde.«

»Zum Teufel mit dir, Laima.«

Laima Balodis stand auf und strich ihrer Freundin liebevoll übers Haar.

»Ich werde ihn Paul Hjelm gegenüber nicht erwähnen, das verspreche ich dir.«

Miriam Hershey schüttelte den Kopf und legte ihre Hand auf die ihrer Freundin.

Erst dann verließen sie gemeinsam die Kathedrale.

Luftloch

Schanghai, 5. August

Als Corine Bouhaddi am zweiten Morgen in Schanghai aufwachte, wurde ihr bewusst, dass sie nicht für eine Sekunde aufgehört hatte zu staunen. Nicht einmal im Schlaf hatte das Gefühl nachgelassen. Dabei war sie eigentlich nicht der staunende Typ, der sich schnell überraschen ließ – sie war eher reserviert, vielleicht sogar zynisch –, aber es kam auch äußerst selten vor, dass es so viel zu staunen gab. Da war nicht nur die Tatsache, dass sie wieder einen Partner hatte und sie mit ihm auch noch Hjelms neues »Radarpaar« bildete. Es war auch nicht nur der eigentümliche Umstand, dass sie mit der chinesischen Polizei zusammenarbeiteten. Noch nicht einmal die paradoxe Schönheit dieser riesigen Stadt, die sich dreihundert Meter unter ihr ausbreitete, war ausschließlich für ihr Staunen verantwortlich. Das Erstaunlichste war das Gefühl, sich *in der Zukunft* zu befinden.

Die Entwicklungen, die Schanghai in den vergangenen Jahrzehnten durchlaufen hatte, suchten ihresgleichen auf der Welt: So würden die Metropolen der Zukunft aussehen. Dieses winzige Stück Erde befand sich bereits in einem anderen Zeitalter. Schanghai hatte nicht nur das längste U-Bahn-System, den schnellsten Zug, die längste Brücke und den größten Hafen der Welt, sondern glänzte auch mit dem weltweit größten Wirtschaftswachstum und hatte schon längst seinen berühmten Nachbarn Hongkong in den Schatten gestellt. Würde sich das Wachstum so fortsetzen, würden in fünfzehn Jahren die dann etwa dreißig Millionen Einwohner mehr Pro-Kopf-Einkommen haben, als die New Yorker. Wie würde diese Stadt, die schneller in die Höhe als in die Breite wuchs, dann aussehen?

China verarbeitet doppelt so viel Stahl wie die USA, Europa und Japan zusammen. Das meiste davon wird für Autos und Gebäude verwendet, vor allem in Schanghai. Jedes Jahr entstehen Hunderte von neuen Wolkenkratzern in dieser Stadt. In dem Milleniumsjahrzehnt, also etwa von 1990 bis 2004, wurden fast siebentausend Gebäude errichtet, die mehr als zehn Stockwerke haben. Schätzungen gehen davon aus, dass bis 2020 weitere achttausend Wolkenkratzer gebaut werden.

Das zweithöchste Gebäude der Stadt ist das Shanghai World Financial Center und zeichnet sich vor allem durch seine Form aus. Es sieht tatsächlich aus wie ein gigantischer Flaschenöffner. Aber dass Corine Bouhaddi ausgerechnet dieses Gebäude nicht sehen konnte, dafür gab es eine ganz einfache Erklärung: Sie befand sich in selbigem.

Das Shanghai World Financial Center lag im Herzen des Finanzviertels Lujiazui in der aufstrebenden und expandierenden Sonderwirtschaftszone, dem Stadtteil Pudong. Das Hotel nahm etwa fünfzehn Stockwerke des Gebäudes ein und war das höchste der Welt. Bouhaddis Zimmer, das eher einem Penthouse glich, lag im neunzigsten. Wenn sie sich an die bis zum Boden reichenden Fenster stellte, überfiel sie umgehend ein Schwindelgefühl.

Weil Marek Kowalewski und sie, getarnt als zwei offizielle Repräsentanten von Europol, nach Schanghai geflogen waren, waren sie in diesem Luxushotel untergebracht worden. Das hatte sie überrascht. Zusätzlich zu der Tatsache, dass sich dieses Luxushotel in einem Gebäude befand, das einen halben Kilometer hoch war.

Sie blieb trotz Schwindelgefühls stehen und betrachtete die großartige Stadt, während sich die Sonne durch den Smog schob und sich auch der Schwindel langsam legte. Dem gönnte sie keinen Sieg. Kraft ihres Willens gelang es ihr, das Drehen und Schwanken der Stadt unter ihr zu beenden, woraufhin sie mit gutem Gewissen das extrem luxuriöse Badezimmer mit Regendusche betrat.

Sie musterte ihr Gesicht im Vergrößerungsspiegel. Die Blutergüsse um die Nase waren noch zu sehen, doch sie verblassten langsam. Sie verstand Paul Hjelms Einwand sehr wohl, dass eine Gesichtsbandage bei der Begegnung mit einer fremden Polizeieinheit keinen guten Eindruck machte. Vor allem nicht, wenn beide Polizisten identische Bandagen trugen.

Bei einem politischen Großereignis in einem Konzertsaal in Brüssel waren Bouhaddi und Kowalewski von einem Auftragskiller niedergeschlagen worden, der eine EU-Kommissarin ermorden sollte. In gewisser Weise verband dieses Erlebnis die beiden. Aber es war ganz klar, dass sie nicht mit einem riesigen Kopfverband herumlaufen konnten. Daher kaschierte Corine Bouhaddi die Blessuren mit einer abdeckenden und hautfarbenen Creme. In ihrem Fall war die Creme ziemlich dunkel. Kowalewskis hingegen war eher hellrot.

Er hatte lauthals protestiert. Einen Teufel würde er tun und sich schminken. Er sei Pole und kein kleinwüchsiger Südeuropäer oder Skandinavier. Dann aber hatte er sein Gesicht ohne Bandage im Spiegel gesehen und war buchstäblich rückwärts umgekippt, und zwar auf den Fußboden in seinem Hotelzimmer. Sie hatte ihm mit der Schminke geholfen, die fast den ganzen Tag über gehalten hatte. Fast, denn kurz vor Mitternacht – als sie nach wie vor in dem asiatischen Vernehmungszimmer saßen, in das ihre inoffizielle Zusammenarbeit sie geführt hatte – hatte die Abdeckcreme begonnen, sich zu verabschieden.

Wu Wei hatte Kowalewski gemustert und etwas kryptisch kommentiert: »Ihr Gesicht verschwindet.«

Kowalewski hatte über diese etwas harsche Formulierung nachgegrübelt, bis er den Geschmack auf der Zunge wahrnahm und er die Schminke in den Papierkorb spuckte, der durchdringend nach geronnenem Blut roch.

Bouhaddi hoffte, dass ihr Partner auch an diesem Morgen Frühstück aufs Zimmer bestellt hatte. Das gestrige war ein Gedicht gewesen.

Sie dankte leise einer imaginären Gottheit dafür, dass es mittlerweile auch Make-up in verschiedenen dunkleren Nuancen auf dem Markt gab. Dann nahm sie die letzten Korrekturen an ihrem Gesicht vor und verließ das Hotelzimmer.

Kowalewski war im Nebenzimmer untergebracht. Sie klopfte an. Er brummelte etwas auf Polnisch. Alarmiert trat sie ein.

Aber er lag zum Glück nicht auf dem Bett und hatte dunkle polnische Albträume, sondern saß in der Sofaecke vor der Fensterfront und war tief versunken in einen großen Stapel von Unterlagen. Auf dem niedrigen Tisch vor ihm standen zwei dampfende Tassen und ein üppiges chinesisches Frühstück. Das sah mehr als vielversprechend aus.

»Ah«, entfuhr es ihr.

»Hm«, antwortete er. »Guten Morgen.«

»Guten Morgen. Hast du etwas Neues gefunden?«

»Vielleicht. Die Texte klingen ein bisschen so, als wären sie mit Google übersetzt worden, aber es ist unglaublich, welche Unmengen die Chinesen zusammengestellt haben seit unserem Telefonat in Den Hag. Wie lange ist das her? Drei Tage? Fühlt sich an wie drei Wochen ...«

»Das nenne ich eine schnelle Veränderung der Lebensumstände«, meinte Bouhaddi und setzte sich zu ihm.

»Das kann man wohl sagen.«

»Was gibt's?«

»Ich habe uns Frühstück bestellt«, erklärte Kowalewski und zeigte auf den übervollen Tisch.

»Daran könnte ich mich echt gewöhnen«, sagte Bouhaddi und griff zu. »Frühstücksklöße, warum gibt es so etwas nicht bei uns zu Hause?«

»Du weißt, dass da Fleisch drin ist, oder? Niemand liebt Schweinefleisch so sehr wie die Chinesen und die Polen. Das verbindet unsere Nationen. Ein Schweineband.«

»Es trifft zu, dass ich keinen Alkohol trinke, allerdings nicht aus religiösen Gründen, sondern aus Gewohnheit. Ich bin eine sogenannte säkularisierte Muslima. So, wie ihr uns gerne habt.«

»Sagte sie und stopfte sich ein Schweinebällchen in den Mund.«

»Ganz genau.« Bouhaddi sprach mit vollem Mund. »Also, was gibt's?«

»Im Moment versuche ich, mir ein Bild von den Triaden zu machen«, antwortete Kowalewski und zeigte mit der Hand zur Fensterfront, hinter der sich das golden leuchtende Schanghai erstreckte. »Je mehr ich von dieser Stadt sehe und erfahre, wie schnell sie gewachsen ist, umso besser begreife ich die Macht der chinesischen Mafia. Wir blicken direkt in die Zukunft. Die Schattenwirtschaft hat den Sieg errungen. Die Kluft zwischen der weißen und der schwarzen Wirtschaft wächst. Bald gibt es nur noch die graue Wirtschaft.«

»Im Dunkeln sind alle Katzen grau«, sagte Bouhaddi. »Das ganz und gar schwedische Sicherheitsunternehmen Inveniet Security Group AB – vermutlich weiß – heuert die Chu-Jung Organisation an – ziemlich deutlich schwarz –, und das Ergebnis ist grau. Aber in Sachen Projekt Myo hast du noch nichts entdeckt?«

»Vielleicht«, sagte Kowalewski erneut. »Wie wir schon gestern festgestellt haben, dringen wir nicht durch die elektronische Kryptierung bei Chu-Jung durch. Das haben Wu Wei und seine Leute ja mit großer Akribie versucht. Das Problem ist, dass sie in Codes kommunizieren wie in einer eigenen Symbolsprache, zu der wir keinen Zugang finden. Auch wenn Wu Wei uns mit einem passenden Schlüssel ausstatten könnte.«

»Und dennoch sagst du ›Vielleicht‹?«

»Nur weil ich Wu Weis Ansicht teile. Aus politischen Gründen sollten wir die Finger von allem lassen, was mit der Einheit 61398 zusammenhängt. Und das ist ja auch richtig so, aber mittlerweile scheint es, als sollten wir uns auch aus polizeilichen Gründen davon fernhalten. Im Falle von Bionovia ist die Cyberspionageeinheit der chinesischen Armee nicht mehr als ein Netzwerkknoten, ein ›hub‹. Sie haben Spionageplätze an jemanden vermietet, den sie in Chu-Jungs Symbolsprache ›Nüwa‹ nennen.«

»Ja, von dieser Bezeichnung habe ich auch schon gehört«, sagte Bouhaddi und tat sich ein wenig zu nebensächlich Zha Cai und Rousong auf ihren Xi Fan – also eingelegte Senfstängel und fein geschnittenes Fleisch in eine Reisgrießsuppe.

»Nüwa ist eine Göttin, das habe ich gestern Abend noch gelesen, bevor ich eingeschlafen bin und mir der Laptop auf die Nase geknallt ist. Sieh mal!«

Kowalewski deutete auf sein gerötetes Gesicht, aber Bouhaddi ignorierte den neuen Bluterguss.

»Ich nehme an«, sagte sie ungerührt, »du hast schon einmal von der Terrakotta-Armee gehört, die man in der chinesischen Stadt Xi'an entdeckt hat? Rund siebentausend etwa lebensgroße Soldaten aus gebranntem Ton. Bauern haben sie in den Siebzigerjahren gefunden, und sie gilt als eine der großen archäologischen Entdeckungen des 20. Jahrhunderts.«

»Ja, die ist mir ein Begriff. Alle Gesichter sind individuell gestaltet, und je höher der Rang, desto größer die Figur.«

»Sie imitieren das Werk der Göttin Nüwa«, fuhr Bouhaddi fort. »Der Kaiser der Qin-Dynastie ließ sie 210 vor Christus herstellen. Sie sollten nach seinem Tod über ihn wachen. Auch Nüwa erschuf die Menschen, indem sie den Tonmodellen Leben einhauchte. Sie ist nämlich die Schöpfungsgöttin in der alten chinesischen Mythologie. Dargestellt wird sie mit einem menschlichen Oberkörper, der Rest hat die Gestalt eines Drachens. Indem sie den Tonfiguren Leben einhauchte, gab sie ihnen eine Seele und einen Anteil ihrer Weisheit. Aber es irritierte sie, dass sie immer wieder starben, es langweilte sie, immer wieder von vorn zu beginnen. Da ersann sie den Geniestreich, Tonmodelle unterschiedlichen Geschlechts herzustellen, damit sie sich gegenseitig vermehren können.«

»Sehr clever.« Kowalewski nickte. »Aber was hat das mit uns zu tun?«

»Ich glaube, der Codenamen deutet darauf hin, dass Chu-Jung mehr über unsere Cyberspione weiß, als wir bisher herausbekommen haben. Die Göttin Nüwa erschuf die Menschen, indem sie dem Ton Leben einhauchte. Die Organisation Nüwa, wenn es tatsächlich eine ist, tut etwas Ähnliches. Bisher sind wir nur Tonfiguren gewesen, es wird Zeit, dass Nüwa auch uns Leben einhaucht.«

»Ein bisschen weit hergeholt, findest du nicht?«

»Vielleicht«, gab Bouhaddi zu. »Aber ich gehe davon aus, dass Bionovia weder der Sicherheitsfirma Inveniet noch Chu-Jung gegenüber erwähnt hat, worum es bei dem Projekt Myo eigentlich geht: neue Menschen zu erschaffen. Mit ungehemmtem Muskelwachstum. Darauf muss Chu-Jung selbst gekommen sein. Sie müssen bei ihrer Überwachung auf etwas gestoßen sein. Und das ist in diesem Material, aber wir haben es noch nicht entdeckt.«

»Hm. Du meinst also, wir haben etwas übersehen? Etwas, das auch Wu Wei und seine Profis übersehen haben?«

»Ja, weil sie gar nicht wissen, wonach sie suchen sollen. Und wir können ihnen das auch nicht sagen. Aber uns ist bekannt, dass es sich dabei um die Formel für ein Produkt handelt, das unser Gen MSTN kontrolliert, das die Produktion des Proteins Myostatin steuert, das wiederum das Wachstum unserer Muskeln bestimmt.«

»Oh je, jetzt wird es kompliziert«, stöhnte Kowalewski. »Genau genommen ging es also eigentlich nur um zwei: Die mystische Nüwa hat die geheime Formel von Bionovia gestohlen. Aufgrund der rasant wachsenden Überwachungsgesellschaft sind aber mittlerweile sechs Instanzen in den Fall involviert: Bionovia, Opcop, Inveniet, Chu-Jung, Wu Wei und Nüwa. Von diesen sechs wissen nur Bionovia, Opcop und die Diebe von Nüwa, dass es sich um das Gen MSTN handelt. Aber du bist der Ansicht, dass sich das auch die Leute von Chu-Jung erschlossen haben? Aufgrund von Informationen, die sie durch ihre Spionageaktionen erhalten haben?«

»Ich bin sogar der Meinung, dass Chu-Jung weiß, wer sich hinter dem Codenamen Nüwa versteckt. Aber warum melden sie das nicht ihren Auftraggebern bei Inveniet, ergo der Bionovia? Dafür gibt es drei Erklärungen. Erstens: Man wartet ab, bis man noch mehr Informationen gesammelt hat. Zweitens: Man wartet auf Verhaltensanweisungen, wie die Verbreitung der Formel verhindert werden soll. Drittens: Man hat sofort das Potenzial, das in dem Projekt Myo steckt, erkannt und sich dafür entschieden, sich *nicht* mit Inveniet abzusprechen. Weil man nämlich zur Mafia gehört, zu den Schanghaier Triaden. Die sofort begriffen haben, wie viel Geld da zu holen ist. Immerhin reden wir hier über ein Superdopingpräparat. Genetisches Doping, das ist ein vollkommenes Novum.«

»Dein Erstens klingt nach einem Privatdetektiv, der ein paar Stunden mehr abrechnen will«, erwiderte Kowalewski. »Das ist zu banal. Zweitens hört sich an, als würden die auf eine Anweisung von Bionovia warten, ein Verbrechen zu begehen. Würde denn beispielsweise der Geschäftsführer Hannes Grönlund auch nicht vor einem Mord an den Forschern zurückschrecken, um die Formel geheim zu halten? Wenn sich hinter Nüwa allerdings ein anderes biotechnologisches Unternehmen verbirgt, wäre die Formel doch schon längst in deren eigenes Forschungsprojekt integriert, und dann könnte man die Verbreitung überhaupt nicht mehr aufhalten. Und dein Drittens klingt wie ein wahr gewordener Albtraum.«

»Eigentlich gibt es noch eine vierte Möglichkeit«, sagte Bouhaddi. »Die wäre, dass sich Nüwa keineswegs in der Biotechnologie oder Genetik auskennt. Das sind Hacker, nicht mehr und nicht weniger, und vielleicht lassen sie eine Auktion laufen, um die Formel, von deren Bedeutung sie keinen Schimmer haben, an den Höchstbietenden zu verkaufen.«

»Sollte das der Fall sein, hätte Chu-Jung aber total versagt«, erklärte Kowalewski und blätterte in seinem Papierstapel. »Sie betreiben auch Cyberspionage gegen Nüwa – und zwar umfangreich, sieh dir mal diesen Berg an –, aber hier steht kein Wort von einer Auktion.«

»Wenn wir es nicht übersehen haben. Was glaubst du?«

»Ja, verdammt.« Kowalewski betastete sein frisch lädiertes Gesicht. »Zunächst bin ich mir nicht sicher, ob man so weitreichende Schlussfolgerungen allein wegen der Bezeichnung ›Nüwa‹ ziehen kann. Sie könnte genau genommen alles bedeuten. Allerdings ist ja allein schon die Tatsache, dass Wu Wei diese Nüwa identifiziert hat, ein Skandal. Chu-Jung hat also eine Instanz ausfindig gemacht, der es gelungen ist, die Firewalls von Bionovia zu überlisten. Mir genügt das vorerst – sie haben das getan, kein Zweifel. Aber ich habe eine Formulierung gefunden, die ich wichtig finde. Zwei Mitglieder von Chu-Jung wurden beim Wachwechsel in einer Art Abhörstation abgehört. Wu Wei versorgt uns ja eher spärlich mit Informationen – es ist weiterhin unklar, wie sie Chu-Jung abhören und wo sie stationiert sind –, aber diese Angaben deuten für mich darauf hin, dass sich Chu-Jung in einem Hochhaus in unmittelbarer Nachbarschaft zur Einheit 61398 befindet und sie dort ihre Richtmikrofone feinjustieren.«

»Ich weiß, welche Stelle du meinst. Seite vierhundertzwölf.«

»Ganz genau. Hast du das auch gedacht?«

»Nicht so konkret wie du. Aber es ist die einzige Stelle, die etwas über den Aufenthaltsort verrät. Was ja im Gegenzug auch ein sehr präzises Richtmikrofon erfordert.«

»Okay«, sagte Kowalewski und lehnte sich schwer in die Kissen zurück. »Konkretisierung und Zusammenfassung: Wir haben es hier mit einer altbekannten Spionagezentrale des chinesischen Militärs zu tun. Die Amerikaner haben schon vor über einem Jahrzehnt von der Einheit 61398 berichtet und ihr die verschiedensten Namen gegeben, von der eher bürokratischen Bezeichnung ›Advanced Persistent Threat 1‹ bis hin zu dem poetischen Codenamen ›Byzantine Candor‹. Erst in jüngster Zeit ist es gelungen, die Einheit in einem zwölfstöckigen Hochhaus im Stadtteil Zhabei an der Datong Road zu lokalisieren. Offenbar hat diese mystische Organisation namens Chu-Jung nicht nur die Möglichkeit, ausgewählte Bereiche des Datenverkehrs der Einheit 61398 zu bespitzeln, sondern sie scheinen sich auch in unmittelbarer physischer Nähe aufzuhalten, wahrscheinlich gegenüber. Dort sitzt also ein Mitarbeiter von Chu-Jung und richtet sein Präzisionsmikrofon auf den betreffenden Raum in dem zwölfgeschossigen Gebäude auf der anderen Straßenseite. Wenn diese Person abgelöst wird –

denn allem Anschein nach arbeiten sie schichtweise vierundzwanzig Stunden am Tag –, findet ein Gespräch statt, das unser Freund Wu Wei aufnehmen konnte. Was mich wiederum glauben lässt, dass Wu Wei ein Zimmer in der Einheit 61398 hat. Denn wie sonst sollte er so klare Aufzeichnungen empfangen können?«

»Das wäre ja äußerst bizarr, wenn Wu Wei ausgerechnet bei der Einheit 61398 säße ...«

»... und jene belauscht, die sie belauschen«, beendete Kowalewski den Satz. »Ganz deiner Meinung. Wenn wir uns aber Wu Weis Position genauer ansehen, ist das alles vielleicht nicht mehr ganz so schwer verständlich. Ich könnte mir zum Beispiel vorstellen, dass er so frei operieren kann, weil er als Schutzschild für die Einheit 61398 fungiert. Ein Teil von Wu Weis Unternehmen ist schlicht und einfach in den Räumen dort untergebracht.«

»Jetzt kann ich dir nicht mehr folgen, Marek. Wenn das wirklich zutrifft, warum bitte sollte uns Wu Wei überhaupt irgendwelche Informationen zur Verfügung stellen?«

»Weil er an noch wichtigere Informationen herankommen will. Du hast Hjelm die Frage sogar schon gestellt, Corine: Woher will Hjelm wissen, was so eine Organisation wie Chu-Jung herausbekommen hat? Er hat dir keine Antwort darauf gegeben. Er hat uns auch nicht beantwortet, wo er diese Schattengestalt Wu Wei ausgegraben hat. Aber Wu Wei möchte das selbst gerne erfahren. Ganz besonders, wenn er tatsächlich derjenige ist, der für den Überwachungsschutz der Einheit 61398 zuständig ist.«

»In meinem Kopf dreht sich alles«, stöhnte Bouhaddi.

»Etwas oder jemand hat Wu Weis Überwachung von Chu-Jung verraten, und seine einzige Chance, Genaueres herauszufinden, ist ...«

»Puh!«

»Ja, das dachte ich auch heute früh, kurz vor der Dämmerung. *Wir* sind Wu Weis einzige Chance, um Genaueres herauszufinden, Corine. Wir sind in einem phantastischen Luxushotel untergebracht, aber ich frage mich, ob wir nicht eigentlich Geiseln sind. Das chinesische Militär, eine der größten Streitmächte der Welt, will herausbekommen, wie das kleine Europol ihre Cyberschutzorganisation Einheit 61398 aufspüren konnte. Und wir haben keine Antwort darauf.«

»Du glaubst, dass Wu Wei deshalb so großzügig ist? Dass er uns nur deshalb diesen Berg an Papieren überlässt, mit Transkriptionen und Ausdrucken, und uns Zugang zu seinen Räumen gewährt?«

»Seinen Räumen? Meinst du das schmierige Vernehmungszimmer in dem gammeligen Gebäude am Rand der Stadt, in dem wir gestern stundenlang saßen? Du glaubst, das waren seine Büroräume? Das kann ich mir nicht vorstellen ...«

»Das heißt, er hat uns reingelegt?«

»Er ist ein hochmoderner Polizist in einer hypermodernen Stadt, und er ist uns garantiert mehrere Schritte voraus. Das schließt nicht aus, dass wir Nüwa finden können. Wenn Wu Wei glaubt, dass wir der Schlüssel zu Europols Konterspionage gegen seine scheinbar so selbstständige Polizeieinheit sind, wird er vermutlich bereit sein, die vorübergehenden Mieter in der Einheit 61398 zu opfern. Er ist nicht bereit, irgendetwas preiszugeben, das interne chinesische Angelegenheiten berührt, aber er würde ohne Weiteres die Leute von Nüwa opfern – die mit großer Wahrscheinlichkeit keine Chinesen sind –, wie viel die auch bezahlt haben mögen, um einen ›outgesourcten‹ Platz in der Einheit 61398 zu bekommen.«

»Und was ist mit uns? Ist er auch bereit, uns zu opfern?«

»Wir sind Geiseln«, wiederholte Kowalewski mit düsterer Miene. »Uns opfert er mit Freuden. Er hat bestimmt eine ganze Lastwagenladung von Szenarien im Hinterkopf: wie uns die Triaden geschnappt haben, wie wir Opfer eines Schusswechsels oder von unbekannten Tätern gekidnappt wurden. Er wird ein groß inszeniertes Täuschungsmanöver abziehen, während er uns einem veritablen Verhör unterzieht.«

Corine Bouhaddi spürte, wie alle Kraft sie verließ.

»Hjelm hat die Aktion gut abgesichert«, fuhr Kowalewski erbarmungslos fort. »Wenn Wu Wei uns einkassiert, weiß Hjelm, dass wir nichts wissen. Er opfert also ein weiteres sogenanntes Radarpaar auf dem Altar von Europol. Wir sind das zweite aktivierte Paar. Deshalb habe ich ihm heute Nacht über eine sichere Verbindung geschrieben und ihm die Lage geschildert. So, wie ich sie sehe. Bisher habe ich noch keine Antwort bekommen, aber ich habe noch eine Kopie verschickt.«

»An wen?«

»An Arto Söderstedt. Den kann man nicht korrumpieren.«

»Eine geheime Kopie?«, flüsterte Bouhaddi atemlos.

»Ja, wenn uns etwas zustößt, wird Söderstedt handeln, das weiß ich. Er wird das in den Medien explodieren lassen. Ich bin mir ganz sicher, dass es Söderstedt war, der letztes Jahr die Informationen über die streng geheime NATO-Sektion an die *New York Times* weitergegeben hat. Er ist unsere einzige Chance.«

»Puh! Mir ist der Appetit vergangen.«

»Aber das wollte ich eigentlich gar nicht alles sagen.«

»Das meinst du jetzt nicht im Ernst, oder?«

»Auf Seite vierhundertzwölf.« Kowalewski blätterte in dem Stapel und fuhr fort: »In der Organisation Chu-Jung findet ein Wachwechsel statt. Diese Abhörstation befindet sich wahrscheinlich gegenüber der Einheit 61398. Die chinesischen Beobachter wechseln ein paar Worte. Da wir keine akustischen Dateien haben und sie uns auch gar nichts nützen würden, müssen wir uns mit den Transkriptionen und Übersetzungen begnügen. Und da fallen drei merkwürdige Worte wie im Vorbeigehen: *tipalvovek, grybela, aripogene*.«

»Ja, die sind mir auch aufgefallen. Ich habe versucht, sie zu googlen, habe aber nichts gefunden.«

»Ich gebe zu, dass ich vorhin gelogen habe: Ich bin nicht eingeschlafen, und mir ist der Laptop nicht auf die Nase gefallen.«

»Aber du hast eine neue Stelle auf der Nase«, sagte Bouhaddi und zeigte darauf.

»Ich weiß, aber aus einem anderen Grund. Weh tut es trotzdem. Ich habe heute Nacht kein Auge zugemacht. Wir sind in der günstigen Situation, Westeuropa sechs Stunden voraus zu sein. Als wir gestern Abend ins Hotel zurückkamen, war es zu Hause gerade mal sechs Uhr abends. Da die Cyberspionage im biotechnologischen und medizinischen Bereich stattfand, habe ich diese drei Begriffe an ein paar Experten auf dem Gebiet geschickt. Die Übertragung verlief ohne Zwischenfall. Im Laufe der Nacht erhielt ich Antwort. Keiner von ihnen kannte die Ausdrücke, aber einer fragte: ›Kann es sein, dass du die Buchstaben vertauscht hast?‹ Da fiel mir ein, dass die Chinesen ein schwieriges Verhältnis zum Buchstaben ›R‹ haben. Also habe ich ihn gegen ›L‹ ausgetauscht und die drei neuen Wörter – *tiparvovek, glybera, alipogene* – erneut gesendet. Eine Stunde später hatte ich aus der Universitätsklinik in Krakau Antwort.«

»Ich glaube es ja nicht, Marek.«

»Ich lese es dir mal vor: ›*Glybera* ist der geplante kommerzielle Name für das Medikament *Alipogene Tiparvovec*. Aller Voraussicht nach wird es das erste gentherapeutische Medikament sein, das von der EU anerkannt wird. Es soll für die Behandlung eines genetischen Defekts sein, der die Fettverbrennung des Körpers verhindert. Die Forschungen werden von einer holländischen Firma namens UniQure durchgeführt. Glybera soll mithilfe eines Virus die Muskelzellen mit einer gesunden Kopie des defekten LPL-Gens infizieren. Das Arzneimittel ist noch nicht auf dem Markt, es ist noch topsecret. Aber wenn alles läuft wie geplant, dann ist das der Durchbruch für die Gentherapie in der EU. Wie bist du an diese Informationen gekommen?‹ Zitat Ende. Die Frage habe ich nicht mehr beantwortet.«

»Wow«, stieß Bouhaddi hervor. »Wir haben also ein dokumentiertes Interesse für Genmanipulation bei Nüwa, der Schöpfungsgöttin ...«

»Hinter der eine nichtchinesische Organisation steht ...«

»Die sich das Projekt Myo von Bionovia geschnappt hat, bei dem es um Muskelwachstum geht, und Glybera von UniQure, bei dem es um Fettverbrennung geht. Genmanipulation zur Veränderung des menschlichen Körpers. Das ist mit großer

Wahrscheinlichkeit nicht das einzige streng geheime Projekt, das Nüwa ausspioniert hat.«

»Und außerdem sind wir Geiseln des chinesischen Militärs.«

»Wie kam es zu dem neuen Bluterguss, Marek?«

»Ich bin mit dem Kopf gegen die Wand gerannt.«

In diesem Augenblick klingelte Mareks Handy. Sie starrten beide darauf. Anonymer Anrufer.

»Ja, Kowalewski hier.«

»Hier ist Wu Wei«, sagte die Stimme. »Vor dem Hotel wartet eine Zivilstreife auf Sie. Wir benötigen Ihre Hilfe.«

»Jetzt?«

»Jetzt sofort.«

Damit war das Gespräch beendet. Marek Kowalewski und Corine Bouhaddi sahen einander eindringlich an.

»Es gibt kein Zurück mehr«, sagte Bouhaddi schließlich und stand auf. Sie war schon auf dem Weg zur Tür, hielt dann aber inne und zog Kowalewski hinter sich her ins Badezimmer. Dort deckte sie seine Blutergüsse mit der Creme ab. Über seine Lippen kam kein Protest.

Die neunzig Stockwerke lange Fahrt mit dem Aufzug erforderte wie immer einen Druckausgleich, bis sie in Schanghai auf Bodenniveau angekommen waren.

Im Fahrstuhl hatte Kowalewski nur einen einzigen Satz gesagt: »Ich habe ihm nicht meine Handynummer gegeben.«

Die Zivilstreife vor dem Shanghai World Financial Center war nicht zu übersehen. Denn es war ein großer Einsatzwagen, ganz in Schwarz, in dem sie zwischen zwei Uniformierten mit regloser Miene Platz nehmen sollten. Die Sonne schien, und der Smog fraß sich mit Leichtigkeit durch die Filter der Klimaanlage. Sie hatten das Gefühl, flüssiges Blei einzuatmen.

Als sie in der heruntergekommenen Gegend mit den verfallenen Häusern ankamen, in die sie auch am vergangenen Tag gebracht worden waren, entfuhr ihnen ein Seufzer der Erleichterung, der geschmolzenes Blei in kunstvollen Mustern im Wageninneren versprühte, das wahrscheinlich schon mehr gesehen hatte, als ein Auto sehen sollte.

Sie wurden an einem bewaffneten Posten vorbeigeführt und passierten zwei Metalldetektoren, bis einer der ausdruckslosen Polizisten denselben Knopf im Aufzug drückte wie am Tag zuvor. Auf jeden Fall waren sie auf dem Weg zu dem identischen Ort.

Bouhaddi betrachtete ihr Spiegelbild. Zwischen Rostflecken, die sie an Neuseeland erinnerten, stand eine energische Frau mit konzentriertem Blick. Eigentlich sah sie ein bisschen aus wie die neuseeländische Kugelstoßerin Valerie Adams, nur in der nordafrikanischen Berbervariante. Sie fragte sich besorgt, was sie wohl auf so einen kleinen Mann wie Wu Wei für einen Eindruck machte.

Wu Wei, der sie im achten Stock in Empfang nahm, ließ selbstverständlich nicht durchblicken, was er für einen Eindruck von ihr hatte. Er nickte ihnen nur kurz zur Begrüßung zu und gab ihren Begleitern mit einer Geste zu verstehen, dass sie gehen konnten. Was sie augenblicklich taten. Dann schritt er ihnen wie schon am Tag zuvor durch die schier unendlichen Korridore voran. Vor der Tür des schmierigen Vernehmungszimmers, in dem sie mehr als zwölf Stunden verbracht hatten, blieb er stehen. Es schien, als suchte er nach Worten.

Dann sagte er schließlich: »Äußere Umstände haben uns gezwungen, einen von Chu-Jungs Spitzeln in Verwahrung zu nehmen.«

»Und der sitzt also jetzt im Vernehmungszimmer?«, fragte Kowalewski und zeigte auf die Tür.

»Wir haben ein glaubhaftes Szenario parat, falls die betreffende Person morgen früh ihre Schicht nicht antreten kann. Aber wahrscheinlich wird die besagte Person uns heute schon wieder verlassen können. Ich will noch betonen, dass es sich bei ihr nicht um einen Profi handelt.«

»Kein Profi?«

»Kein professioneller Agent«, erläuterte Wu Wei.

»Sondern was? Ein Bioverfahrenstechniker?«

»Ja, so etwas in die Richtung. Einer von drei Leuten bei Chu-

Jung, die für die wissenschaftlichen Inhalte zuständig sind. Sie arbeiten auch schichtweise mit einem Abhörspezialisten zusammen.«

»Eine Frage nur«, warf Bouhaddi ein.

»Ja, bitte?«, sagte Wu Wei mit einem unergründlichen Lächeln.

»Äußere Umstände?«

»Es handelt sich um interne chinesische Angelegenheiten, Frau Bouhaddi«, entgegnete Wu Wei, ohne sein Lächeln aufzugeben.

»Fräulein, bitte«, korrigierte Bouhaddi und erwiderte das Lächeln.

»Und Sie benötigen also unsere Hilfe?«, fragte Kowalewski.

Wu Wei machte eine ausholende Geste und entgegnete: »Natürlich haben wir bereits mehrere Stunden damit verbracht, von der besagten Person alles über Nüwa zu erfahren. Da wir ihre Abhörtätigkeit abhören, wissen wir schon einen Großteil. Aber an alle anderen akustischen Aufnahmen, entweder über Mikrofon oder Internet, kommen wir nicht heran. Und um dieses, nennen wir es Zusatzmaterial, haben wir gebeten.«

»Und dabei können wir Ihnen behilflich sein?«

»Wir wissen nicht, worum es sich dabei handelt. Wir können das nicht übersetzen.«

Wu Wei drückte die Türklinke herunter, aber Bouhaddi hielt ihn zurück.

»Was erwartet uns in dem Raum? Ein halb totgeschlagener junger Mann?«

Wu Wei warf ihr einen schneidenden Blick zu, kein Hauch eines Lächelns zeigte sich mehr.

»Manchmal«, sagte er ganz langsam, »glaube ich, dass Sie tatsächlich glauben, dass wir die Barbaren sind.«

Dann stieß er die Tür auf.

Am anderen Ende des Tisches im Vernehmungszimmer saß eine etwa dreißigjährige Chinesin. Sie sah vollkommen unverletzt aus, und ihr Blick war unbeugsam und unbestechlich.

»Bitte wiederholen Sie, was Sie mir vorhin erzählt haben, Chuntao«, forderte Wu Wei sie auf.

»Es ist ein Auftrag wie jeder andere«, sagte die Frau in gutem Englisch. »Ich bin dankbar, wenn ich meine wissenschaftliche Kompetenz zwischendurch für etwas anderes einsetzen kann, als Idioten zu unterrichten.«

»Was Ihre Arbeitgeber abgehört haben, wurde also ›Nüwa‹ genannt? Wer hat sich diese Bezeichnung ausgedacht?«

»Ich«, antwortete Chuntao patzig.

»Und warum haben Sie diesen Namen gewählt?«

»Weil ich den Eindruck hatte, dass die versuchen, den Menschen neu zu erschaffen. Einem neuen Tonmodell Leben einzuhauchen.«

»Inwiefern?«

»Sie spionieren mehrere biotechnologische Unternehmen aus, allen voran in Europa und den USA, aber auch in China und Japan.«

»Und was geschieht mit diesen Informationen?«

»Die werden auf jeden Fall nicht im Netz weitergegeben.«

»Das heißt, sie werden eher entfernt?«

»Ja, vermutlich ganz einfach mit einem USB-Stick. Die Spuren verlaufen alle im Sand. Und dann fängt Nüwa wieder von vorn an.«

»Sie dringen also bei unterschiedlichen Unternehmen ein?«

»Ja. Aber danach verschwinden diese Informationen. Und wir wissen nicht, wohin. Also werden sie wahrscheinlich aus den Rechnern gelöscht.«

»Hat Nüwa selbst Verwendung dafür?«

»Mit dieser Frage beschäftigen wir uns seit einer Weile. Aber wir sind noch nicht zu einem endgültigen Schluss gekommen. Meine Einschätzung als Wissenschaftlerin aber ist, dass auf der anderen Seite auch Wissenschaftler sitzen. Sie wissen ganz genau, wonach sie suchen müssen. Zum Beispiel bei dem Projekt Myo.«

»Haben Sie das auch Ihrem Auftraggeber gemeldet? Der Inveniet Security Group AB in Schweden?«

»Noch nicht.«

»Und warum nicht?«

»Weil wir ihnen eine Spur, ein Ergebnis schulden. Aber wir sind Nüwa auf den Fersen.«

»Und warum glauben Sie das?«

»Weil wir einen Begriff abgefangen haben. Wir versuchen ihn nur noch zu deuten.«

»Einen Begriff?«

»Ja. Wir glauben, es ist der Name eines Vorgesetzten.«

»Steht dieser Begriff, den Sie transkribiert haben, auf diesem Zettel da?«

Wu Wei hielt Chuntao einen Zettel hin.

»Ja.« Sie nickte.

Wu Wei reichte Kowalewski den Zettel.

»Kól. Sï. Kà«, stand darauf.

Kowalewski runzelte die Stirn und gab den Zettel an Bouhaddi weiter. Sie spürte, dass sie die identische mimische Reaktion zeigte.

Sie verließen das Vernehmungszimmer und schlenderten den Korridor hinunter.

»Was meinen Sie?«, fragte Wu Wei.

»Wahrheitsserum?«, fragte Kowalewski.

Wu Wei lachte und entgegnete: »Nein, eher Ratio. Chuntao weiß genau, dass Lügen sich nicht lohnt. Sie ist äußerst rational. Und, was sagen Sie zu dem Zettel?«

»Meine erste Reaktion war, dass dies überhaupt keine Bedeutung hat. Aber ich werde mich sehr gerne intensiver damit beschäftigen.«

»Ausgezeichnet«, sagte Wu Wei. »Und Fräulein Bouhaddi?«

»Kól. Sï. Kà«, wiederholte Fräulein Bouhaddi. »Das müsste sich eigentlich entschlüsseln lassen. Es sieht aus wie eine Abkürzung ... Soll es ein Name sein? Ein Nachname vielleicht?«

»Es tauchte in einem Zusammenhang auf, den wir folgendermaßen übertragen haben: ›Ich frage mich, was Kól. Sï. Kà davon halten würde.‹«

»Aha«, sagte Bouhaddi. »Wo können wir arbeiten?«

»In demselben Raum wie gestern«, antwortete Wu Wei. »Geben Sie mir nur ein paar Minuten, ich werde Ihnen Laptops organisieren.«

»Mit Internetzugang?«

»Mit Internetzugang«, bestätigte Wu Wei. »Komplett freier Internetzugang. Warten Sie hier.«

Er drehte auf dem Absatz um und kehrte zurück zum Vernehmungszimmer. Als er hinter der Tür verschwunden war, blieb das Duo wie benommen stehen. Bouhaddis Blick tastete die Decke und die Wände ab. Es war anzunehmen, dass Wu Wei sie an einem Ort geparkt hatte, der sowohl mit Überwachungskameras als auch mit Wanzen in Decke und Wänden bestückt war. Sie versuchte, so unbeteiligt wie möglich auszusehen. Ein Seitenblick auf Kowalewski zeigte ihr, dass es ihm ebenso ging. Äußerlich unbeteiligt, innerlich brodelnd.

Wie sollten sie unter diesen Umständen miteinander kommunizieren?

Unvermittelt warf sich Bouhaddi Kowalewski an den Hals und küsste ihn stürmisch. Er fühlte sich vollkommen überrumpelt. Aber dann begriff er. Er wusste, dass sich Bouhaddi bewusst und aus Überzeugung dem Zusammenspiel der Geschlechter entzogen hatte. Das existierte einfach nicht mehr auf ihrer inneren Karte. Also bezweckte sie etwas anderes mit diesem Verhalten. Sie leckte ihm das Ohr.

Verdammt, was soll das?, dachte er.

Da hörte er: »›L‹ und ›R‹.«

Er bohrte seine Nase in ihre Halskuhle und flüsterte: »›Kól. Sï. Kà‹.«

Sie schob ihm die Zunge ins Ohr und hauchte: »Korsika.«

Er ließ seine Zunge an ihrem Hals emporwandern und murmelte: »Massicotte.«

Da ging die Tür vom Vernehmungszimmer auf. Sofort ließen sie voneinander ab, strichen ihre Kleidung glatt und spazierten langsam in Wu Weis Richtung.

Mit Sicherheit hatte er sie beobachtet und alles gesehen.

Aber hoffentlich nichts gehört.

3 – Das dritte aktivierte Paar

Ein ausgeprägtes Gerechtigkeitspathos

Rom, 8. August

Die Augusthitze hatte das vibrierende Flimmern eingestellt und war nun drückend schwer. Wie ein Wüstenwanderer schleppte sich Jorge Chavez durch die Straßen von Rom und hoffte, bald auf die ersehnte Oase zu stoßen, auch wenn es sich dabei nur um ein Gymnasium handelte. Was ihn persönlich betraf, war eine Schule zwar alles andere als eine himmlische Oase, aber er war bereit, der Sache eine zweite Chance zu geben.

Ihm war nämlich versichert worden, dass er dort auf einen allem Anschein nach fähigen Lehrer treffen würde, was ihm seine gesamte Schulzeit über verwehrt geblieben war. Während er die Treppen hochlief, deren Abstand er kürzer eingeschätzt hatte, packte ihn jedoch plötzlich der Gedanke, dass vielleicht nicht die Lehrer immer ausschließlich die Unfähigen gewesen waren, sondern auch er seinen Anteil am Misslingen gehabt hatte.

Das Gymnasium hieß »Il liceo scientifico statale Camillo Cavour« und befand sich in der Via delle Carine im Stadtteil Monti, wo auch das Kolosseum und Teile des Forum Romanum lagen. Ein klassisches Viertel, das allerdings bemerkenswert heruntergekommen und voller Graffiti war.

Jorge Chavez sprach zwar kein Italienisch, aber ab und zu gelang es ihm, sein makelloses chilenisches Spanisch fast wie Italienisch klingen zu lassen. Aber nicht an diesem Tag im Sekretariat des Liceo. Nach einigen vergeblichen Versuchen wechselte er ins Englische, denn das würde sein gewünschter

Gesprächspartner bestimmt beherrschen. Aber die Dame hinter dem Tresen sah ihn wortlos mit einem noch kritischeren Blick an, sodass er sich wie ein Schüler mit schwerem Sprachfehler vorkam.

»*I really need to speak to signore Ferraro*«, stotterte er mühsam.

Die Frau machte eine dramatische Geste mit den Armen. Dann wandte sie sich wieder dem Tagesgeschäft zu, das aus dem Zerreißen von DIN-A4-Papier in Streifen bestand.

»Ferraro«, buchstabierte Chavez überdeutlich.

Die Zungenspitze im Mundwinkel fuhr die Frau unbeirrt mit ihrer Arbeit fort.

»Insegnante Ferraro«, versuchte es Chavez.

»*Non vi è nessun insegnante Ferraro*«, sagte sie und teilte das letzte Stück Papier in zwei identische Streifen. Als sie daraufhin die Streifen zwischen vorbestimmte Seiten eines sehr dicken Buches legte, das Chavez nicht identifizieren konnte, versuchte er es ein letztes Mal mit italienisiertem Spanisch:

»Wir haben einen Termin um zehn Uhr. Und es ist jetzt bereits zehn nach zehn, weil wir hier die ganze Zeit debattieren.«

Die Rezeptionistin arbeitete schweigend weiter.

»Dottore Domenico Ferraro«, stöhnte Chavez, »Professor Ferraro.«

»Hm«, brummte die Frau und sagte auf Italienisch: »Wir haben einen Dottore Ferraro. Könnte es sein, dass der Herr Kommissar ihn meint?«

»Das ist exakt der Herr Dottore, den der Kommissar meint«, erwiderte Chavez auf Englisch.

»*Un momento.*« Sie tippte etwas in die Tastatur ihres Computers.

Exakt drei Minuten später tauchte ein hagerer älterer Herr auf und führte ihn zu einem ziemlich abgelegenen Lehrerzimmer. Sie setzten sich in eine Sofaecke.

»Ich nehme an, dass ich mich für Mimis Verhalten entschuldigen muss.«

»Ich bin ein sehr geduldiger Mensch«, antwortete Chavez, wenn auch etwas mürrisch.

Domenico Ferraro machte es sich auf dem Sofa bequem.

»Ich bin der Ansicht, vor zwei Jahren gelesen zu haben, dass Fabio Tebaldi im Dienst umgekommen ist. Und ich habe tatsächlich um ihn getrauert. Ich verstehe bis heute nicht, warum er Polizist geworden ist. Er war ein mathematisches Genie. Er begriff Dinge intuitiv, für deren Verständnis ich jahrelang zur Universität gehen musste. Aber deshalb bin ich auch nur Lehrer geworden ...«

»Ja, das haben Sie mir schon am Telefon erzählt, Dottore Ferraro, und das hat mich da schon sehr überrascht. Denn der Fabio, den ich kennengelernt habe, war ein richtiger harter Typ, eine Kraftmaschine.«

»Nun ist es ja nicht so, dass sich Mathematik und Härte gegenseitig ausschließen«, sagte Ferraro mit einem Lächeln. »Aber in seiner Gymnasialzeit war er alles andere als eine Kraftmaschine. Allerdings hat er im letzten Schuljahr angefangen, intensiv zu trainieren. Als ich dann ein Tattoo auf seinem immer kräftiger werdenden Oberarm entdeckte, wusste ich, dass ich diese Schlacht verloren hatte. Fabio würde sich nicht für die Mathematikerlaufbahn entscheiden, das war unverkennbar.«

»Was war das für ein Tattoo?«

»Er trug ein ärmelloses T-Shirt, das Tattoo befand sich also eher oben auf der Schulter. Linke Schulter. An Flammen kann ich mich erinnern, und in deren Mitte war eine kleine Gestalt abgebildet.«

»Hm«, brummte Chavez. »Interessant.«

»Aber warum interessieren Sie sich zwei Jahre nach seinem Tod für Fabio? Und warum Europol?«

»Er war vorübergehend in Den Haag stationiert. Außerdem wird ein Mord an einem Polizisten nie zu den Akten gelegt.«

»Aber Europol ermittelt doch nicht in Gewaltverbrechen?«

»Sie kennen sich gut aus mit der Polizeiarbeit, Dottore. Die italienische Polizei hat uns in einer Detailfrage um Mithilfe gebeten. Und die hat mit dieser Schule zu tun. Wenn ich das richtig verstanden habe, sind Sie sein Klassenlehrer gewesen und haben ihm daher auch am nächsten gestanden?«

»Vermutlich, ja. Diese Schule hier ... Nun ja, das Liceo Camillo Cavour ist unter den staatlichen Schulen so eine Art Eliteschule. Das erste Gymnasium in Rom, die erste Schule Italiens mit einem naturwissenschaftlichen Zweig. Man wird hier Schüler, weil man eine bestimmte Kompetenz und Begabung mitbringt, nicht weil man Kind wohlhabender, einflussreicher Eltern ist. Deshalb hat mir die Arbeit mit Fabio auch so viel Freude gemacht. Er kam so unverkennbar aus, nun ja, einfacheren Verhältnissen ...«

»Und genau an diesen Verhältnissen sind wir sehr interessiert. Was wissen Sie über seinen familiären Hintergrund?«

Domenico Ferraro lehnte sich schwer in die Polster zurück, wo er offensichtlich schon viele Jahre seines Lebens verbracht hatte.

»Arm«, antwortete er.

»Das ist alles?«

»Er hatte einen südlichen Dialekt, und auch sein ganzes Wesen war irgendwie kalabrisch. Ich bin der Meinung, dass er Kalabrien einmal erwähnt hat, aber sicher bin ich mir nicht.«

»Auch nicht, auf welcher Schule er davor war?«

»Nein. Aber dafür gab es Anhaltspunkte. Allem voran in seinem Verhalten. Ich habe ein ganz gutes Gespür entwickelt, wo und in welchem Zusammenhang die Grundlagen gelegt wurden.«

»Und in seinem Fall?«

»Ich bin dem nie auf den Grund gegangen, aber sehr wahrscheinlich war Fabio vorher auf einer Klosterschule.«

»Einer Klosterschule in Kalabrien?«

»Das weiß ich natürlich nicht. Ich habe weder Namen noch Ort, nichts dergleichen, aber ich hatte den Eindruck, dass er in einem Kloster aufgewachsen war. Als Waise.«

»Unser Problem ist, dass wir absolut nichts aus der Zeit ausfindig machen können, bevor er auf Ihre Schule gekommen ist.«

»Da kann man mal sehen«, sagte Ferraro und runzelte die Stirn.

»Das ist das Problem von Europol, Dottore. Ich habe ein anderes.«

»Aha?«

»Mein Problem ist, dass ich das Gefühl habe, Sie hätten mir etwas verschwiegen.«

Domenico Ferraro sah sein Gegenüber an und schloss dann die Augen. Aber er schwieg.

Chavez fuhr fort: »Wie Sie richtig bemerkt haben, ist Fabio Tebaldis Tod bereits zwei Jahre her. Sie können ihm nicht mehr schaden, wenn Sie etwas preisgeben.«

»Ich frage mich gerade, was für ein Schüler Sie waren, Kommissar Chavez«, sagte Domenico Ferraro nachdenklich.

Achselschweiß, schoss es Chavez durch den Kopf.

»Könnten wir uns vielleicht auf meine Frage konzentrieren, Dottore?«

»Lieber nicht.«

»Ich war nicht gerade das, was man einen Musterschüler nennt ...«

»Nein. Aber hat jemand Ihr Potenzial erkannt? Hat jemand gesehen, was sich eigentlich hinter dieser mühsam antrainierten Arroganz und Überheblichkeit verbirgt?«

»Nein, ich glaube nicht«, sagte Chavez perplex.

»Sind Sie ein Selfmademan?«

Chavez schwieg. Das hier entsprach nicht den üblichen Vernehmungen.

»Wohl kaum«, sagte er schließlich. »Aber ich kann mich nicht erinnern ...«

»Weil Sie einfach alles verdrängt haben«, lächelte Ferraro.

»Und was sollte sich bitte Ihrer Meinung nach hinter der Arroganz und Überheblichkeit verbergen?«

»Eine Zielstrebigkeit, die ich nicht gegen mich gerichtet sehen wollte.«

Chavez musste unweigerlich schmunzeln.

»Sie wissen schon, dass ich weder arrogant noch überheblich bin, stimmt's?«

»Natürlich«, antwortete Ferraro und machte eine wegwischende Geste. »Kein Mensch ist arrogant oder überheblich. Nicht in seinem Inneren. Aber Sie sind definitiv entschlossen und zielstrebig. Und Sie besitzen eine weitaus größere psychologische Auffassungsgabe, als Sie sich selbst zusprechen.«

»Sie sind ein alter Mathelehrer, zum Teufel, was wissen Sie schon von psychologischer Auffassungsgabe?«, platzte es aus Chavez heraus.

»Nur das, was mich die Jahre gelehrt haben.«

»Verzeihen Sie, das ist mir so rausgerutscht.«

»Aber es ist ja richtig. Ich bin Mathematiklehrer. Und ich bin alt. Und erinnere Sie an jemanden, der Ihnen Sachen verheimlicht hat.«

»Heißt das, Sie verheimlichen mir nichts?«

»An wen erinnere ich Sie?«

Ein Clinch. Ein klassischer Clinch. Und das Schlimmste daran war, dass er Jorge Chavez gefiel.

»Die ganze Wahrheit und nichts als die Wahrheit? Eine Minute ohne Lügen und Geheimnisse?«

»Aus einem einzigen Grund: Ja, gerne.«

»Auf diesen einzigen Grund müssen wir noch zurückkommen. Ich hatte einen alten Lehrer in Gemeinschaftskunde – ausgerechnet. Er fand, ich hätte eine sonderbare und ungewöhnliche Begabung. Aber er hat mir nie verraten, was er damit meinte. Er hieß Harry. Auf dem Gymnasium in Farsta.«

Domenico Ferraro nickte langsam. Dann sagte er: »Ich habe ein Versprechen gegeben, ein absolutes. Und dieses Versprechen halte ich bis an mein Lebensende.«

Chavez musterte den hageren alten Mann.

»Ein Versprechen, das Sie dem jungen, begabten Fabio gegeben haben?«

»Nicht hoch und heilig. Nur ein Versprechen. Aber ich halte meine Versprechen.«

»Sie waren nicht zufällig auch auf einer Klosterschule?«

»Doch. Das hat uns auch besonders verbunden ...«

»Und diese Verbundenheit hat mit dem Wohlbefinden des anderen zu tun, richtig? Nicht mit Ihrem eigenen?«

»Ich glaube, ich weiß, worauf Sie hinauswollen ...«

»Sie wollen es nicht erzählen, weil Sie Angst vor der Mafia haben, ist das so?«

»Nein«, entgegnete Ferraro und sah Chavez in die Augen. »Niemals. Aber ich habe es versprochen.«

»Uns bleiben noch ein paar Sekunden von unserer Minute.«

»Lassen Sie ihn doch einfach in Frieden ruhen.«

Chavez hielt Ferraro sein Handy hin, und der alte Mann setzte umständlich seine Lesebrille auf. Und dann beobachtete Chavez, wie Domenico Ferraro so blass wurde, ja kreidebleich, dass er Sorge hatte, er würde dort und auf der Stelle ableben.

Als Ferraro Chavez das Handy zurückgab, zitterte seine Hand.

»Zwei Jahre in Gefangenschaft ...«

»Wir müssen ihn finden«, sagte Chavez mit Nachdruck.

»Fabio Tebaldi hat nicht viel von sich erzählt. Aber er hat mir einmal gesagt, dass er in der Klosterschule einen anderen Namen trug. Und er hat mich gebeten, es für mich zu behalten.«

»Hat er auch gesagt, warum?«

»Weil er sich vor der Mafia verstecken musste. Aber nicht, warum.«

»Er musste sich also schon als Jugendlicher vor der Mafia verstecken?«

»So habe ich das verstanden, ja.«

»Und wie lautet dieser Nachname?«

»Bianchi.«

Die beiden Männer saßen eine Weile schweigend nebeneinander. Das Versprechen war gebrochen worden.

»In seiner Kindheit hat Fabio Tebaldi also in einer Klosterschule unter dem Namen Fabio Bianchi gelebt?«, fasste Chavez schließlich zusammen. »Und mehr als das wissen Sie nicht?«

»Es tut mir leid, nein.«

Chavez erhob sich, um sich von dem alten Mann zu verabschieden, der noch ganz blass war. Seine Zeit war begrenzt.

»Sie haben mir nicht gesagt, warum Sie sich auf die Minute ohne Lügen und Geheimnisse eingelassen haben.«

Domenico Ferraro schmunzelte. Langsam kehrte Farbe in seine Wangen zurück.

»Harry.«

»Harry?«

»Ihr alter Lehrer in Gemeinschaftskunde. Ich weiß, was er in Ihnen gesehen hat. Aber er hätte es besser formulieren sollen.«

»Nämlich?«

»Harry hat ein extrem ausgeprägtes Gerechtigkeitsempfinden gesehen.«

»Hm. Und warum …?«

»Retten Sie ihn einfach«, unterbrach ihn der Lehrer.

Chavez ließ den alten Mann auf dem Sofa zurück. Er bemerkte gar nicht, dass er im Gang von kreischenden und lärmenden Gymnasiasten umgeben war, die in die Pause stürmten. Nur das penetrante SMS-Signal holte ihn in die Wirklichkeit zurück.

»Wir stehen draußen vor der Tür. Angelos«

Am Fuß der langen Eingangstreppe des Liceo Camillo Cavour stand tatsächlich der unauffällige graue Mazda, den sie am Flughafen gemietet hatten. Salvatore Esposito saß am Steuer, Angelos Sifakis auf dem Rücksitz. Chavez stieg bei ihm ein, und Esposito fuhr langsam die Via delle Carine hinunter.

»Neuigkeiten?«, fragte Sifakis einsilbig.

»Glaube schon«, antwortete Chavez ähnlich wortkarg. »Und ihr?«

»Wir haben mit bestimmt zehn ehemaligen Kollegen von Donatella Bruno gesprochen, haben aber nach wie vor keinerlei Hinweise darauf, wer ihr die geheimen Informationen hat zukommen lassen. Kein ›R‹ weit und breit. Dafür haben wir aber ein paar Kollegen im Präsidium getroffen, die mit Tebaldi zu tun gehabt hatten. Er war ja einige Male in Rom stationiert, bevor er nach Kalabrien zurückging. Einer seiner ehemaligen Kollegen, Sergio Birarelli, erinnerte sich vor allem daran, wie ›verdammt souverän‹ Fabio auf dem Fußballplatz gewesen sei. Nach einem Zweikampf hatte ihn Birarelli mit hängender Zunge gefragt, wo er vorher gespielt habe. Er war davon überzeugt, dass Fabio früher praktisch professionell Fußball gespielt hatte.«

»Ich erinnere mich auch daran, dass Hjelm einmal erwähnt hat, Fabio habe ihm von einer Fußballervergangenheit erzählt. Aber es gab keinen Hinweis darauf, in welchem Verein er war.«

»Und er hat es Birarelli gegenüber auch verneint. Nein, er habe in keinem Verein gespielt. Aber in der Umkleidekabine hat Birarelli dann in der Innentür von Tebaldis Spind ein Vereinswappen gesehen. Aber er hat nicht weiter nachgehakt. Als wir allerdings weiter nachgehakt haben, fiel ihm wieder ein, dass ihn das Wappen an, wie er sagte, ›Genua oder Bologna oder so in die Richtung‹ erinnert habe.«

»Und dann habt ihr gefragt: ›So in die Richtung‹?«

»Ganz genau, doch mehr wusste er nicht. Aber wir haben einen gemeinsamen Nenner von Genua und Bologna gefunden: rot-blau gestreifte Trikots, und auch im Vereinswappen gibt es rote und blaue Streifen.«

»Und dann habt ihr nach anderen rot-blau gestreiften Fußballvereinen gesucht?«

»Exakt. Und wir haben einen Klub aus Kalabrien gefunden, F. C. Crotone, etwa zweihundert Kilometer den italienischen Stiefel hoch. Wir sind also erneut zu Sergio Birarelli gegangen und haben ihm das Wappen des F. C. Crotone gezeigt. Es ist rot und blau gestreift und hat in der Mitte so eine Art Olympisches Feuer, das von zwei schwimmenden Haien flankiert wird. Er konnte es nicht hundertprozentig bestätigen, aber es ähnelt dem, was er in Tebaldis Spind gesehen hatte, sehr.«

»Und dann habt ihr überprüft, ob ein Fabio Tebaldi beim F. C. Crotone gespielt hat?«

»Aber wir haben ihn nicht gefunden, zumindest nicht im Netz.«

»Selbstverständlich nicht, aber das liegt vor allem daran, dass er damals noch gar nicht Fabio Tebaldi hieß«, sagte Chavez. »In seiner Schulzeit hieß er nämlich Fabio Bianchi.«

»Verdammt!«

»Ich habe keine Ahnung, wie sich das erklären lässt, aber als er nach Rom kam, um aufs Gymnasium zu gehen, hat er einen anderen Namen angenommen. Gegen Ende der 10. Klasse wurde das offenbar lebensnotwendig. Sein Lehrer sagte, er sei von der Mafia bedroht worden. Er ist sehr wahrscheinlich als Waise in einem Kloster aufgewachsen. Wenn er also beim F.C. Crotone gespielt hat, dann nur in seinen frühen Teenagerjahren, denn danach ist er ja nach Rom umgezogen.«

»Wir müssen einen Trainer der Jugendmannschaft auftreiben«, sagte Esposito vom Fahrersitz aus.

»Und nach einem Kloster in der Gegend von Crotone suchen«, ergänzte Sifakis.

»Kurzum, es wird Zeit, dass wir nach Kalabrien aufbrechen«, schloss Chavez.

Salvatore Esposito drehte sich ganz zu ihnen um.

»Ich muss nur noch kurz bei meiner Versicherung vorbeifahren, um die Summe meiner Lebensversicherung zu erhöhen.«

In der Höhle des Löwen

Den Haag, 10. August

Dieses Gesicht. Ganz nah.

Und doch saß sie an ihrem angestammten Platz auf der anderen Seite des kleinen Glastisches.

Das musste eine optische Täuschung sein, ein Trugbild.

Und dennoch kam sie immer näher – der Blick noch unverhüllter, noch durchdringender –, als sie ihre Frage wiederholte: »Haben Sie Ihrer Frau für ihre Hilfe gedankt?«

»Zum Teufel«, rief er und sprang auf.

Sie machte eine Geste wie ein Schlangenbeschwörer. Und als sie ihre geöffneten Handflächen langsam sinken ließ, sank auch er im selben Takt zurück auf den Diwan.

»Haben Sie es getan?«, bohrte sie weiter.

»Nein, das habe ich nicht getan«, antwortete er ergeben. »Nicht richtig zumindest.«

»Gehen Sie Ihrer Frau absichtlich aus dem Weg?«

»In diesem Fall tut sie das aber auch.«

»Aber wir reden hier gerade nicht über Ihre Frau, Paul, sondern über Sie.«

»Verdammt noch mal, Ruth. Ich liebe Kerstin.«

»Und das stellt niemand infrage. Aber Ihre momentane Kontaktarmut ist auffällig.«

»Sie hat dafür gesorgt, dass ich noch mehr zu tun habe. Die Stunden, die ein Tag hat, reichen nicht aus. Ich arbeite ununterbrochen. Wir haben keine Zeit fürs Plaudern.«

»Und das ist ihre Schuld?«

»Ich *will* ja mehr zu tun haben. Ich brauche es, viel zu tun zu haben.«

»Dann ist es doch nicht so banal, wie ich zuerst dachte. Sehr schön. Sie haben also die Vermutung, dass Ihre Frau einen Hintergedanken dabei hat, wenn sie Ihnen mehr Arbeit verschafft?«

»Aber das habe ich doch gar nicht gesagt!«

»Was könnte denn ihr Hintergedanke sein?«

»Jetzt müssen Sie aber wirklich damit aufhören. Dank ihr hat Europa, meines Wissens nach zum ersten Mal in der Weltgeschichte, mit China auf polizeilicher Ebene Kontakt aufgenommen. Ich glaube, Sie haben gar keine Ahnung, wie epochal und bedeutend das ist.«

»Und das ist allein Kerstins Verdienst?«

»Und Saras, ja.«

»Und trotzdem haben Sie sich noch nicht richtig bei ihr bedankt?«

»Der passende Augenblick dafür kommt schon, versprochen. Wir haben ja noch unsere Flitterwochen, die wir nachholen wollen. Und dann sind wir vier Wochen weg, das kann ich Ihnen versichern.«

»Und wann?«

»Wenn wir das hier erledigt haben.«

Erst jetzt verstummte Ruth. Sie lehnte sich in ihren Sessel und schüttelte sanft den Kopf.

»Ich bin überhaupt nicht zufrieden, Paul«, sagte sie schließlich.

»Aber was wollen Sie eigentlich von mir?«

»Die Wahrheit. Sie müssen die Wahrheit sagen. Sie können sich ja winden und zieren, aber lügen dürfen Sie nicht.«

»Ich lüge nicht. Zumindest nicht vorsätzlich.«

»Ich meinte auch nicht den Vorsatz. Ich spüre ja, dass Sie ein schlechtes Gewissen haben.«

»Aber das ist doch der Ausgangspunkt, der Grund, warum ich überhaupt hier bin. Weil ich mich – wie haben Sie das noch formuliert? – aus lauter Bequemlichkeit selbst zum Sündenbock gemacht habe.«

»Aber davon rede ich gerade gar nicht. Alles handelt immer von etwas anderem.«

»Alter Dschungelspruch.«

»Sie haben jetzt aber Kerstin zum Sündenbock gemacht. Läuft es nicht gut für Kowalewski und Bouhaddi in Schanghai?«

»Doch«, bellte Hjelm sie an. »Ich erhalte täglich Berichte von Corine. Wu Wei scheint etwas auf der Spur zu sein. Einer Organisation namens Nüwa.«

»Warum schreien Sie?«

»Ich schreie nicht.«

»Schrie er.«

»Ruth! Was wollen Sie von mir?«

»Was kämpft da in Ihnen, was stört Sie? Sie sind nicht bei sich, und ich glaube übrigens nicht, dass es etwas mit Kerstin Holm zu tun hat. Und trotzdem klagen Sie sie an. Wofür? Es kommen doch täglich Berichte aus China?«

»Aber mit denen stimmt etwas nicht!«, schrie Paul Hjelm.

»Inwiefern?« Ruth blieb ganz ruhig.

»Das hört sich nicht nach Corine an.«

»Warum?«

»Der Tonfall. Viel zu sachlich, als würde sie Rechenschaft ablegen. Es ist die detaillierte Beschreibung eines langsamen Fortschritts. Wie von jedem x-beliebigen Bullen verfasst.«

»Nein.« Ruth schüttelte den Kopf. »Das ist es nicht.«

»Ich habe eine Mail von Wu Wei bekommen. Er wundert sich, ganz zurückhaltend, versteht sich, über die Beziehung von Corine und Marek.«

»Mehr ist da nicht?«

»Haben Sie schon einmal erwogen, Psychotherapeutin zu werden?«

»Dafür ist es jetzt zu spät«, erwiderte Ruht mit eiskalter Stimme. »Was hat er gesagt?«

»Er fragte sich, ob ihre intensive sexuelle Beziehung die Ermittlungsarbeiten behindern könnte.«

Das brachte Ruth tatsächlich zum Schweigen. Hjelm war der

Meinung, hinter ihrer Stirn Prozessabläufe beobachten zu können, in hoher Geschwindigkeit.

»Wollen wir uns das einmal anschauen?«, meinte sie nach einer ausgiebigen Pause. »Diese Bouhaddi haben Sie vor gar nicht allzu langer Zeit als ›asexuell‹ bezeichnet, richtig?«

»Sie hat den Entschluss gefasst, so zu leben. Aber sie können sich ja einfach ineinander verliebt haben. Das Leben ändert sich doch ständig.«

»Glauben Sie das?«

»Nein. Nein, das tue ich nicht.«

»Was glauben Sie dann?«

»Dass sie so tun, als hätten sie ein sexuelles Verhältnis.«

»Um etwas anderes zu verbergen?«

»Ja, Aber ich habe keine Ahnung, was das sein könnte.«

»Jetzt schreien Sie schon wieder.«

»Entschuldigung. Ich mache mir Sorgen. Ich wusste ja, dass ihr Einsatz nicht ohne Risiko ist.«

»Warum nicht?«

»Weil die Informationen, die uns nach China geführt haben, nicht aus offiziellen Quellen stammten.«

»Haben Sie das Kowalewski und Bouhaddi gegenüber erwähnt?«

»Nein ...«

»Damit sie, sollten sie enttarnt werden, gar nicht erzählen können, wie sie an die Informationen gekommen sind, die sie nach China geführt haben?«

»Das hat möglicherweise meine Entscheidung mitbeeinflusst ...«

»Aber, zum Teufel, wie Sie immer zu sagen pflegen, Paul, Sie schicken also ein weiteres Paar in die Höhle des Löwen? Jetzt verstehe ich, warum Sie Ihr schlechtes Gewissen mit Ihrer Frau teilen wollen.«

»Es gibt ein mikroskopisch kleines Risiko, dass Wu Wei nicht sauber ist. Aber wir reden wirklich von einer mikroskopischen Größenordnung. Man kann keine qualifizierte Polizeiarbeit leisten, ohne Risiken einzugehen.«

»Aber da sollten alle Beteiligten über die Risiken Bescheid wissen?«

»Manchmal besser nicht ...«

»Wie gehen Sie eigentlich mit Ihrer Familie um, Herr Hjelm?«

»Hören Sie auf, meine Kollegen als Familie zu bezeichnen. Das sind Profis, die sehr wohl Kenntnis von den Risiken ihres Jobs haben.«

»Sie schreien schon wieder, Paul.«

»Und diese beschissenen Tagesberichte. Die sind total gefühllos. Geschlechtslos.«

»Dann rufen Sie die beiden an.«

»Ich benötige vorher eine Bestätigung, in die eine oder andere Richtung. Alles ist besser als diese schreckliche kraftraubende Unsicherheit.«

»In welchem Ton kommunizieren Sie denn mit ihnen?«

»Ton?«

»Hören Sie auf damit. Sie wissen genau, was ich meine.«

»Ich antworte gleichermaßen formell. Corines Berichte sind quasi wie eine Anweisung, so formell und sachlich zu bleiben wie möglich.«

»Sehr clever.«

»Oder sie werden in diesem Moment gefoltert, und irgend so ein Schreibtischhengst versucht erfolglos, Corines Stil zu kopieren.«

»Sie schreien so laut, dass Sie Ihr Handyklingeln gar nicht hören.«

Hjelm verstummte. Da spürte und hörte er das Brummen in seiner Jackentasche.

»Gehen Sie ruhig ran«, meinte Ruth.

»Es ist kein Anruf«, antwortete Hjelm. »Ich habe eine Mail bekommen.«

»Sollte die aus China kommen«, sagte Ruth, »dann wäre ich bereit, meine tief verwurzelte atheistische Überzeugung neu zu überdenken.«

»Alles handelt immer von etwas anderem«, entgegnete Hjelm und sah auf sein Display.

»Und?«

»Seien Sie nicht so neugierig.«

»Jetzt kommen Sie schon.«

»Sie ist von Arto. Das kann warten.«

»Jetzt lesen Sie sie schon.«

Paul Hjelm las die Mail und setzte sich kerzengerade auf.

»Es ist durchaus möglich, dass Sie, liebe Ruth, in Kürze Ihre tief verwurzelte atheistische Überzeugung überdenken müssen.«

»Erzählen Sie.«

»Seit mehreren Tagen haben Corine und Marek versucht, uns über eine sichere Verbindung E-Mails zu schicken, bisher vergeblich. Aber jetzt scheint es ihnen gelungen zu sein, Wu Weis Überwachung zu umgehen. Zur Sicherheit haben sie die E-Mail an Arto Söderstedts Privatmail gesendet.«

»Sie sind also tatsächlich Geiseln?«

»In gewisser Hinsicht schon. Es ist nur eine kurze Nachricht, in großer Eile geschrieben. Und sie lautet: WW wacht wie ein Habicht über uns. Nüwa spioniert mehrere biotechnologische Unternehmen im Westen aus, und es gibt eine Verbindung nach Korsika. Wir vermuten UM dahinter.«

»Ich verstehe kein Wort.«

»Das bezieht sich auf einen alten Fall«, erklärte Hjelm. »Es gab ein Forschungsprojekt der NATO, dessen Ziel es war, auf medizinischem und chirurgischem Weg ›die perfekte Leitfigur‹ zu erschaffen. Das Projekt wurde privatisiert und von dem plastischen Chirurgen der Abteilung, Udo Massicotte, übernommen. Das genetische Labor befand sich auf der Insel Capraia. Es wurde in die Luft gesprengt, und wir haben Massicotte festgenommen.«

»UM?«

»Genau. Bisher gab es keinerlei Hinweise darauf, dass Massicottes Aktivitäten auf Korsika wieder aufgenommen wurden. Wir haben die Anlage in Schutt und Asche gelegt.«

»Das Labor wurde also zerstört. Was war denn in diesem Labor?«

»Soweit wir das beurteilen können, handelte es sich eher um eine Fabrik. Eine genetische Fabrik. Mit genmanipulierten Kindern. Die perfekten Leitfiguren der Zukunft.«

»Um Himmels willen.«

»Genau so soll es sich nach der Überprüfung der tief verwurzelten atheistischen Überzeugung anhören.«

»Sie wollen also damit sagen, dass diese Genfabrik wieder aufgebaut wurde?«

»Wenn diese Informationen richtig sind, scheint die Fabrik in China zu stehen. Und von dort werden – mithilfe der Cybersicherheitszentrale des chinesischen Militärs – biotechnologische Unternehmen in der westlichen Welt ausspioniert. Unter anderem Bionovia in Schweden, denen es gelungen ist, eine Formel für die Veränderung des Gens für das Muskelwachstum zu finden. Die genetische Produktion scheint also fortgesetzt zu werden.«

»Das klingt ja scheußlich«, stöhnte Ruth und sah aufrichtig entsetzt aus. So hatte Hjelm sie noch nie erlebt.

»Das müssen wir natürlich überprüfen, aber ich glaube, es ist an der Zeit, sich noch einmal mit Udo Massicotte zu unterhalten. Wir haben ihn damals mehrere Monate lang verhört, dann aber aufgegeben. Er wiederholte immer nur dasselbe: Dass sein Unternehmen zerstört wurde und das Spiel vorbei sei. Da er Belgier ist, sitzt er dort im Gefängnis. Unter anderem wegen Anstiftung zu mehrfachem Mord.«

»Also ganz in der Nähe ...«

Hjelm musste schmunzeln.

»Richtig, ganz in der Nähe. Und bei meiner nächsten Sitzung werden Sie mir, ummantelt mit Ihrer unendlichen Fürsorge, wieder den Vorwurf machen, dass ich ein weiteres Paar in die Höhle des Löwen geschickt habe.«

Ruth nickte bedächtig.

»Das dritte Paar.«

Intimus

Den Haag, 13. August

Neunzehn Minuten nach sechs goss die Sonne ihre ersten Strahlen über Den Haag. Erst als diese durch die Schlitze der flatternden Gardine drangen, konnte sie die Konturen des Körpers neben ihr ausmachen. Drei Stunden hatte sie da schon wach gelegen. Aber dann war sie zu einer Entscheidung gekommen.

Er hatte die Decke von sich getreten und lag rücklings ausgestreckt, ganz gerade und nackt. Der Schlaf hatte seinen Körper wie sonst auch in große Spannung versetzt. In dem schwachen Morgenlicht sah er aus wie eine Mondlandschaft, aber je weiter sich der Minutenzeiger schob und je stärker das Licht und die Kraft des Sommermorgens zunahmen, desto mehr hatte sie den Eindruck, das vollgeschriebene Buch eines weggeworfenen Lebens vor sich zu haben, die Karte einer sinnlosen Gewaltlandschaft.

Sie strich zärtlich über seinen Oberkörper, der übersät war mit Knasttattoos, und überlegte, was sie eigentlich in Nicholas sah. Laima fragte sie das unentwegt – mit Worten oder wortlos –, aber sie hatte nie geantwortet. Sie war sich nicht sicher, ob es dafür Worte gab.

Miriam Hershey lag in ihrem stickigen, feuchten alten Zimmer im Studentenwohnheim, streichelte den Mann in ihrem Leben und konnte nicht sagen, was sie in ihm sah. Aber es fühlte sich vollkommen sicher an, so hundertprozentig sicher. Natürlich wusste sie, dass er für Laima Balodis nicht nur ihre enge Freundschaft störte, das dritte Rad an einem sonst perfekt funktionierenden Fahrrad war. Er erinnerte sie auch an die brutalen Menschenschmuggler in Litauen, mit denen sie vor ein paar Jahren bei einem Auftrag vierundzwanzig Stunden am Tag zu tun hatte. Sie wusste nicht genau, ob Nicholas einer von ihnen gewesen war. Nicht in Litauen natürlich, aber auf einem anderen Posten. Auch Miriam wusste äußerst wenig über die Verbrechen, die er begangen hatte. Sie wusste, dass er Leben ausgelöscht hatte, viele Leben, aber mehr nicht. Sie hatte es nicht wissen wollen.

Sie streichelte seinen harten, vollkommen haarlosen Körper und gestand sich ein, dass sie so einiges nicht wissen wollte oder verdrängt hatte. Zum Beispiel auch die Entscheidung.

Das stickige aufgeheizte Zimmer badete mittlerweile in Licht. Ihre dunklen Stunden waren vorüber. Die Stunden der Entschlussunfähigkeit. Was, wenn Laima recht hatte? Ihr war der Gedanke auch ab und zu gekommen, aber sie hatte ihn nicht so auf den Punkt bringen können wie ihr beste Freundin: »Er ist unterfordert. Sein Körper will etwas anderes, als er glaubt. Der geht langsam, aber sicher zugrunde. Sein ganzes Wesen geht zugrunde.«

Das traf einerseits zu, andererseits auch nicht. Er liebte sie, da war sie sich ganz sicher, aber vielleicht genügte das nicht. Vielleicht genügte ihm auch der Kampf gegen die Benachteiligung seiner Jugendlichen in Clichy-sous-Bois nicht oder sein Boxtraining. Vielleicht benötigte er wirklich mehr Spannung und Aufregung in seinem Leben. Um sich lebendiger zu fühlen.

Denn wenn eines nicht zugrunde ging, dann war das sein Körper. Er war ein einziges Mysterium, er hatte nicht nur unfassbar viel ausgehalten und ertragen, sondern war zudem noch in bester Verfassung.

Ihre Hand hatte den großen chinesischen Drachen erreicht, der sich über das Schambein von Hüfte zu Hüfte schlängelte. Das war genau genommen sein einziges professionelles Tattoo, die restlichen Kunstwerke hatten seine Knastbrüder mit der Tinte erschaffen, die sie aus den Kugelschreibern gesogen hatten. Und dementsprechend sahen sie auch aus. Aber dieser

Drache war majestätisch. Sie fragte sich, nach welchem Vorbild er wohl entstanden war. Denn sie hatte noch nie ein so aggressives Gesicht gesehen wie das des Drachen.

Sie ließ ihre Finger über das glatt rasierte Schambein wandern. Böswillig und feindlich zuckte der Drache in den Sonnenlichtstreifen, die sich durch die Gardinen schoben.

Da wachte er auf.

*

Hinterher blieb sie auf ihm liegen. Er streichelte ihr Gesicht. Sie versuchte zu lächeln, aber es wollte ihr nicht gelingen.

»Was ist los mit dir?«, fragte er.

»Was meinst du?«

»Mit dir stimmt etwas nicht. Du hast da eine Falte.«

Sein Zeigefinger strich vorsichtig über ihre Stirn und über den Nasenrücken.

»Ich werde wohl langsam alt«, sagte sie und lachte.

Das Lachen hatte er wohl richtig verstanden, denn er antwortete: »Nein, überhaupt nicht. Aber etwas stimmt nicht.«

Sie musterte ihn. Ihre Körper lagen eng aneinandergepresst. Sie spürte, wie sich eine zweite Falte auf ihrer Stirn bildete, als sie endlich zu fragen wagte: »Brauchst du mehr Aufregung in deinem Leben, Nicholas?«

*

Sie frühstückten. Er betrachtete sie mit demselben Ausdruck wie im Bett, während er herzhaft in ein vierstöckiges Sandwich biss.

»Du meintest etwas ganz Bestimmtes mit der Frage, oder?« Er sprach mit vollem Mund.

»Du hast gleich Nein gesagt. Das genügt mir.«

»Du bist alles, was ich brauche, Miriam. Das habe ich geantwortet. Aber ich habe erst jetzt begriffen, dass du etwas ganz anderes gemeint hast. Was genau?«

»Ach, nichts«, sagte sie und nahm einen Schluck von ihrem kochend heißen Kaffee.

»Aber warum hast du mich gefragt? Mache ich den Eindruck auf dich?«

»Ich habe einfach nur überlegt, ob du glücklich bist.«

»Ich bin glücklicher, als ich es jemals in meinem Leben gewesen bin. Ich habe so etwas ... Unerwartetes ... wie Liebe gefunden. Aber alles braucht seine Zeit. Ich bin auf dem richtigen Weg.«

»Dein Körper ist so verkrampft, wenn du schläfst, Nicholas.«

»Ich weiß. Aber ich habe keine Ahnung, was ich dagegen tun kann. Doch das hast du nicht gemeint, oder?«

Sie konnte nicht noch eine Runde drehen und so tun, als wäre sie mit anderen Dingen beschäftigt. Sie musste den Stier bei den Hörnern packen. Warum wich sie davor zurück? Sie hatte drei dunkle und eine helle Stunde gehabt, um zu einer Entscheidung zu kommen. Und als sie die endlich getroffen hatte, fühlte die sich vernünftig und notwendig an. Aber in dem schonungslosen Licht dieses Samstagmorgens war Miriam sich nicht mehr ganz so sicher.

»Okay«, sagte sie, stellte den Kaffeebecher auf den Tisch und blickte in seine bemerkenswert stahlgrauen Augen.

Sie versuchte ein Lächeln. Dies gelang sogar fast.

»Jetzt mal im Ernst.« Sie holte Luft. »Brauchst du mehr Aufregung und Spannung in deinem Leben?«

»Ich weiß ehrlich nicht, was du damit meinst. In erster Linie habe ich dich, Miriam. Dann kämpfe ich jeden Tag mit den Folgen meiner Alkohol- und Drogensucht und schrecklicheren Erinnerungen, als du sie dir vorstellen kannst. Ich ringe mit meinem Gewissen, das mich ertränken will. Und dann setze ich meine ganze verbleibende Energie dafür ein, die Jugendlichen vor meinem Schicksal zu bewahren. Ich habe gar keinen Überschuss für mehr Aufregung und Spannung in meinem Leben.«

»Ich weiß«, sagte Miriam Hershey und lächelte. »Hundert Schritte vor, neunundneunzig zurück, aber am Ende des Tages ist man einen Schritt vorangekommen.«

»Was beschäftigt dich also?«

»Ob du noch etwas anderes willst?«

Sie sah, wie ein Licht in Nicholas' Augen aufflackerte. Leider war es das Licht der Erkenntnis und nicht das der Begierde. Er sprang vom Stuhl auf und lief mit kraftvollen Schritten zur Kaffeemaschine. Dort blieb er eine Weile stehen, ihr den Rücken zugewandt. Sie betrachtete sein wohlgeformtes Hinterteil, die einzige Partie an seinem Körper, die nicht tätowiert war. Sie fühlte sich nicht besonders wohl in ihrer Haut.

»Ein Bulleneinsatz also?«, fragte Nicholas, noch immer mit dem Rücken zu ihr.

»Ach, vergiss es«, sagte Miriam. »Das war eine dumme Idee. Ich hege die größte Bewunderung für deine Arbeit in Paris. Mach dort weiter.«

Da drehte er sich um und setzte sich zurück an den Tisch.

»Du bist also der Meinung, es ist nicht gut genug für mich?«

»Das ist perfekt für dich. Und für die Jugendlichen.«

»Aber?«

Sie schloss die Augen und schüttelte den Kopf. »Aber du sagst selbst immer, dass du dich danach immer wie eine Gewitterwolke fühlst. Dass du die dreistündige Zugreise benötigst, um dich wieder zu beruhigen.«

»Ich muss das tun«, sagte Nicholas, und der Tonfall in seiner Stimme traf Miriam mitten ins Herz.

»Ich weiß«, antwortete sie. »Und meine voreilige Idee würde es nicht einfacher machen.«

»Was würde es denn dann sein? Für mich?«

»Es würde eine große Herausforderung für dich sein, wie du sie seit deiner Zeit als Krimineller nicht mehr erlebt hast.«

Nicholas schwieg und starrte auf die Tischplatte.

»Es sind keine zusätzlichen Bedingungen daran geknüpft«, fuhr Miriam fort, »das ist nur eine neue Alternative. Ich glaube Folgendes, und bitte hör mir genau zu, bevor du protestierst. Du hast endlich das Schlimmste überstanden. Und du hast überlebt, es ist dir gelungen. Ich bin wahnsinnig stolz auf dich. Auch uns beiden geht es miteinander besser als je zuvor. Aber ich bin der Überzeugung, dass du einen bestimmten Punkt erreicht hast und jetzt neue Herausforderungen benötigst. Das Bedürfnis nach Spannung – ich bestehe darauf, es Spannung zu nennen –, die dich damals als drogensüchtigen Kriminellen am Leben erhalten hat und noch nicht einmal durch das Boxen ersetzt werden konnte.«

»Vor allem nicht, wenn so ein Idiot ein K. o. simuliert«, brummte Nicholas.

Miriam fiel etwas ganz anderes wieder ein, und sie nutzte den Gedanken, um auch sich abzulenken.

»Wo hast eigentlich dein Drachentattoo stechen lassen?«, fragte sie.

»In China«, sagte Nicholas.

»Und was hast du da gemacht?«

»Ich habe immer versucht, diese Sachen von dir fernzuhalten.«

»Ich weiß. Und ich wollte es ja auch nie wissen. Nicht genau zumindest. Aber jetzt will ich.«

»Ich war Bodyguard von einem Gangster.«

»Was für einem denn?«

»Immobilienbranche in Schanghai. Ein britischer Bauunternehmer. Es war nicht ungefährlich, mit den Triaden Geschäfte zu machen.«

»Sprichst du deshalb so gut Englisch?«

»Ja, aber auch wegen meiner Zeit in der Fremdenlegion. Nach meiner ersten größeren Straftat hatte ich die Wahl zwischen Knast und Legion.«

»Du warst in der Fremdenlegion? Warum hast du mir das nie erzählt?«

»Es lief auch nicht gut. Ich war in Französisch-Guayana. Aber ich bin mit der unglaublich rigiden Disziplin nicht zurechtgekommen. *Esprit de corps,* verstehst du?«

»Ja, ich verstehe.«

»Ich bin desertiert und habe mich im Untergrund versteckt. Habe hart trainiert und bin dann Leibwächter für die Typen aus der Unterwelt geworden.«

»Bist du auch gut mit Waffen und im Nahkampf?«

»Ich war es mal, ja. Aber das Kokain hat mir das Genick gebrochen. Ich bin zu oft festgenommen worden, als dass ich wirklich im Business hätte Fuß fassen können.«

»Nicholas, kannst du dir wirklich vorstellen, dich zur Ruhe zu setzen und ein friedvolles Leben zu führen? Würdest du es in Stille und Schweigen aushalten? Ist unsere Beziehung stark genug, um dein Bedürfnis nach Spannung zu erfüllen?«

»Sie ist sehr stark.«

»Du weißt, was ich beruflich mache«, sagte Miriam. »Das ist alles andere als Stille und Schweigen.«

»Ich habe, ehrlich gesagt, keine Ahnung, was du beruflich machst.«

»Das ist auch streng geheim. Aber ich bin sehr oft lebensgefährlichen Situationen ausgesetzt. Und ich habe früher als Spionin gearbeitet. Ich wurde in islamische Sekten in Großbritannien eingeschleust.«

»Wollen wir jetzt vielleicht mal ein bisschen Ruhe in die Diskussion bringen?«

»Ich will keine Ruhe. Willst du das?«

»Nein.«

»Ich glaube, dass wir beide mehr Spannung in unserem Lebensalltag benötigen als die meisten unserer Mitmenschen. Vermutlich hat das chemische und physiologische Ursachen, Endorphine und all das. Du hattest, glaube ich, jetzt eine ausreichend lange Erholungspause. Und ich befürchte, dass du es auch nicht viel länger ohne aushältst. Liege ich da falsch?«

»Was willst du mir da einreden, Miriam?«

»Das Letzte, was ich will, ist, dir etwas einzureden.«

»Du brauchst also mehr Spannung in deinem Leben?«, fragte er.

»Wenn man einmal als Undercover eingesetzt wurde, bleibt da etwas in einem zurück.«

»Wie bei einer Drogenabhängigkeit?«

»Quasi. Oder vielleicht eher: Ja?!«

»Und jetzt willst du, dass auch ich ein Undercoveragent werde?«

»Ich bin mir nicht sicher, ob ich das wirklich will.«

»Hättest du Angst um mich?«

»Die ganze Zeit.«

Er sah sie liebevoll an und strich ihr über die Wange.

»Jetzt erzähl mir bitte, um was es geht.«

Sie schluckte.

»Eine Woche lang haben wir vergeblich versucht, einen Mann zu finden, den wir in eine Sicherheitsfirma in New York einschleusen könnten. Wir wissen, dass die Dreck am Stecken haben, aber uns fehlen die Beweise.«

»Und warum sollte ausgerechnet ich passen?«

»Sie suchen jemanden, der waffenerfahren, diszipliniert, durchtrainiert und groß gewachsen ist, und zwischen den Zeilen kann man in der Stellenausschreibung lesen, dass sie jemanden mit einer kriminellen Vergangenheit bevorzugen.«

»Der auch des Englischen mächtig ist?«

»Genau. Die Bewerbung muss bis Montag bei ihnen eingegangen sein, das ist in zwei Tagen. Unter den Kollegen haben wir niemanden gefunden, der auf das Profil passt.«

»Und da seid ihr auf mich gekommen?«

»Nein. Ich habe sofort an dich gedacht.«

»Aber?«

»Aber ich habe die ganze Zeit mit meinem Gewissen gekämpft.«

»Und es am Ende besiegt?«

»Ich habe beschlossen, dir die Entscheidung zu überlassen.«

*

Sie lagen wieder im Bett, eng umschlungen.

Da fiel ihr das Handy aus der Hand und auf den Boden.

»Aha?«, sagte er, und auf einmal hatte er scheinbar wieder Kontrolle über seine lädierten Gesichtsmuskeln. Sein Grinsen war unzweideutig.

»Gib mir deines«, sagte sie und lächelte.

Er gab ihr einen Kuss auf die Nasenspitze und streckte sich nach seinem Handy.

»Bist du dir sicher?«, fragte er.

Sie wählte eine Nummer und sagte einen Augenblick später: »Ich glaube, wir haben unseren Undercoveragenten gefunden.«

Erneut ließ sie das Handy auf den Boden fallen. Es prallte mit einem dumpfen Schlag auf.

»In einer Stunde«, berichtete sie knapp. »Im Hauptquartier von Europol.«

»Du bist also der Meinung, ich hätte zugesagt?«

De gevangenis van Mechelen

Mechelen, Belgien, 15. August

Die Sonnenstrahlen trafen den blassen Mann auf der Brücke zum Vismarkt, und er stellte sich unweigerlich den Fluss unter seinen Füßen in der Eisenzeit vor, bevor die Römer die Gegend mit ihrer reichen Kultur beschenkten. Hier spiegelten sich nicht die etwas überladenen Hausfassaden von Mechelen in der Dijle, stattdessen warfen mächtige Baumkronen ihre Schatten auf die glitzernde Wasseroberfläche, die sich über die Uferkante senkten. Der grünliche Flussverlauf, gesäumt von Myriaden von Meeresvögeln, wurde jäh von einem grob gehauenen Kanu durchschnitten. Im Bug stand eine Frau, in Tierfelle gehüllt, die ihren Speer über die Wasseroberfläche hob. Dann stieß sie ihn mit großer Kraft in die Tiefen der Dijle und fing elegant den Schaft auf, als der aus dem Wasser zurücksprang. Die Widerhaken hatten sich in einen großen Wels gebohrt, der wild um sich schlug, als sie den Speer ins Kanu hob. Aber die Frau konnte ihn bändigen, warf den Fisch auf den Boden des Kanus und schlug ihm mit einer Art Hammer auf den Kopf. Dann hob sie das Tier über ihren Kopf, sein Blut lief ihr an den hellen Armen hinunter, und sie stieß einen Jubelschrei aus, der bald zu einem ganz gegenwärtigen Satz wurde: »Jetzt komm schon, Arto. Das ist echt der falsche Zeitpunkt, um in der Sonne zu träumen.«

Art Söderstedt drehte sich zu Jutta Beyer um, die hinter ihm vor den vielen Restaurants des Vismarkts stand, die alle Tische und Stühle im Freien hatten. Sie winkte ihm zu.

Mit wenig Überzeugung in der Stimme murmelte er: »Ich habe mich nicht gesonnt.«

Überzeugung brachte er hingegen für seine Eiszeitphantasie auf – warum hatte eine Frau im Kanu gestanden? Und warum war sie so gewalttätig gewesen? –, aber genau genommen interessierte ihn auch das so wenig wie die zweifellos wunderschönen Straßen von Mechelen. Die Stadt, die lange Zeit das religiöse Zentrum des Königreiches Großniederlande gewesen war, hatte mehr Kirchen, als ihr guttat. Und während die Krönung stattfand und das Meisterwerk entstand – eine gigantische Kathedrale, die dem vermutlich irischen Missionar Rumbold gewidmet wurde, der die Niederlande christianisierte –, hatte Brüssel die Position als religiöses Zentrum übernommen. Der Bau der Sint-Rombouts-Kathedrale wurde Anfang des 16. Jahrhunderts abrupt abgebrochen, und daher fehlte dem Gotteshaus, das einst das höchste Kirchengebäude der Welt werden sollte, die Turmspitze.

Dort befanden sie sich jetzt, am Rand des Grote Markt, und blickten auf die Kathedrale des heiligen Rumbold.

»Erinnert mich irgendwie an Berlin«, sagte Jutta Beyer.

»Zwei ganz verschiedene Mahnmale.« Arto Söderstedt nickte, während sie die Frederik de Merodestraat hinaufliefen, bis sie die Kreuzung zur Sint-Janstraat erreichten. Dort blieb Arto Söderstedt erneut stehen und betrachtete eine Turmspitze.

»Hof van Busleyden«, sagte er verträumt.

»Wir müssen uns bitte auf das Wesentliche konzentrieren, lieber Arto«, flehte Jutta Beyer ihn an. »Wir haben nur noch ein paar Hundert Meter. Du schaffst es, du musst es nur wollen.«

»Ich finde die Vorstellung sehr stimulierend, dass dort oben in dem Turm der große Humanist Hiëronymus van Busleyden die beiden Architekten des modernen Europas zusammengebracht hat: Thomas More und Erasmus von Rotterdam. Da würde man doch seinen rechten Arm opfern, um bei diesem Gespräch dabei gewesen zu sein.«

Jutta Beyer starrte Arto Söderstedt entgeistert an. Dann zog sie ihn wortlos mit sich mit. Sie führte ihn über den zweiten

Flussarm der Dijle und steuerte direkt auf eine abstoßend wirkende Gebäudefront zu, die von einem verräterischen Stacheldrahtzaun auf einer umlaufenden Mauer umgeben war. De gevangenis van Mechelen, das Gefängnis der Stadt, war keine Hochsicherheitsanstalt, kein modernes Angebergebäude, sondern eine ziemlich altersschwache Anlage aus dem 19. Jahrhundert.

Sie passierten ein paar Wachhäuschen und einen Metalldetektor und gelangten so in die Zentrale im Zentrum. Sie war mit Fenstern zu allen Seiten versehen. Jutta Beyer führte die Verhandlungen mit der Gefängnisleitung, Arto Söderstedt sah sich um. Das Gefängnis bestand aus mehreren Flügeln, die vom Zentrum sternförmig abgingen, die Zellen befanden sich auf zwei Etagen an der einen Wandseite der Flügel, und ab und zu wand sich eine Wendeltreppe in den zweiten Stock hoch. Nein, dachte er, das hier war kein Hochsicherheitsgefängnis.

Nachdem die Verhandlungen erfolgreich abgeschlossen worden waren, führte sie ein kräftig gebauter Gefängniswärter in einen der Sternarme, sie folgten ihm eine Wendeltreppe hinauf, der sich eine zweite Treppe anschloss. Von dort gelangten sie in eine Bibliothek, in der zwei Gefangene in hellblauen Hemden DVDs in die Regale einsortierten und sie aus den Augenwinkeln musterten. Sie betraten eine Art Computerraum. In der einen Ecke saß ein älterer Mann, ebenfalls in hellblauem Hemd, und las ein Buch. Er sah auf, lächelte und begrüßte sie.

»Ah, Mister Sadestatt. Was verschafft mir die Ehre?«

Arto Söderstedt nahm den Mann sehr genau in Augenschein. Er sah unverschämt gut aus, wahrscheinlich weil er seit fast einem Jahr keine neue Schönheitsoperation mehr hatte über sich ergehen lassen können. So lange war Professor Udo Massicotte nämlich in diesem Gefängnis.

»Professor.« Söderstedt nickte reserviert.

Der Gefängniswärter führte sie durch eine weitere Tür und noch ein Stockwerk höher. Söderstedt orientierte sich schnell und stellte fest, dass sie sich unmittelbar über der Zentrale befinden mussten. Als der Gefängniswärter die Tür aufschloss, standen sie plötzlich in einer großen Kapelle mit leicht katholischen Zügen. Beyer riss abwehrend die Arme hoch und wollte heftig protestieren, als Söderstedt ihr eine Hand auf den Arm legte. Sie nahm sich sofort zusammen und erinnerte sich an die Regeln, die sie selbstverständlich kannte.

Niemals ein Verhör aus einer unterlegenen Position beginnen.

Niemals Überraschung oder Irritation anmerken lassen.

Absolut niemals die Stimme erheben.

In dieser sonderbar kreisförmigen Kapelle sollte also die Vernehmung von Udo Massicotte stattfinden. Nicht den Eindruck vermitteln, man würde den Ort noch nicht kennen. Bloß die Oberhand behalten.

Das alles las sie in Söderstedts Lächeln und nickte dann. Er erwiderte ihr Nicken. Der Gefängniswärter stellte sich an die Tür und machte keinerlei Anstalten, den Raum zu verlassen. Auch das galt es zu akzeptieren und so zu tun, als wäre nichts dabei.

Söderstedt zeigte auf einen der Stühle, die vor dem spartanischen Altar standen, den er kurzerhand zum Tisch umfunktionierte. Dann zog er zwei Stühle heran und legte zwei Diktaphone auf den Tisch.

»Es freut mich sehr, dass Hjelm sich für Sie entschieden hat«, sagte Massicotte. »Ich habe die Gespräche mit Ihnen als intellektuell weitaus stimulierender in Erinnerung als die mit Ihren Kollegen.«

»Höre ich da etwa heraus, dass Ihnen das Gefängnis nicht ausreichend intellektuelle Stimulanz bietet?«, fragte Söderstedt und fingerte an den Aufnahmegeräten herum. Beyer setzte sich und legte ihr Handy als dritten Apparat dazu. Nun saßen die beiden Massicotte gegenüber, jede Partei auf einer Seite des Altars. Das fühlte sich sonderbar an.

»Nicht direkt«, sagte Massicotte. »Aber man hat so viel Zeit nachzudenken.«

»Reumütige Gedanken, nehme ich an.«

»Ich habe nichts zu bereuen.«

»Verstehe ich das richtig, dass Sie nicht von Ihrem Recht Gebrauch machen, einen Anwalt zu dieser Vernehmung hinzuzuziehen?«

»Mit einem Anwalt im Raum wird es äußerst selten intellektuell stimulierend«, erwiderte Massicotte mit einem Grinsen.

»Dann beginnen wir mit der Vernehmung«, sagte Söderstedt mit einer etwas formelleren Stimme. »Es ist der 15. August, 11:42 Uhr. Anwesend sind der des Mordes schuldig gesprochene Udo Massicotte, die Kommissare Arto Söderstedt und Jutta Beyer sowie der Gefängniswärter namens ...? Wie heißen Sie?«

»Lucas Wouters«, antwortete der Gefängniswärter mit abwesendem Blick.

»... sowie der Gefängniswärter Lucas Wouters«, beendete Söderstedt den Satz. »Kommissar Beyer wird zunächst die Umstände zusammenfassen.«

Dann lehnte er sich so weit zurück, als würde er auf dem unglaublich harten und unbequemen Holzstuhl richtig gemütlich sitzen.

Energisch legte Beyer einen dicken Stapel Papiere auf den provisorischen Tisch. Söderstedt war darauf vorbereitet, einen langen Vortrag zu hören, aber stattdessen kam nur ein einziges Wort.

»Psychopathenfabrik.«

Söderstedts Stuhl, auf dem er so bequem gesessen hatte, rutschte auf dem glatten Fußboden weg. Ihm gelang es, einen peinlichen Sturz zu verhindern, indem er schnell nach der Tischkante griff. Er bohrte seinen Blick in Massicotte.

Jutta Beyer fuhr indes fort.

»Unser letztes Gespräch fand drei Tage vor der Gerichtsverhandlung statt. Das war das erste und einzige Mal, dass Sie zugegeben haben, man könne Ihr Unternehmen durchaus als eine ›Psychopathenfabrik‹ bezeichnen. Sie haben allerdings mehrfach wiederholt, dass Ihr Unternehmen geschlossen worden sei, sowohl die sogenannte Fabrik auf Capraia als auch das Hauptquartier auf Korsika.«

»Geschlossen? Es wurde vernichtet. Sie erinnern sich vielleicht noch daran, dass ein wahnsinniger Psychopath versucht hat, mich in meinem Haus auf Korsika umzubringen?«

»Er wurde W genannt und war das schöpferische Ergebnis des genetischen, neurologischen und plastisch-chirurgischen Versuchs einer NATO-Sondereinheit, einen Übermenschen zu erschaffen, der frei von Empathie ist. Aber er hat sein Ich bezwungen und sich geweigert, Sie zu töten. Dafür sprengte er das streng geheime Labor auf Capraia in die Luft, das über zehn Jahre lang kommerziell von Ihnen betrieben worden war. Allerdings war es zu diesem Zeitpunkt längst leer geräumt worden.«

»Ach, Sie kommen nur wegen einer Neuaufnahme?«, seufzte Massicotte. »Wir sind das hier doch schon so oft durchgegangen. Das Labor war nicht leer geräumt, und außerdem passierten da weitaus weniger spektakuläre Dinge, als Sie vermutet haben. Wir können nur Gott danken, dass niemand bei dem Bombenanschlag dieses Psychopathen ums Leben gekommen ist.«

»Diese Anlage an der Westküste von Capraia war riesig und ursprünglich in das Bergmassiv gesprengt worden«, fuhr Jutta Beyer unbeirrt fort. »Die Höhlen wurden seit der Nutzung durch die NATO-Einheit beträchtlich ausgebaut. Das Labor hätte nicht geräumt sein dürfen. Zumindest hätten dort Leute arbeiten müssen.«

»Wie ich schon sagte, Riesenglück gehabt«, meinte Massicotte gelangweilt.

»Folgendes *wissen* wir: Als die NATO-Einheit Anfang 1992 ihre Arbeiten dort beendete, erkannten Sie, dass die Ergebnisse von jahrelanger Spitzenforschung in den unterschiedlichsten medizinischen Bereichen verloren gehen würden, wenn man die Sektion nicht kommerziell weiterbetreiben würde. Sie erkannten schon früh, dass rücksichtslose Führungskräfte, denen das Empathie-Gen fehlt, für das Militär und in der Wirtschaft die harte Währung der Zukunft sein werden. Deshalb haben Sie in Ihrem Labor derartige Menschen einfach hergestellt, und das unter größter Geheimhaltung. Als Ws Bombe explodierte, hätten also eigentlich Säuglinge im Labor sein müssen, die ab einem bestimmten Alter bei sorgfältig ausgesuchten Pflegeeltern untergebracht werden sollten. Oder in einem sorgfältig ausgewählten Kinderheim. Die Säuglinge wurden aber vorher evakuiert, weil Sie die Bombe entdeckt haben. Sie wussten, dass Sie Capraia aufgeben mussten. Die Bombe war eine hervorragende Möglichkeit, um den Anschein zu erwecken, Ihre Fabrik sei dem Erdboden gleichgemacht worden. Wo wurden die Säuglinge und die Laborausrüstung hingebracht?«

Massicotte wandte sich an Söderstedt, während er mit einer lässigen Handbewegung auf Jutta Beyer zeigte.

»Das ist aber mies von Ihnen, Arto, Ihre Assistentin diese öden Wiederholungen aufsagen zu lassen. Sollte ich womöglich jetzt schon bereuen, mich auf ein Gespräch mit Ihnen eingelassen zu haben?«

»OXTR«, entgegnete Söderstedt.

»Wie bitte?«, brach es aus Massicotte heraus.

»Das Gen, das die Oxytocin-Rezeptoren in unserem Körper codiert, heißt OXTR. Das kannten die Wissenschaftler der NATO-Einheit zunächst nicht, bis sie es, wahrscheinlich eher zufällig, entdeckten, aber sie bemerkten schnell seinen Einfluss auf unser Empathievermögen. Ihnen gelang das Kunststück, das OXTR-Gen zu verändern und dadurch die Empathie als Teil des menschlichen Entscheidungsprozesses auszuschalten. Noch nicht einmal Sie, Massicotte, wollen in einer Welt leben, die von solchen Lebewesen bevölkert ist. Das ist schlimmer als Faschismus.«

»Wie wir bereits vor einem Jahr festgehalten haben, trifft es zu, dass die Genetiker in der besagten Sektion – Dworzak, Dahlberg, Vacek, van der Sanden und Hays – Forschungen in diese Richtung in den Achtzigerjahren durchgeführt haben, aber wir hatten ebenfalls festgehalten, dass diese nichts mit der Ausrichtung zu tun hatten, die später für mein Unternehmen galt.«

»Wir hatten auch festgehalten, dass all das eine Lüge war«, ergänzte Söderstedt.

»Ich nicht«, entgegnete Massicotte.

»Dann lassen Sie uns das als Hypothese ansehen. Wollen Sie in einer Welt leben, in der den Menschen das Empathievermögen fehlt?«

»Nein. Aber in diesem hypothetischen Fall würde es sich ja kaum um alle Menschen handeln, sondern nur um einige auserwählte, die zudem in Positionen wären, wo sich diese Eigenschaft bezahlt macht. Dieser hypothetische Fall würde also lediglich den Rekrutierungsprozess vereinfachen.«

»Diese Argumentation wäre also die Überlebensstrategie des Verantwortlichen? Psychopathen zu produzieren, um die Auswahl von unentbehrlichen Psychopathen zu erleichtern?«

»Vermutlich würde der Verantwortliche ganz ausgezeichnet überleben, auch ohne jede Argumentation.«

»Weil er selbst auch ein Psychopath wäre?«

Udo Massicotte sah Arto Söderstedt lange an.

»Ich glaube nicht im Geringsten, dass dies vonnöten wäre«, antwortete er schließlich.

»Aber es wäre doch eine unvermeidbare Voraussetzung. Denn er stellt nicht nur Menschen künstlich in einem Labor her, sondern verurteilt sie überdies zu einem Leben als Waise und entscheidet, welche Sorte Mensch sie werden. Er spielt Gott, einen bösen, bösen Gott, und dann war er selbst im Begriff, von einem seiner eigenen Geschöpfe umgebracht zu werden. Dessen Leben die Hölle gewesen ist.«

»Wann genau haben wir diese Hypothese wieder fallen lassen?«

»Sie haben beschlossen, Menschen zu erschaffen, Herr Massicotte. Begreifen Sie eigentlich, was Sie da tun?«

»Menschen werden auf die absonderlichsten Weisen manipuliert, Herr Sadestatt. Vergewaltigungen und One-Night-Stands und Zwangsehen und Quickies. Vielleicht wird es endlich Zeit, etwas mehr Kontrolle über die menschliche Reproduktion zu bekommen. Ich würde sogar annehmen, dass der hypothetisch Verantwortliche davon überzeugt ist, dass seine hypothetischen Geschöpfe ein wesentlich besseres Leben führen als so mancher Durchschnittsmensch.«

»*So* also klingt die Argumentation, die als Überlebensstrategie des Verantwortlichen dienen soll?«

»In einer hypothetischen Welt: vielleicht.«

»In einer Welt ohne Menschenwürde. Und diese Welt erschaffen Sie.«

»Ich spreche hier, wie anfänglich vereinbart, von einer Hypothese.«

»Sie sind ein alter Mann, Herr Massicotte, Sie werden bis zu Ihrem Tod in diesem schäbigen Gefängnis sitzen. Wollen Sie wirklich auf diese Weise in Erinnerung bleiben? Als einer der großen Teufel der Menschheitsgeschichte?«

Massicotte schwieg erneut lange und sah Söderstedt eindringlich an. Sein Blick war klar, fast sachlich.

»Rein hypothetisch ist das alles nur ein Geschäft«, sagte er dann. »Nichts anderes.«

Söderstedt warf Beyer einen Blick zu. Sie hatte bis dahin das Gespräch nur beobachtet. Vielleicht sollte ihr Blick ihn aufmuntern.

»Es ist so sonderbar paradox, dass Sie ausgerechnet hier in Mechelen sitzen, finden Sie nicht auch?«, fuhr er fort.

»Und was meinen Sie jetzt damit?«, fragte Massicotte genervt.

»Nun, es heißt, die Gespräche, die Thomas More und Erasmus von Rotterdam hier um die Ecke in Hof van Busleyden geführt haben, seien der Startschuss für den europäischen Humanismus gewesen. Das war in den ersten aufregenden Jahrzehnten des 16. Jahrhunderts. Auf der Welt herrschte Krieg. Machiavelli schrieb *Der Fürst* über das realpolitische Inferno im barbarischen Italien seiner Zeit. Erasmus schrieb *Lob der Torheit* und Thomas More *Utopia*. Ein paar Jahre lang bebte die Erde. Und am Ende gelang der Schritt aus dem Mittelalter. Die neue Welt war geboren. Der Humanismus war geboren, hier, Herr Massicotte, und jetzt stirbt er. Ebenfalls hier.«

»Sie sind so drastisch und dramatisch«, sagte Massicotte, aber er klang nicht mehr genervt.

»Sie wissen, dass ich recht habe. Das war vor fünfhundert Jahren, einem halben Millennium, und jetzt wird hier Schluss gemacht mit allem, was dem Abendland Bedeutung verliehen hatte. Damals trat die Menschheit aus ihrer Unmündigkeit, heute machen wir diesen Schritt rückgängig. Damals war es Gott, heute sind es die Gene. Und hinter all dem steht eine korrumpierte Priesterschaft, eine selbst ernannte Elite, die uns alle aus Profitgier zurück in die Dunkelheit katapultieren will. Ich habe es schon mehrmals gesagt, und ich sage es erneut: Wir sind ins Mittelalter zurückgekehrt.«

»Wie Sie es auch drehen und wenden, ich trage nicht die Schuld daran«, sagte Massicotte ausdruckslos.

»Doch«, entgegnete Söderstedt. »Es ist Ihre Profitgier. Was glauben Sie eigentlich, was es da noch zu gewinnen gibt? Sie werden hier im Schatten der Welt verrotten, bis Sie sterben. Wenn Sie nicht ins Licht treten, um Ihre Geschichte zu erzählen. Und die ist ein moralisches Lehrstück unserer Zeit. Einer Zeit, die vollkommen außer Kontrolle geraten ist.«

»Ich werde hier nicht verrotten, bis ich sterbe ...«

»Sie waren einmal ein weiser Mann, ein angesehener Mann«, fuhr Söderstedt fort und blickte kurz zu Beyer, die aussah, als würde sie plötzlich wie auf Nadeln sitzen. »Sie wussten, welches Potenzial die plastische Chirurgie hatte. Sie halfen Verbrennungs- und Unfallopfern, ja sogar Kriegsopfern gaben Sie ein neues Gesicht. Sie hatten das Wesentliche begriffen. Aber dann kamen die Verlockungen des Mammons. Die Chance, in Brasilien, Thailand und dann auf dem Balkan ein Vermögen zu verdienen. Und eines Tages kam der Lockruf der NATO. Das war Ihre Chance, endlich Spitzenforschung zu betreiben. Sie waren der führende, bedeutendste plastische Chirurg der Welt, was zum Teufel ist dann mit Ihnen passiert? Was ist mit Ihrem Großmut geschehen? Wann ist der gestorben?«

»Sie sind sehr eloquent, aber Sie irren sich.«

»Inwiefern irre ich mich? Sie waren einer der Guten, Sie

waren ein Engel, verdammt noch mal, wie konnten Sie so tief fallen? Und dabei so tief in der Unterwelt landen?«

»Ich bin daran beteiligt, die Zukunft zu erschaffen, und Sie sind nur ein kleiner Bulle und stecken in einer Sackgasse. Also, alles rein hypothetisch.«

»Es ist alles reine Hypothese«, sagte Söderstedt und machte eine nonchalante Geste. »Aber inwiefern stecke ich in einer Sackgasse?«

»Europa ist eine Sackgasse.« Massicotte zuckte mit den Schultern.

»Und trotzdem halten Sie an Ihrem Hauptquartier auf Korsika fest?«

Massicotte starrte ihn an. Sein Gesichtsausdruck wechselte in Sekundenschnelle von unverstelltem Erstaunen zu tiefem Misstrauen.

»Aha, aha«, sagte er leidenschaftslos. »Sie glauben also, etwas Neues entdeckt zu haben …«

»Ihre Exfrau Mirella Massicotte wurde vor knapp einem Monat aus der Haft im Gefängnis von Berkendael, in der Nähe von Brüssel, entlassen, wo sie wegen Vereitlung der Strafverfolgung gesessen hat, und mit der Strafe ist Ihre gemeint. Wissen Sie, wo sie sich zurzeit aufhält?«

Udo Massicotte lehnte sich zurück und lenkte seinen Blick zu dem Punkt, der das absolute Zentrum des Gebäudes war. Dann sagte er mit fast schläfriger Stimme: »Wir sind geschieden. Ich sitze hier im Gefängnis. Meine Kontakte zur Außenwelt sind sehr beschränkt.«

»Wollen Sie von mir hören, wo sie ist?«

»Sehr gerne.«

»Auf Korsika.«

»Na, es werden vielleicht noch Trümmer von unserem Haus vorzufinden sein«, antwortete Massicotte gleichgültig. »Ich nehme an, dass sie die Überreste einsammelt. Wie Sie sicherlich wissen, habe ich Mirella mein gesamtes noch vorhandenes Vermögen überschrieben. Was soll ich hier damit?«

»Ja, schließlich werden Sie hier verrotten, bis Sie sterben«, ergänzte Söderstedt und sah erneut zu Beyer, die mittlerweile in einen quasi vegetativen Zustand übergegangen war.

»Ja, so wird es wohl sein.«

»Sie haben folglich keinerlei finanzielle Interessen an Ihrer Firma?«

»Nein. Mein Leben war zwar nicht zu Ende, als mich W gefunden hat, aber es kam zum Stillstand. Und es ist noch immer wie tiefgefroren.«

»Sie leiten Ihr Unternehmen also nicht via Korsika?«

»Ich sitze hier im Gefängnis. Meine Kontakte zur Außenwelt sind ...«

»... beschränkt. Ja, ich hörte davon. Aber die Tatsachen bleiben bestehen. Die Laborausrüstung sowie eine erhebliche Anzahl von Säuglingen wurden vor etwa einem Jahr aus Capraia evakuiert. Wo wurden sie hingebracht?«

»Ein Labor existiert nicht mehr.«

»Diese vielen Buchstabenkürzel«, sagte Arto Söderstedt mit einem Seufzer. »Zuerst war es OXTR, und jetzt haben wir noch MSTN und LPL. Wie behalten Sie da bloß den Überblick?«

Er spürte, wie Jutta Beyer sich neben ihm aus ihrem vegetativen Zustand löste, um Massicottes Reaktion wachsam zu beobachten. Gab es überhaupt eine? Oder gelang es dem alten Mann, seine Gesichtszüge unter Kontrolle zu behalten? Söderstedt war sich nicht ganz sicher.

»Jetzt kann ich Ihnen gerade gar nicht folgen«, sagte Massicotte.

»Ich verstehe, dass es schwierig ist, aus dem Gefängnis heraus jeden Vorgang im Unternehmen zu verfolgen, aber dass die Cyberspione in Schanghai diese beiden Genmodifizierungen aufgelesen haben, das kann Ihnen doch nicht entgangen sein.«

Als Udo Massicotte den Blick hob, war sein Gesichtsausdruck vorbildlich nichtssagend.

Söderstedt fuhr fort: »Das OXTR-Gen kontrolliert das menschliche Empathievermögen. Das MSTN-Gen kontrolliert das Muskelwachstum, und das LPL-Gen kontrolliert die Fettverbrennung. Jetzt nimmt das alles langsam Form an. Viktor Frankenstein hielt sich auch für einen herausragenden Forscher.«

»Ich weiß nicht, wovon Sie da reden.«

»Natürlich tun Sie das. Das schwedische Biotechnologie-Unternehmen Bionovia forscht unter Hochdruck an einem Präparat, mit dem das MSTN-Gen kontrolliert werden kann, und die holländische Firma UniQure erhält in Kürze als erstes Unternehmen in der EU die Genehmigung, ein gentherapeutisches Präparat auf den Markt zu bringen, mit dem das LPL-Gen kontrolliert werden kann. Mithilfe der chinesischen Cyberspionagezentrale in Schanghai haben Sie – über das Hauptquartier in Korsika – die Formeln für diese Präparate gestohlen. Ihre alte Fabrik hat die Produktionsstätte nach China verlegt, und wir wollen wissen, wohin!«

Massicotte hatte seinen Blick in den Altartisch gebohrt und schüttelte sachte den Kopf.

»Was haben Sie dazu zu sagen, Herr Massicotte?«, drängte Söderstedt.

»Sie irren sich gewaltig«, entgegnete Massicotte, stand auf und gab dem Gefängniswärter ein Zeichen.

»Sie wissen, dass wir nicht lockerlassen«, sagte Söderstedt. »Sie konnten nicht wissen, dass wir so gut informiert sind. Die Frage ist, was Sie als Nächstes tun. Das wird interessant zu beobachten sein. Und wir werden selbstverständlich wiederkommen, um unser Gespräch fortzusetzen. Sie werden uns nicht los, Massicotte. Sie sind der Teufel, und ich werde Sie nicht davonkommen lassen.«

»Das nächste Mal werden Sie mit meinem Anwalt vorliebnehmen müssen«, sagte Massicotte.

*

Kaum standen sie draußen vor den Gefängnistoren, wählte Söderstedt eine Nummer.

»Hjelm.«

»Massicotte weiß jetzt, dass wir es wissen.«

»In Ordnung, sehr gut. Der Stein ist ins Rollen gebracht. Ich informiere Schanghai.«

»Nach wie vor kein Hinweis darauf, wo sich die Exfrau aufhält?«

»Nein. Die letzte Spur führt nach Nizza, aber es ist ziemlich offensichtlich, dass sie von dort nach Korsika gefahren ist.«

»Wenn wir sie haben, haben wir das Hauptquartier.«

»Ich weiß.«

»Forderst du von der Gefängnisleitung die sofortige Dauerobservierung an?«

»Mein Finger liegt schon auf den Tasten«, sagte Hjelm. »Wie ist es denn gelaufen?«

»Besser als erwartet. Jutta und ich besprechen uns kurz, und dann schicken wir dir die Tonaufnahmen.«

»Ausgezeichnet.«

Die Sonne spiegelte sich auch jetzt noch grenzenlos in der Dijle. Sie blieben auf der Brücke stehen und starrten auf die glitzernden Sonnenstrahlen, die auf der Wasseroberfläche tanzten.

»›Besser als erwartet‹?«, wiederholte Beyer.

»Und ob es das war. Sag, was hast du gehört?«

»Zuerst gestehe ich ein, dass es gut war, dass du die Vernehmung geführt hast, aber ich habe mich trotzdem wie eine doofe Assistentin gefühlt.«

»Du führst die nächste Vernehmung. Außerdem glaube ich, dass deine Rolle heute weitaus bedeutender war als meine. Du hast alle Zwischentöne gehört und konntest dem Gespräch aus der Distanz folgen und beobachten, während ich die ganze Zeit meine Zunge im Zaum halten musste. Wie lautet also dein Fazit?«

Jutta Beyer schloss die Augen, um die Sonne von ihren Gehirnwindungen fernzuhalten.

»Er weiß über Opcop Bescheid«, sagte sie dann.

»Sehr gut.« Söderstedt nickte. »Den Eindruck hatte ich auch. ›Europa ist eine Sackgasse.‹ Darin verbirgt sich eigentlich auch schon ein Hinweis auf ein Unternehmen im außereuropäischen Raum.«

»Er hat damals ja Asterion angeheuert, um sich vor W beschützen zu lassen. Huntington wird ihm wohl von uns erzählt haben.«

»Was noch?«

»Er hat heftig auf deine Erwähnung von China reagiert.«

»Hat er das wirklich?«

»Oh ja«, bestätigte Beyer emphatisch. »Er ist immer noch der Chef dieses scheußlichen Unternehmens.«

»Und ganz bestimmt ist die Zentrale noch auf Korsika.«

»Das fand ich auch eindeutig. Ich bin allerdings nicht so von Mirellas Beteiligung überzeugt wie ihr anderen.«

»Aber eigentlich ist ihr Untertauchen schon Beweis genug. Ihr alter Buchhalter und Nachbar, der ehemalige Bankdirektor Colin B. Barnworth, ist auch verschwunden, nachdem er – dank seiner hervorragenden Anwälte – einer Gefängnisstrafe entgangen ist. Uns ist es nicht gelungen, sie ausreichend observieren zu lassen. Und das irritiert mich. Was noch?«

»Noch mehr? Also, da war noch etwas ... Was bedeutet: ›Forderst du von der Gefängnisleitung die sofortige Dauerobservierung an‹?«

»Hjelm wird für die beständige Kameraüberwachung von Massicotte sorgen. Er wird keinen Kontakt mit der Außenwelt aufnehmen können, ohne dass wir davon erfahren. Noch mehr?«

»Tja, da war noch eine Sache ...«

»Du bist ja vorhin richtig erstarrt, Jutta.«

»Ich weiß nicht mehr ... Ehrlich?«

»Vielleicht der wichtigste Grund für eine Dauerobservierung ...«

»Ah«, hauchte Jutta Beyer und verließ ihren Platz am Brückengeländer.

»Ah?«, fragte Arto Söderstedt und holte sie ein.

»›Ich werde hier nicht verrotten, bis ich sterbe ...‹«, zitierte sie.

Zielscheibe

Den Haag, 15. August

»Ja«, sagte Paul Hjelm, »das ist richtig so. Sofortige Dauerobservierung auf unbestimmte Zeit. Jede Sekunde des Tages.«

Dann beendete er das Telefonat, schüttelte kurz den Kopf und wandte sich erneut seinen Besuchern zu. Sie saßen auf der anderen Seite seines Schreibtisches.

Der Mann machte einen knallharten Eindruck. Seine eisgrauen Augen waren wie aus Stein. Das eng sitzende, schwarze T-Shirt schien eine ansehnliche Menge schlecht gezeichneter Raubtiere zu bändigen, die sich sonst auf den Chef der Opcop-Gruppe gestürzt und ihn in seinem eigenen Büro in Stücke gerissen hätten.

Die Frau war Miriam Hershey.

»Seite acht«, sagte sie.

Hjelm holte tief Luft und blätterte den Stapel von Ausdrucken durch.

»Haben wir die Fremdenlegionsflanke abgesichert?«

Hershey wandte sich dem hartgesottenen Mann an ihrer Seite zu. Der nickte.

»Die ist ja sogar real«, sagte sie. »Wir mussten nur die Beendigung der Tätigkeit ein bisschen aufpolieren.«

»Beendigung? Nicholas?«

»Ich bin abgehauen«, erklärte Nicholas und sah Hjelm dabei in die Augen.

»Von der Fremdenlegion in Französisch-Guayana? Wie seid ihr mit diesem Detail umgegangen?«

»Ich bin ganz gut im Einschleusen von Informationen«, antwortete Miriam Hershey.

»Das war nicht meine Frage. Was habt ihr gemacht?«

»Die Dokumente wurden frisiert. Normales Ausscheiden aus der Legion. Verstorbene Referenzansprechpartner. Keine Auffälligkeiten. Und keine Lücken.«

»Es gibt keine ehemaligen Kumpel, die sich verplappern könnten?«

Nicholas wirkte für einen kurzen Augenblick verunsichert und sah Hershey an.

Aber sie schüttelte den Kopf und sagte: »Wir haben dafür gesorgt, dass niemand kontaktierbar ist.«

Paul Hjelm richtete sich auf und schob die Unterlagen zusammen.

»Ich meinte vor allem den Zeitfaktor, Miriam. Normalerweise bauen wir eine falsche Identität über Monate hinweg auf, gründlich und sorgfältig, vor allem wenn es sich um einen – verzeihen Sie mir den Ausdruck, Nicholas – Amateur handelt, der verdeckt arbeiten soll. Du hast aber nur ein halbes Wochenende Zeit gehabt, Miriam. Wir können uns keine Unstimmigkeiten leisten. *Sie* können sich das nicht leisten, Nicholas.«

»Es gibt keine Unstimmigkeiten«, antwortete Hershey. »Ich habe das schon oft gemacht. Und Laima Balodis hat mir sehr geholfen. Das Wichtigste war, die Anzahl der Gefängnisstrafen deutlich zu reduzieren – natürlich haben wir nicht alle getilgt, einige können durchaus von Vorteil sein. Aber es sollte keine Hinweise auf Drogenmissbrauch mehr geben. Das ist erledigt. Es gibt keine Unstimmigkeiten.«

»Meinetwegen«, sagte Hjelm und drehte seinen Laptop zu den beiden um. »Dann müssen Sie jetzt nur noch Ihre Bewerbung losschicken. Sie bekommen die Ehre, es höchstpersönlich zu tun, Nicholas, damit ich ganz sicher sein kann, dass Sie das hier aus freien Stücken machen.«

Letzteres sagte er mit einem schiefen Grinsen, was wiederum Nicholas dazu veranlasste, mit seinem ganz eigenen schiefen Lächeln zu antworten. Sein Zeigefinger näherte sich der Enter-Taste. Und blieb einen Augenblick dort liegen.

Die Gedanken schossen nur so durch seinen Kopf. Er dachte daran, wie er nach seiner letzten Haftstrafe im Maison d'arrêt de la Santé im 14. Arrondissement von Paris in die große Leere der Freiheit getreten war. Er dachte an seine erste Begegnung mit Miriam im Café Rosso in dem hippen Stadtviertel Oberkampf. Er dachte an die ständigen Fahrten im Sprinter zwischen Rotterdam und Paris. An den Drachen über seinem Schambein, wenn er von hinten in sie eindrang. Er dachte an die desillusionierten, vorverurteilten Jugendlichen in Clichy-sous-Bois und an den Leitspruch: »Hundert Schritte vor, neunundneunzig zurück, aber am Ende des Tages ist man einen Schritt vorangekommen.« Als dann der Bärtige vor seinem inneren Auge auftauchte und er das vorgetäuschte K. o. noch einmal erlebte, drückte er auf die Taste.

Paul Hjelm streckte ihm die Hand entgegen.

»Hiermit sind Sie, Nicholas Durand, inoffizieller Mitarbeiter von Europol«, sagte er. »Vor einem Jahr hätten Sie das vermutlich noch nicht für möglich gehalten.«

»Nicht direkt.« Nicholas erwiderte den Händedruck. »Was passiert als Nächstes?«

»Wenn Miriam ihre Karten richtig ausgespielt hat, wovon ich überzeugt bin, werden Sie im Laufe der nächsten Woche nach New York zu einem Vorstellungsgespräch eingeladen, das vermutlich einige Tests beinhaltet: physische Tests, Reaktionsschnelligkeit, Schießfähigkeit, vielleicht auch eine Art Intelligenztest. Aus der Anzeige geht hervor, dass der neue Job bei der Camulus Security bereits in wenigen Wochen beginnt. Am Anfang haben wir keine Sonderaufgaben für Sie, Sie sollen lediglich versuchen, ein sehr verlässlicher Mitarbeiter bei Camulus zu werden. Aller Wahrscheinlichkeit nach handelt es sich um einen Job als Leibwächter, aber das Metier beherrschen Sie ja. Wenn wir wissen, wo Sie eingesetzt werden, können wir auch abschätzen, welche Möglichkeiten Sie haben, sich tieferen Einblick in die Organisation zu verschaffen. Aber am Anfang vergessen Sie uns am besten und konzentrieren sich auf den Job. Mit einer Ausnahme. Sie sollen nach diesem Mann hier Ausschau halten.«

Hjelm reichte ihm zwei Fotos, das eine zeigte einen Mann um die dreißig, das andere denselben Mann in den späten Vierzigern. Nicholas betrachtete die Aufnahmen eingehend.

»Das ältere Foto ist das echte«, erläuterte Hjelm. »Der Mann heißt Christopher James Huntington. Das neuere Foto ist eine digitale Bearbeitung des älteren. Miriam ist eine der wenigen von uns, die Huntington persönlich gesehen haben, und wenn ich dich richtig verstanden habe, stimmt das manipulierte Bild mit deiner Erinnerung überein.«

»Erstaunlich exakt sogar«, bestätigte Hershey.

»Wer ist das?«, fragte Nicholas.

»Allem Anschein nach ist er der Chef der Camulus Security Group Inc. Sie werden ihn allerdings kaum bei einem offiziellen Auftritt erleben, da nach ihm wegen mehrerer schwerer Delikte gefahndet wird. Wenn Sie ihn allerdings in irgendeinem Büro sitzen sehen oder er durch die Flure läuft oder was auch immer tut, dann müssen Sie sofort, aber unbemerkt Ihre Kontaktpersonen Miriam oder Laima benachrichtigen.«

Nicholas nickte und betrachtete die Bilder erneut.

»Darf ich die behalten?«, fragte er.

»Bis Sie abreisen«, sagte Hjelm. »Aber nicht länger. Prägen Sie sich die Bilder gut ein und zerstören Sie die Fotos danach.«

Erneutes Nicken, dann steckte Nicholas die Fotos in die Tasche.

»Eine Sache noch«, sagte Hjelm.

»Ja?«

»Kennen Sie sich gut mit Krimiautoren aus?«

Nicholas starrte den Mann entgeistert an, der von einem Moment zum nächsten sein Chef geworden war. Dann schüttelte er den Kopf.

»Versuchen Sie, so viele Namen wie möglich auswendig zu lernen«, sagte Hjelm. »Miriam hilft Ihnen dabei, eine Liste zusammenzustellen. Huntington verwendet mit Vorliebe Krimiautoren als Pseudonyme und mischt ihre Vor- und Nachnamen: Ray Hammett, Mr Bagley oder Ellroy Christie. Wenn Sie auf so einen Namen stoßen, überprüfen Sie ihn augenblicklich. Viel Glück, Detektiv Durand.«

Miriam und Nicholas verließen Hjelms Büro, Letzterer mit auffällig geradem Rücken. Hjelm öffnete eine Seite auf seinem Bildschirm, eine Art Mindmap, die er in dem großartigen Programm Scapple entworfen hatte. Es gab eine Zeitachse, die als eine sehr deutliche Linie durch ein Sammelsurium von Verbindungen, Kurven und Strichen führte. Am Anfang dieser Achse befanden sich alle Mitglieder der Opcop-Kerngruppe auf dieser Linie in Den Haag. Danach wichen immer mehr von der zentralen Linie ab, ein Paar nach dem anderen. Nach dem seit Langem verschwundenen Paar Tebaldi und Potorac bogen Kowalewski und Bouhaddi nach China ab, danach Sifakis und Chavez nach Italien, schließlich Söderstedt und Beyer nach Belgien. Viele waren nicht mehr vor Ort in Den Haag. Ein Paar nach dem anderen war aktiviert worden und verschwand von der zentralen Linie.

Via Internettelefon rief er Navarro zu sich.

»Wie geht es dir, Felipe?«, fragte er, ohne seine Mindmap zu schließen.

Felipe Navarro setzte sich auf den noch warmen Stuhl, auf dem Miriam Hershey gesessen hatte, und zuckte mit den Schultern.

»Das kommt ganz darauf an, worüber du reden willst.«

»Wir könnten mit Marinescu anfangen, hast du den Eindruck, dass er sich gut akklimatisiert hat?«

»Adrian ist ein richtig guter Bulle«, sagte Navarro und zuckte erneut mit den Schultern. »Warum fragst du?«

»Ich habe ihn in letzter Zeit nicht so oft arbeiten gesehen. Bei der Observationsgeschichte in Amsterdam vor einem Monat war er großartig. Aber seitdem ist er mir nicht besonders aufgefallen.«

»Alles in Ordnung. Ich vermute allerdings, dass deine nächste

Frage sein wird, ob wir in Sachen Donatella weitergekommen sind. In diesem Fall lautet meine Antwort leider: Njet.«

»Auf Russisch?«

»Das sollte eigentlich Rumänisch sein.«

»Rumänisch ist eine romanische Sprache. Nein heißt dort ›nu‹.«

»Wir haben keine neue Spur von dem Boten, keine neue Spur von der italienischen E-Mail-Adresse, keine neuen DNA-Spuren, keine Spur eines geheimen Verstecks, keinerlei Fortschritte, was die Überwachung der privaten Mails von Bruno durch die Mafia angeht, genau genommen haben wir nichts Neues. Leider. Keine neuen Erkenntnisse.«

»Nicht ganz unerwartet. Aber was dachtest du, worüber wir sonst noch reden könnten?«

»Vielleicht Madrid?«, schlug Navarro vorsichtig vor.

»Du hast also weiter in dieser Richtung recherchiert?«

»Werde ich entlassen, wenn ich mit Ja antworte?«

»Stehenden Fußes.«

»Aber ich sitze.«

»Dann bist du gerettet.«

»Ich hatte Kontakt mit bestimmt hundert Teilnehmern des *Marcha Popular Indignada*.«

»Hundert?«

»Es gab eine E-Mail-Liste. Ich habe sie nicht alle persönlich angerufen. Keine Sorge, ich habe keine wertvollen Arbeitsstunden vergeudet. Es dauerte nur etwa eine Viertelstunde.«

»Das freut mich«, sagte Paul Hjelm und klang alles andere als fröhlich.

»Keiner von denen hat bisher bestätigt, dass er nach dem Marsch von einem gut gekleideten Mann in einem Tausend-Pfund-Anzug von Savile Row angesprochen worden wäre. Aber es kommen laufend neue Antworten herein.«

»Was erhoffst du dir denn, Felipe?«

»Einen Hinweis. Irgendetwas stimmte mit dem Kerl nicht, und ich werde wahnsinnig, wenn Dinge nicht stimmen.«

»Da du uns quasi als Nebeneffekt die neuen Asterion-Verbindungen geliefert hast, werde ich mich nicht beschweren, wenn du dich weiter mit Madrid beschäftigst. In deiner Freizeit.«

»Du meinst in der vielen Freizeit, mit der man gar nichts anzufangen weiß?«

»Vorgesetzte reagieren nicht auf Ironie. Aber ich würde gerne ein paar Sachen mit dir besprechen.«

»Mit mir?«

»Angelos ist auf Abenteuerreise in Italien, und du bist der Stellvertreter meines Stellvertreters. Was denkst du über China?«

»Du meinst, ob Corine und Marek beunruhigt sein müssen?«

»Lass uns damit anfangen, ja. Was für ein Gefühl hast du bei Wu Wei?«

»Er ist Polizist in dem Land der Erde, in dem mit Abstand am meisten Menschen hingerichtet werden«, sagte Navarro.

»Keine Frage! Aber das genügt noch nicht. Arbeitet er selbstständig oder überwacht er vielmehr die Spionagezentrale Einheit 61398 für das Militär? Ist es Wu Weis Ziel, China zu säubern, und ist er deshalb auch bereit, uns zu helfen, oder hält er Corine und Marek als Geiseln, um herauszufinden, was wir über die Einheit 61398 wissen?«

»Ist das eine vordringliche Frage?«

»Das ist sie in der Tat«, sagte Hjelm. »Udo Massicotte hat von unserer Annahme erfahren, dass er nach wie vor seine Firma von Korsika aus lenkt – wir haben ihn indirekt, aber vorsätzlich davon in Kenntnis gesetzt. Das war Artos Vorschlag, um den Verhandlungsstillstand mit Massicotte zu durchbrechen. In der Hoffnung, dass er so schnell wie möglich versuchen wird, die Spionagetätigkeit zu beenden, die seine Leute in der Organisation mit dem etwas albernen Namen Nüwa durchführen. Die Frage ist nun, wie – und zuallererst *ob* – wir Wu Wei wissen lassen, was hier vor sich geht. Oder ob wir die Informationen nur über Corine und Marek laufen lassen.«

»Oh je. Es besteht Grund zur Eile, stimmt's?«

»Wir haben eine Dauerobservierung von Massicotte beantragt. Ab sofort sollte er vierundzwanzig Stunden am Tag überwacht werden. Ihm wird es dennoch gelingen, Nüwa eine

Nachricht zukommen zu lassen, unbemerkt oder nicht. Sie müssen sehr wachsam sein in Schanghai. Da ist irgendetwas im Busch. Es wird eine irgendwie geartete Verbindung hergestellt werden, und das ist unsere Chance.«

»Und die Frage lautet: Soll Wu Wei vorher informiert werden oder nicht? Ich verstehe das Dilemma. Er hat Muskeln, aber setzt er sie richtig ein? Wird er Nüwa schützen, immerhin haben sie sich beim Militär eingemietet? Ist sein eigentliches Ziel Europol? Die Opcop-Gruppe? Denn woher stammt eigentlich die Information, dass jemand diese Organisation Chu-Jung ausspioniert und dass Wu Wei existiert? Sein Auftrag wird es sein herauszufinden, wie Corine und Marek auf seine Spur gekommen sind.«

»Ich sollte ihn also nicht über Massicotte informieren?«

»Bei allem Respekt, das ist eine extrem bedeutsame Frage. Wollen wir es wagen, die Leben der beiden aufs Spiel zu setzen, um Massicottes Beteiligung an der Cyberspionage beweisen zu können?«

Paul Hjelm musterte Felipe Navarro eindringlich. Tatsache war, dass Felipe recht hatte. Hatte er überhaupt das Mandat, seine Mitarbeiter solchen Risiken auszusetzen? Auf der anderen Seite, wie groß waren diese Risiken tatsächlich?

Die Chinesen waren stark, vielleicht die Stärksten, aber sie mischten sich niemals in die internen Angelegenheiten anderer Staaten ein, das war gewissermaßen ihr internationales Markenzeichen. Denn ihnen war vor allem die Gegenseitigkeit wichtig: Für Chinesen war es das Schlimmste, wenn sich Ausländer in ihre inneren Angelegenheiten einmischten.

Die Frage war also, ob dieser Umstand als eine innere chinesische Angelegenheit angesehen wurde oder nicht.

Wenn Nüwa mit der aus Europa von Massicotte importierten Firma in Verbindung stand – oder vielleicht sogar diese Firma war –, dann handelte es sich um kriminelle Ausländer, die die chinesische Gastfreundschaft missbrauchten. Die Alternative war, dass Nüwa ein chinesisches Unternehmen war, das genetische Spitzenforschung betrieb und damit der Nation von Nutzen war. In diesem Fall war Wu Wei für den Schutz von Nüwa abgestellt worden.

Allerdings würde eine geheime Botschaft an Bouhaddi und Kowalewski nichts bringen. Die beiden würden die Verbindung nach Korsika höchstens in einer transkribierten, wahrscheinlich zensierten Übersetzung bestätigt bekommen. Das war vergeudete Energie. Der Einzige, der einen Direktkontakt herstellen konnte, war Wu Wei.

»Ich kann deinen Gedankengang nachvollziehen, Chef«, sagte Navarro. »Auch wenn wir die eventuelle Lebensgefahr, in der sich Corine und Marek befinden, außer Acht lassen, ist es dennoch schwer einzuschätzen, welche Vorgehensweise am effektivsten ist. Wir benötigen dringend ein Anzeichen, am besten einen Beweis für die Existenz einer Mechelen-Korsika-Schanghai-Verbindung. Und als Bonus würden wir sogar weitere Informationen über Korsika erhalten und eventuell gegen das neu errichtete Hauptquartier vorgehen können.«

»Aber vielleicht geht es hier auch eher um die Firma in China. Massicottes unendlich grausame Genmanipulationen ein für alle Mal zu unterbinden wäre ein großer Sieg.«

»In China tätig zu werden ...«, sagte Navarro und verzog das Gesicht. »Das müsste auf jeden Fall über die chinesische Polizei laufen, und da haben wir wohl niemand Verlässlicheren als Wu Wei, oder?«

»Also, was schlägst du vor, Felipe?«

»Ich bin aus gutem Grund nicht der Chef der Gruppe ...«

»Du bist ein Chef«, betonte Hjelm. »Mein Stellvertreter.«

»Okay. Ich würde Wu Wei Bescheid geben. Allerdings würde ich eine Übertragungsform wählen, die Wu Wei verdeutlicht, dass wir diese Informationen nicht von unserer Delegation erhalten haben, damit Corine und Marek nicht in noch größere Schwierigkeiten geraten. Ich würde ihnen vorschlagen, sich auf etwas anderes als die eigentliche Industriespionage zu konzentrieren, allen voran die Abhörprotokolle. Und sie sollten vielleicht vorrangig die Abweichungen im Datenverkehr mit größtmöglicher Präzision notieren.«

»Ausgezeichnet«, sagte Hjelm. »Du hast eine Stunde. Schaffst du das?«

Felipe Navarro starrte ihn etwa vier Sekunden lang an. Dann antwortete er: »Ja.«

»Vorher wird auch Massicotte nichts unternehmen. Er muss erst einmal einen klaren Gedanken fassen.«

Navarro verließ Hjelms Büro, die Stirn in tiefe Falten gelegt. Es war gut, dass er sich mit etwas anderem beschäftigen musste und Madrid beiseitelegen konnte.

Hjelm wandte sich wieder seinem Rechner und der Zeitachse zu. Am Anfang waren alle Mitglieder versammelt und verteilten sich dann in Raum und Zeit, ein Paar nach dem anderen. Er berührte die Linie mit dem Cursor und zeichnete zwei neue Felder, die sich von der Hauptachse entfernten. Sie bildeten ein weiteres Paar. Als Überschrift wählte er »Korsika« und setzte dahinter mehrere Fragezeichen. Als er gerade die Namen in die Felder eintragen wollte, signalisierte sein E-Mail-Programm den Eingang einer Nachricht. Ein kleines Feld am oberen rechten Bildschirmrand erschien, und er konnte den Absender gerade noch erkennen, bevor das Feld wieder verschwand: Arto Söderstedt. Fürs Erste ignorierte er diese Information und schrieb »Navarro« und »Marinescu« in die beiden leeren Felder.

Gegen einen großen inneren Widerstand zeichnete er dann zwei weitere Felder – ein Stück in der Zukunft platziert –, in die er »Hershey« und »Balodis« eintrug. Die Überschrift hier lautete »New York« und war mit noch mehr Fragezeichen versehen. Bevor er die Mail öffnete, kam ihm die Erkenntnis, dass er, sollte diese Planung in die Tat umgesetzt werden, dann allein in Den Haag zurückbleiben würde.

»Hallo, mein Alter«, schrieb Söderstedt gewohnt galant. »Hier kommt unser Protokoll von der Vernehmung von Udo Massicotte. Ohne dir die Worte in den Mund legen zu wollen, glaube ich, dass du wie wir eine mehr als deutliche Fluchtgefahr heraushören kannst. Ich hoffe sehr, dass du der sofortigen Dauerobservierung Beine machen konntest.

Ich liege gerade auf meinem Bett in unserem sonderbaren

Hotel und lese. Sonderbar, weil das Hotel eine Kirche ist – ich glaube, keine Geringere als die heilige Mutter Gottes sieht von dem lichtdurchfluteten Fenster hinter mir auf mich herab.

Ich lese gerade drei Bücher quer, Paul – alle aus den ersten aufregenden Jahrzehnten des 16. Jahrhunderts –, und darin stehen Dinge, die ziemlich explizit etwas über unsere Zeit aussagen. Machiavellis zynisches, aber scharfsinniges Werk *Der Fürst* – ein Mann, der das realpolitische Gesellschaftsinferno durchschaute, die Machtspiele, die Verbrecher in der feinen Gesellschaft, die niemals belangt werden. Dann gibt es da noch *Das Lob der Torheit* von Erasmus von Rotterdam, eine satirische, leichtfüßige Kritik an der bodenlosen Korruption der damaligen Gesellschaft. Und schließlich *Utopia* von Thomas More, der Traum von einer gerechten Gesellschaft inklusive einer satirischen Auflistung der Probleme, die mit absoluter Gerechtigkeit zwangsläufig einhergehen.

Es ist ein halbes Jahrtausend her, dass diese drei Bücher verfasst wurden, Paul, fünfhundert Jahre, in denen sich die Moderne entwickelte. Der Bogen schließt sich – das Zeitalter des Humanismus war kürzer als das des Römischen Reiches, kürzer als das Mittelalter. In einer Zukunft, die dominiert wird von Genmanipulationen, von Schattenwirtschaft, im Verborgenen operierenden Befehlshabern, Verbrechern, die immer ihrer gerechten Strafe entkommen, einer exponentiell ansteigenden Korruption und einer Ökonomie, die vor allem mit Schweigegeldern funktioniert, dominiert von einer scheinbar zivilisierten Mafia und einem noch zivilisierter auftretenden Faschismus, einer permanenten Terrorismusbedrohung und einem zunehmenden Überwachungsstaat, einer wachsenden Polarisierung, einem langsam, aber sicher verebbenden kritischen Humanismus, einem überideologisierten Gesprächsklima und einer Postdemokratie, die vergessen hat, worum es bei Demokratie eigentlich geht, und nur deren verwässerte Formen aufrechterhält, von einem Rechtssystem, das festgefahren ist und von persönlichem Prestige statt Gerechtigkeit getrieben wird, von Form statt Inhalt, in einer Welt, die sich zunehmend nur noch für ihr eigenes Portemonnaie interessiert – in dieser Welt kommt es mir vor, als könnte ich so unendlich viel aus diesen drei dünnen Büchern schöpfen, fünfhundert Jahre alt und voller Weisheiten, die wir einfach verdrängt haben. Wenn ich nur den Schatten der Erkenntnisse einfangen und verstehen könnte, was Erasmus, More und Machiavelli tatsächlich gesagt haben, dann, bilde ich mir ein, wäre ich auch in der Lage, diese mir so unbegreiflichen Phänomene Udo Massicotte und Christopher James Huntington verstehen zu können.

Sie wissen, dass es uns gibt, Paul, sie wissen von der Existenz der Opcop-Gruppe, und ich bin zunehmend davon überzeugt, dass wir ihre Zielscheibe sind. Wir haben das Abkommen eines geeinten Europa unterzeichnet, eines Europa, das sich im Glauben an die Demokratie, die Freiheit, den Humanismus und hoffentlich bald auch die Gleichberechtigung vereint hat. Das ist unser USP, unser *Unique Selling Point*, um einen Ausdruck unserer Zeit zu verwenden, und um den beneiden uns trotz allem die knallharten Superneoliberalisten und Kriegshetzer und Diktatoren aller möglichen und unmöglichen Couleur auf der ganzen Welt.

Wir befinden uns bereits auf dem besten Weg zurück ins Mittelalter. Im Zeitalter des Superindividualismus ist das Gruppendenken in einer historisch-ironischen Umkehr wieder auf dem Vormarsch. Statt eines dominanten Alphamännchens, das sein Portemonnaie fester umklammert als seinen eigenen Schwanz, haben wir lauter befangene, sich in der Gruppe auflösende Individuen; niemand darf mehr ein echtes Individuum sein. Alle müssen in Gruppen eingeteilt werden können – Weiße und Schwarze, Muslime und Christen, Einwanderer und Einheimische, ja auch Männer und Frauen. Und diese Gruppen hassen einander und setzen dafür eine minderwertigere Intelligenz ein, als sie dem Individuum zur Verfügung stehen würde.

Aber ich komme ins Schwafeln, Paul. Hör dir unsere Vernehmung mit Massicotte an, und entscheide, ob du nicht auch – so ging es mir – eine Zukunft erahnen kannst, in der keiner von uns leben will. Ich lasse es hier enden.

Wir sind ihre Zielscheibe, Paul.

Dein Arto.«

Raubtier III

Montevideo, Uruguay, 16. August

Der Kahle rieb sich seinen Schädel. Gestern hatte er zum ersten Mal in seinem Leben das Trommeln der Regentropfen auf seiner glatten Kopfhaut gespürt. In Uruguay war Winter, es hatte nicht mehr als sieben, acht Grad, der Himmel hatte plötzlich seine Schleusen geöffnet, als er über die Rambla Gandhi, Montevideos lange Strandpromenade, geschlendert war. In Sekunden hatte sich die Dunkelheit über den Rio de la Plata gesenkt, und große Regentropfen, an der Grenze zu Hagelkörnern, waren auf seine frisch rasierte Schädeldecke geprasselt, und er hatte sich gefragt, ob er jemals dieses besondere Gefühl der schweren Regentropfen auf der Haut vergessen würde.

Heute hatte er auf jeden Fall nicht vor, das Haus zu verlassen. Draußen goss es in Strömen, und er hatte andere Pläne. Er blinzelte, um die braunen Kontaktlinsen zurechtzurücken, warf einen letzten Blick in den verhassten Badezimmerspiegel und ging hinüber ins Arbeitszimmer. Dafür musste er allerdings durch das Schlafzimmer.

Sie lag auf dem Bett und las ein Buch. Er versuchte, leise vorbeizuschleichen, um sie nicht zu stören, aber sie ließ das Buch sinken.

»Ach, Watkin, ich kann mich nicht an die Glatze gewöhnen.«

»Du sollst diesen Namen nicht verwenden, Vera«, wies er sie mit einem Lächeln zurecht. »Offiziell sind wir Alejandro und Rafaella Hernández.«

»Soll ich dich allen Ernstes Alejandro nennen?«

»Wir sind dem Großstadtdschungel von Buenos Aires entflohen, um gemeinsam ein Kinderbuch zu schreiben. Du bist eine ehemalige Sozialarbeiterin und ich ein ebenfalls ehemaliger Kunstlehrer. Du schreibst das Buch, Rafaella, und ich illustriere es. Deshalb sind wir auch so oft zu Hause.«

»Ich hatte mich gerade an den Bart gewöhnt ...«

Die Wohnung hatte zwei Zimmer und lag im ersten Stock. Auf dem Weg ins Arbeitszimmer kam er an der Küche vorbei. Er betrat sie, öffnete das Tiefkühlfach und holte einen Gefrierbeutel heraus. Damit ging er in das kleine Eckzimmer. Er öffnete die vier Laptops und schaltete sie nacheinander ein, dann aktivierte er ein paar Boxen hinter den Rechnern und legte den Gefrierbeutel neben sich. Während der Rechnerpark seinen disharmonischen Kanon sang, schob er ganz vorsichtig den Zippverschluss des beschlagenen Gefrierbeutels auf. Der schnellste Rechner war bereits hochgefahren, als er die tiefgefrorene Hand aus dem Beutel zog.

Die Suchdurchläufe waren trotz Ruhezustands weitergelaufen, er öffnete die entsprechenden Fenster. Das Vergleichsbild war ein stilisierter halber Stern mit einem ganz besonderen Aussehen, und als er die steife Hand umdrehte, entdeckte er einen identischen Stern auf der Innenseite des abgetrennten Handgelenks. Erneut verfluchte er seine Unachtsamkeit; er hatte nicht auf die Tätowierung geachtet, als er dem Toten die Hand abgeschnitten hatte. Zu sehr hatte ihn der Splitter von der Wagentür fasziniert, der in seinem Rücken gesteckt hatte wie eine Haifischflosse.

Haifischflosse. Er vermisste die Haie.

Du hast mich aus dem Paradies vertrieben, dachte er wütend. Ich weiß nicht, wer du bist, aber wenigstens dafür sollst du bezahlen.

Das Suchprogramm sortierte die bisherigen Treffer. Ein paar neue Vorschläge waren aus dem unendlichen Bildermeer des Internets gefischt worden. Und die ersten sahen unerwartet vielversprechend aus. Der markant gezeichnete Stern fand sich als Computeranimation im Archiv der Bundespolizei von Missouri, USA. Laut Bildunterschrift war der Stern anhand eines Briefes rekonstruiert worden, den man in einer ausgebrannten Kokainzentrale am Stadtrand von St. Louis gefunden hatte. Weder von dem Brief noch von der Kokainzentrale waren noch Überreste erhalten, aber das Symbol schien offenbar Eindruck gemacht zu haben und war als wichtig eingestuft worden. Der Brief war anscheinend hinter Glas gerahmt gewesen wie eine Art Kreditbrief. Die Polizei von St. Louis suchte aktiv nach Hinweisen.

Er las den Text und dachte nach. Dann setzte er auf dem soeben erwachten zweiten Rechner eine neue Suche in Gang. Die Suche erstreckte sich auf die Symbolik in der mexikanischen Kokainschmugglerszene.

Er überprüfte die anderen Suchdurchläufe auf den übrigen Rechnern und stellte fest, dass auch dort die Suchvorgänge noch nicht abgeschlossen waren. Auf dem einen lief eine Gesichtserkennungssoftware, um das Gesicht des Schützen aus Clichy-sous-Bois zu identifizieren, dem mit der Autotür im Rücken. Er betrachtete das Gesicht des Toten. Der Mann sah vielleicht ein bisschen südamerikanisch aus. Aber bisher hatte die Maschine noch keinen Treffer erzielt. Aber die Gesichtserkennung dauerte immer erheblich länger, daher ließ er sie weiterlaufen.

Dann wandte er sich der wichtigsten Suche zu, den Einsatzlisten der aktiven *Raubtiere*, der MQ-1 Predators. Ihre Herstellung und Einsätze unterstanden einer strengen Kontrolle, und ganz anders als bei Schusswaffen ließ sich dies überwachen. Die Suche war kompliziert, aber es war immerhin gelungen, drei weitere der weltweit bekannten MQ-1 Predators für einen Ausflug zu den Tuamotu-Inseln am 2. Mai auszuschließen. Er hatte mehrere parallele Suchen mit unterschiedlichen Parametern gestartet. Auch die ließ er weiterlaufen.

Danach öffnete er ein anderes Programm auf einem der Rechner. Der Bildschirm teilte sich in vier Ausschnitte mit vier verschiedenen Kameraeinstellungen. Die erste Aufnahme zeigte die Straße vor einer Eingangstür, die zweite einen verlassenen

Hinterhof vor einer Kellertür, die dritte ein leeres Treppenhaus, und die vierte Kamera war über einer Wohnungstür angebracht. Abgesehen von dem strömenden Winterregen auf den beiden ersten Einstellungen, rührte sich nicht das Geringste. Bis ein blauweißes Postauto mit einer gelben aufgehenden Sonne auf der Seite durch das erste Kamerabild glitt. Er stand auf und sah aus dem Fenster. Das sonnenstrahlende Postauto setzte seine Fahrt die kleine Gasse in der Altstadt von Montevideo hinunter fort und war kurz darauf vom Regen verschluckt.

Er setzte sich wieder hin und stellte beruhigt fest, dass die Mikrokameras offensichtlich alle einwandfrei funktionierten. Er wechselte zu einer obskuren Webmail-Seite. Während er sich einloggte, liefen am Rand unablässig Pornoanzeigen.

Zu seiner großen Überraschung hatte er nicht weniger als drei E-Mails erhalten. Eine hatte er erwartet, die öffnete er als Erstes. Sein Kontakt beim CIA informierte ihn darüber, dass weder die DNA noch die Fingerabdrücke des Besitzers der Hand in einem der internationalen Register aufzufinden seien. Mit einem Blick auf die abgetrennte Hand schrieb er seine Antwortmail: »Wäre dankbar für einen detaillierten Abgleich mit Mexiko.« Dann öffnete er E-Mail Nummer zwei. Er kannte den Absender nicht. Aber es handelte sich um eine ganz ordinäre Hotmail-Adresse, was ihn wiederum ein bisschen beunruhigte. Sofort dachte er an digitale Fingerabdrücke, die man ganz leicht im Cyberspace hinterließ.

Die Mail war kaum zu verstehen. Das Englisch war grauenhaft, und er war drauf und dran, sie als fehlgeleitete Mail zu löschen, als er die Unterschrift sah.

Teiki.

Er hatte Teiki in einem schwachen Moment tatsächlich diese Mailadresse gegeben. Allerdings, wenn er ehrlich war, hatte es sich nicht um einen wirklich schwachen Moment gehandelt. Eher um einen sehr bewussten. Genau, um solche Mails zu erhalten. Er wusste, dass er sich auf Teiki verlassen konnte und dem alten Fischer nicht einmal angesichts der schrecklichsten

Folter ein Wort über die Lippen kommen würde. Von ihm waren sie damals mit allem Wichtigen auf der Insel versorgt worden. Wie gerne erinnerte er sich an die unbezahlbare, weil unverstellte Überraschung in Teikis Augen, als er bei ihm Schweineinnereien und Blut für die Schaufensterpuppen bestellt hatte ...

Nein, jetzt nicht. Keine sentimentalen Erinnerungen an die Insel, das war nicht konstruktiv, bloß nicht an das spiegelglatte Meer denken. Keine Erinnerung an die Begegnungen mit Teiki auf offener See. Teiki in seinem über die Jahrtausende vollendeten Auslegerboot, er auf seinem selbst gebauten Fischerboot liegend und mit den Händen paddelnd. Die erregte Anspannung, wenn sich die Haie näherten. Das war eine Trainingseinheit, von der die wenigsten in ihren Blogs über Extremsport prahlten ...

Nein. Weg damit. In der Mail stand, übersetzt: »Menschen waren hier, drei Männer. Ich habe sie zu eurer Insel gebracht. Sie liefen durch die verbrannten Überreste. Das war ein trauriger Anblick. Sie haben nichts gefunden. Und ich habe nichts gesagt. Sie schienen zufrieden zu sein. Ich vermisse euch.«

Unterschrieben mit »Teiki«.

Aber er hatte nicht nur unterschrieben. Er hatte auch der E-Mail ein Datum hinzugefügt. Teiki hatte unter seinen Namen den 7. Mai geschrieben. Fünf Tage, nachdem sie die Insel verlassen hatten. Der Eingang der Mail war allerdings auf den gestrigen Tag datiert, den 15. August. Offenbar war sie ein paar Monate lang führungslos durch den Cyberspace getrieben, ehe sie ihren Zielort erreicht hatte.

Gut, dachte er. Ich danke dir, Teiki.

Irgendein Grund hatte nicht weniger als drei Männer dazu bewegt, sich unmittelbar auf die Insel zu begeben. Aber welcher? Er musste noch einmal von vorn anfangen.

Erneut.

Warum sollte er beseitigt werden? Wer hatte ein Interesse daran, ihn zu finden? Die Polizei natürlich, diese inoffizielle europäische Polizeieinheit. Wie hieß er noch gleich, der Bulle, der ihm damals auf Korsika ziemlich imponiert hatte? Hjelm. Paul Hjelm. Aber das hier waren keine Polizisten. Das waren auf keinen Fall Vertreter einer legalen Institution.

Rache war eine mögliche Erklärung. Immerhin hatte er diesem Hjelm um die zehn von Huntingtons Söldnern ans Messer geliefert. Vielleicht wollte sich Huntington an ihm rächen? Nein, der war ein Profi, das war die Polizei der Zukunft, die *gekaufte* Polizei der Zukunft. Das passte nicht. Oder war es Massicotte selbst? Udo, der einzige Überlebende aus der Hölle der NATO-Sektion? Wollte er den Tod seiner ehemaligen Kollegen rächen? Wohl kaum, Udo folgte der Logik des Marktes, nicht einer Logik der Gefühle. Wollte er ihn zum Schweigen bringen? Nein, Udo wusste, dass er niemals reden würde. Udo wusste, dass er für den Rest seines Lebens untertauchen würde. Zumindest für den Rest von Udos Leben. Aber er gab zu, dass Massicotte ein größeres Risiko darstellte als Hjelm und Huntington, obwohl auch das praktisch vernachlässigbar war.

Gab es sonst noch jemanden? Aber wer könnte das sein?

Es könnte Barnworth sein, sein ehemaliger Arbeitgeber im World Trade Center. Der damalige Bankdirektor der Investmentbank Antebellum Invest Inc., der glücklicherweise auf den Bahamas weilte, als die Twin Towers einstürzten. Damals hatte er sich als Walter Thomas bei Colin B. Barnworth eingeschlichen, da Antebellum einer der externen Geldgeber der NATO-Sektion gewesen war. Ihm war es gelungen, bei Barnworth einige brisante Informationen zu finden, und als das Chaos nach dem 11. September ausbrach, hatte er sich aus dem Staub gemacht. Aber was könnte das mit der Sache zu tun haben? War doch etwas faul an Barnworth' überraschendem Urlaub auf den Bahamas? In diesem Fall würde es um Weltpolitik in einer Größenordnung gehen, die er nicht überblicken konnte.

Es musste sich also um jemand ganz anderen handeln. Aber wen? Auf jeden Fall verfügte dieser über die nötigen Mittel. Und zwar nicht nur Mittel, um ihn aufzuspüren und eine Drohne auf ihn zu hetzen, sondern auch Mittel, um die Filmaufnahmen der Drohne knallhart und detailliert zu analysieren, um herauszufinden, dass irgendetwas bei dem Anschlag auf die Insel schiefgegangen war. Das *Raubtier* hatte ja mehrere Runden über der Insel gedreht und mehrere Minuten Filmmaterial erstellt, das sicher intensiv analysiert worden war. Das Ergebnis war offenbar nicht überzeugend genug gewesen. Und hatte den Verantwortlichen dazu veranlasst, drei Männer zur Kontrolle an den Rand der polynesischen Inselgruppe zu schicken.

»Sie haben nichts gefunden«, hatte Teiki geschrieben.

Deshalb hatten sie ihre Suche wieder aufgenommen und ihn schließlich in Clichy-sous-Bois aufgespürt. Sie hatten nur eine verbrannte Insel vorgefunden.

Sie hatten keine Leichen entdeckt.

Aber *wer* war das?

Vera hatte den großen Unbekannten X genannt, als sie im Südpazifik dümpelten und aus der Ferne zusehen mussten, wie ihre geliebte Insel in Flammen aufging.

Fucking X, dachte er und betrachtete die Suchdurchläufe auf seinen Rechnern. Ich bin dir auf den Fersen, ich komme immer näher. Pass bloß auf!

Dann öffnete er die dritte E-Mail, auch sie hatte eine Hotmail-Adresse als Absender, diese kannte er allerdings. Und trotzdem stimmte da etwas nicht. Normalerweise erhielt er todlangweilige wöchentliche Berichte, und zwar immer am Freitagnachmittag. Jetzt war es Dienstagmorgen, etwa um die Mittagszeit in Europa. Die Mail war spät am Montagabend aus Mechelen eingetroffen.

Sie lautete: »M hatte gestern Besuch von den damaligen Vernehmungsbeamten Arto Söderstedt und Jutta Beyer. Zum ersten Mal seit der Verurteilung. M verzichtete auf einen Anwalt. Ich habe den Abend damit verbracht, die Qualität meiner Aufnahme zu verbessern. Ich war der zuständige Gefängniswärter und war etwa fünf Meter vom Vernehmungstisch entfernt. Anbei die Tonspur.«

Er lehnte sich zurück und lud die Datei herunter. Das dauerte eine Weile, weil sie notgedrungen eine ganze Reihe von Antivirenprogrammen durchlaufen musste. Seine sonst sehr klaren Gedanken schienen auch eine Vielzahl von Filtern passieren zu müssen. Auf der Insel hatte er bestimmt über hundert Stunden ergebnislose Verhöre mit Udo Massicotte angehört, immer in schlechter akustischer Qualität, weil der gedungene Gefängniswärter Lucas Wouters sie mit seinem Handy aufgenommen hatte, und ehrlich gesagt, hatte er sehr oft einfach nur vorgespult. Er wollte ja gerade dieser korrupten Welt entfliehen, die ihn erschaffen hatte. Er wollte dem ganzen Mist entkommen und sich nur noch sonnen und schwimmen und lieben und mit den Haien raufen. Mehr wollte er nicht. Er hatte niemandem gedroht, diese Zeiten waren vorbei, und jetzt wollte ihn irgendein Idiot wieder in diesen Wahnsinn treiben.

War das alles ein Zufall? Dass die Polizei sich für Massicotte interessierte und er zeitgleich von X gejagt wurde? Das Gefühl hatte er nicht. Eher, als würde alles wieder von vorn anfangen, bloß auf einem anderen Niveau. Für ihn gab es nur einen Weg.

Angriff ist die beste Verteidigung.

Seit mehr als einem Jahr hatte er keine Wut mehr empfunden. Noch nicht einmal die Vertreibung von ihrer Insel hatte ihn wütend gemacht, nur traurig. Und auch das Mordkommando in Paris hatte ihn nicht wütend gemacht, nur entschlossener. Aber jetzt wurde er wütend. Und gerade als sich seine alte Wut wieder entfachte, gab der Computer ein Signal von sich.

Die vier Ausschnitte mit den vier verschiedenen Kameraeinstellungen überdeckten seine Webmail-Seite. Vor dem Eingang auf der kleinen Gasse stand eine gebückte Gestalt, eine alte Frau, die er noch nie gesehen hatte und deren Gesicht von einem Kopftuch verdeckt war. Mühsam öffnete sie die Tür und trat ins Treppenhaus. Sofort überprüfte er die Kamera vom Hinterhof, kein Lebenszeichen, keine Bewegung. Er vergrößerte die Aufnahme der alten Frau, während sie langsam die Treppe hochstieg. Aber er konnte ihr Gesicht nicht einfangen. Bewegte sie sich nicht viel geschmeidiger, als sie sollte? War da nicht eine Spannkraft in ihrem Schritt, die nicht zu ihrem Alter passte? Da tauchte sie am Rand des letzten Kameraausschnittes auf.

Als die Frau nur noch wenige Schritte von ihrer Wohnungstür mit dem Namensschild ›Alejandro und Rafaella Hernández‹ entfernt war, reagierte er endlich. Er sprang vom Stuhl auf, riss die Garderobentür auf und griff nach zwei Waffen. Während er seine Uzi entsicherte, warf er die Pistole in einem hohen Bogen ins Schlafzimmer. Vera fing sie lautlos auf und hatte sie Sekunden später einsatzbereit. Ihre Augen waren weit aufgerissen. Er rannte zur Wohnungstür und drückte sich, den Blick unentwegt auf den Bildschirm im Arbeitszimmer gerichtet, an die Wand.

Die alte Frau kam schlurfend näher. Noch vier Schritte, drei.

Dann sah sie hoch und direkt in die Kamera über dem Türsturz.

Sie war mindestens achtzig Jahre alt und hatte mehr Falten, als er jemals in einem menschlichen Gesicht gesehen hatte.

Sie schleppte sich weiter zur Nachbartür. Während sie klingelte, erkannte er, dass ihr Schritt so weit entfernt war von Spannkraft wie nur möglich. Ihr Atem ging schwer und keuchend.

Er schleuderte die Uzi auf das Sofa im Flur und kehrte zurück ins Arbeitszimmer. Dort sank er schwer auf seinen Stuhl. Sie kam aus dem Schlafzimmer, mit einem fragenden Gesichtsausdruck, die Waffe gesenkt. Er schüttelte den Kopf.

»Fehleinschätzung?«, fragte sie.

Er blickte auf.

»W macht keine Fehleinschätzungen.«

Dann wandte er sich der Tonaufnahme von Udo Massicotte zu.

Das beruhigte ihn aber nicht im Geringsten.

Fiat Fiorino

Kalabrien, 18. August

Das hier war nicht Rom, so viel stand fest.

Zehn Tage war es her, dass sie die italienische Metropole verlassen hatten, aber obwohl Catanzaro, die kleine Hauptstadt Kalabriens, nur etwa sechshundert Kilometer entfernt lag, befanden sie sich in einer anderen Welt. Das traf vielleicht nicht unmittelbar auf Catanzaro zu, das sie als ihren Ausgangspunkt gewählt hatten, um unnötige Aufmerksamkeit zu vermeiden, aber sobald sie sich in kleinere Ortschaften begaben, mussten sie ihre Worte auf die Goldwaage legen. Was ziemlich anstrengend war, sprachen doch zwei von ihnen ein Italienisch, das keine Waagschale auf der ganzen Welt beeinflussen konnte.

Catanzaro wurde die »Stadt zwischen zwei Meeren« genannt, was im Klartext bedeutete, dass es weit im Landesinneren lag. Die Entfernung zum Ionischen Meer war in etwa so groß wie zum Tyrrhenischen, denn Catanzaro befand sich auf dem schmalsten Landstück der italienischen Stiefelspitze. Die Stadt selbst war eine ganz normale mittelgroße süditalienische Stadt. Erst wenn sie aufs Land fuhren, mussten sie Vorsicht walten lassen. Ihnen begegneten Wachsamkeit und Misstrauen, was allerdings auch nicht weiter überraschend war. Jeder Fremde war eine potenzielle Gefahr für das Unternehmen, das sich mit seinen Tentakeln über ganz Europa erstreckte und für den Wohlstand dieser Region verantwortlich war. Wer die 'Ndrangheta bedrohte, bedrohte ganz Kalabrien.

Also galt es, vorsichtig zu sein. Drei Männer mittleren Alters in einem Auto, davon zwei Ausländer, waren keine gängige Touristenkonstellation. Sie konnten auch nicht als Geschäftsleute auftreten, was am folgerichtigsten gewesen wäre, da jedes Geschäft in dieser Region automatisch die Mafia auf den Plan rief. Nein, wenn sie zusammen auftraten, waren sie Forscher, Geologen, die sich für die seismische Aktivität der Gegend interessierten. Sifakis hatte einen plausiblen Hintergrund für sie entworfen, an den sich alle drei hielten, bedingungslos. Nur wenn sie unter sich waren, galten andere Regeln.

Aber das waren sie ziemlich oft.

Salvatore Esposito unterstützte denjenigen, der seine Dolmetscherkünste am nötigsten hatte, was in den letzten Tagen hauptsächlich Angelos Sifakis gewesen war. Jorge Chavez verbrachte seine Zeit damit, allein verschlungene, kaum befahrbare Bergstraßen zu bereisen. Seine Gesprächspartner waren vorrangig Mönche, und Mönche waren in der Regel – zumindest häufiger als Fußballtrainer – einigermaßen belesen und mehrsprachig.

Am Anfang allerdings waren die Rollen vertauscht.

In den kalabrischen Bergen lagen nämlich überraschend viele kleine Klöster, und das Interessante daran war, dass viele von ihnen orthodox waren, griechisch-orthodox. Daher befand sich Sifakis in der sonderbaren Lage, mit den Mönchen Griechisch sprechen zu können, zwar eine uralte Version, dem Altgriechisch ähnlich, das man nur aus der Schule kannte, wo Lehrer mühsam Texte gestammelt hatten. Dieses Griechisch hingegen war lebendig, seltsam wohl bewahrt, und daher hatte Sifakis das Gefühl, als würde er seinen Urahnen einen Besuch abstatten, den Gründern Europas, den legendären Griechen der Antike. Und die Dankbarkeit der Mönche, einem Griechen der Moderne zu begegnen, einem Bruder aus dem Heimatland, war deutlich. Aber zu ihrem und seinem großen Kummer konnten sie ihm nicht im Geringsten helfen. Nachdem auch das letzte orthodoxe Kloster besucht worden war, war es Zeit, die Rollen zu tauschen. Sifakis musste sich zu seiner Enttäuschung ab jetzt mit unwilligen Fußballfunktionären herumschlagen, während Chavez kristallklare Luft hoch oben in den Bergen einatmete und die eher traditionellen katholischen Klöster aufsuchte.

So auch jetzt. Zehn hochaktive Tage lagen hinter ihnen, aber die Ergebnisse bisher waren niederschmetternd. Doch der heutige Tag verhieß Hoffnung. An beiden Fronten.

Die Gespräche mit den Fußballvereinen hatten sich von Anfang an durch eine große Ungezwungenheit ausgezeichnet. Schließlich ging es darum, die Treffen mit den Jugendtrainern, Funktionären und ehemaligen Spielern so zufällig wie möglich erscheinen zu lassen. In gewisser Weise war ihnen das auch gelungen, denn weder Chavez am Anfang noch später Sifakis hatten eine Mauer des organisierten Widerstands vorgefunden. Wahrscheinlich lag das an Esposito Salvatores lockerem Auftreten. Er quatschte die Leute in der Mittagspause und in den Bars an, ohne ein großes Gewese aus sich zu machen, und es gelang ihm oft, die Gesprächsthemen auf das gemeinsame Interesse zu lenken, den Fußball. Unter Vortäuschung aufrichtiger Liebe zum Fußball – die in Espositos Fall total authentisch wirkte – konnten sie den Leuten immerzu neue Namen entlocken, und am gestrigen Tag hatten sie endlich den Namen eines ehemaligen Mitspielers des dreizehnjährigen Fabio Bianchi erfahren.

Und jetzt saßen Sifakis und Esposito einem gereizten, misstrauischen und unverkennbar amphetaminsüchtigen Vincenzo gegenüber. Sie hatten sich in einem Café in dem kleinen Dorf mit dem aussagekräftigen Namen Scandale verabredet, das nur zwanzig Kilometer westlich der Küstenstadt Crotone lag.

Vincenzo sah wesentlich älter aus als dreißig und wirkte sowohl griesgrämig als auch sehr leicht reizbar. Als er aber den Namen Fabio Bianchi hörte, leuchteten seine Augen auf, und er sagte mit dem verräterischen Zittern eines Junkies in der Stimme: »Fabio, ja, zum Teufel. Ein genialer Fußballer, und das schon mit dreizehn.«

»Die Jugendmannschaft von F.C. Crotone?«, ließ ihn Sifakis von Esposito fragen.

»Das muss so 1994 gewesen sein ...« Vincenzo nickte.

»Wir haben versucht, im Internet Mannschaftsbilder aus der Zeit zu finden.«

»Gibt kaum welche. Und auf denen ist Fabio nicht drauf. Für was für eine Zeitung schreibt ihr?«

»Nur so eine kleine Internetzeitung«, erklärte Esposito, und es gelang ihm, zumindest aus Sicht von Sifakis, das äußerst glaubwürdig klingen zu lassen.

»Internet ist cool«, sagte Vincenzo und nickte. »Ich mag Robbo Tube. Habt ihr da schon mal geguckt?«

»Warum ist Fabio nicht mit auf den Bildern?«

»Der ist immer nur zum Training und für die Spiele aufgetaucht. Kam an wie ein einsamer Held und verschwand wie einer. Aber er war in jedem Match spielentscheidend.«

»Hatten Sie auch privat miteinander zu tun?«

»Also, alle anderen aus der Mannschaft, wir waren fast alle wie Klassenkameraden oder so, aber Fabio nicht. Ich glaube, er kam nicht mal mit in die Umkleide.«

»Wie das, ist er schon im Fußballtrikot gekommen?«

»Soweit ich mich erinnere, ja. Bezahlt diese Internetzeitung was hierfür?«

»Das können wir. Wenn wir gute und brauchbare Informationen bekommen. Wie kam er denn zum Training?«

»Woher soll ich das denn wissen?«

»Wie sind Sie denn dorthin gekommen?«

»Na, mit dem Fahrrad, zum Teufel, ich habe doch in der Stadt gewohnt.«

»Ist Fabio auch mit dem Fahrrad gekommen?«

»Boah, ihr seid aber nervig ... Nein. Nein, ich glaube nicht, dass er mit dem Fahrrad gekommen ist. Der tauchte einfach so auf. Wie Jesus, Mann.«

Sifakis legte ein Foto des erwachsenen Fabio Tebaldi auf den Tisch und schob es vor Vincenzos Espressotasse.

»Ist das hier Fabio Bianchi?«, ließ er Esposito fragen.

Vincenzo nahm das Foto und betrachtete es eingehend.

»Der muss aber irgendwas gemacht haben, wie heißt das, Plasmachirurgie.«

»Plastische Chirurgie«, korrigierte Esposito, obwohl er sich fest vorgenommen hatte, es nicht zu tun. »Was heißt das? Ist er das gar nicht?«

»Doch, doch.« Vincenzo klopfte auf das Foto. »Logo ist er das. Ist ein ziemlich gut aussehender Kerl geworden. Nicht so schick wie ich, aber ...«

»Aber was meinten Sie mit ... Plasmachirurgie?«

Vincenzo tauchte für einen kurzen Moment aus seiner melancholischen Amphetaminhöhle auf und schenkte ihnen ein fauliges Lächeln: »Fabio hatte doch so eine fette Warze auf der Wange.«

*

Ungefähr zum selben Zeitpunkt erreichte Jorge Chavez ein altes Kloster, das in den letzten, nördlichsten Ausläufern des Bergmassivs Aspromonte lag. Allerdings wusste er nicht genau, wo er sich befand, denn das Navigationssystem hatte schon kurz hinter Catanzaro den Geist aufgegeben, aber es war ihm dennoch auf unergründliche Weise gelungen, seinen Weg zu finden.

Auf den letzten Kilometern war Chavez keiner einzigen Menschenseele begegnet, und auch die Gebäude aus grauen Steinen, die sich an den Berghang schmiegten, sahen aus, als wären sie schon im Mittelalter aufgegeben worden. Als er durch das verfallene Steintor auf das Klostergelände fuhr, war er sich nicht sicher, ob er hier richtig war. Lebten dort wirklich noch Menschen?

Tatsächlich waren vor dem Hauptgebäude der Anlage ein paar Autos geparkt, uralte Modelle, und als er gerade seinen Mietwagen abgestellt hatte, ausgestiegen war und sein Blick auf ein paar Mönche gefallen war, die diskutierend durch den Klostergarten wandelten, kam ein beiger Pick-up um die Ecke geschossen und hätte ihn beinahe umgenietet. Ein buckliger alter Mann im Blaumann sprang, ohne ihn eines Blickes zu würdigen, aus dem Wagen und verschwand in einem Seiteneingang. Auch die Mönche im Klostergarten waren fort. Das Gelände war so verlassen und menschenleer wie zuvor. Als wäre für einen kurzen Moment die Illusion von Leben durch die Ruinen gehuscht. Und wieder verflogen.

Jorge Chavez schüttelte den Kopf und ging auf die Eingangstreppe zu, die zum Hauptgebäude führte. Die Sonne schien, die Luft war klar, es war ein ganz wunderbarer Tag. Trotzdem fühlte er sich nicht wohl in seiner Haut, als er die erste Stufe betrat.

Hinter der unverhältnismäßig pompösen Klosterpforte befand sich ein großer Raum, ein Lesesaal, an dessen Wänden sich Bücherregale aneinanderreihten, die aussahen, als hätte sich hier schon lange Zeit niemand mehr ein Buch gegriffen. Aber er entdeckte einen Mann in einer grauen Mönchskutte. Der erhob sich aus einem Sessel, legte eine dicke Bibel beiseite und sagte mit donnernder Stimme und in lupenreinem Spanisch: »Willkommen in unserer bescheidenen Unterkunft. Sie müssen José Maqueda sein.«

Chavez blätterte im Geiste hektisch in den vielen verschiedenen Decknamen der vergangenen Woche und fand den richtigen Eintrag. Er war José Maqueda aus Madrid und arbeitete als freier Journalist für das Reisemagazin *Condé Nast Traveler*. Er streckte dem Mann die Hand entgegen.

»Und Sie müssen demnach Pater Sebastiano sein?«

Pater Sebastiano nickte mit Nachdruck und schüttelte Chavez' Hand unerwartet stürmisch.

»Was für einen phantastischen Sommertag hat uns der Herr da geschenkt.«

»Wirklich phantastisch«, erwiderte Chavez.

»Lassen Sie uns Platz nehmen«, sagte Pater Sebastiano heiter und bot Chavez den Sessel gegenüber an. »Was wollen Sie denn gerne erfahren von unserem kleinen Teil des Universums?«

»Zuerst ein paar Informationen über das Kloster«, sagte Chavez und holte Stift und Block hervor. »Wie viele Menschen leben hier?«

»Es sind schwere Zeiten für das Klosterwesen«, sagte Pater Sebastiano, die Stirn in tiefe Falten gelegt. »Zurzeit sind wir nur zwölf Mönche und ein paar Angestellte.«

»Keine Nonnen?«

»Nein, wir sind schon immer ein reines Mönchskloster gewesen.«

»Schüler?«

»Nein, jetzt nicht mehr.«

»Aber früher hatten Sie Schüler?«

»Klöster unserer Ausrichtung waren schon immer bereit, Kinder und Jugendliche großzuziehen.«

»Zum Beispiel auch Anfang der Neunzigerjahre? Es kann sein, dass ich einen Mann kennengelernt habe, der hier bei Ihnen als Schüler war.«

»Das kann schon sein. Wir hatten ein paar Eleven bei uns. Einige unserer derzeitigen Brüder sind vorher auch unsere Schüler gewesen.«

»Das ist wunderbar, wenn man so die Tradition am Leben erhalten kann«, sagte Chavez. »Er hat viel Gutes von Ihnen erzählt. Fabio Bianchi hieß er.«

Chavez beobachtete jede Bewegung von Pater Sebastiano. Der Blick des Mönchs wurde kalt und abweisend.

»Der Name sagt mir nichts«, sagte er nach einem kurzen Schweigen.

»Ich kann mich natürlich irren«, lenkte Chavez höflich ein.

»Davon bin ich überzeugt. Schreiben Sie wirklich für ein Reisemagazin? Normalerweise werden mir andere Fragen gestellt.«

»Verzeihen Sie bitte. Das liegt daran, dass Fabio mich auf dieses Kloster gebracht hat. Er hat die phantastische Umgebung beschrieben, die Berge, die Wanderungen.«

»Wir hatten keinen Fabio Bianchi hier.«

»Aber er war ziemlich eindeutig, als ...«

»Nein, ich glaube, wir sind jetzt fertig hier, Señor Maqueda. Wie schade, dass Sie so eine weite Reise auf sich genommen haben.«

»Aber ...«

»Ich bin mir sicher, dass Sie die Bedeutung der Einhaltung unserer Schweigepflicht kennen. Die ist bedingungslos. Sie haben einige Male zu oft nachgebohrt, Señor Maqueda.«

Pater Sebastiano erhob sich und streckte Chavez die Hand hin. Der Händedruck unterschied sich elementar von der Begrüßung. Strenger. Viel härter.

Das bedeutete zunächst ja nur, dass Pater Sebastiano seine Aufgabe als Abt äußerst ernst nahm. Aber Chavez hatte dieses Kloster aus einem bestimmten Grund aufgesucht. Er konnte noch nicht aufgeben.

»Er ist dann nach Rom gezogen. Er war ein sehr talentierter Schüler, nicht wahr? Und er ist trotz seiner großen mathematischen Begabung Polizist geworden.«

»Unsere Unterhaltung ist beendet«, sagte Pater Sebastiano. »Ich muss Sie bitten, das Kloster wieder zu verlassen.«

Mehr oder weniger handgreiflich führte der gute Pater Chavez zur Eingangstreppe und schob die schwere Tür mit einem dumpfen Knall hinter ihm zu. Der Hall klang so lange nach, dass Chavez um ein Haar das Klingeln seines Handys überhört hätte.

*

Salvatore Esposito übersetzte für Angelos Sifakis. Sifakis runzelte die Augenbrauen.

»Eine Warze?«

»Laut dem Mann mit dem hohen Drogenkonsum sah die Warze aus wie eine Bohne.«

»Und wenn das Training oder ein Spiel anstand, tauchte er einfach aus dem Nichts auf wie Jesus?«

Nach einem kurzen Schlagabtausch mit Esposito antwortete Vincenzo mit der erhobenen Espressotasse, die gegen seine Zahnstummel stieß: »Ja, Mann, ich glaube, er ist von einem anderen Spieler gefahren worden oder so. Aber keine Ahnung.«

»Gefahren worden? Mit einem Auto?«

»Ja, der ist aus so einer weißen Kiste ausgestiegen.«

»Weiß, sagen Sie?«

»Ich glaube, die war weiß. Sah ziemlich neu aus.«

»Und Sie haben den Wagen nur ein einziges Mal gesehen?«

»Ja. Oder nein. Oder ja. Wir fanden es schon komisch, dass er gefahren wurde. Aber weil er so ein Topspieler war, war uns das scheißegal. Also, seine Pässe haben mich zu dem besten Torschützen aller Zeiten gemacht.«

»Sie haben den weißen Wagen also häufiger gesehen?«

»Ein paarmal vielleicht.«

»Haben Sie auch den Fahrer gesehen?«

»Nein, er hat ihn auch nur rausgelassen. Fabio ist in voller Montur ausgestiegen und musste nur noch das Trikot für die Partie überziehen.«

»Und danach ist er sofort wieder abgeholt worden? Keine Dusche?«

»Ich habe zumindest seinen Schwanz kein einziges Mal gesehen, wenn es das ist, was Sie wissen wollen. Was ist das eigentlich für eine komische Internetzeitung? Schwulenpornos oder was?«

»Was war das für ein Auto?«

»Fiat.«

»Sie sehen so überrascht aus.«

»Ja, verdammt. Das ist mir gerade einfach so eingefallen. Aber es war auf jeden Fall ein Fiat. So ein Halblaster oder wie die Dinger heißen.«

»Ein Minivan?«

»Nee. Mehr so einer, der hinten offen ist. Obwohl man so etwas in Ihrem Schwulenmagazin nicht sagen sollte, was?«

»Hinten offen?«

»Ja, Mann. Wie heißt das? Offene Laderampe. Damit werden sonst Schafe und so transportiert.«

»Waren denn Schafe auf dem Wagen?«

»Nee, zumindest kann ich mich nicht daran erinnern.«

»Meinen Sie vielleicht einen Pick-up?«

»Ja, zum Teufel, genau, so heißen die!«

Sifakis blätterte auf seinem Display einige Internetseiten

durch, während er der Übersetzung lauschte. Dann hielt er Vincenzo das Handy hin.

»Schauen Sie das mal durch, indem Sie mit dem Finger übers Display wischen«, erklärte er.

Vincenzo starrte auf das Gerät, dann legte er den Zeigefinger auf das Display und blätterte ein Bild nach dem anderen durch, jeweils mit fünf Sekunden Pause dazwischen. Plötzlich hörte er auf und gab Sifakis sein Handy zurück. Das Foto zeigte einen uralten Pick-up. Sifakis hielt Esposito die Aufnahme hin.

»Fiat Fiorino«, las der laut.

Doch da wählte Angelos Sifakis bereits eine Nummer.

*

Jorge Chavez sah in den hellblauen Himmel über dem Kloster hoch, das Handy am Ohr.

»Eine Warze? In Bohnenform?«, fragte er. Dann senkte er den Blick und wiederholte auch die nächste Information. »Ein weißer Pick-up der Marke Fiat Fiorino?«, sagte er, während er zurück zu seinem Mietwagen lief. »Aber das wäre ja ein echter Glückstreffer, wenn es den noch geben sollte. Wir reden hier immerhin von 1994.«

Als er seinen Wagen mit der Zentralverriegelung öffnete, fiel sein Blick auf das Auto, das neben seinem geparkt war. Das ihn beinahe umgefahren hatte. Es war ein beiger Pick-up.

»Bleib mal eben dran«, sagte er.

Chavez lief um den Wagen herum zum Heck. Dort war aber keine Modellkennung zu sehen. Nur eine uralte, dicke beige Schicht aus Schlamm. Er konnte auch die Zahlen auf dem Nummernschild nicht erkennen.

»Hm«, brummte er in den Hörer.

»Was?«, kam es als Antwort.

Chavez beugte sich zu dem Nummernschild hinunter, feuchtete den Zeigefinger an und begann zu wischen. Fragmente der Zahlen wurden unter der dicken verkrusteten Schlammschicht sichtbar.

»Frag mal nach, ob dieser Pick-up wirklich weiß war«, sagte Chavez. »Kann er auch beige gewesen sein?«

Dann rieb er über die Stelle, an der sich die Modellkennung befinden sollte. Kurze Zeit später hatte er ›Fiat Fiorino‹ freigelegt.

»Heiliger Strohsack«, schnaufte Chavez.

»Was ist los?«

Chavez zog den Finger über die beige Motorhaube. Die Spur, die er in der Staubschicht hinterließ, leuchtete weiß. Er rieb eine größere Stelle frei. Der Pick-up war unzweifelhaft weiß lackiert.

Ohne ein Wort der Erklärung drückte er Sifakis weg und sah zum Eingangsportal hinüber. Dann ging er entschlossen zu dem Seiteneingang, in dem der alte Mann im Overall verschwunden war.

Er klopfte an, laut und hämmernd. Nach einer ganzen Weile erschien der Alte an der Tür, er sah verschlafen aus.

Chavez versuchte sein beklagenswertes Italienisch zu bündeln. Er zeigte auf den Pick-up und fragte:

»Ihr Auto?«

Der Alte zuckte mit den Schultern.

»Klostereigentum.«

»Seit wann?«

»Wir haben ihn 1990 gekauft, vielleicht war es auch 1991. Der läuft noch immer.«

»Haben Sie mit ihm auch Schüler transportiert?«

»Schüler?«

»Haben Sie damit einen Jungen gefahren, der eine Warze auf der Wange hatte?«

Der Mann sah ihn unverwandt an.

»Er spielte beim F. C. Crotone in der Jugendmannschaft. Sie haben ihn zum Training und zu den Spielen gefahren und wieder abgeholt. Sie müssen dortgeblieben sein und zugesehen haben. War er ein guter Spieler?«

Der Alte nickte. Dann wurde ihm bewusst, was er da getan hatte.

»Das ist geheim.«

Da packte ihn Chavez und zog ihn hinter sich her die große Treppe zum Portal hinauf. Auch dort hämmerte er mit voller Kraft gegen die Tür, bis Pater Sebastiano auftauchte.

»Wenn ich ein Mitglied der 'Ndrangheta wäre, hätte ich Sie doch schon längst alle umgebracht«, sagte Jorge Chavez in einem Italienisch, das sich proportional zu seinem Ärger verbesserte.

Pater Sebastiano zog die Tür ein wenig auf und ließ Chavez mit seiner Blaumannbegleitung im Schlepptau eintreten.

»Setzen wir uns«, schlug der Pater vor.

So geschah es.

»Wer sind Sie?«, fragte er dann.

»Ich bin Fabios Arbeitskollege aus Den Haag in Holland.«

Pater Sebastiano starrte Chavez reserviert an.

»Dann sind Sie auch Polizist?«

»Sie wussten also, dass Fabio Bianchi Polizist geworden ist, Pater?«

Der Abt wurde sichtlich von Zweifeln und Bedenken geplagt.

Chavez fuhr fort: »Sie wissen sicher auch, dass er das Elitegymnasium Il liceo scientifico statale Camillo Cavour in Rom besucht hat, allerdings unter einem anderen Namen. Sie kennen diesen anderen Namen, Pater?«

»Fabio Tebaldi«, antwortete der Pater. »Er ist tot. Was allerdings nichts an unserer Schweigepflicht ändert.«

»Wir wissen beide, Pater, für wen diese Schweigepflicht gedacht war. Sie haben sehr viel Mut bewiesen. Sie haben ein verfolgtes und bedrohtes Kind bei sich aufgenommen. War er damals etwa um die acht Jahre alt? Sie wussten, dass Sie ihn vor der 'Ndrangheta um jeden Preis verstecken mussten. Und das taten Sie, Sie haben ihm Obdach gegeben und für ihn gesorgt und sehr bald sein mathematisches Talent entdeckt und gefördert. Und als er für sein Leben gerne Fußball spielen wollte, haben Sie ihm auch das ermöglicht.«

»Gianpaolo hier hat das mit dem Fußball durchgesetzt«, sagte der Pater und zeigte auf den Alten im Blaumann. »Ich fand es ein unnötiges Risiko.«

»Die Flanken«, sagte Gianpaolo verträumt. »Fabio war ein genialer Spieler, und das schon mit dreizehn. Ihm tat es nicht gut, seine ganze Kindheit hier eingesperrt zu verbringen.«

»Gianpaolo hat angeboten, ihn zu fahren und während des Trainings und der Spiele auf ihn aufzupassen.«

»Das war ein Vergnügen«, betonte Gianpaolo, aber seine Miene verdunkelte sich sofort. »Er ist gestorben?«

»Ja.« Pater Sebastiano nickte. »Ich habe es nicht übers Herz gebracht, es dir zu erzählen.«

Jorge Chavez kämpfte mit seinem Gewissen. Diese Menschen hatten Fabio Tebaldi gerettet, ihn unter Einsatz ihres Lebens beschützt und ihm eine gute Ausbildung und das Fußballspielen ermöglicht, obwohl er von der Mafia zum Tode verurteilt worden war. Verdienten sie nicht, die Wahrheit zu erfahren?

»Die Warze«, setzte er vorsichtig an. »Hatte Fabio nicht eine große Warze auf der Wange?«

Pater Sebastiano lachte auf.

»Ich machte mir langsam Sorgen, dass sie ihn verraten könnte, als er immer mehr Aufmerksamkeit als Fußballspieler bekam. Also wurde sie ihm an seinem vierzehnten Geburtstag entfernt.«

»Als er dann nach Rom aufs Gymnasium ging, waren Sie an der Wahl seines neuen Decknamens beteiligt?«

»Sein fußballerisches Können machte ihn immer bekannter, und ich hatte das ungute Gefühl, dass die Mafia ihm auf den Fersen war. Schließlich musste er mit dem Fußballspielen aufhören, und als er dann nach Rom ging, hat er aus Sicherheitsgründen den Namen gewechselt. Gianpaolo hat ihn hingefahren. Wir hatten vereinbart, dass wir uns nie wieder sehen und hören werden.«

»Auch das aus Sicherheitsgründen, nehme ich an?«

»Und mein Misstrauen war berechtigt, wie sich zeigte. Einen Monat nach seinem Umzug nach Rom hat die 'Ndrangheta bei uns im Kloster eine Razzia durchgeführt. Zum Glück hatten wir jede Spur von Fabio vernichtet; sie haben nie davon erfahren. Ein paar Jahre später habe ich gehört, dass er Polizist geworden und hierher zurückgekehrt ist. Und dass sie ihn dann doch erwischt haben.«

»Das haben sie«, sagte Chavez. »Aber nicht ganz so, wie Sie glauben.«

Pater Sebastiano und Gianpaolo wechselten Blicke, dann wandte sich der Pater wieder Chavez zu.

»Das müssen Sie mir bitte genauer erklären.«

»Fabio Tebaldi ist nicht tot. Er ist hier.«

»Hier?«

»Seine rumänische Kollegin und er sind seit zwei Jahren Geiseln der 'Ndrangheta und befinden sich irgendwo hier in den Bergen. Ich bin gekommen, um sie zu suchen. Und hoffentlich, um sie zu befreien.«

Die beiden alten Männer saßen schweigend vor ihm und starrten ins Leere.

»Wann hört dieser Wahnsinn endlich auf?«, sagte Pater Sebastiano dann.

»Unser Problem ist, dass wir nicht wissen, worauf sich das Todesurteil bezieht. Wenigstens ist es uns jetzt gelungen, seine Jugend und Kindheit bis zu seinem achten Lebensjahr zu rekonstruieren. Aber von der Zeit davor wissen wir nichts, weder über einen Fabio Tebaldi noch über einen Fabio Bianchi.«

»Er hieß nicht Fabio Bianchi, als er zu uns kam«, sagte der Pater leise. »Ich habe mich für Bianchi entschieden, weil das einer der häufigsten italienischen Nachnamen ist. Ich dachte, dann würde er schwerer zu finden sein.«

»Lieber Pater, Sie müssen mir genau erzählen, wie Fabio zu Ihnen gekommen ist.«

»Eines Tages stand eine Frau mit ihm vor unserer Tür. Mehr weiß ich nicht. Sie nannte ihren Namen nicht, sondern sagte nur, dass er acht Jahre alt sei und dass die Mafia seine Familie ausgelöscht habe und jetzt nach ihm suche. Ich weiß nicht, was passiert war, und Fabio hat nie darüber sprechen wollen.«

»Aber Sie wissen, wie er hieß, bevor er zu Ihnen kam?«

»Ja. Bianchi hatte ja ich ausgesucht, für Tebaldi hat er sich später selbst entschieden. Und das hatte nichts mit dem weltberühmten Opernstar Renata Tebaldi zu tun. Der Name war eine Hommage an seinen Vater.«

»Aber er wird doch wohl nicht wieder seinen Familiennamen angenommen haben?«, entfuhr es Chavez.

»Nein, aber sein Vater hieß Teobaldo mit Vornamen. Tebaldi war das Äußerste, was er sich erlauben konnte, ohne sich in Schwierigkeiten zu bringen.«

»Sie sagen also, der Vater hieß Teobaldo mit Vornamen. Und der Nachname?«

Pater Sebastiano sah ihn mit traurigen Augen an.

»Allegretti. Der Vater hieß Teobaldo Allegretti.«

»Also hieß der Sohn, als er mit acht Jahren in Ihr Kloster kam, Fabio Allegretti?«

»Ja.« Pater Sebastiano nickte schwer.

Dritte Aussage

Aosta, Italien, 20. September

Gut, ich bin so weit. Ich habe den Eindruck, dass die erhöhte Morphiumdosis langsam anfängt zu wirken. Ich kann wieder schreiben, obwohl es fast unmöglich ist, das niederzuschreiben, was ich niederschreiben soll.

Wir kauerten hinter dem großen Stein, bis wir ganz sicher sein konnten, dass Bohnes Vater nicht mehr zu sehen war. Wenn wir lange genug gewartet hätten, wäre auch Bohnes Gesicht nicht mehr so leichenblass gewesen. Die Blässe verschwand langsam, aber es dauerte. Ein Teil von ihm hatte da schon längst begriffen, welche Konsequenzen das Erlebte haben würde.

Vollkommen schweigsam liefen wir durch den spätsommerlichen Wald. Auf halber Strecke legte Bohne die Hand auf meinen Arm und sagte: »Bitte erzähl niemandem ein Wort davon.« Ich nickte und versprach es ihm. Er bestand darauf, dieses Versprechen zu besiegeln, und wir schnitten uns in die Daumen und legten einen Blutsschwur ab. Ich schwor, nie ein Wort über das zu verlieren, was sein Vater oben an der Hütte getan hatte.

Ich habe das alles nie richtig verstanden, aber ich habe zu niemandem ein Wort gesagt.

Was auch später in meinem Leben noch so passiert ist – und in unserem Leben –, eines muss hier und jetzt gesagt sein: Ich habe keiner Menschenseele jemals davon erzählt. Damals nicht und auch später nicht.

Wir spürten schon am nächsten Tag, dass sich die Stimmung im Dorf verändert hatte. Etwas Unausgesprochenes beschäftigte die

Erwachsenen. Die herumschwirrenden Gerüchte wurden zu vagen Äußerungen. Die besagten, dass einem Gefangenen zum ersten Mal die Flucht gelungen sei. Ich verstand das nicht. Gefangene? Hatten wir Gefangene? Und wenn ja, welche? Aber dann erinnerte ich mich wieder. Wie der stolze, rechtschaffene Teobaldo Allegretti den gekrümmten Mann in seinem verdreckten und zerrissenen Anzug aus der kleinen grünen Hütte geholt hatte. Am deutlichsten war mir das Bild im Kopf geblieben, wie er ihm eine Krawatte, einem langen Wurm gleich, aus dem Mund gezogen hatte. Dann hatte er mit dem ausgestreckten Arm in den Wald gezeigt, und der Mann war davongestolpert. Teobaldo Allegretti hatte ihm lange hinterhergesehen.

Viel zu lange.

Das Gestern hatte Auswirkungen auf das Heute. Und heute würde ein ganz besonderer Tag werden. Kein anderer Tag meines Lebens sollte mich so viel über die Welt lehren wie dieser.

Ich wollte wie jeden Tag zu Bohnes Hütte hinübergehen, um mit ihm zu spielen, zu kicken oder durch die Wälder zu ziehen, als eine kräftige Hand mich auf der Türschwelle zurückhielt. Ich sah hoch und in das Gesicht meiner Mutter. Sie wischte sich eine Träne von der Wange, bevor diese auf mich fallen konnte, und zog mich zurück ins Haus. Dann schloss sie die Tür und schob den Riegel vor.

Auch meine beiden Schwestern Maura und Debora waren da. Sie teilten sich einen Fensterplatz. Beide weinten, zwar leise, aber ununterbrochen. Die Kombination aus Schweigen und Todesangst lähmte mich vollständig, als ich durch das andere Fenster nach draußen sah. Meine Mutter saß stumm am Küchentisch. Mein Vater war nicht da. Die spätsommerliche Sonne schien, ein unmusikalischer Vogel sang in der Ferne trostlos vor sich hin, dafür zirpten die Grillen umso lauter.

Sonst war nichts zu hören.

Heute weiß ich, dass unser Warten nicht länger als eine Viertelstunde gedauert haben kann. Aber die Zeit an diesem Tag hatte nichts mit Zahlen und Ziffern zu tun. Ich war wie in einer dreidimensionalen Fotografie gefangen.

Eine Fliege hing im Fenster. Sie war mitten im Flug aufgehalten worden. Ich beobachtete sie. Eine Viertelstunde lang. Es war ein Mysterium. Da bemerkte ich eine kleine Bewegung an der Decke. Am Anfang war es nicht mehr als ein Zittern, dann wurde sie immer deutlicher: Die Spinne ließ sich an ihrem unsichtbaren Faden herab, um ihr Opfer zu holen.

Die Männer kamen aus dem Dorf, strömten rechts und links an unserer Hütte vorbei. Ich sah nur ihre Rücken, während sie gemeinsam auf die Hütte der Allegrettis zumarschierten.

Zuerst zerrten sie Bohne und seine Mutter aus der Hütte. Sie umklammerte ihn, so fest sie konnte. Dann stolperte sein großer Bruder Paolo heraus. Und zum Schluss sein Vater, Teobaldo Allegretti. Waffen wurden auf sie gerichtet, wortlose Laute gebrüllt.

Sonst war kein Geräusch zu hören.

Einer der Männer drehte sich zu uns um. Ich kannte ihn nicht. Ein merkwürdiges Lächeln umspielte seine Mundwinkel, es sah künstlich aus, eher wie eine halbseitige Gesichtslähmung, eine Grimasse. Es war ein schreckliches Lächeln.

Er war der Anführer. Er zeigte auf Bohnes Vater. Teobaldo Allegretti wurde auf die Knie gezwungen. Er bettelte nicht um sein Leben, er heftete seinen Blick fest auf den Boden, während sie ihn mit Benzin übergossen.

Einige der Männer hatten Paolos Holzfiguren eingesammelt, die kleinen meisterhaften Figurinen von allen Tieren des Waldes und des Meeres. Auch sie wurden vor Paolos Augen mit Benzin übergossen. Paolo wurde festgehalten, aber das war gar nicht notwendig, er rührte sich nicht. Dann zündeten sie seine gesammelten Kunstwerke an. Sie brannten schnell und lichterloh. Paolo hatte die Augen geschlossen. Sein Gesicht strahlte eine eigentümliche Ruhe und Frieden aus.

Der Lächelnde sagte etwas zu Teobaldo, bevor sie auch ihn anzündeten. Er brannte wie eine Fackel, lautlos, bis er zur Seite umfiel. Sein Rücken war bis zum Ende vollkommen gerade und aufrecht gewesen.

Als das Feuer schwächer wurde, wandte sich der Lächelnde an Bohne und seine Mutter. Sie wurden auseinandergerissen. Ein

Mann hielt Bohne fest, ein anderer Paolo. Sie standen nebeneinander, mit dem Rücken zu uns. Ein dritter Mann hielt Bohnes Mutter fest. Sie wehrte sich heftig. Aber obwohl sie wild um sich trat und schrie, war kein Laut zu hören.

Der Lächelnde ging auf sie zu. Dann zeigte er zuerst auf Paolo, dann auf Bohne. Er sprach zu ihr. Sie schüttelte heftig den Kopf, aber ihr Bewacher löste seinen Griff nicht.

Die Minuten verstrichen. Zwei Männer hielten Bohne und Paolo eine Pistole an den Kopf. Da hob Bohnes Mutter eine zitternde Hand.

Und sie zeigte auf Bohne.

Der Lächelnde gab dem Mann, der Bohne festhielt, ein Zeichen. Der ließ ihn los und trat ihm von hinten in den Rücken. Verwirrt starrte Bohne erst seine Mutter an, dann Paolo. Sie nickten ihm beide zu.

Dann rannte er los.

Bohne rannte direkt in den Wald hinein.

Der Mann neben Paolo schoss ihm unmittelbar danach eine Kugel in den Kopf. Er fiel nahezu friedvoll auf die Überreste seiner verbrannten Kunstwerke.

Da hörte ich zum ersten Mal einen Laut. Meine Schwestern schluchzten, beide, eine nach der anderen.

Auch der Mann, der Bohnes Mutter gepackt hatte, zog eine Pistole aus der Jacke. Er schoss ihr in die Schläfe und hielt sie dabei fest. Dann ließ er sie los. Während sie wie eine Gliederpuppe zu Boden sank, hob ihr Mörder den Kopf. Aus seiner Pistole stieg Rauch auf, sein Rücken war krumm und gebeugt. Er sah hinüber zu unserem Haus, direkt in unsere Augen.

Es war unser Vater.

Er sollte sich nie wieder aufrichten und mit geradem Rücken gehen. Von diesem Tag an wurde er »Il Ricurvo« genannt, der Krumme.

Bevor die Männer wieder auseinandergingen, steckten sie Allegrettis Hütte in Brand. Im Schein der Flammen warf mir der Lächelnde ein weiteres Mal einen verzerrten Blick zu.

Es verging ein halbes Jahrzehnt, bis ich Il Sorridentes Lächeln das nächste Mal sah. Ich war vierzehn, und mein Vater holte mich von der Schule ab. Er sprach kein Wort, aber auf halber Strecke durch San Luca bekam ich die Augen verbunden. Auch ich sagte kein Wort.

Als mir die Haube nach einer Viertelstunde – die eine große Ähnlichkeit mit der Viertelstunde von vor sechs Jahren hatte – vom Kopf gerissen wurde, stand ich in einer Fabrikhalle. Ich sah meinen Vater, der sich um einen Gesichtsausdruck bemühte, der offensichtlich Ruhe ausstrahlen sollte. Mein zweiter Blick traf auf Il Sorridentes Grinsen. Die vergangenen Jahre hatten es noch mehr entstellt.

»Lorenzo«, begrüßte er mich, und vermutlich lag an diesem Tag hinter dem künstlichen Grinsen sogar ein aufrichtiges Lächeln. Aber das war nicht minder abstoßend.

Er stand nickend vor mir und musterte mich.

»Dein Vater macht sich große Sorgen um dich, Lorenzo«, sagte er schließlich. »Du bist jetzt in einem Alter, in dem junge Männer ihre Stärke und Ehrenhaftigkeit unter Beweis stellen. Alle wollen ein ›contrasto onorato‹ werden. Du weißt, was das ist, nicht wahr, Lorenzo?«

Ich antwortete nicht. Ich konnte nicht.

Er fuhr ungerührt fort: »Das bedeutet, dass du ein Auserwählter bist, Lorenzo, dass wir dich prüfen. Indem du deine Stärke und Ehre unter Beweis stellst, zeigst du uns, dass du bereit bist für die ›Taufe‹ und deine Stärke und Ehre dem Klan widmen willst. Aber natürlich weißt du das alles, Lorenzo, du bist ja ein kluger Kopf – aber du scheinst in diese Richtung keinerlei Anstalten zu machen. Und das macht deinem Vater Sorgen, Lorenzo.«

Ich warf meinem Vater einen schnellen Blick zu. Sein Gesichtsausdruck versuchte dieses Mal, die erwähnte Sorge widerzuspiegeln.

»Aber soll ich dir ein Geheimnis verraten, Lorenzo? Ich mache mir überhaupt keine Sorgen. Und weißt du, warum ich mir überhaupt keine Sorgen mache?«

Es war ganz offensichtlich, dass von mir keine Äußerung erwartet wurde. Ich hätte auch gar nichts sagen können.

»Die Zeiten haben sich geändert, Lorenzo. Früher haben wir

uns mit Entführungen finanziert. Wir fanden damals, dass es der beste Weg wäre, um Geld zu verdienen. Heute wissen wir es besser. Wir haben uns neu und anders organisiert. Damals aber herrschte Krieg zwischen den Vertretern des alten und des neuen Ansatzes. Überall, in allen Klans, herrschte dieser Krieg. Dein Vater und ich glaubten an den alten Ansatz, Teobaldo Allegretti an den neuen. Er hat die Ehre unseres Klans verletzt, als er den Bauunternehmer aus Turin laufen ließ. Du verstehst, dass wir ihn damit nicht durchkommen lassen konnten?«

Sein Blick bohrte sich in mich. Ich wich ihm aus.

»Und doch ließ ich an jenem Tag Barmherzigkeit walten. Ich habe Allegrettis Sohn laufen lassen. Aber in den neuen Zeiten gibt es keinen Platz für Barmherzigkeit. Er muss sterben. Weißt du, wo ich ihn finden kann, Lorenzo?«

Ich erinnere mich an das Schwindelgefühl, das mich packte. Als würde der Boden der Fabrikhalle vor meinen Füßen hundert Meter in die Tiefe wegsacken und ich in einen unendlichen Abgrund starren.

»Nein«, stieß ich hervor.

»Nein? Du hast keine Ahnung?«

»Er ist doch in den Wald gerannt. Und verschwunden. Ich weiß nicht einmal, ob er noch am Leben ist.«

»Sehr gut«, sagte Il Sorridente leise. »Aber das ist auch gar nicht der Grund, warum ich dich heute sehen wollte, Lorenzo. Ich wollte dir sagen, dass ich mir – im Unterschied zu deinem Vater – überhaupt keine Sorgen um dich mache.«

Ich begriff zu spät, dass ich ihn unverhohlen und viel zu lange angestarrt hatte. Viel zu respektlos. Ich senkte schnell den Blick.

Er fuhr fort: »Wie gesagt, die Zeiten haben sich geändert, Lorenzo. Heute benötigen wir nicht nur Draufgänger und Kämpfer im Klan. Heute benötigen wir auch kluge Köpfe. Wir müssen unsere Leute überall haben. Damit will ich sagen, dass du für uns auch ein ›contrasto onorato‹ bist. Wir behalten dich im Auge. Mach weiter so.«

Ich nickte stumm. Auch wenn ich hätte sprechen können, hätte es nichts zu sagen gegeben. Ich hatte schon lange die Befürchtung gehabt, aber erst jetzt begriff ich das ganze Ausmaß: Ich war ein Auserwählter. Ich würde mein Leben lang in der Gewalt der Mafia sein. Es gab keinen Ausweg.

»Eine Sache noch«, sagte Il Sorridente da. »Dein Vater ist sehr stolz auf dich. Aber er traut sich nicht, es dir selbst zu sagen.«

Wieder warf ich meinem Vater einen ängstlichen Blick zu. Seit vielen Jahren schon – seit sechs Jahren, um genau zu sein – spürte ich keine Verbindung mehr zu diesem Mann. Er war ein harter Hund geworden, Il Ricurvo, der Krumme, aber nicht viel mehr. Und besonders stolz sah er auch nicht aus. Ich hatte in etwa so viel Angst vor ihm wie vor Il Sorridente.

Als ich die Fabrikhalle wieder mit meiner Haube verließ, zitterten meine Beine. Ich hatte Il Sorridente zum ersten Mal in meinem Leben belogen. Aber nicht zum letzten Mal.

Einige Wochen zuvor nämlich, die Schule war wegen einer Bombendrohung ausgefallen, begleitete ich ein paar Freunde aus der Klasse im Bus nach Norden. Das war gar nicht meine Art, aber ich wollte weg, mich zog es zunehmend weg vom Dorf. Auch heute noch betrachte ich es als einen Zufall, dass wir ausgerechnet in Crotone landeten. Dort fand ein Spiel der Jugendmannschaft statt. Die Rot-Blau-Gestreiften spielten gegen die Schwarz-Gelben – ich hatte keine Ahnung von Fußball und kannte die Vereine nicht. Aber einen der Spieler erkannte ich sofort wieder, vor allem aufgrund seines Spielstils, dieses Dribbelns, mit dem er mich bis zu meinem achten Lebensjahr immer ausgetrickst hatte und danach nie wieder. Meine allergrößte Angst war, dass meine beiden Klassenkameraden aus San Luca ihn wiedererkennen würden. Aber er hatte sich so sehr verändert, dass sie es nicht taten. Vor allem war die Warze auf seiner Wange verschwunden.

Nach dem Spiel sagte ich meinen Freunden, dass ich mal auf die Toilette müsste, was sogar stimmte. Mürrisch stapften sie zur Bushaltestelle; wir waren schon spät dran, zu Hause würde es Ärger geben. Statt auf die Toilette zu gehen, lief ich Fabio hinterher. Sie hatten haushoch gewonnen, aber nach der ersten großen Jubelszene verabschiedete er sich von der Mannschaft, die gesammelt in die Umkleideräume ging, um zu duschen. Ich rannte hinter ihm her und holte ihn ein. Zu Tode erschrocken, sah er mich an. Ich ging auf ihn zu, er aber wich zurück.

»Dein Vater hat meine Familie umgebracht«, sagte er.

Instinktiv versuchte ich, Hass aus seiner Stimme herauszuhören. Aber da war kein Hass. Bis heute bin ich davon überzeugt, dass nicht der geringste Anflug von Hass in seiner Stimme lag.

»Ich habe niemandem etwas gesagt.«

»Ich weiß«, antwortete er.

Und dann hielt er mir seinen Daumen hin. Die Narbe war noch deutlich zu sehen, so wie auf meiner Daumenspitze. Wir drückten unsere Daumen aneinander und sahen uns an. Danach wandte er sich um und verschwand um die nächste Ecke.

Einige Zeit später fing ich auf dem Gymnasium an. In San Luca gab es kein gutes, und ich war regelrecht erleichtert, als ich nach Reggio Calabria umziehen musste. Ich wohnte in einem Wohnheim mit Blick über die Straße von Messina, wo die Brücke nach Sizilien entstehen sollte. In der Schule lief es auch dort gut. Am liebsten las ich Romane, aber ich wusste auch, dass ich mit Literatur kein Geld verdienen würde. Also richtete ich mich innerlich darauf ein, Jurist zu werden. Nebenbei trieb ich sehr viel Sport. Am Ende der Gymnasialzeit, als die Entscheidung anstand, wo meine weitere Ausbildung stattfinden sollte, wurde ich ein zweites Mal von meinem Vater abgeholt. Erneut wurden mir die Augen verbunden, und ich wurde durch die Straßen der Stadt gefahren, nur dieses Mal war es Reggio Calabria. Und als mein Vater mir die Binde vom Kopf nahm, begegnete mir erneut das schiefe Grinsen des Sorridente.

Wir waren in einem Kellerraum.

»Du bist groß geworden, Lorenzo. Ein richtiger Mann«, begrüßte er mich.

»Vielen Dank, Capobastone«, erwiderte ich.

»Hast du über deine Zukunft nachgedacht?«, fragte der Lächelnde. »Ich höre, dass es gut läuft in der Schule, und ich kann sehen, dass du viel trainiert hast.«

»Ich habe mir überlegt, Jura zu studieren«, antwortete ich. »Um Anwalt zu werden.«

Il Sorridente nickte nachdenklich, aber ich sah ihm an, dass er mit dieser Antwort nicht zufrieden war.

»Das ist gut«, sagte er. »Sich mit der Rechtsprechung auszukennen ist gut. Aber wir haben schon so viele Juristen. Die wissen, dass man bei uns gutes Geld verdienen kann, und rennen uns die Türen ein, sobald sie ihr Examen in der Tasche haben. Aber ein Bereich fehlt uns vollkommen, Lorenzo. Und der müsste dringend abgedeckt werden. Außerdem hat er auch mit deinem Interesse an Recht und deiner Lust an körperlicher Fitness zu tun und müsste dir eigentlich sehr entsprechen.«

Ich sah zu Boden, so respektvoll es mir möglich war. Ich ahnte schon, was als Nächstes kommen würde. Ich blickte einer sehr anstrengenden und mühsamen Zukunft entgegen.

Il Sorridente wartete, bis ich meinen Blick wieder hob.

Er sah mir in die Augen und sagte: »Was uns wirklich noch fehlt, ist jemand im Polizeiapparat.«

4 – Das vierte aktivierte Paar

Die Fliege

Mechelen, 20. August

Als sie endlich eine Pause einlegte, ließ ein Heiliger sein mildes Licht auf sie scheinen. Der Heilige hob seine Hand, und sein Leuchten durchdrang die Dunkelheit der Nacht.

Obwohl es in Jutta Beyer kein Gefühl gab, das auch nur im Entferntesten einer Frömmigkeit ähnelte, durchströmte sie diese Heiligkeit. Vielleicht war es jene unantastbare Heiligkeit, die der Mensch fern jeder Religion verspürt, denn darum ging es doch am Ende immer, auch bei der Tätigkeit, mit der sie so viele Stunden verbracht hatte, dass sie nicht bemerkt hatte, wie die Dämmerung hereingebrochen war.

Obwohl sie nun schon die fünfte Nacht im Martin's Patershof verbrachte, der ehemaligen neugotischen Franziskanerkirche, die in ein Hotel umfunktioniert worden war, hatte sie das Kirchenfenster noch nie so eigenartig leuchten sehen. Vermutlich lag es daran, dass sie nie lange wach blieb nach Einbruch der Dämmerung. Weil es so furchtbar langweilig war.

Sie hatten Udo Massicotte noch mehrmals verhört, allerdings über seinen schmierigen Brüsseler Anwalt der oberen Preiskategorie, und sie hatten nichts Neues herausbekommen. Massicotte hatte sich stumm gestellt, außerdem gab es keinerlei Anzeichen dafür, dass er versucht hatte, mit der Außenwelt Kontakt aufzunehmen. Die Gefängnisleitung im De gevangenis van Mechelen hatte ihren Auftrag offenbar äußerst ernst genommen. Täglich erhielten sie vierundzwanzigstündige Aufzeichnungen, die Massicotte und seinen unvertretbar abgestumpften Tagesablauf im Gefängnis zeigten. Er las viel, aß mehr, schlief am meisten.

Natürlich konnten sie es rein technisch nicht bewerkstelligen, alle Filme im Ganzen durchzusehen. Schließlich handelte es sich um Massicottes gesamtes Leben. Deshalb sahen sie sich nicht die kompletten Filme an.

Bisher hatte sie sich nur auf bestimmte Ausschnitte konzentriert und festgestellt, dass alle Aufnahmen exakt vierundzwanzig Stunden lang waren. Der erste Film war anderthalb Tage nach ihrem ersten Verhör eingetroffen. Die Überwachungskameras hatten bereits zwei Stunden nach Hjelms Telefonat mit der Gefängnisleitung mit dem Speichern begonnen, und Kameras befanden sich überall auf dem Gelände und im Gebäude. So konnten sie jeden Schritt verfolgen, den Massicotte tat. Wie er seine Zelle verließ, die Treppe hochging, durch die Bibliothek bis in den Computerraum lief, wo er sich in eine Ecke setzte und ein Buch las. Sie konnten ihm folgen, wie er in den Speisesaal ging, von dort in die Küche, wo er ein paar Stunden am Tag arbeitete und das Mittagessen verteilte und Teller und Besteck abwusch.

Arto Söderstedt hatte sich vorrangig dafür interessiert, welche Bücher Massicotte las. Das war bei dieser Auflösung nicht zu erkennen, und daher hatte er sich – nicht unbedingt dem Reglement folgend – Hilfe von der IT-Abteilung von Europol geholt. Als er sah, dass Massicotte Machiavellis *Der Fürst* las, runzelte er die Augenbrauen. Und als er ein paar Tage später entdeckte, dass sich Massicotte *Lob der Torheit* von Erasmus von Rotterdam ausgesucht hatte, nickte er nur noch sanftmütig. Jutta Beyer hingegen hatte ihren Kollegen ignoriert und nüchtern festgestellt, dass der Gefangene offenbar in Rente gegangen war.

Sie verbrachte ihre Zeit mit etwas Wesentlichem. Sie hatte den Ordner mit Donatella Brunos inoffiziellem Ermittlungsmaterial mitgenommen und ging alles erneut und noch akribischer als ihre Kollegen durch. Sie hatte sich so sehr darin vertieft und schließlich nach geheimen Botschaften und versteckten Hinweisen gesucht. Sie hatte Donatella Bruno als eine sehr kluge Frau kennengelernt, daher erschien es ihr kaum vorstellbar, dass diese so bedeutsames Material ohne die dazugehörigen Quellen gesammelt haben sollte, abgesehen von dem nichtssagenden Kürzel ›R‹, das zudem nur ein einziges Mal auftauchte. Donatella musste gewusst haben, dass die Papierdokumente, die sie wohl zu Hause aufbewahrt hatte, weitaus gefährdeter waren als jenes Material im Opcop-Computer. Also musste sie ganz einfach einen geheimen Verweis in ihrem Opcop-Account platziert haben. Jutta Beyer kämpfte sich durch das Material, aber am gestrigen Nachmittag hatte sie eine solche Langeweile überkommen, dass sie beschloss, das Pferd mit dem Strich zu striegeln statt dagegen.

Also begann sie, sich die Aufnahmen der Überwachungskameras genauer anzusehen. Schlaf, Essen, Lektüre, Essen, Abwasch, Schlaf, Essen, Lektüre, Essen, Abwasch, Schlaf, Essen, Lektüre, Essen, Abwasch. Bei genauerer Betrachtung übten die Aufnahmen einen fast hypnotisierenden Sog aus, wie bei dem Film *Sleep* von Andy Warhol. Diese grenzenlose Monotonie hatte etwas Meditatives, und es hatte eine gewisse Logik, dass der Heilige ausgerechnet jetzt sein mildes Licht auf sie scheinen ließ.

Sie drehte sich zu dem Kirchenfenster um und überlegte, wie dieser namenlose Heilige überhaupt leuchten konnte. Draußen war es praktisch stockdunkel. Der August ging seinem Ende zu, es wurde immer früher dunkel, und dennoch vermochte dieser nüchterne Heilige der Franziskaner zu leuchten.

Ihr Blick fiel auf die digitale Anzeige des Weckers, den alle Hotels im Zeitalter des Mobilfunks ihren Gästen bereitstellten. Sie zeigte drei Uhr morgens an. Die Stunde des Wolfes war angebrochen, die Stunde vor der Morgendämmerung, in der die meisten Menschen starben, wenn die Aktivität des Körpers auf ein Minimum reduziert ist und Körpertemperatur und Blutdruck auf die niedrigsten Werte absinken. Aber so fühlte sie sich keineswegs. Denn ein Heiliger hatte gerade sein Angesicht über sie leuchten lassen. Auch wenn es nur bedeutete, dass draußen auf der Straße eine Laterne stand.

Jutta Beyer war in der DDR aufgewachsen, ihre Eltern waren Mitglieder der SED gewesen, und sie hatte in ihrer ganzen Kindheit und Jugend keinerlei Kontakt zu Religion gehabt, die als Opium des Volkes galt. Und dennoch klang das Bild aus dem Aaronitischen Segen in ihr nach, als sie sich mit neuer Kraft zur Stunde des Wolfes den Aufzeichnungen zuwandte.

Alle waren exakt vierundzwanzig Stunden lang. Sie erstreckten sich von drei Uhr nachmittags bis zum nächsten Nachmittag um drei Uhr. Es gab keine einzige Gelegenheit, in der Udo Massicotte dieser Überwachung hätte entgehen können. Sie spulte die neuesten Aufnahmen zurück und beobachtete ihn beim Schlafen. Er schlief tief und ruhig, keine Andeutung von Ruhelosigkeit. Langsam stellte sich bei Jutta Beyer der meditative Zustand wieder ein.

Da entdeckte sie die Fliege.

*

Arto Söderstedt schlief nicht. Er las.

Die vergangenen Tage waren sonderbar gewesen. Auf einmal hatte er so viel Zeit zu seiner Verfügung. Das erinnerte ihn an die guten alten Zeiten der Dauerobservierungen im Auto. Langes Warten, und trotzdem konnte man sich nie richtig dabei entspannen. Man musste jederzeit einsatzbereit sein, sollte sich Udo Massicotte plötzlich in den Kopf setzen, etwas zu unternehmen. Zum Beispiel abzuhauen.

Söderstedt schob seine Lesebrille zurecht und beschloss, nur noch diese letzten Zeilen zu lesen und dann für heute Schluss zu machen. »Denn hier werden die Güter reichlich verteilt, und es gibt keine Armen und keine Bettler, und obgleich niemand etwas besitzt, sind doch alle reich – denn gibt es einen größeren Wohlstand als Freude, Geborgenheit und Sorglosigkeit?«

Thomas More, *Utopia*, 1516. Worte, die nicht nur Träume von einer umsetzbaren, sondern auch von einer beängstigenden Gesellschaft hervorgerufen hatten. Und dennoch waren es Worte, mit denen man sich immer wieder aufs Neue auseinandersetzen konnte.

Er musste an die Träume in Madrid denken, von denen Felipe erzählt hatte. Träume, die gegen alle Widrigkeiten immer wieder zum Leben erweckt werden konnten. Träume von Gleichberechtigung, von einer Welt ohne Arme und Bettler. Träume von einer Welt, in der alle reich sind, zumindest im Geiste.

Da ertönte ein deutliches und lautes Signal. Während er nach seinem Handy griff, war er davon überzeugt, dass er seinen Wecker falsch eingestellt hatte; die Brille tat ihren Dienst nicht mehr so gut wie früher. Als er versuchte, das Wecksignal abzustellen, meldete sich eine Frauenstimme.

»Hallo, Arto? Mach dich sofort auf die Socken, und komm rüber zu mir.«

Er konnte sich nicht erinnern, dieses Klingelzeichen eingegeben zu haben.

*

Vier Minuten später stand Arto Söderstedt in Jutta Beyers Zimmer. Zum ersten Mal. Er zog den Morgenmantel enger um sich. Sie saß auf dem Bett, die Decke um sich gewickelt, den Laptop auf dem Schoß. Er war sich nicht ganz sicher, ob sie vollständig angezogen war.

»Sieh dir das an«, sagte sie.

Er schob die Brille hoch und blickte auf den Monitor.

Udo Massicotte lag im Bett seiner asketischen Zelle und schlief, offensichtlich ungerührt von dem grellen Licht, das vom Gefängnishof durch die Gitterstäbe schien. Es war keine Bewegung auszumachen außer der digitalen Zahlenanzeige unten im Bild, die am Anfang der Sequenz 04:32:25 auswies. Als die Anzeige 04:35:03 anzeigte, ergriff Arto Söderstedt das Wort:

»Ja und?«

»Die Uhr scheint richtig zu gehen, oder?«, sagte Beyer.

»Das wissen wir natürlich nicht, aber eine Sekunde scheint auch dort eine Sekunde zu sein.«

»Genau das meinte ich. Warte, gleich kommt es.«

Sie warteten.

Als die Uhr auf 04:37:42 sprang, sagte Beyer: »Nur ein einziges Lebewesen in der Zelle, richtig?«

»Wenn man Udo als ein solches bezeichnen will, ja.«

»Falsch. Sieh genau hin.«

Arto Söderstedt, der schon Schwierigkeiten hatte, die Aufnahmen scharf zu sehen, kniff die Augen zusammen. Da entdeckte er einen kleinen schwarzen Fleck, der von rechts in die Szene flog. Beyer fror das Bild ein.

»Das ist eine Fliege«, sagte sie. »Achte jetzt genau auf ihre Flugbahn.«

»Ihre Flugbahn?«, wiederholte Söderstedt, war aber hochwachsam.

Die Sequenz lief weiter. Die Fliege flog von rechts nach links durchs Bild. Aber sie flog unglaublich langsam.

»Keine Fliege kann so fliegen«, stellte Jutta Beyer nüchtern fest.

Söderstedt kratzte sich am Kopf und verzog das Gesicht zu einer Grimasse.

»Was willst du damit sagen, Jutta?«

»Es gibt noch zwei weitere Stellen«, erklärte Beyer und spulte zurück auf 04:22:10. Erneut erschien die Fliege im Bild. Aber dieses Mal flog sie schnell wie eine gewöhnliche Fliege. Danach spulte Beyer vor auf 04:51:22. Auch dort tauchte die Fliege auf und flog wie ein gewöhnliches Exemplar.

»Ich bin müde«, sagte Söderstedt. »Ich habe gerade Thomas More gelesen, ich befinde mich im anbrechenden 16. Jahrhundert. Erklär mir bitte, was ich erkennen soll.«

Jutta Beyer richtete sich im Bett auf. Die Decke rutschte ihr von der Schulter. Sie war tatsächlich nackt darunter.

»Gestern in den frühen Morgenstunden, zwischen zwanzig Minuten nach vier und neun Minuten vor fünf Uhr, wurde die Geschwindigkeit der Filmaufnahmen gedrosselt.«

»Aber die Uhr ...«

»Ganz genau«, rief Beyer. »Die Uhr läuft ganz normal weiter. Deshalb ist der Film auch vierundzwanzig Stunden lang, wie es sich gehört.«

»Das bedeutet also ...«

»Ganz genau«, wiederholte Beyer. »Das bedeutet, dass der Film verlangsamt wurde und dadurch eine Sequenz länger ist, als er eigentlich wäre.«

»Um ...«

»Um das Entfernen einer anderen Sequenz zu verbergen.«

»Und in dieser Zeit ...«

»Genau. In dieser Zeit konnte Udo Massicotte tun und lassen, was er wollte. Aller Wahrscheinlichkeit nach einen oder mehrere Anrufe tätigen.«

»Verflixt und zugenäht«, schrie Söderstedt auf und schien jetzt erst so richtig wach zu werden. »Das ist ja fast vierundzwanzig Stunden her.«

»Außerdem ist das der fünfte Film«, fügte Beyer hinzu. »Wenn dieser hier manipuliert wurde, wer sagt uns, dass es nicht auch bei den anderen geschehen ist?«

»Und wir sitzen hier tagein, tagaus und drehen Däumchen. Was machen wir denn jetzt?«

»Wir müssen es sofort Hjelm melden. Und wir müssen herausbekommen, wer in dieser Nacht Dienst hatte. Wer die Sequenz entfernen konnte. Und ob jemand gestern Morgen gegen halb fünf nach draußen telefoniert hat.«

»Wir werden so einige wachrütteln müssen«, sagte Söderstedt.

»Ganz bestimmt hat Massicotte ein Prepaidhandy benutzt, das man nicht orten kann, mit schon längst zerstörter SIM-Karte. Aber ich glaube, man kann alle Gespräche ermitteln, die zu einer bestimmten Zeit in der Gegend geführt wurden. Alles hinterlässt Spuren.«

»Überprüf das, Jutta, dann kümmere ich mich um die schwierigen Gespräche. Zuallererst muss Schanghai erfahren, dass da etwas läuft. Wenn es nicht schon längst zu spät ist.«

*

Auch Paul Hjelm wurde nicht von dem Klingelzeichen geweckt. Er hatte zwar versucht, ein paar Stunden zu schlafen, aber das war ihm nicht geglückt. Sein Kopf drohte zu explodieren. Es waren zu viele Fäden, die er nicht alle im Griff hatte und die er Gefahr lief loszulassen.

Loslassen, dachte er. Verfluchtes *Loslassen*.

»Ja?«, antwortete er.

»Arto hier. Gegen halb fünf Uhr gestern Morgen hat Udo Massicotte ein Telefonat geführt, wahrscheinlich mit Korsika. Es ist außerdem nicht gesagt, dass es sein einziges war.«

»Erklärung, bitte?« Hjelm setzte sich im Bett auf.

»Jutta hat entdeckt, dass wir bei den Aufnahmen von den Überwachungskameras reingelegt worden sind. Eine Fliege ist zu langsam geflogen.«

»Ich habe keine Lust nachzuhaken.«

»Ich erläutere es dir später. Ich bin im Begriff, das Problem in Kürze mit der Gefängnisleitung zu klären. Und ich verspreche dir, ich werde nicht zu langsam fliegen.«

»Okay, danke.« Hjelm seufzte und beendete das Gespräch.

Während sich die Gedanken in seinem Kopf sortierten, saß er still auf dem Bett, das Handy im Schoß.

Um halb fünf Uhr morgens war es in Schanghai gestern bereits halb elf Uhr am Vormittag gewesen. Mirella Massicotte oder Colin B. Barnworth hätten ohne Probleme von ihrem verborgenen korsischen Hauptquartier aus mit Schanghai telefonieren können. Offensichtlich hatten sie aber nicht sofort Kontakt aufgenommen, sonst hätte Wu Wei das Gespräch abgefangen – obwohl vielleicht auch nicht, da sie ja wussten, dass sie abgehört wurden –, aber zumindest eine Veränderung im Datenverkehr von Nüwa festgestellt. Da Hjelm nichts darüber gehört hatte, war offenbar keines von beidem eingetreten. Vielleicht konzentrierte sich Korsika auf andere Aktivitäten, die ihnen wichtiger waren, als Spionage zu verhindern. Ein ganzer Tag war verstrichen. Oder zwei oder drei oder sogar vier. Oder fünf, im schlimmsten Fall. Mirella und Barnworth hatten jetzt einen beträchtlichen Vorsprung.

Er hatte auch keine Zeit, die Freilassung des schwerkriminellen Bankers Barnworth zu verfluchen, obwohl er das regelmäßig tat, da er Wu Wei unmittelbar die neuen Umstände mitteilen musste. Er hatte ihn zwar schon mithilfe von Navarros raffiniert formulierter E-Mail über den neuesten Stand informiert, aber jetzt herrschte akuter Handlungsbedarf. In Schanghai war es nun halb zehn Uhr morgens, daher entschied er sich dafür, einfach anzurufen.

Wu Wei war überraschend schnell am Apparat.

»Guten Morgen, Herr Kommissar«, sagte Hjelm.

»Guten Morgen«, erwiderte Wu Wei. »Gibt es Neuigkeiten?«

Sonst hätte ich ja wohl kaum angerufen, dachte Hjelm säuerlich. Ihn konnte man angesichts der Uhrzeit noch nicht einmal als einen Morgenmuffel bezeichnen. Eher als einen Nachtmuffel. Schlafdefizitmuffel.

»Sonst würde ich Sie nicht anrufen«, sagte er dann doch, aber mit fröhlicher und herzlicher Stimme. »Haben Sie in den letzten Tagen Veränderungen im Datenverkehr registriert?«

»Eine geringe Abnahme«, antwortete Wu Wei. »Aber innerhalb der üblichen Fehlertoleranz. Soweit wir das beurteilen können, hat Nüwa die Tätigkeiten nicht modifiziert.«

»Das wird vielleicht nicht mehr lange so bleiben«, sagte Hjelm. »Wir haben Hinweise erhalten, dass das Unternehmen über kurz oder lang aufgegeben oder liquidiert wird.«

»Wir werden besonders aufmerksam sein«, versprach Wu Wei. »Allerdings sind wir das die ganze Zeit schon.«

»Vermutlich wird das heute geschehen. Ausgesprochene Aufmerksamkeit ist da erforderlich.«

»Vielen Dank für die Warnung.«

»Wie geht es meinen Helden?«

»Ja ... also ...«

»Zu viel Liebe?«

Wu Wei lachte laut auf.

»Ach was«, sagte er. »Das muntert doch auf. Haben Sie übrigens schon einmal von HOX und HoxA9 gehört?«

»Nein ...«

»Das ist die neueste Beute von Nüwa, von einer Klinik aus Cincinnati. Bei HOX handelt es sich offenbar um eine Gengruppe, die die Ausschüttung von Krebsproteinen bei einer besonders aggressiven Form der Leukämie steuert, die vor allem Kinder befällt. HoxA9 ist ein ganz bestimmtes Gen aus dieser Gruppe.«

»Sie sind sehr gut informiert«, sagte Hjelm reserviert. »Das ist schön.«

»Wissen Sie, an welchen Tieren das HoxA9 untersucht wurde?«

»Nein.«

»An Fliegen.«

»Sind die zu langsam geflogen?«, fragte Hjelm und wusste in dem Augenblick, dass es dringend an der Zeit war, sein Schlafdefizit zu minimieren.

Zwei Tage

New York, 19. August

Während Paul Hjelm sich in Den Haag zu Bett begab, saß »Detektiv Durand« in einer großen Messehalle am Stadtrand von New York und schwitzte. Er wartete geduldig. Es war halb zehn Uhr abends, und die Menge der Wartenden war unüberschaubar.

Wenn Nicholas nicht Nicholas gewesen wäre, hätte ihn der vergangene Tag schier überwältigt. Die Antwort der Camulus Security Group Inc. war bereits zwei Tage nach der Einsendung der Bewerbung eingetroffen, und zwei weitere Tage später erhielt er die Einladung, sich in New York zu einem Vorstellungsgespräch einzufinden. Obwohl ihn die Geschwindigkeit ein wenig überraschte, spürte er dennoch einen gewissen Stolz darüber, zu den Auserwählten zu gehören – wenn auch unter falschen Voraussetzungen.

Dieses Gefühl, das er sich nicht wirklich zugestehen mochte, hatte den gesamten Flug von Schiphol nach JFK über angehalten, und Reste davon hatte er auch noch im Taxi verspürt, das ihn durch diese mystische Stadt fuhr, in der er noch nie zuvor gewesen war. Erst als er die Adresse in Queens erreichte, löste sich dieses Gefühl in Luft auf.

Vor der Messehalle war eine Schlange von Anwärtern, die eher einer Volksversammlung glich. Das Taxi hielt vor einer Pforte, die fast militärisch gesichert wirkte. Es musste dort wenden, denn Unbefugten war sogar das Betreten des Geländes und somit des Parkplatzes untersagt, auf dem sich die Menschen drängelten wie bei einem Casting für *American Idol* – mit dem einen Unterschied, dass diese Bewerber ausschließlich Typen wie er waren, muskulöse Kerle aus allen Teilen der Welt. Sie warfen sich misstrauische, aber respektvolle Blicke zu, und die schwersten Jungs – denn die gab es in seiner Kategorie natürlich auch, das konnte er nicht leugnen – waren offenbar schon aussortiert worden. Ihm fielen nicht mehr als zwei Handvoll vergrößerte oder verkleinerte Pupillen auf. Die würden kaum den Weg in die Halle schaffen, das war ihm sofort klar, als er die Wachen sah, die immer zehn Männern in einer Gruppe Einlass gewährten. Sie wussten genau, was sie da taten, das war unverkennbar.

Es dauerte mindestens eine Stunde, bis er endlich in der riesigen Halle stand. Dort bekam er eine Nummer und ein Formular ausgehändigt und einen Sitzplatz zugewiesen. Während er seine Personalangaben eintrug, die nicht ganz der Wahrheit entsprachen, aber schon verinnerlicht waren, wurden die ersten Nummern aufgerufen. Damit begann eine lange Wartezeit.

Die wenigsten Bewerber hatten größere Schwierigkeiten mit dem Warten. Das Warten war offenbar ein Bestandteil ihres Lebens geworden, entweder als Soldat, der auf den nächsten Einsatz wartete, als Bulle, der bei einer Beschattung in seinem Auto saß, oder als Knastbruder, der auf seine Freilassung wartete. Oder alles zusammen.

Nicholas hatte bereits über zehn Stunden still gesessen, zuerst auf dem Flug, dann im Taxi und mittlerweile schon mehrere Stunden in der Messehalle. Aber er litt keine einzige Sekunde. Im Gegenteil, er genoss es regelrecht, am Leben zu sein und Kontrolle über dieses Leben zu haben.

Trotz ein paar Kontaktversuchen sprach er mit niemandem, und endlich wurde seine Nummer aufgerufen. Er folgte einem der Wachmänner einmal quer durch die Halle in eine Ecke zu einem Schreibtisch. Dahinter saß ein muskulöser Mann in einem Anzug. Ohne von seinen Papieren aufzusehen, wedelte er mit der Hand. Nicholas reichte ihm sein ausgefülltes Formular und wartete, bis der Mann die Angaben durchgelesen hatte.

»Durand?«, fragte er schließlich.

»Richtig«, bestätigte Nicholas.

»Sie werden jetzt eine Reihe von Tests durchlaufen, Durand. Am Anfang stehen einfache Drogentests und Blutproben, danach kommen die anspruchsvolleren physischen Tests, und wenn Sie ausgepowert und erschöpft sind, folgen die Tests zu Reaktionsvermögen, über Schusssicherheit und Nahkampffähigkeit, und ganz zum Schluss steht der Intelligenztest an. Sind Sie bereit?«

»Ja«, antwortete Nicholas.

»Gehen Sie mit Steve, und halten Sie Ihre Nummer bereit«, sagte der Mann im Anzug. Er hatte Nicholas kein einziges Mal in die Augen gesehen.

Nicholas folgte Steve, und sie gingen durch eine unauffällige Tür und kamen in eine noch größere Halle, in der mehrere Stationen aufgebaut waren, die von Männern und auch vereinzelt Frauen in Trainingsanzügen geleitet wurden, die einen unverkennbar militärischen Hintergrund hatten.

Die Tests erstreckten sich von Urin- und Blutproben bis hin zu einem militärischen Hindernisparcours, wie ihn Nicholas noch nie gesehen hatte. Er war tatsächlich ziemlich ausgepowert, als die sogenannten Reaktionstests anstanden. Einige erforderten nur einfache Ausweichmanöver, kein Problem für einen Boxer, aber bei anderen musste man blitzschnell Entscheidungen fällen, die richtige Wahl treffen, aber erst gegen Ende konnte Nicholas seinen großen Vorteil ausspielen. Bei dieser Station ging es um den Umgang mit Schmerzen. In der hintersten Ecke der Halle, wo vier bewegliche Wände zusammengeschoben wurden, um eine Zelle zu simulieren, befand sich eine Folterkammer. Nicholas erkannte die Ausstattung wieder, sie war entworfen worden, um möglichst große Schmerzen zu erzeugen, ohne bleibende Schäden zu hinterlassen. Es ging also in erster Linie darum, die Qualen auszuhalten, und er war gut darin, den Schmerz von Elektroschocks, die Malträtierungen seiner Haut und der Haarwurzeln auszuhalten. Das Problem tauchte eher danach auf, als sie ihm einen dicken Stapel Papier und einen Stift in die Hand drückten, um den sogenannten Intelligenztest zu absolvieren. Aber er verstand genau, worauf sie hinauswollten. Cleverness unter großem Druck. Klare Gedanken am Rand des Zusammenbruchs. Aber als die Uhr tickte, hatte er trotzdem kein gutes Gefühl. Nicht, dass er an seiner Intelligenz gezweifelt hätte – eigentlich traf das Gegenteil zu –, aber da war diese Sache mit dem Schreiben. Und dem Lesen. Er hatte erst nach seinem Entzug lesen gelernt. Vorher hatte sich nie die Gelegenheit dazu ergeben. Aber in der letzten Phase in La Santé, als er den Entschluss für seinen weiteren Lebensweg gefasst hatte, war es ihm gelungen, den letzten Rest seiner versprengten Existenz zusammenzutragen und sich eine Zielstrebigkeit anzueignen, die ihn auch heute noch überraschte. Diese Kraft genügte, um lesen zu lernen und sogar Fragmente seiner versäumten Schulzeit nachzuholen. Aber wer wusste schon, ob das in diesem Fall ausreichen würde, unter so einem Zeitdruck. Er hatte bei allen Aufgaben eine Lösung hingeschrieben, aber keine Ahnung, wie gut es gelaufen war.

Die Dusche danach war sehr willkommen gewesen, aber leider erinnerte ihn die Anlage zu sehr an La Santé, um wirklich entspannen zu können. Außerdem schwitzte er heftig nach. Und das hielt den gesamten Abend über an, auch als er wieder in der ersten großen Halle saß, wie zu Beginn. Es war bereits halb zehn Uhr, und nicht mehr als ein Drittel der ursprünglichen Bewerberzahl war noch vor Ort, der Rest war verschwunden. Aber die restlichen Teilnehmer schwitzten alle nach.

Vielleicht hatte sich das Nachschwitzen auch in einen kalten Schweiß verwandelt, denn jetzt ging es ums Ganze. Er wusste nicht, was es zu bedeuten hatte, dass eine Nummer nach der anderen aufgerufen wurde. Waren die alle angenommen worden? Sie verschwanden durch einen Seiteneingang, wahrscheinlich damit sie nichts verraten konnten. Die verbleibenden Anwärter sollten um jeden Preis in Unwissenheit gelassen werden.

Sie würden ohnehin nur etwa ein Zehntel der Bewerber annehmen, das stand von vornherein fest, aber auch das waren noch viele. Überwältigend viele. Er überlegte die ganze Zeit, wofür Camulus so viele Leute benötigte. Es lief zwar ganz gut in der Sicherheitsbranche, aber das hier war geradezu absurd.

Doch es war nicht der richtige Zeitpunkt, um diese Frage zu stellen.

In diesem Moment wurde seine Nummer aufgerufen.

Er stand auf. Entweder würden sie ihm jetzt für seine Teilnahme danken, oder Phase zwei würde eingeleitet werden. Er musste sich eingestehen, dass er nervös war.

Erneut trat er vor den Mann im Anzug. Und wie zuvor starrte der nur unentwegt auf seinen Papierstapel vor sich.

»Durand?«, sagte er schließlich.

»Richtig«, bestätigte Nicholas.

Es war eine bizarre Wiederholung.

Aber da blickte der große Mann in seinem Maßanzug auf und streckte ihm die Hand entgegen. Nicholas erwiderte fast mechanisch den Händedruck, ohne dessen Bedeutung zu erfassen.

»Willkommen bei der Camulus Security Group«, sagte der Mann. »Ein sehr gutes Ergebnis, Durand.«

»Vielen Dank«, erwiderte Nicholas und versuchte, seine Gefühle zu sortieren. Alles, was mit echten Gefühlen zu tun hatte, war noch so neu für ihn. Aber diese Freude konnte er genießen.

Naive Freude.

»Wir melden uns in den nächsten beiden Tagen«, fuhr der Anzugmann fort.

Damit war das erledigt.

Immer diese Zweitagesabstände, dachte Nicholas, als er hinaus in den lauen Sommerabend trat.

Er hatte keine Ahnung, wie er von der Halle wieder in die Stadt kommen sollte.

Lebenskraft

Schanghai, 20. August

Corine Bouhaddi hörte das Ende des Gesprächs zwischen Hjelm und Wu Wei. Sie stutzte vor allem bei Wu Weis Formulierung »Das muntert doch auf« und seiner darauffolgenden, fast heiter vorgetragenen Enthüllung über das HOX-Gen aus Cincinnati.

Sie saß auf der einen Seite des Schreibtisches im achten Stock der Wolkenkratzerruine. Seit zwei langen Wochen hatten sie kein einziges Mal einen anderen Arbeitsplatz zugewiesen bekommen. Nach wie vor wussten sie nicht, wo genau sich Wu Weis eigenes Büro befand oder wo sich seine Mitarbeiter aufhielten und um was für ein Gebäude es sich handelte. Ihre einzige Aufgabe – abgesehen von ein paar offiziellen Veranstaltungen in ihrer Eigenschaft als Repräsentanten von Europol – bestand darin, sich durch Nüwas Cyberspionage hindurchzuarbeiten, Material aus dritter Hand. Überraschend viel davon war unverständlich, Biotechnologie und Genetik auf höchstem Niveau. Aber dann gab es noch die anderen Aufnahmen. Der Small Talk der Spione, Telefonate, die mündlichen Übersetzungen, die bis in die kleinste Kleinigkeit diskutiert wurden, und das alles übersetzt und transkribiert in ein unsägliches Englisch, das außerdem wahrscheinlich an einigen Stellen zensiert worden war. Bouhaddi und Kowalewski saßen also am Schreibtisch – irritierend oft in Begleitung von Wu Wei, als hätte er nichts Besseres zu tun – und blätterten durch die Unterlagen, aber auch wenn sie alleine waren, wagten sie es nicht, frei zu sprechen, sondern nur flüsternd versteckt unter Liebkosungen.

Bouhaddi warf Kowalewski einen Blick über den Tisch zu. Der las tief versunken in dem aktuellsten Papierstapel. Ihre Beziehung hat eine sonderbare Wandlung erfahren. Sie hatte keine Angst vor Körperkontakt, ihre Entscheidung, keinen Sex mehr zu haben, hatte damit nichts zu tun. Aber verliebt zu spielen löste ein verwirrendes und extrem zwiespältiges Gefühl in ihr aus. Sie waren ganz unerwartet zu echten Spitzeln geworden, ihre Streicheleinheiten mussten auf jeden Fall überzeugend aussehen. Dass ihr nur diese Lösung in der Eile eingefallen war, machte ihr ein bisschen Sorgen. Keine großen Sorgen, aber doch. Das war keine Kommunikationsform, die ihr besonders lag.

Auch Kowalewski war von dieser Vorgehensweise kalt erwischt worden. Die Tatsache aber, dass er so unvermittelt darauf eingestiegen war, schrieb sie seinem schnellen Reaktionsvermögen zu und nicht seiner schlüpfrigen Phantasie. Im Gegenteil schien sein Respekt vor ihr noch gewachsen zu sein, was sich vor allem in den sehr seltenen Fällen zeigte, wenn sie allein und – soweit erkennbar – unbeobachtet waren. Wenn sie sich nicht hinter Liebkosungen verstecken mussten.

Das war alles in allem eine sehr paradoxe Situation.

Aber dem Anschein nach spielten sie ihre Rollen überzeugend, denn darauf bezog sich Wu Weis Äußerung »Das muntert doch auf«. Vielleicht entsprach es sogar der Wahrheit, dass ihn die kleinen Zärtlichkeiten der beiden tatsächlich aufmunterten.

Allerdings war sein ausgelassener Tonfall fast noch interessanter, in dem er Hjelm von den HOX-Genen erzählt hatte. Er hatte eine Leichtigkeit in der Stimme, die sie vorher noch nie bei ihm gehört hatte. Zum ersten Mal berichtete er Hjelm ohne jede Zurückhaltung von ihren neusten Entdeckungen. Vielleicht lag es daran, dass sie ihnen auf der Spur waren, dass Nüwa drohte, in sich zusammenzustürzen, dass aus der Angelegenheit ein richtiger Fall für die Polizei wurde. Vielleicht benahm er sich einfach wie jeder Polizist auf der ganzen Welt, der eine Witterung aufgenommen hatte.

Wu Wei lehnte sich über den Tisch und musterte sein Handy mit wachsender Verwunderung.

»Haben Sie schon einmal etwas davon gehört, dass Fliegen zu langsam fliegen?«, fragte er sie.

Bouhaddi und Kowalewski sahen einander an, ebenso verblüfft wie Wu Wei.

Der klatschte plötzlich in die Hände und sagte mit einem ganz anderen Tonfall: »So, Sie Turteltäubchen, Sie kommen jetzt mit zu mir nach Hause.«

Sie verließen das Büro. Rein in den verdreckten Aufzug, raus auf die Straßen dieses so verkommenen Stadtviertels, hinunter in eine mit vier Schlössern gesicherte Garage, hinein in einen edlen Wagen, der sich stark von ihrem üblichen Transportmittel, dem schwarzen Einsatzwagen, unterschied. Hinaus in das surrealistische Gewirr von Autobahnen in der absurden Megastadt Schanghai, in den Stadtteil Zhabei und eine Straße namens Datong Road hinauf.

Zu diesem Zeitpunkt hatten Bouhaddi und Kowalewski bereits das Gefühl für Raum und Geschwindigkeit verloren. Als Bouhaddi ihre Hand auf Kowalewskis Oberschenkel legte, erwiderte er instinktiv ihre Geste. So saßen sie, bis Wu Wei plötzlich abrupt bremste und gleichzeitig den Motor abwürgte.

Er zeigte durch die Windschutzscheibe und sagte: »Zwölf Stockwerke. Wären Sie Amerikaner, würden Sie das Gebäude unter den Bezeichnungen ›*Advanced Persistent Threat 1*‹ oder ›*Byzantine Candor*‹ kennen. Da Sie allerdings Europäer sind und nicht diese Neigung zu majestätischen Namen haben, wird es Ihnen vermutlich unter der Bezeichnung ›Einheit 61398‹ ein Begriff sein.«

Sie beugten sich vor, um aus dem Fenster zu sehen, die Hände noch auf dem Oberschenkel des anderen, wie zwei verwirrte Europäer mit dem großen Bedürfnis nach Zusammenhalt. Das Gebäude, das vor ihnen in den Himmel ragte, war breiter als hoch. Es war von einer gigantischen Mauer umgeben, die mit Stacheldraht versehen war und sich dennoch bemühte, mit der trostlosen Umgebung zu verschmelzen. Es standen noch andere Hochhäuser in der unmittelbaren Nachbarschaft, und Wu Wei zeigte in ihre Richtung.

»In einem dieser Häuser sitzt also die für Sie nicht greifbare Privatdetektei und Organisation Chu-Jung«, fuhr er fort. »So weit sind Sie schon vorgedrungen. Ihr Problem ist aber, dass Sie annehmen, *ich* säße in dieser Einheit 61398.«

Bouhaddi und Kowalewski pressten ihre Finger in das Fleisch des anderen; niemand, nicht einmal ein Vertreter einer vollkommen anderen Kultur, würde jetzt noch glauben, dass es sich hier lediglich um bedingungslose Liebe handelte.

»Aber das ist nicht der Fall«, fuhr Wu Wei fort. »Meine Aufgabe ist eine ganz andere. Doch darauf kommen wir später zurück. Meine Gruppe allerdings hat ihren Sitz in diesem Haus hier.«

Sie folgten mit dem Blick seinem ausgestreckten Finger, der auf ein gelbliches, in unmittelbarer Nachbarschaft stehendes und ziemlich baufälliges Hochhaus zeigte.

»Lassen Sie sich nicht von seinem Äußeren abschrecken, ich weiß, dass Westeuropäer dazu neigen. Darin befindet sich ein cyberisoliertes hochtechnologisches Stockwerk. Die Organisation Chu-Jung hingegen hat ihren Sitz in diesem Gebäude dort.«

Sein Zeigefinger wanderte ausgestreckt in Richtung eines offensichtlich neu errichteten Hochhauses mit etwa fünfzehn Stockwerken, das nur einige Hundert Meter von Wu Weis Büro entfernt stand, sodass diese drei Hochhäuser eine Art Dreieckskonstellation bildeten.

»Alle spionieren alle aus«, sagte Corine Bouhaddi fassungslos.

»Die Zeichen stehen auf Veränderung«, antwortete Wu Wei und stieg aus dem Wagen.

Sie liefen über eine Fläche, die vermint wirkte. Dann betraten sie die Eingangstür des gelblichen Hochhauses. Dafür mussten sie durch drei hintereinandergesetzte Türen gehen.

»Die offizielle Version lautet, dass diese Türen dazu dienen, den Energieverbrauch zu senken«, erläuterte Wu Wei, während sie zwischen der ersten und der zweiten Tür einen Augenblick warten mussten. Er hob den Kopf und richtete seinen Blick auf eine Ecke der nächsten Tür. Daraufhin glitt diese auf. Sie betraten die nächste Schleuse zwischen der zweiten und der dritten Tür. Dort zog Wu Wei eine Karte durch ein Lesegerät und legte seine Finger auf den Türknauf. Diese Tür glitt ebenfalls auf, und sie waren im Inneren des Gebäudes.

Auch das Foyer sah so baufällig und heruntergekommen aus. Es gab keine Rezeption, in einer Ecke lag ein Haufen altes Baumaterial. Wu Wei ging auf den Aufzug zu.

»Und Sie waren der Meinung, Ihr bisheriger Arbeitsplatz sei in einem gammeligen Gebäude«, sagte Wu Wei mit neutraler Stimme und betrat den Aufzug. Sie folgten ihm. Erneut hob er den Blick und sah in die obere Ecke – dieses Mal an die Kante der Aufzugtür. Dann erst drückte er auf den Knopf für den zehnten Stock.

»Eingeweihte nennen uns ›Stockwerk zehn‹«, erläuterte er.

Der Aufzug raste nach oben, fünf Sekunden später hatten sie ihr Ziel erreicht und ein Druckgefühl in den Ohren. Als die Türen des Lifts aufglitten, erwartete sie ein ähnlicher Anblick wie unten im Foyer, und die Luft war staubig. Vor einer weiteren Tür blieben sie stehen, Wu Wei blickte auch hier nach oben und sagte etwas auf Chinesisch. Die Tür öffnete sich. Sie traten ein.

Und plötzlich war alles verändert. Der Flur, in dem sie jetzt standen, war vollkommen staubfrei. Die Luft roch fast klinisch rein, als würde sich ein ganzer Kader von Luftfiltern darum kümmern. Gut gekleidete Menschen saßen in kleinen Büroeinheiten, die sich aneinanderreihten, bis sie das Ende des Flures erreicht hatten. Dort bogen sie ab und betraten ein großes Eckbüro mit Fenstern in beide Richtungen. Es war japanisch-minimalistisch eingerichtet. Wu Wei setzte sich sofort hinter einen Rechner und bat seine beiden Kollegen von der anderen Seite der Erde, Platz zu nehmen. Sie setzten sich auf ein Futonsofa und sahen Zhabei unter sich. Im Fensterrahmen stand etwas, das aussah wie ein Teleskop.

Wu Wei studierte den Bildschirm und sagte schließlich: »Die Tendenz konnte statistisch nachgewiesen werden.«

»Welche Tendenz?«, fragte Bouhaddi.

»Wir hatten den vagen Eindruck, dass sich die Cyberaktivität von Nüwa verringert hat. Jetzt ist dieser Eindruck statistisch nachgewiesen worden. Und sie ist seitdem noch weiter gesunken. Hjelm hatte recht, es ist so weit.«

»Könnten Sie uns bitte erklären, was so weit ist?«, fragte jetzt Kowalewski.

Wu Wei erhob sich und zeigte durch die Fenster hinunter auf die Stadt, die sich wie ein gigantischer Organismus vor ihnen ausbreitete.

»Es gibt zwei Richtungen«, erläuterte er. »Dort drüben, im Hochhaus der Einheit 61398 – wir wissen leider nicht genau, wo –, sitzt deren Untermieter Nüwa. Und dort drüben, in dem Hochhaus zur Rechten, sitzt Chu-Jung und überwacht deren Datenverkehr. Wir nun sitzen hier und überwachen Chu-Jungs Datenverkehr, sowohl den terrestrischen als auch den Netzverkehr. Es ist nicht klar, wie viel wir jeweils über die Aktivitäten des anderen wirklich wissen.«

Bouhaddi nickte. »Chu-Jung gehört zu den Triaden, die Einheit 61398 zum Militär und das Stockwerk zehn zu … ja, zu wem eigentlich?«, fragte sie.

»Zur Polizei«, antwortete Wu Wei und warf ihr einen bedeutungsvollen Blick zu. »Wir sind die richtige Polizei.«

»Und Sie spionieren Chu-Jung aus, um so an die Triaden heranzukommen?«, fragte Kowalewski. »Lässt sich das Haus dort drüben denn irgendwie mit den Triaden in Verbindung bringen?«

»Die meisten Gebäude in dieser Stadt gehören irgendwie den Triaden«, erwiderte Wu Wei und zuckte mit den Schultern.

»Strategisch liegt Ihr Sitz auf jeden Fall sehr günstig zur Einheit 61398.«

»Das ist unser großer Vorteil, sollte Nüwa wirklich seine

Aktivitäten einstellen. Sie sitzen in dem Gebäude, pro Schicht drei Leute, das haben Sie ja den Abhörprotokollen entnehmen können. Es scheint, dass zwei dieser drei Biotechnologen oder Genetiker sind, vielleicht einer aus jeder Kategorie, und die dritte Person ist der eigentliche Cyberspion. Aber wir wissen, wie gesagt, nicht, in welchem Stockwerk sie sitzen, außerdem gehen dort jeden Tag Tausende von Leuten ein und aus, und uns ist nicht bekannt, wer von ihnen dazugehört.«

»Wenn Sie aber klare Beweise bekämen, dass Nüwa seine Aktivität eingestellt hat, könnten Sie, rein physisch, die betreffenden Individuen lokalisieren und ihnen folgen?«, fasste Bouhaddi zusammen.

»Ganz so einfach ist es leider nicht«, sagte Wu Wei und trat ans Fenster. Er justierte das Teleskop und winkte die beiden Europäer zu sich. Bouhaddi beugte sich hinunter und blickte direkt auf die Einheit 61398. Sie sah ein sehr gut bewachtes Tor, wohl das Haupttor, mit Eisengittern. Obwohl es mitten am Vormittag war und die meisten Leute eigentlich an ihren Arbeitsplätzen sein sollten, war sehr viel Betrieb an dieser Pforte. Am laufenden Band kamen und gingen Menschen, und Wagen passierten das Gitter.

»Verstehen Sie jetzt, was ich meine?«, fragte Wu Wei.

»Ich glaube schon.« Bouhaddi nickte. »Da ist viel zu viel Bewegung.«

»Nehmen wir also an, Nüwa stellt abrupt seine Aktivität ein. Selbst wenn sie dann augenblicklich das Gebäude verlassen würden – was ja nicht einmal sicher ist –, wüssten wir ja nicht, wie weit ihr Weg hinunter in den Hof ist. Außerdem entzieht es sich unserer Kenntnis, ob es dort Tunnel oder andere Ausgänge gibt.«

»Aber Sie haben schon eine Lösung?«

»Erinnern Sie sich an Chuntao?«, fragte Wu Wei.

Bouhaddi und Kowalewski sahen einander an.

»Sie meinen die Biotechnologin, die für Chu-Jung arbeitet?«, fragte Kowalewski. »Die Sie aufgrund ›äußerer Umstände‹ in Verwahrung nehmen mussten?«

»Die Lehrerin, ich erinnere mich«, sagte Bouhaddi. »Was ist mit ihr?«

»Wir haben sie laufen lassen, und sie hat ihre Tätigkeit bei Chu-Jung fortgesetzt.«

»Aber liefert Ihnen seitdem regelmäßig Berichte?«

»Ja. Chuntao ist nicht aktiv an den Abhöraktionen beteiligt, sie analysiert nur die wissenschaftlichen Inhalte. Sie weiß also auch nicht, wo im Gebäude sich Nüwa befindet und wer dazugehört. Dafür hat sie uns aber sämtliche Identitäten aller Chu-Jung-Spione übermittelt. Und die ihrer Späher.«

Wu Wei drehte das Teleskop von der Einheit 61398 weg, richtete es auf das höhere Hochhaus und justierte die Linse.

»Sehen Sie sich bitte das an«, forderte er die beiden dann auf.

Bouhaddi beugte sich erneut vor. Durch das Fernrohr erkannte sie eine Reihe identischer grafitgrauer Wagen, die auf dem Parkplatz vor dem Hochhaus standen. In zweien konnte sie auf dem Fahrer- und Beifahrersitz je eine Person ausmachen, zwei Männer pro Auto.

»Das sind die Späher«, erklärte Wu Wei. »Seit gestern sitzen sie dort in zwei Wagen und wechseln sich ab. Auch Chu-Jung hat offensichtlich die Abnahme in Nüwas Datenverkehr registriert. Sie sind einsatzbereit.«

»Jene Tendenz, die also erst vor Kurzem statistisch nachgewiesen werden konnte?«, fragte Kowalewski. »Und die Sie Hjelm gegenüber als ›innerhalb der üblichen Fehlertoleranz‹ bezeichnet haben?«

»Ich wollte die Erwartungen herunterschrauben. Meiner Meinung nach hat Nüwa eine Warnung erhalten, dass *eventuell* etwas geschehen wird. Sie haben die Anweisung bekommen, sich vorerst ruhig zu verhalten. Trotzdem ist ihnen dieser Fund des Fliegengens in Cincinnati gelungen.«

Bouhaddi richtete sich auf und atmete tief durch. Wu Wei veränderte ein weiteres Mal die Position des Fernrohrs und drehte an den Justierschrauben. Dann machte er eine einladende Geste. Bouhaddi beugte sich wieder vor und sah auch hier auf zwei Wagen, allerdings waren die blau und grün. Sie standen am Straßenrand, nur unweit der Ausfahrt des Hochhauses. Auch in ihnen saßen je zwei Männer.

»Das sind dann also die Späher vom Stockwerk zehn?«, fragte sie.

»Mit Bojing beziehungsweise Dingxiang am Steuer.« Wu Wei nickte. »Meine besten Fahrer. Abgesehen von Lian natürlich.«

»Mal sehen, ob ich Ihre Strategie verstanden habe«, sagte Bouhaddi. »Wenn Sie den Hinweis erhalten, dass Nüwa im Gebäude der Einheit 61398 die Absicht hat, ihren Posten zu verlassen, gehen Sie davon aus, dass die Chu-Jung-Leute ihnen folgen werden, weil Sie nämlich annehmen – oder es sogar wissen? –, dass Chu-Jung, im Gegensatz zu Ihnen, die Identität der Nüwa-Spione kennt?«

»Laut Chuntao haben sie die, ja.«

»Zwei Wagen«, fuhr Bouhaddi fort. »Zwei Wagen bedeutet, dass man sich für zwei der Spione entscheiden muss.«

»Ich vermute, dass sie den professionellen Spion laufen lassen. Zum einen hat er nichts mit dem Auftrag von Ihrer Bionovia AB zu tun, zum anderen gehört er wahrscheinlich auch zum hauseigenen Personal der Einheit 61398 und wird in diesem Fall das Gebäude gar nicht verlassen. Ich glaube, dass dieser Cyberspion vom Militär ausgeliehen wurde, ganz einfach, aber das haben Sie nicht von mir gehört.«

»Sie werden also den Biotechnologen folgen?«

»Das hoffen wir«, antwortete Wu Wei und zuckte wieder ganz leicht mit den Schultern. »Und wenn sie den Wissenschaftlern von Nüwa folgen, werden wir ihnen folgen. Und Sie haben die Ehre, uns zu begleiten. Wenn alles gut läuft, fahren die Biotechnologen nicht einfach nach Hause.«

»Sondern in … die Fabrik …«, schlussfolgerte Bouhaddi.

»Eine etwas eigentümliche Bezeichnung, aber ja«, sagte Wu Wei. »Wir können also nur warten …«

Und das taten sie. Es wurde elf, dann zwölf, aber trotz der neuen Offenheit, die ihnen Wu Wei entgegenbrachte, konnten Bouhaddi und Kowalewski nicht frei sprechen. Sie konnten auch nicht schmusen und dabei flüstern, zum einen, weil sie in Wu Weis Büro saßen und er an seinem Schreibtisch, zum anderen, weil die komplexen Zusammenhänge, die sich in ihren Köpfen entwickelten, unmöglich in gehetztem Geflüster ausgedrückt werden konnten.

Sie hatten die aktuellsten Abschriften vor sich liegen und versuchten, das Geschehene zu begreifen. Hjelm hatte Wu Wei gegenüber angedeutet, dass heute etwas mit Nüwa passieren würde. Woher wusste er das? Sie hatten zurzeit keinen persönlichen Kontakt nach Den Haag, aber den Abschriften nach zu urteilen, hatten die Aktivitäten bei Nüwa tatsächlich im Laufe des Vortages abgenommen, etwa um die Mittagszeit. Laut der letzten Information, die ihnen Hjelm über den inoffiziellen E-Mail-Kanal geschickt hatte und den sie nur abrufen konnten, wenn sie allein in der Stadt unterwegs waren, war Udo Massicotte darüber in Kenntnis gesetzt worden, dass Opcop von der Wissenschaftsspionage durch Nüwa wusste, und wurde seitdem rund um die Uhr observiert. Das war jetzt fünf Tage her. Seither hatte sich offensichtlich nichts Neues ereignet, Massicotte hatte nichts unternommen. Aber dann, am gestrigen Tag gegen Mittag chinesischer Zeit, hatte sich der Informationsfluss von Chu-Jung maßgeblich verringert. Daraus konnte nur geschlossen werden, dass es Massicotte gelungen war, im Laufe der Nacht, europäischer Zeit, eine Nachricht nach Korsika zu schicken – denn es schien sich tatsächlich um Korsika zu handeln –, und dass Korsika Nüwa mehr oder weniger umgehend über ein sicheres Telefon eine Warnung übermittelt hatte. Aber wie hatte Nüwa darauf reagiert, und welche Anweisungen hatten sie erhalten? Den Abschriften nach zu urteilen, war ihnen nicht gesagt worden, die Cyberspionage zu verringern, sondern sie augenblicklich niederzulegen. Denn bei der ›statistisch nachgewiesenen‹ Verringerung der Aktivität handelte es sich offensichtlich nur um das Material, das von Chu-Jungs Richtmikrofonen aufgefangen wurde. Die Datenspionage wurde weiterhin fortgesetzt, aber die Gespräche der Nüwa-Mitarbeiter untereinander waren im Großen und Ganzen eingestellt worden.

Sie hatten ganz einfach aufgehört zu reden.

Wie war das zu verstehen? Seit etwa einem Tag hatte es praktisch keine verbale Kommunikation mehr bei Nüwa gegeben, nur einen ganz rudimentären Austausch. Davor waren die Funde relativ offen diskutiert worden, aber jetzt nicht mehr. Doch die Spionage fand nach wie vor statt. Was hatte das zu bedeuten?

Bouhaddi und Kowalewski stießen etwa gleichzeitig zu dieser entscheidenden Frage vor; außerdem waren sie in der Zwischenzeit zu wahren Experten der nonverbalen Kommunikation geworden. Sie sahen einander an, konnten aber im Moment nichts weiter unternehmen. Noch nicht.

Das Mittagessen wurde gebracht, sie aßen vor Ort, allerfeinste Krabbenklöße, aber sie konnten sich später nicht an den Geschmack erinnern. Bouhaddi musste auf die Toilette, Wu Wei erklärte ihr den Weg, und Kowalewski sah ihr hinterher, als sie den Raum verließ. Dabei warf sie ihm einen auffordernden Blick zu. Er begriff nicht. Aber als sie zurückkam, sah sie ihn auf dieselbe Weise an. Da verstand er.

Eine halbe Stunde später, mittlerweile war es fast halb zwei, ging auch Kowalewski auf die Toilette. Bouhaddi beschrieb ihm kurz und prägnant den Weg, ohne auch nur für eine Sekunde den Blick von ihm abzuwenden. Er fand sich ohne Schwierigkeiten zurecht. Es war ein sehr kleines WC, und fairerweise hatte Wu Wei hier keine Kameras installieren lassen. Daher konnte Kowlewski den Ort in aller Ruhe untersuchen. Und tatsächlich, in dem Papierhandtücherstapel fand er ein zusammengefaltetes Exemplar. Er wollte es gerade auffalten, als jemand heftig gegen die Tür donnerte.

»Kommen Sie sofort raus!«, brüllte Wu Wei. »Es geht los.«

Kowalewski stopfte das Papier in die Innentasche seiner Jacke und sprang auf den Flur hinaus. Dort herrschte große Aufregung. Fünf, sechs bewaffnete Männer rannten auf den Ausgang zu. Es wurde lauthals auf Chinesisch geschrien und gebrüllt. Wu Wei steckte seine Waffe in sein Schulterholster, Bouhaddi hatte Wu Weis Laptop unterm Arm und warf Kowalewski einen fragenden Blick zu. Er zeigte mit dem Finger auf die Innentasche und schüttelte kaum merklich den Kopf, war sich aber nicht sicher, ob sie ihn verstanden hatte.

»Bleiben Sie dicht hinter mir«, befahl Wu Wei und rannte ebenfalls los. Sie hinterher. Wu Weis Männer jagten das verfallene Treppenhaus hinunter, der Aufzug stand für Wu Wei bereit, die Türen waren bereits geöffnet. Sie sprangen hinein, nur sie drei. Als der Aufzug das Erdgeschoss erreichte, hatte auch der erste Treppenläufer die zehn Stockwerke hinter sich gebracht. Es war eine schmale drahtige Frau, deren Atem nicht im Geringsten die Anstrengung verriet. Wu Wei rief ihr ein paar Befehle zu und stürmte hinaus auf die Straße und auf seinen Wagen zu. Er zeigte auf den Rücksitz und sprang selbst auf den Beifahrersitz. Zwanzig Sekunden später warf sich die Polizistin aus dem Treppenhaus hinter das Steuer und raste los. Kowalewski blickte durch die Heckscheibe und sah zwei Wagen, die ihnen folgten.

»Der Rechner«, rief Wu Wei mit einer ungeduldigen Geste nach hinten.

Bouhaddi reichte ihm den Laptop. Er klappte ihn auf, öffnete eine Karte von Schanghai und zoomte auf das Stadtviertel Zhabei, bis auch die beiden auf den Rücksitzen die lang gezogene Datong Road erkennen konnten. Sowie zwei blinkende Punkte, die sich zaghaft vor ihnen auf der Karte bewegten.

Wu Wei brüllte Befehle in sein Funkgerät.

»Was zum Teufel ist passiert, als ich auf der Toilette war?«, fragte Kowalewski.

»Die Kommunikation bei Nüwa wurde plötzlich komplett abgebrochen«, erläuterte ihm Bouhaddi. »*Full action* bei Chu-Jung. Die Signale auf Wu Weis Karte sind seine beiden Fahrer, die Chu-Jungs Wagen verfolgen. Aber wir wissen nicht, ob sie nur durch die Gegend irren oder ob Chu-Jung die beiden Wissenschaftler verfolgt, die die Einheit 61398 verlassen haben.«

Die Signale auf Wu Weis Bildschirm entfernten sich voneinander. Sie verließen beide die Datong Road und fuhren durch kleinere Seitenstraßen. Wu Wei tippte auf das eine Signal und schrie die Fahrerin an, die wie eine Irre das Steuer herumriss.

Die beiden auf dem Rücksitz wurden hin und her geschleudert, bis sie endlich die Sicherheitsgurte zu fassen bekamen. Das Auto bog scharf um eine Kurve, ihnen folgte noch ein Wagen, der zweite war verschwunden. Wahrscheinlich verfolgte der das andere Signal. Plötzlich sahen sie das blaue Heck eines Autos vor sich.

»Bojing«, sagte Wu Wei und zeigte auf den Wagen.

Vor dem blauen Auto entdeckten sie gerade noch die grafitgraue Limousine von Chu-Jung, bevor die um die Ecke bog. Kaum hatten auch sie die Ecke umrundet und befanden sich auf einer geraden Strecke, drosselte die Fahrerin die Geschwindigkeit. Weder der blaue noch der grafitgraue Wagen fuhren besonders schnell. Etwa fünfzig Meter vor der Limousine fuhr ein rosafarbenes Taxi, und wenige Minuten später war klar, dass die Limousine ebendieses Taxi verfolgte.

Sie fuhren quasi im Konvoi. Das rosafarbene Taxi mit einem Wissenschaftler von Nüwa an der Spitze, dahinter die grafitgraue Limousine von Chu-Jung, dann kam Wu Weis Fahrer Bojing, und am Ende des Konvois folgten sie.

Wu Wei schnaufte geräuschvoll, legte eine Hand auf den Arm der Fahrerin und sagte auf Englisch: »Danke, Lian.« Dann drehte er sich zu den beiden auf dem Rücksitz um. »Sind Sie in Ordnung dahinten?«

»Absolut«, antwortete Bouhaddi.

»Sehr gut. Jetzt wollen wir mal sehen, wo diese Figuren alle hinwollen.«

Dann bellte er Lian einen Befehl zu, und sie scherte augenblicklich aus dem Konvoi aus. Dasselbe tat der Wagen hinter ihnen. Und ein paar Straßen weiter war er ganz verschwunden.

»Wir dürfen nicht so viele sein«, erklärte Wu Wei, nach hinten gewandt. »Wir nehmen Parallelstraßen und sind bei Bedarf einsatzbereit. Bojing kümmert sich um die Beschattung.«

Da ertönte eine Stimme aus dem Funkgerät. Wu Wei stöhnte auf, antwortete auf Chinesisch und erhielt daraufhin eine Antwort, die vielleicht eine Bestätigung war. Dann drehte er sich erneut zu ihnen um.

»Der zweite Wissenschaftler ist direkt in sein Hotel im Zentrum von Schanghai gefahren. Meine Männer bleiben vor Ort, aber alles spricht dafür, dass er es nicht wieder verlässt. Also ist nur noch unser Mann auf der Straße.«

»Wenn es ein Mann ist«, erwiderte Lian in lupenreinem Englisch.

Wu Wei musterte sie von der Seite.

»Ich sage ja: Die Zeichen stehen auf Veränderung«, sagte er und schnaufte.

Während das eine Signal stillstand, bewegte sich das andere umso intensiver. Das rosafarbene Taxi kreiste durch Schanghai, und als es zum dritten Mal die Kreuzung zu Füßen des eigenartigen Oriental Pearl Tower passierte, sagte Wu Wei: »Entweder will er mögliche Verfolger abschütteln, oder das ist eine Verzögerungstaktik.«

»Das Ganze ist doch seit gestern nichts anderes als eine einzige Verzögerungstaktik«, warf Corine Bouhaddi ein.

»Wie meinen Sie das?«

Aber ehe sie antworten konnte, meldete sich Lian zu Wort. Wu Weis Erwiderung klang nachdrücklich. Lian drückte das Gaspedal mit solcher Kraft durch, dass es im Wagen nach verbranntem Gummi roch.

»Das Taxi verlässt die Stadt«, sagte Wu Wei. »Es fährt mit hohem Tempo nach Westen.«

»Westen?«, fragte Kowlewski. »Was befindet sich da?«

»Dies hier ist Schanghai«, sagte Wu Wei und zuckte mit den Schultern. »Alles befindet sich dort. Aber unter anderem große Industrieanlagen und ländlicher Raum.«

Lian war eine schonungslose Fahrerin. Sie nahm eine Straße, die parallel zur Autobahn verlief, auf der das Taxi fuhr, und als diese beiden Fahrwege sich zwanzig Kilometer außerhalb der Stadtgrenze in einem komplizierten Zufahrtssystem kreuzten, fädelte sie so perfekt ein, dass sie direkt hinter dem blauen Wagen landete, in dem Bojing saß. Ein paar Autos vor ihnen konnten sie die grafitgraue Limousine von Chu-Jung erkennen, das Taxi allerdings war so weit entfernt, dass sie es nicht sehen konnten. Hinter ihnen hatte sich der zweite Wagen von Wu Wei angeschlossen. Alle fuhren mit hoher Geschwindigkeit. Der wiedervereinte Konvoi hatte sich bei Tempo hundertfünfzig eingependelt. Sie ließen zunehmend die städtische Bebauung hinter sich, und die Autobahn schnitt sich ihren Weg durch eine grünere Landschaft. Nach weiteren zwanzig Kilometern fuhr das Signal plötzlich von der Autobahn ab und bog auf eine Landstraße nach Süden, ganz in der Nähe des Ortes mit dem etwas mühseligen Namen Zhujiajiaozhen. Bouhaddi sah, wie ein Wagen nach dem anderen abbog, bis sie wieder in einem Konvoi vereint waren, der nach wie vor mit hoher Geschwindigkeit fuhr.

Kilometer um Kilometer wurden zurückgelegt, ohne weitere Zwischenfälle. Dann fuhr das Signal auch von der Landstraße ab, und sie beobachteten, wie das rosafarbene Taxi in weiter Ferne in einen Wald raste. Sie folgten ihm weiter, und plötzlich waren sie wie vom Wald verschluckt. Der Weg war schmal und holprig, und sie waren umgeben von dichtem Grün.

Aber da endete der Wald genauso plötzlich, und dahinter tauchte ein kleinerer Industriekomplex auf. Eine Anzahl von Gebäuden, die wie vorgefertigte Baumodule aussahen, stand hinter einer dicken hohen Mauer auf dem Gelände verstreut. Der chinesische Name des Unternehmens prangte auf dem Firmenlogo, das an einer der beigen Fassaden angebracht war. »Shengji«, las Wu Wei vor. »Das bedeutet ›Lebenskraft‹.«

»Da sieht man mal«, sagte Kowalewski.

Das rosafarbene Taxi hatte den Parkplatz überquert und hielt vor dem Haupttor in der dicken Mauer. Der Taxifahrer stand neben seinem Wagen und hatte die Hände über dem Kopf erhoben. Zwei Männer aus der grafitgrauen Limousine waren aus ihrem Auto gesprungen und zielten mit ihren Pistolen auf ihn. In dem Augenblick jagte das blaue Auto auf den Parkplatz, und auch Lian drückte aufs Gaspedal. Zwei Männer sprangen aus dem blauen Wagen und bückten sich zum Schutz hinter ihre Türen. Die Chu-Jung-Leute drehten sich zu ihnen um, bemerkten da auch die zwei weiteren Wagen, die auf den Parkplatz schossen, und warfen sich hinter ihr Auto.

Wu Weis Fahrerin hatte den blauen Wagen erreicht, und auch der grüne traf gerade ein. Schon war Wu Wei aus dem Auto und schrie etwas auf Chinesisch in einer Lautstärke, die so aus der Tiefe seines Körpers kam, wie es Bouhaddi und Kowalewski noch nie gehört hatten. Seine Stimme hallte über die Landschaft. Die Männer zogen sich noch weiter zurück. Wu Wei schrie erneut, mit einer Stimme wie ein Baritonsänger. Da plötzlich tauchten hinter dem Wagen Hände in der Luft auf. Vier Hände, an beiden rechten Daumen baumelte eine Pistole. Die Männer richteten sich auf. Wu Weis Leute rannten auf sie zu, entwaffneten sie und warfen sie zu Boden.

Wu Wei kümmerte sich nicht weiter um sie, sondern lief auf den leichenblassen Taxifahrer zu, der nach wie vor mit erhobenen Händen neben seinem Fahrzeug stand. Wu Wei schrie ihn an. Der Taxifahrer zeigte mit zitternder Hand zum Haupttor.

Das war nur angelehnt.

Hinter dem Tor befand sich kein Wachposten. Überhaupt war alles sonderbar still. Die Chu-Jung-Männer waren still und auch Wu Weis Leute. Kein Wind wehte durch die Baumwipfel, kein Vogel sang, nicht einmal die Zikaden zirpten.

Wu Wei und Lian schlichen sich mit gezogener Waffe an das Haupttor heran. Auch hinter Bouhaddi und Kowalewski folgten zwei bewaffnete Männer, als wären die beiden unbewaffneten Europäer von einer Leibwächtergruppe umgeben.

Hinter dem Haupttor befand sich ein Innenhof, der von den offenbar provisorisch errichteten Baumodulen umstellt war. Die Tür des einen Moduls stand offen. Es bestand nur aus einem einzigen Raum, und der war vollkommen leer, nur kleine Papierschnipsel und helle Wollmäuse wurden durch den Luftzug aufgewirbelt, legten sich aber gleich wieder zur Ruhe.

Es roch sonderbar sauber, wie nach einer chemischen Reinigung. Was in gewisser Weise dem Vorhandensein von Papierschnipseln und Wollmäusen widersprach.

Während die anderen ihren Weg fortsetzten, blieb Bouhaddi einen Augenblick lang in dem verlassenen Raum stehen. Sie hob eine der hellen Wollmäuse auf und musterte sie einen Augenblick eingehend, steckte sie sich in die Tasche und folgte den anderen. Sie waren auf dem Weg in das nächste Gebäude. Das war aber genauso leer wie das erste, und so verhielt es sich auch mit dem dritten, vierten, fünften und sechsten.

Dann betraten sie das nächste Gebäude. Auch das war ein Fertigbaumodul, allerdings deutlich größer als die anderen, eher eine Lagerhalle. Die Tür war angelehnt. Die Halle war ebenfalls leer. Nur kleine Papierschnipsel und helle Wollmäuse lagen auf dem Laminatfußboden. An den Wänden befanden sich etwa zehn Boxen wie in einem Stall, und weiter hinten im Raum stand ein einsamer Schreibtisch. Vor diesem Tisch stand ein einzelner Stuhl. Und auf diesem Stuhl saß ein Chinese. Er hatte die Hände in die Luft gestreckt. Und mit der einen Hand hielt er einen Zettel fest.

Plötzlich durchfuhr Corine Bouhaddi ein panischer Gedanke. Die Stille hallte förmlich durch den Raum. Es herrschte eine Unheil verkündende Atmosphäre.

Das hier war nicht nur eine Verzögerungstaktik. Hier ging es um weit mehr. Dahinter steckte eine klare Absicht. Sie sollten hierhergelockt werden.

Mit einem Mal war Bouhaddi davon überzeugt, dass sie sterben würde. Dass sie hier und jetzt sterben würde.

Ein Selbstmordattentäter.

Wu Wei und Lian näherten sich dem sitzenden Mann mit vorgehaltener Pistole. Bisher hatte niemand ein Wort gesagt.

Als ihn nur noch fünf Meter von dem Mann trennten, schrie Wu Wei etwas auf Chinesisch. Der Mann antwortete stotternd, aber er sprach Englisch: »Ja, ich bin mit dem Taxi gekommen. Sonst ist niemand hier.«

»Was halten Sie da in den Händen?«, brüllte Wu Wei, jetzt ebenfalls auf Englisch.

»Einen Zettel, den ich den Europäern aushändigen soll«, sagte der Mann auf dem Stuhl.

»Auf die Knie!«

Der Mann gehorchte. Lian ging zu ihm und durchsuchte ihn. Dann zwang sie ihn mit dem Kopf voran zu Boden und legte ihm Handschellen an.

Bouhaddi atmete erleichtert auf. Für einen Moment hatte der Mann für sie wirklich wie ein Selbstmordattentäter ausgesehen. Aber er hatte sich ja dennoch für eine Sache geopfert. Seine Freiheit hatte er geopfert, ja, wofür eigentlich? Nur, um einen Zettel zu übergeben ... an Corine Bouhaddi und Marek Kowalewski?

Wu Wei griff nach dem Zettel, las ihn und schüttelte den Kopf. »Was soll das bedeuten?«, fragte er irritiert und gab Kowalewski das Stück Papier, es war ein Ausdruck.

Kowalewski las stumm, runzelte die Augenbrauen und las dann laut vor: »In Wahrheit würde kein Sterblicher dieses Zeitalter überleben, wenn nicht das Unglück des Menschengeschlechts mich dazu zwingen würde, ihm ein weiteres Mal zu Hilfe zu kommen.«

Alle Anwesenden starrten ihn entgeistert an. Wu Wei wandte sich an den gefesselten Mann auf dem Boden und stellte ihm Fragen. Dieser antwortete, und Wu Wei schüttelte den Kopf.

»Er hat keine weiteren Informationen. Er hatte nur die Anweisung, den Europäern diesen Zettel zu übergeben.«

Kowalewski gab Wu Wei den Zettel zurück, der ihn in seine Jacke steckte und dann den anderen Befehle auf Chinesisch zubrüllte. Lian telefonierte. Der Rest der Truppe setzte die Untersuchung der Anlage fort. Insgesamt befanden sich dort an die zwanzig Gebäudemodule, die wahllos auf dem Gelände verstreut waren.

Kowalewski schob seine Hand in die Innentasche seiner Jacke und holte das zusammengefaltete Papierhandtuch raus. Er faltete es auf und las Bouhaddis unverwechselbare Handschrift: »Der Teufel Massicotte hat die Fabrik räumen lassen. Schon wieder!« Er lächelte und putzte sich mit dem Tuch die Nase. Bouhaddi stellte sich dicht neben ihn.

»Woher wusstest du das?«, flüsterte er.

»Du wusstest es auch«, erwiderte sie ebenfalls flüsternd. »Ich war nur schneller.«

Dann lächelten sie sich an und folgten Wu Wei in den Innenhof.

»Wir müssen den Kriminaltechnikern leider freie Hand geben«, entschuldigte Wu Wei sich.

Die Kriminaltechniker wurden mit dem Hubschrauber gebracht. Nur wenige Minuten später landete dieser auf dem Parkplatz vor dem Gelände. Eine ganze Mannschaft in voller Montur sprang heraus und rannte an ihnen vorbei, ohne sie auch nur eines Blickes zu würdigen.

»Ein Relikt aus der Vergangenheit«, sagte Wu Wei und lachte.

Sie sahen ihn an und stimmten mit ein. Dann beugte sich Bouhaddi vor und küsste Kowalewski auf den Mund. Daraufhin lachte der laut auf und erwiderte den Kuss.

»Haben Sie eine Idee, was das hier zu bedeuten hat?«, fragte Wu Wei. »Die Leute, die wir Nüwa genannt haben, hießen also in Wirklichkeit Shengji, ›Lebenskraft‹. Sonderbarer Name für eine Firma.«

Sie schüttelten alle den Kopf.

»Das war eine Art Labor«, sagte Bouhaddi. »Das in großer Eile geräumt wurde.«

»Und auch in großer Eile gebaut worden ist«, fügte Wu Wei hinzu. »Diese Anlage ist kein Ort für extrem hoch qualifizierte biotechnologische Forschung.«

»Das ist wirklich merkwürdig ...«

»›Das Ganze ist doch seit gestern nichts anderes als eine einzige Verzögerungstaktik‹«, zitierte Wu Wei unvermittelt und bohrte seinen Blick in Bouhaddi.

»Ich hätte es mir denken können, dass Sie das nicht vergessen«, erwiderte sie. »Mir kam dieser Gedanke im Wagen. Sie hatten plötzlich aufgehört, sich zu unterhalten, aber nicht zu spionieren. Sie sollten das einen Tag fortsetzen, damit die anderen das Labor hier räumen konnten. Aber auch wenn wir früher darauf gekommen wären, hätten wir nichts dagegen unternehmen können.«

»Vermutlich nicht.« Wu Wei nickte und ging ein paar Schritte über den Innenhof. »Schon allein deswegen.«

Er zeigte auf den sandigen Boden, auf dem sehr deutliche Reifenabdrücke zu sehen waren.

»Das Militär«, murmelte er. »Ziemlich unverkennbar ein Jiefang CA-30-Truck. Wir werden mal sehen, ob das auch die Kriminaltechniker entdecken.«

Sie schwiegen einen Moment lang. Bouhaddi und Kowalewski wechselten Blicke, sie waren verwundert und fragend zugleich.

»Haben Sie die Boxen gesehen?«, fuhr Wu Wei da fort. »An den Wänden in dem großen Gebäude?«

»Ja«, sagte Kowalewski. »Tierhaltung?«

Wu Wei nickte und zuckte, sich treu bleibend, mit den Schultern.

»Möglich. Versuchstiere?«

Einer der Kriminaltechniker in voller Schutzmontur kam aus dem großen Gebäude und winkte Wu Wei zu sich. Sie sahen ihm hinterher, als er mit dem Kollegen in der Lagerhalle verschwand.

»Puh! Ist der clever«, stöhnte Kowalewski. »Der kann uns ja durchleuchten. Vielleicht müssen wir uns häufiger küssen ...«

Corine Bouhaddi lachte laut auf und holte die helle Wollmaus aus ihrer Tasche. Sie roch daran und hielt sie Kowalewski hin. Er fühlte daran, schüttelte aber dann den Kopf.

»Ich glaube, das ist die Füllung von einer Windel«, sagte Bouhaddi. »Vielleicht sind beim Umzug ein paar Windeln zerrissen.«

Wu Wei kam aus der Lagerhalle und winkte sie zu sich. Die Kriminaltechniker entnahmen den Boxen verschiedene Proben.

Sie folgten Wu Wei bis zu dem einsamen Schreibtisch und dem Stuhl. Der verhaftete Wissenschaftler war bereits abgeführt worden. Der Schreibtisch war an einer Wand verankert, wofür man extra ein Bauelement angebracht hatte. Zwei Kriminaltechniker standen davor. Wu Wei deutete auf eine Spalte hinter dem Schreibtisch an der Wand, die daher rührte, dass das Bauelement nicht sauber mit den anderen verfugt war. So waren an dessen beiden Seiten zwei schmale Schächte entstanden. Der Leiter der Spurensicherung leuchtete mit seiner Taschenlampe in den Schacht. Sie konnten etwas Schwarzes erkennen. Ein Kollege holte eine längliche Zange hervor, senkte diese langsam in den Schacht hinab und konnte den Gegenstand greifen. Ganz vorsichtig zog er ihn im flackernden Licht der Taschenlampe zu sich hoch.

Der Gegenstand war beschädigt, vielleicht sogar unbrauchbar gemacht worden, aber man konnte deutlich erkennen, was es war.

Es war eine externe Festplatte.

In Wahrheit

Mechelen – Den Haag, 20. August

Der Videotechniker schwitzte stark. Er sah von seinem Monitor auf und stammelte: »Sie müssen das verstehen, ich hatte ja keine Ahnung, worum es da geht.«

Er bekam keine Antwort. Daher beugte er sich wieder tief über seine Tastatur und versuchte, sich auf seine Tätigkeit zu konzentrieren. Aber das gelang ihm nicht.

Erneut blickte er auf und sagte: »Ich habe nur eine Videodatei und einen Auftrag geschickt bekommen.«

Nach wie vor erhielt er keine Reaktion. Sein Blick flackerte. Er wandte sich wieder seiner Tastatur zu. Die Sorgenfalte an seiner Nasenwurzel wurde immer tiefer. Schließlich hielt er es nicht mehr aus und sah wieder auf.

»Es sollten exakt vierundzwanzig Stunden sein. Das Einfachste war also, das Tempo einer Sequenz zu drosseln und dann wegzuschneiden, was wegsollte. Dabei aber im Hintergrund die Uhr weiterlaufen zu lassen.«

Nachdem er auch dieses Mal ohne Entgegnung blieb, gewannen die Schweißflecken unter seinen Achseln erheblich an Umfang.

Nun hätte man annehmen können, dass es sich hier um ein raffiniertes psychologisches Spiel handelte, durch das dem belgischen Videotechniker weitere Informationen entlockt werden sollten, ein Geniestreich der Verhörkunst, der aus schier unerträglichem gebieterischen Schweigen bestand. Aber das war überhaupt nicht der Fall. Arto Söderstedt hatte lediglich eine E-Mail geschickt bekommen, die er sorgfältig und konzentriert durchlas. Und ihr Inhalt lautete: »In Wahrheit würde kein Sterblicher dieses Zeitalter überleben, wenn nicht das Unglück des Menschengeschlechts mich dazu zwingen würde, ihm ein weiteres Mal zu Hilfe zu kommen.«

Arto Söderstedt folgte ganz selten impulsiv seinen Instinkten. Er misstraute ihnen geradezu. Seiner Meinung nach mussten sie sich erst beruhigen und analysiert werden, bevor ihnen das Anrecht auf Beteiligung an einer rationalen Entscheidung gewährt werden konnte. Das bedeutete nicht, dass er sie nicht berücksichtigte – Instinkte waren ein wichtiges Handwerkszeug –, aber nicht in roher Form.

In diesem Augenblick jedoch spürte er den starken Drang, die Glasscheibe vor dem Kasten neben der Eingangstür der Videotechnikfirma einzuschlagen, die Feuerwehraxt herauszureißen und mit gefletschten Zähnen direkt ins De gevangenis van Mechelen zu stürmen.

In dem Versuch, den dieses Bedürfnis auslösenden Instinkt zu beruhigen, erinnerte er sich an ein paar Aufnahmesequenzen von den Überwachungskameras. Udo Massicotte saß im Computerraum der Gefängnisbibliothek und las. *Der Fürst* von Machiavelli und danach *Lob der Torheit* von Erasmus von Rotterdam.

Das Zitat, das Bouhaddi und Kowalewsi in einer geräumten Gentechnikfabrik außerhalb von Schanghai übergeben worden war, stammte ohne jeden Zweifel aus *Lob der Torheit* von Erasmus von Rotterdam.

Aber er war der eigentliche Adressat.

Arto Söderstedt.

Und die Botschaft lautete in etwa: »*Fuck you*, du Hinterwäldler.«

In diesem Augenblick – während neben ihm der zunehmend blasser werdende Videotechniker herumbastelte – entschied sich Söderstedt für die zweitbeste Lösung neben dem Axtinstinkt, und zwar für die Entschlossenheit, eine diamantharte Pfeilspitze aus purer Zielstrebigkeit. Es gab noch mehr auf diesen verdammten Dateien zu sehen.

Er blickte auf. Der Videotechniker starrte ihn panisch an und stammelte: »Der Auftrag beinhaltete auch, dass ich die entfernten Sequenzen vernichten sollte.«

Söderstedt hob eine Augenbraue. Der Techniker stand kurz vor einem Nervenzusammenbruch. Er drehte den Bildschirm um und schlurfte um den Schreibtisch herum. Zu sehen war eine eingefrorene Szene, die Uhr zeigte 04:22:10.

»Und hier haben Sie also die Fliege zum ersten Mal gesehen, richtig? Da flog sie noch mit normaler Geschwindigkeit?«

Söderstedt betrachtete ihn stumm.

»Okay«, fuhr der Videotechniker übertrieben eifrig fort. »Es ist mir gelungen, die Datei aus dem Papierkorb zu holen und zu rekonstruieren. Sehen Sie hier.«

Er ließ den Film laufen.

»Wir müssen ein Stück vorspulen«, sagte der Techniker hektisch.

Als er aber seine Hand zu der Maus auf dem Schreibtisch ausstreckte, hielt Söderstedt sein Handgelenk fest und schüttelte sanft den Kopf. Für den Bruchteil einer Sekunde kam ihm der Gedanke, dass er einen großartigen Auftragskiller abgeben würde. Ohne einen Mord allerdings.

Der Techniker zog nervös seine Hand zurück. Die Minuten verstrichen in Echtzeit.

Die Uhr zeigte 04:33:18, als der Techniker schließlich sagte: »Ab hier habe ich die Geschwindigkeit gedrosselt. Aber nicht in dieser Version. Das ist das Original.«

Um 04:34:42 Uhr erhob sich Udo Massicotte aus seinem Bett. Er hatte vollkommen bekleidet unter der Bettdecke gelegen. Er lief durch die Zelle, streckte und dehnte sich. Exakt um 04:35:00 öffnete er seine Zellentür und betrat den Flur. Eine andere Kamera übernahm, und die Perspektive wechselte. Sie sahen schräg von oben, wie Massicotte durch den Flur schlich. Der war relativ hell erleuchtet, und Udo Massicotte ging zu der Wand gegenüber den Zellen, an der sich nur Oberlichter und einige Telefonzellen befanden. Und Heizkörper. Er schob seine Hand hinter den ersten Heizkörper und holte ein Handy hervor. Dann wählte er eine Nummer und bellte lautlos ein paar wütende Sätze in den Hörer. Er schüttelte den Kopf, beendete das Telefonat und wählte eine neue Nummer. Dieses Gespräch dauerte etwas länger, auch hier gingen die Emotionen mit ihm durch. Er beendete auch dieses Telefonat, legte das Handy wieder an seinen Platz hinter dem Heizkörper und kehrte in seine Zelle zurück. Die Uhr zeigte 04:43:12.

»Ab 04:48:10 Uhr läuft der Film wieder mit normaler Geschwindigkeit«, sagte der Techniker lebhaft.

Söderstedt musste über das Gesehene nachdenken. Massicotte wusste, dass diese Sequenz entfernt werden würde. Daher legte er keinen so großen Wert auf Vorsicht. Die Kamera hatte ihn gut eingefangen, und auch die Auflösung schien akzeptabel zu sein. Vielleicht gab es da eine Möglichkeit.

»Und das war garantiert die einzige Filmdatei, die Sie bearbeitet haben?«, fragte Söderstedt schließlich.

»Hundertprozentige Garantie«, antwortete der Techniker mit einem Blick, als hätte er in der Wüste endlich die Wasserquelle erreicht.

»Können Sie auf seine Hände zoomen?«

»Auf das Handy? Ich kann es versuchen.«

Eigenartigerweise war es Söderstedt gelungen, dass der Videotechniker bedingungslos kooperierte. Er begriff zwar nicht, wie er das bewerkstelligt hatte, hinterfragte es aber auch nicht weiter.

Er trat ans Fenster der kleinen Videotechnikfirma im Zentrum von Mechelen. Die Dijle floss still und gleichmäßig in der Sommersonne dahin. Die Wasseroberfläche glitzerte wie immer.

Aber sonst war nichts wie immer. Er wählte eine Nummer.

»Jutta?«

»Ja, am Apparat.«

»Wo bist du gerade?«

»Ich sitze nach wie vor bei der Gefängnisleitung. Wir versuchen, den zuständigen Beamten jener Nacht zu erreichen. Aber das ist uns noch nicht gelungen. Die arbeiten hier in

Schichten, und die gestrige Nacht war seine letzte, jetzt hat er eine ganze Woche frei. Ich werde mal bei ihm zu Hause vorbeischauen.«

»Aber nicht allein. Hast du die Mail von Hjelm bekommen?«

»Ich hatte noch keine Gelegenheit nachzusehen.«

»Massicotte hat auch die Fabrik in Schanghai räumen lassen.«

»Was sagst du da? Ich wusste, dass es ein Fehler war, Massicotte unsere Erkenntnisse zu erzählen.«

»Darüber müssen wir später reden. Corine und Marek waren dabei. Alles war weg.«

»Was für eine Katastrophe ...«

»Da bin ich mir gar nicht so sicher. Wir haben getan, was wir konnten, um eine Industriespionage im großen Stil zu verhindern. Außerdem war das die einzige Chance, um näher an Korsika heranzukommen. Hätten wir den manipulierten Film nur ein bisschen eher entdeckt, dann hätten die Chinesen die Fabrik vielleicht auch hochgehen lassen können. Aber es ist noch nicht zu Ende. Hast du etwas in der Handysache herausbekommen?«

»Wenn Massicotte ein Handy mit einer Prepaidkarte benutzt hat und auch so ein Handy angerufen hat und wir weder den Anbieter noch die Telefonnummer wissen, wird es leider sehr kompliziert.«

»Und wenn wir die Nummer doch hätten?«

»Das wäre natürlich etwas ganz anderes.«

»Bleib mal eben dran«, sagte er und wandte sich mit einem fragenden Blick an den Techniker.

»Im Moment ist das die beste Auflösung, die ich hinbekomme«, sagte der und zeigte auf den Bildschirm.

Söderstedt beugte sich vor. Mit Jutta Beyers tiefen Atemzügen am Ohr betrachtete er eine beachtenswerte Vergrößerung von Massicottes Hand. Die Aufnahme wackelte etwas, elektronische Störungen, aber das Telefon war einwandfrei zu sehen. Es war ein altes billiges Modell mit großen Tasten. Ein Seniorenhandy.

Verdammt und zugenäht, dachte Arto Söderstedt und klickte Jutta Beyer weg.

»Ich lasse ihn so langsam wie möglich laufen«, kündigte der Techniker an und spielte den Film ab.

Massicottes Finger drückte unverkennbar auf eine Null, zweimal hintereinander. Der Techniker hielt den Film an.

»Zwei Nullen«, sagte er mit großen Augen. »Der Anruf geht ins Ausland.«

»Schreiben Sie die Zahlen auf«, befahl Söderstedt. »Und weiter.«

»Drei«, sagte der Techniker. »Und noch eine Drei.«

Dann drückte er wieder auf Pause und öffnete den Mund, aber ehe er etwas sagen konnte, kam ihm Söderstedt zuvor.

»Null, null, drei, drei. Frankreich.«

»Ja«, bestätigte sein Gegenüber. »Und wenn die nächste Ziffer eine Sechs ist, dann handelt es sich um eine Handynummer.«

Die nächste Zahl war in der Tat eine Sechs. Dann folgten noch acht weitere Zahlen, die alle tadellos erkennbar waren. Sie hatten endlich eine Telefonnummer. Eine französische Handynummer. Wahnsinn.

»Aber er hält das Telefon in der nächsten Einstellung ja nicht auch so.«

»Stimmt, er hat sich beim Reden gedreht.«

Der Techniker ließ den Film weiterlaufen. Massicotte stand jetzt in einem anderen Winkel zur Kamera. Man sah zwar seine Hand, aber die Ziffern auf dem Handy nicht mehr. Aber sie konnten die Bewegungen seiner Finger beobachten, allerdings in enormer Zeitlupe.

»Die erste Zahl war eine Null, richtig?«, sagte Söderstedt.

»Sieht so aus. Dann eine Vier. Oder?«

»Scheint so. Was ist null und vier?«

»Belgische Handynummern beginnen so. Immer null vier am Anfang. Dann kommt die Sieben, glaube ich.«

Tatsächlich gelang es ihnen, eine Abfolge von zehn Zahlen zusammenzustellen, die zwar nicht so verlässlich war wie die davor, aber immerhin war sie eine denkbare Reihenfolge.

Arto Söderstedt riss den Zettel mit den Nummern an sich und sah den eindringlichen Blick des Technikers.

»Danke«, sagte Söderstedt. »Jetzt vergessen Sie diese Zahlen ganz schnell wieder und mailen mir sämtliche Dateien. Ich bleibe hier stehen, während Sie das tun. Speichern Sie alles auch auf einem USB-Stick, den nehme ich mit.«

Der Techniker sendete die Dateien und kopierte sie anschließend auf einen USB-Stick, den er Söderstedt mit zitternder Hand reichte.

»Und jetzt löschen Sie alles von Ihrem Rechner. Vollständige und endgültige Vernichtung, okay?«

Auch das geschah.

»Was passiert jetzt mit mir?«, fragte der Techniker unsicher.

»Sie wenden sich wieder Ihrem normalen Tagesgeschäft zu und vermeiden weitere illegale Tätigkeiten. Außerdem sagen Sie zu niemandem ein Wort.«

»Bin ich ... festgenommen?«

»Ausschließlich im festen Griff Ihrer Gewissensbisse«, sagte Söderstedt und ging.

Kaum auf der Straße, die parallel zur Dijle verlief, rief er seinen Chef an.

»Hjelm!«

»Ich habe die Telefonnummer rekonstruiert, die Massicotte aus dem Gefängnis angerufen hat«, vermeldete Söderstedt.

»Das kann doch nicht wahr sein«, rief Hjelm. »Wie hast du das denn gemacht?«

»Erkläre ich dir später. Sofortige Überprüfung folgender Nummern, die erste ist eine französische Handynummer, die zweite eine belgische.«

Und dann las er die Zahlenfolgen von dem Zettel ab.

»Ich setze augenblicklich alle verfügbaren Leute daran. Was hast du noch?«

»Das erste Gespräch, die französische Nummer, war sehr kurz und fand exakt um 04:35:26 statt. Vermutlich nur eine kurze Info an Korsika, welche Strategie in Schanghai gefahren werden soll. Er wirkte ziemlich erregt, aber das Gespräch dauerte nicht länger als ein, zwei Minuten. Der Anruf wurde erwartet – jetzt müssen wir nur noch das korsische Telefon lokalisieren. Das zweite Telefonat, das um 04:38:51 begann, ist in gewisser Hinsicht aber interessanter. Kannst du herausbekommen, wer dahintersteckt?«

»Ich bin gerade dabei. Die Nummer ist tatsächlich registriert. Es ist ein belgisches Unternehmen namens Heerlijk N.V., die besitzen Restaurants und Cateringfirmen.«

»Hm«, brummte Söderstedt. »Ein Restaurant? Ich muss nachdenken.«

»Allein?«

»Nein. Die nationalen Repräsentanten in Belgien, befinden die sich zurzeit in Brüssel?«

»Das sollten sie. Willst du sie dabeihaben?«

»Ich glaube schon. Sie sollen mich kontaktieren.«

Es folgte eine kurze Pause.

»So. Erledigt. Worüber denkst du nach, Arto?«

»Es geht um einen Filmausschnitt. Das muss ich überprüfen. Erneut überprüfen! Ich melde mich.«

Damit wurde das Gespräch beendet. Paul Hjelm schöpfte so etwas wie Hoffnung. Das hatte er schon länger nicht getan. Die Neuigkeiten aus Schanghai waren nicht gerade aufmunternd gewesen. Sie hatten die neue Fabrik zwar gefunden, aber sie war leer geräumt worden. Windelreste und die Boxen deuteten darauf hin, dass dort tatsächlich Säuglinge oder Kleinkinder untergebracht gewesen waren, aber sonst hatte man mit großer Genauigkeit alle Spuren beseitigt, auch DNA-Spuren. Allerdings war DNA ja auch der Forschungsschwerpunkt der Fabrik. Mehrere Dinge waren beunruhigend – unter anderem der Zettel mit dem Zitat, das Hjelm nicht zuordnen konnte –, aber vor allem die Tatsache, dass der Umzug offensichtlich mithilfe des chinesischen Militärs vonstattengegangen war.

Auch die zerstörte Festplatte, die sie gefunden hatten, war eher ein zweischneidiges Schwert. Wu Weis Leute waren vollauf damit beschäftigt, sie wiederherzustellen, aber da sie ein Tatortfund war, blinkten auf ihr eine Million Warnlampen.

Warum sollte so etwas fundamental Wichtiges wie eine Festplatte – zudem noch zerstört, aller Wahrscheinlichkeit nach mit einem Hammer – an einem im Übrigen fast sterilen Ort zurückbleiben?

Hjelm versuchte sich an einer positiv gedachten Rekonstruktion der Abläufe und somit an einer Deutung des Fundes. Massicottes Männer hatten genau einen Tag Zeit, um die etwa zwanzig Fabrikgebäude akribisch zu reinigen. Sie waren in Eile. Zuerst mussten natürlich die Einrichtung und die genmanipulierten Kleinkinder weggebracht werden, aber auch haufenweise teure Laborausrüstung, Chemikalien und die streng geheimen Dateien. Alles Unnötige wird auseinandergenommen und entlang des Weges entsorgt. Bei dieser Entrümplungsaktion, bei der zum Beispiel auch überflüssige Festplatten zerstört werden, fliegt eine von ihnen in hohem Bogen in eine Spalte zwischen den Bauelementen und bleibt dort stecken. Der Mann mit dem Hammer ist so bei der Sache, dass er das gar nicht bemerkt. Auch bei der darauffolgenden Präzisionsreinigung wird die Festplatte übersehen, die ja von außen nicht sichtbar ist

So könnte es sich zugetragen haben. Das wäre eine mögliche Erklärung. Aber leider klang die negative Auslegung weitaus überzeugender: Massicottes Männer erledigen ihre klinische Reinigung der Anlage, und bevor sie gehen, platzieren sie diese Festplatte dort, mit Informationen, die für Wu Wei und Opcop gedacht sind. Wahrscheinlich nur falsche Informationen und Fährten, Lügen und Täuschungen.

Aber warum haben sie dann die Festplatte zerstört? Damit es eben doch wie ein Versehen aussehen sollte?

Auf jeden Fall trafen am laufenden Band Nachrichten und Dokumente von Wu Wei ein. Aber auch das war verwirrend. Hatte sich etwas Wesentliches in ihrer Beziehung verändert, oder hatte Wu Wei neue Anweisungen bekommen? Es war jedoch eine unumstößliche Tatsache, dass sich ihre Kommunikation durch eine neue Offenheit auszeichnete. Das bestätigten auch Corine Bouhaddi und Marek Kowalewski über den inoffiziellen E-Mail-Verkehr. Sie fühlten sich nicht mehr so bedroht wie zu Anfang. Aber die Situation blieb weiterhin schwierig.

Es war schon eine Weile her, dass Paul Hjelm eine Sitzung bei Ruth gehabt hatte. Sie rief zwar zwischendurch an und fragte nach, aber er war viel zu beschäftigt. Er hatte jetzt keine Zeit. Doch ihre Worte hallten oft in seinem Kopf nach. Im Moment war es das Wort »Vertrauen«.

Aber es war undenkbar, Wu Wei zu vertrauen. Dafür war zu viel unausgesprochen zwischen ihnen und zu vieles problematisch. Dennoch musste er Corine und Marek vor Ort lassen, *to the bitter end*.

»Haben Sie überhaupt noch zu irgendjemandem Vertrauen?«

Ja, Ruth, dachte er. Zu Arto habe ich Vertrauen.

Und dann trommelte er die verbliebene Opcop-Gruppe zusammen. Navarro kam, Marinescu, Hershey und zum Schluss Balodis.

»Ihr habt hoffentlich meine Nachricht erhalten?«

»Natürlich«, sagte Hershey. »Wie hat das denn funktioniert?«

»Arto ist in dieser Sache äußerst verschwiegen«, entgegnete Hjelm. »Aber wir haben jetzt immerhin eine Handynummer, mit der wir arbeiten können. Aller Wahrscheinlichkeit nach führt sie uns nach Korsika. Wer hat sich darum gekümmert?«

»Ich«, sagte Adrian Marinescu und rieb sich den kahlen Schädel. »Die französische Nummer ist nicht registriert, also ist sie ein ›burner‹, ein Handy mit Prepaidkarte. Ich habe aber den Provider gefunden, SFR, mit Sitz in Frankreich. Sie haben eine Suchanfrage nach dieser Nummer gestartet. Gerade weil wir den exakten Zeitpunkt haben, müssten sie es eigentlich orten können, aber was weiß ich denn! Vielleicht erhalten wir eine geografische Position, aber es ist nicht besonders wahrscheinlich, dass die SFR das hinbekommt. Dann müssen wir eben einen anderen Weg gehen ...«

»Ich höre da etwas Unausgesprochenes, Adrian?«

»Ja, also ... Woher haben wir eigentlich die Information über Wu Wei?«

Hjelm betrachtete seinen rumänischen Mitarbeiter und nickte.

»Ah«, sagte er nur. »Ich gebe die Anfrage weiter.«

»Aber ...«, stammelte Marinescu. »Also ...«

»Ja?«

»*Woher* haben wir eigentlich die Information über Wu Wei?«

»Dieses Detail behalte ich bis auf Weiteres für mich.«

»Stockholm, stimmt's?«, murmelte Marinescu, wohl aufgrund eines zu langen Bremsweges.

»Wir lassen das ruhen«, sagte Hjelm barmherzig. »Sonst noch jemand?«

»Gibt es irgendetwas von Belang auf dieser Festplatte?«, fragte Balodis.

»Bisher sind die Auswertungen zu rudimentär. Was haltet ihr im Übrigen von diesem Festplattenfund?«

»Mit Vorsatz deponiert«, sagte Hershey.

»Nicht unbedingt«, widersprach Marinescu.

»Beides ist möglich«, sagte Hjelm. »Aber wir behandeln die Informationen von der Festplatte mit angemessener Skepsis. Sonst noch etwas?«

»Nicholas wurde angenommen«, vermeldete Hershey.

»Yes!«, brüllte Hjelm unverhohlen. »Hast du das gerade erfahren?«

»Er ist im Taxi von Queens zurück eingeschlafen. Vorhin hat er mir eine verschlafene SMS geschickt, dass er die ganze Nacht wie erschlagen in seinem Hotelbett in Manhattan gelegen hat. Sie melden sich in zwei Tagen bei ihm.«

»Warum erschlagen?«

»Waren wohl ziemlich harte Eignungstests. Wie erwartet.«

»Sehr gut. Sag mir bitte sofort Bescheid, wenn er sich wieder bei dir meldet.«

»Er hat noch eine Sache angedeutet. Es waren unglaublich viele Bewerber. Eine ganze Messehalle voll mit halbkriminellen Anwärtern. Nur etwa ein Zehntel wurde genommen, aber auch das war noch eine ansehnliche Zahl.«

»Interessant«, sagte Hjelm. »Haben wir Neues über Donatella?«

»Leider nicht«, erklärte Balodis. »Wir kommen mit dem Kurierdienst nicht weiter. Unsere Schlussfolgerung kann nur lauten, dass Antonio Rossis Kopf inklusive Mikrochip und Bombe von einem Typen gebracht wurde, der sich vorher die Uniform der Firma geklaut hat. Auch der italienische Hotmail-Account hat uns nicht weitergebracht, ebenso wenig die Überwachung von Brunos privatem Mail-Account. Ich glaube, wir stecken hier in Den Haag in einer Sackgasse.«

»Ich befürchte, dass du recht hast.« Hjelm nickte. »Vorerst vielen Dank euch. Navarro und Marinescu, bleibt ihr bitte noch hier.«

Mit misstrauischem Blick verließen Hershey und Balodis Hjelms Büro.

»Ich will, dass ihr beide nach Korsika fahrt«, eröffnete Hjelm das Gespräch.

Navarro und Marinescu sahen sich überrascht an.

»In Amsterdam habt ihr als Team erfolgreich zusammengearbeitet«, erläuterte Hjelm seine Wahl. »Ihr werdet ein gutes Paar sein. Und wir werden bei der Suche nach dem Korsika-Handy Erfolg haben!«

»Unter Mithilfe von Stockholm?«, fragte Marinescu.

»Raus«, befahl Hjelm.

Die beiden verließen sein Büro.

Damit war das vierte Paar aktiviert.

Hjelm hob den Hörer und wählte eine Nummer.

»Huch«, sagte die Stimme am anderen Ende. »Das ist aber lange her.«

»Kerstin, verzeih. Es hatten sich so viele Sachen aufgetürmt.«

»Ich weiß«, entgegnete Kerstin Holm. »Sara hat mich auf dem Laufenden gehalten.«

»Jorge hat wohl ein bisschen mehr Zeit da unten in Kalabrien.«

»Ich habe gehört, dass er Tebaldis wahre Identität ermittelt hat.«

»Fabio Allegretti, genau. Die Spur verfolgen sie jetzt. Aber ohne größere Fortschritte, soweit ich weiß.«

»Das klingt, als hättest du nicht den totalen Überblick, was dort so alles los ist. Apropos, wie läuft es mit Ruth?«

»Ich habe den Eindruck, dass sie lieber über den Fall als über meine Psyche reden will ...«

»Das glaubst du!«

»Hör auf, mir noch eine Furche in mein Gehirn zu ziehen. Du hast also mit Ruth gesprochen?«

»Warum sagst du das in diesem komischen Ton?«

»Wenn du mit mir nicht darüber reden willst, dann lassen wir es ganz einfach. Und wenn du mit Ruth reden willst, ist das natürlich auch in Ordnung. Ich rufe aus einem anderen Grund an.«

»Sie macht sich Sorgen um dich. Oder vielleicht auch um uns. Aus welchem Grund?«

»Das Schlachthofgelände«, sagte Paul.

»Was ist das für eine Antwort?«, fragte Kerstin verwirrt. »Sie macht sich Sorgen um *uns*?«

»Das Schlachthofgelände war also eine Antwort auf das ›Uns‹?«

»Immerhin haben wir unsere Fähigkeit noch nicht verloren, gleich mit mehreren Bällen zu jonglieren. Hast du noch einen Kontakt zum Schlachthofgelände?«

»Das hängt davon ab, worüber wir reden«, sagte Kerstin. »Und ja, sie macht sich Sorgen, dass du dich von mir entfremdest.«

»Tue ich das wirklich? Ich finde, ich hebe mich für dich auf. Bis wir die Möglichkeit haben, richtig lange Ferien zu machen.«

»Ruth sagt, dass wir uns beide zu Sündenböcken gemacht haben. Wie lautet deine Frage?«

»Ich habe eine anonyme belgische Nummer von einem Prepaidhandy, die eine mir bekannte Nummer eines französischen Handys zu einem exakt bestimmbaren Zeitpunkt anruft. Können die Leute vom Schlachthofgelände etwas über diese französische Nummer herausfinden? Am besten eine so präzise geografische Position wie nur möglich.«

»Ich werde die Frage weiterleiten.«

»Danke«, sagte Paul. »Mit der Sündenbockanalyse hat sie wohl recht. Aber ich würde mir um uns nicht besonders große

Sorgen machen. Das ›Uns‹ hat nichts mit diesem Fall zu tun. Wir sind zwei separate Sündenböcke.«

»Ich hoffe, dass du da richtigliegst. Kuss.«

»Kuss«, erwiderte Paul Hjelm, aber sie war schon nicht mehr am Apparat. Eine Weile saß er regungslos da, dann riss er sich zusammen und warf einen Blick auf den Posteingang seiner Mailbox. Aus Schanghai trafen laufend neue Nachrichten ein. Wu Wei hielt an seiner neuen Offenheit fest – sofern es sich nicht um die totale Verfälschung aller Informationen handelte – und sendete praktisch in Echtzeit jedes wiederhergestellte Dokument der Festplatte, die sie bei Nüwa alias Shengji alias die Fabrik gefunden hatten.

Denn natürlich handelte es sich dabei um die wiederauferstandene Fabrik von Capraia, oder?

Paul Hjelm registrierte den wachsenden Dokumentenstapel auf dem Bildschirm, seufzte und begab sich in ein Paralleluniversum, um dem Stapel eine Struktur zu geben. Während dieser kontinuierlich weiterwuchs.

Bereits nach kürzester Zeit war deutlich, dass es sich bei der vermeintlichen Fülle an Material tatsächlich nur um Fragmente handelte. Lange Abfolgen von Buchführungsdaten, die abrupt abbrachen. Er stieß auf Formeln und unvollständige wissenschaftliche Abhandlungen, die er sich von Wissenschaftlern würde erklären lassen müssen. Er betrachtete Zeichnungen, die er zwar nicht verstand, die aber seine Phantasie beflügelten, er fand eingegangene und verschickte Rechnungen, die er zum jetzigen Zeitpunkt nicht zuordnen konnte, und erst ganz am Ende tauchte ein Dokument mit kurzer Prosa auf. Endlich ein lesbarer Text, dachte er, bis er feststellte, dass auch dieser Text beschädigt war, es waren Textelemente vertauscht worden oder fehlten ganz. Interessant wurde es allerdings, als er plötzlich zwei Namen in dem verwirrenden Text entdeckte. Der erste Name war der des Autors, der den Text unterzeichnet hatte. Und als er den las, wusste Paul Hjelm, dass sie auf der richtigen Spur waren und dieses waghalsige chinesische Abenteuer doch seinen Zweck erfüllt hatte, ganz unabhängig davon, ob es sich um authentische oder gefälschte Dokumente handelte. Das Dokument, das ernsthaft einer wissenschaftlichen Analyse unterzogen werden musste, war von Professor Michael Dworzak unterzeichnet worden.

Das war der Mann, der die NATO-Sektion ins Leben gerufen und sie mit dem Auftrag geleitet hatte, die »perfekte Leitfigur« zu erschaffen. Und er war auch für die Einheit gestorben.

Aber es war der andere Name, der die müden Pferde vor Paul Hjelms Lebenssulky wieder richtig auf Trab brachte. Und es war noch nicht einmal ein richtiger Name. Es war nur ein einzelner Buchstabe.

Der Buchstabe W.

*

Zur selben Zeit wie immer wurden die Gefangenen abgeholt, die bei der Essensausgabe in der Küche halfen. Es waren drei Insassen, und wie jeden Tag waren die beiden Jüngeren von der Langsamkeit des Älteren irritiert. Es war okay, dass er Professor war, und auch okay, dass er deswegen einen besonderen Status im Gefängnis hatte, der ihn unantastbar machte, und es war außerdem okay, dass er viel zerstreuter war als die anderen. Nicht okay allerdings war, dass er dadurch die Arbeitsabläufe verlangsamte, weshalb die beiden Jüngeren Gefahr liefen, künftig viel anstrengendere Aufgaben erledigen zu müssen. Also trieben sie ihn an, legten den Arm um ihn, führten ihn durch die langen Flure der sternförmigen Anlage und zogen ihn quasi hinter sich her.

Als sie dann im Küchentrakt angekommen waren, legte er seine gewöhnliche Betriebsamkeit wieder an den Tag. Es war außerdem eine Tatsache, dass er viele Gerichte erst mit seinen Spezialkräutern genießbar machte, deren Herkunft niemand kannte.

Sie bereiteten das Mittagessen vor, indem sie die Tabletts aus den Schränken holten und auf einen Tisch stellten. Der Professor verteilte das ungefährliche Besteck, das man nicht zu Mordwaffen umfunktionieren konnte, und die ebenso ungefährlichen, da unzerbrechlichen Becher. Er sah ein paarmal zu oft auf die Uhr, aber darüber machten sich die beiden Jüngeren keine Gedanken.

Da ertönte das Signal, und die rotierende orangerote Warnlampe tat ihre Arbeit. Der Wachhabende schob die drei Häftlinge ans andere Ende des Küchentraktes, erst dann wurde die Garagentür hochgefahren. Die Rückansicht des Cateringfirmenwagens mit der Aufschrift »Heerlijk N.V.« wurde sichtbar, so wie jeden Mittag, und langsam senkte sich die Ladeklappe herunter. Zwei bewaffnete Männer stellten sich rechts und links von der Luke auf. Der Wachhabende winkte die drei Gefangenen zu sich, und die begannen augenblicklich mit der Entladung der vorportionierten Mahlzeiten. Als das erledigt war, verteilten die beiden Jüngeren die Mahlzeiten auf den Tabletts. Sie bemerkten gar nicht, dass der Wachhabende verschwunden war.

Der ältere Insasse ging auf die offene Ladeluke zu. Die beiden Bewaffneten nickten ihm zu, und er betrat den Laderaum. Kurz vor der Fahrerkabine standen zwei größere weiße Plastiktonnen, die vor einigen Paletten mit Konserven befestigt waren. Der ältere Insasse entschied sich für die linke Tonne, warf den Wärtern und den Rücken seiner Unglücksbrüder einen gehetzten Blick zu, öffnete den Verschluss und kletterte in die Tonne. Dann zog er den Deckel hinter sich zu und blieb reglos darin sitzen.

Er wartete auf das Geräusch der sich schließenden Ladeluke und des startenden Motors. Er wartete auf den teuer erkauften Klang der Freiheit.

Stattdessen aber hörte er ein leises Klopfen gegen den Deckel der Tonne.

*

Jutta Beyer verließ wutentbrannt das Büro der Gefängnisleitung. Sie hatte sinnlose Stunden dort vergeudet.

Der Wachhabende jener Nacht hatte ganz offensichtlich das Handy hinter dem Heizkörper vor Udo Massicottes Zelle deponiert, doch sosehr sie sich auch bemühten, er war nicht aufzufinden.

»Aber es gibt ja noch eine weitaus wichtigere Verbindung in dieser Angelegenheit«, hatte Beyer insistiert. »Wer war für die Videoüberwachung zuständig? Und wer hat den fertigen Film zu der Videotechnikfirma gebracht?«

Wer hatte die Macht, das alles zu organisieren?

Der Gefängnisdirektor konnte nicht weiterhelfen. Er hatte diese Aufgaben an seinen Stellvertreter delegiert, der aber leider für eine Woche in den Urlaub gefahren war, und zwar laut unzuverlässigen Quellen in die Schwäbische Alb. Der Stellvertreter hatte weder Familie noch freundschaftliche Verbindungen in der Vollzugsanstalt. Allerdings war er, wie Beyer mehrmals betonte, zeitgleich mit Udo Massicottes Inhaftierung vom Lantin-Gefängnis außerhalb von Liège nach Mechelen versetzt worden. Ob die Gefängnisleitung denn dieses Zusammentreffen von Zufällen überprüft habe?

Das hatte sie bedauerlicherweise nicht.

Aber Jutta Beyer hatte. Denn der stellvertretende, aber leider abkömmliche Gefängnisdirektor war kaufmännischer Leiter einer der Kliniken für plastische Chirurgie gewesen, die Udo Massicotte gehört hatten. Das hatte sie innerhalb eines Vormittags in Erfahrung gebracht. Wie konnte es möglich sein, dass die Gefängnisleitung nicht wenigstens eine rudimentäre Überprüfung seines Hintergrundes vorgenommen hatte, bevor man dem Mann einen so verantwortungsvollen Posten innerhalb des belgischen Rechtswesens zugebilligt hatte?

Jutta Beyer hatte eine rhetorische Glanzleistung abgeliefert.

Aber dann war es dem Direktor zu viel geworden, und er hatte Jutta Beyer die Tür gewiesen. Er werde auf sie zukommen, sobald er neue Informationen habe.

Sie war mit stolzen, aber wütenden Schritten bis zur Schleuse mit den Metalldetektoren gekommen, als ihr Handy klingelte.

Es war Paul Hjelm.

»Ich glaube, du solltest dich augenblicklich in den Küchentrakt begeben, Jutta.«

»Warum das?«, rief Beyer.

»In die Gefängnisküche. Jetzt sofort.«

Beyer schnappte sich den Wachmann, der sie bis zur Schleuse begleitet hatte, und sie rannten durch die Flure zum Küchentrakt. Der Wächter schloss eine letzte Tür auf, dahinter trafen sie auf zwei jüngere Häftlinge, die gerade mit Zellophan überzogene Teller auf Tabletts verteilten. Hinter ihnen standen zwei Bewaffnete, die in den Laderaum eines Lieferwagens blickten. Jutta Beyer blieb abrupt stehen. Der Deckel einer weißen Tonne im Inneren des Laderaumes öffnete sich, und ein Mann krabbelte heraus. Die Wachen beobachteten ihn reglos.

Jutta Beyer starrte die passiven Wachmänner an. Ihre Gesichter kamen ihr irgendwie bekannt vor.

Aber nicht so bekannt wie das Gesicht des Mannes, der soeben die Tonne verlassen hatte und sich ausgiebig streckte. Er sah in ihre Richtung und winkte ihr zu.

Dann trat er vor die andere, ebenfalls weiße Tonne und klopfte bedächtig gegen den Deckel.

»›In Wahrheit‹«, zitierte Arto Söderstedt laut, »›würde kein Sterblicher dieses Zeitalter überleben, wenn nicht das Unglück des Menschengeschlechts mich dazu zwingen würde, ihm ein weiteres Mal zu Hilfe zu kommen.‹ Und Sie kommen jetzt raus, Signore Massicotte.«

The Red Serge

Kalabrien, 24. August

Geduld war nicht gerade Jorge Chavez' Stärke. Sein Besuch in dem Kloster an den nördlichsten Ausläufern des Aspromonte war mittlerweile eine Woche her, und sie hatten keine weiteren Informationen als die vom Tod des Fabio Allegretti sammeln können. Er starb an einem Septembertag 1989 im Alter von acht Jahren.

Das war nicht weiter überraschend. Die Metamorphose von Fabio Allegretti zu Fabio Bianchi musste den Ersteren den Tod kosten. Es hatte allerdings wesentlich länger gedauert herauszufinden, dass seine ganze Familie ebenfalls umgekommen war. Sein Vater Teobaldo, seine Mutter Fabrizia und sein großer Bruder Paolo. Laut Einwohnermeldeamt waren sie alle am selben Tag gestorben, leider gab es in den schwer zugänglichen Unterlagen keinen Hinweis auf die Todesursache.

Sie hatten sich dagegen entschieden, mit der lokalen Polizeibehörde Kontakt aufzunehmen, da die Gefahr einer undichten Stelle zu groß war. Aber es erschwerte die Ermittlungsarbeiten erheblich. Sie mussten große Umwege nehmen und fanden sich mit Arbeitsumständen konfrontiert, die von den Ermittlern ein hohes Maß an Geduld erforderten.

Einer von ihnen war Jorge Chavez. Er saß auf dem Rücksitz des vorsätzlich schlichten Mietwagens – als einer der drei Geologen, die den seismologischen Aktivitäten der Gegend auf der Spur waren – und war maximal frustriert.

Das Trio war gestern mit dem Auto von Catanzaro gen Süden

aufgebrochen und die Sohle des italienischen Stiefels hintergefahren. Ziel war Palizzi Marina ganz im Süden, wo sie eine Frau treffen sollten, die sich als erste Freundin des jungen Fabio Bianchi bezeichnet hatte. Der Termin hatte sich als vollkommener Reinfall herausgestellt, da die Frau nicht zum vereinbarten Zeitpunkt aufgetaucht war. Sie hatten daraufhin beschlossen, die Stiefelspitze ganz zu umrunden und auf anderem Wege zurückzufahren. Als sie weiter nördlich durch die größte Stadt Kalabriens, Reggio Calabria, fuhren, konnte Jorge Chavez nicht mehr an sich halten. Er musste die Diskussion ein weiteres Mal aufrollen.

»Also gut«, fing er an. »Lasst es uns noch einmal versuchen. Was bedeutet es konkret, dass die ganze Familie Allegretti an ein und demselben Tag umgekommen ist? Und was hat es zu bedeuten, dass auch Fabio für tot erklärt wurde?«

Angelos Sifakis hatte irgendwann den Beifahrersitz zum neuen Mittelpunkt seines Lebens erkoren statt des Rücksitzes. Chavez wusste nicht, was er davon halten sollte. Fand er es beruhigend, sich jedes Mal umdrehen zu müssen, wenn sie sich unterhalten wollten? Natürlich konnte die Erklärung nicht lauten, dass ihn Chavez' Gemecker nervte.

Auch jetzt wandte sich Sifakis zu ihm um.

»Die eine rationale Erklärung, die wir allerdings schon verworfen haben, ist ein Autounfall. Das ist die häufigste Ursache dafür, dass ganze Familien ausgelöscht werden.«

»Und warum wurde diese Erklärung verworfen?«

»Weil die Eltern keinen Führerschein hatten und der Bruder erst dreizehn Jahre alt war.«

»Flugzeugabsturz?«

»Sie waren arm, so viel haben wir herausbekommen. Mit der ganzen Familie eine Flugreise zu unternehmen hätte ihre finanziellen Möglichkeiten weit überstiegen.«

»Und warum ist nirgendwo eine Todesursache angegeben?«

»Die lokalen Polizeibehörden werden einen Vermerk haben, aber an die wollen wir uns nicht wenden. Dann würde sich unser Einsatz hier unten radikal verändern.«

Chavez verstummte. Diese Zusammenfassung beruhigte ihn eine Weile, aber dann kehrte seine Ungeduld mit doppelter Kraft zurück. Er hätte aus seinen Fehlern lernen müssen, aber er bohrte weiter: »Aber warum wird behauptet, dass auch Fabio Allegretti umgekommen ist?«

»Das ist die große Frage«, sagte Angelos Sifakis vom Beifahrersitz.

»Und unsere Hypothese lautet ...?«

»Dass die Mafia die Familie ermordet hat, aber Fabio entkommen konnte. Dann sorgte die Mafia dafür, dass auch er für tot erklärt wurde. Und verhängte gleichzeitig ein Todesurteil über ihn. Vermutlich nahm man an, dass er dadurch über kurz oder lang tatsächlich tot sein würde.«

»Warum?«

»Weil irgendwer dafür sorgen würde.«

»Aber wie wahrscheinlich ist es, dass einem Achtjährigen die Flucht vor der Mafia gelingt, die seine ganze Familie ausgelöscht hat?«

»Vielleicht konnte er sich verstecken und dann fliehen.«

»Aber ich finde nicht, dass das unsere große Frage ist.«

Sifakis stöhnte auf, Salvatore Esposito hingegen lachte.

»Was ist an dem Mord an einer Familie so amüsant?«, fragte Chavez empört.

»Deswegen lache ich nicht«, erklärte Esposito, die Ruhe selbst. »Du bist amüsant.«

»Und warum bitte?«

»Weil du nie lockerlässt. Wir befinden uns übrigens gerade auf der berühmten Autostrada del Sole.«

»Die Sonne scheint hier auf jeden Fall«, sagte Sifakis und sah über die glitzernde Straße von Messina. Auf der anderen Seite waren die flimmernden Konturen von Sizilien zu erkennen.

»Hier wollten sie damals die Brücke bauen«, erläuterte Esposito. »Genau dort. Eine Brücke zwischen dem italienischen Festland und Sizilien.«

»Was ist aus diesem Bauprojekt eigentlich geworden?«, fragte Sifakis.

»Über den neuesten Stand bin ich nicht informiert«, sagte Esposito, »aber das Projekt kam in den Siebzigerjahren auf, im Zusammenhang mit dem Stahlwerk und dem Hafen Gioia Tauro. Da fahren wir gleich vorbei. Das Ziel war die Expansion Kalabriens, aber die 'Ndrangheta hat sich alles unter den Nagel gerissen, und die Gewalt eskalierte. 2006 hat Premierminister Romano Prodi das Brückenprojekt zu den Akten gelegt, aber Berlusconi hat ihm wieder Leben eingehaucht. Zurzeit ist die Lage weiterhin unklar.«

Eine Weile herrschte Schweigen, während die Nordostspitze Siziliens hinter ihnen verschwand.

»Ich weiß genau, dass du dahinten sitzt und vor dich hinbrodelst«, sagte Sifakis. »Was ist denn deiner Meinung nach die große Frage?«

»Wer war die Frau, die Fabio ins Kloster gebracht hat?«, platzte es aus Chavez heraus.

»Und das ist wirklich unsere große Frage?«, wollte Sifakis wissen.

»Ich glaube, das ist die Schlüsselfrage.«

Danach herrschte erneut Schweigen. Trotz der Klimaanlage war es brütend heiß. Und es roch nach Schweiß. Der Automotor gab monotone, unrhythmische Laute von sich, und die Stimmung im Wagen der Geologen war auf dem Tiefpunkt.

Chavez klappte seinen Laptop auf und ging die Liste der Interviews durch, die er via Skype geführt hatte, die meisten mit Fabio Tebaldis ehemaligen Kollegen in Norditalien, Genua und Turin. Chavez wollte gerade eine bestimmte Datei öffnen, als Esposito fragte: »Wann sollen wir noch mal diesen Corrado treffen?«

»Nicht vor heute Abend«, antwortete Sifakis.

»Aber um welche Uhrzeit?«, hakte Esposito nach.

»Könnt ihr bitte ein einziges Mal still sein?«, bellte Chavez vom Rücksitz.

»Um sieben an einem Gebirgspass. Wir haben die GPS-Koordinaten bekommen.«

»Das Navi in diesem Wagen ist eine Zumutung«, schimpfte Chavez.

»Du hast einfach nur auf die falschen Knöpfe gedrückt«, entgegnete Esposito. »Außerdem war es kopfüber montiert.«

»Könnt ihr bitte mal leise sein? Einige von uns versuchen zu arbeiten. Und wer ist überhaupt Corrado?«

»Das haben wir doch erzählt«, sagte Sifakis. »Einige von uns haben nämlich tatsächlich gearbeitet.«

»Ach, leck mich doch«, schnauzte Chavez.

»Wir waren doch vor ein paar Tagen abends in dieser Bar an der Via Kennedy«, erläuterte Esposito. »Du hattest keine Lust nachzukommen.«

»Wir landeten bei einer Gruppe von Hobbyornithologen«, erzählte Sifakis weiter. »Sie erzählten uns von einem Alten, der ein Exemplar des vom Aussterben bedrohten Großen Brachvogels zu Gesicht bekommen und Aufnahmen davon gemacht hatte. Sie nannten ihn den ›Emigranten‹. Aber er hat ihnen wohl erzählt, dass er in der Gegend dort aufgewachsen sei.«

»Das war eigentlich nur eine einfache Unterhaltung, wir haben Hunderte dieser Art geführt, seit wir hiergekommen sind«, sagte Esposito. »Aber dieser ›Emigrant‹ stammt tatsächlich aus San Luca und ist erst als Teenager nach Amerika gezogen. Aber er behauptete wohl, sich ziemlich gut in den heimatlichen Bergen ausgekannt zu haben.«

»Es stellte sich heraus, dass der ›Emigrant‹ Corrado heißt und äußerst kommunikativ ist«, sagte Sifakis. »Er wird uns durch die Hintertür in die Stadt bringen. Wir sind nach wie vor eine Gruppe von Geologen, die sich besonders für die Bergformationen in diesem Teil des Aspromonte interessiert.«

»Und er hat keinerlei Verbindungen zur Mafia«, fügte Esposito hinzu. »Er hat sein ganzes Leben in den USA verbracht. Ein geeigneter Fremdenführer.«

»Jetzt hört endlich auf zu reden«, schimpfte Chavez und startete das Skype-Interview mit einem Wirtschaftsprüfer namens Nestore Maga aus Turin.

Der Mann war um die dreißig und sprach ein übertrieben

amerikanisiertes Englisch: »Ja, ich kannte Fabio Tebaldi. Das ist sechs oder sieben Jahre her. Möglicherweise sogar noch länger.«

»Sie waren Nachbarn?«, hörte man Chavez' Stimme fragen.

»Genau. Ich habe noch studiert. Er hatte gerade seinen Abschluss an der Polizeihochschule gemacht. Wir waren viel zusammen aus. Und haben Poker gespielt. *Stud poker, you know.*«

»Poker?«

»Ja, nicht um große Summen, aber ich war schon damals an Geld interessiert.«

»Das bringt doch nichts«, schimpfte Esposito hinter dem Steuer. »Such lieber etwas über den Hafen. Der ragt da vorn heraus.«

»Der Hafen ragt heraus?«, wiederholte Chavez und hielt den Film an. »Der Hafen ragt heraus?«

»Die Kräne ragen heraus«, verbesserte sich Esposito ruhig. »Das ist Gioia Tauro, der größte Industriehafen des Mittelmeeres. Über diesen Hafen gelangen über achtzig Prozent des gesamten Kokains nach Europa. Die Stadt ist fest in der Hand der 'Ndrangheta, ganz zu schweigen vom Hafen selbst. Wollt ihr ihn euch von Nahem ansehen?«

»Wir könnten doch kurz vorbeifahren«, schlug Sifakis vor.

*

Was ihnen gleich ins Auge fiel, war die Form der Hafenanlage. Sie sah aus wie ein gigantisches Schlüsselloch, in das man durch die kreisförmige Hafeneinfahrt gelangte. Ebenfalls frappierend war die Anzahl der Container.

»Dreieinhalb Millionen Container werden hier jährlich umgeschlagen«, sagte Esposito. »Da ergeben sich viele Gelegenheiten, den einen oder anderen auch einmal mit Kokain zu füllen.«

»Die Vorstellung, dass Kokain früher die Droge der Reichen war«, sagte Chavez.

»Die 'Ndrangheta hat sie dem gemeinen Volk geschenkt«, warf Sifakis ein. »Wenn ich mich richtig erinnere, haben sie schon früh Kontakt zu den Kolumbianern aufgenommen.«

»Zu einer Zeit, als noch die Kolumbianer den Kokainhandel dominierten«, fügte Esposito hinzu. »Das ist ja heute nicht mehr so.«

»Die Mexikaner.« Chavez starrte fasziniert auf das bunte Durcheinander der Container.

»Ja, die Mexikaner haben diese Rolle mittlerweile übernommen«, sagte Sifakis. »Pablo Escobar ist weg. Und die Mexikaner hatten keine Lust mehr, nur als Lieferanten den Amerikanern den kolumbianischen Stoff zu bringen. Also haben sie einfach die ganze Chose an sich gerissen.«

»*Don't get me started*, wenn es um die mexikanischen Drogenkartelle geht«, rief Chavez. »Aber es gibt doch Beweise, dass es eine Verbindung zum Beispiel zwischen Los Zetas und der 'Ndrangehta gibt?«

»Heroin aus dem Osten, Kokain aus dem Westen und Amphetamin aus der Eigenproduktion«, zählte Sifakis auf. »Ganz zu schweigen von Designerdrogen.«

»Achtzig Prozent des europäischen Kokains?«, wiederholte Chavez. »Verfluchte Scheiße.«

Sie fuhren eine Weile herum und beobachteten das Treiben im Hafen. Hohe Aktivität und viel Verkehr, die Kräne bewegten pausenlos Container hin und her, Lastwagen fuhren auf und ab. Sie konnten nicht mehr tun, als sich vorzustellen, wie das Kokain durch diesen Flaschenhals verladen wurde und sich auf seinen weiteren Weg durch die Flasche machte, die Europa hieß.

*

Sie fuhren weiter die A 3 hinauf, und Chavez wendete sich wieder seinem Interview zu.

»Wer gehörte denn alles zu diesen Pokerrunden?«, fragte seine Stimme aus den Lautsprechern des Laptops.

»Meine Kommilitonen und ich«, antwortete der Wirtschaftsprüfer. »*Buddies, you know*. Aber ab und zu war auch Fabio dabei, wir brauchten schließlich seinen Schutz …«

»Warum lachen Sie?«

»Weil wir natürlich keineswegs seinen Schutz brauchten, aber wir haben das immer so gesagt, wenn wir zur Hütte hinausgefahren sind. *The hut, you know.* Da war es ziemlich dunkel.«

»Welche Hütte?«

»Ach, das haben wir nur so gesagt, vergessen Sie es wieder. Die Eltern eines Freundes hatten ein Wochenendhaus in den Bergen, das leer stand, ein verdammtes Investitionsobjekt. Dort fanden die Pokernächte statt. *The pokernights that God forgot.*«

»Okay. Und Fabio war also mit von der Partie?«

»Manchmal, wie ich schon sagte. Er war, ehrlich gesagt, ein ziemlich schlechter Verlierer. Aber ein knallharter Typ. Einmal ist mitten in der Nacht ein Landstreicher aufgetaucht. *A hobo, you know.* Fabio hat total überreagiert. Er hat den Kerl mit Gewalt rausgeschmissen. Mit roher Gewalt.«

»Als hätte er gedacht, der Mann wäre in Wirklichkeit jemand anderes?«

»Ja, vielleicht. Da hat er total überreagiert.«

»Hat Fabio jemals einen Freund von sich mitgebracht?«

»Nein, der war nur mit uns da ... Obwohl einmal ...«

»Einmal ...?«

»Ja, er hatte einen Freund dabei, einen Kollegen. *A partner slash buddy.*«

Chavez hielt den Film für einen Moment an.

»Ist euch klar, dass hier zum ersten und einzigen Mal ein Freund von Fabio Tebaldi erwähnt wird?«

»Was willst du damit sagen?«, fragte Sifakis, ohne sich umzudrehen.

»Wie viele Gespräche haben wir geführt? Achtzig, hundert? Wurde in einem davon ein Freund erwähnt? Ein Kollege von der Polizei?«

»Nein«, sagte Sifakis. »Obwohl wir diese Frage oft gestellt haben.«

»Das hängt wohl damit zusammen, dass er niemanden in Gefahr bringen wollte. Und schon als zweiundzwanzigjähriger

Polizeifrischling in Turin vermeidet er jede Freundschaft oder näheren Kontakt zu Kollegen.«

»Auf mich macht das den Eindruck, als wollte er um keinen Preis etwas durchsickern lassen«, sagte Esposito. »Er wusste genau, was dann passieren kann. Das hatte er am eigenen Leib erfahren. Daher wollte er niemanden in seiner Nähe haben, den die Rache der Mafia treffen könnte. Und deshalb hat er weder Familie noch Freunde gehabt.«

»Aber ausgerechnet am Anfang seiner Karriere schleppt er einen Freund und Kollegen zu einem dieser Pokerabende mit dem zukünftigen Wirtschaftsprüfer und *American Wannabe* Nestore Maga.«

»Ich gehe davon aus, dass du die Folgefrage gestellt hast?«, sagte Sifakis.

Chavez ließ die Aufnahme weiterlaufen.

»Einen Freund und Kollegen? Wissen Sie, wer das war?«

»Ich kann mich nicht an seinen Namen erinnern«, antwortete Maga, »und leider auch nicht an sein Aussehen. *No looks whatsoever.* So ein Typ halt. Ziemlich zurückhaltend.«

»Versuchen Sie, sich genau an die Situation zu erinnern. Wer war er? Wie wurde er Ihnen vorgestellt? Wie hat er sich verhalten? Was hat er gesagt?«

Nestore schien nachzudenken und antwortete dann: »Er war so in unserem Alter, *you know*, so um die zweiundzwanzig, dreiundzwanzig. Dunkelhaarig. Mit süditalienischem Akzent vielleicht. Aber ich erinnere mich nicht, was er gesagt hat.«

»Aber was für einen Eindruck hat er auf Sie gemacht?«

»Das ist der einzige Eindruck, an den ich mich erinnern kann. Dass er keinen Eindruck hinterlassen hat. *Sorry, my man.*«

Und damit war das Interview beendet worden.

»Jaja«, brummte Sifakis. »Aber du hast dein Bestes gegeben.«

»Wir wissen natürlich nicht, ob es sich bei diesem Mann um einen engen Freund gehandelt hat, aber den Eindruck bekommt man«, sagte Chavez. »Sonst hätte er ihn doch nicht mit zu dieser entlegenen ›Hütte‹ genommen, um mit seiner Studentengang aus Turin einen Pokerabend zu verbringen.«

»Ich bin geneigt, dir da recht zu geben«, erwiderte Esposito. »Er hat eine Ausnahme von seiner goldenen Regel gemacht.«

»Und das tut man nicht für jeden Beliebigen.« Chavez nickte. »Er schätzte die Studenten als ungefährlich ein. Aber er war immer auf der Hut. Sonst hätte er diesen Landstreicher auch nicht so unsanft behandelt.«

»Und worauf willst du hinaus?«, hakte Sifakis nach.

Chavez schob sich zwischen die beiden Vordersitze.

»Ich glaube, dass dieser Freund sein einziger engerer Kontakt war und später zum Kaffeefleckmann wurde. Ein Mann, der keinen größeren Eindruck hinterließ.«

»Hm«, murmelte Sifakis.

»Und wir haben gleich engeren Kontakt mit einem anderen Schatten«, sagte Salvatore Esposito und bremste ab, um auf dem Standstreifen der A3 anzuhalten. »Hier ist einer der drei Punkte, von dem aus die Opcop-Gruppe das letzte Mal Signale von dem Chip in Antonio Rossis Körper empfangen hat.«

»Sehr gut«, sagte Sifakis. »Hier in der Nähe wurde Rossi also vor nicht mehr als einem Monat enthauptet.«

Daraufhin entfaltete er eine Straßenkarte. Eine richtige altmodische Landkarte aus Papier. Da wurde Chavez erst bewusst, wie lange er so etwas schon nicht mehr gesehen hatte. Sifakis zeigte mit dem Finger darauf.

»Das hier ist das Sendegebiet«, sagte er. »Und das ist der südlichste Punkt. Wir befinden uns exakt an der Stelle, wo das Signal endgültig von unseren Karten verschwand. Davor war es einige Male in der Gegend aufgetaucht, einmal auf der Autobahn weiter nördlich von hier und einmal abseits der Straße, mitten im Gelände. Am wahrscheinlichsten aber ist, dass er tatsächlich hier umgebracht wurde.«

Sie sahen sich um. Die Autobahn verlief zwar auf einer Hochebene, aber die mächtige Bergkette des Aspromonte erhob sich im Osten wie eine zerklüftete Mauer. Die Landschaft war eher landwirtschaftlich geprägt, Äcker, Felder, die klassischen Olivenhaine, in denen – wie behauptet wird – das beste Olivenöl der Welt hergestellt wurde, obwohl sich Sifakis, seines Zeichens Grieche, Letzterem gegenüber sehr skeptisch gab. Sonst gab die Gegend nicht viel her. Und sie war äußerst spärlich besiedelt.

Ein sehr guter Ort für einen Mord.

Der Mietwagen stand mit eingeschalteter Warnblinkanlage auf dem Seitenstreifen. Sie blickten einander an.

»Tja«, sagte Chavez. »Viel gibt es hier nicht zu sehen.«

»Wir schauen uns das Szenario noch einmal an«, schlug Sifakis vor. »Nach den letzten Signalen, die wir von Rossis Chip empfangen haben, war er auf der A3 Richtung Süden unterwegs. Davor hatte er sich mehrere Tage lang in Kalabrien mal hierhin, mal dorthin bewegt. Irgendwo hier in der Nähe, im Umkreis von etwa zehn Kilometern, haben sie seinen Körper gescannt. Als der Scanner einen Ausschlag verzeichnet, wird er gefoltert, was die Funktion des Chips beeinträchtigt. Zweimal noch gibt er ein Signal ab, jeweils nur ein Blinken, das letzte Mal exakt an dieser Stelle hier. Er wird auf einer Strecke von zehn Kilometern, mit einer Pause auf halber Strecke, zweimal schwer misshandelt, als sie einen Umweg übers Land genommen haben. Dort blinkt der Chip auch, vermutlich in einer Folterpause. Das ist das zweite vereinzelte Signal, draußen in der Pampa. Dort kann er natürlich auch getötet worden sein. Als der Wagen, in dem er transportiert wird, diese Stelle hier passiert, wird ihnen klar, dass sie den Chip aus seinem Körper entfernen müssen. Und das ereignet sich vielleicht sogar auf dem Seitenstreifen hier. Sie schlitzen ihn auf, finden den Chip und zerstören ihn.«

»Eine sehr lebhafte Schilderung«, kommentierte Chavez. »Aber nicht ganz korrekt. Der Chip wird eben nicht zerstört, sondern später zusammen mit Antonio Rossis Kopf nach Den Haag geschickt.«

»Dann eben so: Der Chip wird entfernt und vorübergehend unschädlich gemacht«, sagte Sifakis. »Im Übrigen hält die Theorie aber der Prüfung stand. Wir befinden uns wahrscheinlich exakt an dem Ort, an dem Rossi enthauptet wurde.«

»Aber in was für einem Wagen haben die gesessen?«, fragte

Chavez. »Warum kommt ihnen plötzlich auf der Fahrt in diesem Auto die Idee, Rossis Körper mit einem elektronischen Wanzendetektor abzuscannen? Da muss doch davor etwas geschehen sein.«

»Bis zur nächsten Stadt ist es ein ganzes Stück«, sagte Sifakis mit einem Blick auf die Karte. »Gemäß dem Signal hat er die Nacht in dem kleinen Ort Pizzo an der Küste verbracht. Am nächsten Morgen ist er ziemlich eilig aufgebrochen, um auf der A3 nach Süden zu fahren. Nach etwa vierzig Kilometern haben sie ihn dann gescannt, und weitere zehn Kilometer später war er tot, aufgeschlitzt und enthauptet. Was war das für ein Wagen? Was ging hier vor?«

»Genau«, sagte Chavez. »Hier gibt es auch nichts, es muss also alles im Wagen passiert sein. Er wurde an dem Morgen in Pizzo von einem hohen Tier der 'Ndrangheta abgeholt, und auf der Fahrt bemerken sie, dass er irgendwie ein Signal eines anderen Senders oder Gerätes stört. Er wird gescannt, verprügelt, wird in die Pampa gefahren, verhört, gefoltert, ermordet und schließlich hier an dieser Stelle aufgeschlitzt, als ihnen klar wird, dass der Sender ja nach wie vor Signale senden kann, obwohl Rossi zu diesem Zeitpunkt bereits tot ist. Wir müssen zu Punkt zwei, aufs Land.«

»Dorthin«, sagte Sifakis und zeigte auf die Karte.

Esposito nickte und gab Gas. Ungefähr fünf Kilometer später fuhr er von der Autobahn ab und nahmen einen Schotterweg. Und nur wenige Kilometer später rief Sifakis: »Hinter dem nächsten Hügel.«

Hinter dem nächsten Hügel tauchte eine alte Scheune vor ihnen auf. Sie lag nicht weitab von der Straße und wirkte, als sei sie seit vielen Jahren nicht mehr benutzt worden. Dort hielten sie an. Sifakis überprüfte ihren Standort erneut mit seiner analogen Karte.

»Ich bin mir verdammt sicher, dass Rossi dort in der Scheune ermordet wurde.«

Sie stiegen in das erbarmungslos gleißende Licht dieses heißen Augusttages. Die Grillen zirpten hysterisch laut, die kalabrische Luft stand still. Das Gras war so trocken, dass es unter ihren Sohlen knisterte, als sie auf die alte zerfallene Scheune zugingen. Sifakis schob die Tür auf. Das Licht fiel durch die Spalten in den Holzwänden und zeichnete sich wie ein Netz am Boden ab, was die nicht erleuchteten Ecken noch düsterer erscheinen ließ. Das Trio teilte sich auf und inspizierte den Ort.

Nach einer Weile war aus einer der dunklen Ecken Chavez' Stimme zu hören: »Hier.«

Er stand vor einer Holzbank, die in die Ecke geschoben worden war. Ein dunkler Schatten lag auf der verwitterten Holzoberfläche. Esposito brach eine Holzplanke aus der Wand, damit das Licht auf die Bank fallen konnte. Es war gar kein Schatten, sondern ein großer dunkler Fleck, und Chavez zeigte auf die Wand dahinter.

»Das kann man nun nicht mehr als Spritzer bezeichnen. Das ist ein Sturzbach.«

»Auf Kopfhöhe. Wir haben uns geirrt«, stellte Sifakis fest.

»Wie geirrt?«

»Er wurde doch nicht auf der Autobahn geköpft, sondern hier.«

»Wir müssen dafür sorgen, dass sich die Spurensicherung von Europol das unauffällig ansieht«, sagte Chavez. »Allerdings, ein bisschen DNA können wir auch jetzt schon mitnehmen.«

Er nahm sein Taschenmesser und kratzte Blut von der Bank. Dann strich er das geronnene Blut auf einer Quittung ab.

»Dieses Mittagessen muss ich dann eben selbst bezahlen«, meinte er grinsend.

»Das sieht sehr professionell aus«, sagte Sifakis und zeigte auf die säuberlich zusammengefaltete Quittung.

»Man nimmt, was man hat«, erwiderte Chavez.

Dann fuhren sie weiter. Sie folgten den kleineren Straßen nach Osten, hinauf in die Berge. Die Sonne erreichte den Zenit und machte sich wieder auf den Rückweg über die wunderschönen zerklüfteten Hänge des Aspromonte. Immer wieder hielten sie an und streiften für eine Weile durch die Wälder. Es hatte etwas Magisches. Das war die Heimat der 'Ndrangheta, wo sie auch in den Siebziger- und Achtzigerjahren ihre Geiseln versteckt hatten, als sich die Organisation ihr Grundkapital vor allem mit Entführungen reicher Norditaliener sicherte. Auch Fabio Tebaldi und Lavinia Potorac saßen unter Garantie irgendwo dort in der Wildnis, seit über zwei Jahren.

Dann krochen sie mit dem Wagen kleine Pfade entlang, die kaum für den Autoverkehr vorgesehen waren, und ihnen begegnete auch äußerst selten jemand. Sie waren schon eine ganze Weile unterwegs und fuhren an der Ostseite des Aspromonte gen Süden, die Uhr ging auf sieben zu, und das Navi zeigte an, dass sie nur noch wenige Kilometer zu fahren hatten. Die Felsen änderten ihr Aussehen, sie näherten sich einem Gebirgspass.

»Können wir uns bei diesem Corrado da ganz sicher sein?«, fragte Chavez.

»Er ist ein alter Ornithologe«, antwortete Esposito. »Und er kennt sich in den Bergen aus wie in seiner Westentasche.«

»Und er hat garantiert keine Verbindung zur 'Ndrangheta?«

»Wir sind hier nicht in einer Gegend, wo es solche Garantien gibt. Er wurde in San Luca geboren und ist dort aufgewachsen, aber er hat Kalabrien als Junge verlassen und ist nach Nordamerika emigriert. Er ist erst nach der Pensionierung in seine Heimat zurückgekehrt. Wir haben mit vielen gesprochen, und sie haben sich alle für seine Zuverlässigkeit verbürgt. Mehr Garantie bekommen wir nicht.«

»Okay«, sagte Chavez. »Ich nehme auf jeden Fall meine Knarre mit.«

»Wir gehen auf keinen Fall unbewaffnet«, stimmte Sifakis zu. »Aber eigentlich soll uns niemand zu Gesicht bekommen.«

Esposito hielt an, warf einen prüfenden Blick auf das Navigationsgerät und bog daraufhin bei der nächsten Abzweigung ab. Wenig später erreichten sie einen militärgrünen Jeep. Ein älterer Mann, dessen ebenfalls grüne Kleidung an einen Waldtroll erinnerte, stand, gegen die Motorhaube gelehnt, da und rauchte Pfeife. Er hob seine Hand zum Gruß.

»Corrado?«, fragte Esposit, als sie auf ihn zugingen.

»Hm«, brummte der Mann und fuhr dann in tadellosem Amerikanisch fort: »Wollen wir gleich los? In zwei Stunden wird es dunkel.«

Die Wege waren zum Teil ziemlich steil und rutschig, oder es gab gar keinen Pfad. Auf der Strecke kamen sie an mehreren verlassenen und meist sehr gut getarnten Unterschlupfen vorbei.

»Hier wurden sie versteckt«, erklärte Corrado, während er unablässig paffte.

»Die Entführten?«, hakte Esposito nach.

»Hm.« Corrado nickte. »Hier oben auf den Bergkämmen gab es zahlreiche dieser Verstecke. Damals waren sie allerdings nicht verlassen.«

Sie folgten einem mehr oder weniger sichtbaren Pfad durch einen Wald aus Steineichen, die sich tief zu ihnen herabbeugten. Dann erreichten sie ein Felsmassiv, das zwanzig Meter senkrecht in die Höhe ragte und sich schier unendlich zu beiden Seiten erstreckte. Corrado trat an das Felsmassiv heran, legte eine Hand auf den Stein und bog nach rechts ab. Es sah aus, als würde er im Felsen verschwinden. Die drei Polizisten warfen einander einen verwirrten Blick zu und gingen ihm hinterher. Da sahen sie, dass sich in dem Fels eine Spalte befand, die den Stein teilte und einen schmalen Durchgang freigab. Nach zwanzig Metern klaustrophobisch machender Passage entdeckten sie Corrado in einigem Abstand am Fuß eines Hügels. Er winkte sie zu sich, und als sie ihn erreicht hatten, sahen sie eine große Lichtung, die zwischen den Bäumen hindurchleuchtete. Ein magischer Schimmer war das, tiefgrün, als würde sich dort der Glanz der ledrigen immergrünen Blätter der Steineichen, das Hellgrün der Buchen und Kastanien und das Dunkelgrün der Kiefern reflektieren. Sie betraten die Lichtung. Chavez warf einen Blick auf die Rückseite des Felsmassivs und entdeckte einen großen Höhleneingang an dessen Fuß. Er ging näher und sah hinein, konnte aber nichts erkennen. Aber er hörte ein sonderbar helles Zirpen und Quieken, bis er begriff, dass im Inneren der Höhle Hunderte von Fledermäusen an den Wänden hingen.

»Wecken Sie die bloß nicht auf«, sagte Corrado leise und setzte seinen Weg über die Lichtung fort. Am Ende derselben blieb er stehen und fragte die Männer: »Den kurzen oder den langen Weg?«

»Wir hatten Sie um den kürzesten gebeten«, sagte Chavez. »Oder gibt es einen bestimmten Grund, warum Sie das fragen?«

Corrado lachte in seinen Bart hinein und zog an der Pfeife.

»In Ihrer Eigenschaft als Geologen sind Sie wahrscheinlich mit Steilhängen vertraut. Ihre Antwort hingegen war nicht die eines Geologen. Daher war meine Frage berechtigt. Den kurzen oder den langen Weg?«

In Chavez arbeitete es.

»Darf ich raten, was Sie in den USA beruflich gemacht haben, Corrado?«

Corrado gluckste und zuckte dann mit den Schultern.

»Bulle, stimmt's?«

»Aber nicht in den USA, sondern in Kanada«, erwiderte Corrado.

»Ach so. Royal Canadian Mounted Police, RCMP? Die kanadische berittene Polizei. Haben Sie eine rote Uniform getragen?«

»Nicht für den alltäglichen Gebrauch. *The Red Serge* wird nur bei Feierlichkeiten getragen.«

»Ich vermute, Sie haben sich viel in der Wildnis aufgehalten. Stammt Ihr ornithologisches Interesse aus dieser Zeit?«

»Ich wusste sofort, dass Sie keine echten Geologen sind. Aber drei verschiedene Nationalitäten?«

»Sie waren vermutlich ein außerordentlich guter Polizist«, sagte Chavez anerkennend. »Aber wir würden gerne den kürzeren Weg nehmen.«

»Sie sind ganz bestimmt auch außerordentlich gute Polizisten«, entgegnete Corrado. »Allerdings bewegen Sie sich hauptsächlich in Städten. Sie sind sich ganz sicher?«

Chavez sah seine Kollegen an. Die nickten. Corrado zuckte

erneut mit den Schultern und machte sich paffend auf den Weg. Sie bogen um eine Ecke und starrten ins Leere.

Der Erdboden unter ihren Füßen war buchstäblich verschwunden, denn die Felswand stürzte vor ihnen senkrecht in die Tiefe. An ihr entlang verlief ein schmaler Grat, doch nach etwa zwanzig Metern führte er um eine Kante, sodass sie den weiteren Verlauf nicht sehen konnten. Corrado schob die Pfeife in den Mundwinkel und betrat den Felsvorsprung. Langsam und gleichmäßig ging er den nicht mehr als einen halben Meter breiten Pfad entlang, den Abgrund zu seiner Rechten. Kleine Rauchwolken stiegen von seiner stattlichen Figur in den Himmel auf.

Chavez, Sifakis und Esposito starrten einander entgeistert an. Dann gab sich Sifakis als Erster einen Ruck und schob sich, eng an den Fels gedrückt, langsam, ganz langsam voran. Ihm folgte Esposito, der sich an jedem Pflanzenbüschel festkrallte, das zwischen den Steinen wuchs.

Nun war Jorge Chavez an der Reihe. Seine Beine zitterten so stark, wie er es noch nie zuvor erlebt hatte. Er drückte sich fest gegen die Felswand. Aber die Hitze, die der Fels im Laufe des Tages gespeichert hatte, machte das schier unmöglich. Er war nicht in der Lage, so gerade zu laufen wie Corrado, mit dem Gesicht zur Felswand tastete er sich voran. Als er das Ende des Pfades erreicht hatte, hatten sich Brandblasen an seinen Händen gebildet.

»So, so«, sagte Corrado fröhlich. »Das ging doch ganz gut.«

Keiner antwortete ihm. Sie setzten ihren Weg durch den Wald fort. Die Wirklichkeit kehrte langsam zurück, und hinter einem sanften Hügel konnten sie auf eine kleine Ortschaft hinuntersehen, die sich an den Fels schmiegte. Genau genommen waren nur die Hausdächer sehen. Corrado zog an seiner Pfeife und zeigte hinunter in das Dorf.

»San Luca.«

Andächtig betrachteten sie den legendären Ort. Die Hauptstadt der 'Ndrangheta. Sie sah so friedlich aus. So klein. So – pittoresk.

»Wir wollen nicht gesehen werden«, ermahnte Chavez Corrado.

»Deshalb nehmen wir ja auch diesen Weg«, erwiderte Corrado und lief los.

Als das erste Gebäude vollständig sichtbar wurde, hielt Corrado an und zeigte auf einen kleinen Platz, auf dem ein kleiner Haufen Unrat lag. Vereinzelt waren noch Spuren eines Brandes zu erkennen, vor allem die Reste einer verkohlten, in sich zusammengestürzten Mauer. Etwa hundert Meter davon entfernt stand ein Haus, nicht viel mehr als eine Hütte, die aber offensichtlich schon lange nicht mehr bewohnt war.

»Hier wohnte Teobaldo«, sagte Corrado und deutete auf die Mauerreste. »Er war ein paar Jahre jünger als ich, aber wir haben viel zusammen gespielt, als wir klein waren, sind in den Bergen herumgeklettert und solche Dinge. Das dort war Teobaldo Allegrettis Elternhaus.«

»In dem er dann als Erwachsener auch wohnen blieb?«, fragte Sifakis.

»So wurde es mir erzählt, ja. Er wohnte dort mit seiner Familie bis zu jenem schicksalhaften Tag im September 1989.«

»Was ist passiert?«

»Damals war ich ja schon längst in Amerika, aber ich habe gehört, dass Teobaldo bei lebendigem Leib verbrannt wurde. Seine Frau und die Kinder wurden erschossen. Und das Haus bis auf seine Grundmauern niedergebrannt. Ein schwarzer Tag.«

»Wissen Sie, warum das passiert ist?«, fragte Chavez.

»Ich kenne nur Gerüchte.«

Sie schwiegen einen Moment. Chavez versuchte, sich die Szene vor Augen zu führen. Die Mafiamitglieder versammeln sich. Man hält die Ehefrau und die beiden Söhne fest und zwingt sie zuzusehen, wie ihr Mann und Vater mit Benzin übergossen wird. Und dann zünden sie ihn an. Teobaldo Allegretti wird vor seiner Familie zur lebenden Fackel. Allerdings entgeht sein jüngster Sohn der Auslöschung der Familie und wird später zum Polizisten Fabio Teobaldi, der sein Leben der

Jagd nach den Schuldigen verschrieben hat, nach der 'Ndrangheta.

»Das Gerücht besagt, dass Teobaldo keine Lust mehr auf Entführungen hatte«, erzählte Corrado. »Es herrschte ja praktisch interner Bürgerkrieg, Klan gegen Klan. Teobaldo glaubte an eine neue vereinte 'Ndrangheta, die sich nicht länger mit Entführungen abgab, sondern nach Höherem strebte.«

»Und was hat er verbrochen, um bei lebendigem Leibe verbrannt zu werden?«

»Auch das habe ich nur aus zweiter Hand, aber es heißt, dass er eine Geisel freigelassen hat, einen Bauunternehmer aus Turin. Das konnte nicht ungestraft bleiben.«

»Und das da?«, fragte Chavez weiter und zeigte auf das verlassene Haus.

»Dort lebte Riccardo«, antwortete Corrado mit gerunzelter Stirn.

»Und wer war Riccardo?«

»Auch ein Freund aus der Kindheit, Riccardo Ragusa. Er war ein paar Jahre älter als Teobaldo, wir haben öfter zu dritt gespielt. Auch er soll später sein Elternhaus übernommen haben, so wie Teobaldo. Er wohnte dort mit seiner Frau, den beiden Töchtern und seinem Sohn. Riccardo machte Karriere in der 'Ndrangheta, wurde befördert und später ein berüchtigter Auftragskiller, Il Ricurvo nannten sie ihn.«

Sifakis und Chavez wechselten einen schnellen Blick.

»Il Sorridentes rechte Hand«, ergänzte Sifakis dann.

Jetzt war Corrado an der Reihe, seine Begleiter überrascht anzusehen.

»Sie wissen auch mehr, als Sie vorgeben! Aber es stimmt. Il Sorridente war der Capobastone eines lokalen Klans, der Sicherheitschef sozusagen. Es ist mehr als wahrscheinlich, dass er für die Liquidierung der Familie verantwortlich ist. Und leider gibt es Anlass zu der Annahme, dass auch Riccardo daran beteiligt war.«

»Il Sorridente und Il Ricurvo«, sagte Chavez.

»Wir sollten uns jetzt langsam zurückziehen, es könnte

jederzeit jemand vorbeikommen«, ermahnte Corrado. »Und Sie sehen wirklich nicht wie Geologen aus, meine Herren.«

Sie traten den Rückweg durch den Wald an.

»Das Haus dort unten steht schon ziemlich lange leer«, sagte Chavez. »Die Familie Ragusa ist also von dort weggezogen?«

»Klar«, antwortete Corrado. »Ihnen wurde ein besseres Haus zugeteilt, nachdem Ragusa befördert worden war. Eines, das zentraler liegt.«

»Und was ist aus den Kindern geworden?«

»Die Töchter hießen Maura und Debora, soweit ich mich erinnere. Und ich meine, sie wohnen nach wie vor in San Luca. Der Sohn allerdings ist auch Polizist geworden.«

Chavez, Sifakis und Esposito hielten quasi zeitgleich mitten in ihren Bewegungen inne. Vollkommen reglos blieben sie stehen. Corrado betrachtete sie und zog an seiner Pfeife.

»Diese Information war also von Interesse, wie ich sehe?«, sagte er und wirkte sehr zufrieden.

»Und wie hieß der Sohn?«, fragte Chavez.

»Lorenzo. Lorenzo Ragusa.«

Sie nickten und setzten ihren Weg fort. Als sie ein ganzes Stück durch den Wald zurückgelegt hatten, meldete sich Jorge Chavez noch einmal zu Wort: »Ist das in Ordnung, wenn wir jetzt den längeren Weg nehmen?«

Vierte Aussage

Aosta, Italien, 20. September

Sie haben angefangen, mir über die Schulter zu schauen und mitzulesen, während ich schreibe. Also kann ich meinen Wunsch auch notieren. Ich würde mir sehr wünschen, dass Sie meine Morphindosis erhöhen. Der Schmerz wird unerträglich. Auch wenn mich die Erkenntnis erschüttert, was das zu bedeuten hat. Werde ich jemals wieder sprechen können?

Aber Sie haben recht. Ich muss weiterschreiben. Drehen Sie dieses Rädchen noch ein Stück weiter, bitte. Dieses da. Genau. Im Uhrzeigersinn. Noch ein bisschen mehr.

Danke.

Ich wechselte direkt nach meinem Abitur auf die Polizeischule und erhielt meine Grundausbildung in der Scuola Allievi Agenti di Campobasso. Mein Ziel war es, mich danach bei der Polizia di Stato zum Antimafia-Polizisten ausbilden zu lassen. Zwischendurch tauchte mein Vater auf, zog mir eine Haube über den Kopf, und wir fuhren zu einem weiteren Treffen mit dem Sorridente, jetzt in verschiedenen Fabrikhallen in der Umgebung von Campobasso. Er wollte sich erkundigen, wie es mit meiner Ausbildung zum Polizisten voranging.

Es lief sehr gut. Ich hatte großen Gefallen daran. Und ich wurde immer besser. Außerdem trainierte ich hart. Und wurde schließlich ein guter Polizist, zumindest nehme ich das an. Ich beendete die Ausbildung mit den besten Ergebnissen und Noten und bereitete mich auf meine Zeit als Polizeianwärter vor.

*

Man konnte sich seinen Einsatzort nicht aussuchen, man wurde stationiert. Es wurde zwar aus der Heimat der Wunsch geäußert, dass ich in die Nähe versetzt werden möge, aber diese Möglichkeit existierte nicht, und ich genoss das sogar. Denn so konnte ich die unvermeidliche Konfrontation noch eine Weile aufschieben. Ich landete in Genua.

Wir waren mehrere Kollegen, die den Dienst als Polizeianwärter antreten würden. Ich wusste, dass auch ein Studienkollege aus Campobasso dabei sein würde. Mit großen Erwartungen reiste ich nach Genua.

Tatsächlich gelang es mir, mich im Polizeipräsidium zu verlaufen, und ich wäre um ein Haar zu spät gekommen. In letzter Sekunde schlüpfte ich in den Vorlesungssaal, bevor der Polizeipräsident vorn ans Pult trat und sich vorstellte. Wir waren nicht viele, sieben oder acht Leute. Ich sah nur ihre Hinterköpfe, zwei davon gehörten weiblichen Anwärterinnen.

Der Polizeipräsident begrüßte uns und begann mit seinem Vortrag. In diesem Augenblick geschah etwas, woran ich mich für den Rest meines Lebens erinnern werde. Es war kein dramatisches Ereignis, nur die schnelle Kopfbewegung eines der Anwärter etwa zehn Reihen vor mir. Er drehte sich zur Seite, um der Kollegin neben sich etwas zuzuflüstern. Ich sah sein Profil, aber nur für den Bruchteil einer Sekunde. Mein Herz schlug laut und wild. War das überhaupt möglich? Es war so unwahrscheinlich, dass mein Verstand sich weigerte, es zu glauben. Der junge Mann da vorn war ohne Zweifel eine etwa zwanzigjährige, durchtrainierte Version des zitternden Achtjährigen, den ich als Fabio Allegretti gekannt hatte. Das konnte unmöglich wahr sein.

Dann waren die einführenden Worte des Polizeipräsidenten überstanden. Wir applaudierten artig, danach folgte das Aufrufen der Anwärter. Gelangweilt las ein Hauptkommissar unsere Namen vor, und als ein Fabio Tebaldi aufgerufen wurde, streckte Bohne seine Hand in die Luft. Er hatte einen neuen Namen angenommen. Aus dem Vornamen seines Vaters hatte er sich einen Nachnamen erschaffen. Im Nachhinein betrachtet, war das nahezu logisch, aber das war es vorher tatsächlich nicht gewesen.

Dann rief der sehr schläfrig wirkende Hauptkommissar meinen Namen: »Lorenzo Ragusa.«

Ich konnte zwar nur seinen Nacken sehen, aber ich spürte, was in Fabio vorging. Seine Schultern zuckten, und als er sich zu mir umdrehte, war er leichenblass. Und sein Blick war angsterfüllt. Er war davon überzeugt, dass ich nur gekommen war, um ihn zu liquidieren. Ich tat das Einzige, was mir auf die Schnelle einfiel, und reckte meinen Daumen in die Höhe, den Daumen mit der Blutsschwurnarbe. Nach einer weiteren Schrecksekunde hob auch er den seinen.

Kaum war die Begrüßung beendet, gingen wir auf den Flur. Dort packte er mich, zerrte mich auf die Toilette und schloss sorgfältig hinter uns ab.

»Was zum Teufel machst du hier, Enzo?«, zischte er.

»Ich werde Polizist«, antwortete ich. »Aber wer zum Teufel ist Fabio Tebaldi, Bohne?«

»Das ist mein neues Ich«, fuhr er zischend fort. »Und weder du noch dein beschissener Mafiavater werden mir das zerstören. Los, erzähl mir alles.«

»Ich bin auch abgehauen«, stotterte ich, mehr bekam ich nicht heraus.

»Bist du hier, um mich umzubringen?«

»Nein! Natürlich nicht.«

»Und ob du das bist. Wie bist du mir auf die Spur gekommen? Welchen Fehler habe ich gemacht?«

»Ich weiß nicht, wovon du sprichst. Ich bin fertig mit dem Scheiß.«

»Klar! Du trägst deinen richtigen Namen. Die würden dich auf der Stelle liquidieren, wenn sie erfahren würden, dass du ein Bulle wirst. Also hast du ihren Segen dafür. Du hast den Befehl erhalten, Polizist zu werden. Damit sie jemanden im Inneren des Apparates haben. Als hätten die nicht ohnehin überall ihre Männer. Aber klar, es ist ein großer Unterschied, ob man einen gekauften Spitzel hat oder einen eigenen. Und du, Enzo, sollst also so einer werden.«

»Ich will ein richtig guter Polizist werden«, sagte ich trotzig, »mir egal, was du davon hältst.«

»Du hast demnach nicht den Auftrag erhalten, mich zu töten?«

»Niemand weiß, dass du hier bist. Auch ich hatte keine Ahnung. Das war ein unglaublicher Schock vorhin, als ich dich erkannt habe.«

Fabio dachte einen Augenblick lang nach.

»Ich könnte dich anzeigen. Ich könnte dem Polizeipräsidium verraten, dass du der Sohn des berüchtigten Ricurvo bist. Meinst du, dass du dann hierbleiben dürfest?«

»Tu das bitte nicht«, flehte ich ihn an. »Ich suche doch nur einen Weg, um von der Mafia wegzukommen. Ich sitze da fest, da hast du leider recht, aber es weiß wirklich niemand, dass du hier bist. Sie suchen nach dir, das ist dir ja auch klar, aber von mir werden sie nicht erfahren, wo du bist. Unser heiliger Schwur gilt auch heute noch.«

Verzweifelt hob ich erneut meinen Daumen. Die Narbe verlief quer über die Fingerkuppe und leuchtete geradezu.

Auch Fabio hob seinen Daumen. Seine Narbe sah identisch aus. Aber er schüttelte den Kopf.

»Verdammt, verdammt. Wenn du die Taufe durchlaufen hast, dann bedeuten alle anderen Loyalitäten einen Scheißdreck dagegen. Damit bist du ihr Eigentum.«

»Ich habe noch keinen Schwur geleistet«, widersprach ich. »Sie wollen mich in den Polizeiapparat einschleusen, das stimmt, wenn ich aber ein richtig guter Polizist werde, kann ich mich ihnen widersetzen. Und mich dann irgendwann einmal gegen sie wenden.«

»Und was ist mit deinem Alten? Das Schwein, das meine Mutter getötet hat, ist ja mittlerweile ein echter Hotshot, ein richtiger Experte auf seinem Gebiet, was? Du würdest es niemals wagen, ihn zu enttäuschen.«

»Ich hasse ihn«, sagte ich mit dem Brustton der Überzeugung. »Er ist ein Schwein. Ich würde keine Sekunde zögern, ihn zu töten. Aber sie sollen ruhig glauben, dass ich auf ihrer Seite bin.«

»Verdammt, Enzo«, stöhnte Fabio und ließ sich auf den Toilettendeckel sinken. »Ich kann dir nicht trauen. Das geht einfach nicht. Du gehörst zur 'Ndrangheta. Du kommst da nicht raus, wenn du nicht wirklich auf Abstand gehst. Und dann werden sie dich auch zum Tod verurteilen.«

»Ich weiß nicht, wie ich das in Zukunft lösen werde«, antwortete ich. »Das weiß ich heute noch nicht, so weit bin ich in meiner Planung noch nicht gekommen. Jetzt absolviere ich dieses eine Jahr als Polizeianwärter und denke darüber nach. Ich werde eine Lösung finden. Und ich werde dich nicht verraten. Was soll ich tun, damit du mir das glaubst?«

Fabio stand auf, seufzte und betrachtete unsere Spiegelbilder.

»Wir könnten damit anfangen«, sagte er und zog ein Taschenmesser hervor. Dann schnitt er tief in die Stelle in seinem Daumen, wo die Narbe saß. Blut quoll hervor. Wortlos gab er mir das Messer. Auch ich schnitt mich. Noch tiefer. Ich spürte das Messerblatt am Knochen. Aber ich spürte keinen Schmerz, zumindest nicht in meinem Daumen, den ich gegen Fabios drückte.

Fabio klappte den Toilettendeckel hoch, und während das Blut von seinem Daumen in die Schüssel tropfte, flüsterte er: »Sie musste wählen.«

»Wie bitte?«

»Meine Mutter wurde gezwungen, zwischen ihren Söhnen zu wählen. Sonst hätten sie uns beide ermordet.«

»Ich habe es gesehen. Aber ich habe es nicht verstanden.«

»Sie hat sich für mich entschieden, verstehst du das, Enzo? Sie hat sich gegen Paolo und für mich entschieden. Ich habe eine Verantwortung, eine doppelte, eine dreifache. Ich muss auch für Paolo handeln, seinem Wunsch entsprechen. Das alles muss ein Ende haben. Verstehst du mich, Enzo?«

Ich nickte, aber wenn ich ehrlich bin, habe ich nicht genau verstanden, was er mir hat sagen wollen.

Fabio richtete sich auf und nahm ein paar Papierhandtücher aus dem Halter.

»Wir werden nichts miteinander zu tun haben«, sagte er, während wir unsere Daumen in die Papiertücher drückten. »Wir werden nichts zusammen unternehmen, uns nicht unterhalten, niemand soll den geringsten Verdacht schöpfen, dass wir uns von früher kennen. In Ordnung?«

»In Ordnung«, antwortete ich.
Damit verließen wir die Toilette.

*

Es war ein tolles Jahr in Genua. Ich habe unglaublich viel über die Polizeiarbeit gelernt, und wir hatten auch ein paar spannende Fälle, bei einem gelang es uns sogar, auf ziemlich spektakuläre Weise eine Bande von Bankräubern festzunehmen. Fabio und ich hatten nichts miteinander zu tun. Niemand schöpfte den geringsten Verdacht, dass wir uns von früher kannten.

Aber mir war auch bewusst, dass der Sand durch mein Stundenglas rieselte. Ich konnte nicht viel tun, außer zu hoffen, dass mein Vater Fabio nicht zufällig zu Gesicht bekommen würde, wenn er kam, um mir die Haube überzuziehen. Denn das würde er bald. Das wusste ich.

Ich sollte mich irren. Nicht Il Ricurvo kam das nächste Mal. Sondern ein mir unbekannter Muskelberg. Aber er behandelte mich, wie es mein Vater zuvor immer getan hatte. Ich hatte noch etwa einen Monat in Genua vor mir, als mir die Haube abgenommen wurde und ich auf der anderen Seite einer Tischlerwerkbank in einer offensichtlich stillgelegten Schreinerei in ein paar grüne Augen sah, die mich kritisch betrachteten.

»Ich bin Bonavita«, stellte der Mann sich vor. »Ab jetzt bin ich dein Ansprechpartner.«

Ich sah mich in der Halle um. Neben dem mehr als indifferenten und allem Anschein nach sehr geschäftsorientierten Bonavita stand der Muskelberg, der mich bei meiner Studentenbude in der Altstadt von Genua abgeholt hatte.

»Il Sorridente und Il Ricurvo haben andere Aufgaben zugewiesen bekommen«, fuhr Bonavita fort.

»Was hat das zu bedeuten?« Ich hörte, dass ich stammelte. »Habt ihr meinen Vater ermordet?«

»Nein«, antwortete Bonavita leise. »Andere Aufgaben bedeutet andere Aufgaben. Unsere Arbeit geht jetzt in eine neue Phase. Ab sofort geht es in erster Linie ums Geschäft.«

Wir schwiegen. Ich hatte nichts zu sagen. Es war besser, er würde aussprechen, worauf ich gefasst war. Und das tat er.

»In einem Monat bist du fertig mit deiner Ausbildung, Lorenzo. Dann wirst du dich für eine Stelle in Kalabrien bewerben und sie auch bekommen. Dort wirst du ein Jahr lang die Polizeiarbeit kennenlernen. Danach hast du die Möglichkeit, dich zum Antimafia-Polizisten ausbilden zu lassen. Und das wirst du auch tun. Wir haben deinen Lebenslauf schon perfekt gestrickt, wie du mit deiner Familie und deiner Vergangenheit gebrochen hast und uns stattdessen jetzt bekämpfen willst. Das wird dir Pluspunkte bei den Bullen einbringen. Niemand weiß, dass du Il Ricurvos Sohn bist. Hast du das so weit verstanden?«

Ich nickte.

»Wir benötigen jemanden im Inneren der Antimafia-Organisation«, fuhr Bonavita fort. »Außerdem brauchen wir noch etwas von dir, aber du weißt, worum es geht, nicht wahr, Lorenzo?«

Ich schüttelte den Kopf.

»Der Grund, warum Il Sorridente andere Aufgaben zugewiesen bekommen hat, ist Fabio Allegretti.«

Ich hatte gar nicht aufgehört, den Kopf zu schütteln.

»Il Sorridente hat damals eine Schwäche gezeigt, für die wir in der neuen Organisation keinen Platz mehr haben. Fabio Allegretti ist uns nach wie vor ein Dorn im Auge. Er ist das Symptom einer Organisation, die nicht rundum geschlossen und abgesichert ist. Aber wir wollen ab jetzt eine perfekt gesicherte Organisation haben. Verstehst du, was ich damit sagen will, Lorenzo?«

»Ja, ich verstehe«, antwortete ich leise. »Dann ist Fabio Allegretti also nach wie vor am Leben?«

»Genau«, sagte Bonavita. »Der macht uns zum Gespött der Leute. Wir müssen ihn unbedingt finden. Du weißt nicht zufällig, wo er steckt, Lorenzo?«

»Nein«, sagte ich. »Aber ich helfe euch gern beim Suchen.«

»Deine Zeit kommt noch, Lorenzo. Du fährst jetzt zurück an die Uni. In einem Monat bist du ja schon wieder bei uns.«

Ich nickte. »Ja, Capobastone.«

*

Der letzte Monat in Genua verging viel zu schnell. Ich hatte einen Druck auf der Brust, der wie ein Krebsgeschwür wuchs, und als ich nach Reggio Calabria zurückkehrte, hatte ich tatsächlich Schwierigkeiten zu atmen.

Fabio war nach Turin versetzt worden, und wir schieden ohne viel Aufsehen voneinander.

Er sagte nur einen Satz zum Abschied: »Ich komme bald runter zu dir.«

Ich habe das so verstanden, dass er sich nach seiner Zeit in Turin nach Kalabrien versetzen lassen wollte. Dann würde dort mit Sicherheit die Hölle losbrechen.

Die Arbeit in Reggio Calabria lief eigentlich ganz gut. Natürlich gab es dort auch faule Äpfel, und das Sicherheitsdenken war jenseits von allem, was ich je erlebt hatte. Außerdem gab es selbstverständlich Kollegen, die auch gerne mal wegsahen, aber im Großen und Ganzen unterschied sich die Arbeit nicht auffallend von der in Genua. Die Mafia hatte sich mittlerweile wirklich in den Untergrund zurückgezogen, sie war praktisch nicht existent, sondern ihre Mitglieder waren unsichtbare Geschäftsmänner vom Schlag Bonavitas geworden.

Im Lauf dieses Jahres kontaktierte mich Fabio ein einziges Mal. Er wollte mich treffen. Ich nahm mir ein paar Tage frei und behauptete, ich hätte ein Mädchen aus Turin im Internet kennengelernt. Ich machte mich unter extremen Sicherheitsvorkehrungen auf den Weg und traf Fabio in Turin. Es war wie früher, endlich wieder, wir spielten sogar eine ganze Nacht lang Poker mit Freunden von ihm. Ich erinnere mich noch, wie nervös und vorsichtig ich war. Die übrige Zeit haben wir geredet. Viel. Er erzählte mir, dass er bald in der Nähe von Turin mit einer Zusatzausbildung zum Antimafia-Polizisten beginnen würde.

»Und dann werde ich mit den Idioten reinen Tisch machen.«

Ein Jahr später zog ich auch nach Norden, allerdings nicht in die Nähe von Turin, und begann ebenfalls mit meiner Ausbildung zum Antimafia-Polizisten, und wiederum ein Jahr später bezog ich meinen Posten bei der lokalen Antimafia-Einheit in Catanzaro. Wir beschatteten, führten kleinere Razzien durch und versuchten, uns ein Bild davon zu machen, wie die neue, moderne 'Ndrangheta organisiert war. Aber ehrlich gesagt, haben wir nicht übermäßig viel bewirkt. Die Mafia hatte alle Zugänge dicht verschlossen. Die Menge an »Büßern«, ein euphemistischer Ausdruck für Spitzel, hatte dramatisch abgenommen, und die wenigen, deren wir habhaft wurden, hatten nicht den geringsten Einblick in die Struktur der Organisation oder in deren Wirtschaftsverhältnisse. Die hohen Bosse blieben im Dunkeln und waren nur Schatten.

Bis auf Bonavita. Unser Kontakt nahm kontinuierlich zu. Er verlangte, dass ich ihm alle Einzelheiten und Aktivitäten der Antimafia-Einheit meldete. Zwischendurch war ich daher genötigt, ihm den einen oder anderen Knochen hinzuwerfen, damit er glaubte, wir wüssten mehr, als wir tatsächlich wussten, und täten mehr, als wir tatsächlich taten. Die Wahrheit war jedoch, dass die Beschattungen mittlerweile eingestellt worden waren. Doch dann kam ein neuer Stern aus dem Norden zu uns.

Sein Name war Fabio Tebaldi.

X

Den Haag, 2. September

Paul Hjelm starrte versonnen auf den Bildschirm und dachte an Zeit. Zeit, die unaufhörlich verstrich. Der September war schon angebrochen. Mit was für einem Fall hatten sie es da eigentlich zu tun? Unentwegt passierte etwas, neue Lösungen, neue Erkenntnisse, aber *was war das für ein Fall?* Worum ging es?

Er war gezwungen, diese Frage beiseitezuschieben, denn der Bildschirm war nicht mehr schwarz. Dort, wo zuvor nur Leere geherrscht hatte, blickten ihm jetzt zwei Gesichter entgegen. Das erste gehörte Jutta Beyer, das zweite Arto Söderstedt. Sie nahmen sich Zeit, um sich vor ihrem Rechner einzurichten.

Zeit, dachte Paul Hjelm erneut. Zeit.

Ihm fehlte Ruth.

»Hallo!«, grüßte Beyer.

»Hallo. Wie sieht es bei euch aus?«

»Leider unverändert«, antwortete Beyer. »Udo Massicotte hat, wie schon erwähnt, einen Herzinfarkt erlitten, als ein gewisser Finnlandschwede und seines Zeichens Detektiv gegen den Deckel der kleinen weißen Tonne geklopft hat, mit der er so stilsicher seine Flucht geplant hatte.«

»Wurde der Herzinfarkt medizinisch bestätigt?«

»Ich traue diesem Arzt nicht über den Weg«, brummte Söderstedt. »Der hat etwas Unlauteres an sich.«

»Aber wir haben das Wort des Arztes«, ergänzte Beyer.

»Wir brauchen dringend eine zweite Meinung«, sagte Söderstedt. »Dieser Teufel hat sich einen Mann aus der Gefängnisleitung gekauft, zwei Gefängniswärter sowie eine Cateringfirma und eine Sicherheitsfirma. Und das alles, obwohl er im Knast sitzt. Warum sollte er sich nicht auch noch den Gefängnisarzt und den Herzspezialisten gefügig gemacht haben? Oder meinetwegen gleich ein ganzes Team von Technikern, die seine Apparatur so einstellen können, dass alles nach einem Herzinfarkt aussieht?«

»Teufel?«, wiederholte Hjelm.

»Ich habe es schon mehrmals gesagt, und ich wiederhole mich gerne: Udo Massicotte verkauft sich als ein gutmütiges Wesen, aber er ist der Teufel höchstpersönlich. Er erschafft menschliche Monster. Kleine Teufel, die später zu großen Teufeln werden und über unsere Welt gebieten sollen. Jetzt hat er eben Plan B gewählt. Überführung in ein Krankenhaus. Und dann: Flucht aus dem Krankenhaus.«

»Aber bis dato ist ihm das noch nicht gelungen?«

»Nein«, sagte Söderstedt. »Der kommt nur über meine Leiche aus diesem Gefängnis.«

»Wenn es aber Massicottes Leiche wird, nützt uns das auch nichts, Arto.«

»Ich gestehe ihm zu, dass er sich erschreckt haben mag, als sein elaborierter Fluchtplan in die Hose ging, aber der hat nie und nimmer einen Herzinfarkt erlitten.«

»Dein Anblick hat ihm den Herzinfarkt verpasst!«, sagte Jutta Beyer.

»Ich bin der Erzengel«, sagte Söderstedt. »Ich bin gekommen, um Luzifer zurück ins Himmelreich zu holen. Aber das gelingt mir nicht so besonders gut.«

»Wenn wir bitte versuchen könnten, ein bisschen professionell zu debattieren«, schlug Hjelm vor. »Nur zur Probe, versteht sich.«

Beyer lehnte sich vor, weshalb ihr Gesicht unnatürlich vergrößert wurde.

»Ich nehme aber an, dass du schon begreifst, was Arto da geleistet hat. Wenn später die Geschichtsbücher über klassische

Polizeiarbeit geschrieben werden und dafür Journalisten im Herbst meines Lebens bei mir auftauchen – vermutlich auf Capri, wo ich als gealterte Bullenmatrone lebe, eine feministische Ikone, und die milden Mittelmeerwinde genieße –, dann werde ich großen Stolz empfinden, und das mit meinen knapp zweiundneunzig Jahren, während ich von den Taten meines bis dahin schon lang dahingeschiedenen Kollegen, ja Partners, ja sogar Freundes erzähle, die er einst in Mechelen vollbracht hat.«

»Hinter diesem geschwollenen Gefasel verbirgt sich so etwas wie Bewunderung, sehe ich das richtig?«, fragte Paul Hjelm kühl.

»Aber Jutta«, rief da Söderstedt. »Was sagst du da? Ich bin ja ganz gerührt.«

»Gut, Arto, ich habe ja keine Details bekommen.« Hjelm seufzte. »Also schieß los, wir können genauso gut jetzt darüber reden.«

»Aber ich bin emotional viel zu mitgenommen«, sagte Söderstedt. »Wie eine Operndiva.«

»Ich übernehme das«, sprang Beyer ein. »Nachdem Arto die beiden Telefonnummern in den Händen hielt, die Massicotte aus dem Gefängnis aus angerufen hatte, und feststellte, dass die eine zu einem Restaurant namens ›Heerlijk N.V.‹ führte, machte er eine kleine Mittagspause, dachte nach und sah sich dabei die Überwachungsfilme noch einmal an. Während ich beim Gefängnisdirektor saß und mit diesem internen Vergehen zu kämpfen hatte, rief Arto die beiden nationalen belgischen Opcop-Repräsentanten zu sich. Arto interessierte sich vor allem für die Filmausschnitte, die im Küchentrakt aufgenommen worden waren, wo Udo Massicotte jeden Tag beim Servieren und Abräumen des Mittagessens half; das war sein Job im Gefängnis. In einem der Ausschnitte tauchte der Lieferwagen auf, der jeden Tag die fertigen Mahlzeiten bringt. Auf der Laderampe hinten stand der Firmenname ›Heerlijk N.V.‹ Arto überprüfte das sofort und stellte fest, dass für die Lieferung der Mahlzeiten diese an das Restaurant angeschlossene Cateringfirma in Zusammenarbeit mit einem privaten Sicherheitsdienst zuständig ist. Daraufhin schnappte sich Arto seine belgischen Kollegen, um den besagten Lieferwagen abzufangen. Mithilfe der Sicherheitsfirma gelang es ihm, den genauen Standort des Wagens zu ermitteln, er konnte ihn stoppen und sowohl den Fahrer als auch die beiden Wachleute festnehmen. Der Fahrer musste seine Fahrt fortsetzen, aber die Sicherheitsleute wurden genötigt, sich auszuziehen und den belgischen Opcop-Leuten ihre Uniformen zu überlassen. Arto beschaffte sich von den entkleideten Wachmännern die Details des Fluchtplans, in welche Tonne Massicotte klettern würde – in die linke nämlich –, woraufhin er höchstpersönlich in der rechten Platz nahm. Die beiden Opcop-Leute übernahmen die Posten der gekauften Wachleute. Der Rest ist Geschichte. Nicht mehr und nicht weniger als feinste Geschichte.«

Söderstedt seufzte und ergänzte: »Und jetzt liegt Massicotte im Krankenzimmer und spielt bewusstlos. Demokratie hat auch ihre Kehrseiten.«

»Ist das auch von Erasmus von Rotterdam?«, fragte Hjelm sanft.

»Du hast das Zitat also doch noch gefunden? Schnarchnase.«

»Ich hatte noch andere Dinge, um die ich mich kümmern musste. Und nach wie vor kümmern muss. Und es wird immer mehr.«

»Die Festplatte?«

»Ja, ich erhalte am laufenden Band neue Informationen aus Schanghai. Beschädigte Dokumente von einer Festplatte, die mit einem Hammer zerstört wurde. Die Texte liegen in einer bizarren Unordnung vor.«

»Ich möchte noch hinzufügen«, sagte Jutta Beyer, »dass wir in Massicottes Tonne Kleidung, einen falschen Pass sowie Flugtickets von Brüssel über Bastia nach Korsika gefunden haben.«

»Was wiederum unseren Verdacht erhärtet«, erklärte Hjelm. »Leider haben wir aber trotz zahlreicher Hinweise mit der Nummer des korsischen Prepaidhandys noch keinen Erfolg gehabt. Das erfordert jetzt ganz besondere Kontakte. Aber da bin ich dran.«

»Du hast offenbar etwas in Arbeit, über das ich überhaupt nicht Bescheid wissen will«, sagte Söderstedt. »Behalte das bloß für dich.«

»Navarro und Marinescu sind schon seit ein paar Tagen auf Korsika. Sie sind zahlreiche Orte abgefahren, leider bisher erfolglos. Meldet ihr euch, wenn Massicotte aufwacht?«

»Eigentlich will ich ihn jetzt noch nicht vernehmen«, sagte Söderstedt. »Im Moment steht er als der Gewinner da. Es ist ihm gelungen, die Fabrik in Schanghai räumen zu lassen, und sein Hauptquartier auf Korsika ist nach wie vor unberührt. Ich will etwas in der Hand haben, womit ich ihn schocken kann. Um ihm einen echten Herzinfarkt zu verpassen.«

»Ich werde mich bemühen, dir etwas zu besorgen«, sagte Hjelm und beendete das Gespräch mit Mechelen.

Dann saß er eine Weile reglos da und dachte nach. Er musste unweigerlich an *hubs* denken. In einem Datennetzwerk ist ein *hub* eine Art Knotenpunkt, der mehrere Teilsegmente zu einem Ganzen verbindet, ohne aber etwas Eigenes hinzuzufügen. Genau das war er geworden. Ein *hub*. Oder in einem weniger technischen Terminus: eine Hilfskraft. Er war kein Chef im eigentlichen Sinne, denn seine einzige Aufgabe schien momentan darin zu bestehen, ein Paar nach dem anderen in die Welt hinauszuschicken, um dann die Teilergebnisse der jeweiligen Paare zu einem großen Ganzen zusammenzufügen. Aber wie zum Teufel sah dieses große Ganze eigentlich aus? Sie hatten mit dem Offensichtlichsten begonnen: dem Mord an Donatella Bruno und der Tatsache, dass Fabio Tebaldi und Lavinia Potorac noch am Leben waren, sich aber in Gefangenschaft befanden. Und dann? Wie hatte sich das alles weiterentwickelt? Was ging da gerade vor sich? Und wen jagten sie eigentlich?

In China und indirekt auch auf Korsika war der Feind Udo Massicottes genetische Fabrik. In den USA waren es, aber nur indirekt, Asterion und Christopher James Huntington. In Italien war es die 'Ndrangheta – beziehungsweise die Kidnapper von Tebaldi und Potorac.

Massicotte und die 'Ndrangheta hatten noch nie miteinander zu tun gehabt, allerdings hatten sowohl der Wissenschaftler wie die Mafiaorganisation mit Asterion zusammengearbeitet. Plötzlich spürte Paul Hjelm, dass er da einen Aspekt berührte, der Ansatz einer Vermutung flammte in ihm auf, aber er bekam sie nicht zu fassen.

Vor langer Zeit hatte die 'Ndrangheta zwölf europäische Möbelunternehmen aufgekauft, um die gepolsterten Möbel aus China mit einem Brandschutzmittel zu behandeln, das in erster Linie verhindern sollte, dass der Geruch von Heroin ausströmte. Denn diese Möbel sollten, gefüllt mit der Droge, auf einer neuen Route von Nordkorea über Tibet und Riga nach Europa transportiert werden. Mit diesem neuen nordkoreanischen Heroin wollten sie in den europäischen Heroinhandel vordringen, um ihn ebenso zu beherrschen wie den Kokainhandel. Den Kontakt zwischen den Möbelunternehmen und der 'Ndrangheta hatte die Asterion Security Ltd. hergestellt, und zwar vertreten durch eine Person, die sich »Der Lilane«, »The Purple« oder »Mr Bagley« nannte. Sein richtiger Name aber war Christopher James Huntington.

Außerdem hatte sich Asterion auch an die Fersen eines jungen Mannes geheftet, der sich zum Ziel gesetzt hatte, die NATO-Sektion zu zerstören, die sich mit Genmanipulation beschäftigt hatte. Diese wiederum wurde von Udo Massicotte übernommen und kommerzialisiert und bildete die Basis seiner Fabrik, die er später dann von der toskanischen Insel Capraia nach Schanghai und jetzt an einen unbekannten Ort irgendwo in China verlegt hatte.

Die beiden Fälle hatten nichts miteinander zu tun. Aber in beiden Angelegenheiten hatte Christopher James Huntington eine entscheidende Nebenrolle gespielt.

Die Opcop-Gruppe war im Laufe der Zeit in allen möglichen Zusammenhängen auf Huntington gestoßen. Seine Firma Asterion hatte eine amerikanische Bankerin in London zu Tode gefoltert, eine ansehnliche Anzahl von britischen Polizisten getötet, Spionage in einer lettischen Behörde betrieben, Massicottes Eigentum auf Korsika bewacht und verteidigt, eine britisch-slowakische Genetikerin adliger Herkunft in den andalusischen Bergen ermordet, ein großes Stück von Miriam Hersheys Schädeldecke weggeschossen, die Opcop-Gruppe in ihren eigenen Räumen ausspioniert, einen dänischen Professor in Stockholm erstochen und – angeheuert von der Ölindustrie – einen groß angelegten Attentatsversuch auf eine französische EU-Kommissarin unternommen. Aber jedes Mal waren die Verantwortlichen ihnen entwischt.

So hatte Christopher James Huntington eine Zukunft entworfen, in der die großen Sicherheitsunternehmen immer weiter wuchsen und immer stärker und rücksichtsloser wurden.

Und jetzt hatte Asterion einen weiteren Schritt in diese Richtung getan, indem das Unternehmen an die zwanzig internationale Sicherheitsfirmen – nicht alle mit reiner Weste – aufgekauft und sie nach eingehender Säuberung als Dachverband Camulus Security Inc. an die New Yorker Börse gebracht hatte. Im Augenblick fand eine gigantische Expansion statt mit einer Unzahl an Neurekrutierungen.

Eine Messehalle? Ein Hangar voller Bewerber?

Die Gleichung hatte noch zu viele Unbekannte, aber immerhin konnte Paul Hjelm jetzt schon den Ansatz einer Gleichung erkennen.

Was zum Teufel hatte Christopher James Huntington vor?

Er war das Gegenteil von einem *hub*.

Hjelm schüttelte den Kopf, als würde er sein Gehirn dadurch reinigen wollen. Ihm fehlte Ruth. Und ihm fehlte Kerstin Holm. Er rief sie via Skype an.

Ihr Gesicht tauchte vor ihm auf. Er sah sie eine Weile versonnen an. Sie schien dasselbe zu tun.

»Wir müssen ganz bald in diese Flitterwochen aufbrechen«, sagte er.

»Du scheinst aber im Augenblick andere Dinge zu haben, an denen du herumbasteln musst.«

»Absolut. Also, wie läuft es?«

»Leider kann man nicht einfach so in den Schutzkeller spazieren. Wirklich nicht. Die Anfrage muss von mehr Instanzen genehmigt werden, als du dir vorstellen kannst. Aber jetzt sind wir wohl so weit. Ich bin mit Jon Anderson verabredet, und wir fahren dann aufs Schlachthofgelände.«

»Wie, jetzt gleich?«

»Ja, ich warte hier in meinem Büro auf Jon. Wir sind etwa in einer halben Stunde dort. Ich rufe dich an.«

Und dann war sie weg. Ruck, zuck. An ihrer Stelle erschien ein Bericht von Angelos Sifakis auf dem Bildschirm, ein Lagebericht aus Kalabrien. Sifakis, Chavez und Esposito standen kurz vor einem Durchbruch. Endlich. Der junge Fabio Tebaldi, der damals noch Fabio Allegretti geheißen hatte, hatte in San Luca einen Sandkastenfreund namens Lorenzo Ragusa, der möglicherweise den Mord an der Familie Allegretti mitansehen musste. Und da Ragusas Vater, besser bekannt als Il Ricurvo und einer der berüchtigtsten Auftragskiller der Mafia, an diesen Morden offenbar beteiligt gewesen war, war es umso überraschender, dass dessen Sohn Polizist geworden war. Der in Süditalien weilende Herrenklub hatte sich etwa eine Woche lang der Hypothese gewidmet, dass dieser Lorenzo Ragusa kein anderer als der Kaffeefleckmann sein konnte, Tebaldis Vertrauter, der ihn womöglich bei dem Auftrag auf dem Schloss in der Basilikata verraten hatte. Den lokalen Berichten zufolge war Ragusa nur wenige Monate später spurlos verschwunden, und zurzeit kannte niemand seinen Aufenthaltsort. Man ging von seinem Tod aus, dass die Mafia ihn aufgespürt und liquidiert hatte. Die Ermittlungen traten seitdem auf der Stelle.

Hjelm schüttelte den Kopf und öffnete einen anderen Ordner, der unendliche Ausmaße zu haben schien. Außerdem wuchs er kontinuierlich, mit jedem rekonstruierten Dokument, das Wu Wei aus Schanghai sendete. Hjelm hätte es zwar vorgezogen, die zerstörte Festplatte ausgehändigt zu bekommen und sie seinen eigenen Spezialisten in die Hand zu geben, aber es gab keine Hinweise darauf, dass Wu Wei die Festplatte unsachgemäß behandelte oder gar Dokumente manipulierte. Ganz im Gegenteil. Kowalewski und Bouhaddi vermeldeten über den inoffiziellen Kanal, dass die Rekonstruktionseinheit in Stockwerk zehn offen und seriös wirke. Ferner hatten sie die Erlaubnis erhalten, an Ermittlungsarbeiten teilzunehmen, unter anderem bei den Vernehmungen der vier Triaden-Mitglieder der Chu-Jung sowie der beiden Biotechniker von Nüwa/Shengji. Die Verhöre verliefen ruhig, obgleich keiner der Verhafteten etwas eingestand oder preisgab.

Am Anfang hatte die gefundene Festplatte wie ein zweischneidiges Schwert gewirkt, aber mittlerweile hatte Hjelm ein gutes Gefühl. Sie hatten ausreichend überprüfbare Information gefunden, um davon ausgehen zu können, dass die Festplatte in der Lagerhalle vergessen und nicht liegen gelassen worden war.

Das rekonstruierte Material aus Schanghai wurde allerdings in einem heillosen Durcheinander übermittelt, als Gegenleistung für seine kontinuierlichen Lieferungen rechnete Wu Wei offensichtlich damit, eine von den Westeuropäern lektorierte Version der Dokumente zu erhalten. Das Material wurde direkt zu den Kollegen der IT-Abteilung von Europol weitergeleitet, die ihre über Nacht ergrauten Haare rauften, aber Hjelm am Ende doch eine sehr übersichtlich rekonstruierte Version zukommen ließen. Und diese sendete Hjelm postwendend an Schanghai zurück. Leistung und Gegenleistung, das war ein akzeptabler Tauschhandel.

Bisher hatte er hauptsächlich Rechenschaftsberichte und wissenschaftlichen Hokuspokus vorliegen gehabt, der allerhöchstens von naturwissenschaftlichen Experten verstanden werden konnte. Dazu kamen die unzähligen Lücken und Leerstellen, auch trotz des unermüdlichen Einsatzes der Datenspezialisten, und somit verblieb das Material in einem lückenhaften Zustand.

So weit die Beschwerden. Es gab aber auch Positives. Zwischendurch tauchten nämlich unerwartet wesentliche Fakten auf. Vor Kurzem erst war Hjelm auf eine alte Zeichnung der Fabrikanlage auf Capraia gestoßen, die viel über das Geschäft verriet. Zum ersten Mal hatten sie es schwarz auf weiß, dass es dort um die Genmanipulation ungeborenen Lebens gegangen war, von befruchteten Eizellen und Embryonen, und in den Unterlagen stand explizit, wie man die Säuglinge in ihren unterschiedlichen Entwicklungsstufen in die jeweiligen Sektionen der Fabrik verlegte. Dieser Beweis würde ausreichen, um Massicotte Herzflimmern zu verursachen. Aber das Material für den großen Herzinfarkt fehlte noch.

Zwischen den unendlich vielen Rechnungen und Rechenschaftsberichten fiel ihm plötzlich eine Liste mit Namen in die Hände. Er kannte keinen einzigen, aber im besten Falle führte die Liste Angestellte auf, Menschen, die tatsächlich für Massicotte gearbeitet hatten und es möglicherweise auch heute noch taten. Er schrieb sich die Namen auf ein Blatt seines Notizheftes:

Aigner, Jürgen
Bogdani, Afrim
Davis, William
Haugen, Marte
Koskinen, Tuukka
Lefebvre, Clément
Lu, Donghai
Meng, Huidai
Saitou, Yamato
Smith, Carlos
Watanabe, Tsubasa

Er legte die Namensliste beiseite und nahm sich eine andere Datei vor.

Da das Dokument trotz Bearbeitung seitens der Techniker lückenhaft war, dauerte es eine ganze Weile, bis Paul Hjelm überhaupt begriff, dass es sich erneut um eine Liste handelte. Am Anfang hielt er sie nämlich für beliebige Zeilen wissenschaftlicher Literatur. Er las den englischen Text: »... bereits in der zweiundzwanzigsten Woche wurde D von seiner Wirtin abgestoßen, und wir haben die Vermutung, dass es mit den alternativen Genen im MHC-Komplex des Embryos zusammenhängen könnte, was uns zu der Frage führte, warum nicht auch beim zweiten Mal die befruchtete Eizelle als fremdes Gewebe abgestoßen wurde. Vielleicht hat sich im Blut der Wirtin ein besonderes Protein gebildet, um das wirtseigene Immunsystem davon abzuhalten, den Embryo anzugreifen. Im Falle von E müssen wir, mit Hinblick auf diesen Proteinkomplex, Rücksicht darauf nehmen, dass wir hier nicht mit einer fünfzigprozentigen genetischen Übereinstimmung arbeiten ...«

In diesem Augenblick begriff Paul Hjelm erst, was er da las. Er verstand zwar nicht die Einzelheiten, weder die Sache mit dem Proteinkomplex noch die mit dem MHC-Komplex, aber zwei Dinge hatte er sofort in einen Zusammenhang bringen können.

Nämlich D und E.

Er hatte eine Art Logbuch vor sich liegen. Und das war nicht nur lückenhaft und in einer jämmerlichen digitalen Verfassung, es war zudem auch noch alt. Es erfasste alle Versuche, in chronologischer Abfolge, die von der ehemaligen NATO-Sektion auf Capraia durchgeführt worden waren. Der vorliegende Abschnitt befasste sich mit Versuch D.

In diesem Augenblick meldete sich das Skype-Signal. Kerstin Holm rief an. Aber es erschien nicht ihr Gesicht, sondern ein Symbol, eine stilisierte Büste. Aber ihre Stimme konnte er hören.

»Von hier unten darf man keine Aufnahmen zeigen. Das ist verboten.«

»Ich werde damit leben müssen. Du bist also gerade vor Ort?«

»Ja, und ich nutze die sicherste Verbindung, die ich je benutzt habe. Es war gar nicht so leicht, dieses Mal Zutritt gewährt zu bekommen, Jon wurde ziemlich der Kopf gewaschen, weil er so leichtsinnig gewesen ist.«

»Darf ich fragen, wer ihm den Kopf gewaschen hat?«

»Wenn du willst, dass dieses Gespräch augenblicklich beendet ist: Ja.«

»Dann lass uns lieber über Korsika sprechen. Gibt es Fortschritte?«

»Ja.«

»Ja?«

»Die Prepaidkarte, genau. Es ist ihnen gelungen, die geografische Position zu rekonstruieren, von der das Gespräch angenommen wurde.«

»Ich werde verrückt. Lass hören.«

»Propriano, im Süden der Insel.«

»Soweit ich mich erinnere, ein ziemlich kleiner Ort«, sagte Hjelm. »Aber so um die dreitausend Einwohner. Lässt sich das noch präzisieren?«

»Nachträglich eigentlich nicht. Das hat mit den Mobilfunkmasten und der Empfangsqualität zu tun. Und wäre die SIM-Karte als *burner* benutzt worden, für den einmaligen Gebrauch, dann hätten wir auch keine Chance gehabt.«

»Du meinst, wenn sie die SIM-Karte gleich weggeworfen hätten?«

»Das haben sie getan«, sagte Kerstin Holm. »So clever waren sie schon. Die schwimmt wahrscheinlich irgendwo durchs Mittelmeer. Aber sie haben sie eben nicht nur einmal benutzt, sondern auch davor. Genau vier Anrufe ins lokale Ortsnetz. Und dank dieser Telefonate konnten wir sogar eine Adresse ermitteln. Es ist eine zentral gelegene Straße in der Nähe des Hafens, Rue du 9 Septembre. Die Wohnung gehört einer Firma namens EuroVie S.A. Zwei der Telefonate wurden offenbar vom Balkon aus geführt. Es könnte möglich sein, ein Satellitenbild zu bekommen. Willst du wissen, wie viel so ein Bild kostet?«

»Zuallererst will ich wissen, wen ich bezahlen soll.«

»Jetzt wird unser Gespräch gleich beendet. Willst du das Bild haben oder nicht?«

»Ja.«

»Kommt sofort. Inklusive Rechnung.«

»Vielen Dank, Kerstin. Welche Hausnummer in der Rue du 9 Septembre?«

»Nummer 15. Oberstes Stockwerk. Es gibt vier.«

»Fährst du jetzt wieder? Es könnte sein, dass ich noch weitere Kontaktangaben benötige. Aus der Zentrale.«

»Ich bleibe noch. Ich bin mit Gustaf Horn zum Essen verabredet. Er ist jetzt fest angestellt. Und trägt einen Bart.«

»Ich hoffe, einen Spitzbart wie das Original«, entgegnete Hjelm. »Wenn ich mich nicht innerhalb der nächsten Stunden bei dir melde, habe ich momentan keine Fragen mehr.«

Er beendete das Gespräch und spürte, dass er sich über das Ausmaß der Überwachungsgesellschaft Gedanken machen müsste. Aber dafür hatte er gerade keine Energie. Er sah das noch geöffnete Dokument mit D und E vor sich und konnte sich nur mit Gewalt davon trennen. Aber er hatte eine E-Mail bekommen. Mit einem Foto, das von sehr weit oben aufgenommen worden war. Es zeigte eine Person auf einem Balkon. In einem Sonnenstuhl, einen Drink in der Hand, saß ein älterer Mann mit weißem Bart und Segelkleidung. Hjelm erkannte ihn sofort.

Es war der ehemalige Bankdirektor Colin B. Barnworth.

Sofort wählte er eine Nummer über Skype. Das Gespräch wurde direkt angenommen, und er blickte auf einen strahlend blauen Himmel. Schließlich tauchte Adrian Marinescu im Bild auf. Ein gelber Sonnenhut schützte seinen kahlen Schädel. Er filmte sich von unten, das Handy hielt er unter sein Kinn.

»Sonnen wir uns?«, fragte Hjelm.

»Ganz und gar nicht«, erwiderte Marinescu verkrampft. »Wir essen zu Mittag.«

»Oh, und an welchem der Sandstrände Korsikas wird denn das Mahl eingenommen?«

»Kein Sandstrand. Wir sind an der Westküste in der Hauptstadt Ajaccio.«

»Darf ich sehen, was ihr esst? Schalentiere?«

»Wir haben bestellt, aber das Essen wurde noch nicht serviert.«

»Pietra, was? Ein sehr leckeres korsisches Bier. Seid ihr nüchtern genug, um Auto zu fahren?«

»Natürlich«, schnaufte Marinescu. »Wohin?«

»Wie weit ist es von euch nach Propriano? Fünfzig Kilometer?«

»Ja, ungefähr. Vielleicht sechzig. Geht quer durch die Berge.«

»Weg mit den Flaschen und rein ins Auto. Vollgas. Rue du 9 Septembre Nummer 15, oberstes Stockwerk, eine Firma namens EuroVie S.A. Habt ihr das?«

»Waffen?«

»Unklar. Keine große Wohnung. Vier Zimmer. Colin B. Barnworth mit weißem Bart. Wahrscheinlich auch Mirella Massicotte. Bewachung unklar. Vorsicht empfohlen.«

»Sind schon unterwegs«, sagte Marinescu und beendete das Telefonat, ohne das Handy auch nur einmal abgesenkt zu haben. Sehr kontrolliert.

Hjelm wandte sich wieder dem Dokument zu. Am Anfang des Textes, der die Erwähnung der aufeinanderfolgenden Versuche D und E beinhaltete, gab es keine Auflistung. Die Datei war lückenhaft. Als er jedoch das Dokument herunterscrollte, stieß er auf eine solche Liste. Dort standen die Buchstaben J, K und L, die mit dem ziemlich lakonischen Kommentar versehen waren: »Totgeburt aufgrund unzureichender zerebraler Entwicklung.« Dann folgte ein großer Abschnitt, in dem viele Worte fehlten, wodurch der Text unlesbar war. Ab S kamen wesentlich verständlichere Textstellen. Dort stand: »... erste Lebenszeichen, deutlicher Überlebenswille, lauter Schrei, kräftiger Griff, aber SIDS am dritten Tag, post mortem ein hohes Niveau an ...«, und dann tauchte isoliert der lateinische Satz »mortui vivos docent« auf.

Paul Hjelm wusste, wofür SIDS stand, Sudden Infant Death Syndrom, plötzlicher Kindstod, aber für eine Übersetzung des lateinischen Satzes musste er das Netz konsultieren. Es bedeutet »Die Toten lehren die Lebenden«, ein Satz, der offenbar seit der Renaissance Verwendung fand, um Obduktionen zu rechtfertigen.

T wiederum wurde ein halbes Jahr alt. Ein Junge, stark, kräftig, aber mit einem Defekt, den die NATO-Sektion nicht ermitteln konnte. Also wurde es Zeit für U.

Über U stand Folgendes: »... das Dilemma, dass wir nach wie vor nicht in der Lage sind, haploide Zellen und Gameten zu regulieren, überschattet den stabilen Zustand, mittlerweile ein halbes Jahr alt und von einer Lebenskraft, die wir bisher nicht erreicht hatten. Der Zufluss von ... scheint garantiert ...« Damit brach es ab.

U war eindeutig ein Fortschritt, trotz des Unvermögens, »haploide Zellen und Gameten zu regulieren«. Gameten waren Geschlechtszellen, so viel wusste Paul Hjelm.

Wenn dieses Dokument tatsächlich das Protokoll jener Experimente war, mit denen die NATO-Sektion die »perfekte Leitfigur« hatte erschaffen wollen, dann war ihnen mit U etwas Großes geglückt, abgesehen von dem Geschlecht. U war offenbar ein Mädchen geworden, was Anfang der Achtzigerjahre kaum als »die perfekte Leitfigur« angesehen wurde. Die Frage war, ob sich das bis zum heutigen Tag geändert hatte.

Das Ende des Eintrages über U war leider auch lückenhaft. Allerdings waren auch über V einige bemerkenswerte Worte zu finden: »... ein bedeutender Fortschritt in der zerebralen Aktivität, daher könnte V ein ebenso lohnenswertes Studienobjekt werden wie U, auch wenn der Ergebnis der Gameten als erneuter Fehlschlag gewertet werden muss ...«

Paul Hjelm war erschüttert. U und V. Es gab kein Anzeichen dafür, dass U im Labor gestorben war, auf der anderen Seite war das Ende des Eintrages entfernt oder zerstört worden, deshalb gab es keine absolute Sicherheit. Unzweideutig war, dass es sich sowohl bei U als auch bei V um Mädchen handelte. Und dass beide wahrscheinlich überlebt hatten.

Paul Hjelm graute, als er zu W weiterscrollte.

Die Zeilen über W waren größtenteils zerstört worden. Das irritierte ihn nachhaltig. Es gab nur unzusammenhängende Fragmente, die in unterschiedlichen Varianten von »Lebenskraft« handelten. Der Fließtext wies große Lücken auf, und dennoch hatte Hjelm den Eindruck, die Tonart wiederzuerkennen. Sie erinnerte ihn an die Worte, die Hershey und Balodis in den andalusischen Bergen gehört hatten, pathetische Worte aus dem Mund des nur wenige Sekunden später erschossenen Michael Dworzak, des Chefs der NATO-Sektion. Auf einen

Nenner gebracht, lauteten die Worte ungefähr so: »Watkin, mein Sohn.«

Obwohl der Text so fragmentarisch war, konnte Paul Hjelm zweifelsfrei die Handschrift von Michael Dworzak darin erkennen.

Plötzlich hörte er das Skype-Klingeln wieder. Auf dem Bildschirm erschien ein Blick über das Mittelmeer von einem relativ hohen Aussichtspunkt. Der Anrufer filmte mit seiner Handykamera und schwenkte über den Horizont, bis er ein Balkongeländer vor der Linse hatte. Dann wurde die Kamera um hundertachtzig Grad gedreht, und Adrian Marinescus Gesicht tauchte vor dem azurblauen Meer auf. Er trug den gelben Sonnenhut nicht mehr, dafür zeigte er ein so breites Grinsen, wie es Paul Hjelm noch nie an ihm gesehen hatte.

»Wo ist die Bierflasche?«, fragte Hjelm ungehalten.

Daraufhin hielt Marinescu tatsächlich eine kleine Flasche Pietra hoch und prostete dem Telefon zu.

»Ich gehe davon aus, dass diese Aufnahmen eine erfolgreiche Festnahme illustrieren und keinen endgültigen Verfall der Sitten?«

»Genau so ist es«, erwiderte Marinescu und bewegte sich durch die geöffnete Balkontür ins Innere. »Es gab nur einen Wachmann, den wir schnell ausschalten konnten, und dann diese beiden hier.«

Plötzlich wurde es pechschwarz auf dem Bildschirm, aber nachdem das Handy sich auf den dramatischen Lichtwechsel eingestellt hatte, konnte Hjelm zwei Personen ausmachen, die mit Handschellen an das Sofa gefesselt waren, das scheinbar hauptsächlich aus Stahlrohren bestand. Obwohl ein ganzes Jahr vergangen war, erkannte er Colin B. Barnworth und Mirella Massicotte sofort wieder. Sie sahen wütend aus.

»Gut gemacht. Durchsucht die Wohnung, und beschlagnahmt alles von Interesse. Überprüft, ob sie etwas zu sagen haben.«

»Habt ihr unserem Chef etwas zu sagen?«, hörte er Marinescus Stimme.

»Anwalt«, rief Mirella Massicotte.

»Kein Kommentar zu Udo Massicottes misslungener Flucht aus Mechelen?«, bohrte Marinescu weiter nach.

»Doch, warte, ich habe tatsächlich etwas dazu zu sagen.«

»Aha?«

»Friss Scheiße.« Mirella Massicotte spuckte die Worte förmlich aus.

»Alles klar«, schaltete sich Hjelm ein. »Lasst die Kollegen vor Ort sich um die beiden kümmern, und stellt die Wohnung auf den Kopf.«

»Warte kurz, Felipe will noch etwas.«

Er drehte das Handy zu einer offenen Küchenzeile mit moderner Kochinsel. Felipe stand neben einem fast altertümlich anmutenden Wandtelefon und starrte auf etwas, das vor ihm lag.

»Das hier könnte wichtig sein«, erklärte er und hob den Gegenstand hoch. Marinescu ging näher heran, bis Hjelm den kleinen Notizblock in Navarros Hand ausmachen konnte. Die linierte Seite war leer.

»Aha?«, sagte Hjelm. »Und was ist das?«

»Das ist ein Notizbock für Telefongespräche«, antwortete Navarro. »Unsere Freunde dort drüben sind ja ein bisschen altmodisch. Jemand hat hier telefoniert und etwas mit großem Druck auf diesen Block geschrieben. Mit bloßem Auge sehe ich fünf Striche unter den Worten, und dahinter folgen sechs Ausrufezeichen. Aber die Worte selbst kann ich nicht entziffern.«

»Du hast meine Erlaubnis, dir einen Bleistift zu Hilfe zu nehmen«, sagte Hjelm.

Navaro legte den Block auf die Kücheninsel, Marinescu zoomte noch näher heran. Navarro setzte den Bleistift schräg an und schraffierte die Seite, bis die Worte sichtbar wurden. Es waren nicht viele, nur fünf. Schließlich konnte er sie lesen: »Die Erste fertig am siebenundzwanzigsten!!!!!!«

Fünfmal unterstrichen.

»In Ordnung.« Hjelm seufzte. »Im Moment ergibt das keinen Sinn, aber in der Tat sind die Striche unter den Worten und die

Ausrufezeichen auf jeden Fall ein Hinweis auf etwas. Wartet mit der Vernehmung, bis die Anwälte vor Ort sind.«

»Prima«, sagte Navarro und drehte den Kopf zur Seite. »Die Kollegen sind noch zugange, aber sobald sie die Rentner abgeführt haben, werden wir uns die Wohnung vornehmen.«

»Gute Arbeit«, sagte Hjelm und beendete die Verbindung.

Die Gleichung, dachte er und lehnte sich vor. Er rieb sich die Stirn. Konnte er die Gleichung jetzt deutlicher sehen? Nein, schlimmer noch, eine weitere Unbekannte war aufgetaucht. Eine zusätzliche Variable.

Er wählte eine Nummer, aber nicht via Skype, dazu hatte er keine Lust mehr.

»Ja, hier Arto.«

»Was hältst du von guten Neuigkeiten?«

»Bitte sag, dass es Korsika ist?«

»Jawohl, Felipe und Adrian haben Mirella und Barnworth verhaftet.«

»Großartig«, jubelte Arto Söderstedt. »Vielen Dank. Ich gehe sofort zu Massicotte, sobald er – mach dich bereit für ironische Anführungszeichen – ›aufgewacht‹ ist. Habt ihr bei den beiden etwas gefunden?«

»Eine Notiz. ›Die Erste fertig am siebenundzwanzigsten!!!!!‹, fünfmal unterstrichen und sechs Ausrufezeichen. Oder war es andersherum?«

»Wie bitte?«

»Ja, denk mal ein bisschen darüber nach. Vielleicht ist es ganz gut, dieses Ass im Ärmel zu haben, wenn du zu Massicotte gehst.«

»Der Siebenundzwanzigste muss ein Datum sein«, sagte Söderstedt. »Ein wichtiges Datum. ›Die Erste fertig‹ verstehe ich allerdings nicht. Lass mich mal nachdenken.«

»Wenn Jutta vorhat, mit zweiundneunzig eine feministische Ikone zu sein, sollte sie dich nicht nur mit offenem Mund bewundern, während du nachdenkst. Gib ihr etwas ab von der Arbeit.«

»Sie macht bereits die ganze Arbeit«, erwiderte Söderstedt

und beendete das Gespräch. Mit seinen Gedanken war er offenbar schon ganz woanders.

Paul Hjelm holte tief Luft und tauchte wieder in die große Leere des Festplattendokumentes über W ein. Als hätte der Hammer in Schanghai genau diese Stelle getroffen. Aber dann, am Ende des Dokumentes, fand er eine Spalte, die bei den Buchstaben A bis V leer gewesen, hier aber plötzlich ausgefüllt war. »W, Watkin Berner-Marenzi, mehrere Alias möglich. Feindlich gesinnt!!«

Genau so stand es da: »Feindlich gesinnt!!« Mit zwei Ausrufezeichen. Das war garantiert Michael Dworzaks Kommentar, nachdem er begriffen hatte, dass W nicht mehr bei seinem Spiel mitspielen wollte. Oder ihn sogar jagte.

Dahinter stand noch: »Entsandt mit U, Una Berner-Marenzi, und V, Vera Berner-Marenzi.«

Mehrmals las er diese kurze Notiz, bis sein Gehirn auf Hochtouren lief. U und V waren also Ws Schwestern. Keine biologischen Schwestern – da sie ja von verschiedenen »Wirtinnen« der NATO-Sektion geboren worden und daher mit großer Wahrscheinlichkeit nicht verwandt waren –, aber die drei waren zusammen aufgewachsen.

Und jetzt war also W mit V zusammengezogen.

Watkin und Vera waren nach der dramatischen Flucht aus Korsika mit einem Hubschrauber entkommen. Niemand wusste, wo sie sich aufhielten.

W war Sir Michael Dworzaks Meisterwerk. Er hatte ihn darum auch Watkin genannt, »den Anführer aller Armeen«, und er war sein Sohn, seine ganze Freude, sein Hauptgewinn. Danach wurde die NATO-Sektion aufgelöst, und Massicotte hatte die Anlage in seine Fabrik umgewandelt, die kommerziell orientiert war und für kriminelle Organisationen und Staaten arbeitete. Aber W war das Meisterwerk. Eigentlich müsste das Dokument mit ihm auch enden.

Aber das tat es nicht.

Hjelm scrollte weiter und traf auf den nächsten Buchstaben im Alphabet.

X.

Es gab tatsächlich ein X, die letzte Schöpfung der Sektion, bevor sie Anfang der Neunzigerjahre stillgelegt wurde. Der Text über X war von dem chinesischen Hammer fast vollständig zerstört worden, aber es existierten noch Fragmente, die mit einer ganz eigenen Kraft leuchteten: »... ist in gewisser Hinsicht unser größter Erfolg, aber die Leistungen von H III. in dieser Schlussphase ...« und »... was unter Umständen schon aus seinem eislila Blick geschlossen werden kann ...«

Hjelm las diesen Abschnitt ein weiteres Mal. »H III.« stand fraglos für Andrew Hamilton III., den wahrscheinlich fähigsten Gehirnchirurgen der NATO-Sektion. X war demnach der größte Erfolg, aber irgendetwas schien bei dem chirurgischen Eingriff von Hamilton wenn schon nicht schiefgelaufen zu sein, dann doch ein unerwünschtes Resultat erbracht zu haben. Und das war offenbar »aus seinem eislila Blick« zu schließen gewesen. Sah er das richtig? Irgendein Detail hatte dazu geführt, dass X – die eigentliche Krönung der langjährigen Forschungsarbeit der Sektion – nicht derart von Dworzak ins Herz geschlossen worden war wie W.

Was hatte das zu bedeuten?

Hjelm fand noch ein weiteres lesbares Fragment: »... entsandt und in einem Kinderheim in Texas untergebracht ...«, und in der Spalte, in der er bei W den Zusatz »Feindlich gesinnt!!« gefunden hatte, las er bei X den Eintrag: »X, Xavier Montoya.«

Daneben stand eine Zahlenreihe, die mit null, null, eins begann, auf die dann acht, drei, zwei sowie sieben weitere Ziffern folgten.

War das eine amerikanische Telefonnummer?

Mit rasendem Puls wählte Paul Hjelm aus seinem Skype-Adressbuch einen Namen und stellte die Verbindung her.

Nach einer Weile erschien die stilisierte Büste.

»Ja?«

»Kerstin«, sagte Hjelm. »Bist du noch vor Ort?«

»Ich bin noch auf dem Schlachthofgelände, wenn du das meinst.«

»Ich brauche deine Hilfe. Ich habe hier eine Handynummer, und ich muss *alles* darüber wissen: Standort, eingehende, ausgehende Gespräche, alles.«

Kerstin Holm blieb stumm. Viel zu lange blieb es stumm, und als sie sich wieder meldete, hatte sie eine männliche Stimme.

»Paul«, sagte die Männerstimme. »Ich bin es, Jon Anderson.«

»Hallo, Jon. Wo ist Kerstin?«

»Sie steht hier neben mir. Diesen einen Gefallen tun wir dir noch, aber keinen weiteren.«

»Sagt wer?«

»Sagen die, die der Ansicht sind, dass sie dir nur noch einen Gefallen schulden. Aber nur den einen.«

»Das freut mich zu hören«, erwiderte Hjelm und runzelte die Stirn. Er unterließ die naheliegende Frage, konnte es sich aber nicht verkneifen, die danebenliegende zu stellen: »Warum schulden sie mir einen Gefallen?«

»Für die Informationen über Wu Weis Aktivitäten«, antwortete Jon Anderson. »Wir melden uns gleich.«

Das Symbol verschwand vom Bildschirm.

Paul Hjelm schloss die Augen und hatte nur einen einzigen Gedanken.

X.

Raubtier IV

Nuevo Laredo, Mexiko, 7. September

Er tauchte in den Rio Grande ein und zwei Minuten später im Rio Bravo wieder auf. Die schmutzigen, aber mit hoher Geschwindigkeit dahinfließenden Wassermassen glitzerten in diesem eigentümlichen braunen Schimmer in der untergehenden, aber noch brennenden Sonne. Er sah sich vorsichtig um und zog dann erst die an Seilen befestigten wasserdichten Säcke hinter sich ans Land. Schnell kroch er in den Schatten großer Kakteen und wartete, bis er wieder trocken war. Dabei ging er seinen schwierigen Weg bis an das Flussufer des Rio Bravo noch einmal im Geiste durch.

Das Leben plätscherte so vor sich hin in ihrer kleinen Wohnung in Montevideo. Nach seiner Überreaktion bei der alten Frau im Treppenhaus beschloss er, seine Angespanntheit energisch zu drosseln. Vera nahm die ihr zugedachte Rolle als Kinderbuchautorin Rafaella Hernández sehr ernst und schrieb mit großer Begeisterung. Er gesellte sich in seiner Rolle als Illustrator Alejandro Hernández zu ihr und spielte mit den verschiedenen Illustrationsprogrammen seines Rechners. Es machte ihm sogar richtig Spaß.

Unter anderen Umständen hätten sie für immer dort bleiben können, in dem friedlichen Uruguay, den verregneten Winter aushalten und sich in Kinderbuchautoren verwandeln können. Das wäre tatsächlich nicht die schlechteste Lösung gewesen.

Eine ganze Woche lang hatte er sich nicht um seine Netzrecherchen und seine geheimen E-Mails gekümmert. Als der unnachgiebige Regen eine seiner seltenen Pausen einlegte, unternahmen sie Spaziergänge durch die Stadt, fast wie ein richtiges Paar. Der Blick von den Restaurants am Küstenstreifen auf den Rio de la Plata war atemberaubend. Dort hätten sie sich niederlassen können. Sich zur Ruhe setzen, in Ermangelung eigener Kinder Kinderbücher schreiben und illustrieren und genügsam von dem Kapital leben können, das auf dem Konto in Panama sicher verborgen war. Das wäre eine Möglichkeit gewesen.

Er hatte beschlossen, auch nicht ablehnend zu reagieren, wenn sie die Kinderfrage erneut zur Sprache brächte. Aber das tat sie nicht. Sie war ein gebranntes Kind. Er wusste auch tatsächlich nicht, ob eine natürliche Reproduktion für seinen perfekt designten Körper vorgesehen war. Er hatte ihn von Anfang an zu sehr gehasst, um sich darüber Gedanken zu machen. Und als sie damals, während ihrer Zeit in den USA, es dieses eine Mal gewagt hatte, die Kinderfrage anzusprechen, hatte er sie augenblicklich verlassen.

In diesem Zustand relativer Ruhe und Eintracht wurde er von einem *Pling* geweckt. Einer seiner vier Computer hatte Laut gegeben. Draußen war es noch dunkel, der Regen, der gleichförmig am Fenster herunterlief, glänzte im Schein der Straßenlaterne. Er stand auf und setzte sich, nackt wie er war, an seinen Rechner.

Der Computer meldete einen Treffer für den seltsamen Stern am Handgelenk ihres Verfolgers in Clichy-sous-Bois. Dieser Stern schien mit einer kriminellen Bande in San José, Kalifornien, zusammenzuhängen, einer Bande, die vor nicht allzu langer Zeit zum größten Kokainhändler der Stadt aufgestiegen war. Viel sprach dafür, dass diese Leute auch Kontakt zu den großen Kokainkartellen in Mexiko pflegten, vermutlich zu den berüchtigten Los Zetas.

Amerikaner, dachte er. Amerikaner mit guten Kontakten zu mexikanischen Drogenkartellen.

Nach der einwöchigen Pause öffnete er daraufhin sein apartes E-Mail-Programm mit den tanzenden Pornoanzeigen an der Randleiste. Lucas Wouters, der Gefängniswärter aus Mechelen, hatte wieder geschrieben und berichtete, dass Udo Massicotte einen Fluchtversuch unternommen hatte, der allerdings auf spektakuläre Weise von dem Polizisten Arto Söderstedt verhindert worden sei. Er wusste nichts mit den Informationen anzufangen, also öffnete er die nächste E-Mail. Die war von seinem CIA-Kontakt.

»Unerwartete Übereinstimmung der Fingerabdrücke, ganz richtig vermutet, in Mexiko fündig geworden, ein lokales Jugendstrafregister, das nicht Teil der breit angelegten CIA Suche war. Dein Typ wurde als Elfjähriger in der mexikanischen Stadt Monterrey wegen Ladendiebstahls verhaftet. Aber seitdem in keinem Register mehr. Er heißt beziehungsweise hieß als Elfjähriger Jesús Gerardo Murciano.«

Er blieb eine Weile vor dem Bildschirm sitzen. Ein Mexikaner aus Monterrey, der Mitglied in einer Bande aus San José an der mexikanischen Grenze war. Das roch nach Kartell. Aber ein Kartell mit Zugang zu Drohnen? Absolut denkbar – doch weshalb wollte dieses mexikanische Kokainkartell ihn mit einem Großeinsatz aufspüren, ausgerechnet ihn, der sich auf einer polynesischen Insel zur Ruhe setzen wollte?

Da stimmte etwas nicht. Das passte nicht zusammen. Die Kartelle bestanden aus schlimmen Schurken, aber sie stürzten sich nicht auf jeden Beliebigen. Bei ihnen ging es immer ums Geschäft. Und er hatte sich nicht einmal in der Nähe eines Kokainkartells bewegt.

Warum also hatte Jesús Gerardo Murciano versucht, ihn in Clichy-sous-Bois umzubringen? Ein mexikanischer Amerikaner, der nach Europa reist, um ihn auszuschalten. Warum zum Teufel sollte er das tun?

Er öffnete seine Drohnenrecherche. Durch seine besonnen gewählten Parameter waren weitere mögliche Kandidaten herausgefiltert worden. Jetzt blieben nur noch sechs Drohnen übrig, die am 2. Mai in der Luft gewesen sein konnten. Er sah sich die verbleibenden Alternativen genauer an. Keine der

Drohnen gehörte dem amerikanischen Militär oder der CIA. Ein MQ-1 Predator gehörte der California Air National Guard und wurde vor allem für das Aufspüren von Waldbränden eingesetzt. Er setzte ihn in Klammern. Drei waren im Besitz von privaten Sicherheitsfirmen und wurden für die »Beschattung aus der Luft« verwendet, was eine viel zu ungenaue Bezeichnung war, um Ausschlussklammern zu rechtfertigen. Eine Drohne war im Privatbesitz eines Japaners und eine im Besitz eines Konsortiums in Saudi-Arabien. Er überprüfte den Japaner, kam aber schnell zu der Erkenntnis, dass es sich bei ihm um einen steinreichen Yamaha-Erben handelte, der nicht nur Autist, sondern auch ein Flugzeugfanatiker war. Das Konsortium in Saudi-Arabien war da weitaus interessanter, aber offenbar wurde dieser MQ-1 Predator hauptsächlich für die Luftüberwachung der Ölquellen benutzt. Zwei provisorische Klammern.

Übrig blieben also die drei privaten Sicherheitsfirmen. Eine davon war russisch. Und zwar wirklich russisch. Dann hatte der Hersteller, General Atomics, die Ermächtigung gehabt, einen MQ-1 Predator an Russland zu verkaufen? Offenbar: Das Sicherheitsunternehmen mit Sitz in Nowokusnezk in Sibirien setzte sein *Raubtier* für die Überwachung von privaten Waldgebieten von enormem Ausmaß ein, wo eine Drohne zweifellos angemessen war. Aber vom 1. bis zum 7. Mai gab es keine Einträge im Hauptflugbuch. Dünne Klammern.

Sicherheitsfirma Nummer zwei war amerikanisch, aus Chicago, und laut Homepage auf »Untreuevergehen« spezialisiert. Obwohl er Bedenken hatte, ob man Untreue überhaupt als ein Vergehen bezeichnen konnte, stellte er fest, dass sich die Firma bewusst den Anschein eines klassischen Detektivbüros gab, mit Zitaten von Sam Spade und Philip Marlowe. Man konnte sich lebhaft das überraschte Gesicht eines Geschäftsführers vorstellen, der nackt aus dem Bett seiner Geliebten stieg, kurzsichtig und mit zusammengekniffenen Augen aus dem Fenster blickte und einen MQ-1 Predator über den Straßenlaternen in der Luft stehen sah. Allerdings bot die Firma explizit die Vermietung ihres *Raubtieres* an, und vermutlich gab es in Chicago ein nichtdigitales Verzeichnis der Interessenten, das man eventuell kopieren konnte. Keine Klammern.

Auch die dritte Sicherheitsfirma war amerikanisch. Sie hieß Xenolith Security Inc. und hat ihren Sitz in Laredo, Texas. Als er Xenolith bei Google aufrief, wurde er augenblicklich zu einer anderen Sicherheitsfirma umgeleitet, Camulus Security Group Inc. Das war sonderbar. Er surfte weiter und landete schließlich auf der Homepage der *Laredo Morning Times*, einer Lokalzeitung, die in einer lakonischen Meldung verkündete, dass der lokale Sponsor und die Stütze der Gemeinde, Xenolith Security Inc., von der Camulus Security Group Inc. aufgekauft worden sei, die auch bald in New York an die Börse gehen würde. Deren Geschäfte interessierten ihn nicht die Bohne, er wollte wissen, was und wer hinter Xenolith stand, wo ihr Schwerpunkt lag. Aber darüber konnte er nichts im Netz finden; zumindest kein Wort darüber, wie sie ihren MQ-1 Predator einsetzten. Vielleicht sollte er eine groß angelegte Recherche starten.

Er suchte weiter nach Xenolith und fand heraus, was das Wort bedeutete. Ein Xenolith war ein fremder Stein, der in Lavagestein eingebettet war, etwas Fremdes in einer sehr homogenen Umgebung. Aber das brachte ihn nicht weiter. Auf der Suche nach Informationen über die Besitzverhältnisse von Xenolith hatte er plötzlich eine Eingebung.

Bevor die Xenolith vor einem knappen halben Jahr von der Camulus Group übernommen worden war, hatte das Unternehmen zu hundert Prozent einem Xavier Montoya gehört.

Der Name kam ihm irgendwie bekannt vor. Hatte er ihn schon einmal gehört? Nein, wohl eher gelesen. Vor langer Zeit, als er eine Liste von all den Leuten zusammengestellt hatte, die in der NATO-Sektion gearbeitet hatten, von Michael Dworzak bis Udo Massicotte. Es musste damals gewesen sein. Aber in welchem Zusammenhang?

Er suchte nach Bildern von Xavier Montoya im Netz. Der Mann war riesig, sah aber trotz seines Namens überhaupt nicht lateinamerikanisch aus. Er zoomte das hochaufgelöste Bild heran, auf dem Montoya dem Bürgermeister von Laredo die Hand schüttelte. Seine Augen waren merkwürdig, sehr hell, definitiv nicht mexikanisch und braun, aber auch nicht nordisch blau. Eher lila.

Eislila.

Auch das kam ihm bekannt vor.

Xavier, dachte er.

Xenolith.

Ein Xenolith war ein fremder Stein in einer homogenen Umgebung.

Ein künstlicher Mensch in der Umgebung von natürlichen Menschen.

Auf einmal fielen alle Puzzleteile an ihren Platz, nur der Boden unter ihm nicht. Der sackte weg.

X, wiederholte er.

Das Gerücht hatte es immer gegeben. Dass noch einer existierte. Einer, der nach W kam. Der nächste Buchstabe im Alphabet.

Er musste lachen bei dem Gedanken, dass sich Veras Intuition bewahrheitet hatte. Als sie schwimmend ihre Insel im Pazifischen Ozean hinter sich lassen mussten, hatte sie vorgeschlagen, den Täter X zu nennen.

Und er hieß tatsächlich X.

Xavier *fucking* Montoya, Geschäftsführer der Xenolith Security Inc.

X sollte also W ausschalten. Aber warum?

»Wir sind doch wie Brüder.«

Er recherchierte weiter. Xavier Montoya war in einer Familie mit mexikanischen Wurzeln in der texanischen Grenzstadt Laredo aufgewachsen. In einem ungezwungenen Interview, das er im Netz fand, erzählte dieser, dass er sich immer wie ein fremder Vogel in der Familie Montoya gefühlt habe, »in der niemand größer als einen Meter siebzig ist«. »Ein Kuckuckskind?«, hatte der Reporter waghalsig vorgeschlagen. Woraufhin er als Antwort »nur einen starren Blick aus eislila Augen« bekommen habe.

W hatte versucht, ein Mensch zu werden. X hatte diesen Versuch nicht einmal unternommen, er hatte sich einfach nur von der Lava umschließen lassen.

Er suchte weiter, stieß sogar auf ein paar Handynummern. Für einen Moment saß er still da und fasste zusammen, was er herausgefunden hatte.

Ein ziemlich großes Sicherheitsunternehmen namens Camulus hatte also Xenolith gekauft, und zeitgleich hatte Xenolith seine Drohne, sein *Raubtier,* zu den Tuamotu-Inseln geschickt. Zwei Monate später hatte eine Bande von Profis, inklusive des Gangsters Jesús Gerardo Murciano, die Flüchtlinge von dem polynesischen Archipel mithilfe einer Überwachungskamera in Clichy-sus-Bois aufgespürt und erneut versucht, sie umzubringen. Dass Murciano zu Montoyas Bande gehörte, stand fest. Die Frage war, ob es auch Verbindungen zu Los Zetas gab, dem Kokainkartell, das Laredos Zwillingsstadt Nuevo Laredo fest im Griff hatte. Nuevo Laredo lag auf der anderen Seite des Grenzflusses, der in den USA Rio Grande hieß und auf der mexikanischen Seite Rio Bravo.

Er traf eine Entscheidung. Sie wirkte, von außen betrachtet, möglicherweise ein wenig impulsiv, aber genau genommen war sie wohldurchdacht. Dass ihm die Sache obendrein auch Spaß machen würde, stand auf einem anderen Blatt.

Er aktivierte die Boxen hinter seinen Computern wieder und startete Recherchen auf drei voneinander unabhängigen Rechnern. Feierlich drehten sich kurz darauf Weltkarten auf den Bildschirmen.

Dann nahm er sein Handy, verband es mit einer solchen Box und wählte die erste Nummer. Parallel dazu startete er den Vorgang auf den Rechnern. Es klingelte fünfmal, dann meldete sich jemand.

»Ja?«, sagte eine Stimme auf Englisch, sie klang direkt und effektiv. Das war gut.

»Spreche ich mit Xavier Montoya?«, fragte er, den Blick auf die Bildschirme geheftet.

»Wer fragt das?«

»Wir machen Geschäfte zusammen, mein Freund.«

»Ich mache mit vielen Geschäfte, ›mein Freund‹. Wer sind Sie?«

Der Blick auf die Weltkarte verriet ihm, dass die Suche schon auf den amerikanischen Kontinent beschränkt worden war. Ein Rechner war schneller als die anderen, er hatte sich bereits auf Texas konzentriert. Südliches Texas.

»Hier ist dein Bruder«, sagte er.

»José? Das glaube ich kaum. Ich lege jetzt auf.«

»Dein richtiger Bruder, Xavier. Mein Name ist Watkin Berner-Marenzi. Das Spiel ist vorbei, X.«

Am anderen Ende der Leitung war es still. Die Karten zoomten immer näher.

»W«, sagte Montoya schließlich.

»Warum willst du mich umbringen, Xavier?«

»Das ist nichts Persönliches.«

»Für mich ist Mord immer eine persönliche Angelegenheit, Xavier. Jeder meiner zehn Morde. Ich komme und mache dich fertig, Xavier.«

Erneutes Schweigen.

Bleib bloß dran. Noch einen kleinen Augenblick.

»Du kannst es ja versuchen, Watkin.«

Die zwei Sekunden, die er zögerte, bevor das Gespräch beendet wurde, genügten. Einer der Rechner hatte die Zwillingsstädte ausgemacht. Der zweite zeigte bereits den westlichen Teil von Nuevo Laredo in Vergrößerung. Der dritte aber hatte die exakte Adresse ermittelt. Er hatte ein Gebäude herangezoomt. Ein niedriges Haus in einer relativ großen Straße, nur etwa fünfhundert Meter vom Rio Bravo entfernt.

Möglicherweise, hoffentlich, wiesen Xaviers letzte Worte, »Du kannst es ja versuchen, Watkin«, nur darauf hin, dass das Haus extrem gut bewacht wurde. Und dass X nicht vorhatte zu fliehen. Das war Los Zetas Territorium. X konnte nicht in einem bewachten Haus in Nuevo Laredo wohnen, ohne in irgendeiner Weise mit Los Zetas in Verbindung zu stehen.

Da hörte er ein Geräusch hinter sich. Vera stand im Zimmer,

ebenfalls nackt, aber ihre Gesichtsfarbe unterschied sich markant von der Hautfarbe ihres restlichen Körpers. Sie war kalkweiß.

Er machte eine besänftigende Geste.

»Wir kommen wieder hierher zurück, Vera. Das verspreche ich dir.«

Er stand auf und öffnete die Schranktüren. Dann wickelte er die Waffen sorgfältig in röntgensichere Stoffhüllen, warf ein paar Kleidungsstücke in eine Reisetasche und begann, die Rechner von den Kabeln zu trennen und einzupacken.

»Du solltest auch packen. Das Boot geht in einer Stunde.«

Sie fuhren mit dem Katamaran über den Rio de la Plata, und vier Stunden später saßen sie im Flugzeug von Buenos Aires nach Houston, Texas. An Bord gab es Internet, deshalb vergingen die elf Stunden wahnsinnig schnell. Er las alles, was er wissen musste.

Ein Inlandsflug brachte sie von Houston zum Laredo International Airport, und dort bezogen sie ein heruntergekommenes Hotelzimmer und verbarrikadierten sich. Es wurde Nacht. Er bereitete sich minutiös vor und verstaute alle Waffen in wasserdichten Säcken. In der Morgendämmerung brach er auf und schlich in der Dunkelheit mit seinem Präzisionsfernglas hinunter zum Rio Grande. Am Flussufer herrschte kaum Betrieb, obwohl sich dort einer der kritischen Grenzübergänge zwischen den USA und Mexiko befand. Aber er war davon überzeugt, dass der Posten gewissenhaft überwacht wurde und jeder Baumwipfel mit einer Kamera ausgestattet war. Es war, wie über ein Minenfeld zu gehen. Er musste sich unsichtbar machen. Schließlich fand er den perfekten Übergang, keine Bäume, sondern Schatten spendende und die Sicht versperrende Kakteen auf der anderen Flussuferseite. Seine einzige Chance, nicht gesehen zu werden, war es, die ganze Strecke von der amerikanischen bis zur mexikanischen Seite unter Wasser zu schwimmen, vom Rio Grande in den Rio Bravo zu tauchen.

*

Mittlerweile war er wieder trocken. Die Sonne ging zwar langsam unter, sorgte aber noch für genügend Hitze. Er öffnete die wasserdichten Säcke und holte bewusst gewählte abgetragene Kleidungsstücke hervor, praktische Schuhe und zwei Pistolen in Holstern. Den Rest ließ er in dem Rucksack, den er aus dem zweiten wasserdichten Sack zog.

Fünfhundert Meter durch eine Stadt, die in festen Händen der Los Zetas war, standen ihm bevor. Es war unvermeidlich, dass er auf diesem halben Kilometer gesehen und wahrscheinlich kontrolliert werden würde. Er hatte sich die Strecke durch Gärten und Parks zurechtgelegt, aber es gab genügend Passagen, wo er gesehen werden konnte. Es ging also darum, so ungefährlich wie möglich zu erscheinen. Er setzte sich eine Brille auf die Nase, die mit Silbertape repariert war und ihn wie einen Sozialfall wirken ließ, und machte sich auf den Weg.

Einen Hinterhof nach dem anderen durchquerte er, bis er gezwungen war, ein kurzes Stück auf einer Straße zu gehen. Es war sonderbar leer auf den Straßen von Nuevo Laredo. Ein Druck lag auf dieser Stadt, als wäre sie von etwas befallen. Und die wenigen Passanten sahen verängstigt aus.

Er lief an alten Villen mit vermüllten ungepflegten Gärten vorbei, und dann hatte er sein Ziel erreicht. Hinter einem Busch im Garten ging er in die Hocke.

Er holte sein Fernglas aus dem Rucksack und beobachtete die Rückseite des Hauses und den Kücheneingang. Die Fassade leuchtete orange in der untergehenden Sonne. Also blendete sie im Haus. Gegenlicht. Das war gut. Das Gebäude bestand aus zwei Stockwerken, die Grundfläche war nicht breiter als zwanzig Meter, und es klemmte zwischen zwei identischen Parzellen. Das Haus sah so gewöhnlich aus, und doch gab es Anzeichen dafür, dass hier tatsächlich ein Xenolith von dem vorherrschenden Lavagestein umgeben war. Allem voran die Kameras, die fünf sichtbaren und bestimmt ein paar unsichtbare.

Aber das Haus schien verlassen zu sein. Der Garten war so verwahrlost wie der des Nachbargrundstücks, und die Gardinen in den Fenstern waren zugezogen. Hier musste er schnell handeln. Und er musste überprüfen, ob ihm die Kameras folgten.

Er öffnete den Rucksack, legte das Fernglas hinein und holte stattdessen seine Maschinenpistolen heraus. Dann zog er die schusssichere Weste an und nahm in jede Hand eine Waffe. Noch einen tiefen Atemzug, und schon rannte er los. Die Kameras folgten ihm nicht.

Als er sich näherte, sah er, dass die Küchentür offen stand. Er duckte sich hinter eine zerfranste Hängematte und wartete. Die Kameras bewegten sich nach wie vor keinen Millimeter.

War das Haus tatsächlich verlassen? In diesem Fall hatten sie garantiert das gesamte Gebäude vermint. Aber auch darauf war er vorbereitet.

Als er sich wieder aufrichtete, war er hoch konzentriert. Wenn etwas Unvorhergesehenes passieren würde, wäre sein Reaktionsvermögen schneller als jedes andere, darauf war er programmiert.

Die Küchentür, der Spalt, eine Gardine, die sanft im Luftzug flatterte. Dahinter die Dunkelheit.

Ein schneller Blick auf das Gerät am Handgelenk sagte ihm, dass es keine Minen gab, zumindest nicht hier. Er drückte sich gegen die Wand und schob vorsichtig die Küchentür auf.

Die Küche war überraschend aufgeräumt. Die Verwahrlosung des Gartens stand in eklatantem Widerspruch zu der Inneneinrichtung. Das hier war eine Zentrale, beziehungsweise es war eine Zentrale gewesen. Eine Tür führte aus der Küche in den Flur. Dort war niemand zu sehen.

Die Staubkörner tanzten in der Luft. Sie funkelten im Orange der Abenddämmerung. Schleichende Schritte durch den Flur, weiter hinten eine fensterlose Öffnung, ein Durchbruch in der Wand. Davor schwere dunkle Gardinen. Noch ein paar lautlose Schritte, ein Spalt zwischen den Gardinen. Dahinter ein Wohnzimmer, noch ein Schritt, und ein Sofa wurde sichtbar und nach einem weiteren Schritt der Schatten eines Mannes darauf.

Sofort zog er sich wieder zurück, schnell, aber lautlos. Schloss die Augen. Der Mann saß allein auf dem Sofa. Er war kein Mexikaner, und er hielt etwas in der Hand, was keine Waffe war. Zumindest keine gewöhnliche Waffe. Er könnte den Mann einfach durch die Gardine erschießen. Aber was hielt er da in der Hand? Eine Bombe? Einen Zünder?

Und kam er ihm nicht irgendwie bekannt vor? Eines stand fest, es war nicht Xavier Montoya. Dieser Mann war nicht einmal halb so groß. Er musste einen zweiten Blick wagen.

Er kannte den Mann, konnte ihn aber nicht einordnen. Und was er da in der Hand hielt – hochhielt –, war ein Handy. Was nicht ausschloss, dass es auch als Zündmechanismus dienen konnte.

Als er sich erneut zurückziehen wollte, hörte er: »Kommen Sie schon her, Watkin. Ich weiß, dass Sie da sind.«

In Sekundenschnelle war er am Ende des Flures angelangt, warf sich zu Boden, rutschte, mit den Waffen im Anschlag, ein Stück vorwärts und zielte auf den Mann. Auf sein Herz.

Aber er drückte nicht ab.

»Wir sind uns schon einmal begegnet, Watkin. Ich weiß nicht, ob Sie sich daran erinnern.«

Die Waffen weiter im Anschlag, setzte er sich auf.

»Doch«, sagte W. »Ich erinnere mich an Sie. Sie sind Paul Hjelm.«

*

Er hatte einen Stuhl herangezogen und die Waffen ein Stück gesenkt, aber nur ein kleines Stück. Er blieb wachsam.

»Sind Sie allein?«, fragte er.

Paul Hjelm lächelte.

»Vollkommen allein«, antwortete er.

Dann drückte er auf eine Taste des Handys. Eine Stimme sagte: »Ich komme und mache dich fertig, Xavier.«

Eine andere Stimme erwiderte: »Du kannst es ja versuchen, Watkin.«

Und Paul Hjelm sagte: »Ich brauche Ihre Hilfe.«

Zum ersten Mal, seit die alte Frau in Montevideo die Treppe hochgehumpelt war, hatte er wieder dieses Gefühl, die Kontrolle zu verlieren. Er begriff nicht, was gerade vor sich ging. Das Gefühl mochte er ganz und gar nicht.

»Meine Hilfe?«, fragte er. »Warum sollte ich Ihnen helfen?«

»Sie wissen genau, warum. Sie wollen doch Ihr Leben zurück. Ihres und Veras.«

»Ich habe zehn Menschen getötet. Sie werden mich doch niemals gehen lassen.«

»Doch. Das waren außergewöhnliche Umstände. Sie sollen mir helfen und nur mir. Niemand weiß, dass ich hier bin.«

»Dann könnte ich Sie also auf der Stelle zum Schweigen bringen, ohne dass es jemand mitbekommt?«

»Ja. Aber das werden Sie nicht tun.«

»Warum?«

»Camulus ist Asterion. Christopher James Huntington. Er hat einen Plan. Etwas ganz Großes. Und das hat mit dieser Sache hier zu tun«, sagte Paul Hjelm.

»Ich scheiß auf die Drogenbarone, und ich scheiß auf Huntington. Ich scheiß auf die ganze Welt. Ich will nur meine Ruhe haben«, rief Watkin.

»Aber die werden Sie nicht in Ruhe lassen, das wissen Sie ganz genau. Ihre einzige Chance ist es, X auszuschalten. Und ich kann Ihnen dabei helfen.«

»Sie helfen mir, X auszuschalten, und geben mir dann mein Leben zurück. Hatten Sie nicht um *meine* Hilfe gebeten?«

»Eines noch«, entgegnete Hjelm mit einem Lächeln. »Wir werden die Fabrik zerstören, die mittlerweile in China steht, und werden alle genetischen Manipulationen beenden.«

»Massicotte.« Watkin nickte. »Hat er deshalb versucht, aus dem Knast zu fliehen?«

»Sie sind gut informiert«, sagte Hjelm. »Aber genau deswegen brauche ich Ihre Hilfe. Ich will wissen, was Sie wissen. Zusammen können wir das alles aufhalten und beenden. Was es auch sein sollte.«

Sie musterten einander wortlos.

Dann stand Watkin auf und sagte: »Lassen Sie uns aufbrechen.«

5 – Das fünfte aktivierte Paar

Der Infarkt

Mechelen – Den Haag, 8. September

Der alte Mann setzte sich mit einem Ruck in seinem Bett auf. Schläuche und Kabel bewegten sich im Takt mit seinem röchelnden Atem. Er erstarrte. Als wäre er zu Eis gefroren.

»Dieser Blick«, sagte Arto Söderstedt und zoomte näher heran.

»Ich sehe nicht, was du darin siehst«, meinte Jutta Beyer und zuckte mit den Schultern. »Er ist aufgewacht. Und basta.«

»Udo Massicotte wacht mit einem Ruck auf, ja, aber schau dir doch mal seinen Blick an. Der passt nicht zu einem Menschen, der nach Wochen im Koma erwacht.«

»Ich finde den Blick ganz klar«, entgegnete Beyer. »Aber wir haben vor allem das hier.«

Sie klopfte auf einen fünfhundert Seiten dicken Papierstapel, der neben dem Computer lag. Sie saßen in dem Hotelzimmer, das sie kurzerhand in ein Büro umfunktioniert hatten, in der Kirche, die in ein Hotel umfunktioniert worden war, dem Martin's Patershof. Natürlich war es Jutta Beyers Zimmer. Der Heilige ließ auch an diesem Tag sein mildes Licht über sie scheinen, aber heute spielte das keine Rolle.

»Wir haben drei voneinander unabhängige medizinische Auswertungen seines Zustandes. Er *hatte* einen Herzinfarkt, und er *war* bewusstlos. Dann ist er wieder aufgewacht.«

Söderstedt verzog das Gesicht und drückte auf Play. In dieser Aufnahme saßen er und Beyer an Massicottes Krankenbett. Die Apparate waren beiseitegeschoben worden, allerdings waren einige der Schläuche beunruhigend stramm gespannt und verliefen wie Wäscheleinen quer über Udo Massicottes Bett.

»Oder eher wie ein Spinnennetz«, war Arto Söderstedt aus dem Lautsprecher zu hören.

»Sind Sie die Fliege, die sich darin verfangen hat, Massicotte?«, fragte Jutta Beyer. »Die Fliege, die zu langsam flog. Ich frage mich, ob sie noch lebt, dann würde ich mich gerne bei ihr bedanken.«

»Wie geht es Ihnen?«, übernahm Söderstedt.

Massicotte antwortete nicht. Aber er starrte den hellhäutigen Finnlandschweden unangemessen durchdringend an.

»Sie haben ganz unerwartet zum ersten Mal seit langer Zeit auf einen anwaltlichen Beistand verzichtet«, sagte Söderstedt.

»Was habe ich schon zu verlieren?«, fauchte Massicotte.

»Eine Fabrik? Ein extrem erfolgreiches – und überraschend mobiles – kommerzielles Unternehmen, das in China mit menschlichen Genen experimentiert und kriminelle und paramilitärische Organisationen als Kunden hat.«

»Und wie sollte mir ein Anwalt da behilflich sein? Ich liege im Sterben.«

»Wollen Sie wissen, warum ich glaube, dass Sie sogar dem Tod Ihre unverbesserlich sture Stirn bieten werden? Die Antwort besteht eigentlich aus drei Teilen, und da der erste Teil schon erledigt ist, könnte ich direkt zum zweiten übergehen.«

»Ich habe keine Kraft für so etwas«, sagte Massicotte mit schwacher Stimme. »Was war der erste Teil …?«

»Sie haben mit Ihrem Fluchtversuch Standhaftigkeit bewiesen. Trotz Ihres Alters haben Sie beachtliche Anstrengungen auf sich genommen, um aus dem Gefängnis zu entkommen. Dafür haben Sie meinen Respekt, aber nur dafür. In der Tonne haben wir ein Flugticket nach Bastia gefunden, der zweitgrößten Stadt von Korsika. Dort hat also Ihr Hauptquartier seinen Sitz? Sie wollten Ihre letzte Chance nutzen, den Herbst Ihres Lebens in einem angenehmen Mittelmeerklima zu verbringen. Das ist vollkommen verständlich. Bastia ist eine sehr reizende

Stadt, besonders im September, wenn die Touristenströme langsam wieder versiegen.«

Söderstedt warf Jutta Beyer einen Blick zu, die ihre Stirn in Falten legte. Es war unverkennbar, dass sie nicht wollte, dass Massicotte einen *gravierenden* Herzinfarkt bekam.

»Genau«, bestätigte Massicotte. »Ich wollte fliehen, mir eine neue Identität zulegen und mich in der Sonne zur Ruhe setzen.«

»Das klingt wundervoll«, sagte Söderstedt. Da riss Jutta Beyer der Geduldsfaden. Sie öffnete den Mund, aber als sie die ungeteilte Aufmerksamkeit der beiden erlangt hatte, schloss sie ihn wieder und schüttelte den Kopf.

»Meine Kollegin ist außer sich«, erklärte Söderstedt. »Ich bedauere.«

Massicotte sah ihn skeptisch und fragend zugleich an.

»Wissen Sie, warum sie so außer sich ist?«, hakte Söderstedt nach.

»Sie hat wohl moralische Vorbehalte, nehme ich an«, antwortete Massicotte. »Erinnern Sie sich an das, was Nietzsche über die Moral gesagt hat?«

»Er hat ziemlich viel über die Moral gesagt«, entgegnete Söderstedt. »Aber es hängt davon ab, wie ironisch er in dem Augenblick war.«

»Er hat gesagt, dass es eine Herrenmoral und eine Sklavenmoral gibt. Die Herrenmoral geht davon aus, dass es ranghöhere Menschen gibt, die führen sollten, sie sind edel, feinsinnig und überragend. Stärke und Selbstständigkeit werden hoch geschätzt. Aber es gibt auch die Sklavenmoral. Sie wurde mit dem Christentum eingeführt. Für das Ihre Lieblinge Erasmus und More bereit waren zu sterben. Sie sind also ein Christ, Arto? Sie glauben an die Kraft der Sklaven, die versuchen, ihren Herrn zu zähmen, indem sie so tun, als hätten die moralischen Werte der Masse Gültigkeit?«

»Als Zitat war das ein Missgriff, Massicotte.«

»Wie meinen Sie das?«

»›In Wahrheit würde kein Sterblicher dieses Zeitalter überleben, wenn nicht das Unglück des Menschengeschlechts mich dazu zwingen würde, ihm ein weiteres Mal zu Hilfe zu kommen.‹ Ich nehme an, Sie wissen, in welchem Zusammenhang Erasmus von Rotterdam diese Zeilen geschrieben hat?«

Udo Massicotte warf Söderstedt einen alles vernichtenden Blick zu.

Und dieser Blick erstarrte, als die Aufnahme angehalten wurde. Sie saßen auf Jutta Beyers Bett, während vor dem Fenster langsam die Abenddämmerung hereinbrach. Der Heilige leuchtete immer schwächer. Bald würden die Straßenlaternen eingeschaltet werden. In dieser Übergangszeit aber legte der leuchtende Heilige eine Pause ein.

»Siehst du das?«, fragte Söderstedt. »Genau derselbe Blick. So zielsicher.«

»Vielleicht hat er nicht so viele Blicke, zwischen denen er auswählen kann. Du weißt, dass ich dich sehr schätze, sowohl als Polizist als auch als Mensch, aber manchmal interpretierst du zu viel in die Dinge hinein, Arto.«

»Wir werden ja sehen«, erwiderte Arto Söderstedt und drückte wieder auf Play.

»Zum einen weiß ich überhaupt nicht, von was für einem Zitat Sie da reden«, sagte Udo Massicotte. »Zum anderen hat der Zusammenhang keinerlei Relevanz. Erasmus schlüpft in diese Rolle und erklärt, dass er gekommen sei, um die Menschheit vor Alter und Unglücken zu retten.«

»Ich hätte wissen müssen, dass Sie das falsch verstehen.«

»Falsch? Genau so steht es dort.«

»Ich habe sofort begriffen, dass das Zitat in Schanghai mir galt«, erklärte Söderstedt, »um mich zu quälen. Und das ist geglückt. Es hat mich so wütend gemacht, wie ich es schon lange nicht mehr an mir erlebt habe. Daher kann man auch sagen, dass das Zitat sein Ziel verfehlt hat. Denn hätten Sie dem armen chinesischen Biotechniker nicht den Auftrag erteilt, diesen Zettel zu übergeben, würden Sie jetzt tatsächlich in der Sonne auf Korsika sitzen. Aber das Zitat hat mich wütend und konzentriert gemacht.«

»Ich habe nicht den blassesten Schimmer, wovon Sie da reden.«

»Nein. Natürlich nicht. Sie dachten, Sie würden mit dem Zitat ausdrücken, dass Sie die Menschheit retten. Aber das ist es nicht, was Erasmus im dreizehnten Kapitel von *Lob der Torheit* sagen will. Es stimmt, dass er die Rolle der Torheit einnimmt. Die Torheit selbst führt das Wort. Aber an der Stelle fährt er fort: ›Wer aber könnte wohl freundschaftlich mit einem Greis verkehren, der neben einer langjährigen Erfahrung noch die ganze Schärfe seines Geistes und Urteils besäße?‹ Sie hätten dieser Greis werden können, Massicotte, wenn nicht die Gier Sie zum Tor gemacht hätte. Aber die Torheit meldet sich immer im Herbst des Lebens zu Wort, um zu verhindern, dass die Erfahrung und die Schärfe des Geistes ihren Höhepunkt erreichen. ›Deshalb lasse ich in meiner großen Güte die Greise wieder kindisch werden.‹ Begreifen Sie jetzt, was Sie da eigentlich zitiert haben? Sie sagen in Wirklichkeit, dass Sie zu alt für all das geworden sind. Und ja, das stimmt auch. Sie, Professor Udo Massicotte, sind zu alt für all das hier.«

»Sie versuchen ja nur abzulenken«, brummte Massicotte.

»Und wovon bitte ...?«

»Von Ihrer dreiteiligen Antwort. Sie haben mir bisher maximal einen Teil gegeben.«

»Vielleicht meinen Sie ja Folgendes: Einer der Gründe, warum Sie alles so hartnäckig leugnen, ist, dass Sie eigentlich fliehen und sich mit Ihrer Exfrau und Ihrem Geschäftspartner auf Korsika treffen wollten? Und da Sie jetzt erwischt wurden – und keinen Herzinfarkt hatten –, geht es vor allem darum, die beiden zu schützen. Der zweite Teil hingegen ist eher metaphysisch und weitaus größenwahnsinniger. Es geht darum, dass Sie nämlich tatsächlich glauben, in die Geschichtsbücher einzugehen. Da Sie leider etwa fünf Generationen zu früh geboren wurden, rein genetisch, meine ich, um ewiges Leben zu erlangen, haben Sie sich mit der Erschaffung des ersten funktionierenden Exemplars einer ›perfekten Leitfigur‹ wenigstens einen Platz im zukünftigen Pantheon der Herrenmoral gesichert. Sie glauben aus voller Überzeugung daran, dass diese ›perfekte Leitfigur‹ die Sklavenmoral ausmerzen wird – diese alberne

Attitüde, nach der Empathie, Beziehungen und Demut wichtiger seien als Stärke und Selbstständigkeit. Der Sieg der mithilfe von genetischen Methoden wiedereingeführten Herrenmoral. Sie glauben, dass Massicottes Andenken dadurch so gepflegt und geschätzt werden wird wie das von Jesus Christus und Marx als Vertretern der Sklavenmoral.«

»Sie reden einen Müll daher.«

»Dieser zweite Teil der Antwort bezog sich ausschließlich auf Ihre Eitelkeit«, fuhr Arto Söderstedt unbeirrt fort. »Und die ist vollkommen uninteressant. Aber uns bleibt ja noch der dritte Teil. Und der ist wesentlich interessanter. Denn da geht es darum, dass etwas passieren wird. Was wird am 27. passieren, Udo?«

Massicotte starrte ihn mit weit aufgerissenen Augen an.

»Wovon reden Sie da?«

»Sie wissen ganz genau, wovon ich rede, Massicotte. Sie behaupten, dass Sie im Sterben liegen, wie dem auch sei, Sie werden langsam alt. Ich verstehe ja, dass die Versuchung groß ist, durch einen Beitrag zur Weltgeschichte dem Alter entgegenzuwirken – sollten Sie zu meiner Überraschung wirklich so verkorkst sein und an diesen Herrenmoralmist glauben –, aber in jedem Fall würde es Ihnen verdammt helfen, wenn Sie mir sagen, was ›Die Erste‹ ist, die zum 27. fertig sein soll. Sie würden augenblicklich frei sein. Sie würden Ihre nächsten zehn Jahre mit Mirella zusammenleben können, zum Beispiel in dem kleinen hübschen Ort Propriano im Süden von Korsika, vielleicht sogar in einem vierstöckigen Haus in der Rue du 9 Septembre Nummer 15 mit einem phantastischen Balkon und einem grandiosen Blick auf das Mittelmeer? Nur so als Idee.«

Jetzt bekam Udo Massicotte wirklich einen Herzinfarkt. Davon war Jutta Beyer zumindest überzeugt. Sein Körper bäumte sich auf, und die Schläuche und Kabel spannten sich noch stärker. Es war ein schrecklicher Anblick.

»Sie können das gerne wiederholen, wenn Sie wollen«, kommentierte Arto Söderstedt mit eiskalter Stimme. »Das ist jetzt Ihre absolut letzte Chance, mit mir zu reden. Vielleicht denken

Sie kurz an Mirella, die auf Korsika im Knast sitzt, bevor Sie antworten. Jutta und ich werden diese Zelle in einer Minute verlassen und nicht zurückkommen. Danach werden Sie nur mit dem zuständigen Beamten sprechen können, der Ihnen allerdings kein so gutes Angebot machen wird.«

Der Anfall legte sich wieder. Er legte sich überraschend schnell.

»Ich weiß nach wie vor nicht, wovon Sie da sprechen«, sagte Massicotte ganz unangestrengt.

»Diese Formulierungen haben nur den einen Zweck, das Gespräch in Gang zu halten, ohne etwas Nennenswertes zu sagen. Das ist nicht mein Weg. Ab jetzt läuft die eine Minute, danach wird es kein neues Angebot geben.«

»Aber was zum Teufel wollen Sie von mir?«

»Entweder hat Mirella oder Barnworth die Notiz geschrieben. Sie lautet: ›Die Erste fertig am siebenundzwanzigsten!!!!!!‹ Mit sechs Ausrufezeichen und fünfmal unterstrichen. Das ist eine wichtige Nachricht!«

»Zum Teufel!«, rief Massicotte.

»Nein, nein, Halt. Schluss damit. Eine halbe Minute noch. Der 27. ist relativ sicher ein Datum, wahrscheinlich noch im September, aber was bedeutet ›Die Erste fertig‹?!«

»Das weiß ich nicht! Ich habe verdammt noch mal keine Ahnung. Ihnen ist doch klar, wie schwer es für mich war, von hier aus Kontakt nach außen aufzunehmen. Wissen Sie eigentlich, wie viel ich meinem alten Kumpel in der Gefängnisdirektion gezahlt habe?«

»Aber warum haben Sie es sich so schwer gemacht und sind nicht über Ihren Anwalt gegangen?«

»Ich halte meinen Anwalt aus bestimmten Teilen meines Unternehmens heraus. Für ihn existiert China gar nicht. Und ich weiß nichts von einem beschissenen 27. Ich weiß es wirklich nicht. Uns ist es gelungen, mir in besagter Nacht ein Handy zu besorgen, ja, aber mehr war da nicht.«

»Und was genau haben Sie Korsika in besagter Nacht mitgeteilt?«

»Reduziert die Aktivität, dann haut ab. Lasst es so aussehen, als würde es weitergehen, und haut sofort ab. Die beiden Biotechnologen werden verhaftet werden, werden aber gut versorgt sein, wenn sie dichthalten. Und dann habe ich das Erasmus-Zitat herausgesucht. Und Sie, Söderstedt, waren der Adressat, das haben Sie ganz richtig verstanden. Aber Sie sollten es erst bekommen, wenn ich schon auf dem Weg nach Korsika bin.«

»Sie haben also Korsika gesagt, sie sollten dafür sorgen, das Shengji die Zelte abbrechen sollte?«

»Ja, so ungefähr. Es war schließlich eine provisorische Anlage. Das sollte problemlos möglich sein. Es durften nur keine DNA-Spuren zu finden sein.«

»Leider haben Sie noch ein paar Schritte vor sich, bevor die herrliche Pensionierung auf Korsika ansteht. Wer hat sich den Namen Shengji, ›Lebenskraft‹, ausgedacht? Waren Sie das? Aus dem Knast heraus?«

»Nein, das wurde woanders entschieden.«

»Lassen Sie mich raten, es war der Chef vor Ort in Schanghai, wie hieß er oder sie noch gleich?«

»Davon weiß ich nichts.«

»Also bitte, jetzt hatten Sie gerade die Uhr angehalten. Wie schade«, sagte Söderstedt. »Ab jetzt tickt die letzte halbe Minute, Massicotte. Geben Sie uns die Namen der Fabrikmitarbeiter in China. Geben Sie uns die neue Adresse der Fabrik. Wo befindet sich die letzte Gruppe genmanipulierter Kinder?«

Da drückte Jutta Beyer auf Pause. Das Standbild zeigte Arto Söderstedt nicht besonders vorteilhaft im Profil und mit halb geöffnetem Mund.

»Dort wollte ich gar keine Pause machen«, sagte er und sah Beyer verwundert an.

Die Straßenlaternen waren eingeschaltet worden, und der Heilige leuchtete wieder. Und tauchte Jutta Beyers Gesicht in ein verklärtes Licht, das sie aussehen ließ, als hätte sie eine Eingebung gehabt.

»Diese Formulierung«, sagte sie, die Augen weit aufgerissen.

»Welche?« Söderstedt betrachtete verwirrt sein Profil auf dem Bildschirm.

»Du hast gesagt: ›Wo befindet sich die letzte Gruppe genmanipulierter Kinder?‹«

»Ja?« Er sah sie abwartend an.

»Das erinnert mich an ›Die Erste‹ ...«

»Wie in ...«

»Ganz genau. Wie in ›Die Erste fertig am siebenundzwanzigsten!!!!!!‹«

»Du meinst, es heißt: ›Die erste *Gruppe genmanipulierter Kinder ist* fertig am siebenundzwanzigsten!!!!!!‹? Verflixt und zugenäht, Jutta. Glaubst du, das ist möglich?«

»Wie gesagt, es war nur so eine Idee. Soweit wir wissen, gab es in der NATO-Sektion keine Massenproduktion. Sir Michael Dworzak hat Grundlagenforschung betrieben – eine, ethisch betrachtet, zwar groteske Grundlagenforschung, aber dennoch Grundlagenforschung. Doch Massicotte hat das kommerzielle Potenzial darin erkannt. Die NATO-Sektion wurde im Januar 1992 stillgelegt. Wenn wir annehmen, dass die Massenproduktion bereits direkt im Anschluss daran aufgenommen wurde, sagen wir 1993, dann wäre die *erste* Gruppe heute – na? – also achtzehn Jahre alt. ›Fertig am siebenundzwanzigsten‹ ... und wofür, um sie potenziellen Käufern vorzuführen? Geht es um eine erste Rückzahlung des investierten Kapitals? Daher hält Massicotte den Mund und verrät uns nur Dinge, die uns garantiert nicht helfen, die Fabrik zu finden. Jetzt beginnt die Gewinnausschüttung.«

»Himmel, Herrgott, das ist eine Gewinnausschüttung!«

»Ganz genau.«

»Und da sie nach wie vor weiterarbeiten – und nebenher die Methoden durch die Gene MSTN, LPL und HOX verfeinern –, wird das auch die nächsten achtzehn Jahre noch so weitergehen. Verflixt, so könnte es tatsächlich sein, auch wenn es im Moment noch weit hergeholt erscheint. Wir müssen sofort noch einmal zu Massicotte«, sagte Beyer.

»Unser letztes Gespräch ging ja leider nicht so gut aus«,

meinte Söderstedt. »Wollen wir uns den Film zu Ende ansehen, bevor wir es Den Haag melden?«

»In Ordnung«, sagte Beyer und drückte auf Play.

»Hast du Stift und Papier? Analyse und anschließender Abgleich, okay?«

Beyer nickte. Der Film lief weiter, Söderstedts Mund schloss sich wieder, und Udo Massicotte antwortete: »Ich weiß nicht, wo sich diese sogenannte Fabrik befindet. Man musste sie ja Hals über Kopf verlegen. Ich habe keine Ahnung. Und ich weiß auch nicht, wer in China die Verantwortung hat.«

»Damit sagen Sie aber, dass die Leute auf Korsika es wissen, also Mirella und Barnworth. Ich werde mich darum kümmern, dass die Intensität ihrer Vernehmungen verstärkt wird. Es ist an der Zeit, den korsischen Kollegen freie Hand zu gewähren. Schluss mit diesem Gequatsche über humane Verhörmethoden. Jetzt wird mit Gewalt gesprochen.«

Massicotte starrte ihn an, schwieg aber. Er presste die Lippen aufeinander.

Arto Söderstedt holte einen Zettel aus der Tasche und gab ihn Jutta Beyer. »Wir werden Ihnen jetzt eine Reihe von Namen vorlesen, Massicotte. Und wir wollen, dass Sie uns etwas dazu sagen.«

»Vergrößere mal sein Gesicht«, sagte der Söderstedt in Beyers Hotelzimmer.

Sie hatten nur Massicottes Gesicht groß im Bild, während Jutta Beyer im Hintergrund die Namen vorlas: »Jürgen Aigner.«

Sie achteten genau auf Massicottes Reaktion.

»Afrim Bogdani.«

Und dann las sie den Rest der Liste von der zerstörten Festplatte vor, die Paul Hjelm ihnen geschickt hatte: William Davis, Marte Haugen, Tuukka Koskinen, Clément Lefebvre, Lu Donghai, Meng Huidai, Yamato Saitou, Carlos Smith, Tsubasa Watanabe.

Als sie fertig war, sagte Massicotte nur einen Satz: »Das nächste Mal sprechen Sie wieder mit meinem Anwalt.«

Damit endete der Film. Sie sahen sich an. Beide hatten sich

auf einem Zettel Notizen gemacht. Wortlos legten sie ihre Aufzeichnungen nebeneinander und verglichen sie. Auf beiden standen dieselben drei Namen: Marte Haugen, Clément Lefebvre, Lu Donghai.

»Okay«, sagte Jutta Beyer. »Soll ich Den Haag anrufen?«

»Ich bitte darum.« Arto Söderstedt verbeugte sich leicht.

Beyer wählte Hjelms Nummer, aber es sprang nur die Mailbox an. Sie schüttelte den Kopf und wählte eine andere Nummer. Dort hingegen meldete sich bereits nach dem zweiten Klingelzeichen jemand.

»Balodis.«

»Hallo, Laima, Jutta hier. Ist er noch immer unterwegs?«

»Ja«, seufzte Laima Balodis. »Wir sind hier ganz allein, Miriam und ich. Das letzte verbliebene Paar. Wie kann ein Chef einfach abhauen? Und das ist jetzt schon fast drei Tage her.«

»Meinst du, es ist an der Zeit, der Leitung von Europol Bescheid zu geben?«

»Wir stellen uns diese Frage auch schon«, sagte Balodis. »Aber er hat wortwörtlich zu uns gesagt: ›Ich bin jetzt für ein paar Tage weg. Macht weiter wie bisher.‹ Ich glaube, wir müssen noch warten. Er weiß doch, was er tut. Was gibt es Neues bei euch?«

»Massicotte ist aufgewacht, und wir haben ihn verhört. Wir wollten das dem stellvertretenden Opcop-Chef melden, und das bist ja sozusagen du, Laima.«

»Stört dich das, Jutta? Hättest du Miriam vorgezogen?«

»Das eine Erdmännchen ist so gut wie das andere. Seid ihr bereit?«

»Ja, klar. Schieß los, ich lasse das Band laufen.«

»Statusbericht aus Mechelen. Vernehmung von Professor Udo Massicotte am 8. September. Zwei potenzielle Ergebnisse. Erstens: Massicotte zeigte eindeutige Reaktionen bei drei Namen von der Liste: Marte Haugen, Clément Lefebvre, Lu Donghai. Aller Wahrscheinlichkeit nach sind sie zurzeit bei der Verlegung der Fabrik in China aktiv. Zweitens: Wir stellen folgende Hypothese in den Raum, dass die Notiz aus Korsika – ›Die Erste fertig am siebenundzwanzigsten‹ – vermutlich bedeutet, dass die erste Generation genmanipulierter Kinder am 27. zur Präsentation vor potenziellen Käufern bereit ist.«

»Danke, Jutta, Aufnahme erfolgreich. Aber das ist ja Wahnsinn. Habt ihr Beweise?«

»Keine. Ist nur eine Hypothese.«

»Okay, danke.«

Laima Balodis legte auf und wandte sich zu Miriam Hershey um, die mit ihr in dem verwaisten Großraumbüro der Opcop-Gruppe in Den Haag saß.

»Dieser Quatsch immer mit den Erdmännchen ...«, sagte sie.

»Ach, lass gut sein«, sagte Hershey. »Sie beneidet uns doch nur um unsere Freundschaft, das ist alles. Vielleicht hat sie gar nicht so unrecht.«

»Aber ihre Hypothese ist durchaus denkbar. Ich schicke Hjelm eine SMS. Wo ist der bloß?«

»Es ist gleich zehn Uhr. Wollen wir Schluss machen? Ist ja sonst eh keiner da.«

»Nein, ich habe gerade das Gefühl, dass ich da einer Sache auf der Spur bin«, sagte Balodis und vertiefte sich wieder in den Text auf ihrem Monitor. »Ich *weiß*, dass Donatella etwas in ihrem Ermittlungsmaterial versteckt hat. Ich überprüfe gerade die Wortfrequenzen.«

»Wortfrequenzen?«

»Ja, die Worthäufigkeit. Ob sie bestimmte Wörter überproportional oft verwendet hat. Ich weiß, dass wir uns damit schon vorher auseinandergesetzt haben, aber ich will jetzt einen Abgleich aller Berichte machen, die sie geschrieben hat. Auch der älteren. Das ist ein bisschen mühsam, so viele Berichte hat sie nämlich nicht auf Englisch geschrieben. Ich habe mir die italienischen der letzten fünf Jahre schicken lassen und versuche, die jetzt zu vergleichen und die Begriffe mit Google Translate zu übersetzen.«

»Scheißarbeit«, sagte Hershey und schaltete ihren Computer aus.

»Du hast recht, ich haue jetzt auch gleich ab.«

Da klingelte ihr Handy. Balodis sah, wie ihr Körper erstarrte und ihr Blick weich wurde. Und sie wusste genau, wer da anrief.

Hershey kam kaum zu Wort. Sie hörte hauptsächlich zu, erst am Ende des höchstens zwei Minuten dauernden Telefonats sagte sie zwei ganze Sätze: »Du musst sehr vorsichtig mit diesem Handy sein, hörst du? Und auch sonst, sei bitte vorsichtig.«

Dann war das Gespräch beendet. Balodis beobachtete ihre Freundin. Sie sah besorgt aus. Eine Besorgtheit aus schlechtem Gewissen.

Miriam Hershey war wie Balodis eine Frau, die das Wort »vorsichtig« nicht inflationär einsetzte.

»Nicholas?«, fragte sie.

»Hm«, antwortete Hershey. »Unser erster Kontakt seit zwei Wochen. Offenbar die erste Gelegenheit überhaupt, das Handy unbeobachtet zu benutzen. Sein erster Ausgang während eines Trainingslagers in der Wildnis von Alabama. Ist wohl knallhart.«

»Sonst keine Probleme?«

»Scheint nicht so, nein. Er klang ... ich weiß nicht ... irgendwie fröhlich?«

»Er war sich dessen nicht bewusst, aber nach genau so einer Tätigkeit hat er sich gesehnt. Ich habe es dir doch gesagt.«

»Ich weiß. Aber er befindet sich die ganze Zeit in Lebensgefahr.«

»Das tust du auch.«

»Na ja ...«

»Was ist das denn für ein Trainingslager?«

»Ein militärisches. Knallhart, wie gesagt. Viele Übungseinheiten, wie man Gebäude stürmt und Angriffe durchführt. Er nannte es ›Blitzattacken‹.«

»Na, Überraschungsangriffe, nehme ich an«, sagte Balodis. »Klingt nach militärischem Basistraining. Angriff statt Verteidigung. Und bekommt er auch eine Ausbildung zum Leibwächter?«

»Nichts dergleichen. Sie leben in einem Militärlager und tragen Camouflageuniform.«

»Hm.« Balodis nickte nachdenklich. »Ich versuche noch einmal, Hjelm zu erreichen. Was zum Teufel hat dieser Mann vor? Ist der einfach untergetaucht und liegt in irgendeinem kaputten Hotel und lässt sich volllaufen? Oder hat er die Schnauze voll und sich mit seiner Geliebten auf die Bahamas abgesetzt?«

»Oder macht er wieder so ein inoffizielles Ding wie ihr beiden im Sommer?«, sagte Hershey. »Ich habe nie ganz herausbekommen, worum es da ging. Hattet ihr eine kleine Affäre?«

»Nein«, sagte Balodis. »Ich sollte den Profikiller für ihn spielen.«

»Ein geschlechterbewusster Mann.«

»Ich habe ihn wochenlang abgrundtief dafür gehasst. Dann habe ich ihn dafür geliebt. Als ich den Zusammenhang begriffen hatte.«

»Geliebt?«

»Sei nicht albern, so etwas mache ich nicht. Nicholas und du, ihr macht das. Und in unserem Haus ist es ziemlich hellhörig.«

»Hast du uns gehört?«

»Na, zumindest kann man sagen, er scheint ... ziemlich viel Lebenskraft in sich zu haben ...«

»Hoppla. Und was ist mit dir? Was meinst du mit ›so etwas mache ich nicht‹?«

»Ich kann nicht. Das ist ... das ist mir zu nah ...«

»Zu nah an den Erinnerung an Klaipėda? Willst du darüber reden? Du hast es bisher noch nie von dir aus angesprochen ...«

»Weißt du, was ich glaube? Dass Hjelm bald wieder zurückkommt und uns dann nach New York schickt. Um auf Nicholas aufzupassen und ein Auge auf Camulus zu werfen. Dann können wir uns in Ruhe unterhalten.«

»Ich bin immer für dich da, wenn du mich brauchst. Immer. Aber glaubst du das wirklich? New York?«

»Ich rufe ihn jetzt an.«

Laima Balodis wählte Hjelms Nummer. Das hatte sie in den letzten drei Tagen bereits mehrmals erfolglos getan.

»Ja, hallo, Laima.«

»Huch? Hallo. Verdammt, Paul, wo bist du?«

»In Den Haag. Es ist alles in Ordnung.«
»Aber ...«
»Nein. Es ist alles gut. Was hältst du davon, nach New York zu fliegen?«

*

Ruth betrachtete das Foto ihres verstorbenen Mannes; er sah so lebendig aus. Wenn sie ihn ansah, musste sie immer über das Leben an sich nachdenken. Sie spürte die Gefühle der verschiedenen Lebensphasen, die sie erlebt hatte, in ihrem Körper dahinfließen wie ein Fluss aus Zeit. Die vielen Entscheidungen, die scheinbar banalen Augenblicke des Alltags, die doch so viel ausmachen. Was wir wollen, wonach wir uns sehnen, was wir begehren. Was aus uns wird.

Das Leben war ein Kampf, ein Kampf darum, ein ganzer Mensch zu werden. Bisher war sie noch niemandem begegnet, dem das gelungen war. Am wenigsten ihr selbst.

Die Einsamkeit. Sie befand sich mittendrin. Aber so hatte sie es gewollt, danach. Und wer konnte schon den Kampf eines anderen Menschen, ein Ganzes zu werden, mit jemandem teilen? Und doch gab sie anderen Menschen ununterbrochen Rat, wenn diese sich jemandem nähern wollten, um auch ein Ganzes zu werden. Das war paradox. Aber sie war gut darin, das Paradoxe zu beherrschen. Richtig gut, wirklich.

Ruth lächelte und stellte das Foto ihres Mannes zurück. Es war eine Tatsache, dass sie sich nie richtig nahegekommen waren. Und dennoch war er zweifellos der Mensch, dem sie in ihrem Leben am nächsten gestanden hatte. Er war jung gestorben, und sie war früh allein. Und hatte sich dafür entschieden, es auch zu bleiben.

Natürlich wünschte sie sich ab und zu, dass etwas Neues in ihr Leben treten würde. Etwas Bahnbrechendes.

Ihre Gedanken wanderten zu Paul Hjelm. Sie vermisste ihn. Und sie fragte sich, wo er abgeblieben war. Aber nicht, weil er klüger oder einsichtiger war als ihre übrigen Patienten, sondern aus ganz anderen Gründen. Zum einen harmonierten sie gut miteinander, zum anderen erzählte er interessante Geschichten. Außerdem hatte er, schneller als die anderen, eingesehen, dass die Psyche nur so gut war wie ihre Bereitschaft, die Dinge in Taten umzusetzen.

Aber seine Geschichten waren auch tief erschütternd und beängstigend. Sie vermittelten das Bild von einer Zukunft, die sie hoffentlich nicht erleben musste.

Europa. Sie dachte eine Weile darüber nach. Der immer wiederkehrende Traum vom Nationalstaat, vom wahren Zuhause, der dem Phänomen der Globalisierung vorausgegangen war. Wie viele Übel diese Idee im Laufe der Geschichte hervorgebracht hatte. Wenn es doch möglich wäre, dass es plötzlich ein Wir gäbe. Ein Wir ohne Wir-gegen-sie.

Ob die existenzielle Einsamkeit dann trotzdem Bestand hätte, das war eine ganz andere Frage.

Ruth hatte sich gerade ein schönes Glas Rotwein eingegossen und wollte es sich in ihrem Lieblingssessel bequem machen, als es an der Tür klingelte. Das war ungewöhnlich so spät am Abend. Obwohl, genau genommen klingelte es überhaupt nie an der Tür. Sie strich sich Bluse und Rock glatt und öffnete.

Paul Hjelm stand davor. Unwillkürlich und gegen jede Regel brach Ruth in ein Lachen aus, das auch anhielt, nachdem sie seine Begleitung sah. Denn er war nicht allein gekommen. Hinter ihm standen ein Mann und eine Frau. Bevor sie einen vernünftigen Gedanken fassen konnte, schoss ihr durch den Kopf, wie schön die beiden waren.

»Paul?«, sagte sie und beruhigte sich allmählich wieder.

»Ruth«, erwiderte er und lächelte gehetzt. »Ich weiß, ich breche jetzt gerade jede Menge Regeln in einer Vielzahl von Regelwerken. Wenn Sie uns nicht reinlassen wollen, gehen wir sofort wieder.«

Ruth sah ihm in die Augen, schüttelte den Kopf und öffnete dann die Tür ganz.

Sie blieben im Flur stehen. Ruth schloss die Wohnungstür hinter ihnen und verriegelte sie.

»Das sind Vera und Watkin«, stellte Hjelm die beiden vor.

Sie begrüßten sich. In den Augen des Mannes konnte Ruth lesen, dass er getötet hatte. Vermutlich öfter als einmal.

»Ich hoffe, Sie wissen, dass ich Sie niemals in Ihrem Zuhause aufgesucht hätte, wenn es sich nicht um einen Notfall handeln würde.«

»Meine Adresse ist extrem geheim«, sagte Ruth verwundert.

»Heutzutage gibt es keine Geheimnisse mehr.«

»Was wollen Sie? Was wollen Sie drei hier?«

»Ich muss diese beiden für eine Weile aus dem Verkehr ziehen. Könnten sie eventuell für ein paar Tage bei Ihnen wohnen? Ich weiß, dass Sie einen Teil Ihrer Wohnung untervermieten ...«

»Vermutlich wissen Sie auch ganz genau, wie viele Quadratmeter meine Wohnung hat.«

»Ja. Und bitte glauben Sie mir, wenn ich Ihnen sage, dass ich ebenso genau weiß, wie unzulässig das hier alles ist. Aber es handelt sich hier um eine *force majeure*.«

»Folgen Sie mir«, sagte Ruth und machte sich auf den Weg durch das erlesen möblierte Wohnzimmer. Sie führte sie durch eine Schiebetür in ein aufgeräumtes, aber unbewohnt aussehendes Zimmer. In diesem gab es zwei Türen. Sie öffnete sie nacheinander und sagte im Ton einer mäßig enthusiastischen Maklerin: »Toilette, kleine Kochnische. Ich habe es schon seit ein paar Monaten nicht mehr vermietet. Der einzige Nachteil ist, dass es keinen separaten Eingang gibt.«

»Wir werden das Haus ohnehin nicht verlassen«, sagte die Frau, die Vera hieß.

»Vielen Dank«, sagte der Mann, der Watkin hieß.

»Sie haben ja nicht so viel Gepäck«, stellte Ruth fest und zeigte auf die beiden zerschlissenen Rucksäcke. »Sie können sich ja einrichten, während ich noch ein paar Worte mit Ihrem ... Wegweiser wechsele.«

Damit zog sie Paul Hjelm durch die Schiebetür zurück ins Wohnzimmer und schloss sie.

»Das ist eine ganze Weile her, Paul.«

Er sah in ihre klaren braunen Augen.

»Es tut mir wirklich furchtbar leid ...«

»Hat das hier mit dem zu tun, worüber wir das letzte Mal gesprochen haben?«

»Indirekt. Oder direkt. Wir können später darüber reden.«

»Das werden wir ganz bestimmt«, sagte Ruth. »Der Preis hierfür sind mindestens fünf Sitzungen. Die erste morgen früh. Ich habe um eins noch einen Termin frei.«

Hjelm lachte.

»Ich werde versuchen zu kommen.«

»›Versuchen‹ genügt nicht.«

»Aber deswegen haben Sie mich doch nicht aus dem Zimmer gezogen, oder?«

»Nein, der Grund ist noch banaler. Ich frage mich, wie gefährlich das werden kann.«

Hjelm sah Ruth an. Blickte ihr tief in die Augen, zum ersten Mal seit Langem.

»Ich würde lügen, wenn ich behaupten würde, dass es kein Risiko gibt«, sagte er dann. »Aber sie sind jetzt vorerst von der Bildfläche verschwunden, und niemand weiß, dass sie hier sind. Und so soll es auch bleiben.«

»Aber Sie haben doch eben gesagt, dass es heutzutage keine Geheimnisse mehr gibt.«

Hjelm nickte.

»Deshalb bleibt auch ein Restrisiko. Aber die Wahrscheinlichkeit ist extrem gering.«

Ruth holte tief Luft.

»Das ist W, oder?«

»Und auch V.«

Da klingelte sein Handy. Ruth zeigte zur Schiebetür, kehrte zu ihrem Besuch im Gästezimmer zurück und schob die Türen hinter sich zu.

»Ja, hallo, Laima.«

»Huch? Hallo. Verdammt, Paul, wo bist du?«

»In Den Haag. Es ist alles in Ordnung.«

»Aber ...«

»Nein. Es ist alles gut. Was hältst du davon, nach New York zu fliegen?«

»Ich wusste, dass du das sagen würdest. Aber Nicholas ist nicht mehr in New York, nur damit du das weißt.«

»Trainingslager?«

»Ja, offenbar ein militärisches. In der Wildnis von Alabama. Hauptsächlich Training von Blitzattacken.«

»Verdammt. Ich will, dass ihr Camulus im Auge behaltet. Und dass ihr in der Nähe von Nicholas seid. Da ist irgendetwas im Busch.«

»Gut«, sagte Balodis. »Neben den vielen Kleinigkeiten, die du während deines mysteriösen Abtauchens – das du uns garantiert nicht erklären wirst – verpasst hast, gibt es noch die Neuigkeit, dass Massicotte aufgewacht ist. Jutta und Arto haben ihn vernommen. Ich habe Juttas Bericht aufgenommen. Willst du ihn hören?«

»Sehr gut. Natürlich.«

Sekunden später hörte er Juttas Stimme sagen: »Statusbericht aus Mechelen. Vernehmung von Professor Udo Massicotte am 8. September.«

Als der Bericht von Jutta zu Ende war, sagte er: »Danke, Laima. Sehr interessant. Fahr jetzt nach Hause, und geh schlafen.«

»Gleich. Ich muss mich noch um ein paar Wörter kümmern.«

»Ich auch«, sagte Hjelm und zog einen Zettel aus der Tasche. Er schob die Schiebetüren wieder auf. Ruth und Vera standen vor dem Kühlschrank in der Kochnische und unterhielten sich. Watkin hatte in der Zwischenzeit seine vier Laptops ausgepackt, sie auf einem viel zu kleinen Schminktisch aufgebaut und war mit der Verkabelung beschäftigt. Hjelm ging zu ihm und hielt ihm den Zettel mit elf Namen hin.

»Kennen Sie einen von diesen Namen?«

W warf einen Blick auf das Papier und zeigte dann wortlos auf zwei der Namen: Yamato Saitou und Marte Haugen.

»Und?«, hakte Hjelm nach.

»Sie waren beide auf Capraia. Saitou habe ich dafür bezahlt, dass er mich ins Labor lässt, um die Bombe zu platzieren. Danach ist er untergetaucht. Und Haugen war eine der verantwortlichen Wissenschaftlerinnen, die anderen beiden stehen nicht auf der Liste.«

Hjelm nickte.

»Keiner von den anderen?«

»Nein«, erwiderte W und wandte sich wieder seinen Kabeln zu.

Paul Hjelm verließ ein weiteres Mal das Zimmer durch die Schiebetüren und musste wieder an Zeit denken. Wie spät mochte es jetzt in Schanghai sein? Kurz vor vier Uhr morgens. Er rief trotzdem an.

Wu Wei klang verschlafen, als er ans Telefon ging.

»Wissen Sie eigentlich, wie spät es ist?«

»Oder früh«, konterte Hjelm. »Das ist alles eine Frage der Perspektive. Verzeihen Sie, aber ich glaube, es ist wichtig.«

»Ich bin ganz Ohr«, sagte Wu Wei.

»Sie habe die Namensliste erhalten, richtig?«

»Aigner, Bogdani, Davis, Haugen, Koskinen, Lefebvre, Lu, Meng, Saitou, Smith, Watanabe.« Wu Wei sprudelte die Namen wie ein Wasserfall hervor. »Wir sehen uns die alle an. Nicht ganz einfach.«

»Haben Sie wirklich geschlafen?«

»Was wollten Sie denn von mir?«

»Es gibt Grund zu der Annahme, dass wir uns auf Marte Haugen konzentrieren sollten.«

»Sehr gut. Mailen Sie mir alle Informationen.«

»Schlafen Sie gut«, verabschiedete sich Hjelm und legte auf.

Gerade als er das Handy wieder in die Tasche stecken wollte, klingelte es. Für einen kurzen Moment erwog er, es wieder auszuschalten. Die vergangenen Tage waren so angenehm gewesen. In dieser Hinsicht. Nicht in anderer Hinsicht.

Nuevo Laredo, schoss es ihm durch den Kopf.

»Halli, hallo. Jetzt hat der Topf seinen Deckel!«

»Ich habe Jetlag, Arto, was willst du?«

»Jaja, es ist immer anstrengender, nach Osten zu reisen als nach Westen. USA?«

»Wir reden später darüber. Ich habe euren Bericht über Massicotte bekommen. Großartige Schlussfolgerung, dass es sich um die erste Generation genmanipulierter Kinder handeln muss.«

»Das war Juttas Idee«, sagte Söderstedt. »Außerdem hat er auf die drei Namen aus unserer Liste eindeutig reagiert, wenn du dich an die so gut erinnerst wie an das Zitat eben?«

»Klar. Und warum hast du mich angerufen?«

»Wir sind im Gefängnis van Mechelen. Und wir müssen unserem Bericht ein Addendum hinzufügen.«

»Gut. Ich höre.«

»Vor zehn Minuten hat Udo Massicotte einen echten Herzinfarkt gehabt.«

»Oh je. Wie kam das denn?«

»Ein erneutes Verhör. Wir haben wegen der drei Namen Druck gemacht.«

»Und wann genau hatte er den Infarkt?«

»Als es um Marte Haugen ging.«

Tear down the wall

Ajaccio, Korsika, 10. September

Die Septembersonne spiegelte sich unablässig im Mittelmeer, als Adrian Marinescu mit Felipe Navarro auf dem Beifahrersitz links in die Avenue du Colonel Colonna d'Ornano einbog, aber die beiden sahen nicht mehr hin. Nach einer Weile wurde die Avenue zur Route du Vitullo, in der die Gendarmerie Nationale ihr Hauptquartier in Ajaccio hatte, der Hauptstadt von Korsika.

Seit einer guten Woche saßen dort Mirella Massicotte und Colin B. Barnworth in Untersuchungshaft. Wenn Navarro und Marinescu den beiden im Verhörraum gegenübersaßen, trennte sie eigentlich nicht mehr als ein Meter von ihnen. Aber das war nur scheinbar so. Denn eine enorme Mauer hatte sich zwischen ihnen aufgetürmt, und diese Mauer bestand aus Anwälten. Anwälten, Anwälten und wieder Anwälten.

Zum ersten Mal seit langer Zeit saß Felipe Navarro nun nicht auf dem Rücksitz und schmollte. Er hatte aber noch nicht verarbeitet, wie sich sein Leben in diese Richtung hatte entwickeln können. Eine Woche hatte er jetzt auf dieser an sich umwerfenden bergigen Insel im Mittelmeer verbracht, aber in Den Haag wartete nicht nur seine Familie auf ihn, sondern dort war auch die Zentrale der Opcop-Gruppe. Paul Hjelm. Der Überblick. Es war ein absurder Zustand, keinen Überblick mehr zu haben. Felipe Navarro fühlte sich schon länger wie eine Ameise, die ihren Weg zurück in den Bau nicht fand.

Aber heute würde sich alles wieder ändern. Heute würden sie in den Ameisenbau zurückkehren.

Jetzt ging es um die Kunst, alles auf eine Karte zu setzen. Und zwar wirklich alles.

Marinescu hielt vor dem Polizeipräsidium. Navarro seufzte. Sie wechselten einen kurzen Blick und stiegen aus. Marinescu schaltete eine kleine Box an, die sofort rot zu blinken begann, und legte sie in einen der Blumenkübel, die vor dem Gebäude der Gendarmerie Nationale aufgestellt waren. Er nickte Navarro zu. Sie brachten die notwendigen Identifizierungsprozeduren hinter sich, nahmen die Treppe in den Keller und klopften an eine Tür, vor der ein Beamter stand.

Einer der Anwälte rief: »Einen Augenblick noch.«

Zum Teufel mit euch, dachte Felipe Navarro und gab dem Beamten ein Zeichen, die Tür zu öffnen. Die vier Anwälte richteten sich gleichzeitig auf und hoben augenblicklich im Kanon zu einem Klagegesang an. Navarro wedelte mit der Hand, als wären sie lästigen Fliegen, und setzte sich. Marinescu spielte mit. Sie legten ihre Akten auf den Tisch und schlugen mit einer Präzision wie Synchronspringer die Ermittlungsunterlagen auf.

Mirelle Massicotte und Colin B. Barnworth vermieden es angestrengt, den Polizisten in die Augen zu sehen. Sie waren sehr bemüht, möglichst gleichgültig und erschöpft zu wirken.

»Udo Massicotte ist tot«, eröffnete Navarro das Gespräch.

Die Anwälte verstummten augenblicklich und starrten ihn an.

»Er erlitt gestern Nacht einen Herzinfarkt und ist vor etwa einer Stunde verstorben, ohne das Bewusstsein wiedererlangt zu haben.«

Mirella sprang von ihrem Stuhl auf, die Hand auf den Mund gepresst. Sie war leichenblass. Auch Barnworth sah schockiert und besorgt aus.

»Könnten wir bitte ausnahmsweise einmal ohne die Anwälte miteinander reden?«, fragte Navarro und machte eine resignierte Geste zu dem Quartett.

»Selbstverständlich nicht«, blaffte Barnworth' Chefanwalt, der für ihn schon damals aufgrund von nebensächlichen Formsachen einen Freispruch erwirkt hatte.

»Doch«, meldete sich Mirella zu Wort. »Das ist in Ordnung.«

Mirellas Anwälte diskutierten miteinander. Barnworth' Anwalt mischte sich ein, es wurde lauter. Und am Ende hatte ihr Geschnatter wieder dieselbe Lautstärke wie zu Beginn erreicht.

»Aufhören!«, schrie Mirella panisch. »Raus mit Ihnen!«

Die Anwälte zogen ab und nahmen Barnworth mit. Navarro und Marinescu warfen einen Blick auf ihre Uhren. Sie hatte etwa zehn Minuten Zeit.

»Was ist passiert?«, fragte Mirella, der die Tränen unaufhörlich die Wangen herunterliefen, und schlug die Hände vors Gesicht.

»Sie wissen ja, dass sein erster Herzinfarkt nur vorgetäuscht war, richtig?«

Sie schüttelte bloß den Kopf und schniefte: »Er hat ein Herz aus Stahl.«

»Blei, würde ich eher sagen«, entgegnete Navarro. »Aber jetzt hat es aufgehört zu schlagen. Leider hat ihm eine Frage meines Kollegen den Rest gegeben.«

»Welche Frage?«

»Es ging um die Interpretation Ihrer Notiz: ›Die Erste fertig am siebenundzwanzigsten!!!!!!‹ Und dass es Ihre Handschrift war, haben wir durch einen Grafologen bestätigen lassen.«

»Was für eine Interpretation?«, heulte Mirella Massicotte.

»Ich bin mir nicht sicher, ob Ihre Anwälte das gutheißen, wenn wir darüber sprechen«, sagte Marinescu.

»Er ist also wirklich tot? Mein Udo! Oh mein Gott! Die Anwälte sind mir doch egal, erzählen Sie mir, was passiert ist.«

»Unser Kollege in Mechelen hat Ihren Mann damit konfrontiert, dass diese Notiz wohl bedeutet, dass die erste Generation genmanipulierter Kinder am 27. zur Präsentation vor potenziellen Käufern bereit sein soll.«

»Daraufhin griff er sich ans Herz«, ergänzte Navarro, »und fiel einfach um.«

»Warum hat ihn das so hart getroffen, Mirella?«, fragte Marinescu.

Mirella Massicotte nahm ihre Hände vom Gesicht. Die Tränen liefen ungehindert, aber ihre Miene hatte sich verändert. Das von Schönheitsoperationen massiv veränderte Gesicht war ganz fahl.

»Handelt es sich dabei um die erste Generation, die entsandt wird?«, fragte Navarro. »Befindet sie sich in China?«

Mirella schüttelte wieder den Kopf, während die Tränen liefen. Ihr Gesicht war unter Umständen sogar noch blasser als zuvor.

»Ich kann Ihnen nichts sagen«, brachte sie mit erstickter Stimme hervor.

»Warum nicht, Mirella?«, versuchte Navarro es mit seiner mildesten und verständnisvollsten Stimme.

»Ich habe Familie, sechs Neffen.«

Ihre Augen waren vor Angst geweitet. Sie warteten, Marinescu warf einen Blick auf die Uhr. In der Ferne waren schon Stimmen und Schritte zu vernehmen. Ihre nächste Antwort würde entscheidend sein. Danach wäre alles vorbei.

Mirella Massicotte sah Navarro fest in die Augen und sagte: »Ich würde Ihnen gerne alles erzählen, ich will, dass dieser ganze Albtraum ein Ende hat. Aber ich kann nicht. Es geht einfach nicht.«

In diesem Augenblick wurde die Tür aufgerissen, und vier wutentbrannte Anwälte stürmten herein.

»Kein weiteres Wort!«, brüllte das Alphamännchen unter ihnen. »Sie haben Sie angelogen. Udo ist nicht tot.«

Mirella sah von Navarro zu Marinescu. Navarro erhob sich als Erster.

»Es tut mir aufrichtig leid, Mirella. Es war unsere einzige Chance.«

»Raus!«, schrie der Anwalt, und zusammen mit seinen Kollegen schob er die Polizisten mehr oder weniger gewalttätig aus dem Raum.

Auf dem Flur stand Colin B. Barnworth, von zwei stämmigen Beamten eingekeilt. Er sah ergeben aus.

»Haben Sie auch so eine Todesangst wie Mirella?«, fragte

Marinescu. »Werden Ihre Familienmitglieder auch mit dem Tod bedroht?«

Barnworth schaute ihnen fast flehend hinterher. Sie verließen das Gebäude, und auf dem Weg zum Wagen holte Marinescu die kleine Box wieder aus dem Blumenkübel. Dann setzten sie sich ins Auto und starrten durch die Windschutzscheibe.

»Zumindest hat der Störsender funktioniert«, sagte Marinescu mit einem letzten Blick auf seine Uhr. »Kein Empfang für fast zwölf Minuten. Einer der Anwälte muss in den oberen Stock gerannt sein und dort Empfang gehabt haben. Ich glaube aber, dass die Beamten, wie besprochen, mitgespielt und sie nicht an einen ihrer Apparate gelassen haben.«

»Alles auf eine Karte«, sagte Navarro nachdenklich. »Und was haben wir herausgefunden?«

»Dass die Machtverhältnisse nicht ganz dem Bild entsprechen, das wir uns gemacht haben. Udo, Mirella und Barnworth steuern überhaupt gar nichts. Sie sind in den Händen von jemand weitaus Mächtigerem.«

»Eine stärkere Macht, die am 27. unbedingt die erste Generation der ›perfekten Leitfiguren‹ in Aktion sehen will.«

»Das klingt doch nach Mafia?«, meinte Marinescu. »Morddrohungen gegen relativ entfernte Verwandte ...«

»Ja. Und das war unverstellte Angst. Auch bei Barnworth.«

Marinescu startete den Motor, und sie fuhren den Hügel hinunter Richtung Meer.

»Wir haben doch das Richtige getan?«, fragte er. »Schließlich hätten wir sonst nichts aus ihnen herausbekommen. Wir hätten uns noch an diesen Anwälten blutig gestoßen.«

»Genau«, erwiderte Navarro auf dem Beifahrersitz und klappte seinen Laptop auf. »Wir haben das Richtige getan. Moralisch zwar fragwürdig, aber ethisch richtig. Wenn du den Unterschied verstehst.«

Adrian Marinescu blickte ihn an, holte Luft und sagte dann: »Wie lange sind wir schon zusammen unterwegs, Felipe, zwei Wochen? Wir sind uns ziemlich nahegekommen. Ich mag dich. Es macht Spaß, mit dir Bier zu trinken. Aber manchmal beschleicht mich das Gefühl, dass du mich für etwas minderwertig hältst. Für einen Oststaatenkaspar, der versucht, Europäer zu spielen.«

Felipe Navarro sah vom Rechner, der gerade hochfuhr, zu seinem Kollegen.

»Ich möchte mich dafür entschuldigen.«

»Was?«

»Hör schon auf. Ich möchte mich entschuldigen. Mir ist dieser Gedanke noch nie in den Sinn gekommen. Oststaatenkaspar? Ich weiß doch nicht einmal selbst, ob ich den Unterschied zwischen Moral und Ethik begreife. Was wir Mirella Massicotte angetan haben, war unmoralisch, aber es diente etwas Größerem und war deshalb ethisch richtig.«

»In Ordnung«, lenkte Marinescu sofort ein. »Dann möchte ich mich entschuldigen.«

»Wir mussten diese Mauer von Anwälten einreißen. Das war notwendig. Aber wir haben sie sehr gewalttätig eingerissen.«

»Das stimmt.«

Es folgte Schweigen. Marinescu fuhr, Navarro war mit seinem Laptop beschäftigt. Sie fuhren bis zur Hafenpromenade, den Quai de la République entlang, am Fähranleger vorbei, und dann bog Marinescu nach links in die Straße Port Tino Rossi und fuhr bis an ihr Ende. Bis an die Spitze des Wellenbrechers, wo er auch nicht wenden konnte. Dort stieg er aus und zündete sich eine Zigarette an. Er rauchte und sah hinüber zum Jachthafen, in dem fast ausnahmslos millionenschwere Schiffe lagen. Das hier war die eine Seite des Mittelmeeres, das Paradies der Kriminellen. Die andere Seite, das freie, schier unendliche offene Meer, erstreckte sich bis nach Algerien. Von dort kamen die Flüchtlinge, die auch heute noch in diesen Gewässern ertranken – wegen Europas Abschottung und wegen der grenzenlosen Gier der Menschenschmuggler.

Zwei verschiedene Auffassungen von Freiheit, dachte Adrian Marinescu.

Er nahm einen tiefen Zug von seiner Zigarette und musste mit Angst und Nostalgie zu gleichen Teilen an die Wochen in der Wohnung im Zentrum von Amsterdam denken, als sie die Bettlermafia abgehört und beschattet hatten. Damals hatte er die Wohnung kein einziges Mal verlassen und unter dem Rauchverbot gelitten. Am Anfang hatten Nikotinpflaster geholfen, später dann hatte die Frau des Chefs ihm diese komischen schwedischen Säckchen gegeben, die man sich unter die Oberlippe schiebt. Wie hießen die gleich noch? Snus?

Ehe er diese Gedanken vertiefen konnte, hörte er Navarros Stimme. Er nahm einen letzten, besonders tiefen Zug und genoss den verführerischen Anblick des Mittelmeeres. Dann bückte er sich und schaute durch die geöffnete Fahrertür in den Wagen.

»Was gibt's?«

»Tja, ich weiß nicht. Ich habe nur laut geflucht.«

»Warum?« Marienscu ließ sich schwer in den Sitz fallen. »War es ein positiver oder ein negativer Fluch?«

»Du weißt doch, dass ich auf der Homepage der *Los Indignados* eine Anfrage lanciert habe. Ob dieser Typ von der Sicherheitsfirma, den ich in Madrid beobachtet habe, mit den Demonstranten gesprochen hat.«

»Du meinst den Anzugmann? Klar erinnern wir uns daran.«

»Wir?«

»Na, die ganze Opcop-Gruppe und noch ein paar mehr. Was ist denn passiert?«

»Ich weiß es nicht. Nicht genau. Aber ich glaube, dass der Typ, den ich finden wollte, sich gerade gemeldet hat.«

»Wie bitte? Der Anzugmann persönlich?«

»Nein, der Rothaarige. Bei dem ist mir der Anzugmann doch das erste Mal aufgefallen. Ich habe seinen Namen gerade gegoogelt und ein Bild gefunden. Ich glaube, er ist es.«

»Warte mal. Wer denn?«

»Es kommt mir so vor, als wäre es Jahre her, dabei sind erst zwei Monate seitdem vergangen. Dieser Rothaarige hatte einen Marsch hinter sich, der ihn einen Monat lang durch ein zerrüttetes Spanien geführt hat. Er lag auf seinem Feldbett, als sich der Anzugmann neben ihn hockte und mit ihm redete. Dann machte er sich eine Notiz in einem Block, und ein Gegenstand wechselte den Besitzer. Und dieser Rothaarige hat sich jetzt bei mir gemeldet. Er schreibt, dass der Anzugmann ›der Engel war, der während dieses beschissenen Marsches von Saragossa nach Madrid über mich gewacht hat‹.«

»Und was bedeutet das jetzt?«, fragte Marinescu und spürte das starke Verlangen nach einer weiteren Zigarette.

»Keine Ahnung«, sagte Navarro. »Aber er hat mir eine Handynummer geschickt. Ich rufe ihn gleich mal an.«

Marinescu widerstand seinem Bedürfnis nach Nikotin, um dem Gespräch zu lauschen, ohne allerdings besonders viel von der einen Seite der Unterhaltung zu verstehen, zumal sie auf Spanisch geführt wurde.

»Hallo, Arturo, ich rufe wegen deiner Teilnahme an dem Protestmarsch nach Madrid an. Ja, mit den *Los Indignados*. Genau. Du warst auf einem der Feldbetten in der Nähe vom Prado. Genau, in dem Lager dort. Ein Mann im Anzug ... Ja, richtig. Teurer Anzug, ja, vermutlich aus London. Nein, Savile Row heißen die. Ja. Ihr habt irgendetwas ausgetauscht? Was meinst du mit ›der Engel‹? Er hat ›über dich gewacht‹ ...? Nein, ja. Okay. Und was heißt ›den ganzen Weg‹? Aha. Verstehe. Können wir uns treffen? In Saragossa? Okay, klar, wo in Madrid? Verstehe. Bist du in den nächsten Tagen zu Hause? Unter dieser Nummer? Gut. Ich melde mich.«

Felipe Navarro richtete den Blick hinaus aufs Meer. Er sah nachdenklich aus.

»Habe ich das, was ich gehört habe, richtig verstanden?«, fragte Marinescu.

»Wahrscheinlich nicht.«

»Dann fahren wir also nicht nach Madrid?«

»Nein, doch. Ich fahre.«

»Du brauchst Deckung von einem echten Osteuropäer. Was meinst du mit ›wahrscheinlich nicht‹?«

»Was glaubst du denn, wer das gerade war?«

»Jemand, den du unbedingt treffen musst.«

»Aber warum?«

»Weiß ich nicht. Das ist doch deine Angelegenheit.«

»Es war meine Angelegenheit. Jetzt ist es unsere.«

»Inwiefern?«

»›Dieser Engel‹ tauchte immer wieder während des ganzen langen Protestmarsches von Saragossa nach Madrid auf. Dreihundert Kilometer waren das.«

»Wie meinst du das, er tauchte auf?«

»Hör zu, Adrian. Meine polizeilichen Instinkte schalteten alle gleichzeitig auf Alarmstufe Rot, als ich den Anzugmann an den Betten der Protestmärschler in Madrid sah. Da stimmte etwas nicht. Und jetzt stellt sich heraus, dass dieser Rothaarige ein Junkie ist. Allerdings war er das am Anfang des Marsches noch nicht. Da war er nur ein ganz normaler, wütender junger Mann, dem der Raubtierkapitalismus jede Chance auf ein akzeptables Leben genommen hatte. Auf dem Marsch von Saragossa in die Hauptstadt wurde er von einer Droge abhängig, die ›der Engel‹ ihm ›geschenkt‹ hatte. Und was ich da in Madrid beobachtet habe, war Teil eines ›Auswertungsverfahrens‹.«

»Jetzt interpretierst du aber etwas in die Worte des Junkies hinein, oder?«

»Der hat total wirres Zeug geredet«, gab Navarro zu. »›Der Stoff, der von des Engels Flügeln zu Boden fällt, die zuvor die höchsten Himmelssphären berührt haben.‹«

»Um Himmels willen.«

»Ja, ich weiß. Aber große, unübersichtliche Menschenmassen sind ideale Testfelder für neue Drogen. Es könnte sich lohnen, das zu überprüfen. Wir sind hier auf Korsika doch fertig. Was hältst du davon, nach Madrid zu fliegen?«

»Sollten wir den Termin eventuell noch mit Den Haag festmachen?«

»Erst wenn man im Hafen ist, macht man fest«, sagte Navarro. »Vorher muss man den Anker lichten.«

Der brennende Vogel

Schanghai – Stockholm – Den Haag – Gaoyou, 11. September

Sie wachte auf und war sich in derselben Sekunde bewusst, dass heute der zehnte Jahrestag des 11. September war. Die Metropole der Superlative breitete sich unter ihren Füßen aus, sie befand sich etwa in derselben Höhe wie jene Menschen im World Trade Center, die damals am unmittelbarsten getroffen wurden. In nicht allzu weiter Ferne konnte sie ein Flugzeug ausmachen, und es bedurfte gar nicht allzu großer Phantasie, um sich vorzustellen, dass dieses Flugzeug kaum merklich seine Richtung änderte und sich langsam, nahezu surreal dem gigantischen Flaschenöffner näherte.

Als sie an diesem unerwartet arbeitsfreien Sonntagmorgen ins Bett zurückkehrte, war aber nicht die Uhrzeit auf ihrem Digitalwecker der größte Schock – die zeigte 08:46:30, den Zeitpunkt der ersten Kollision mit dem nördlichen Turm –, der weitaus größere Schock war etwas anderes.

Nämlich die Tatsache, dass ein Mann in Corine Bouhaddis Bett lag.

Sie richtete ihren Blick wieder auf die Stadt. Der Himmel über Schanghai war überraschend klar und blau. Das Flugzeug setzte seinen festgelegten Kurs in gemächlichem Tempo fort. Eine sonderbare Ruhe lag über dieser unüberschaubaren Stadt, eine Ruhe, die sie merkwürdigerweise auch in sich spürte. Trotz des Mannes in ihrem Bett.

Sie kehrte zu ihrem großzügigen Doppelbett zurück, in dem sie nun seit mehreren Wochen schlief, und hob vorsichtig das

Laken von dem dort schlafenden männlichen Körper. Der lag auf dem Rücken, einen Arm über die Augen gelegt, als würde er so die Wirklichkeit auf Abstand halten wollen, und als sie das Laken ein gutes Stück angehoben hatte, stellte sie fest, dass dieser Körper ebenso nackt war wie ihrer.

Die Erinnerungen an den gestrigen Abend waren verschwommen. Samstagabend. Sie hatte frei gehabt, so viel stand fest. Hatte Wu Wei sie begleitet? Nein, aber in gewisser Weise war er doch an der Abendgestaltung beteiligt gewesen.

Sie betrachtete den nackten Körper. Eigentlich hatte alles bereits am Freitagmorgen seinen Anfang genommen. Die elf Namen starke Liste, derentwegen sich das Stockwerk zehn die Haare raufte, hatte eine gewaltige Jagd durch eine überbevölkerte Nation mit über einer Milliarde Menschen ausgelöst. Aber dann hatte sich die Liste glücklicherweise auf einen einzigen Namen beschränken lassen: Marte Haugen.

Ihr Name wurde im Einwohnermeldeamt gefunden, dort war sie als Immigrantin verzeichnet, wohnhaft in einem Hochhaus am Stadtrand von Schanghai. Die Stürmung der Wohnung war dramatisch gewesen – Bouhaddi und Kowalewski hatte den Vorgang aus sicherer Entfernung mit dem Fernglas verfolgt –, aber die Ausbeute war relativ mager. Die Wohnung hatte leer gestanden, und die Kollegen hatten nicht das kleinste Stück Papier gefunden, das auf die wahre Identität von Marte Haugen hingewiesen hätte. Sie war laut Amtseintrag norwegischer Nationalität, Biologin und 1966 in Trondheim geboren. Mehr ließ sich zu diesem Zeitpunkt nicht ermitteln.

Da die Abhöraktion der Chu-Jung-Organisation beendet worden war und Bouhaddi und Kowalewski deshalb nicht mehr aktiv zu den Ermittlungen beitragen konnten, hatten sie das Wochenende freibekommen. Sehr dezent und auf inoffiziellem Wege hatte ihnen Wu Wei eine Liste guter, touristenfreier Bars und Clubs in der Stadt zukommen lassen. Als Bouhaddi zaghaft anmerkte, dass sie keinen Alkohol trinke, hatte Wu Wei noch zaghafter gefragt, ob denn andere Rauschmittel von

Interesse sein könnten. Bouhaddi hatte das nicht bestätigt, aber auch nicht verneint.

Am Samstagabend hatten Corine Bouhaddi und Marek Kowalewski ein sensationelles Essen im Di Shui Dong, einem auf den ersten Blick unscheinbaren Restaurant im Stadtbezirk Luwan, genossen. Gegen elf Uhr waren sie dann in einem der empfohlenen Clubs mitten im Stadtteil Pudong gelandet, der aussah wie eine klassische Opiumhöhle, allerdings mit dem großen Unterschied, dass er sich im dreiundvierzigsten Stock befand und seine Dachterrasse mit einer ungewöhnlich hohen Balustrade ausgestattet war. Sie machten es sich auf ihren Holzliegen bequem und bekamen eine zweisprachige Speisekarte gereicht, auf Mandarin und auf Kantonesisch. Kowalewski saß mit großen Augen wie der polnische Bauernjunge da, der er war, während sich Bouhaddi bemühte, unter Einsatz von Körpersprache eine Bestellung aufzugeben, die – wie sie hoffte – kein Opium enthielt oder zumindest nicht das harte Zeug. Kowalewski, der von seinem Bierkonsum zum Abendessen schon etwas schwach auf den Beinen war, streckte seine Hand nach ihr aus. Aber sein Gesichtsausdruck war eher der eines Jungen, der Angst vor der Spritze hatte, als der eines feurigen Liebhabers.

Ein Teil von ihr hatte die Hand, die ihr schon so vertraut war, wie ein Geschenk angenommen. Und während sie ihre Pfeifen mit dem unbekannten Inhalt rauchten, hatte sie seine Hand geküsst.

Und das nicht, weil sie überwacht und beobachtet wurden.

Nicht, weil sie etwas vortäuschen mussten.

Und obwohl sie nach wie vor an ihrer alten Devise festhielt: »Allein ist man stark.«

Sie erinnerte sich nicht, wie spät es gewesen war, als sie mit dem Taxi in ihr Hotel im Shanghai World Financial Center zurückfuhren. Im Aufzug in den einundneunzigsten Stock sahen sie einander tief in die Augen. Hier ging es nicht mehr um ein Spiel mit festen Regeln. Kein Theater mehr. Natürlich war es möglich, dass ihre Hotelzimmer verwanzt und mit Kameras ausgestattet waren. Allerdings hätte Wu Wei dann schon längst ihr Possenspiel entlarven können, denn sie pflegten ihre Liebesaffäre lediglich während der Arbeit, die sich mittlerweile im Stockwerk zehn im Stadtbezirk Zhabei abspielte. Aber diese Affäre hatte nie den Weg in die Hotelzimmer gefunden. Da hatten sie eine ganz klare Linie gezogen.

Man konnte zwar nicht behaupten, dass sie aus dem Aufzug getorkelt wären, aber ganz sicher waren ihre Schritte nicht mehr. Vor den Türen ihrer aneinandergrenzenden Hotelzimmer blieben sie stehen.

Sie erinnerte sich noch daran, wie Marek ihr einen Blick zugeworfen und sich dann mit seiner Chipkarte an seiner Tür zu schaffen gemacht hatte. Danach verschwamm die Erinnerung. Mittlerweile war der Sonntagmorgen vorangeschritten, die Uhr zeigte zehn vor neun, und sie war sich ziemlich sicher, dass sie ihn zu sich aufs Zimmer eingeladen hatte.

Da lag er nun, auf dem Rücken in ihrem Bett, den Arm über den Augen. Der Ellenbogen stach hoch in die Luft. War das Wegziehen des Lakens schon ein sexueller Übergriff?

Vergangene Nacht war nichts passiert, das wusste sie, als sie seinen Körper betrachtete.

Sie kannte, wie alle anderen in der Gruppe, das Gerücht um Marek Kowalewski. Niemand wusste mehr genau, wie es entstanden war, schließlich trat er nicht als richtiger Casanova auf, aber es hatte sich etabliert und war zur Wahrheit geworden. Bei ihren gespielten Liebesszenen hatte sie auch immer wieder mal seine Männlichkeit gespürt, sich aber nie ein Bild von ihr gemacht.

Und jetzt lag sie vor ihr. Vielleicht war das auch der Grund dafür gewesen, das Laken anzuheben. Am Ende war sie eben genauso einfach gestrickt wie ihre Kollegen.

Sie hatten wie zwei unschuldige Lämmer nebeneinander geschlafen. Er war nach wie vor ein unschuldiges Lamm. Sie jetzt nicht mehr.

In diesem Augenblick klingelte ihr Handy. Sie riss ihren Blick von ihm los, senkte das Laken vorsichtig wieder und nahm den Anruf an.

Nicht ganz unerwartet, war Wu Wei am Apparat.

»Ich weiß, dass Sonntag ist, und vermutlich ist es gestern spät geworden bei Ihnen. Aber es geht jetzt los.«

»Wir sind schon wach«, antwortete Bouhaddi und warf einen Blick auf den langsam zu sich kommenden Kowalewski. »Was geht los?«

»Wir haben zwei Dinge herausfinden können. Zum einen wurde Marte Haugens Kreditkarte benutzt. Damit wurde gestern in einer kleinen Stadt namens Gaoyou Geld abgehoben. Sie liegt etwa dreihundert Kilometer nördlich von Schanghai in der Provinz Jiangsu. Zum anderen haben wir von ihrer Nachbarin, die bisher immer ihre Blumen gegossen hat, eine Handynummer erhalten.«

Sonderbares Timing, dachte Bouhaddi und spitzte die Ohren.

*

Er wartete vor dem ungewöhnlich hohen Zaun, der das mehr oder weniger verfallene Gebäude umgab. Seinen Wagen hatte er neben dem alten versifften Elektrokasten geparkt, der in Kürze hoffentlich seine Regenbogenhaut scannen würde.

Schließlich kam sie. Sie öffnete die Autotür und stieg hinaus in die kühle schwedische Herbstnacht. Es war vier Uhr morgens, und aus der Ferne klangen die Bässe eines hippen Clubs herüber, dessen Besucher nicht die Absicht hatten, den Samstag zu beenden. Sie war nicht sonderlich überrascht, dass er sie mit strenger Miene begrüßte.

»Was hatten wir noch wegen der Gefallen gesagt, Kerstin?«

»Das hier ist kein Gefallen, Jon, das ist eine Chance.«

»Sie waren der Ansicht, euch einen Gefallen schuldig zu sein. Aber nur einen.«

»Du hättest dich nicht an einem Sonntagmorgen innerhalb von einer Stunde auf den Weg gemacht, wenn sie nicht, genau wie du, eine Chance darin sehen würden.«

»Wu Wei zu helfen?«

»Wu Wei zu helfen, damit er Europol hilft. Um dadurch die

Gelegenheit zu haben, Wu Weis Datenverkehr zu verfolgen bis zu dem Zugriff bei einem Unternehmen, das an unseren Grundfesten gerüttelt hat, an unseren Vorstellungen von Menschlichkeit. Wenn es einen Grund geben sollte, der die Existenz dieser bizarren Kellerzentrale hier rechtfertigt, dann diesen. Heute ist der zehnte Jahrestag des 11. September, Jon, lass uns ein einziges Mal wirklichen Nutzen aus den Entwicklungen in dieser grotesken Welt ziehen.«

Jon Anderson musterte Kerstin Holm von oben herab. Er hob die Augenbraue und sah aus, als würde er intensiv nachdenken.

»Er hat also darum *gebeten*?«, fragte er schließlich.

»In einer Welt, in der jeder jeden ausspioniert und abhört, ist sich Wu Wei natürlich im Klaren darüber, dass auch ihn jemand abhört. Bis heute fragt er sich, wie wir von seinem Stockwerk zehn erfahren haben. Aber er weiß auch, dass er keine bessere Antwort als diese erhalten wird. Nämlich dass wir ihm helfen. Und er teilt uns auf seine Art mit, dass er unsere Kollegen in Schanghai gehen lässt, wenn wir ihn jetzt unterstützen.«

»Das ist doch eine implizite Drohung?«

»Ja«, sagte Kerstin Holm. »Rette sie, Jon. Und ergreife gleichzeitig die Chance, die erste wirklich grenzüberschreitende Zusammenarbeit mit China zu ermöglichen. Das ist eine Winwin-Situation.«

Jon Anderson seufzte.

»Es geht also um dieses Handy. Was wissen wir darüber?«

»Prepaidkarte. Sie wurde, soweit wir das wissen, nur ein einziges Mal benutzt. Als nämlich die Nachbarin sich erkundigen wollte, wie sie die Blumen gießen soll. Das ist einen Monat her. Wu Wei konnte weder aktuelle Aktivitäten ausmachen noch vergangene Telefonate rekonstruieren.«

»Okay«, sagte Jon Anderson. »Los, steig ein.«

*

Paul Hjelm schlief bereits in seiner sogenannten Junggesellenbude in Den Haag, als ihn der Anruf erreichte. Es war bereits halb sechs, aber ihm machte nach wie vor sein Jetlag zu schaffen.

Schließlich war alles so schnell gegangen. Kaum hatte er die Information aus dem Schlachthofgelände über Xs Telefonat erfahren, hatte er einen Entschluss gefasst. Er würde nicht länger nur ein *hub* sein, eine koordinierende Hilfskraft. Er war bereits in Houston gelandet, als ihn das aufgezeichnete Gespräch zwischen einem unbekannten Ort und Nuevo Laredo erreichte. Darin hieß es: »Ich komme und mache dich fertig, Xavier.« Woraufhin der Angerufene antwortete: »Du kannst es ja versuchen, Watkin.«

Da hatte er auf der Stelle einen Wagen gemietet und sich auf den Weg nach Laredo in Texas gemacht. Dort wartete er auf die gefälschten Papiere, die ihm einen unproblematischen Zutritt in eine der gefährlichsten Städte der Welt ermöglichten.

Erst als er über die Straßen von Nuevo Laredo lief, begriff er, was er da eigentlich getan hatte. Er hatte alles auf eine Karte gesetzt, damit X fliehen und W dennoch kommen würde. Und damit W ihm zuhören würde. Ein einziger Fehltritt, und er wäre in kürzester Zeit ein toter Mann.

Die Stimmung in der Stadt war nur mit Angst zu beschreiben, als würde ein schwerer dunkler Mantel über allem liegen. Trotzdem hatte er keinerlei Schwierigkeiten, das Haus zu erreichen, in dem sich X mit großer Wahrscheinlichkeit nicht mehr aufhielt.

Und ehe er die Gelegenheit bekam, sich seinem Jetlag hinzugeben, hatten sie schon wieder die Grenze überquert, jeder im Besitz einer gefälschten Identität, die sie zu Amerikanern machte. Dann hatten sie Vera in einem heruntergekommenen Hotel abgeholt und waren nach Houston gefahren. Auch als sie in Schiphol landeten, spürte er noch keine Anzeichen eines Jetlags. Die kamen erst, nachdem er W und V bei Ruth untergebracht hatte. Dafür aber mit unbarmherziger Härte.

Er war mit anderen Worten nicht ganz bei sich, als er antwortete: »Ja?«

»Paul, hier ist Kerstin. Marte Haugens Handy wurde mehrfach benutzt, allerdings war es mit einem Abhörschutz versehen, deshalb haben die Männer im Untergrund ein wenig länger gebraucht, um die Daten zu entschlüsseln.«

Paul Hjelm versuchte, sein Gehirn auf die richtige Frequenz einzustellen.

»Aha«, brachte er aber nur hervor.

»Es war übrigens Gustaf Horn, der das herausbekommen hat.«

»Na also, dann können sie uns ja dankbar sein ...«

»Ich schicke dir eine Mail mit den Informationen über die Telefonate. Die letzten vier wurden allesamt in ein und demselben Ort lokalisiert, einer kleinen chinesischen Stadt namens Gaoyou. Das letzte Gespräch fand erst gestern statt.«

»Danke, Kerstin. Das war ein Heldeneinsatz. Geh jetzt schlafen.«

»Ich befürchte, dass ich hellwach bin. Und du solltest wohl langsam aufstehen.«

»Das habe ich auch schon äußerst widerstrebend festgestellt.«

*

Corine Bouhaddi erreichte der Anruf in Wu Weis Büro im Stockwerk zehn. Mit Blick über das etwas verfallene Stadtviertel Zhabei erhielt sie den entscheidenden Hinweis von Paul Hjelm. Sie seufzte.

»Danke.« Sie hoffte, dass er die Tiefe und Aufrichtigkeit ihres Dankes hören konnte.

Die beiden Männer saßen hinter ihr. Wu Wei an seinem Schreibtisch am Computer, Kowalewski mit nach wie vor kleinlauter Miene auf dem Sofa vor seinem Laptop. Beide sahen sie an. Sie nickte nur.

Wu Wei sprang fast einen halben Meter in die Luft. Dabei riss er die Faust hoch wie ein Fußballspieler, der gerade ein Tor geschossen hatte und nicht wieder auf dem Boden aufkommen wollte. Kowalewski schloss die Augen, Bouhaddi wusste genau, was er dachte. Noch nie zuvor war ein Mann derart transparent für sie gewesen. Er hatte wieder die Hoffnung, dass sie Schanghai doch lebend verlassen würden.

»Die Koordinaten wurden per E-Mail geschickt«, sagte Bouhaddi. »Sie verweisen tatsächlich auf einen Ort außerhalb von Gaoyou.«

Wu Wei ließ sich auf seinen Stuhl fallen und tippte frenetisch auf seiner Tastatur. Sie stellten sich neben ihn. Er drehte ein Satellitenbild in alle möglichen Richtungen, das eine Anlage zeigte, die sich radikal von der Fabrik außerhalb von Schanghai unterschied. Eine dicke Mauer umgab ein großes Gebäude, das eher an ein Gefängnis erinnerte. Dies hier war offenbar das eigentliche Hauptquartier von Shengji. Bei dem vorherigen Fabrikgebäude mit den vorgefertigten Baumodulen musste es sich also um ein Provisorium gehandelt haben, das genutzt wurde, bis die eigentliche Anlage vor den Toren von Gaoyou fertiggestellt war. Nur war man leider gezwungen worden, die »Lebenskraft« früher zu verlegen, als ursprünglich geplant.

Und hatte dabei eine Festplatte zurückgelassen.

Ohne diese Festplatte würden sie jetzt nicht im Konferenzraum versammelt sein und auf eine Vergrößerung der Anlage starren. Ohne diese Festplatte würde Wu Wei nicht dort stehen und auf Chinesisch Befehle brüllen und mit einem Zeigestock auf Kamerapositionen entlang der Mauer schlagen. Und ohne die Festplatte würde Corine Bouhaddi nicht der Gedanke kommen: Eine Organisation ist nur so stark wie ihr schwächstes Glied.

Und das galt auch für die »Lebenskraft«.

Sie brachen auf. Allerdings nicht wieder mit lautem Getöse die zehn Stockwerke hinunter ins Erdgeschoss, während Wu Wei mit seinen Gästen sanft im einzigen Fahrstuhl die Strecke zurücklegte. Stattdessen ging es dieses Mal nach oben, aufs Dach. Die müden Schritte der etwa zehn Fußsoldaten von Wu Wei hallten durch den Aufzugschacht.

Auf dem Dach stand ein Hubschrauber, dessen Rotorblätter sich bedächtig im Kreis drehten. Offensichtlich war er gerade erst gelandet. In weniger als einer Minute war die ganze Truppe im geräumigen Bauch des Helikopters verschwunden. Die Leute waren gut aufeinander eingespielt. Während sich der Hubschrauber in die Luft erhob, musste Bouhaddi daran denken, dass diese Truppe sie an die Opcop-Gruppe erinnerte. Ob es sich hier auch um ein Team von Individuen handelte? Oder waren sie vielmehr ein gepflegtes Kollektiv mit nur minimalem Spielraum für individuelle Initiativen? Sie sah sich um, und es gelang ihr zum ersten Mal, die einzelnen Mitglieder der Mannschaft als Individuen zu sehen. Warum war sie dazu nicht schon vorher in der Lage gewesen? Weil sie dieselben Vorurteile hatte wie fast alle anderen auf der Welt? Sogar Kowalewski gegenüber hatte sie Vorurteile, nicht zuletzt, weil er ein Mann war. Und einen großen Schwanz hatte. Sie konnte noch den schwachen Nachklang der vergangenen Nacht in ihrer Handfläche spüren. Die Konsistenz des schlaffen Glieds.

Jemand klopfte ihr auf die Schulter. Sie sah in ein lächelndes Frauengesicht und war unendlich dankbar, dass es – noch – nicht möglich war, Gedanken zu lesen. Dass sie ihre Integrität noch eine Weile behalten durfte und die Transparenz ihre Grenzen hatte.

Noch.

Die Frau war Lian, Wu Weis Vertraute und Fahrerin, aber es dauerte eine ganze Weile, bis Bouhaddi sie wiedererkannte. Es belastete sie, dass sie sich so schwer damit tat, die Chinesen zu individualisieren. Sie hatte genauso große Vorurteile wie die.

Nach einer viel zu langen Denkpause erwiderte sie Lians Lächeln, die nach unten zeigte und schrie: »Jinghu Expressway.«

Bouhaddi beugte sich vor und sah durch die vibrierende Fensterscheibe des schwankenden Hubschraubers. Unter ihnen befand sich eine enorm breite Straße, die sich durch Schanghai nach Norden schlängelte.

»Das ist unsere größte Autobahn«, brüllte Lian. »Zwischen Schanghai und Bejing. Sie führt direkt durch Gaoyou.«

»Erleichtert die Navigation«, rief Bouhaddi.

Lian lachte höflich.

Der Hubschrauber setzte seinen Flug fort. Mit hoher Geschwindigkeit und laut dröhnend. Bouhaddi wurde es etwas flau im Magen, deshalb sah sie zu Kowalewski, der direkt neben ihr saß. Sie suchte seinen Blick, er aber stierte vor sich hin und hatte eine grünliche Hautfarbe angenommen. Sie wusste, dass seine ganze Konzentration darauf gerichtet war, sich bloß nicht zu übergeben. Wer wusste schon, ob so ein Zwischenfall nicht Wu Weis Verhalten seinen ausländischen Gästen gegenüber elementar verändern würde?

Corine Bouhaddi schloss die Augen und versuchte, an absolut gar nichts zu denken. Dieser Herausforderung war sie fast nicht gewachsen.

Nach einer gefühlten Ewigkeit beschrieb der Hubschrauber plötzlich eine scharfe Rechtskurve. Bouhaddi sah, dass sie den Jinghu Expressway hinter sich ließen.

Sie näherten sich ihrem Ziel.

Der Fabrik.

Der richtigen Fabrik.

Sie landeten auf einem Parkplatz in einem scheinbar stillgelegten Industriegebiet. Zwei rabenschwarze Einsatzwagen und zwei Notarztwagen warteten bereits auf sie. Sie kletterten in die dunklen Autos und zogen sich schusssichere Westen an, während die Fahrer Gas gaben. Sie ließen die Stadt hinter sich und fuhren über Land, wo das Grün der Felder durch die kleinen Fenster des Kastenwagens immer intensiver wurde. Dann hielten die Wagen am Straßenrand an, und die Polizisten strömten heraus und bildeten augenblicklich eine Kampfformation. So brachen sie durchs Gehölz und brachten sich in Position. Als Bouhaddi und Kowalewski zu ihnen aufschlossen, hatten die Männer sich wie an einer Perlenkette aufgereiht, und etwa zehn Meter vor ihnen erhob sich die Mauer. Die Mauer, die um die Fabrik herumlief.

Wu Wei ging die Perlenschnur ab und erteilte Befehle. Während sich seine Männer in Gruppen an bestimmten Stellen entlang der Mauer aufstellten, winkte Wu Wei die beiden Europäer zu sich. Er reichte ihnen Ferngläser und flüsterte: »Kommen Sie erst aus der Deckung, wenn ich Sie rufe.«

Sonst fiel kein Wort. Die letzte Gruppe, bestehend aus drei Kollegen, verschwand außer Sichtweite. Dann wurde es ganz still.

Bouhaddi und Kowalewski ließen ihre Ferngläser an der Mauer entlangstreifen, aber sie sahen nichts. Die Zeit verging. Viel zu viel Zeit.

Ein Vogel sang eine Serenade, so schön, wie sie es noch nie zuvor gehört hatten. Kowalewski legte seinen Arm um Bouhaddi. Sie ließ ihn dort liegen. Es fühlte sich gut an.

Plötzlich hörten sie eine erstickte Stimme und schlurfende Geräusche. Dann ein weiterer Schrei. Wie ein Warnruf.

Der Vogel sang noch immer, nur klang es jetzt hysterischer. Als er aber verstummte, wurde es gespenstisch still.

Er schwang sich auf und flog davon, über das Fabrikgelände.

Und dann ging er in Flammen auf.

Für eine Zehntelsekunde brannte er lichterloh, bevor ein ganzes Feuerwerk an Flammen in den Himmel schoss. Erst danach hörten sie die Explosion, den Knall. Die Detonation warf sie nach hinten.

Kowalewski starrte in den Himmel, sein Hinterkopf lag im weichen Moos. Da tauchte Bouhaddi in seinem Gesichtsfeld auf. Sie flüsterte etwas, aber er konnte sie nicht hören. Er vernahm nur das rauschende Dröhnen aus dem Inneren seines Kopfes.

Langsam setzte er sich auf. Er spürte eine Flüssigkeit durch den Pfropfen in seinem Ohr sickern, der es verschlossen hatte. Er fürchtete, dass es Blut war.

Doch dann nahmen die Schreie und Rufe zu, das war befreiend, er konnte noch hören, allerdings nur auf einer Seite. Gebrüll, Befehle. In der Ferne ein Wagen, der mit quietschenden Reifen anfuhr. Danach ertönte ein erster Kugelhagel. Gewehrsalven, noch mehr Gebrüll. Dann wieder Schreie, diesmal in hohen Frequenzen.

Bouhaddi war nicht da, Kowalewski stolperte am Waldrand entlang. Er berührte sein Ohr, es fühlte sich komisch an, so uneben. Hinter der Mauer stieg Rauch auf.

Da entdeckte er Bouhaddis Gestalt. Sie winkte. Er stolperte auf sie zu. Erneut erklangen Schüsse. Bouhaddi fiel vornüber zu Boden, auf die Knie. Ein Mann in einer kakifarbenen Uniform kam hinter ihr angelaufen und schoss ihr in den Rücken. Sie kippte vornüber auf den Acker. Kowalewski hörte sich brüllen. Dann wurde der Mann in die Luft geschleudert, und sein einer Arm flog durch die Luft, als hätte ihn ein Hammerwerfer aus einem Schutzkäfig geschleudert.

Kowalewski versuchte, zu Bouhaddi zu rennen, aber er konnte sich keinen Millimeter bewegen. Als würde er bis zu den Knien in Asphalt stecken, so fühlten sich seine Beine an. Er konnte nicht einmal nach vorn fallen.

Da tauchte plötzlich Wu Wei auf und erschoss den einarmigen Mann, der mittlerweile am Boden lag, mit zwei Schüssen direkt in den Kopf. Dann kroch er zu Bouhaddis leblosem Körper. Er hatte ihm direkt in den Kopf geschossen, zwei Schüsse. Da sah Kowalewski, dass sie sich bewegte.

Die Zeit hatte eine sonderbare Form angenommen. War beinahe kubisch. Kowalewski stand nur da und starrte auf die Szene. Er berührte erneut seine Ohren. Das rechte hatte diese komische Oberfläche. Er hatte Blut an den Händen. Ein dickflüssiger Tropfen lief langsam an seiner Hand entlang, dann löste er sich und fiel herunter. In dem Moment warf sich Wu Wei auf Kowalewski und riss ihn zu Boden. Hinter ihnen traf ein Kugelhagel die Baumgruppe. Mit einigen Sekunden Verzögerung prasselten die Zweige herab.

Wu Wei sah ihn entgeistert an, rappelte sich auf und rannte los. Dann war Bouhaddi bei ihm, zog eine Grimasse und hielt sich mit der Hand den Rücken.

»Gleich kommt jemand, bleib ganz ruhig liegen«, sagte sie und umarmte ihn.

»Du bist erschossen worden«, stammelte Kowalewski und spürte, wie sich die Welt um ihn herum um einige Meter anhob. Er lag darunter, die Welt schwebte über ihm. Und Bouhaddi auch.

»Corine«, sagte er.

»Wir tragen doch schusssichere Westen, Marek.« Sie strich ihm über die Stirn. Dann zog sie ein Tuch aus der Tasche und drückte es vorsichtig auf sein rechtes Ohr.

»Wir brauchen hier einen Arzt!«, brüllte sie.

Kowalewski hörte ein gurgelndes Geräusch in seinem Ohr.

»Dich hat ein Projektil getroffen, Marek.« Bouhaddi drückte das Tuch fester auf die blutende Stelle. »Es steckt noch in deinem Ohr.«

»Ich verstehe das nicht. Du warst tot, Corine.«

»Es ist alles gut. Bleib ganz ruhig.«

Die Notärzte kamen angerannt. Sie hatten die Krankenwagen ans Fabriktor gefahren. Kowalewski sah das Tor jetzt zum ersten Mal, direkt hinter dem erschossenen einarmigen Mann. Immer wieder musste er den abgetrennten Arm anstarren, der nur wenige Meter von dem Toten entfernt lag.

»Hast du den Vogel gesehen, Corine?«, fragte er. »Der hat lichterloh gebrannt.«

»Ich habe den Vogel gesehen, Marek«, antwortete Bouhaddi. Ihr liefen Tränen über die Wangen. Eine von ihnen tropfte ihm ins Auge.

Das war das Letzte, was er sah.

Bouhaddi stand auf. Sie schaute den Ärzten nach, die Kowalewski auf der Trage in den Wagen brachten. Die Kompresse an seinem rechten Ohr war blutdurchtränkt. Dann fuhr der erste Wagen los.

Wu Wei winkte Bouhaddi zu sich.

»Er wird es überleben«, sagte er. »Kommen Sie.«

Sie gingen durch das Fabriktor. Dabei mussten sie über Wachen in kakifarbenen Uniformen steigen, die erschossen dahinter lagen.

»Militär?«, fragte sie.

»Das wissen wir noch nicht. Aber die Gegenwehr war massiver als erwartet.«

Sie betraten einen Innenhof. Ein kleines Haus in der Mitte des Hofes war bis auf die Grundmauern heruntergebrannt. Vermutlich war dort auch das Zentrum der Detonation gewesen, durch die das Projektil über die Mauer und in Kowalewskis Ohr geschossen wurde.

»Wir wissen noch nicht, was sie da in die Luft gesprengt haben«, sagte Wu Wei.

Im Innenhof lagen mehrere Verwundete. Bouhaddi hörte ein Klagen, das an Lautstärke zunahm.

Auf der obersten Treppenstufe des Hauptgebäudes saß eine blonde Frau um die fünfundvierzig. Sie hatte ihren Oberarm umklammert und zitterte heftig am ganzen Körper. Zwischen ihren Fingern rann Blut auf den Boden. Sie starrte vor sich hin und wiederholte mit gebrochener, stammelnder Stimme: »Ich weiß nichts. Ich weiß nichts.«

Wu Wei deutete mit einem Nicken auf die Frau, während sie an ihr vorbei die Treppe hochstiegen.

»Marte Haugen. Todesangst.«

»Todesangst?«

»Ja, aber nicht vor uns. Sehen Sie sich die Frau an.«

Sie betrachtete die zitternde Gestalt.

»Haben Sie die Frau angeschossen?«

»Wollen Sie sehen, was sie gerade vorhatte?«

Sie betraten eine große Eingangshalle und gingen nach links in einen mit medizinischer Ausrüstung ausgestatteten Saal. Die Boxen an den Wänden sahen jenen in der provisorischen Fabrik sehr ähnlich. Sie erinnerten an Verschläge. In der Mitte des Raumes stand eine große Tonne, aus der etwas Qualm aufstieg. Eine Stange ragte heraus, die an einen Eishockeyschläger erinnerte.

In dem Saal stank es abscheulich. Es roch nach verbranntem Gummi, aber auch nach etwas anderem. Lian hatte, die Hand vor den Mund haltend, eines der Fenster aufgerissen und kam nun auf sie zu. Sie nickte, rückte den Gurt ihres Maschinengewehrs über ihrer Schulter zurecht und sagte: »Kommen Sie mal mit.«

Sie traten an eine der Boxen heran und blickten hinein. Anschließend liefen sie die Reihen der Boxen ab.

In jeder einzelnen befand sich ein etwa achtzehn Monate altes Kind. Einige Babys lagen auf dem Boden, andere saßen aufrecht, die meisten aber standen und klammerten sich an der oberen Kante der Box fest. Sie alle trugen Windeln, ansonsten waren sie nackt. Einige der Kinder erwiderten Corines Blick. Es waren alles Jungen, und sie hatten alle blaue Augen.

Bei der vorletzten Box blieben sie stehen. Lian zeigte auf den Jungen, der sich auf die Zehenspitzen gestellt hatte, um über den Rand sehen zu können. Aber er war noch nicht groß genug.

»Er war es«, sagte Lian.

»Er?«, wiederholte Bouhaddi und spürte, wie ein namenloses Grauen sie durchfuhr.

»Ihn hatte Marte Haugen auf dem Arm, und sie stand dort.« Lian zeigte auf die Tonne. »Ich habe ihr in den anderen Arm geschossen.«

»Das verstehe ich nicht«, sagte Bouhaddi, der Verzweiflung nahe. »Ich weiß nicht, was Sie mir damit sagen wollen.«

»Sie hatte den Jungen hochgehoben und wollte ihn in die Tonne werfen.«

»In der Tonne brannte ein Feuer«, ergänzte Wu Wei und ging dorthin. »Irgendeine chemische Reaktion. Wir konnten das Feuer zum Glück löschen.«

Aus der Tonne stieg allerdings nach wie vor ein wenig Rauch auf und verbreitete einen beißenden Gestank. Wu Wei griff nach dem Eishockeyschläger, der in der Tonne steckte, und rührte damit in deren Inhalt herum. Bouhaddi stellte sich neben ihn und sah hinein.

Als Erstes fiel ihr Blick auf einen Beckenknochen, der am Boden der Tonne lag und weiß leuchtete.

Ein kleiner Knochen.

»Allahu Akbar«, stöhnte sie auf, und eine akute Übelkeit überkam sie.

Sie stolperte zurück zu den Boxen. Die letzte in der Reihe war leer. Jetzt noch leerer als zuvor. Sie ging zurück zur vorletzten, beugte sich hinunter und hob das Kind darin heraus. Sie sah in seine klaren, prüfenden Augen und presste den Jungen dann an ihre Wange. Der kleine Körper war für seine Größe extrem massig und schwer.

»Haben Sie diesen Jungen hier gerettet, Lian?«, fragte Bouhaddi.

Lian stand neben ihr und beobachtete sie.

Das Kind zeigte keinerlei Gegenwehr. Seine Wange lag an Bouhaddis, und das nahm er so hin. Dann setzte sie den Jungen zurück in die Box. Er sah ihr nach, als sie sich umdrehte. Sein Blick war neutral.

»Oh mein lieber Gott«, stöhnte sie erneut und schloss die Augen.

»Ich weiß«, sagte Lian tröstend. »Ich weiß, wie Ihnen zumute ist.«

Da fiel Bouhaddis Blick auf die Zettel, die an den Türen der Boxen angebracht waren. Mehrere Messwerte, schwer zu deutende Zahlen, aber drei bekannte Abkürzungen mit dazugehörigem Diagramm:

OXTR.

MSTN.

LPL.

»Wir müssen weiter«, sagte Wu Wei. »In den nächsten Raum.«

Sie verließen den großen Saal und betraten einen kleineren, eher ein Großraumbüro mit etwa zehn Schreibtischen. Am Ende des Raumes saß ein Mann, an die Wand gelehnt, auf dem Boden.

Er war ebenfalls tot. Erschossen. Seine aufrechte Körperhaltung rührte daher, dass seine rechte Hand tief in einem Reißwolf steckte.

Ein dünnes Blutrinnsal lief aus dem Apparat, der Behälter für die Papierreste war herausgerissen worden, einige der Schnipsel hatten Blutspritzer abbekommen. In der anderen Hand hielt der Mann wie in einem Schraubstock einen Stapel Unterlagen fest.

»Wir haben das für notwendig erachtet«, erklärte Wu Wei.

»Er war gerade dabei, wichtige Unterlagen zu zerstören«, ergänzte Lian.

Mit etwas Gewalt entwendete Wu Wei dem Mann den Stapel aus der todesstarren und noch intakten Hand. Dann legte er die Unterlagen auf einen der Schreibtische.

»Sie haben heute Schreckliches erlebt und mitangesehen, Corine«, hob Wu Wei an. »Aber ich muss Sie dennoch bitten, Ihre Gefühle vorerst beiseitezuschieben. Diese Dokumente waren das Wichtigste, denn die haben sie als Erstes zerstören wollen. Sie sind auf Englisch. Ich will, dass Sie die jetzt gleich durchsehen. Lian bleibt bei Ihnen. Dann können wir hinterher gemeinsam unseren Tränen freien Lauf lassen. Wenn alles vorbei ist.«

Bouhaddi nickte. Wu Wei hatte sie in den vergangenen Wochen kein einziges Mal mit »Corine« angesprochen.

»Können Sie mir bitte sofort Bescheid geben, wenn Sie etwas Neues von Marek hören?«

Wu Wei nickte zur Bestätigung und ging.

Bouhaddi und Lian zogen sich zwei Stühle heran und setzten sich an den Schreibtisch. Obwohl Bouhaddi natürlich wusste, dass Lian sie kontrollieren sollte, lächelten sie sich an. Das war wohl das misslungenste Lächeln, das sie jemals produziert hatte, aber sie tröstete sich damit – nein, das war das falsche Wort, denn Trost gab es hier nirgendwo –, aber es *beruhigte* sie, dass auch Lians Lächeln angestrengt und verzerrt aussah.

Sie machten sich an die Arbeit.

Es war schwer, auf die Schnelle und unter diesen Umständen festzustellen, worum es in den Unterlagen ging. Ein erster Blick verriet: Wirtschaftsbilanzen, Rechenschaftsberichte und wissenschaftliche Berichte. Dieses Material bedurfte Expertenwissens und schien auch nicht brandaktuell zu sein.

Sie drangen immer tiefer und tiefer in den Stapel vor. Da tauchte plötzlich eine Seite auf, die anders aussah als die anderen. Sie war mit »Vertrag« überschrieben und sah auf den ersten Blick wie eine relativ einfache Vereinbarung, etwa mit einer Klempnerfirma, aus. Aber dann wurde das Bild auf einmal klarer.

Abrupt.

Offenbar handelte es sich hierbei um die letzte Seite des Vertrages – denn am oberen rechten Rand stand »6(6)«, Seite sechs von sechs –, aber sie entdeckte beim Querlesen ausreichend Formulierungen wie »Lieferung bei Überschreiten der Minderjährigkeitsgrenze« und »notwendige Pflege und Versorgung«, um zu verstehen, womit sich dieser Vertrag befasste.

»Und, was ist das?«, fragte Lian.

»Den genauen Zusammenhang kann ich nicht erkennen«, sagte Bouhaddi. »Sie sehen ja hier oben, es ist die letzte Seite von einem Vertrag. Wir benötigen die fünf vorangegangenen, hoffentlich finden wir die noch in diesem Stapel und nicht im Behälter des Reißwolfs. Aber es wird in jedem Fall eine Puzzlearbeit ...«

»Und worum geht es in dem Vertrag?«

»Ich glaube, um Menschenhandel.«

»Menschenhandel?«

»Es scheint so, dass man sich eine Generation reservieren kann. Vermutlich bei einer Art Auktion. Nur einer erhält den Zuschlag. Die Generationen werden nur als Ganze weitergegeben.«

»Eine Generation?«, wiederholte Lian ungläubig. »Wie die Generation dort draußen?«

Bouhaddi nickte.

»Das ist die jüngste Generation«, sagte sie. »Oder vielleicht auch nur eine der jüngsten, es kommt darauf an, ob Sie hier in der Anlage noch weitere Säuglinge finden oder ob die bei der Explosion in Flammen aufgegangen sind.«

»Das kann tatsächlich passiert sein«, meinte Lian betrübt.

»Ich vermute auch, dass die Preise stark variieren«, fuhr Bouhaddi fort. »Die erste Generation ist mittlerweile wahrscheinlich schon erwachsen, was für die Käufer von Vorteil ist, aber die jüngeren Generationen sind genetisch ausgereifter. Es kommt also darauf an, wie lange man warten kann. Und wie viel Geld man hat.«

Lian sah sie mit Entsetzen in den Augen an.

»Und deshalb haben sie versucht, die genetischen Spuren zu beseitigen, indem sie die Kinder verbrennen wollten ...«

»Lian, Sie haben das Kind im Arm gehabt, als Sie es gerettet haben. Wie hat es sich für Sie angefühlt?«

»Angefühlt? Er war ... schwer.«

»Mithilfe der Cyberspionage in der schwedischen Firma Bionovia AB hat Shengji unter anderem Zugriff auf ein Präparat bekommen, das für die Steuerung des Gens MSTN zuständig ist, welches wiederum das Muskelwachstum codiert. Die Diagramme dort an den Boxentüren deuten darauf hin, dass sie schon damit angefangen haben, mit diesem Präparat zu experimentieren, denn die Genmanipulation kann auch noch ein paar Jahre nach der Geburt erfolgen. Und diese Kinder haben wesentlich mehr Muskeln als gewöhnliche.«

»Wie ekelhaft«, stöhnte Lian. »Aber die können doch nicht ihr ganzes Leben in diesen Boxen verbringen.«

»Es ist bestimmt bald an der Zeit, sie zu aktivieren. Ich glaube, dass sie zunächst alle an einem Ort untergebracht werden. Und im Kollektiv aufwachsen. Ich vermute, dass es eine Art Trainingslager gibt – vielleicht hier in China, vielleicht aber auch an einem ganz anderen Ort auf dieser Welt. Und ich glaube, dass es harte Arbeit wird, dieses Material hier durchzugehen, um Hinweise darauf zu finden.«

Lian starrte sie nur stumm an.

»Nichts hat jemals ein Ende«, sagte Corine Bouhaddi und zuckte mit den Schultern.

Lian zeigte auf das Dokument vor ihnen.

»Und dieses Blatt ist dann also was genau?«

»Ein Kaufvertrag, glaube ich. Jemand hat eine Generation gekauft.«

»Oh«, sagte Lian nur.

»Wir benötigen aber die vorangegangenen Seiten des Kaufvertrages, um herauszufinden, um welche Generation es da geht. Der Vertrag wurde vor sechs Jahren unterzeichnet, also kann es sich nicht um die Kleinen dort draußen handeln. Es muss ein anderer Jahrgang sein.«

Vielleicht sogar der erste, dachte Corine Bouhaddi. Ein Detail hatte sie Lian gegenüber nämlich nicht erwähnt, sie musste zuvor in Ruhe darüber nachdenken.

Sie hatte sowohl die Unterschrift des Verkäufers als auch des Käufers wiedererkannt.

Der Verkäufer war Udo Massicotte.

Und der Käufer war Christopher James Huntington.

Das Versteck

Den Haag – Amsterdam, 13. September

Paul Hjelm hetzte durch die Stadt. Das nannte man Multitasking. Er verband eine Trainingseinheit mit Nachdenken, Kommunikation und Transport. Allerdings ging es auch um Rationalisierung, denn in Wahrheit war er einfach aus dem Büro geflohen. Als würde ihn eine noch nicht in Worte gekleidete Erkenntnis antreiben. Die Gleichung, die er im Kopf hatte, wurde immer deutlicher, es gab immer weniger Unbekannte. Aber eine war noch offen, die wichtigste. Und hatte er diese Unbekannte, würde die Gleichung selbst schließlich auch noch gelöst werden müssen.

Aber es ereignete sich ständig etwas Neues, und er verstand es *fast* alles. Und das hielt ihn auch in Bewegung.

Gerade war er mit Mechelen verbunden.

»Massicotte liegt nach wie vor im Koma«, meldete Söderstedt. »Dieses Mal ist es ein echtes Koma.«

»Ihr müsst leider noch eine Weile dort bleiben. Die neuesten Unterlagen aus China deuten auf eine Verbindung zwischen Massicotte und Huntington hin, die viel älter ist, als wir angenommen haben. Die beiden verbindet eine alte Geschäftsbeziehung. Wir müssen darüber noch mehr in Erfahrung bringen.«

»Und Huntington ist der Kunde, ja? Das heißt, er hat also die erste Generation von Massicotte gekauft? Und am 27. steht dann eine kleine Armee aus neunzehnjährigen ›perfekten Leitfiguren‹ bereit?«

»Ich weiß, das klingt vollkommen geisteskrank, aber vieles spricht genau dafür. Aber was sollen sie am 27. machen?«

»Keine Ahnung. Wie steht es um Marek?«

»Er ist okay. Er wurde operiert. Die chinesischen Ärzte sind optimistisch, dass sie sein Hörvermögen in dem geschädigten Ohr retten können.«

»Das ist alles sehr sonderbar.«

»Du sagst es«, erwiderte Hjelm und lief über den Platz vor dem Königlichen Palast Noordeinde. »Das Metallstück ist über die Gefängnismauer geschossen und hat ihn getroffen. Aber es konnte identifiziert werden. Es gehört zu einem Inkubator für Frühgeburten.«

»Die Chinesen sind uns einfach ein paar Schritte voraus«, sagte Söderstedt. »Es freut mich auf jeden Fall, dass er in Ordnung ist. Wir hören voneinander.«

Während Paul Hjelm darauf wartete, dass ein rotes Männchen grün wurde, wählte er eine andere Nummer.

»Was gibt es, Paul?«, fragte Jorge Chavez.

»Dir auch einen guten Morgen«, erwiderte Hjelm. »Neuigkeiten?«

»Wenn es sich bei Lorenzo Ragusa, dem Sohn des Ricurvo, wirklich um den Kaffeefleckmann handeln sollte, haben er und Fabio mindestens ein Jahr zusammen in der Antimafia-Einheit in Catanzaro gearbeitet. Er blieb dort, als Fabio nach Den Haag umzog, aber verschwand dann etwa ein halbes Jahr nach der Entführung von Tebaldi und Potorac.«

»Und was sagen die Kollegen?«

»Damit beschäftigen wir uns schon seit Wochen. Das ist fürchterlich frustrierend. Die meisten scheinen davon überzeugt zu sein, dass Lorenzo Ragusa tot ist, dass die Mafia den Abtrünnigen am Ende doch noch liquidiert hat, so wie sie auch Tebaldi einkassiert hat. Im Moment treten wir auf der Stelle.«

»Es ist durchaus denkbar, dass sein Verschwinden und die Entführung miteinander zu tun haben könnten. Macht weiter. Habt Geduld.«

»Ja, ja.«

Hjelm setzte seine Wanderung durch Den Haag fort und wählte eine weitere Nummer.

»Ja, Felipe am Apparat.«

»Und zwar in Madrid, oder?«, fragte Hjelm.

»Wir hatten in Korsika alles erledigt, was es zu tun gab«, antwortete Navarro. »Sowohl Mirella als auch Barnworth sind wie gelähmt vor Angst. Da ist etwas Größeres im Gang, das steht fest.«

»Richte bitte auch Adrian aus, dass ihr das Richtige getan habt. Aber jetzt musst du mir erklären, was ihr in Madrid macht?«

»Wir suchen einen rothaarigen jungen Mann namens Arturo, der genug davon hatte, dass die fünfundachtzig reichsten Menschen auf der Welt mehr Geld zur Verfügung haben als die Hälfte der gesamten Weltbevölkerung, nämlich dreieinhalb Milliarden Menschen, zusammen. Der genug hatte von der unaufhörlichen, grotesken Ungerechtigkeit, die ganze Kulturen zerstört, und von der grenzenlosen Gier. Der genug hatte von korrupten Politikern und habgierigen Bankern und von dem unersättlichen Raubtierkapitalismus, der unsere Welt verschlingt. Und der aus diesen Gründen an dem Protestmarsch der Empörten von Saragossa nach Madrid teilnahm. Denn dieser Arturo wurde auf dem Marsch von einem Mann in einem teuren Anzug mit Gratisdrogen versorgt. Und dieser Mann wiederum arbeitet bei der Polemos Seguridad S.A., die zu dem Dachverband Camulus Security Group Inc. gehört.«

Paul Hjelm hatte beschlossen, während der Telefonate immer in Bewegung zu bleiben. Aber jetzt hielt er inne. Mitten auf einem Fußgängerüberweg in der Altstadt von Den Haag. Die Autos hupten.

»Gratisdrogen?«, wiederholte er.

»Was ich da in Madrid gesehen habe, war nichts anderes als ein Auswertungsverfahren. Unübersichtliche Menschenansammlungen bieten ein ideales Testfeld für neue Drogen.«

»Waren es denn neue Drogen?«

»Ich weiß es nicht genau. Und Arturo ist offenbar untergetaucht. Wir sind auf der Suche nach ihm.«

»Aber warum hast du von ›neuen Drogen‹ gesprochen?«

»Diese Droge hat Arturo extrem schnell abhängig gemacht. Und seine lyrische Beschreibung der Wirkung deutet auch darauf hin.«

»Gut«, sagte Hjelm. »Hervorragende Arbeit, Felipe. Macht euch auf die Suche.«

Er war wieder weitergegangen, jetzt hatte er sein Ziel erreicht und stand vor den gewaltigen Toren. Er durchforstete seine Erinnerung.

Wenn das zutraf, war es auf jeden Fall eine weitere Unbekannte in seiner Gleichung.

Drogen.

Hatten Asterion und Huntington jetzt auch mit Drogen zu tun? Arbeiteten sie für einen Drogenbaron? Oder war es schon wieder die 'Ndrangheta?

Er ging die Treppen des gut erhaltenen Hauses aus dem 17. Jahrhundert hinauf und klingelte an Ruths Tür. Wahrscheinlich hatte er ihren Nachnamen schon häufiger gelesen, aber während er da vor ihrer Tür stand und wartete, las er die geschwungenen Buchstaben des Namensschildes auf der stattlichen, schweren Tür aus Eichenholz zum ersten Mal bewusst.

Vera öffnete. Unbewaffnet. Watkin war nicht zu sehen.

»Habt ihr Kameras installiert?«, fragte Hjelm.

Vera lächelte ihn nur an und durchquerte wortlos Ruths Wohnzimmer, in dem die Zeit seit den Fünfzigerjahren stehen geblieben zu sein schien. Sie ging in das Gästezimmer. W saß an dem ehemaligen Schminktisch vor seinen Laptops und war in seine Arbeit vertieft. Auf einem der Bildschirme sah Hjelm vier Quadrate mit vier verschiedenen Kameraeinstellungen, die die unmittelbare Umgebung des Hauses, die Straße und das Treppenhaus zeigten.

Watkin blickte hoch und nickte zur Begrüßung.

»Ich habe ihn«, sagte er.

Hjelm zog sich einen Stuhl heran und setzte sich neben ihn.

»Wen?«

»X. Da ist er.«

Hjelm kniff die Augen zusammen und sah auf einem anderen Bildschirm einen Kartenausschnitt, den er nicht zuordnen konnte.

»Frankfurt?«, schlug er vor.

»Ganz genau. Am Main«, antwortete W. »X ist in Europa.«

»Wahnsinn. Wie haben Sie ihn ausfindig gemacht?«

»Das Handy, über das Sie uns gefunden haben, hat er natürlich in Nuevo Laredo gelassen. Aber ich habe mir schon gedacht, dass er überheblich genug war und das andere behalten hat. Oder sagen wir: dumm genug.«

»Sie hatten also noch eine zweite Handynummer?«

»Ja. Und das Telefon ist gerade eingeschaltet. Wir müssen hoffen, dass er es auch anlässt.«

Hjelm entdeckte das blinkende Signal mitten im Bankenviertel von Frankfurt.

»Wollen wir ihn uns holen?«, fragte W.

Hjelm dachte eine Weile nach. Wägte ab. Dann schüttelte er den Kopf.

»Nein. Ich will sehen, was er vorhat.«

»Haben Sie keine Angst, dass ich einfach abhaue, um ihn auf eigene Faust zu erledigen?«

»Ihr Interesse an dem Fall ist groß«, sagte Hjelm und zeigte mit einer Geste auf die anderen Laptops. »Haben Sie neue Erkenntnisse aus den Festplattendaten gewinnen können?«

»Das meiste darauf ist altes Zeug«, erwiderte W mit einer ähnlichen Geste. »Ich gebe zu, dass ich es äußerst mutig von Ihnen finde, mir aktuelles Ermittlungsmaterial zu überlassen. Was wäre denn, wenn ich damit zu Huntington ginge? Er würde einiges springen lassen, um zu erfahren, was Sie wissen.«

»Ich glaube nicht, dass Geld Ihre Triebfeder ist«, entgegnete Hjelm ruhig. »Sie haben davon doch ausreichend auf Ihrem Konto in Panama.«

»Ach, so ist das.« W grinste. »Eine kleine passiv-aggressive Drohung?«

»Weder passiv noch aggressiv. Ich kann Ihr Konto innerhalb einer Stunde einfrieren lassen, und es wird automatisch eingefroren, wenn ich umkommen sollte. Also müssen Sie dafür sorgen, dass ich nicht sterbe.«

W lachte laut auf.

»Meinetwegen. Ich soll also Ihr Leibwächter sein. Was ist denn meine Triebfeder?«

»Gerechtigkeit.«

»Sie belieben zu scherzen.«

»Nein. Haben Sie denn nun noch etwas Neues gefunden?«

»Die sind nicht hinter Ihnen her.«

»Aha ...?«

»Sie sagten, dass Sie annähmen, Ihre Gruppe – was das auch immer für eine Gruppe sein mag – sei die Zielscheibe. Aber Sie sind nur eine Fliege, die verscheucht wird. Irritierend vielleicht, aber nicht der Mühe wert, Sie aufzuspüren und zu beseitigen.«

»Wer sind diese Leute?«

»Weiß ich nicht. Aber ich sehe eine Art Dreiecksbeziehung aus drei großen Organisationen. Die Sicherheitsfirma Camulus, ein mexikanisches Kartell – eventuell Los Zetas – und die 'Ndrangheta.«

»Es geht also um Drogen?«

»Ja. Aber am Ende natürlich doch wieder nur um Geld und Macht.«

»Was soll am 27. passieren?«

»Weiß ich nicht. Aber X wird mit von der Partie sein. Und wenn er sein Handy vorher nicht ausschaltet oder entsorgt, können wir live dabei sein und ihm folgen. Aber er gehört mir.«

»Aber Sie sind mein Leibwächter ...«

Sie sahen einander an. Lachten. Das war alles so vollkommen absurd.

Gut und schlecht. Schwarz und Weiß. Aber das hellere Grau war notwendig, um dem dunklen trotzen zu können.

»Eine Frage nur noch«, sagte Hjelm. »Die allerdings nicht unmittelbar etwas mit dieser Sache zu tun hat.«

»Ja?«

»Sie haben doch auf dieser Insel zusammen mit Ihrem alten Freund Jacques und Ihrer Schwester Una gelebt, richtig?«

»Sie sind aber wirklich gut informiert, Herr Hjelm«, antwortete W und lächelte. »Sie wissen also, dass Una U war?«

»Ja, und ich glaube nicht daran, dass sie in Russland ums Leben gekommen ist.«

»Veras und mein Stiefvater, Luigi, starb bei einem Autounfall in Moskau. Meine Stiefschwester Una wurde aus dem Auto geschleudert, lag mehrere Tage verletzt bei ein paar Obdachlosen und wurde dann lange Zeit im Krankenhaus in einem der düsteren Vororte von Moskau behandelt, ohne dass man wusste, wer sie war. Ich habe Jacques auf der Insel installiert, und sobald Una sich wieder etwas erholt hatte, habe ich auch sie dorthin gebracht. Kurz darauf sind auch Vera und ich auf die Insel gezogen. Jacques war ein Wrack, er starb wenige Monate später, und Una hat auch nicht viel länger gelebt. Wir glauben, sie starb an einem Blutgerinnsel im Kopf. Wahrscheinlich Spätfolgen von dem Autounfall.«

Hjelms Handy klingelte. Er nickte W und V zu und zog sich hinter die Schiebetüren in Ruths Wohnzimmer zurück.

»Ja?«

»Laima hier. Wir sind auf dem Weg nach New York.«

»Sehr gut. Wie besprochen. Aber ...?«

»Wie aber?«

»Ich habe ein ›Aber‹ gehört.«

»Nee, das war kein ›Aber‹. Eher ein ›Und‹. Und wir fahren vorher, auf dem Weg nach Schiphol, noch bei einer Bank vorbei.«

»Einer Bank?«, wiederholte Hjelm. »Hat das etwas mit deinen ›Wortfrequenzen‹ zu tun?«

»Das ist eine lange Geschichte.« Balodis holte tief Luft. »Wenn meine Vermutung zutrifft, schreibe ich einen vollständigen Bericht während des Flugs. Es handelt sich um eine alte Verschlüsselungsmethode aus dem Ersten Weltkrieg. Sehr subtil. Man verwendet Synonyme, die aber nicht zum gewöhnlichen Sprachschatz gehören. Und zwar nach einem System, das eben auf Wortfrequenzen basiert. Das am häufigsten verwendete Wort deutet auf einen Ort hin, das am zweithäufigsten verwendete auf eine Uhrzeit oder eine Nummer, irgendeine Zahl, und das dritthäufigste Wort kann bei Bedarf eine Ergänzung sein.«

»Jetzt habe ich allerdings gerade das Gefühl, dass es eine lange Geschichte wird.«

»Bankschließfach. Wir fahren jetzt. Überprüfen es.«

»So soll das klingen! Sagt mir Bescheid, wie es gelaufen ist.«

»Arschgesicht«, sagte Laima Balodis.

Aber erst nachdem sie sicher war, dass sie das Gespräch auch tatsächlich beendet hatte.

»Arschgesicht?«, wiederholte Miriam Hershey auf dem Rücksitz im Taxi ungläubig.

»Ich denke, dass ich vorher aufgelegt habe. Der Idiot wollte nicht wissen, wie ich die Bank ausfindig gemacht habe.«

»Das will ich auch nicht«, gab Hershey zu. »Aber wenn wir in diesem Schließfach wirklich etwas finden – und wir vor allem Zutritt gewährt bekommen, bevor unser Flug geht –, dann werde ich voller Bewunderung sein. Und es wahrscheinlich bis an mein Lebensende bleiben.«

»Mein Urgroßvater hat sich für Chiffriermethoden interessiert«, sagte Balodis mürrisch.

Sie hielten vor einer der größten Banken Den Haags an. Das Taxi wartete tuckernd vor der Tür auf sie, den Kofferraum gefüllt mit Koffern und Reiseutensilien, während sie das Gebäude durch die imposanten Portale betraten. Als sie erfuhren, dass das Schließfach auf den Namen P. Eculiar registriert war, stieg Balodis' Hoffnung exponentiell an. Hershey beobachtete ihren Enthusiasmus mit einem Gesichtsausdruck, der zu skeptisch war, um für gute Partnerschaft und Teamwork zu sprechen. Auch der Bankdirektor sah sie ähnlich argwöhnisch an.

»P. Eculiar«, bellte Balodis Hershey ins Gesicht.

»Ja!« Hersheys Stimme war eiskalt. »Der Flieger geht bald.«

»›Peculiar‹ ist das am häufigsten vorkommende ungebräuchliche Wort in Donatella Brunos Ermittlungsakten. Hör endlich auf, mir in den Rücken zu fallen.«

Mit einem ausgeprägt schlechten Gewissen nahm Hershey ihre Freundin beim Wort und wandte sich an den Bankdirektor.

»Sie haben ja unsere Ausweise gesehen. Und die Anordnung

unseres Vorgesetzten bei Europol, unsere Ermittlungen zu unterstützen. Wenn Sie sich widersetzen, drohen Ihnen mindestens fünf Tage Untersuchungshaft. Und das ist ein Versprechen. Fünf Tage, danach müssen wir Sie laufen lassen oder verhaften. Und nach dem Stand der Dinge würden wir Sie wohl verhaften.«

Natürlich war das alles von vorn bis hinten gelogen. Diese Fünf-Tage-Regel gab es nicht. Außerdem hatten sie die Unterschrift ihres Vorgesetzten gefälscht, was ihnen wiederum bedeutend mehr als fünf Tage Untersuchungshaft einbringen konnte, nämlich eine unehrenhafte Entlassung sowie drei Jahre Gefängnis. Aber wie sie am eigenen Leibe erfahren und gelernt hatten, war eine Ansprache im Brustton der Überzeugung der denkbar beste Türöffner.

Das galt auch für diese ehrwürdige Bank. Sie wurden von einem Bankangestellten mit Sphinxgesicht in den Keller geführt und erhielten Zugang zu dem Bankschließfach. In einem abgeschiedenen Raum standen sie kurz darauf vor dem ungeöffneten Fach und starrten auf den Deckel.

»Wenn wir hier das Versteck finden«, flüsterte Miriam Hershey, »dann hat Donatella Bruno ganz amtlich aus dem Grab zu dir gesprochen, Laima.«

»Über meinen Urgroßvater«, erwiderte Laima Balodis und hob den Deckel an.

In dem Fach lag eine Mappe. Eine ungefähr drei Zentimeter dicke Mappe.

»Verdammte Scheiße«, stöhnte Hershey.

»Ja«, sagte Balodis.

*

Das Flugzeug rollte auf die Startbahn, als endlich eine Verbindung zustande kam. Die Maschine nahm bereits Fahrt auf, als sich jemand am anderen Ende der Leitung meldete: »Ja?«

»Jorge? Kannst du mich hören? Es ist dringend. Ich tauche gleich in eine siebenstündige Funkstille ab.«

»Laima? Doch, ich kann dich hören. Startet ihr gerade?«

»Ich weiß jetzt, wie Donatella Brunos Quelle heißt. Der, den wir immer ›R‹ genannt haben.«

»Ich höre.«

»Er hat Donatella mit Ermittlungsmaterial über die Entführung von Tebaldi und Potorac versorgt. Fast täglich, in einem Zeitraum von fünf Wochen. Allerdings erst ein halbes Jahr nach der Explosion im Schloss.«

»Okay, notiert. Und der Name?«

»›R‹ steht für Lorenzo Ragusa.«

»Verdammte Scheiße«, rief Chavez.

»Ja«, antwortete Balodis auch dieses Mal.

Dann hob das Flugzeug ab.

Mit dem letzten aktivierten Paar.

Give thy thoughts no tongue

Catanzaro – Aosta, Italien, 13. September

Sie hatten vor, ein mehrgängiges italienisches Mittagessen in einem Sternerestaurant am Rand von Catanzaro, der Hauptstadt von Kalabrien, einzunehmen. Die Saison näherte sich dem Ende, und die Zahl der Gäste in dem exklusiven Restaurant Antonio Abbruzzino war überschaubar. In der einen Ecke saß ein amerikanisches Ehepaar – der Mann redete in einer grotesken Lautstärke auf seine Gattin ein –, in der Mitte saßen zwei Männer, die aussahen wie Geschäftsmänner aus der Gegend, sowie eine etwas größere Gesellschaft, augenscheinlich eine Seniorengruppe. Und an einem der Fenstertische hatten drei Männer Platz genommen, die nicht im Geringsten aussahen wie Geologen. Seit über zwei Stunden saßen sie bereits dort und hatten es noch nicht bis zum legendären zweiten Hauptgang, dem *secondo piatto,* geschafft. Sie tranken Wein, der ewige Fahrer Salvatore Esposito allerdings nur in mikroskopisch kleinen Schlucken. Ab und zu, wie aus dem Hinterhalt, überfiel sie das Bedürfnis, über ihre Arbeit zu sprechen, aber dann taten sie es flüsternd.

»Wie lange sind wir jetzt eigentlich schon hier?«, fragte Jorge Chavez. »Länger als einen Monat, oder?«

»Ja«, antwortete Esposito. »Und weder du noch ich gehören zur Kerngruppe von Opcop. Eigentlich haben wir nur Zweiwochenschichten in Den Haag. Für mich ist das in Ordnung, ich bin Junggeselle, aber was sagt deine Frau dazu, Jorge?«

»Ich habe eine Sondergenehmigung bekommen. Allerdings

nicht ohne Geschrei, aber immerhin – eine Sondergenehmigung! Ich glaube, dass unser neues Sommerhaus hinter Gnesta dabei sehr behilflich war ...«

»Ich werde das nächste Mal hier Urlaub machen«, meinte Angelos Sifakis. »Ich finde Kalabrien wunderbar. Und das Griechisch, das sie hier in den Bergen sprechen, ist einfach göttlich. Man steht in direktem Kontakt zum Olymp.«

»Warum ist Lorenzo Ragusa plötzlich verschwunden?«, fragte Chavez.

»Ich weiß, dass du Aufzählungen und Wiederholungen magst, aber müssen wir das wirklich noch einmal durchkauen? Ausgerechnet jetzt?«

»Hier ist meine Rekonstruktion. Fabio Allegretti und Lorenzo Ragusa sind Freunde aus Kindheitstagen. Die Familien sind Nachbarn am Ortsrand von San Luca. Als die Jungen acht Jahre alt sind, wird die Familie Allegretti von der Mafia ermordet, alle außer Fabio, der fliehen kann und unter dem Namen Fabio Bianchi in einem Kloster in Kalabrien aufwächst. Als er nach Rom zieht, um dort das Gymnasium zu besuchen, nimmt er wieder einen neuen Namen an und wird zu Fabio Tebaldi, als Hommage an seinen Vater Teobaldo. Er entscheidet sich gegen sein herausragendes mathematisches Talent und wird stattdessen Polizist. In der Zwischenzeit ist die Familie Ragusa in der Mafiahierarchie aufgestiegen und der Vater zu Il Ricurvo, dem Auftragskiller, geworden. Sein Sohn Lorenzo besucht das Gymnasium in Reggio Calabria. Es ist nicht klar, ob er weiß, dass Fabio noch am Leben ist. Und ebenso unklar ist, ob er sich bereits zu diesem Zeitpunkt in den Fängen der Mafia befindet. Offensichtlich aber bricht Lorenzo mit seiner Mafiafamilie und wird Polizist, ganz unabhängig von Fabios Entscheidung. Fabio Tebaldi besucht die Polizeihochschule in Mailand, Lorenzo in Campobasso. Aus dieser Zeit gibt es keinen Hinweis darauf, dass die beiden Kontakt haben. Aber dann treffen sie als Polizeianwärter aufeinander. In Genua. Was ist da passiert?«

»Wir haben uns mit drei anderen Anwärtern aus der Zeit unterhalten«, warf Sifakis ein. »Und sie haben alle betont, dass die beiden nichts miteinander zu tun gehabt haben. Was hat das wohl zu bedeuten?«

»Sie haben sich nicht wiedererkannt?«, schlug Esposito vor. »Unwahrscheinlich, oder?«

»Sie wurden als Achtjährige voneinander getrennt«, fuhr Sifakis fort. »Wir wissen nicht, wie nah sie sich als Kinder gestanden haben, aber die beiden Häuser lagen ein Stück abseits vom Ortskern. Die Wahrscheinlichkeit, dass sie beste Freunde waren, ist ziemlich groß. Und auch wenn Fabio seinen Namen gewechselt hatte und möglicherweise für tot erklärt und von der Mafia abgeschrieben worden war, muss er selbst auf den Namen Lorenzo Ragusa reagiert haben. Und da Fabio seine gesamte Zeit als Polizeianwärter in Genau verbracht hat, kann ihn Lorenzo nicht verraten haben.«

»Dann kommen wir zu der Frage nach Lorenzos Status«, sagte Chavez. »Hat er wirklich mit seiner Familie und der Mafia gebrochen? Oder wurde er von der Mafia in die Polizei eingeschleust?«

»Er hat seinen richtigen Namen behalten«, gab Esposito zu bedenken. »Und es findet sich kein Hinweis darauf, dass ihm gedroht wurde. Ich würde sagen: eingeschleust.«

»Nach Genua wurden sie wieder getrennt«, ergriff Chavez wieder das Wort. »Fabio wird eine Stelle in Turin angeboten, Lorenzo kehrt nach Kalabrien zurück und tritt seinen Dienst in Reggio Calabria an. Wusste die Polizei vor Ort, dass er Il Ricurvos Sohn war?«

»Wir haben ja versucht, bei den Kollegen so wenig Aufmerksamkeit wie nur möglich zu erregen«, sagte Sifakis. »Aber aus den spärlichen Informationen, die wir erhalten haben, lässt sich das nicht herauslesen. Auch die Polizei nennt Riccardo Ragusa nur Il Ricurvo.«

»Fabio und Lorenzo lassen sich beide zu Antimafia-Polizisten ausbilden«, übernahm Chavez. »Allerdings an verschiedenen Orten. Fabio in der Nähe von Turin, Lorenzo in der Nähe von Rom. Lorenzo bekommt direkt danach einen Posten hier in Catanzaro, Fabio verbringt ein paar Jahre in der Camorra-Stadt

Neapel und danach einige Zeit in Rom, bis auch er sich nach Catanzaro versetzen lässt. Und dann muss irgendetwas passiert sein.«

»Ja, aber was?«, fragte Sifakis. »Er musste doch wissen, dass er entdeckt werden würde, wenn er zurückkehrt, dass nicht nur auf Fabio Allegretti, sondern auch auf Fabio Tebaldi ein Kopfgeld ausgelobt wurde. Und trotzdem begibt er sich in die Höhle des Löwen und fängt an aufzuräumen. Seinen Kollegen in Catanzaro zufolge gelang es ihm, zu einer größeren Anzahl von ›Büßern‹, also Spitzeln, Kontakt aufzunehmen, als es je zuvor geglückt ist. Er zieht die Fäden und bekommt das Kommando für eine Antimafia-Einheit zugeteilt, die bis dahin eher zurückhaltend aufgetreten war, und er bringt einen Mafioso nach dem anderen hinter Gitter.«

»Auf der anderen Seite der Antimafia-Einheit steht Lorenzo Ragusa«, sagte Esposito.

»Die Gruppe und die gesamte Einheit sind – nicht ganz unerwartet – massiv von der Mafia infiltriert und unterwandert«, ergänzt Chavez. »Eigentlich kann man sich auf keine Information wirklich verlassen. Es gibt ohnehin nur einen einzigen Mann, dem Fabio blind vertraut, und das ist Lorenzo Ragusa. Wenn eine Information in einem Dokument garantiert glaubwürdig ist, versieht Lorenzo es mit einem Kaffeefleck.«

»Haben die ein Abkommen geschlossen?«, fragte Esposito. »Und Fabio nutzt Lorenzos Mafiakontakte, weil der die Mafia zerstören will? Oder geht es eher um ein Machtgleichgewicht? ›Ich verrate niemandem, dass du Il Ricurvos Sohn bist, wenn du mich nicht der Mafia opferst‹?«

»Eine dritte Möglichkeit wäre natürlich, dass Lorenzo vom ersten Tag an gekauft war und nur auf den richtigen Augenblick wartete, um Fabio zu verraten. Und dass er auch aktiv an den beiden Mordanschlägen beteiligt war. Fabio Tebaldi ist der perfekte Antimafioso, er hat keine Verwandten mehr und keine engen Freunde, es gibt niemanden in seinem Leben, mit dem man ihn erpressen oder ihm drohen kann. Dennoch ist der letzte Mordanschlag zu viel für ihn. Drei Polizisten sterben im Kugelhagel. Fabio kann zwar entkommen, wird aber von vier Schüssen getroffen. Er bewirbt sich in Den Haag, wird in die soeben gegründete Opcop-Gruppe aufgenommen und tritt dort mit seinen Leibwächtern den Dienst an. Das war vor zweieinhalb Jahren.«

»Lorenzo bleibt in Catanzaro«, ergänzte Sifakis. »Die Opcop-Gruppe muss sich kurz darauf mit einem Fall beschäftigen, in den die 'Ndrangheta involviert ist. Ein schwedischer Möbelhersteller hat mit dem Ricurvo und seinem Chef Sorridente Kontakt aufgenommen. Sie werden aufgespürt und in einem Schloss in der Basilikata nördlich von Kalabrien lokalisiert. Die Opcop-Kollegin Lavinia Potorac begleitet Tebaldi in die Basilikata. Sie fliegen nach Rom, wo sie von der damaligen Chefin des nationalen Büros der italienischen Opcop-Gruppe, Donatella Bruno, in Empfang genommen werden. Bruno bringt sie zu einem geheimen Standort der Polizei in den Wäldern südlich von Rom, wo die beiden ein eigenes Fahrzeug erhalten und sich auf den Weg in die Basilikata machen. Und das ist das letzte Lebenszeichen von ihnen. Ein paar Tage später wird das Schloss niedergebrannt vorgefunden, außerdem entdecken die Ermittler vor Ort DNA-Spuren von Tebaldi, Potorac, Il Ricurvo und dem Sorridente. Es wird davon ausgegangen, dass alle vier bei der Explosion ums Leben gekommen sind.«

Jetzt übernahm Jorge Chavez: »Laut Brunos inoffiziellen Ermittlungen, die sie etwa ein halbes Jahr nach der Explosion aufnahm, wurde Tebaldi von seinem Freund und Vertrauten, dem Kaffeefleckmann, verraten. Er überbringt der 'Ndrangheta die Information, dass Tebaldi und Potorac auf dem Weg nach Süden sind, und daraufhin vermint die Mafia das ganze Schloss. Aber statt bei der Explosion tatsächlich umzukommen, werden die beiden entführt und an einen geheimen Ort gebracht, wo sie die nächsten zwei Jahre verbringen. Warum?«

Sifakis schüttelte den Kopf. »Bruno nimmt die inoffiziellen Ermittlungen erst auf, nachdem sie ein als geheim deklariertes Dokument von einem Informanten bekommen hat, den sie ›R‹

nennt«, korrigierte er. »Aber dem sind wir bisher noch nicht auf die Spur gekommen.«

In diesem Augenblick wurde ihr zweiter Gang serviert. Leider bekam er Gesellschaft. Im gleichen Moment nämlich ertönte das Klingelzeichen eines Handys. Es dauerte eine Weile, bis Chavez, durch den Wein träge geworden, erkannte, dass es seines war.

»Ja?« Er runzelte die Stirn. »Laima? Doch, ich kann dich hören. Startet ihr gerade?«

Er gestikulierte wild, zum Zeichen, dass er dringend einen Stift benötigte. Salvatore Esposito reichte ihm einen, und Chavez setzte die Spitze auf seine elegante Leinenserviette. Sifakis verzog empört das Gesicht.

»Ich höre.« Er machte sich hektisch Notizen. »Okay, notiert. Und der Name?« Er hörte augenblicklich auf zu schreiben, der Stift fiel auf den Boden. »Verdammte Scheiße«, rief Chavez.

Er legte das Handy neben seinen Teller und starrte ins Leere. Sifakis drehte die Serviette zu sich und versuchte, die Aufzeichnungen zu entziffern. In Krakelschrift stand dort: »R, tägl. Infos, 5 W, halbes Jahr nach Expl.«

»›R‹ versorgte Donatella ein halbes Jahr nach der Explosion fünf Wochen lang mit Informationen über die aktuellen Ermittlungen …«, übersetzte Sifakis. »Stimmt das so weit? Heißt das, sie sind ›R‹ auf die Spur gekommen?«

»Das kann man wohl sagen.« Chavez sah tief erschüttert aus. »Und das hätten wir auch längst gekonnt. Denn was soll ›R‹ anderes sein als eine Abkürzung für Ragusa?«

Sifakis und Esposito sahen einander an.

»Dann sind ›R‹ und der Kaffeefleckmann ein und dieselbe Person? Und zwar Lorenzo Ragusa?«

»Ja.« Chavez nickte. »Aber was bedeutet das für unsere Entwürfe, unsere Rekonstruktionen?«

»Gewissensbisse«, warf Esposito ein. »Lorenzo verrät Fabio, und als er erkennt, dass die Ermittler korrupt sind oder einfach nur inkompetent, packen ihn die Gewissensbisse. Er hat seinen ältesten und besten Freund verraten und sieht, wie die

Ermittlungen in die Binsen gehen. Er wendet sich an Bruno, da sie Fabio die Stelle in Den Haag vermittelt hat.«

»Warum nur fünf Wochen lang, und dann ist Sendepause?«, fragte Sifakis.

»Das passt doch gut zu unserer vorherigen Argumentation«, sagte Chavez. »Danach ist Lorenzo Ragusa von der Bildfläche verschwunden.«

»Die 'Ndrangheta hat also Wind davon bekommen, dass er bereit war zu reden«, sagte Sifakis. »Sie bringen ihn um. Und jetzt sind Bruno und Ragusa beide tot.«

»Nein. Da stimmt etwas nicht.«

»Und was?«

»Warum hat Lorenzo Ragusa Donatella gegenüber geäußert, dass es ›nicht die 'Ndrangheta‹ war?«

Sie schwiegen. Der betörende Duft des Kalbsfleisches auf ihren Tellern stieg ihnen in die Nase. Sie stürzten sich auf die köstliche Speise. Aber waren sie wirklich in der Lage, den Geschmack des ausgezeichneten Vitellos zu genießen? Waren ihre Gedanken nicht ganz woanders?

»Desinformation?«, schlug Esposito schließlich vor. »Ragusa war vielleicht weiterhin Mitglied der 'Ndrangheta? Er hat Bruno die ganze Zeit über mit falschen Informationen versorgt und ist dann untergetaucht. Jetzt hat er eine gute Position im oberen Management, ist für den europäischen Kokainhandel zuständig und steigt langsam, aber stetig in der Hierarchie auf.«

»Absolut vorstellbar.« Sifakis nickte. »›R‹ war und ist feige.«

»Und Donatellas Ermittlungen waren umsonst?«, fragte Chavez. »Warum sie dann umbringen? Warum die Aufmerksamkeit auf etwas lenken, was sonst höchstens als Verschwörungstheorie abgehakt worden wäre? Oder eben niemals ans Licht gekommen wäre?«

»Und warum hat er sich dann überhaupt an Bruno gewandt?«, fragte Esposito. »Und dadurch die Verschwörungstheorie erst aufgebracht? Das Beste für die 'Ndrangheta wäre es doch gewesen, wenn die Ermittlungen still und heimlich im Sande verlaufen wären.«

»Irgendetwas stimmt hier nicht«, wiederholte Chavez und legte die Gabel beiseite. »Und es hat damit zu tun, dass wir gerade erfahren haben, dass ›R‹ und der Kaffeefleckmann ein und dieselbe Person sind. Das hat alle Prämissen geändert. Aber ich komme nicht darauf, was der Knackpunkt ist.«

»Du hast recht«, sagte Sifakis. »Wir müssen ganz rational denken. Version eins: Lorenzo verrät Fabio, als der nach Italien kommt, nachdem er mit ihm bis zu seiner Versetzung nach Den Haag zusammengearbeitet hat. Anschließend bekommt er Gewissensbisse, informiert Donatella, wird entlarvt und von der 'Ndrangheta bestraft.«

»Drei Details stimmen in dieser Version nicht«, unterbrach Chavez. »Erstens: Warum sollte Lorenzo in dem Fall Donatella gegenüber behaupten, dass die 'Ndrangheta nicht der Drahtzieher war? Zweitens: Warum sollte die 'Ndrangheta Fabio entführen, aber Lorenzo ermorden? Und drittens: Warum sollte die 'Ndrangheta zwei Jahre lang ihren verhassten Feind gefangen halten, statt ihn laut und grausam zu töten? Und warum haben sie seine vermeintliche Ermordung so aufwendig inszeniert?«

»Wie lautet denn eigentlich Version zwei?«, hakte Esposito nach. »Gibt es eine Version zwei?«

»Version zwei«, hob Sifakis tapfer an. »Die 'Ndrangheta entführt Fabio, nachdem der hochkorrupte Lorenzo ihn endlich, nach vielen Versuchen, aufgespürt hat. Vielleicht hatte Donatella danach ja von sich aus schon mit Nachforschungen begonnen, weshalb der Beschluss gefasst wurde, sie auf die falsche Fährte zu locken; daher versorgte Ragusa sie mit falschen Informationen, und zwar mit der Behauptung, dass nicht die 'Ndrangheta die Finger im Spiel gehabt habe. Aber dann macht es ja gar keinen Sinn, sie umzubringen ...? Sie wäre lebend weitaus nützlicher gewesen ...«

»Uns fehlt da ein Detail«, sagte Esposito. »Da ist eine Lücke, und zwar eine große.«

»Der Artikel!«, rief Chavez laut und sprang auf.

Sifakis und Esposito starrten ihn fassungslos an. Nachdem er so eine Weile verharrt hatte, alle Blicke auf ihn gerichtet – vom makellosen Personal über das amerikanische Ehepaar, die Geschäftsmänner bis hin zur Seniorentruppe –, sank er zurück auf seinen Stuhl.

»Fabio hatte eine Chance«, flüsterte er. »Nach zwei Jahren in der Hölle und halb tot bekam er eine *einzige* Chance. Die Entführer haben ihm eine Zeitung in die Hand gedrückt und beschlossen, ihn damit zu filmen. Er wird höchstens ein, zwei Minuten Zeit gehabt haben, einen Text zu finden, der uns einen Hinweis geben könnte. Wofür hat er sich entschieden? Er legte seinen Finger auf einen absurd unbedeutenden Artikel über den italienischen Fußball. Und der Satz, auf den sein Finger zeigt, lautet: ›Die Ursachen für diese Krise lassen sich vor allem in der mittelmäßigen Rekrutierung von ausländischen Spielern finden.‹«

Sifakis sah zu Esposito, Esposito zu Sifakis. Dann schauten beide zu Chavez. Ihre Blicke waren glasig.

»Es sind also ›ausländische Spieler‹ involviert«, fuhr Chavez fort. »Ist das nicht die Unbekannte, die uns noch fehlte?«

»Um Gottes willen«, stöhnte Esposito und rieb sich die Stirn.

»Gibt es eigentlich auch eine Version drei?«, fragte Sifakis.

»Dieser Gedanke ist ja noch ganz neu«, sagte Chavez. »Ich muss improvisieren. Also, Version drei: Lorenzo verrät Fabio *nicht* an die 'Ndrangheta, er hat wirklich alle Verbindungen zu seinem Vater gekappt. Fabio wird von ausländischen Spielern einkassiert, die ihn aber *nicht* umbringen wollen, zumindest nicht sofort, sondern erst Jahre später. Ähm, dann ermittelt Lorenzo wegen der Explosion im Schloss und findet heraus ... dass es eben ›ausländische Spieler‹ waren, die Fabio entführt haben. Er findet ebenfalls heraus, dass die Polizei die Ermittlungen einstellen will ... weil ...«

»Du wirst immer langsamer und langsamer«, bemerkte Sifakis gutmütig.

»Ich bekomme das alles nicht zusammen«, sagte Chavez und schlug mit den Fäusten auf den Tisch. »Lorenzo ist ein hinterlistiger Fiesling, spielt sein eigenes Spiel. Er stammt aus San Luca, kommt aus dem Herzen der 'Ndrangheta, ist Fabio Tebaldis Kumpel und unterlässt es jahrelang, ihn bei der Mafia zu verpfeifen. Außerdem versucht er, uns über Donatella Bruno darauf aufmerksam zu machen, dass Tebaldi und Potorac *nicht* von der 'Ndrangheta entführt worden sind. Sondern von ausländischen Spielern. Ich habe keine Ahnung, was er vorhatte, aber je länger ich darüber nachdenke, desto mehr bin ich davon überzeugt, dass er noch am Leben ist. Und ich glaube nicht, dass er irgendwo in der Mafiahierarchie sitzt.«

»Wo ist er dann?«, fragte Sifakis. »Auf einer polynesischen Insel?«

»Vielleicht, was weiß denn ich, zum Teufel«, entfuhr es Chavez. »Wir müssen uns noch einmal die Beweggründe ansehen. Was hat Lorenzo Ragusa für Beweggründe? Können wir überhaupt welche ausmachen?«

»Vielleicht so etwas wie Loyalität?«, schlug Sifakis vor. »Warum verrät er Fabio nicht, als er ihm zufällig in Genua begegnet?«

»Sie sind Freunde.« Esposito nickte zustimmend.

»Das ist auf jeden Fall *ein* Beweggrund«, sagte Chavez. »Aber es ist nicht der zentrale. Fabio spielt ja gar keine so wichtige Rolle in Lorenzos Leben. Nein, was ist Lorenzos *eigentlicher* Beweggrund, die Triebfeder in seinem eigenen Leben?«

»Wir haben doch mit relativ vielen Leuten gesprochen, die ihn kannten. Aber ich hatte den Eindruck, dass ihm keiner wirklich nahestand. Keine Familie, keine richtigen Freunde. Er war ziemlich anonym.«

»Das Paradoxe ist, dass ich das Gefühl habe, als wären wir jetzt etwas auf der Spur«, sagte Sifakis. »Obwohl wir eigentlich nichts Neues herausbekommen haben. Alle, mit denen wir geredet haben, waren ja derselben Ansicht wie wir, Lorenzo Ragusa hat keinen nachhaltigen Eindruck hinterlassen.«

»Also, dann noch einmal, was war sein Beweggrund?«, wiederholte Chavez mit neuem Enthusiasmus. »Plötzlich steht das alles so klar vor mir. Sagt es in einem Wort. Salvatore?«

»Aargh«, schnaubte Esposito frustriert. »Keine Ahnung. Loyalität?«

»Bestimmt hat es auch damit zu tun, ja. Angelos?«

»Freiheit«, sagte Sifakis mit einem Seufzen. »Aber etwas hält ihn davon ab, sein Leben zu leben. Er ist an die Mafia gekettet und will doch nichts lieber, als von ihr wegzukommen.«

»*Pling!*«, machte Chavez. »Ganz genau! Das glaube ich auch. Er sucht nach einem Weg, der Mafia zu entkommen. Und genau das tut er gerade. Verdammt, wir sind die ganze Zeit davon ausgegangen, dass er tot ist. In Wirklichkeit ist er untergetaucht. Ich weiß noch nicht, wie er als Whistleblower ›R‹ in dieses Bild passt, auch nicht, welche Rolle die ausländischen Spieler haben, aber ihm scheint es gelungen zu sein, der 'Ndrangheta zu entkommen, seinen düsteren lebenslangen Begleitern. Freiheit, Angelos. Die will er haben. Das wollte er die ganze Zeit. Er will weg von der Mafia, um jeden Preis.«

»Er ist also abgehauen und untergetaucht?«, fragte Esposito.

»Aber wohin?«, fragte Sifakis.

Ein Blumenverkäufer betrat das Restaurant. Kurz vor ihrem Tisch drehte er ab, als er begriff, dass keiner der drei Männer einem der anderen eine rote Rose schenken würde. Geistesabwesend folgte Chavez dem Mann auf seinem Weg von Tisch zu Tisch mit dem Blick. Schließlich stand der Verkäufer vor dem Tisch der Amerikaner in der hinteren Ecke. Der Mann, der mit seiner Begleitung den ganzen Abend über mit donnernder Stimme kommuniziert hatte, scheuchte den Blumenverkäufer gleichermaßen liebevoll wie lautstark weg: »*Piss off, you fucking hobo!*«

In Jorge Chavez legte sich ein Schalter um, plötzlich hatte er das Gefühl, als würde er aus großer Distanz einen Gegenstand betrachten.

»Sehr sympathisches Verhalten«, kommentierte Esposito und grinste.

»*Hobo*«, wiederholte Chavez.

»Wie bitte?« Sifakis sah ihn fragend von der Seite an.

»*Hobo*«, sagte Chavez erneut. »Der Landstreicher.«

Jetzt waren die Blicke seiner Kollegen nur noch misstrauisch und skeptisch.

»Wie hieß er noch gleich?«, fuhr er fort. »Der Wirtschaftsprüfer aus Turin? Nestore Maga, richtig? Der Typ mit diesem übertriebenen amerikanischen Akzent?«

»Richtig«, sagte Sifakis. »Aber den haben wir doch befragt, und er glaubte lediglich, Lorenzo Ragusa auf einem sechs Jahre alten Foto wiedererkannt zu haben. Das war aber schon alles.«

»Aber er hat von diesem Landstreicher erzählt, den Fabio verprügelt hat«, sagte Chavez. »›Mit roher Gewalt‹, hatte er gesagt. Einen *hobo*.«

»Ja, und?«

»Die Pokerabende. Wo haben die eigentlich stattgefunden?«

»Ich erinnere mich nicht mehr«, sagte Esposito mit gequältem Gesichtsausdruck. »In Turin? Sie haben damals doch noch studiert ...«

»Nein, das war woanders«, unterbrach ihn Sifakis. »Eine Hütte in den Bergen?«

»Genau«, sagte Chavez. »Die sogenannte Hütte, ein Wochenendhaus in den Bergen, die leer stand, ein Investitionsobjekt, in dem niemand wohnte außer in den Pokernächten. Und Lorenzo Ragusa war ein einziges Mal mit von der Partie.«

»Verdammt«, stieß Sifakis hervor. »Meinst du wirklich? Ein Berg in Norditalien? Welcher Berg?«

»Ein Berg in der Nähe von Turin«, sagte Chavez. »Wir brauchen einen Laptop! Und hat einer von euch Nestore Magas Telefonnummer?«

Salvatore Esposito blätterte sofort seine Kontaktdaten im Handy durch, während Angelos Sifakis den Laptop hochfuhr. Jorge Chavez' Beitrag bestand aus nervösem Fußstampfen.

»Hab ihn«, rief Esposito. »Rufe ihn gleich an.«

»Nördlich und westlich von Turin gibt es einige Berge«, stöhnte Sifakis mit Blick auf die Landkarte auf seinem Rechner.

»Geht nicht ran«, vermeldete Esposito.

»Überprüf mal, wann ein Flug von Lamezia Terme nach Turin geht.«

»Der nächste geht in zwei Stunden«, sagte Sifakis.

»Kannst du fahren, Salvatore? Und versuche es immer wieder bei Maga.«

»Wenn ich fahre, kannst du ja vielleicht anrufen?«, schlug Esposito vor und zog sich die Jacke an.

Als sie am Nachmittag in Torino Caselle, nördlich von Turin, landeten, hatten sie Nestore Maga noch immer nicht erreichen können. Esposito versuchte es sogar heimlich während des Landeanflugs, aber erfolglos. Er hatte auch kein Glück, als sie in der Warteschlange vor der Autovermietung standen. Aber als sie über den riesigen Parkplatz mit den Mietwagen eilten, meldete sich endlich jemand.

»Maga.«

»Hier spricht die Polizei«, sagte Esposito konzentriert. »Wir hatten Sie vor einiger Zeit kontaktiert wegen eines ehemaligen Freundes aus Ihrer Studienzeit. Sein Name ist Fabio Tebaldi.«

»Ich erinnere mich«, antwortete Nestore Maga. »Allerdings haben wir damals Englisch gesprochen. Das war mit einem Kommissar ... Castro?«

»Chavez«, korrigierte Esposito. »Sie erwähnten in diesem Gespräch ein Wochenendhaus in den Bergen, wo Sie Poker gespielt haben.«

»Das ist richtig«, antwortete Maga. »›Die Hütte‹ haben wir es genannt ...«

»Wo genau befindet sich diese Hütte?«, unterbrach ihn Esposito.

»Sie haben Glück. Ich habe die GPS-Daten zufällig vor mir liegen.«

Salvatore Esposito stutzte und blieb abrupt stehen. Chavez und Sifakis bemerkten es, hielten ebenfalls an und drehten sich um. Esposito runzelte die Stirn.

»Warten Sie«, sagte er. »Warum haben Sie die GPS-Daten der Hütte zufällig vorliegen?«

»Ich war erst in einem wichtigen Meeting und später bei einem Mittagessen, deswegen bin ich auch leider nicht ans Telefon gegangen. Aber kurz zuvor hatten ja Ihre Kollegen angerufen und ...«

»Warten Sie«, unterbrach ihn Esposito.

Chavez machte mit dem Finger eine kreisende Bewegung über seiner Armbanduhr.

»Um wie viel Uhr war das?«, fragte Esposito.

»Tja, na, so gegen elf Uhr.«

»Überprüfen Sie das in Ihrer Anrufliste, und sagen Sie mir bitte die exakte Uhrzeit.«

Nach einer kurzen Pause antwortete Maga: »10:43 Uhr. Wollen Sie die Koordinaten jetzt haben?«

»Ich will, dass Sie mir die Daten per SMS schicken, während wir uns weiter unterhalten. Geht das?«

»Klar, ich versuche Multitasking, *while we talk, man*.«

»Dann beschreiben Sie bitte mit eigenen Worten, wo die Hütte steht.«

»Hinter Aosta«, sagte Maga. »Etwa hundertzehn oder hundertzwanzig Kilometer nördlich von Turin. Oben in den Bergen. In der Nähe des Montblanctunnels.«

»Vielen Dank. Ich habe die Koordinaten erhalten.«

Esposito deutete mit der Hand an, dass sie weitergehen sollten.

»Was haben unsere Kollegen denn gewollt?«, fragte er.

»Nun ja, die haben – wie Sie auch – nach dem Standort der Hütte gefragt. Kommunizieren Sie innerhalb Ihrer Dienststelle nicht miteinander?«

»Namen? Stimme? Was hatten Sie für einen Eindruck?«

»Ich glaube, dass er gar keinen Namen gesagt hat ... Aber er sprach lupenreines Amerikanisch. Ungefähr so wie Bruce Willis in *Die Hard*. *Wonderful English!*«

»Englisch also? Der Polizist, der seinen Namen nicht genannt hat, sprach also Englisch mit amerikanischem Akzent?«

»Sie haben mir Ihren Namen auch nicht genannt. Und der Polizist, mit dem ich davor gesprochen habe, dieser Castro, hat mit mir auch Englisch gesprochen.«

»Sie haben vollkommen recht«, gestand Esposito ein. »Erinnern Sie sich sonst noch an etwas?«

»Nein, nicht direkt.«

»Gut. Bitte halten Sie sich in den nächsten Stunden bereit, und gehen Sie ans Telefon. Auch im wichtigsten Meeting lassen Sie das Handy eingeschaltet, okay?«

Sie machten sich augenblicklich auf den Weg. Das mobile Navi im Mietwagen funktionierte einwandfrei, was vor allem daran lag, dass Chavez seine Finger nicht im Spiel hatte. Er saß auf dem Rücksitz und versuchte, ein Satellitenbild von der Position der Hütte zu finden. Es gelang ihm, allerdings war die Aufnahme nicht besonders scharf, wenn er sich an die Hütte heranzoomte. Aber er konnte immerhin erkennen, dass es sich um eine klassische Almhütte handelte, die in unmittelbarer Nähe zu einem Skihang lag. Das Gebäude lehnte quasi am Berg, was bedeutete, dass es nur einen Zugang gab. Eine kleine Treppe führte auf eine Terrasse vor der Eingangstür.

Sie betrachteten die Bilder, während sie die A 5 nach Norden nahmen. Esposito fuhr sehr schnell.

Sie redeten kaum. Es gab nur ein paar Wortwechsel, verteilt auf hundertzehn Kilometer.

»Die haben einen Vorsprung von fast fünf Stunden«, sagte Chavez.

»Wer auch immer ›die‹ sind«, entgegnete Esposito.

»Wenn man jemanden nicht töten will, kann man in fünf Stunden eine ganze Menge bewerkstelligen«, wandte Sifakis ein und fingerte am Holster seiner Dienstwaffe.

»Aber warum ausgerechnet jetzt?«, fragte Chavez. »Sie hatten wesentlich mehr Zeit, ihn zu finden, als wir. Sie können ihre Suche erst in jüngster Zeit verstärkt haben.«

»Keine losen Enden«, sagte Sifakis. »Und ich glaube, die wollen dasselbe wissen wie wir. Ragusa kann noch am Leben sein.«

»Wer sind die?«, fragte Esposito.

»Wie überwältigen wir sie?«, fragte Chavez. »Die Fenster an den Seiten sind nicht so geeignet, oder? Aber es gibt keinen Hintereingang, da ist nur Felsen. Von vorn können wir jedoch auch nicht kommen, die haben über hundert Meter freie Sicht.«

»Von den Seiten«, entschied Sifakis. »Ich habe auf der Website einer Architektenfirma einen Grundriss von diesem Hüttentyp gefunden. Scheint eine Standardalmhütte zu sein, die Konstruktionen ähneln sich alle, abhängig von der Beschaffenheit des Untergrunds.«

»Aber wer sind die?« Esposito ließ nicht locker.

»Sie müssen unsere fehlende Unbekannte sein«, sagte Sifakis. »Deshalb haben unsere Hypothesen alle nicht gegriffen.«

»Und darauf hätten wir auch früher kommen können. Es sind sicher Leute von Asterion. Amerikaner, Huntingtons Männer. Aber trotzdem passt für mich das alles noch nicht zusammen.«

»Gerade jetzt haben wir andere Sorgen«, gab Esposito zu bedenken. »Wir wissen nicht, wie viele es sind, richtig? Wie sie bewaffnet sind. Wollen wir da wirklich allein reingehen?«

»Wen würdest du denn anrufen?«, fragte Chavez. »Und wie schnell kann jemand vor Ort sein?«

»Ich könnte meinen alten Chef in Mailand anrufen«, schlug Esposito vor.

»Du weißt schon, dass wir dann sofort im Bürokratiedschungel feststecken, oder?«, sagte Chavez. »Vergiss es. Wir machen es allein. Oder wir überlegen es uns anders und fahren durch den Montblanctunnel und sind in ein paar Stunden zu Hause in Den Haag.«

»So habe ich das nicht gemeint.«

»Genau genommen können wir nur durch das rechte vordere Fenster einsteigen«, sagte Sifkais und zeigte auf seinen Bildschirm. »Dahinter befindet sich eine begehbare Kleiderkammer.«

Aosta war schon von Weitem eine umwerfend schöne Stadt. Vor einer prächtigen Alpenkulisse erstreckte sich das Tal mit den antiken Ruinen der einstigen römischen Kolonie Augusta Praetoria Salassorum. Aber viel mehr konnten sie nicht von der Stadt sehen, denn ein paar Kilometer vor der Stadtgrenze bogen sie in einen Waldweg, der bald zu einer schmalen Serpentine wurde. Hinter einer Kurve tauchte vor ihnen ein noch grüner Skihang auf, der extrem steil aussah. Die Hütte stand ein Stück abseits vom Hang.

Der steile Pfad schlängelte sich immer höher.

»Noch fünfhundert Meter.« Sifakis hatte das Navi im Blick. »Gleich kommt eine Abzweigung, ein Privatweg, und zweihundert Meter weiter liegt die Almhütte, vollkommen isoliert.«

An der Abzweigung stand ein Wagen, ein großer Wagen. Esposito verlangsamte das Tempo, und Chavez stellte fest, dass es sich um einen Hummer H3 handelte. Fünf Sitzplätze, nicht mehr, den Rest des Wagens nahm der sensationelle Vierlitermotor ein. Aber fünf Gegner waren schlimm genug. Der Wagen roch nach Geld, nach Muskeln. Die Aktion drohte schwierig zu werden.

Dass die anderen seine Befürchtungen teilten, sah Chavez ihnen an, als sie direkt hinter dem Hummer anhielten. »Sie sind nicht auf uns vorbereitet«, versuchte er ihnen Mut zu machen. »Du hast recht, Angelos. Das ist unser Vorteil. Bist du bereit, Salvatore?«

»Hätten wir nicht wenigstens in Den Haag Bescheid geben müssen?«, fragte Esposito leise und holte seine Pistole aus dem Handschuhfach.

»Doch«, entgegnete Sifkais. »Ich schicke ihnen eine SMS mit den Koordinaten. Aber das wird uns erst hinterher von Nutzen sein.«

Keiner von ihnen fügte laut hinzu: Wenn es dann nicht zu spät ist.

Sie liefen durch den Wald, der sich fast senkrecht über ihnen erhob. Sifakis hatte seinen Blick auf das mobile Navigationsgerät geheftet und zeigte mit der Hand die Richtung an. Sie zwängten sich durch den dichten Baumbestand. Die Luft hier unterschied sich wesentlich von der in Kalabrien. Alpenluft, das andere Gesicht Italiens. Es war die größtmögliche Entfernung, die man zwischen sich und Kalabrien bringen konnte.

Sie machten Umwege, um auf jeden Fall zu verhindern, vom Haus aus gesehen zu werden. Sie folgten dem schmalen Pfad und konnten die Hütte kurz darauf zwischen den Zweigen hindurchschimmern sehen. Eine schmutzig weiße Hauswand, die sich wie ein feiger Bergsteiger gegen den Fels drückte, kam zum Vorschein.

Und in der Tat befand sich dort nur ein einziges Fenster, vor dem eine Rollgardine hing. Die Sicht stellte also kein Problem dar, dafür aber die Akustik. Sie hatten keine Chance zu hören, wie viele Männer sich in der Hütte aufhielten und wie sie bewaffnet waren. Über welche Schlagkraft sie verfügten.

»Es gibt ein Obergeschoss«, flüsterte Sifakis. »Im Erdgeschoss ist eine offene Küche, an die sich ein großer Raum anschließt. Außerdem gibt es noch zwei kleine Räume sowie ein Badezimmer oben und eines unten. Das Obergeschoss dient als eine Art Schlafloft. Dort wird sich keiner aufhalten, und ich glaube kaum, dass sie einen Scharfschützen postiert haben.«

»Kaum ...«, wiederholte Esposito, die Waffe im Anschlag.

Chavez' Blick fiel auf die Waffe, dann auf seinen Kollegen.

»Du gibst uns Deckung, Salvatore«, sagte er. »Geh hier in Position. Warte auf unser Zeichen. Und schieß auf jeden, der aus der Hütte kommt. Außer wir sind es.«

Dann sah er Sifakis eindringlich an.

»Bist du dabei, Angelos? Klassischer Zugriff. Wir decken einander. Keine Kunststücke. Unten gibt es nur einen großen Raum. Das ist unser Ziel.«

Sifakis zog seine Waffe, entsicherte sie und nickte.

Chavez holte tief Luft.

»Wenn wir recht haben und es sind Asterions Leute, dann haben die nicht vor, Gefangene zu machen. Das ist von Bedeutung für unseren Zugriff. Verstehst du, was ich sagen will, Angelos?«

Sifakis sah ihn an und nickte erneut. Chavez erwiderte das Nicken und machte sich auf den Weg. Sifakis drückte Esposito das Navi in die Hand und folgte ihm.

Esposito ließ das Gerät sofort fallen und umklammerte seine Waffe mit beiden Händen. Er sah, wie Sifakis seinem Kollegen gebückt durch den an dieser Stelle lichten Baumbestand hinterherlief. Sie drückten sich an die Hauswand und gaben einander ein Zeichen.

Esposito beobachtete, wie Chavez einen kurzen, schnellen Blick um die Ecke wagte, um die Treppe und die Eingangstür zu überprüfen. Dann duckte er sich ganz tief und schlich, die Waffe im Anschlag, auf die Terrasse. Sifakis folgte ihm.

Er sah, wie die beiden die Tür inspizierten. Nach wie vor war kein Laut zu hören. Esposito war ziemlich weit entfernt, dennoch sah er, wie Chavez hochschnellte, Schwung nahm und die Tür eintrat.

Dann brach die Hölle los.

Während Salvatore Esposito auf dem Waldboden kauerte und seine zitternde Pistole betrachtete, wurde ihm klar, dass er seine Dienstwaffe noch nie benutzt hatte. Da hörte er aus dem Inneren der Hütte drei, vier, fünf einzelne Schüsse. Darauf folgte ein regelrechter Kugelhagel, wie aus einem Maschinengewehr. In diesem Moment fing er an zu weinen. Es folgten weitere Salven. Zuerst zersplitterte das Fenster in der Terrassentür, dann auch das kleine Seitenfenster mit der Rollgardine. Er warf sich vornüber. Schmeckte seine Tränen, die sich mit dem Geschmack des Waldbodens mischten. Reine, karge Erde. Moos. Das Navi gegen seine Wange gepresst, blieb er reglos liegen.

Dann herrschte Stille. Er rappelte sich auf, blieb aber in der Hocke.

Die Stille war vollkommen.

Er wartete. Die Zeit verstrich. Erneut hob er die Pistole, an der Moos klebte. Sie zitterte geradezu grotesk in seinen Händen. Dabei fielen kleine Moosflocken zu Boden.

Da schwang die Tür auf. Mit beiden Händen versuchte er krampfhaft, die Waffe ruhig zu halten. Aber es war unmöglich. Das Zittern der Pistole wurde nur immer schlimmer.

Plötzlich flog wie in Zeitlupe eine Gestalt auf die Terrasse. Esposito hob erneut unter größter Anstrengung seine Waffe.

Aber die Gestalt winkte ihm zu. Es war nur eine kurze Geste.

Er erkannte Sifakis. Es musste Sifakis sein.

Salvatore Esposito übergab sich auf den Waldboden. Als er wieder aufsah, war die Gestalt verschwunden. Er blieb reglos sitzen. Alles war so still wie zuvor, vollkommen still.

Dann schwang die Tür ein zweites Mal auf, und zwei Männer

schleiften einen dritten hinter sich her. Und endlich kehrten die Laute und Geräusche zurück.

Er hörte Schreie und Gebrüll auf der Terrasse. Esposito stolperte auf die Hütte zu. Er sah, wie Chavez und Sifakis einen Mann die Treppen hinuntertrugen. Er war nackt und ganz weiß. Sein Körper war mit Wunden übersät. Überall Blut, wie bei Jesus, als er vom Kreuz genommen wurde.

Dann sah Esposito das Gesicht. Es war eine einzige blutige Masse. Er konnte nicht erkennen, ob die Augen des Mannes geschlossen oder zugeschwollen waren, und aus seinem Mund hing ein blutiger Lappen heraus, ein Küchenhandtuch oder etwas Ähnliches. Es verfärbte sich immer dunkler.

Sie trugen den Mann an ihm vorbei. Chavez drehte sich zu Esposito um und brüllte ihm etwas zu. Aber der hörte nichts, alle Geräusche waren wieder verschwunden. Chavez brüllte erneut, noch lauter.

Da endlich drangen die Laute durch Espositos Schutzmauer: »Hol den Wagen, verdammt noch mal, Salvatore! Hol den Scheißwagen!«

Esposito rannte los, strauchelte, fing sich wieder und rannte weiter. Das Letzte, was er hörte, war Chavez' schneidende Stimme, die ihm hinterherschrie: »Die Schweine haben ihm die Zunge rausgeschnitten!«

Zuccotti Park

Den Haag – New York, 17. September

Es war ein sonderbares Gefühl, durch die Räume der Opcop-Gruppe in Den Haag zu laufen. Sie waren menschenleer. Paul Hjelm hatte das letzte Paar in die Welt hinausgeschickt, er hatte keine Wahl gehabt. Er brauchte sie alle dort draußen.

Natürlich gab es eine ganze Menge nationaler Repräsentanten, die vor Ort waren, aber sie konnten die entstandenen Lücken nicht im Ansatz füllen.

Während er durch die Räume wanderte und sich am Kopf kratzte, ging er in Gedanken alle Stationen durch, an denen sich die Paare zurzeit befanden.

In China, das plötzlich eine ungewohnte Offenheit an den Tag gelegt hatte, seine Schwächen und seine Stärken zeigte und das die Zerschlagung genetischer Spitzenforschung zugelassen hatte – die unter Umständen sogar vom eigenen Militär unterstützt worden war.

In Mechelen, wo der einzige Zeuge, der alles über diesen genetischen Forschungszweig erzählen könnte, nach wie vor im Koma lag, verursacht durch einen Herzinfarkt, an dem die Polizei wahrscheinlich nicht ganz unschuldig war.

In New York, wo ein gigantisches sogenanntes Sicherheitsunternehmen seine Kräfte vereinte und zu einer Größe anwuchs, die Nationen übertrumpfte. Und von dem man noch nicht viel mehr als einen vagen Schattenriss erahnte.

In Madrid, wo die Suche nach einem Kämpfer für Gerechtigkeit und einem frischgebackenen Junkie anhielt, der vielleicht erklären konnte, was da eigentlich vor sich ging.

In Italien, wo darauf gewartet wurde, dass ein Mann, der aus dem Schoß der Mafia geboren worden war und versucht hatte, ihr zu entkommen, seine Folter überlebte und aus der Narkose aufwachte.

Und in Den Haag saß der *hub*. Der Knotenpunkt, der mehrere Teilsegmente zu einem Ganzen verband, ohne etwas Eigenes hinzuzufügen.

Aber dann gab es ja noch W. Er war sein Joker in diesem Spiel und machte ihn zu mehr als einem *hub*.

Es war wirklich leer in den Räumen der Opcop.

Da klingelte das Telefon.

»Wir haben endlich Arturo gefunden.«

»Felipe. Ausgezeichnet. Und was sagt unser rothaariger Freund?«

»Er hat das bestätigt, was er schon in unserem ersten Telefonat angedeutet hatte. Es handelt sich um eine synthetische Droge, eine Designerdroge, die ihn direkt in den Himmel geschossen hat. Und zurück in die Hölle, denn offenbar hat sie einen extrem hohen Suchtfaktor und macht viel schneller abhängig als andere Drogen. Arturo hat auch mit anderen Teilnehmern des Protestmarsches gesprochen, aus anderen Städten – alle acht Demonstrationszüge scheinen Dealerbesuch gehabt zu haben.«

»Und hinterher in Madrid wurde dann ausgewertet?«

»Ja. Auch weitaus Drogenerfahrenere als Arturo haben es bestätigt. Diese Droge ist etwas ganz Besonderes. Irgendjemand soll zu Arturo sogar gesagt haben, dass ›damit eine neue Ära anbricht‹.«

»Das kommt mir irgendwie bekannt vor«, sagte Hjelm. »Habt ihr euch die Polemos Seguridad noch einmal genauer angesehen?«

»Die haben ihr Namensschild ausgetauscht, an der Tür steht jetzt Camulus Security Group Inc. Wir haben dort ein bisschen observiert, während wir auf Arturo gewartet haben. Da ist ganz schön was los. Permanent gehen Leute ein und aus.«

»Ich verstehe. Bleibt dran. Noch etwas?«

»Ich habe mir das Beste zum Schluss aufgehoben. Arturo hatte noch eine Tüte übrig. Er hatte sie bei seinen Eltern versteckt. Dort haben wir ihn auch gefunden, er hat es nicht länger ausgehalten.«

»Ausgezeichnet. Setzt euch gleich mit den Opcop-Repräsentanten in Madrid in Verbindung, und lasst die Droge analysieren.«

»Was glaubst du, wo wir gerade sind?«, sagte Navarro und beendete das Gespräch.

Hjelm ging in sein eigenes Büro und schloss die Tür hinter sich. Es war später Nachmittag. Die Sonne hatte ihre Wanderung über das Himmelszelt fortgesetzt und näherte sich dem Horizont, er sah ihr eine Weile dabei zu.

Was passierte hier gerade?

Camulus testete eine neue Designerdroge im Schutz einer unkontrollierbaren Menschenmenge. Im Auftrag von jemandem? Zogen die mexikanischen Drogenkartelle oder die 'Ndrangheta im Hintergrund die Fäden? Nachdem sie eine neue Droge erfunden hatten, für die nun die Vertriebswege erschlossen werden mussten?

Aber das konnte nicht alles sein.

Sie waren vielmehr etwas richtig Großem auf der Spur. Am 14. Juli hatte die Nationale Antimafia-Staatsanwaltschaft DDA in Reggio Calabria die Ergebnisse einer dreijährigen Untersuchung unter dem Namen »Crimine 3« präsentiert. Zwei Sachverhalte wurden bestätigt. Zum einen, dass die 'Ndrangheta in der Tat den Kokainhandel in Europa kontrollierte. Zum anderen, dass dieses Kokain über den Hafen in Gioia Tauro in Kalabrien nach Europa eingeführt wurde und dass die Mexikaner, allen voran Los Zetas, das Kokain nach Europa verschifften, in erster Linie aus New York.

Ein neues Machtgleichgewicht hatte sich in der Welt der Drogen etabliert. Die 'Ndrangheta, nach wie vor wahrscheinlich die größte kriminelle Organisation weltweit, hatte schon früh ihre Position durch ihre Kontakte zu den kolumbianischen Drogenbossen gefestigt. Als die Kolumbianer vom Markt verschwanden und die Mexikaner übernahmen, benötigten diese neue Kontakte. Die Mexikaner waren in erster Linie am US-amerikanischen Markt interessiert, erkannten jedoch schon bald, dass Europa nicht nur doppelt so groß ist wie die USA, sondern, als Ganzes betrachtet, auch bedeutend reicher. Die 'Ndrangheta brauchte neues Kokain, Los Zetas und ihresgleichen ein funktionierendes Vertriebssystem in Europa. Sie brauchten einander.

Wenn nun eine neue synthetische Droge auf dem Markt auftauchte, die viel härter und effektiver war als die Produkte auf der Basis von Mohn oder Koka, was würde dann mit diesem Machtgleichgewicht geschehen? Es gab selbstverständlich schon längst synthetische Drogen auf dem Markt, allen voran Amphetamine, Speed, in letzter Zeit hauptsächlich Methamphetamine, Crystal Meth, und der Handel damit florierte. Aber wenn diese neue Droge tatsächlich noch stärker war oder eben mit einem noch höheren Suchtfaktor ausgestattet, würde das natürlich einen Effekt auf dieses Gleichgewicht haben.

Doch wer hatte die neue Droge auf den Markt gebracht?

Und in was für einer Welt war das, in der die Flucht aus ihr zum größten Bedürfnis wurde?

Das Handy, das Hjelm noch immer in der Hand hielt, klingelte erneut.

Ja, hier der *hub* am Apparat?, dachte er bei sich, bevor er das Gespräch annahm.

»Hier ist Laima. Ein kurzer Bericht aus New York. Wir stehen vor dem Hauptquartier der Camulus Security Group. Das ist kleiner als erwartet und besteht nur aus ein paar Stockwerken in einer Parallelstraße zur Wall Street. Pine Street heißt die. Heute ist Samstag, aber hier herrscht dennoch Hochbetrieb.«

»Und was sind das für Geräusche im Hintergrund?«

»Ich bin mir nicht ganz sicher«, antwortete Balodis. »Eine Demonstration. Einige Tausend Menschen laufen den Broadway hoch. Miriam sagt gerade etwas, warte kurz. Okay, also eine Bewegung, die sich *Occupy Wall Street* nennt. Die Leute haben es satt, dass die Reichen immer reicher werden zulasten der Armen. Das ist der erste Tag von einer Aktion, die wohl länger laufen wird.«

»Da sieht man es«, sagte Hjelm. »Sogar dort passiert etwas. Vielleicht haben die sich von den *Los Indignados* in Madrid inspirieren lassen? Hattet ihr schon Kontakt?«

»Ja, bei uns in New York ist jetzt Vormittag, gestern Abend hatte Miriam Kontakt, das war aber mitten in der Nacht, da konnten wir dich nicht anrufen. Sehr kurzes Telefonat mit Alabama, sie waren auf dem Rückweg. Wir gehen davon aus, dass Nicholas schon wieder in New York eingetroffen ist. Aber er hat sich noch nicht gemeldet.«

»Okay. Observiert das Hauptquartier von Camulus ruhig noch ein bisschen, macht Fotos von den Leuten, die da ein und aus gehen, und schickt sie mir. Und ruft mich an, sobald etwas passiert.«

*

Laima Balodis beendete das Gespräch. Sie standen auf der Pine Street, nicht weit vom Broadway, und waren umgeben von Demonstranten.

»Das ist total interessant«, sagte Miriam Hershey, die direkt neben ihr stand. »Wir laufen bei denen mit, Camulus kann warten.«

Sie gingen zum Broadway und folgten der Menschenmenge. Aber bereits beim nächsten Block zerstreute sich der Demonstrationszug in einem Park, der laut Straßenschild »Zuccotti Park« hieß. Die Menschen verteilten sich, vereinzelt waren Sprechchöre zu hören, Plakate wurden in die Luft gehalten: *»We are the ninetynine percent«*, *»OUT$OURCED«* und *»One Day the Poor Will Have Nothing to Eat but the Rich«*. Laima und Miriam wanderten zwischen den Demonstranten herum. Es waren ganz gewöhnliche Leute, hauptsächlich jüngere Männer, aber es gab auch einige ältere Teilnehmer. Da vibrierte Hersheys Handy. Sie zog es aus der Tasche, las die Nachricht und zeigte sie Laima: »Zurück in New York. In einem Hangar. Eine Art

Generalversammlung. Verteilung der Aufgabe steht kurz bevor. Melde mich später.«

*

Nicholas schaltete sein Prepaidhandy aus, steckte die SIM-Karte zurück in seinen Schuh, schob das Handy tief in den Behälter mit den Papierhandtüchern und ging zurück in die Halle, die wie ein Hangar aussah. Das Verbotsschild für Handys war nicht zu übersehen. Er passierte den Ganzkörperscan und wartete, während zwei Wachleute sein dreidimensionales Bild analysierten. Als sie auf seine Schuhe zeigten, überkam ihn zum ersten Mal seit langer Zeit ein Moment der Panik. Aber schon öffnete sich die nächste Tür.

Wie erwartet, befand sich dahinter ein großer bestuhlter Saal mit einem Rednerpult. Nicholas setzte sich und sah zu, wie sich der Raum langsam mit Menschen füllte, die alle dieselbe Kleidung trugen wie er. Camouflageuniform.

Seit fast einem Monat war er nun schon in den USA. Er hatte die beste militärische Ausbildung im Schnellverfahren genossen, die man überhaupt bekommen konnte. Und war währenddessen die ganze Zeit bewertet und beobachtet worden. Beurteilungen wurden schriftlich festgehalten, Messwerte genommen, aber er hatte weder eine Vorstellung davon, wie gut es gelaufen war, noch, wozu diese Ergebnisse dienen sollten. Genau genommen wusste er gar nicht, warum er dort war. Sie erhielten keinerlei Informationen, sondern wurden ohne Vorwarnung verlegt, und offenbar war eines der wichtigsten Bewertungskriterien, wie man mit dieser ständigen Unsicherheit umging, dass man nicht wusste, was als Nächstes passieren würde.

Aber darin war er unschlagbar. Es stellte sich heraus, dass er auch bei den sogenannten Blitzattacken hervorragende Qualitäten zeigte. Im Großen und Ganzen hatte er an einem Trainingslager für Extremsportler teilgenommen, und es hatte ihm sehr gut gefallen. Allerdings nur, bis scharfe Munition eingesetzt worden war. Das hatte alles verändert. Das Unheimliche war, dass es ihm trotzdem noch gefiel.

Der Raum war mittlerweile fast bis auf den letzten Platz gefüllt. Es roch nach Testosteron.

Am Ende waren alle Stühle besetzt. Exakt. Sie waren abgezählt. Da trat ein Mann an das Rednerpult. Nicholas kannte ihn, er war ihr Oberbefehlshaber im Trainingslager von Alabama gewesen. Er hielt eine lange und nichtssagende Rede über ihre Leistungen im Camp. Dann bat er die Teilnehmer um absolute Aufmerksamkeit. Auf dem Bildschirm über ihm würden jetzt gleich Nummern und Namen erscheinen. Wer seinen Namen und seine Nummer erkenne, solle aufstehen und einen der sechs Ausgänge nehmen – die ebenfalls numerisch aufgeführt werden würden.

Nicholas Durand sah sich um. Die Männer verschwanden, einer nach dem anderen, die Stuhlreihen verwaisten zusehends, während die identisch uniformierten Männer durch die Ausgänge strömten. Langsam legte sich auch der Geruch von Testosteron.

Am Ende saßen mit ihm nur noch etwa ein Dutzend Männer in dem Saal. Nicholas registrierte, dass er als Einziger in seiner Stuhlreihe übrig geblieben war. Der Oberbefehlshaber wartete geduldig, bis alle Türen wieder geschlossen waren, erst dann wandte er sich an die Verbliebenen: »Sie sind die Elite!«

Die Männer sahen einander an, soweit das bei dem zum Teil beträchtlichen Abstand zwischen ihnen möglich war. Allerdings besaßen sie unter Garantie alle den Falkenblick. Sonst würden sie nicht zur Eliteeinheit gehören, und das hatten ihre Werte schließlich bestätigt.

»Ich will, dass Sie einen Freund willkommen heißen. Sie können ihn Chandler nennen.«

Chandler?, schoss es Nicholas durch den Kopf. War das nicht auch ein ...?

Allerdings musste er seinen Kopf nicht weiter anstrengen. Trotz des Abstandes zum Rednerpult erkannte er den Mann sofort, der auf das Podium stieg und sich vor sie hinstellte. Es war jener Mann, der ab und zu die Namen von Krimiautoren als Pseudonym verwendete.

Denn eigentlich hieß er Christopher James Huntington.
Chandler trat ans Mikrofon:

»Ihr seid Kämpfer, meine Freunde. Richtige Kämpfer. Vielen Dank für euren Einsatz in Alabama. Das war selbstverständlich nur Training, Ausbildung, aber wir haben auch eine Reihe von Tests durchgeführt. Und darin habt ihr am besten abgeschnitten. Die anderen Jungs fahren nach Mexiko, aber ihr, meine Freunde, ihr kommt mit mir nach Europa. Alles klar, Männer?«

Das Kampfgebrüll, das sie in den Weiten Alabamas geübt hatten, schwoll an bis unter die Decke des Hangars. Auch Nicholas brüllte mit. Als würde jeder Zweifel, jedes Zögern sich in Lärm auflösen.

»In zwei Tagen geht es los«, verkündete Chandler. »Denn zuvor habe ich eine mindestens genauso wichtige Aufgabe für euch.«

*

Das Hotel befand sich am Broadway. Draußen dämmerte es bereits. Das Stimmengewirr der Passanten drang durch die Fenster, obwohl diese hermetisch verriegelt waren, wie alle Fenster in Manhattan. Es war zu kostspielig, wenn Leute sich das Leben nahmen.

Nicholas Durand betrachtete sich im Badezimmerspiegel. Sein vernarbtes Gesicht hatte im Laufe der Wochen in Alabama einen anderen Ausdruck angenommen, es war kantiger, vielleicht auch härter geworden. Aber es war nicht sein Gesicht, das er betrachtete. Sein Blick wanderte an seinem Körper hinab und musterte den Anzug, den er anhatte, maßgeschneidert, perfekter Sitz – wie angegossen. Noch nie zuvor hatte er etwas Vergleichbares getragen. Mit einer Tonlage, als würde er kurz vor der Begegnung mit einem Heiligen stehen, hatte der Schneider geflüstert: »Savile Row.« Nicholas hatte nur genickt und an seinem Revers gezupft. Er fand seine Verwandlung unglaublich. Und der Anzug saß auch jetzt noch sensationell, spätabends, das sagte ihm sein Badezimmerspiegel in dem winzig kleinen, aber sündhaft teuren Hotelzimmer, für das er nicht selbst aufkommen musste. Aber auch dem Anzug galt nicht sein Hauptinteresse.

Sein Blick fiel auf das Waschbecken, die Stelle neben der Seife. Dort lag eine durchsichtige Plastiktüte. In dieser Tüte waren etwa fünfzig weitere, kleinere Tütchen. Und in diesen Tütchen befand sich ein weißes Pulver.

Als sie beim Schneider zur Anprobe waren, hatte ein Gerücht schnell die Runde gemacht. Das Pulver sei eine verdammt geile Droge. Mit nichts zu vergleichen. Auch nicht besonders gefährlich. Ein langer, intensiver Rausch. Man sei hellwach und turbonüchtern. Sollte noch einmal getestet werden. Abschlusstest. Extrem wichtig.

Nicholas öffnete die große Tüte und nahm eine kleine heraus. Wog sie in seiner Hand. Sie war federleicht.

Niemand würde bemerken, ob eine fehlte. Oder zwei.

Wenn diese Droge so verdammt großartig war, sollten sie das Zeug dann nicht vorher selbst testen? Um zu wissen, was sie da überhaupt taten? Hatten sie das nicht verdient nach der Hölle auf Erden in Alabama?

So war es doch schon immer gewesen: Zugriff, eiskalte Lebensgefahr, danach die Belohnung, der Rausch. So ein kleiner Rausch vor einem Einsatz war doch von Vorteil? Denn sein Instinkt sagte ihm, dass der Einsatz in Europa ein Zugriff großen Ausmaßes sein würde.

Aber er führte mittlerweile ein anderes Leben. Mit Miriam. Er war clean. Er liebte. Und er arbeitete für Europol.

Als würden sich nicht auch Bullen vor einem Einsatz ab und zu mal eine Line ziehen! Oder sich mit einer Drachenjagd entspannen.

Daumen gegen Zeigefinger gedrückt, Daumen gegen Zeigefinger gedrückt, um die Tüte zu öffnen. Nur eine winzig kleine Bewegung, und er würde sich das hochgepriesene Scheißzeug einverleiben können. Das wäre vollkommen okay. Alles würde so weiterlaufen wie zuvor. Nur ein kleiner Kick, eine Belohnung für das *Ala-fucking-bama*.

Mist.

Ein weiterer Blick in den Spiegel. Vor nur einem Jahr hätte er sich das alles hier nicht vorstellen können. Schlips, Hemd, schwarzer Anzug. Er sah so kultiviert aus. Schurke *goes business*. Verdammte Scheiße.

Er öffnete das Tütchen mit einem Ruck. Eine kleine Pulverwolke stob heraus. Er atmete sie ein.

Ja. Ja, jetzt verstand er alles. Das hier war etwas vollkommen Neues. Kein Meth, kein Abfall, kein Heroin, kein Crack und ganz bestimmt kein Gras. Nein, das hier war etwas vollkommen anderes. Und er hatte nur ein wenig davon eingeatmet.

Mit einem Finger ans Zahnfleisch. Das würde schon genügen. Dann würde er Bescheid wissen. Er musste doch schließlich wissen, was für einen Job er da machte, verdammt.

Das Tütchen war geöffnet, das weiße Pulver lag in seiner Handfläche.

Sein Leben lief vor seinem inneren Auge ab. Sein Leben. Das Scheißleben. Sein Kampf, diesem Leben zu entkommen. Der Entzug.

Der unerträgliche, übermenschliche Entzug.

Er schüttete das Pulver ins Waschbecken und spülte mit heißem Wasser nach. Dann stopfte er sich die Hosentaschen mit den kleinen Tütchen voll und verließ das Badezimmer.

Er trat ans Fenster. Auf dem kleinen Beistelltisch lag ein fabrikneues Handy. Er riss die Verpackung auf und griff nach seinem Militärstiefel. Eilig holte er die SIM-Karte aus ihrem Versteck, legte sie in das neue Handy ein und schrieb eine SMS, während er die Menschenmenge im Zuccotti Park vor dem Hotel beobachtete: »Abreise nach Europa in zwei Tagen. Fünfzehn Auserwählte in Begleitung von CJH. Hat heute kurz zu uns gesprochen. Jetzt muss ich Jugendliche im Zuccotti Park mit Drogen versehen. Ein langer Weg von Clichy-sous-Bois. Austausch morgen? Ihr bekommt die Droge, ich die Kamera. Kuss.«

Dann entfernte Nicholas die SIM-Karte wieder, zerbrach sie, warf sie in die Toilette und spülte.

Erst danach begab er sich hinaus in die Nacht.

Geduld

Aosta, Italien, 20. September

Die Luft in Aosta war umwerfend klar. Frische Bergluft, anregend und revitalisierend. Wahrscheinlich war es die schönste Stadt, die Jorge Chavez jemals besucht hatte.

Zwei Flüsse trafen sich hier, und an ebendieser Stelle war eine Art antikes Venedig in den Alpen entstanden. Ein großes und herrliches Paradoxon. Einst war es die Hauptstadt der Salassen, eines kleinen keltischen Volksstamms, gewesen, die sich auf die Goldschmiedekunst verstanden hatten. Aber dann kamen die Römer, und die Salassen verschwanden aus der Geschichtsschreibung. Im Jahr 25 vor Christus wurde Aosta eine römische Provinz, in der sich die Kriegsveteranen niederließen. Als solche fühlten sich auch die drei pensionierten Geologen, die ihre nutzlosen Tage damit verbrachten, entlang der vollkommen erhaltenen römischen Stadtmauer zu schlendern. Allerdings hatten sie einen zentralen Ort, von dem sie sich nie besonders weit entfernten. Das war das Ospedale Regionale, das städtische Krankenhaus.

Es war Vormittag. Sie saßen in einem kleinen Café mit Blick auf das Kloster Sant'Orso, als Esposito zum ersten Mal über den Zugriff in den Bergen sprach.

»Entschuldigt«, sagte er nur.

Chavez und Sifakis wussten beide sofort, was er meinte.

»Du hast Wache gestanden«, entgegnete Chavez. »Das war wichtig. Außerdem bist du ziemlich schnell den Berg hinuntergefahren und hast ihm damit das Leben gerettet.«

»Ich habe noch nie ...«

»Nein!«, unterbrach ihn Sifakis. »Wir haben diese Sache gemeinsam erledigt. Hör auf damit, Salvatore. Keine Selbstvorwürfe, kein schlechtes Gewissen. Es ist vorbei. Wir haben es geschafft. Oder genau genommen, Jorge hat es geschafft.«

Sie schwiegen eine Weile.

»Geduld ist nicht gerade meine Stärke«, gab Chavez schließlich zu, holte sein Handy hervor und tippte darauf herum.

»Aber es beschäftigt mich, dass ich nicht weiß, was in der Hütte passiert ist«, stöhnte Esposito.

»Es gibt einen Bericht«, entgegnete Chavez. »Den haben wir an Europol geschickt, und du hast ihn gelesen.«

»Aber der sagt überhaupt nichts aus. Die haben das Feuer eröffnet, ihr habt es erwidert. Sie sind tot.«

»Können wir es nicht dabei belassen?«, fragte Chavez.

»Aber das kann so nicht stimmen.« Esposito blieb beharrlich. »Das Feuer aus den Maschinengewehren kam später. Es waren erst einzelne Schüsse, dann eine Maschinengewehrsalve und dann wieder Schüsse. Ich will den Bericht ja gar nicht infrage stellen, ich will es nur genau wissen.«

»Wir sind durch die Tür hineingestürmt«, erbarmte sich Sifakis. »Lorenzo Ragusa war an den Stuhl gefesselt und jenseits von Gut und Böse. Sie waren zu dritt. Ziemlich unprofessionell und viel zu entspannt. Einer saß auf einem Stuhl mit einer Pistole in der Hand, die anderen folterten Ragusa, einer von ihnen mit einem Messer. Jorge hat den Mann auf dem Stuhl sofort liquidiert, danach hat er einen der Folterer erschossen. Beide waren sofort tot. Aber da griff der Dritte im Bunde nach seinem Maschinengewehr, das näher lag als gedacht. Er ballerte blind drauflos, wir haben uns zu Boden geworfen. Ich bin auf ihn zugerobbt. Er schoss wild in der Gegend herum, durch die Fenster, überallhin. Da hat Jorge auch ihn niedergestreckt, mit einem Schuss – mitten in die Stirn.«

»Die sahen überhaupt nicht italienisch aus«, sagte Chavez.

Da klingelte sein Handy.

*

Sie rannten ins Ospedale Regionale, die schmutzig grauen Flure hinunter und kamen an eine Tür, die von zwei Uniformierten bewacht wurde. Nachdem sie eingetreten waren, blieben sie abrupt stehen.

Lorenzo Ragusa war aus dem Koma erwacht und saß, mit Kissen gestützt, auf dem Bett. Sein Gesicht hatte zwar langsam wieder menschliche Züge angenommen, war aber nach wie vor stark bandagiert. Aus seinem Mund ragte eine gerollte Tamponade aus mindestens drei Mullbinden. Sie war rosa verfärbt. Ein Schlauch mit Sauerstoff steckte in seiner Nase, und an einem Tropf hingen drei verschiedene Behälter mit Infusionen, die seinem Körper Flüssigkeiten zuführten. Chavez wusste, dass sich in einem von ihnen Morphium befand.

»Wie geht es Ihnen, Lorenzo?«, fragte er auf Englisch.

Als Antwort erhielt er ein zaghaftes Nicken. Ragusa machte ein Zeichen in die Luft. Sifakis zog einen Block und einen Stift aus der Tasche, legte sie auf das Krankenhaustischchen und schob es ans Bett.

»Die Zunge??«, schrieb Ragusa.

Chavez nickte.

»Die haben wir mitgenommen. Sie wird gekühlt, und die Ärzte werden sie wahrscheinlich wieder annähen können.«

»Sie haben sie mitgenommen??«, schrieb Ragusa.

»Sie mögen doppelte Fragezeichen, was?«, stellte Chavez fest. »Ihre Zunge lag auf dem Boden, ich habe sie mir in die Jackentasche gesteckt. Jetzt ist sie desinfiziert, und meine Jacke wurde chemisch gereinigt.«

Lorenzo Ragusa sah die drei Männer an seinem Krankenbett an, dann zückte er erneut den Stift.

»Danke!!«

»Und doppelte Ausrufezeichen also auch«, bemerkte Chavez. »Fühlen Sie sich in der Lage, jetzt eine schriftliche Aussage zu machen? Je früher, desto besser.«

Ragusa nickte.

»Dann schreiben Sie«, sagte Sifakis. »Wir verlassen währenddessen das Zimmer, aber wir sind draußen vor der Tür. Drücken Sie auf die Klingel, wenn Sie zu müde werden und nicht mehr können, dann machen wir eine Pause. Aber wir wollen wirklich alles wissen. Fangen Sie einfach beim Anfang an. Verstehen Sie, Lorenzo? Erzählen Sie uns alles. Beginnen Sie einfach damit, wie alles anfing.«

Ragusa nickte erneut.

Und Chavez fügte hinzu: »Stellen Sie sich einfach vor, Sie seien der Kaffeefleckmann.«

Dann verließen sie das Zimmer.

Fünfte Aussage

Aosta, Italien, 20. September

Wir kommen in die Schlussphase. Es ist angenehm, dass Sie sich alle drei bei mir im Zimmer aufhalten. Gleichzeitig aber auch peinlich. Denn jetzt geht es um die Bekenntnisse. Die schmerzhaften Bekenntnisse. Meine Beichte.

Drehen Sie bitte die Morphiumdosis herunter, ja. Jetzt muss es wehtun.

Als Fabio Tebaldi bei der Antimafia-Einheit in Catanzaro anfing, wusste niemand, wer er war. Niemand außer mir. Das gab ihm einige Monate Luft, in denen er so verblüffend erfolgreich die »Büßer« aufspürte. Leider bedrohte das auch zunehmend mein Leben. Denn früher oder später würde Bonavita herausfinden, dass der aufreizend energetische Fabio Tebaldi in Wirklichkeit Fabio Allegretti aus San Luca war und »das Symptom einer Organisation, die nicht rundum geschlossen und abgesichert ist«. Mittlerweile war Fabio nicht nur ein Symptom für eine Schlamperei in der Vergangenheit, sondern auch eine reale Bedrohung in der Gegenwart.

Meine Position wurde immer komplizierter.

Mit jedem Tag, an dem ich Bonavita nicht von Fabio erzählte, schwächte und gefährdete ich meine Stellung bei der Mafia. Das Risiko stieg, dass auch auf mich ein Kopfgeld ausgesetzt werden würde.

Allerdings war das ein Risiko, mit dem wir kalkulieren konnten. Fabio und ich waren darüber von seinem ersten Arbeitstag an im Gespräch. Ich hatte ja gewusst, dass er früher oder später bei uns auftauchen würde, trotzdem war es ein ziemlicher Schock, als er dann tatsächlich ankam. Zu Hause. Seit wir uns in Genua wiedergetroffen hatten, wusste er von meiner Haltung zur Mafia und meiner Position. Ich hatte ihm erzählt, dass sie mir quasi befohlen hatten, Polizist zu werden, um einen Mann im Inneren des Apparates zu platzieren. Fabios Meinung nach war das ein Umstand, den wir uns zunutze machen sollten. Ich sollte ihn nur noch eine Weile gewähren lassen, damit er mit meiner Hilfe die notwendigen Kontakte herstellen konnte. Danach dürfte ich ihn gerne an Bonavita verpfeifen, um so lebensnotwendige Pluspunkte zu sammeln.

Die Zeit verstrich. Fabio setzte seine Razzien fort, ich arbeitete weiter daran, sensible Ermittlungsergebnisse zu verifizieren, und Bonavita ließ mich in Ruhe. Aber meine Unsicherheit wuchs ständig, ich wusste nicht, woran ich war. Auf wessen Seite stand ich eigentlich?

Eines Abends, es war schon spät, fing mich Fabio im Umkleideraum der Dienststelle ab. »Es ist so weit, Enzo«, sagte er. »Du musst jetzt Bonavita kontaktieren. Heute bin ich ihm zu nahe gekommen und habe seinen Muskelberg einkassiert. Er ist stinksauer, weiß aber nach wie vor nicht, wer ich bin. Lass die Bombe in ein paar Tagen platzen.«

»Und was wird dann passieren?«, fragte ich.

»Du wirst den Auftrag erhalten, mich umzubringen«, antwortete Fabio mit einem Grinsen. »Hier im Umkleideraum zum Beispiel. Aber ich habe einen Plan.«

Die Tage vergingen. Ich setzte mein Insiderwissen weiterhin ein und versah Informationen mit dem Echtheitszertifikat – der verdammten Kaffeefleckmarkierung. Es durfte nur eine Espressotasse sein, nichts anderes.

Etwa eine Woche nach unserer Unterhaltung nahm ich über die üblichen Kanäle Kontakt zu Bonavita auf. Als ein anderer Muskelberg mir die Haube vom Kopf nahm, saß Bonavita vor mir in einer Sporthalle auf einem Turngerät, einem Pferd. Er wirkte wesensverändert.

»Ich habe gehört, dass da ein neuer Bulle bei euch aufgetaucht ist«, fing er an. »Fabio Tebaldi, hast du von dem gehört?«

»Ja, natürlich«, sagte ich. »Er gehört nicht zu meiner Einheit, aber ich habe schon mitbekommen, dass er Erfolge verzeichnet.«

»Du hättest dich bei mir melden und über ihn berichten müssen«, sagte Bonavita, noch mit ruhiger Stimme, aber ich nahm die Vibrationen hinter dieser vermeintlichen Ruhe wahr.

»Ich wusste nicht, wie weit er gehen würde, außerdem musste ich eine Sache überprüfen, und das war nicht ganz einfach.«

»Was für eine Sache?«

»Fabio Tebaldi ist Fabio Allegretti.«

Zum ersten Mal war ich Zeuge, wie Bonavita die Fassung verlor. Hinter der gepflegten Fassade des besonnenen Geschäftsmannes brach sich das Antlitz des Teufels Bahn. Mit einem Satz sprang er vom Pferd und schoss, vor Wut schnaubend, auf mich zu. Fünf Zentimeter vor meinem Gesicht verharrte er. Sein Muskelberg kam ebenfalls einen Schritt näher und blieb in unmittelbarer Nähe von mir stehen.

»Was zum Teufel sagst du da?«, schrie Bonavita außer sich vor Wut. »Dann sind die Freunde aus Kindheitstagen ja wieder vereint! Gib mir einen Grund, warum ich dich nicht hier und jetzt auf der Stelle erschießen sollte, Lorenzo! Was hast du uns eigentlich in den letzten Jahren eingebracht?«

»Ich habe ihn einfach nicht früher wiedererkannt«, sagte ich, so kalt und abgebrüht ich konnte. »Wir waren damals acht Jahre alt, wir haben uns beide ziemlich verändert seitdem. Aber heute habe ich die Bestätigung bekommen, deshalb bin ich hier.«

»Er hat Giuseppe einkassiert, verdammt«, bellte er. »Er hat aus meinem Bodyguard einen elenden Büßer gemacht. Und jetzt sagst du mir, dass er die Drecksau war, die wir all die Jahre gesucht haben? Er muss sofort weg. Auf der Stelle, bevor er noch größeren Schaden anrichten kann.«

In diesem Augenblick wurde mir erst so richtig bewusst, was für einen glühenden Hass Bonavita auf Fabio hatte, und zwar auf beide Fabios, Fabio Tebaldi und Fabio Allegretti, wenn auch unterschiedlichen. Diese beiden Varianten vereinten sich jetzt zu einem lavaglühenden Hass einer Dimension und Temperatur, der ich zuvor noch nie begegnet war. Aber an diesem Tag wurde ich schonungslos damit konfrontiert.

Bonavita würde Fabio niemals am Leben lassen.

Langsam beruhigte er sich wieder. Die Maske des bedachten Geschäftsmannes wurde wieder angelegt, und er kehrte zurück auf sein Turngerät.

»Du musst uns dabei helfen, an ihn heranzukommen.«

Die nächsten Tage waren die Hölle auf Erden. Ich kam natürlich nicht an Fabio heran, ich hatte noch nicht einmal die Gelegenheit, ihn nach seinem Plan zu fragen. Bonavitas Muskelberg holte mich erneut ab. Bonavita machte sich dieses Mal nicht einmal die Mühe, irgendeine Maske aufzusetzen. Er sprühte Lava und Schwefel. Wenn ich Fabio nicht Ende der nächsten Woche beseitigt hätte, würde er mich zerquetschen, denn offensichtlich würde ich nicht den kleinsten Finger für die Sache krumm machen.

An diesem Abend gelang es mir, mit Fabio in einem Vernehmungszimmer zu sprechen. Er hörte mir aufmerksam zu und nickte.

»Gut«, sagte er dann. »Hier ist mein Plan. Ich brauche noch etwa einen Monat, um mir Zutritt zu ein paar Klans zu verschaffen. Das steht gerade so auf der Kippe. Danach muss ich sofort untertauchen. Aber ich habe schon zu viel Aufmerksamkeit erregt, es wird immer schwieriger, unbeobachtet zu operieren. Ich habe um eine Versetzung in den internationalen Polizeidienst gebeten, aber ich habe ein paar Leute hier, die noch nicht so im Rampenlicht waren, die bereit sind zu übernehmen. Ich glaube, uns ist es gelungen, die Aorta der 'Ndrangheta freizulegen.«

»Aber was bedeutet das für mich?«, fragte ich verzweifelt.

»Du musst versuchen, mich umzubringen.«

Vier Tage später war es dann so weit. Die Dramaturgie stand. Eine Seitenstraße war auserkoren worden. Wir hatten uns versichert, dass sie von der geheimen Überwachungskamera einer korrupten Abteilung der Verkehrspolizei komplett abgedeckt war. Es war später Abend, Fabio lief durch die Straße, als ich plötzlich auftauchte – maskiert, aber für die Eingeweihten erkennbar. Ich schoss auf ihn, er wurde schwer getroffen und stürzte zu Boden, seine Leute kamen dazu, ich haute ab.

Der Film aus der Überwachungskamera lag schon am nächsten Tag bei Bonavita auf dem Tisch. Als mir die Haube dieses Mal vom Kopf gerissen wurde, befanden wir uns in einem Kellerraum mit einer zischenden Ölheizung hinter ihm.

»Was wissen wir?«, fragte er. »Ist er tot?«

»Noch gibt es keine Informationen«, antwortete ich. »Die Einheit schweigt, lässt nichts nach draußen dringen. Aber ich habe ihn dreimal erwischt, verdammt noch mal.«

»Ich weiß«, sagte Bonavita. »Wir haben auch noch nichts herausfinden können. Das ist äußerst irritierend.«

Erst eine ganze Woche später ließ Fabio durchsickern, dass er überlebt hatte, weil er an diesem Abend ausnahmsweise seine schusssichere Weste getragen hatte. Damit hatten wir uns Zeit erkauft. Allerdings deuteten alle Zeichen darauf hin, dass ein größeres Attentat geplant war. Aber Fabio war noch nicht so weit abzuhauen, es gab noch ein paar Büßer, die er bearbeiten wollte. Er sah die Aorta vor sich und griff danach, konnte sie aber nicht wirklich erwischen.

Die folgenden Wochen waren grausam, schlimmer noch als die davor. Fabio wusste, dass Bonavitas Leute versuchen würden, ihn bei der erstbesten Gelegenheit zu erledigen. Also versuchte er, solche Gelegenheiten nicht entstehen zu lassen. Ich aber fiel zunehmend in Ungnade. Noch zwei weitere Treffen mit Bonavita musste ich über mich ergehen lassen. Er tobte vor Wut, auch er sah nämlich die Aorta, die einer großen Gefahr ausgesetzt war. Er wollte etwas von mir haben, irgendetwas, und zwar auf der Stelle!

Mir gelang es, ihn noch ein paar Tage hinzuhalten. Ich versprach, neue Informationen zu sammeln und Bonavita eine Gelegenheit zu bieten. Fabio und ich bemühten uns, ein geeignetes Szenario zu entwerfen, aber wir scheiterten immer wieder. Doch Bonavita gelang es dennoch, eine Gelegenheit zu nutzen, sie hatten nur diese eine, aber die nutzten sie mit ganzer Kraft.

Fabio und seine Männer waren in der Nähe von Mammola in den Bergen mit ihrem gepanzerten Einsatzwagen unterwegs, um mit einem potenziellen Büßer zu verhandeln, als ihnen drei ähnlich ausgerüstete Wagen den Weg versperrten. Es kam zu einer brutalen Schießerei, bis ein Hubschrauber der Carabinieri auftauchte und fünf der Auftragskiller erschoss. In einem letzten Akt warfen die Mafiosi eine Brandbombe in den Einsatzwagen und sprengten ihn in die Luft. Zu dem Zeitpunkt hatte sich Fabio – von vier Schüssen getroffen – in den Wald geschleppt. Drei seiner Leute starben. Und auch er entging nur knapp dem Tod.

Er wurde fast ein halbes Jahr lang im Krankenhaus behandelt, bis er, in Begleitung seiner Bodyguards, nach Den Haag umzog und Mitarbeiter einer europäischen Polizeieinheit wurde, zu der – meines Erachtens – auch Sie gehören, meine Herren. Sind da wirklich nur Männer in der Gruppe?

Ach, nein. Ich weiß ja, dass es nicht so ist.

Fabio war also in Sicherheit – in relativer Sicherheit –, aber mit mir stand es nicht zum Besten. Das war im Frühling 2009. Bonavitas Hass hatte eine neue Dimension erreicht, er schien allerdings von den anderen Bossen in die Schranken verwiesen worden zu sein. Ihm war untersagt worden, ins Ausland zu reisen und so internationale Aufmerksamkeit auf die Organisation zu ziehen. Ich bekam einen Teil von Bonavitas Hass auf Fabio zu spüren. Ein paarmal hatte ich das ungute Gefühl, verfolgt zu werden. Meine Tage waren gezählt. Der Tod war mein ständiger Begleiter geworden.

Offenbar stand ich mit dieser Sicht auf die Dinge nicht ganz allein da. Eines Abends, mehrere Monate nach Fabios Umzug nach Den Haag, erhielt ich einen Anruf. Ich kann mich praktisch wortwörtlich daran erinnern.

»Spreche ich mit Lorenzo Ragusa?«, fragte mich eine Stimme auf Englisch.

»Das kommt darauf an, wer das fragt«, antwortete ich und fügte hinzu – den Tod im Nacken spürend: »Das ist eine geheime Nummer.«

»Hören Sie mir einfach nur zu, Lorenzo. Haben Sie schon einmal von einem Schiff gehört, das in regelmäßigen Abständen von Gioia Tauro aufbricht, entlang der europäischen Küste umweltbedrohliche Abfallstoffe einsammelt und sie dann in die Ostsee bringt und dort verklappt?«

»Wer fragt das?«

»Der Mann, der Sie vor Bonavita retten kann.«

Ich will nicht lange unterbrechen, muss aber etwas einfügen. Ich wusste, dass mir die Hinrichtung drohte, und Fabio wäre der Einzige gewesen, der mich hätte retten können. Aber der hatte sich auf und davon gemacht, nach Nordeuropa, und vergnügte sich dort mit irgendeiner inoffiziellen gesamteuropäischen Bullentruppe. Und als Dank für mein jahrelanges Schweigen und mein Stempeln von Dokumenten mit Espressotassen hatte er mich den Wölfen zum Fraß vorgeworfen. Fabio hatte mich einfach geopfert.

Natürlich gab es eine ziemlich hohe Wahrscheinlichkeit, dass dieser Anruf auf Bonavitas Initiative hin stattfand, um mich aus dem Weg zu räumen, aber ich hatte tatsächlich nichts mehr zu verlieren. Ich stand bereits mit beiden Füßen im Grab, als ich ihm antwortete: »Ich habe von diesem Geisterschiff schon gehört, ja. Sie sammeln Chemieabfälle und verklappen sie vor Lettland, soweit ich weiß.«

»Ganz genau«, sagte die Stimme am anderen Ende. »Und wissen Sie auch, wer den Kontakt zu den Kunden herstellt?«

»Ich habe bisher nur von einem Namen gehört, der aber gar kein richtiger Name ist. ›Il Porpore‹. Oder auf Englisch ›The Purple‹.«

»Sie sind ein sehr kluger Mann, Lorenzo, viel zu klug, um sich von der 'Ndrangheta ermorden zu lassen. Sie können mich Mr Bagley nennen.«

Trotz meiner prekären Situation konnte ich mir einen kleinen ironischen Scherz angesichts des sicheren Todes nicht verkneifen: »Und Sie, Mr Purple, haben also einen Vorschlag, wie ich dem entgehen kann?«

»Ja. Sie werden sofort an einem sicheren Ort untergebracht, in einem Safe House, heute Abend noch. Dann sehen wir weiter. Sind Sie bereit, sich meinen Plan anzuhören?«

»Ja.«

»Was Sie nämlich vermutlich nicht wissen, ist, dass dieses Geisterschiff von einem verlassenen Schloss in der Basilikata aus seine Befehle empfängt. Das Unternehmen besteht aus zwei degradierten Mafiosi: Il Sorridente und Il Ricurvo.«

Ich schwieg. Ich hatte schon lange nichts mehr von meinem Vater gehört.

»Der Plan umfasst die Liquidierung der beiden. Mir sind die familiären Bande bekannt. Sind sie ein Problem?«

Ich hatte auf einmal eine Szene vor Augen. Ein Mann, der in Flammen steht. Der am lebendigen Leibe verbrennt. Der zur Seite kippt. Eine Mutter, die gezwungen wird, sich zwischen ihren Söhnen zu entscheiden. Der Jüngere wird laufen gelassen. Der Ältere wird erschossen. So auch die Mutter. Und zwar von meinem Vater.

»Nein«, sagte ich. »Kein Problem.«

»Das habe ich mir schon fast gedacht«, erwiderte Mr Bagley. »Dann machen wir das folgendermaßen: Der E-Mail-Verkehr zwischen dem Sorridente und einem schwedischen Möbelhersteller namens Endymion möbelsystem AB wurde gehackt. Mit großer Wahrscheinlichkeit steckt die Polizei dahinter, und mein Unternehmen wird daraus gleich in doppelter Hinsicht einen Nutzen ziehen. Zum einen erfüllen wir unseren Auftrag, der 'Ndrangheta zu helfen, indem wir eine Mail schicken, die andeutet, dass ein lettischer Staatssekretär und Umweltaktivist in direkter Verbindung zu dem Sorridente und somit zur 'Ndrangheta steht. Lettland wird fallen, was wiederum der Mafia Zugang zu Rigas wichtigstem Hafen verschafft, von wo aus Heroin über eine neue nordkoreanische Route via China verladen und verschifft wird. Das Geisterschiff fährt weiterhin Gift nach Lettland, verklappt es in der Ostsee und bringt nordkoreanisches Heroin in den Polstern von Möbeln zurück nach Gioia Tauro.«

»Heroin?«, brach es aus mir heraus.

»Es geht um Expansion. Können Sie mir folgen?«

»Das kann ich. Verdammt, das ist aber neu. Die 'Ndrangheta und Heroin? Aber Sie sprachen von einem doppelten Nutzen.«

»Ganz genau«, sagte Mr Bagley. »Zum anderen verraten wir dadurch nämlich, wo sich Il Sorridente und Il Ricurvo aufhalten. Die Polizei – wir gehen davon aus, dass es sich um irgendeine Einheit von Europol handelt – wird erfahren, dass sich die 'Ndrangheta in einem Schloss in der Basilikata versteckt. Ihr Freund Fabio Tebaldi erhält ja nun seit Kurzem sein Gehalt von Europol, was mich wiederum glauben lässt, dass die eine Testeinheit gegründet haben, die auch operativ tätig werden kann. Wenn Tebaldi diese Verbindung entdeckt, wird er heimlich nach Italien zurückkehren. Dafür wird er aber Sie kontaktieren, Lorenzo. Ich will nun, dass Sie ihm eine Falle stellen. Er wird nicht sterben, aber es soll so aussehen, verstehen Sie? Ich will, dass Sie, Lorenzo Ragusa, diese Operation in der Basilikata organisieren.«

Ich holte tief Luft.

»Hochverehrter Mr Bagley, begreifen Sie nicht, dass ich mich in ebendieser Situation befinde, weil ich Fabio Tebaldi immer unterstützt habe? Immer! Warum sollte ich ihn auf einmal an Sie verraten und verkaufen?«

»Um Ihr eigenes Leben zu retten«, antwortete Mr Bagley. »Wir wollen ihn und seine Begleitung doch nur für ein paar Monate festhalten. Entführung im alten Stil der 'Ndrangheta – und dann schicken wir ihn mit einer Nachricht im Gepäck zurück nach Europa: ›Haltet euch aus unseren Geschäften heraus, *bitches!*‹«

Ich musste an Fabio denken, der einfach abgehauen war und mich zum Bauernopfer gemacht hatte. Ich betrachtete sogar meinen Daumen, dessen Kuppe von der Blutsbrudernarbe zweigeteilt war. Und ich dachte: Vielleicht wird dich das hier lehren, dass man seinen Blutsbruder nicht einfach im Stich lässt, Fabio.

Laut sagte ich: »Er darf auf keinen Fall sterben.«

»Nein«, versprach Mr Bagley. »Wir brauchen ihn lebend.«

»Und wer sind ›wir‹?«

»Eine Organisation, die für die 'Ndrangheta arbeitet, aber auch eigene, parallele Pläne verfolgt. Zukunftspläne. Sie können einer von uns werden, wenn Sie unser Angebot annehmen.«

Ich seufzte. Das hier war viel zu anspruchsvoll und durchdacht, als dass Bonavita dahinterstecken konnte. So wichtig war ich nun auch nicht. Dies hier waren ausländische Spieler. Mitten in Kalabrien.

Zumindest waren sie unglaublich mutig.

»Ich muss mir Urlaub nehmen«, sagte ich schließlich. »Sie werden mich sonst im Dienst vermissen.«

»Nehmen Sie sich zwei Wochen frei«, schlug Mr Bagley vor. »Rufen Sie morgen an, melden Sie sich krank, und nehmen Sie im Anschluss Urlaub. Danach treten Sie Ihren Dienst wieder ganz normal an, halten sich aber im Hintergrund. In der Zwischenzeit wird sich Ihr Verhältnis zu Bonavita auch wieder beruhigt haben. Das ist ein Versprechen.«

»In Ordnung«, antwortete ich. »Dann bringen Sie mich bitte in Ihr Safe House.«

»Sehr gut. Wir sind in einer Viertelstunde bei Ihnen.«

Das Safe House lag in der Basilikata. Vom Fenster aus konnte ich tief unten im Tal das Schloss sehen. Dorthin waren also Il Sorridente und Il Ricurvo strafversetzt worden. Mein Vater hielt sich dort auf, und mein Auftrag lautete, ihn umzubringen. Vatermord zu begehen. Ein gleichermaßen beängstigender wie verlockender Gedanke. Mein Plan nahm langsam Konturen an.

Ich hatte häufig Telefonkontakt mit Mr Bagley, aber persönlich bin ich ihm nie begegnet. Aber wir arbeiteten gemeinsam an dem Plan. Fabio war auf dem Weg nach Italien, so viel hatte ich mitbekommen, aber die Details blieben mir verborgen. Allerdings interessierten die mich auch nicht.

Wenn ich Bonavita entkommen wollte, war ich gezwungen, den Plan umzusetzen. Und wenn alles wie gewünscht lief, würde mich Mr Bagley bald in ein Flugzeug nach Amerika setzen, wo ich ein akzeptabel gefülltes Bankkonto und eine glaubwürdige amerikanische Identität vorfinden würde. Es wäre meine zweite Chance, ein Neuanfang in den USA.

In meinem Safe House stand mir alles für meine Vorbereitungen zur Verfügung. Ich hatte fünf Mitarbeiter, keiner von ihnen war Italiener. Der Plan stand, er musste nur noch in die Tat umgesetzt werden. Sobald ich das Zeichen erhielt.

Das erste Zeichen kam in Form einer E-Mail von Fabio. Er bat mich, Zeichnungen und Fotos vom Schloss ausfindig zu machen. Und er wollte einen Unterschlupf ganz in der Nähe des Schlosses. Ferner sollten bestimmte Ausrüstungsgegenstände in dieses Versteck geliefert werden: Waffen, schusssichere Westen, Nachtsichtgeräte und ein paar Weinflaschen, damit alles bereits vor Ort war, wenn er eintraf.

Mr Bagley half mir dabei, Waffen und die passende Hütte zu organisieren, den Rest übernahm ich selbst. Meine Mitarbeiter versteckten den Schlüssel für die Hütte in einem Spalt hinter der vierzehnten Holzlatte der Verschalung und verstauten die Waffen in einer alten Küchenbank. Bevor ich die Zeichnungen und Fotos an ein Postfach in Den Haag schickte, stempelte ich mit großer Sorgfalt meinen Espressotassenfleck auf den Ordner.

Das zweite Zeichen kam aus Rom. Mr Bagleys Männer hatten an allen namhaften Flughäfen bereitgestanden. Jetzt verfolgten sie einen Wagen, der mitten im Wald südlich von Rom gegen einen anderen getauscht wurde.

Tebaldi war unterwegs.

Der Tag war gekommen, ins Schloss hinunterzugehen und meinen Vater zu töten.

Das klingt furchtbar gleichgültig. Und so fühlte ich mich auch, die Umstände hatten mich gleichgültig gemacht.

Il Sorridente und Il Ricurvo saßen seelenruhig im Schloss in einem kleineren Raum, der sich an den großen leeren Hauptsaal anschloss. Wir schlichen durch den Saal. Sie hörten uns nicht.

Il Sorridente saß vor einem Computer, und Il Ricurvo hockte mit dem Rücken zu uns über einem Pornoblättchen. Was für ein angemessenes Ende für Riccardo Ragusa. Das Letzte, was der Krumme in seinem Leben zu sehen bekam, waren ein Blowjob und dann sein eigener Sohn, der mit einer Pistole auf ihn zielte. Es war ein stilgerechtes Ende. Ich schoss ihm mitten ins Gesicht, leerte mein Magazin. Von ihm war nicht viel übrig, als er schließlich über seiner Stuhllehne hing. Der Lächelnde hatte unerwartet schnell seine Waffe gezogen, was wiederum meine Mitarbeiter dazu zwang, ihre Magazine zu leeren. Von seinem Gesicht blieb noch weniger übrig.

»Holt die Sachen«, rief ich meinen Mitarbeitern zu.

Sie schleppten alles herein, was wir für den Plan benötigten. Und das war einiges.

Zuerst legten wir die Leichen Schulter an Schulter und banden sie aneinander. Dann zogen wir sie hinauf bis unter die Decke und begannen mit den Vorbereitungen. Das erforderte ein gewisses Maß an Präzision.

Der große Saal war von zwei Emporen eingefasst, davon war aber nur die linke begehbar, die andere war baufällig und geradezu lebensgefährlich. Wenn man sich also zu zweit anschlich, um beispielsweise jemanden zu überrumpeln, der sich in dem hinteren Raum aufhielt, gab es nur zwei Möglichkeiten, wie man sich aufteilen konnte. Der eine Weg führte auf die linke Empore, der andere durch den großen Hauptsaal. Vermutlich würden sie sich ziemlich parallel zueinander bewegen, ein Bulle oben über die Empore, der andere unten durch den Saal. Sie würden Augenkontakt halten, obwohl es dunkel im Schlossinneren war, auch bei Tageslicht. Aber Fabio hatte Nachtsichtgeräte bestellt, die nur so groß wie Brillen waren. Sie würden schwer bewaffnet sein, hoch konzentriert, synchron und aufeinander abgestimmt. Der Mann auf der Empore würde einen Moment früher Einsicht in den hinteren Raum haben als sein Kollege auf Bodenniveau. Also mussten wir einen Mann an der oberen Ecke der Empore postieren – dafür gab es eine perfekte kleine Nische. Außerdem sollte dort ein Mechanismus angebracht werden, der zeitgleich mit einer simulierten Explosion die Tierinnereien über den Boden im hinteren Raum verteilen würde. Das wiederum sollte den Mann am Boden für einen Moment paralysieren, und im selben Zug würde er auf die Platte mit dem Auslösemechanismus treten. Diese war mit einem Spezialkleber versehen und würde für eine Kettenreaktion sorgen. Die beiden unter der Decke angebrachten Leichen würden zu Boden stürzen und im besten Falle die Person am Boden zwischen sich einklemmen. An einem der Leichname wollten wir einen Zeitzünder befestigen, der rückwärts zählte. Von 00:10 an.

Wir legten sofort los. Oben: eine Hebelvorrichtung für die Tierinnereien, das Versteck für den Mann auf der Empore, der den Mechanismus auslösen und gleichzeitig auch den Mann auf der Empore ausschalten würde. Unten: mit Spezialkleber versehen Auslösemechanismus am Boden anbringen, um die Kettenreaktion in Gang zu setzen, die auch den fingierten Zeitzünder an Sorridentes Leiche aktivierte. Sowohl oben als auch unten: mehrere Mikrokameras mit Nachtsichtqualität für den Überblick aus der Distanz.

Als an diesem 11. April vor zwei Jahren die Dämmerung hereinbrach, fuhren wir unseren Wagen in ein Versteck. Kurz darauf hatten Fabio und seine weibliche Kollegin ihre Hütte erreicht. Mit unseren Nachtsichtgeräten verfolgten wir jeden Schritt. Wie ihre Scheinwerfer die Fassade der Hütte erhellten, wie Fabio die vierzehnte Holzplanke abzählte und den Schlüssel aus seinem Versteck holte. Bis dahin lief alles nach Plan.

Wir verbrachten die Nacht im Schloss. Der Mann, der frühmorgens Wache hielt, entdeckte sie als Erster. Er kroch sofort auf seinen Posten auf der Empore. Wir drei anderen verließen das Gebäude durch das Fenster im hinteren Raum und gingen unter dem Geröllhang hinter dem Schloss in Deckung. Ich öffnete meinen Laptop und hatte vier Einstellungen der lichtempfindlichen Kameras auf dem Bildschirm.

Heute weiß ich, dass Fabios Kollegin Lavinia Potorac heißt und aus Rumänien stammt. Sie hat dieses Schicksal nicht verdient. Das hatte Fabio auch nicht, allerdings war ich mir ein halbes Jahr lang nicht im Klaren darüber. Vielleicht hatte er es ja doch verdient.

Sie betraten das Schloss gemeinsam durch das uralte, von Wind und Wetter verzogene Eichenportal. Im Saal setzten sie die Nachtsichtbrillen auf und teilten sich auf. Potorac nahm die Treppe zur linken Empore hinauf. Tebaldi schlich durch den großen Saal, in dessen Mitte ein riesiger Eichentisch stand. Ich konnte mithilfe der Kameras ganz deutlich Tebaldis Anspannung und Angst sehen. Eine andere Kamera fing Potorac ein, die gebückt die Empore entlangschlich.

Tebaldi näherte sich dem schmalen Durchgang, der in den hinteren Raum führte, als plötzlich eine Waldtaube aufgeschreckt wurde und an ihm vorbei in den Saal flatterte. Potorac hatte die Stelle erreicht, von wo aus sie in den hinteren Raum sehen konnte. Sie beugte sich vor, hob das Maschinengewehr über die Balustrade und blickte hinunter auf Sorridentes Schreibtisch mit dem

Computer. Sie sah, wie Tebaldi langsam in den hinteren Raum schlich. Sie sah, wie er mit jedem Schritt der mit Klebstoff beschmierten Platte und somit dem Auslösemechanismus näher kam.

Ihre Körpersprache verriet, dass sie plötzlich erkannte, dass es eine Falle war. Aber da war es schon zu spät. Mein Mitarbeiter in dem kleinen Versteck betäubte sie schnell und lautlos mit Chloroform. Dann löste er den Mechanismus für die Explosion und die Hebelvorrichtung aus, und die Tierinnereien flogen durch den Raum und landeten vor Tebaldis Füßen, der in diesem Moment die Platte betreten hatte. Fassungslos starrte Tebaldi auf die Blutlache, die sich um seine festgeklebten Füße bildete. Mit einem lauten Rasseln stürzten daraufhin Il Ricurvo und Il Sorridente in ihren Ketten von der Decke und klemmten Tebaldi zwischen sich ein, der verzweifelt versuchte, seine Füße von der Platte zu lösen. Da fiel sein Blick auf die Leuchtdioden auf Il Sorridentes Brust, die Ziffern auf dem Display zählten rückwärts. 00:10. Tebaldi riss und zerrte an dem Zeitzünder, aber der saß bombenfest. Dann versuchte er erneut, von der Platte loszukommen. 00:06. Er zerrte an den Schnürsenkeln, ihm gelang es, einen Fuß aus dem Schuh zu ziehen. 00:04. Und dann gab er auf. Seine Hände sanken neben seinen Körper und hörten auf zu zittern. Er sah auf den zerfetzten Körper des Sorridente. 00:01.

Der nächste Mechanismus wurde ausgelöst. Aber es war keine Sprengladung. Es war Gas. Fabio wurde sofort ohnmächtig. Wir kletterten durch die Fenster, entwaffneten ihn, fesselten ihn und zogen ihm eine Haube über den Kopf. Der Mitarbeiter kam mit der ebenfalls betäubten Potorac in den Armen von der Empore herunter. Auch sie wurde gefesselt und bekam eine Haube übergestülpt. Ich beorderte einen meiner Mitarbeiter, den Wagen zu holen.

Während meine Leute die Gefangenen in den Wagen verfrachteten, verschüttete ich eine brennbare Substanz im ganzen Schloss und brachte die letzte Sprengladung an. Wir fuhren ein Stück, dann aktivierte ich den Sprengsatz. Das Schloss ging augenblicklich in Flammen auf, ein schnelles, chemisches Feuer, extrem heiß. In dem alten Gebäude gab es nicht viel Brennbares, deshalb erlosch das Feuer schnell wieder. Wir kehrten zurück, um an adäquaten Stellen in der ausgebrannten Ruine DNA von Tebaldi und Potorac zu platzieren. Dabei gelang es mir, einen kleinen Sender in der hinteren Hosentasche eines meiner Mitarbeiter unterzubringen.

Danach brachen wir auf. Meine Leute brachten mich zu meinem Safe House. Einige Tage später bekam ich die Nachricht von Mr Bagley, dass ich nach Hause zurückkehren könne. Er betonte, dass er Bonavitas Chefs dazu habe bewegen können, den Mann zurückzupfeifen, und Bonavita mich in Ruhe lassen würde. Aber ich war mir sicher, dass sein Hass wachsen würde, zumal er in der Hierarchie immer höher kletterte. Nach meiner letzten Information ist Bonavita mittlerweile Chef der gesamten 'Ndrangheta. Der Supremo.

Ich wollte mich nicht ganz auf Mr Bagleys Informationen verlassen und war extrem vorsichtig, aber tatsächlich verhielt sich Bonavita das nächste halbe Jahr ruhig.

Aber auch Mr Bagley. Er hatte zugesagt, Tebadi und Potorac nach ein paar Monaten mit einer Nachricht für Europol freizulassen. Aber das Versprechen hielt er nicht. Ich hörte gar nichts mehr von ihm, er war wie vom Erdboden verschluckt. Dazu kam, dass die Ermittlungen von ein paar besonders korrupten Kollegen geleitet wurden, die vorsätzliche Fehler machten.

Schließlich hatte ich genug. Also nahm ich mit Tebaldis Kontakt Donatella Bruno Verbindung auf, ließ ihr Ermittlungsmaterial zukommen und wies auf Schwächen bei den Untersuchungen hin. Ich deutete an, dass Tebaldi und Potorac noch lebten. Ich erklärte außerdem, dass nicht die 'Ndrangheta hinter der Sache steckte. Aber meinen Trumpf hielt ich zurück. Ich wollte Mr Bagley eine letzte Chance geben, mir von der Freilassung der beiden zu berichten.

Stattdessen aber richteten sie sich gegen mich und lauerten mir zu Hause auf. Zum Glück hatte ich meine Wohnung für diesen Fall bestens vorbereitet. Ich will Sie nicht mit Details langweilen, aber zwei von Mr Bagley Auftragskillern starben an akuter Gasvergiftung. Und ich musste erkennen, dass es vorbei war. Ich musste sofort untertauchen, ohne auch nur die geringste Spur zu hinterlassen. Nie wieder.

Ich hatte diese Skihütte außerhalb von Aosta schon seit einer Weile im Hinterkopf. Ich wusste, dass sie von niemandem benutzt wurde und nur ein Investitionsobjekt war. Dort lebte ich anderthalb Jahre lang in absoluter Abgeschiedenheit. Ich ging jagen, entdeckte im Wald eine kleine Quelle, und äußerst selten wagte ich mich ins Tal hinunter nach Aosta. Ich hatte mich dort ganz gut eingerichtet. Und war leider vollkommen unvorbereitet, als sie dann kamen.

Sie wollten, dass ich ihnen alles erzähle. Sie wollten wissen, mit wem ich Kontakt gehabt hatte, sagten mir, dass sie sich schon um Donatella Bruno gekümmert hätten und sicher seien, dass dadurch die Ermittlungen eingestellt würden. Ob ich noch mit anderen darüber gesprochen hätte? Ob ich Mitarbeiter und andere Kontakte gehabt hätte? Ob ich irgendwo geheimes Material versteckt hätte?

Es waren keine angenehmen Stunden. Ich war sehr erleichtert, als schließlich Sie kamen, meine Herren.

Ich werde gerade sehr müde. Seit wie vielen Stunden schreibe ich jetzt? Sie sehen auch schon ganz hohläugig aus.

Könnten Sie die Morphiumdosis wieder erhöhen? Das hat sehr wehgetan. Es sollte ja auch wehtun. Aber jetzt ist es genug. Jetzt will ich nur noch schlafen.

Habe ich etwas vergessen? Warum schütteln Sie mich? Lassen Sie mich bitte schlafen.

Mein Trumpf? Ach ja, stimmt.

Sie meinen den Mikrosender, den ich meinem Mitarbeiter in die Hosentasche geschoben habe?

Ja, das Signal erstarb in den Bergen der Basilikata. Wahrscheinlich hat er nach einer Weile dann tatsächlich seine Hose gewechselt und gewaschen.

Ja, ich habe die Position. Die GPS-Koordinaten. Ich kann sie auswendig. Geben Sie mir noch einen Zettel, dann schreibe ich sie Ihnen auf.

Ja, dort befinden sich Fabio Tebaldi und Lavinia Potorac mit größter Wahrscheinlichkeit.

Und jetzt lassen Sie mich bitte schlafen.

Direzione distrettuale antimafia

Catanzaro, Italien, 22. September

Das Büro der DDA, der Direzione distrettuale antimafia, in Catanzaro war auffallend schmucklos. Hier wurde gearbeitet, es gab keinen Glanz, in dem man sich sonnen konnte. Und der Untersuchungsrichter Moretti versprühte das Gegenteil von Glanz. Umso mehr strahlte Polizeichef De Luca, der neben ihm hinter dem voll beladenen Schreibtisch stand. War Moretti in jeder Hinsicht ein grauer Beamter, wirkte De Luca sonderbar farbenfroh, geradezu kunterbunt. Vermutlich ergänzten sich die beiden aufs Vortrefflichste. Außerdem sprachen sie sehr gut Englisch.

»Als uns Ihre Nachricht vor nicht ganz zwei Tagen erreichte, haben wir nicht nur sehr skeptisch darauf reagiert, sondern uns wohl sogar ziemlich verächtlich geäußert«, sagte Moretti. »Dafür möchten wir uns entschuldigen. Wir haben fast alles überprüfen und bestätigen können.«

»Etwa den auffälligen Zustrom von Mexikanern nach Europa, von denen nur die allerwenigsten eine weiße Weste haben. Sie müssen mittels gefälschter Papiere ins Land gekommen sein, aber die neuen Programme zur automatischen Gesichtserkennung an den Flughäfen scheinen doch besser zu funktionieren, als wir zu hoffen gewagt hatten«, ergänzte De Luca.

»Wir haben auch einige Berichte zusammentragen können, in denen es um eine neue synthetische Droge geht«, warf Moretti ein. »Es waren mehr als erwartet, und zwar aus unterschiedlichen Orten Italiens und dem übrigen Europa.«

»Haben Sie mittlerweile neue Erkenntnisse, um was für eine Substanz es sich dabei handelt?«, fragte De Luca.

Paul Hjelm räusperte sich. »Ich habe eine Probenanalyse aus Madrid bekommen. Die spanischen Labore arbeiten überraschenderweise wesentlich schneller als die entsprechenden in New York. Ich erwarte jederzeit Nachricht aus den USA. Dann werden wir sehen, ob die Analysen übereinstimmen.«

»Und der Vertrieb dieser neuen Droge wird also von dem Sicherheitsunternehmen Camulus organisiert?«, fragte Moretti.

»Das nehmen wir an.«

»Bevor wir uns an einer Zusammenfassung der Erkenntnisse versuchen, wollen Sie uns vielleicht Ihren Begleiter vorstellen?«, meinte De Luca und zeigte mit einer einladenden Geste auf den Mann neben Hjelm.

»Oh, verzeihen Sie. Das hier ist Mr Watkin, mein Dolmetscher und Leibwächter.«

Mr Watkin nickte zur Begrüßung und fügte auf Italienisch hinzu: »Mein Vater war Italiener.«

»Falls es zu Sprachschwierigkeiten kommen sollte«, erklärte Hjelm.

»Ein Leibwächter ohne Waffe?«, stellte De Luca mit einem Lächeln fest.

»Mr Watkin ist eine Waffe«, antwortete Hjelm und erwiderte das Lächeln.

»Wollen wir uns dann jetzt der Zusammenfassung zuwenden?«, unterbrach Moretti, der für diese Art Hahnenkampf nichts übrigzuhaben schien.

»In Erwartung großer Taten«, sagte De Luca und warf einen Blick auf das schwarze Skype-Fenster.

»Ich fasse mich kurz«, versprach Hjelm. »Meine Herren, Sie sind wesentlich besser über die Aktivitäten auf dem Kokainmarkt informiert, seit die Kolumbianer aus dem Geschäft verschwunden sind und die Mexikaner deren Rolle als Lieferanten übernommen haben. Kokain ist und bleibt die Hauptdroge Europas, auch wenn die Konkurrenz durch synthetisch erzeugte Drogen wie Amphetamine und Methamphetamine massiv zugenommen hat. Die 'Ndrangheta verfügt über ein ungemein feinmaschiges Vertriebsnetz für Kokain in Europa. Und dank des Hauptlieferanten Los Zetas besitzt sie die perfekte Kokainpipeline von New York in den Hafen Gioia Tauro. Natürlich sind sowohl die Kalabrier als auch die Mexikaner sehr daran interessiert, ihre gut funktionierenden Vertriebssysteme auch für andere Stoffe zu nutzen, etwa chemische Drogen, die ihnen zunehmend Marktanteile stehlen. Aber sie wollen eine Droge, die sowohl das Amphetamin als auch das Methamphetamin ausstechen kann. Und diese Droge scheint es tatsächlich zu geben. Sie wurde bereits an willkürlich gewählten Menschen getestet und ausgewertet, etwa beim Marsch der *Indignados* in Madrid und einer Aktion von *Occupy Wall Street* in den USA. Vieles deutet darauf hin, dass die Droge in einem geheimen Labor oder auch an mehreren Stellen hergestellt wird und Camulus die Produktion kontrolliert. Für Los Zetas und die 'Ndrangheta wäre es daher ideal, wenn sie die bereits in die Wege geleiteten Kokainsendungen einfach mit der neuen Droge auffüllen könnten. Auf diesem Wege würde sie sehr schnell über die gewohnten Vertriebskanäle verteilt werden können, die schon das Kokain in Europa nimmt. Das ist eine klassische Win-win-Situation. Camulus verkauft an Los Zetas, die die Fracht an die 'Ndrangheta weiterverkaufen. Alle gewinnen dabei. Bis auf die heutigen und morgigen Abhängigen in Europa.«

»Aber es handelt sich um eine Novität auf dem Markt, und ihr Verkauf ist noch nicht organisiert.« Moretti nickte. »Dafür braucht es ein Gipfeltreffen.«

»Ein Gipfeltreffen, das am 27. stattfindet«, ergänzte Hjelm. »Es muss an einem geeigneten, möglichst neutralen Ort abgehalten werden. Nun wissen wir ja, wie ich vorhin schon sagte, dass eine stattliche Anzahl von Mexikanern mit zweifelhaftem Lebenswandel via verschiedenster Flughäfen nach Europa drängt. Wir wissen außerdem, dass sich der Chef von Camulus, Christopher James Huntington, zurzeit in Begleitung seiner soeben rekrutierten Leibwächtertruppe aus hartgesottenen Männern in Bari aufhält.«

»Woher wissen Sie das?«, fragte De Luca mit zusammengekniffenen Augen.

»Wir haben einen Mann vor Ort«, erwiderte Hjelm. »Ferner wissen wir, dass ein Killer namens Xavier Montoya sich vor Kurzem von Frankfurt aus nach Süden begeben hat und sich in Potenza in der Basilikata aufhält.«

»Und woher wissen Sie das?«, wiederholte De Luca seine Frage.

»Wir observieren ihn. Und wenn alles nach Plan läuft, wird er uns direkt zum Ort des Gipfeltreffens führen.«

»Basilikata«, sagte Moretti nachdenklich. »Das ist eine der unterentwickeltsten Regionen Italiens. Allerdings hat sich dort eine neue Organisation gebildet, die sogenannte Fünfte Mafia, die Basilischi. Und die stehen der 'Ndrangheta sehr nahe.«

»Vielleicht ist die 'Ndrangheta ja die Gastgeberin des Gipfeltreffens«, erklärte Hjelm. »Aber sie kann es unmöglich auf heimischem Boden stattfinden lassen. Also entscheidet sie sich für die Region mit der geringsten Besiedelungsdichte Italiens, die Basilikata, und wendet sich an ihre Halbgeschwister, die Basilischi, die für ihre Gegend die geografischen Experten stellen können. Die Hälfte der Basilikata besteht praktisch aus eintönigen Bergketten, dem südlichen Apennin. Dort irgendwo wird das Treffen stattfinden, in vollkommener Ruhe und Ungestörtheit.«

»Wir haben schon angefangen, das Terrain zu sondieren«, berichtete De Luca. »Wir hatten ja vor ein paar Jahren einen Kollegen, dem das Kunststück geglückt ist, fast einen Zugang zur Aorta der 'Ndrangheta zu legen.«

»Aber leider nur fast«, betonte Moretti. »Unser Dilemma ist, dass wir nicht wissen, wie der Boss aussieht. Wir wissen lediglich, dass er Bonavita heißt. Vor fast drei Jahren ist es uns gelungen, seinen Leibwächter festzunehmen und zu befragen, ein Muskelberg namens Giuseppe. Er war bereit, ein Phantombild zu erstellen, wurde aber in der Untersuchungshaft ermordet, bevor ein verwendbares Ergebnis erzielt war. Und näher sind wir diesem Bonavita bisher nicht gekommen.«

Paul Hjelm zog eine Augenbraue hoch.

»Dafür haben wir auch einen Mann vor Ort.«

»Dann sind ziemlich viele Männer vor Ort, finden Sie nicht?«, platzte es aus De Luca heraus. »Von wem reden wir jetzt?«

»Von Lorenzo Ragusa.«

Moretti und De Luca sahen einander an.

»Verdammt«, stöhnte De Luca. »Wir waren uns sicher, dass er tot ist. Ein sehr guter, aber etwas unscheinbarer Polizist. Wir wussten zwar, dass er Tentakel bis in die Mafia hinein hatte, aber wir haben das immer positiv bewertet.«

»Vor etwa einer Woche wurde er schwer misshandelt und gefoltert«, erzählte Hjelm. »Aber wir konnten ihn retten. Gestern wurde ihm seine Zunge wieder angenäht. Trotz seiner schlechten körperlichen Verfassung ist er auf dem Weg von Norditalien hierher, um Bonavita zu identifizieren.«

»Dann hatte er also Kontakt bis nach ganz oben?«

»Sein Vater war Il Ricurvo.«

Erneut wechselten Moretti und De Luca Blicke.

»Das Einzige, was wir mit Sicherheit über Bonavita wissen«, erklärte Moretti, »ist sein glühender Hass gegen Fabio Tebaldi. Daher waren wir davon überzeugt, dass er ihn am Ende doch noch erwischt hatte, als Tebaldi vor zwei Jahren offiziell für tot erklärt wurde. Und jetzt sagen Sie, dass Tebaldi lebt?« Er zeigte fragend auf das nach wie vor schwarze Skype-Fenster.

De Luca sah auf die Uhr und sagte: »Eigentlich müssten sie jetzt so weit sein.«

»Zumindest lebte er vor ein paar Monaten noch«, fuhr Hjelm fort. »Camulus respektive Huntington hat ihn zusammen mit seiner Kollegin Lavinia Potorac entführt. Seit wir das wissen, überlegen wir, warum sie noch leben. Bisher waren wir der Annahme, dass diese Leute hinter uns her sind.«

»Aber dieser Annahme sind Sie jetzt nicht mehr?«, fragte De Luca.

»Nein. Und das hat mit diesem Gipfeltreffen zu tun. Aber wie das alles zusammenhängt, wissen wir nicht. Hoffentlich erfahren wir bald mehr.«

»Die Übertragung hätte bereits vor acht Minuten beginnen sollen«, sagte De Luca und überprüfte ein zweites Mal seine Uhr. »Ich rufe jetzt an.«

Während De Luca telefonierte, klingelte Hjelms Handy. Mit einer fragenden Geste zeigte er darauf. Moretti nickte.

»Hier ist New York«, meldete sich Laima Balodis.

»Fasse dich so kurz wie möglich, Laima«, bat Hjelm.

»Das hatte ich auch vor. Zwei Dinge. Zum einen haben wir die chemische Formel von der Droge, die uns Nicholas zugeschanzt hat. Die ist identisch mit der aus Madrid. Die Droge ist in den USA bereits auf dem Vormarsch und hat den Straßennamen ›Avalanche‹ bekommen.«

»Avalanche?«, wiederholte Hjelm. »Ausgezeichnet. Und das Zweite?«

»Wir vermuten, dass Camulus an die New Yorker Börse gehen will, um so schneller an Kapital zu kommen. Es gab gerade eine Zahlung gigantischer Summen, die für weitere Neurekrutierungen verwendet wurden. Aber der Firmensitz wurde aufgelöst, Camulus ist verschwunden. Wir befinden uns in diesem Augenblick in ihren Büroräumen in der Pine Street. Sie sind vollkommen leer. Keine Büroklammer ist zurückgeblieben, nur ein paar Möbel. Und wahrscheinlich werden wir hier auch keine DNA finden. Wir räumen das Feld.«

»Ja. Und begebt euch hierher. Nehmt den erstbesten Flug nach Rom. Mietet euch dort einen Wagen. Ich schicke euch die GPS-Koordinaten. Ich brauche euch hier.«

»Sammelst du deine Paare wieder ein?«

Hjelm legte auf und lächelte. Er hatte großartige Mitarbeiter.

»Wir haben eine Nachricht aus den Wäldern in der Basilikata«, rief De Luca und beendete auch sein Telefonat. »Es gab Verbindungsprobleme im Wald, unerwartete Funklöcher. Gleich haben wir auch ein Bild.«

»Wir haben einen Namen für die Droge«, sagte Hjelm. »Avalanche.«

»Avalanche«, wiederholte Moretti nickend. »Das bedeutet Lawine. Ein sehr passender Name.«

Da gab der große Bildschirm auf dem Schreibtisch ein Geräusch von sich.

Die anfänglich qualitativ schlechte Aufnahme zeigte eine Truppe von Leuten, die durch den Wald rannte. Mindestens sechs Männer in Militäruniformen liefen, die Waffen geschultert, vor der wackelnden Kamera.

»Carabinieri«, erläuterte De Luca mit einem schiefen Grinsen.

»Was wären wir nur ohne sie?«, ergänzte Moretti und verzog das Gesicht zu seinem ersten Grinsen des Tages.

Zwischen den uniformierten Helden aber sahen sie etwas ganz anderes. Eine Baseballjacke? Der Mann, der mit diesem sportlichen Kleidungsstück angetan war, drehte sich zur Kamera um und hob den Daumen in die Luft. Hjelm konnte sich eine Grimasse nicht verkneifen.

Neben der Baseballjacke rannte ein schlanker Mann in einem eng sitzenden Anzug, der noch viel weniger in den Wald passte.

»Wer zum Teufel ist das denn?«, rief De Luca.

»Verzeihen Sie bitte«, sagte Hjelm. »Das sind meine Männer. Chavez und Sifakis.«

»Die Carabinieri sind gerade in meiner Achtung extrem gestiegen«, entgegnete De Luca.

Plötzlich blieb die gesamte Truppe stehen und ging in Deckung. In der Ferne, zwischen den Bäumen, war einer der in Kaki gekleideten Männer zu sehen, der einen Arm in die Luft gestreckt hatte, um die anderen anzuhalten. Er stand geduckt da und forderte die Übrigen mit einem Winken auf, zu ihm aufzurücken. Dann deutete er vor sich, wo zwischen den eng stehenden Steineichen eine Lichtung hindurchschimmerte. Und auf der anderen Seite der Lichtung war vage die Rückseite eines Schuppens zu erkennen. Deutlich langsamer als zuvor setzte sich die Truppe wieder in Bewegung und schlug einen großen Bogen um die Lichtung. Immer wieder tauchten der Mann mit der Baseballjacke und der mit dem Anzug vor der Kamera auf. Die Zeit verstrich. Sie näherten sich dem Schuppen.

Da erkannte Hjelm den Holzbau wieder. Von einer anderen Filmaufnahme.

Die ihm vor zwei Monaten als E-Mail-Datei geschickt worden war. Er hielt die Luft an.

Die Kamera blieb stehen. Sie zitterte nur ein wenig, während sie näher an die Uniformierten heranzoomte. Sie berieten sich. Der Mann in der Baseballjacke mischte sich ein, zeigte auf den Schuppen.

Dann rannten sie los.

Die Carabinieri bogen um die Ecke der Hütte und verschwanden außer Sichtweite. Und blieben viel zu lange verschwunden.

Die Kamera zitterte.

*

In diesem Augenblick beschloss Jorge Chavez, nicht länger zu warten. Er drehte sich zu Angelos Sifakis um, der ihm zunickte. Sie zogen ihre Waffen und rannten ebenfalls los. Sie bogen um die Ecke des Schuppens und erkannten die Stelle wieder, an der Tebaldi und Potorac gesessen hatten und gefilmt worden waren. Wo Tebaldi versucht hatte, sie auf die ›ausländischen Spieler‹ in der *La Repubblica* hinzuweisen. Zwei der Carabinieri standen vor der Tür und gaben ihnen mit einer Geste zu verstehen, dass sie den Schuppen betreten konnten.

Es war pechschwarz im Inneren dieses Verschlags, wo Tebaldi und Potorac fast zwei Jahre ihres Lebens verbracht hatten. Und es stank fürchterlich. Kein Laut war zu hören.

Sie durchquerten den ersten Raum. Es gab keinen Fußboden, nur kalte, nackte Erde. Es war tatsächlich nicht mehr als ein Schuppen, und die Winter mussten schrecklich gewesen sein.

Sie betraten den nächsten Raum, der größer war als der vorherige. Hinter einer weiteren Tür zuckten Lichtkegel von Taschenlampen. Der Gestank wurde schlimmer. Aber die Stille war so sonderbar.

Chavez konnte das nicht begreifen. Das hier war doch ein Zugriff, es müsste geschrien, gebrüllt, geschossen werden. Die Entführer müssten tot am Boden liegen, und sie würden Tebaldi und Potorac retten, erschöpft, aber am Leben.

Er holte seine Taschenlampe heraus und leuchtete ihnen den Weg. Die Türöffnung war sehr schmal, dahinter zuckten die Kegel durch die Dunkelheit.

Chavez holte tief Luft. Roch er den Tod? Dann wagte er den Schritt in die hintere Kammer.

Ein Mann im Anzug lag am Boden, seine Arme standen in einem komischen Winkel vom Körper ab. Sein Gesicht lag tief in die Erde gedrückt. Aber dem widmete Chavez keine Aufmerksamkeit.

Er sah die beiden Betten, bestehend aus zwei Schlafsäcken, die auf der nackten Erde lagen. Der Gestank nahm zu.

Der eine Schlafsack war leer. Neben dem anderen stand ein Infusionsständer. Er konnte die Konturen eines Menschen in dem Schlafsack erkennen. Einer der Carabinieri hockte neben der Gestalt, redete kaum hörbar mit ihr, als er aber Chavez und Sifakis sah, erhob er sich und machte ihnen Platz.

»Lavinia. Ich bin es, Angelos. Angelos Sifakis. Bleib ganz ruhig, Hilfe ist unterwegs.«

Lavinia Potorac drehte ihr Gesicht zu ihnen. Sie war ausgemergelt, ihre Wangenknochen stachen hervor. Aber sie lebte. Es gelang ihr, die Hand zu heben und auch Chavez zu sich zu winken. Er setzte sich neben Sifakis. Sie nahmen ihre eiskalten Hände und hielten sie fest. Potorac versuchte zu sprechen. Aber erst kam nur ein Rasseln. Endlich fand sie ihre Stimme.

»Sie haben Fabio mitgenommen.«

»Wohin?«, fragte Sifakis. »Weißt du, wohin?«

Potorac atmete laut und keuchend.

»Persönliche Nachricht an Paul Hjelm.«

»Ja?«

»›Wir sehen uns in Kalabrien.‹«

*

Das Kamerabild hatte eine Weile unruhig geflimmert. Jetzt ertönte im Hintergrund ein Knattern, das an Lautstärke zunahm. Der Mann in der Baseballjacke kam ins Bild, ziemlich blass, während hinter ihm auf der Lichtung ein Notarzthelikopter landete.

»Chavez hier, Paul, kannst du mich hören?«

»Ja, ich bin hier mit zwei Kollegen von der DDA«, sagte Hjelm gedämpft.

»Potorac lebt«, sagte Chavez. »Ein Arzt war hier, um die Infusion auszutauschen, wir haben ihn festgenommen.«

Hjelm kniff die Augen zusammen.

»Danke, Jorge. Und Tebaldi?«

»Weg. Sie haben ihn mitgenommen.«

»Verdammt«, stöhnte Hjelm mit erstickter Stimme.

»Ich weiß«, sagte Chavez. »Wir haben eine persönliche Nachricht an dich, die lautet: ›Wir sehen uns in Kalabrien.‹«

»Danke«, sagte Hjelm, aber da war der Monitor schon wieder schwarz.

»Hm«, brummte Moretti. »Sie schicken also extra einen Arzt in die Berge hoch, um einen Infusionsbeutel auszutauschen, nur damit sie überlebt, um die Nachricht ›Wir sehen uns in Kalabrien‹ überbringen zu können?«

»Sie haben eindeutig mit Tebaldi noch etwas anderes vor«, sagte De Luca. »Aber was könnte das sein, Hjelm?«

Doch Paul Hjelm war nicht ansprechbar. Er saß vornübergebeugt da und hatte die Hände vors Gesicht gepresst.

»Sie scheinen von den Ereignissen nicht ganz so mitgenommen zu sein wie Ihr Chef, Mr Watkin«, sagte Moretti. »Was sagen Sie dazu?«

»Es fehlen noch Parameter in der Gleichung«, antwortete Mr Watkin mit ruhiger Stimme. »Aber für diese bevorstehende Aktion wurde Tebaldi zwei Jahre lang am Leben gehalten. Am 27. werden wir es erfahren.«

»Hjelm.« De Luca beugte sich zu ihm hinunter. »Acht meiner Männer waren im Laufe der Zeit als Geiseln in den Bergen. Zwei von ihnen sind zurückgekommen. Einer arbeitet sogar wieder, Teilzeit. Glauben Sie mir, ich weiß, wie es Ihnen geht. Aber wir müssen zurück in die Realität. Wir können das alles später beweinen.«

Hjelm sah auf und nickte.

»Er ist nicht tot«, sagte er dann.

»Ganz bestimmt nicht.« De Luca nickte ebenfalls. »Wir haben noch ein paar Tage Zeit, um ihn zu retten. Und uns um die weitaus größere Frage zu kümmern.«

»Die Chinesen«, warf da Moretti ein. »Sie hatten etwas von den Chinesen gesagt ...?«

»Keine Chinesen«, korrigierte Hjelm. »Eine Truppe junger Elitesoldaten, die möglicherweise in China ausgebildet wurden.«

»Dann gehe ich davon aus, dass Christopher James Huntington nicht weniger als drei Einheiten zu seinem Schutz zur Verfügung hat«, fasste Moretti zusammen. »Eine größere Mannschaft an Leibwächtern, in der Sie ›einen Mann vor Ort haben‹, eine Truppe junger Elitesoldaten aus China und schließlich den ›Killer‹ Xavier Montoya. In meinen Ohren klingt das nach einer unbeschreiblich massiven Schutzmaßnahme, wie bedeutend und groß dieses Gipfeltreffen auch sein mag.«

Hjelms Miene nahm einen gänzlich anderen Ausdruck an, er wirkte viel konzentrierter.

»Ich teile Ihre Meinung. Wie interpretieren Sie das?«

»Man kann das natürlich nicht eindeutig interpretieren. Aber wenn wir jetzt unseren Einsatz planen, sollten wir eventuell berücksichtigen, dass es sich keineswegs um ein wohlwollendes und unvoreingenommenes Treffen dreier Organisationen handelt.«

»Ganz genau«, sagte Hjelm. »Huntington hat außerdem vor Kurzem den Großteil seiner frisch rekrutierten Söldner nach Mexiko geschickt.«

»Und dann noch die Wall Street«, fuhr Untersuchungsrichter Moretti fort, »ich habe vorhin Ihrer Unterhaltung zugehört. Gewaltige Summen von Risikokapitalisten stehen in den USA zur Verfügung, man hat eine große Anzahl von Söldnern rekrutiert. Gestatten Sie, dass ich meinen Gedanken vor dem Hintergrund meiner dreißigjährigen Erfahrung als Mafiabekämpfer in Kalabrien freien Lauf lasse?«

»Ich erwarte nichts anderes von Ihnen«, sagte Hjelm.

»Natürlich *könnte* es durchaus sein, dass Huntington gar keine Eile hat. Er hat eine Drogenproduktion auf höchstem Niveau ins Leben gerufen. Er will diese Droge an jemanden verkaufen, der über eine gute Infrastruktur verfügt und die Droge in der ganzen Welt auf den Markt bringen kann – das wären Los Zetas in den USA und die 'Ndrangheta in Europa. Aber auf diesem Weg wird er nur etwa ein Zwanzigstel des Gewinnes einstreichen können, den er sein Eigen nennen könnte, wenn er selbst den gesamten Vertriebsweg kontrollieren würde. Wahrscheinlich hat er besonders große Eile.«

»Ich habe in dieselbe Richtung gedacht«, sagte Hjelm. »Aber ich habe es nicht gewagt, das laut auszusprechen. Sein Sicherheitsunternehmen hat in den letzten Jahren immer ansehnliche Präsenz bei den großen Verbrechen gezeigt. Er will seinen Laden professionalisieren, ach, was sage ich, er will den Drogenmarkt *vergesellschaften*. Weg von der mittelalterlichen Klantradition der 'Ndrangheta, weg von der gewalttätigen Gangmentalität der Los Zetas, hinein in die zivilisierte, an der Legalität vorbeimanövrierende Welt eines multinationalen Unternehmens. Er bereitet sich parallel auch auf die Legalisierung des Drogenhandels in nicht allzu ferner Zukunft vor. Und wenn es dann so weit ist, sind alle Vorbereitungen für die notwendigen Strukturen in seinem Unternehmen schon getroffen.«

»Wenn mehr Gewalt unumgänglich sein sollte, kann er das gewährleisten«, ergänzte De Luca. »Und wenn eher eine diktatorische Unternehmensstruktur erforderlich sein sollte, hat er die ebenfalls parat.«

»Kurz gesagt«, fasste Moretti zusammen, »Christopher James Huntington ist der Mann und Unternehmer der Zukunft.«

»Nein«, widersprach Paul Hjelm. »Die Zukunft hat etwas Besseres verdient.«

Raubtier V

Basilikata, Italien, 27. September

Das Satellitenbild zeigte ein abgeschieden gelegenes Haus auf einer Hochebene am Ende der Welt. Und doch war darauf noch so viel mehr zu sehen. Es gab vier Zufahrtswege mit Straßensperren, die von maskierten Männern bewacht wurden. Dazwischen und rundherum war nur Wald, Wald, der sich um die große offene Gartenanlage dort in der Mitte des Plateaus erstreckte. Auch im Wald waren bewaffnete Männer postiert, auch wenn die nur mithilfe der Wärmebildkamera als kleine, sich bewegende orangefarbene Flecken zwischen den Bäumen auszumachen waren.

Da X sie hierhergeführt hatte – oder vielmehr Ws Überwachung von Xavier Montoyas Handy – sowie Nicholas, dem es am Abend zuvor gelungen war, aus einem Biwak in besagtem Waldgebiet einen knappen Report an Hershey zu senden, gab es Grund zu der Annahme, dass es sich bei dem Großteil der orangefarbenen Flecke um Camulus' Fußsoldaten handelte.

X hatte die beiden vergangenen Nächte in dem Haus verbracht, die Tage aber im Hof, im Garten und dem angrenzenden Waldgebiet. Vermutlich war er für die strategische Einteilung und Platzierung der Schutztruppen zuständig.

Am wichtigsten war vorerst, dass ihnen das Satellitenbild es ermöglicht hatte, die elektronische Überwachung des Areals auszumachen. An jeder Straßensperre an den Zufahrtswegen befand sich eine Kamera, und auch im Wald zwischen den Wegen waren Kameras installiert worden. Außerdem saß auf dem unscheinbaren Dach des kleinen weißen Hauses ein Radar. Ihnen war es gelungen, die Reichweite des Radars zu ermitteln; sie betrug nämlich nur fünfzig Meter bis zur Baumgrenze und nicht weiter. Dort übernahmen dann die Kameras.

Je fünf schwer bewaffnete Männer mit Sturmhauben standen an den vier Straßensperren, und in den Waldsegmenten dazwischen waren jeweils an die zehn Männer verteilt. Bis zu den frühen Morgenstunden gehörte auch Nicholas Durand zu ihnen. Sein Fleck unterschied sich von den anderen durch seine Farbe, er war blau, da er in der Nacht zuvor einen Spezialsender sowie eine Mikrokamera mit Sender ausgehändigt bekommen hatte. Wenn alles gut lief, würde es Nicholas gelingen, die Kamera an einer geeigneten Stelle zu montieren, um so der Einsatzzentrale einen besseren Überblick zu verschaffen. Am Morgen war er dann zu der Kerntruppe im Inneren des Hauses aufgestiegen.

Paul Hjelm zählte die Truppenstärke immer wieder durch, aber es waren weit mehr Männer, als Nicholas noch aus New York gemeldet hatte. Dort auf dem Hochplateau standen nicht nur die Neurekrutierten aus New York, sondern wesentlich mehr.

Da sie die Reichweiten der Kameras und des Radars kannten, konnten sie ihre Leute außerhalb dieser Bereiche postieren. Daher gab es neben der Einheit aus orangefarbenen Flecken noch eine weitere Einheit in dem Waldgebiet. Die bestand zum einen aus erfahrenen Mafiajägern der Carabinieri und der Antimafia-Polizei unter der Leitung von Polizeichef De Luca, der neben Paul Hjelm saß, sowie auf der anderen Seite aus Opcop-Mitgliedern, die sich zum Teil in unmittelbarer Nähe von Paul Hjelm befanden, etwa parallel zu den Zufahrtswegen.

Im Inneren des Hauses hielten sich acht Männer auf, von denen zwei reglos im Obergeschoss des Gebäudes saßen und das Radar und die Kameras überwachten. Sechs Männer, darunter auch Xavier Montoya, befanden sich im Erdgeschoss. Außerdem war Nicholas einer von ihnen, ein blauer Fleck unter orangefarbenen.

Als Nicholas in den frühen Morgenstunden in die Ehreneskorte im Haus aufgestiegen war, hatte das die Hoffnungen geweckt, dass es ihm nun leichter gelingen würde, die Mikrokamera zu installieren. Aber offensichtlich hatte sich noch keine Gelegenheit ergeben, und bis dahin würden sie sich auf die Aufnahmen der Wärmebildkamera verlassen müssen.

Unter Umständen war einer der Männer in dem Gebäude Christopher James Huntington, aber das war bisher unbestätigt. Bis zum jetzigen Zeitpunkt hatte er sich draußen noch nicht gezeigt.

Paul Hjelm war mit seinem Stellvertreter Angelos Sifakis wieder vereint und in einer sorgfältig getarnten mobilen Einsatzzentrale im Wald untergebracht worden, die sich zwischen dem westlichen und dem nördlichen Zufahrtsweg befand. Die beiden bildeten zusammen mit dem zuständigen Untersuchungsrichter Moretti sowie Polizeichef De Luca den Führungsstab. In dem länglichen, einem Wohnwagen ähnlichen Gefährt saßen außerdem zwei Kollegen der Antimafia-Einheit aus Catanzaro, die zusammen mit Felipe Navarro und Adrian Marinescu für die Observation zuständig waren. Insgesamt hielten sich also acht Personen in dem Gefährt auf, das unter der so ironischen wie armseligen Bezeichnung »Wohnwagen« firmierte.

Der Standort war natürlich nicht ohne Risiko, da der Wald von durchtrainierten Söldnern durchstreift wurde. Aber sie hatten den Wohnwagen außerhalb des Bewachungsradius platziert und außerdem eine beachtliche Mannschaft in unmittelbarer Umgebung postiert. Der Wohnwagen war also gleichermaßen gut getarnt wie bewacht.

Im Übrigen standen Streifenwagen der italienischen Polizei, ebenfalls gut getarnt, entlang der vier Zufahrtswege. An der südlichen, östlichen und nördlichen Straße hatten sie Verstärkung durch Opcop-Mitglieder bekommen. Im Süden saßen Laima Balodis und Miriam Hershey in einem Kraftpaket von einem Auto; im Osten hatten Arto Söderstedt und Jutta Beyer in einem eher traditionellen gepanzerten Streifenwagen Platz genommen; und im Norden, nicht unweit des Wohnwagens, warteten Jorge Chavez und Salvatore Esposito. Sie hatten überdies eine Infusionsvorrichtung auf dem Rücksitz sowie ein dazugehöriges Individuum. Lorenzo Ragusa hätte sein Krankenbett natürlich eigentlich noch nicht verlassen dürfen. Eine Zunge anzunähen war nicht nur eine hochkomplexe, sondern auch äußerst schmerzhafte Operation, aber sie waren auf ihn angewiesen. Er sollte Bonavita identifizieren. Daher lag er auf dem Rücksitz und bat nuschelnd um die Erhöhung seiner Morphiumdosis.

Die Zeit verging schleppend. Hjelm behielt im Wohnwagen unentwegt die beiden Satellitenbildaufnahmen im Auge, die mit und ohne Wärmebildkamera gemacht wurden. Ein schwer bewaffneter Polizist verteilte Kaffee in winzig kleinen Bechern. De Luca war in ständigem Funkkontakt mit seinen Männern in den Streifenwagen und im Wald, und Sifakis, Marinescu und Navarro besprachen mit ihren beiden italienischen Kollegen die möglichen Szenarien. Nur Untersuchungsrichter Moretti starrte ins Leere.

Hjelm hinterließ gedankenverloren mit seinem Espressobecher einen Kaffeefleck auf ein paar Unterlagen vor ihm.

»Keine Anzeichen bei den unteren Posten?«, fragte er dann.

»Nein«, antwortete De Luca, »noch nichts. Es ist allerdings auch erst elf Uhr. Wir haben ja keine Ahnung, wann das Treffen stattfinden soll.«

»Minimale Bewegung im Hausinneren«, meldete Navarro. »Das Radar ist aktiv. Die Jungs im Obergeschoss bewegen sich nicht. X und Nicholas verhalten sich ruhig, die anderen vier Männer verändern ab und zu ihre Positionen.«

»Ich habe verstanden, dass der blaue Fleck Ihr Mann vor Ort ist«, sagte De Luca. »Aber woher wissen Sie, wer von denen X ist?«

»Der strahlt am meisten Wärme aus«, erklärte Marinescu. »Mit hundertsiebzig Kilo strahlt man mehr Wärme aus als andere.«

»Hundertsiebzig Kilo Muskeln«, ergänzte Navarro. »Der dunkelrote Fleck.«

»Wo haben Sie nur das ganze Geld für dieses Equipment her?«, rief De Luca. »Blaue, orangefarbene und dunkelrote Flecken auf Satellitenbildern? Wie viel Geld stellt die EU eigentlich zur Verfügung?«

»Ausreichend, um Sie zu einem Medienhelden zu machen, De Luca«, sagte Hjelm und zoomte die Bilder der vier Kameras an den vier Zufahrtswegen näher heran. Er drehte sich zu den anderen im Wohnwagen um und fragte in die Runde: »Was ist das da an den Straßensperren?«

Damit erweckte er auch Moretti wieder zum Leben. Der Untersuchungsrichter riss sich von dem Blick ins Leere los und konzentrierte sich auf Hjelms Monitore. Hjelm zoomte die Aufnahmen noch näher heran und teilte den Bildschirm in vier Fenster auf, in denen jeweils ein Satellitenbild der vier Straßensperren zu sehen war.

Moretti zeigte auf den Bildschirm.

»An allen vier Sperren befindet sich dieselbe Vorrichtung«, sagte er. »Die sehen aus wie Metalldetektoren.«

»Sprechen wir etwa von einer waffenfreien Zone?«, fragte De Luca.

»Ein ziemliches Paradoxon, bedenkt man die rund vierzig schwer bewaffneten Männer, die im Wald verstreut postiert sind«, warf Sifakis ein.

»Die Gesandten der 'Ndrangheta und der Mexikaner werden aber auch bis an die Zähne bewaffnet sein«, sagte Navarro. »Ich hoffe, Ihre Leute in den Helikoptern sind allzeit bereit.«

»Wir haben sechs Helikopter, die innerhalb von zwei Minuten in der Luft sein können«, antwortete De Luca. »Das sind rund hundert Mann.«

»Und wir können ganz sicher sein, dass die Gefahr von Heckenschützen minimal ist?«, fragte Marinescu.

»Die nächste Stelle, die höher liegt als das Plateau, ist mehr als drei Kilometer entfernt«, erklärte De Luca. »Diese Risiken sind alle auf ein Minimum reduziert. Das Schlimmste, was eintreten kann, ist, dass die sich gegenseitig abknallen. Und damit könnten wir ja leben.«

»Unser Mann ist dort im Haus«, sagte Hjelm. »Wir wollen nicht, dass die sich gegenseitig abknallen.«

»Apropos«, sagte De Luca. »Wo ist eigentlich Ihr Leibwächter?«

»Leibwächter?«, rief Sifakis fassungslos, Navarro und Marinescu schwiegen, aber Hjelm sah, dass auch sie sich ihren Teil dachten. Aber sie waren professionell genug, den Mund zu halten. Er schüttelte nur den Kopf. De Luca wollte gerade weiterbohren, als ihn eine Nachricht über seine Kopfhörer erreichte.

Sifakis warf Hjelm einen fragenden Blick zu und richtete seine Aufmerksamkeit dann wieder auf die Monitore. Hjelm war hingegen damit beschäftigt, die Aufnahmen der Wärmebildkamera auf sein Handy umzuleiten.

In dem eher traditionellen gepanzerten Streifenwagen im Osten servierte Jutta Beyer dem verblüfften Arto Söderstedt Kaffee aus einer kleinen Thermoskanne. In dem nördlich postierten Wagen jammerte Lorenzo Ragusa, woraufhin Salvatore Esposito seine Morphiumdosis erhöhte, während Jorge Chavez das Satellitenbild justierte und sich für das Zoomen bereit machte. Und in dem südlichen Wagen massierte Laima Balodis Miriam Hersheys verspannte Nackenmuskeln.

Die Stunden zogen sich dahin. Dieses endlose zähe Warten bei Observierungen. Gleichzeitig aber wussten sie alle, dass es jederzeit losgehen konnte, dass sie von jetzt auf gleich einsatzbereit sein mussten.

Hätten sie ein Auge dafür gehabt, hätten sie festgestellt, dass es ein wunderschöner Spätsommertag in der Hochebene der Basilikata war. Die Sonne schien mild, die Vögel flogen hoch am Himmel, und die Grillen zirpten ausgelassen. Die Welt, in der sie lebten, hätte so schön sein können.

Aber sie wussten, dass die Hölle auf Erden sie erwartete.

Es ging auf drei Uhr zu, als De Luca die Hand auf seinen Kopfhörer drückte und verkündete: »Der erste Posten am östlichen Zufahrtsweg meldet drei Minivans.«

»Jutta und Arto. Habt ihr das gehört?«, sprach Hjelm in sein Mikrofon.

»Ja, drei Minivans am ersten Posten«, wiederholte Jutta Beyer.

De Luca gab Kommandos auf Italienisch.

»Adrian?«, fragte Hjelm.

»Bin schon dabei«, rief Marinescu und veränderte die Satellitenperspektive mit seinem Joystick. Und dann tauchte am östlichen Zufahrtsweg tatsächlich eine kleine Karawane aus schwarzen, fensterlosen Minivans auf. Marinescu zoomte näher heran, die Vans passierten Beyers und Söderstedts Position auf dem schmalen Waldweg, und schon näherten sie sich der Straßensperre. Zwei der Wachen mit den Sturmhauben gingen mit erhobenen Händen auf die Wagen zu. Ein Mann sprang aus dem vorderen Van. Er sah unverkennbar lateinamerikanisch aus.

»Das sind bestimmt die Mexikaner«, sagte De Luca.

»Dann wollen wir mal sehen, wie die auf eine eventuelle Entwaffnung reagieren«, meinte Hjelm. »Maximaler Zoom, Adrian.«

Gesagt, getan. Der Mann, der als Nächster aus dem Van sprang, war mindestens dreißig Zentimeter kürzer als die beiden Maskierten. Er zeigte auf ihre Sturmhauben und machte eine herablassende Handbewegung. Das ließ die beiden allerdings vollkommen unbeeindruckt, der Vordere von ihnen hob acht Finger in die Luft. Der Mexikaner reagierte abweisend und kletterte zurück in seinen Van. Die Zeit verstrich. Dann strömten auf einmal mehrere Männer aus den Wagen, fast alle schwer bewaffnet. Der Maskierte wiederholte seine Forderung, hob erneut die acht Finger hoch und deutete mit den Händen einen Kreis um sich an. Ein kleiner, etwas älterer Mann löste sich aus einer Vierergruppe, die offenbar unbewaffnet war, trat vor den Maskierten und begann, mit ihm zu diskutieren. Dann drehte er sich zu seinen Leuten um und zeigte auf vier von ihnen.

»Es wurden vier Männer als Begleitung für die vier Chefs ausgewählt«, erläuterte Navarro.

»Unbewaffnet!«, fügte De Luca hinzu. »Das hier ist eine echte Herausforderung.«

»Die restliche Mannschaft scheint zurückzubleiben, aber angriffsbereit«, sagte Sifakis. »Also quasi fünfzehn mexikanische einsatzbereite Maschinengewehre gegen fünf auffallend coole Maskierte.«

»Was geht da eigentlich vor sich?«, fragte Moretti. »Wozu diese Maskierung?«

»Unklar«, erwiderte De Luca. »Aber in der Tat sind es fünfzehn schwer bewaffnete Mexikaner gegen fünf Maskierte. Wir wissen allerdings, dass es im Wald von Söldnern nur so wimmelt. Sehen Sie sich die Aufnahmen der Wärmebildkameras an.«

Es war unverkennbar, dass sich mindestens acht Männer aus dem Wald dem östlichen Zufahrtsweg genähert hatten. Allem Augenschein nach erhielten sie kontinuierliche Informationen aus dem Haus.

Die vier auserwählten Leibwächter legten ihre Waffen nieder, die vier Bosse, angeführt von dem Ältesten, entledigten sich ebenfalls einiger Waffen und legten diese in sorgfältig aufgestellte Körbe auf einem Tisch vor den Metalldetektoren. Dann gingen sie durch die Apparatur, einer nach dem anderen, wurden angehalten, machten ein wenig Theater, um dann aus einem weiteren Versteck in ihrer Kleidung ein Messer oder eine Minipistole zu ziehen und daraufhin erneut den Metalldetektor zu passieren. Etwa zehn Meter dahinter sammelten sie sich, als hätten sie genaue Anweisungen erhalten.

»Befinden die sich schon innerhalb der Reichweite unserer Richtmikrofone?«, fragte Hjelm.

»Ich überprüfe das«, sagte einer der italienischen Kollegen und drehte an ein paar Knöpfen herum.

Schwache und verzerrte spanische Sprachfetzen waren im Wohnwagen zu hören. Felipe Navarro übersetzte, so gut es ging:

»... so ein Scheiß ... Spaghettifresser ... Idioten ...«

»... vielleicht doch ganz sinnvolle Sicherheitsvorkehrungen ...«

»... drei gegen den einen da vorn, Juan kriegt das hin ...«

»... wo ist denn jetzt dieser Mistkerl ...«

De Luca hielt ein weiteres Mal die Hand an den Kopfhörer.

»Neue Karawane am südlichen Zufahrtsweg«, meldete er.

Marinescu zoomte das Satellitenbild auf mehrere Limousinen, die den etwas steileren südlichen Zufahrtsweg heraufkamen.

»Sichtkontakt«, meldete Hersheys Stimme. »Sie passieren unsere Position. Sechs Wagen.«

Und dann hatten sie die südliche Straßensperre erreicht. Auch dort spielte sich eine ähnliche Szene ab. Ein Mann sprang heraus, debattierte mit dem Maskierten, der stur seine acht Finger in die Luft hielt, der Mann stieg wieder ein, und kurz darauf strömten die Leute mit erhobenen Waffen aus den Wagen. Der Maskierte hatte unentwegt die acht Finger hochgehalten.

»Cazzo!«, rief De Luca. »Ich habe noch nie so viele Mitglieder der 'Ndrangheta auf einem Haufen gesehen.«

»Cazzo?«, wiederholte Hjelm mit Blick auf Moretti.

Moretti starrte weiter auf den Bildschirm und schüttelte nur sanft den Kopf.

»Das war bloß ein Fluch«, erläuterte er. »Aber De Luca hat recht. Das hier ist einzigartig. Ich habe so etwas nicht seit dem Sturm auf Platì 2003 gesehen.«

Die acht Entwaffneten passierten gerade den Metalldetektor und blieben ebenfalls etwa zehn Meter dahinter abwartend stehen. Von dort aus waren es nur noch rund fünfzig Meter bis zum Haus.

»Zoom mal maximal heran, und schicke die Aufnahmen Jorge«, bat Hjelm.

Marinescu tat es, bis er die Gesichter der meisten Männer im Bild hatte, und schickte die Aufnahme an Chavez' Rechner am nördlichen Posten. Lorenzo Ragusa auf dem Rücksitz hatte sich aufgesetzt, die Hand vor dem Mund. Als Chavez den Laptop zu ihm drehte, nickte er und zeigte auf einen der Italiener, einen ernst und streng aussehenden Mann um die fünfzig.

»Der Mann ganz rechts ist Bonavita«, sagte Chavez über Funk. »Dunkelblauer Anzug, um die fünfzig.«

»Wir haben ihn«, sagte Moretti. »Markieren Sie ihn und auch den Ältesten bei den Mexikanern. Das sind die Bosse.«

Marinescu markierte die beiden Genannten und versah sie mit einem kleinen elektronischen Fleck, der ihnen von da an folgte.

Die beiden acht Mann starken Gruppen hatten Sichtkontakt zueinander, der Abstand zwischen ihnen betrug nur etwa hundert Meter. Und jede Gruppe wusste hinter sich eine kleine Armee schwer bewaffneter Männer. Aber die konnten einander nicht sehen.

Plötzlich kamen zwei Männer mit erhobenen Händen aus dem Haus. Beide trugen kakifarbene Anzüge und schienen unbewaffnet zu sein. Sie gingen auf einen Tisch vor dem Haus zu und blieben dort mit erhobenen Händen stehen. Dann trat ein stattlicher Mann allein auf die Veranda und blieb dort stehen, auch er war kakifarben gekleidet. Als er die Verandatreppe hinunterschritt, bestand kein Zweifel, dies hier war Christopher James Huntington höchstpersönlich. Ihm folgte ein riesiger Mann mit erhobenen Händen. Das war Xavier Montoya. Zum Schluss traten die beiden letzten Männer aus dem Haus. Einer von ihnen war Nicholas.

Huntington ergriff in dem Moment das Wort, als die Richtmikrofone Empfang meldeten. Eine donnernde Stimme erfüllte den Wohnwagen, bis es dem italienischen Tontechniker gelang, das Volumen zu drosseln.

»Wir sind unbewaffnet«, erklärte Huntington. »Wir kommen zu ihnen, nacheinander.«

Die sechs Männer aus dem Haus gingen zuerst zu Bonavitas Gruppe. Huntington und Bonavita schüttelten einander die Hand. Danach absolvierten alle sechs Männer den Gang durch den Metalldetektor. Damit war bewiesen, dass dieser innere Bereich wirklich eine waffenfreie Zone war.

»Wir haben ein Bild«, meldete der italienische Kollege im Wohnwagen.

»Ein Bild?«, fragte Moretti.

»Ja, es hat sich gerade aufgebaut. Aus dem Inneren des Hauses.«

Und das stimmte tatsächlich, die Aufnahmen zeigten das

große Wohnzimmer im Erdgeschoss. Es war menschenleer. Im Hintergrund waren die Küche und die Terrassentür zu erkennen, die offensichtlich der Haupteingang war. Auch eine Treppe war zu sehen, die ins Obergeschoss führte. Nicholas musste es gelungen sein, in letzter Sekunde die Mikrokamera zu installieren, bevor sie das Haus verlassen hatten.

»Teufel auch!«, zischte Moretti.

In der Zwischenzeit hatte sich Bonavitas Tross gemeinsam mit Huntington und seinen Männern auf den Weg zum Haus gemacht. Die acht 'Ndrangheta-Männer blieben an dem großen Tisch stehen, während Huntington die Prozedur mit den Mexikanern wiederholte. Am Ende waren alle um den Tisch versammelt.

Sie postierten sich in drei deutlich voneinander abgegrenzten Gruppen. Die meisten Teilnehmer wirkten sonderbar unbeholfen ohne ihre Waffen.

»Wir haben uns geirrt«, fasste Moretti schließlich zusammen. »Nicht die Basilischi und die 'Ndrangheta sind die Gastgeber dieses Treffens, sondern Huntington ist der Drahtzieher dieser Scheißveranstaltung.«

Da hörten sie Bonavita sagen: »Wir stehen hier unbewaffnet vor Ihrem Haus und haben keinen Schimmer, was und wer sich darin versteckt.«

Huntington nickte und erwiderte: »Schicken Sie ruhig einige Ihrer Männer zur Überprüfung ins Haus. Aber keine Feiglinge.«

Bonavita grinste und nickte seinem mexikanischen Kollegen zu. Sie wählten je einen Mann aus, die dann gemeinsam das Haus betraten.

»Im Obergeschoss sitzen zwei Männer bei den Überwachungskameras«, rief ihnen Huntington hinterher. »Aber die sind ebenfalls unbewaffnet.«

Über die Aufnahme der Mikrokamera verfolgten sie die beiden Männer, die das Wohnzimmer und die Küche absuchten, danach die Treppe hochstürzten und aus den hinteren, nach Norden zeigenden Fenstern sahen. Dann kamen sie wieder herunter, traten vors Haus und nickten ihren Bossen bestätigend zu.

»Wir sind drei Parteien mit je acht Männern«, hob Huntington an. »Drei gleich starke Partner. Deshalb sind wir auch hier. Und als drei gleich starke Partner werden wir den zukünftigen Drogenmarkt beherrschen. Mein Beitrag zu dieser Zusammenarbeit, die uns allen zugutekommen wird, ist diese Substanz mit dem Straßennamen ›Avalanche‹.«

Huntington gab Xavier ein Zeichen, woraufhin dieser eine etwa ein Kilo schwere Tüte auf den Tisch legte.

»Sie sind herzlich eingeladen, das Material zu probieren«, fuhr Huntington fort. »Der Verkaufspreis für diese Tüte beträgt ungefähr eine halbe Million Euro. Das ist wohlgemerkt ein wesentlich höherer Kilopreis, als ihn Kokain erzielen kann.«

Bonavita und die Mexikaner entsandten erneut einen ihrer Männer. Die beiden traten an den Tisch, und Xavier öffnete die Tüte. Die Männer entnahmen etwas von dem Pulver und atmeten es durch die Nase ein. Simultan klappten sie zusammen, als hätte Xavier ihnen jeweils einen Faustschlag in den Solarplexus versetzt.

»Wow«, stieß der Mexikaner als Erster aus. »Geiles Zeug.«

Sein italienischer Kollege nickte, schien aber unfähig, ein verständliches Wort über die Lippen zu bringen.

»Wollen wir ins Haus gehen und weiterdiskutieren?«, schlug Huntington vor und machte eine einladende Geste.

Das große Wohnzimmer war kurz darauf randvoll mit Männern, die überall verteilt standen. Nicholas warf einen kurzen Blick in die Kamera; er sah zufrieden aus. Sie war sehr gut platziert.

Da zeigte sich auf dem Satellitenbild im Wohnwagen eine Bewegung im Wald zwischen der westlichen und der nördlichen Straßensperre. Ein Mann im Tarnanzug kam aus dem Wald und stieß eine gebückte Gestalt vor sich her, die immer wieder ins Stolpern geriet. Dem Gebückten hatte man eine Haube über den Kopf gezogen und die Hände auf dem Rücken gefesselt.

»Heranzoomen«, befahl Moretti.

Alle versammelten sich um die Satellitenaufnahme und starrten das sonderbare Paar an, das sich langsam dem Haus von hinten näherte. Dann sagte der Mann in dem Tarnanzug etwas zu seinem Gefangenen. Der blieb stehen. Daraufhin verschwand der andere wieder im Wald.

In diesem Augenblick sagte Huntington im Inneren des Hauses: »Bevor wir mit den Verhandlungen beginnen, will ich Ihnen ein Geschenk machen, meine Herren. Ich werde jetzt einen meiner Männer bitten, das erste Geschenk hereinzuholen. Ich hoffe, Sie sind damit einverstanden. Es ist ein Geschenk, nach dem Sie sich schon lange sehnen.«

»Verdammt!«, fluchte Moretti laut und drehte sich zu Hjelm um.

Aber Paul Hjelm saß nicht mehr an seinem Platz.

*

Paul Hjelm hatte soeben den Wohnwagen verlassen und grüßte den Carabiniere, der vor der Tür postiert war. Der erwiderte den Gruß mit einem Nicken. Während Hjelm seinen Weg in den Wald fortsetzte, rekapitulierte er das Gesehene ein zweites Mal. Wie auf einmal alle Teile an ihren Platz gefallen waren und die Gleichung jetzt aufging.

Die Worte der geretteten Lavinia Potorac, dass sie Fabio mitgenommen hatten. Der Arzt im Versteck der beiden. Die waffenfreie Zone. Huntingtons grenzenlose Gier.

Er kam zu einem kleinen Erdhügel mitten im Wald. Weit und breit war kein Polizist zu sehen. Hjelm klopfte an einen Baumstamm. Plötzlich kam Bewegung in den Erdhügel. Zweige wurden beiseitegeschoben, und in dem Hügel kam eine Öffnung zum Vorschein, die von dem Licht zweier Laptopbildschirme beleuchtet wurde, von denen W aufblickte.

»Zwei Dinge«, sagte Hjelm. »Geleit bis zur Radargrenze. Das Radar muss ausgeschaltet werden.«

W nickte und klappte die Laptops zu. Dann öffnete er auf seinem Handy die Aufnahme der Wärmebildkamera.

Er streckte sich und fragte: »Ist X da?«

»Er wird da sein, ja.«

W führte Hjelm durch den Wald, den Blick auf sein Handy geheftet. Geschickt vermieden sie die Posten der Polizisten. Dann wechselte W das Bild auf seinem Display und drückte darauf.

»Radar ausgeschaltet«, vermeldete er.

»Wir müssen weiter«, sagte Hjelm. »Jetzt Geleit bis zum Waldrand.«

In der Zwischenzeit hatte Huntingtons Mann den Gefangenen ins Haus geführt. Sie hörten Stimmengewirr, die fast sechzehn Gäste wurden unruhig.

»Ich weiß genau, wie sehr Sie sich diesen Augenblick herbeigesehnt haben, Bonavita«, sagte Huntington. »Das hier ist mein Geschenk an Sie.«

Dann gab er seinem Mann ein Zeichen, woraufhin dieser dem Gefangenen die Haube vom Kopf riss.

Darunter kam ein extrem ausgemergelter Fabio Tebaldi zum Vorschein.

Lautes Geschrei und Gebrüll brachen aus. Keiner bemerkte den Mann, der am oberen Treppenabsatz auftauchte und versuchte, eine Meldung zu machen, vermutlich von einem ausgefallenen Radarsignal. Bonavita trat dicht vor Tebaldi und starrte ihm in die Augen. Dann bedachte er Huntington mit einem Blick der Dankbarkeit und wandte sich wieder dem Gefangenen zu.

»In der Tat, es ist Fabio Allegretti.«

»Machen Sie mit ihm, was Sie wollen«, lud ihn Huntington ein. »Wir lassen Sie einen Augenblick mit ihm allein. Sie haben freie Hand, Bonavita.«

Huntington und Xavier verließen das Haus durch die Hintertür und rannten gebückt in Richtung Waldrand.

Genau dort saßen Hjelm und W und sahen die beiden auf sich zukommen.

»Kurzfassung?«, fragte W.

»Sprengladung in Tebaldis Magen«, sagte Hjelm. »Sie sorgen

für ausreichenden Sicherheitsabstand. Wir müssen den Auslöser ausfindig machen. Aller Wahrscheinlichkeit nach hat Huntington ihn. Die wollen das Haus mit der Bombe in Tebaldis Körper in die Luft jagen und alle umbringen.«

Huntington und Xavier waren nur noch gut zehn Meter entfernt, als W losrannte. Huntington entdeckte ihn und schob die Hand in die Jackentasche. W hechtete vor und packte ihn am Arm. Xavier war nur fünf Meter entfernt und veränderte abrupt seine Laufrichtung. Sein Blick aus den eislila Augen war starr auf W gerichtet, der jetzt Huntingtons Hand umklammerte. W erwischte auch die andere Hand, die versuchte, ihn am Hals zu packen. Da sah er, wie X mit riesigen Sätzen auf sie zugesprungen kam. Aber sein Lauf wurde jäh beendet, und er stürzte mit einem rauchenden Loch in der Brust zu Boden. Hjelm stand ein paar Meter von ihnen entfernt, eine Pistole mit Schalldämpfer in der Hand. Aber X erhob sich sofort wieder und wischte sich nur irritiert den Rauch von der Brust. Das Blut pumpte aus der offenen Wunde, er aber warf sich ungerührt auf das kämpfende Paar. Huntington gelang es, seine Hand aus der Tasche zu reißen, aber W schlug ihm mit Wucht dagegen. Eine grafitgraue Dose segelte durch die Luft und fiel fünf, sechs Meter von ihnen entfernt zu Boden. Xaviers massiger Körper rammte W, Huntington konnte sich befreien und stolperte zu der Stelle, wo die Dose zu Boden gefallen war. Hjelm rannte ebenfalls dorthin. Huntington tastete hektisch den Waldboden im halbhohen Gras ab. Hjelm packte ihn von hinten um den Hals und riss ihn herum. Er wusste genau, dass er nicht viel Zeit hatte, denn Huntington war ihm physisch weit überlegen. Während er ihm den Arm um den Hals legte und so fest wie nur möglich zudrückte, sah er aus dem Augenwinkel die Dose im Gras liegen. Er stieß Huntington zur Seite und warf sich auf die Dose, bekam sie zu fassen und schleuderte sie mit aller Kraft in den Wald hinein. In diesem Augenblick warf sich Huntington von hinten auf ihn, und sie stürzten zu Boden.

Xavier hatte W im Schwitzkasten und brüllte: »Plan B?«

»Ja«, schrie Huntington zurück, der Hjelm gepackt hatte.

W lag auf dem Rücken, Xavier kniete auf ihm, holte sein Handy hervor und tippte etwas ein. Hinter Xavier stand die Sonne dicht über dem Horizont, aber sie hatte einen Fleck.

Da war ein Fleck auf der Sonne.

W wehrte sich, Xavier war von seiner Schusswunde geschwächt. W bekam einen Ast zu fassen und stieß ihn seinem Stiefbruder in die Wunde. Xavier schrie auf, der Fleck auf der Sonne nahm an Größe zu. Mit dem Ast in der Brust drehte sich Xavier um und erkannte jetzt auch ganz deutlich die Konturen des *Raubtieres*. Sein Körper machte sich bereit, aus der Flugbahn zu springen, das konnte W ganz deutlich spüren.

Die Drohne hatte ihr Ziel erfasst und sie ins Visier genommen.

Das Messer ließ sich leicht aus seiner Halterung an der Innenseite seines Ärmels lösen. W ermahnte sich: zwei Sekunden.

Und als X ihm einen letzten Blick aus seinen eislila Augen schenkte und sich zur Seite werfen wollte, bohrte W das Messer in seinen Hals und zwängte sich seitlich unter ihm hervor. X kniete auf dem Waldboden, die Hände an die neue Wunde gepresst. Da schlug das Höllenfeuer in seinem Rücken ein.

Er wurde pulverisiert. Nichts blieb von ihm übrig.

W schlug die Flamme auf seinem linken Arm aus. Da sah er, wie Huntington Hjelm würgte, der mehr tot als lebendig wirkte. W rannte zu den beiden hin und trat Huntington mit dem Stiefel gegen den Kopf. Etwas knirschte und krachte. Huntington richtete sich mit einem überraschten Gesichtsausdruck ein wenig auf, sein Kopf stand in einem sonderbaren Winkel vom Körper ab. W riss Hjelm auf die Füße, packte ihn unterm Arm und rannte mit ihm in den Wald hinein.

»Sie kommt noch einmal zurück«, rief er und warf sich mit Hjelm platt auf den Boden.

In diesem Augenblick schlug das zweite Höllenfeuer in Christopher James Huntingtons Rücken ein. Die merkwürdig verwachsene Gestalt wurde ebenfalls pulverisiert, und ihre Überreste verteilten sich im Gras.

*

Moretti beobachtete auf dem Monitor die Aufnahme der Mikrokamera im Hausinneren. Vier Männer von Bonavita hatten Fabio Tebaldi fest im Griff. In Ermangelung einer Waffe näherte sich Bonavita Tebaldis vernarbtem Gesicht mit ausgestrecktem Zeigefinger. Auch sein Kopf wurde festgehalten. Die Mexikaner lachten derb und laut im Hintergrund.

»Ich werde dir deine Augen herausreißen«, sagte Bonavita. »Erst das eine, dann das andere.«

Da hörten sie eine Detonation, und sofort entstand ein wildes Chaos unter den Anwesenden. Tebaldi wurde losgelassen, und jemand stieß die Hintertüre auf. Bonavita und seine Leute rannten auf die Veranda vor dem Haus und sahen noch, wie Huntington, der zweifellos eine ernsthafte Nackenverletzung davongetragen hatte, am Waldrand über die Wiese torkelte. Da raste eine Drohne heran und feuerte auf seinen Rücken, ein Volltreffer, der ihn auslöschte.

»Was zum Teufel ist hier los?«, schrie Bonavita. »Wir müssen hier weg.«

»Ihr werdet einen Teufel tun und abhauen«, rief der ältere Mexikaner. »Wir müssen erst herausfinden, was hier vor sich geht.«

»Kümmert euch um diesen verdammten Tebaldi«, befahl Bonavita seinen Männern. Die rannten zurück ins Haus, aber dort war kein Tebaldi mehr.

Da gingen die Mexikaner zum Angriff über.

*

Nicholas rannte gebückt in Richtung Wald, Fabio Tebaldi mehr oder weniger hinter sich herschleifend.

Als die erste Explosion zu hören war, sprangen Jorge Chavez und Salvatore Esposito aus dem Wagen und warfen sich zu Boden. Sie starrten von ihrem Versteck aus hoch zu den Baumwipfeln. Kurz darauf erfolgte die zweite Detonation. Chavez robbte nach hinten, um nach ihrem Passagier auf dem Rücksitz zu sehen. Der Infusionsständer war noch da, aber der Patient war weg. Lorenzo Ragusa war verschwunden.

»Zum Teufel auch«, brüllte Chavez und rief Esposito zu: »Bleib hier.«

»Nein, dieses Mal nicht«, erwiderte Esposito und suchte nach den Extrawaffen unter dem Beifahrersitz. Aber dort lagen keine Waffen mehr.

Trotzdem liefen sie augenblicklich los. Wenigstens hatten sie jeder noch eine Pistole bei sich.

Nicholas und Tebaldi erreichten den Wald, kauerten sich hinter ein Gebüsch und behielten die freie Fläche vor dem Haus im Auge. Von den südlichen und östlichen Straßensperren kamen Männer angerannt und eröffneten sofort das Feuer. Maschinengewehrsalven zerrissen die Stille des Hochplateaus, Männer in Tarnanzügen strömten aus dem Schutz des Waldes. In der Ferne entdeckte Nicholas die Helikopter, die sich näherten.

Da spürte er den Lauf einer Maschinenpistole an seiner Schläfe.

»Bist du der Undercovermann?«, fragte ihn eine kaum vernehmbare Stimme.

Nicholas drehte den Kopf und sah in ein Paar zugeschwollene Augen. Sie glänzten förmlich vor Morphium.

»Lorenzo«, stieß da Tebaldi aus. »Der Bulle hier hat mich gerettet.«

»Fabio«, nuschelte Lorenzo. »Verdammt. Nehmt die hier.«

Und damit reichte er Tebaldi und Nicholas je eine Waffe. Nicholas nickte ihm zu, Tebaldi starrte ihn nur stumm an. Sie wandten sich wieder dem Geschehen vor dem Haus zu. Es wurde nach wie vor geschossen. Überall fielen Menschen getroffen zu Boden. Aus dem ersten Helikopter donnerte ebenfalls eine Salve. Da kam ein Trio auf ihre Position zugestürmt.

»Nicht den Vorderen«, nuschelte Ragusa.

Nicholas erhob sich und erledigte mit sicherer Hand die beiden Gefolgsleute. Plötzlich war der Vordermann allein. Er wurde langsamer und ließ sich kurz vor Nicholas auf die Knie sinken.

Und Fabio Tebaldi und Lorenzo Ragusa sahen in die vor

Angst geweiteten Augen von Bonavita. Mit einem Schlag waren sie wieder acht Jahre alt und befanden sich auf Erkundungstour in den Ausläufern des Aspromonte. Fabio hob seinen Daumen, auf dem die weiße Narbe leuchtete. Auch Lorenzo hob seinen Daumen und drückte ihn gegen Fabios.

Dann schossen sie beide gleichzeitig Bonavita eine Kugel in den Kopf.

Plötzlich tauchten zwei Männer mit Sturmhauben auf der freien Fläche auf und rannten auf sie zu. Sie hatten ihre Maschinenpistolen im Anschlag. Nicholas sah sie nur aus dem Augenwinkel und dann sofort Miriam Hersheys nackten Körper vor sich. Er wusste, dass er gleich sterben würde. Er war tot, und alles war so sonderbar still. Dann fielen die Schüsse.

Allerdings kamen sie aus der falschen Richtung. Die Männer mit den Sturmhauben stürzten zu Boden. Dafür tauchten Chavez und Esposito auf. Letzterer sprang an ihnen vorbei und leerte sein Magazin in die Körper der bereits Getöteten.

»Das genügt jetzt vielleicht, Salvatore«, sagte Chavez ruhig und wandte sich an Nicholas.

»Ich vermute, dass Sie Nicholas sind. Unser Wagen steht in dieser Richtung dort. Es sind noch Männer im Wald postiert, seien Sie darauf vorbereitet. Wir kommen gleich nach, wir müssen nur noch etwas überprüfen.«

Chavez nahm Esposito die Waffe aus der Hand, kniete sich neben einen der Maskierten und zog ihm die Sturmhaube ab. Ein sehr junger, blonder Mann kam zum Vorschein. Dann zog er auch dem anderen die Sturmhaube vom Kopf. Der Mann sah identisch aus.

»Teufel auch!«, stöhnte er.

»Was sind das für welche?«, fragte Nicholas.

»Die erste Generation genetisch manipulierter ›perfekter Leitfiguren‹«, antwortete Chavez. »Lasst uns abhauen.«

Beim Wagen angekommen, schob Chavez den verwirrten Tebaldi auf den Rücksitz. Er versuchte, Blickkontakt mit ihm herzustellen.

»Erkennst du mich wieder, Fabio?«, fragte er.

»Du bist so alt geworden, Jorge«, sagte Fabio Tebaldi. »Mindestens fünfzig.«

Chavez lachte auf und schubste ihn rücklings auf den Sitz. Tebaldi blieb reglos dort liegen.

»Jetzt haben wir zwei richtig fertige, arme Schweine hinten drin«, sagte Chavez. »Als Strafe dafür, dass Sie abgehauen sind, müssen Sie auf dem Boden liegen, Lorenzo.«

»Solange Sie die Infusion wieder anhängen«, nuschelte Lorenzo Ragusa und legte sich widerstandslos auf den Boden vor die Rückbank.

*

Paul Hjelm hatte mittlerweile die grafitgraue Dose gefunden. Vorsichtig klappte er den Deckel hoch. In der Dose befand sich der rote Auslösemechanismus. Schnell verschloss er sie wieder und öffnete dafür eine Klappe auf der Unterseite. Dort lagen zwei Batterien in einem Fach, die er vorsichtig entfernte. Dann steckte er die Dose zurück in die Jackentasche und drehte sich zu W um.

Aber W war verschwunden.

Er war einfach weg.

Hjelm sah zu dem Haus auf dem Hochplateau. Das Feuer war weitestgehend eingestellt worden. Fünf Helikopter waren gelandet, ein sechster war auf dem Weg. Polizisten in schwarzer Ganzkörpermontur begutachteten die beiden ovalen Blutlachen im trockenen Gras.

Hjelm hob die Hände in die Luft, ging auf sie zu und rief laut: »Polizei!«

Vor dem Haus traf er auf De Luca und Moretti. Sie umarmten ihn stürmisch nacheinander.

»Das war einfach unfassbar«, rief De Luca und schüttelte pausenlos den Kopf. »Das war einfach vollkommen unfassbar.«

»Huntington?«, sagte Moretti nur.

»Tot!«, antwortete Hjelm.

»Sehr gut. Sie sind plötzlich weg gewesen ...?«

»Mir ist auf einmal klar geworden, welchen Plan Huntington

verfolgte. Und ich war gezwungen, das Problem ... nun ja ... allein zu lösen. Ist Tebaldi okay?«

»Ich weiß nicht genau, wie es gelaufen ist, aber er ist bei Ihrem Kollegen Chavez. Und er lebt, ja. Sie sind auf dem Weg zum Notarzthelikopter, der dort drüben gelandet ist.«

»Er hat eine Bombe im Magen«, sagte Hjelm. »Gehen Sie besonders vorsichtig mit ihm um.«

»Eine Bombe?«, wiederholte Moretti.

»Ja, die muss so schnell wie möglich entfernt werden.«

Hjelm atmete tief ein und aus. Dann griff er sich an den Hals und sank auf die Knie.

»Um Himmels willen«, rief De Luca. »Jemand hat versucht, Sie zu erwürgen.«

»Ist ihm aber nicht gelungen. Und ich verspreche, dass ich mich nicht rächen werde.«

Dann begann die Welt um ihn herum sich zu drehen und verschwand schließlich in einem schwarzen Nichts. Geistesgegenwärtig fing De Luca den schlaffen Körper auf.

*

Esposito saß auf Nicholas' Schoß auf dem Beifahrersitz, während Chavez mit Vollgas auf die nördliche Straßensperre zuschoss. Plötzlich donnerte ein Kraftpaket von einem Auto mit einem waghalsigen Überholmanöver an ihnen vorbei. Chavez und Nicholas hatten sofort ihre Waffen im Anschlag, als der Wagen abrupt abbremste und der Fahrer mit erhobenen Händen heraussprang.

Es war Laima Balodis.

Und aus der Beifahrertür kletterte Miriam Hershey.

Nicholas schob Esposito von seinem Schoß und stieg aus dem Auto. Zuerst dachte er, sie wäre eine Fata Morgana, und näherte sich ihr langsam. Sie aber rannte auf ihn zu, und sie fielen sich in die Arme für einen stürmischen, niemals enden wollenden Kuss.

»So etwas Albernes!«, sagte Balodis.

»Meine Güte. Ihr könnt ihn behalten«, meinte Chavez. Dann fuhr er weiter.

Mehrere Tote säumten die Straßensperre. Die meisten trugen Sturmhauben.

Chavez und Esposito erreichten die Gartenanlage und schließlich den Landeplatz des Helikopters. Mittlerweile waren auch einige Krankenwagen des Militärs eingetroffen. Die Überlebenden wurden zusammengetragen, auch hier hatten die meisten Sturmhauben auf dem Kopf, aber es waren auch Mexikaner und ein paar Italiener darunter. Die Besatzung des Helikopters holte Lorenzo Ragusa und Fabio Tebaldi aus dem Auto. Beiden gelang es noch, bereits auf den Tragen liegend, die Hände zum Gruß zu heben. Dann wurde eine dritte Trage vorbeigetragen.

Darauf lag Paul Hjelm.

Sein Hals war blutunterlaufen. Als er an Chavez und den anderen vorbeigetragen wurde, öffnete er die Augen, woraufhin Chavez zu ihm rannte und die Träger kurz anhielt. Arto Söderstedt löste sich ebenfalls aus dem Schatten des Waldes. Hjelm ergriff mit der einen Hand die von Chavez, mit der anderen Söderstedts.

»Du hast hier ja ein verdammtes Massaker verursacht«, sagte Arto Söderstedt.

»Es hätte viel schlimmer kommen können«, röchelte Paul Hjelm, bevor er das Bewusstsein verlor.

6 – Das letzte aktivierte Paar

Das letzte aktivierte Paar

Rom, 30. September

Neben Hadrians Mausoleum Castel Sant'Angelo, der Engelsburg, lag ein schönes altes Krankenhaus, das Ospedale Santo Spirito hieß und einen großzügigen Blick über den Tiber bot. Es stand dort schon seit vielen Jahrhunderten, hatte in aller Ruhe die drastischen Veränderungen der Ewigen Stadt beobachtet und kümmerte sich hingebungsvoll um ihre Kranken.

Darüber wusste der Mann, der durch die Flure des Krankenhauses irrte, allerdings sehr wenig. Die Gänge waren schier unendlich und sahen alle gleich aus, weshalb er sich ordentlich verlaufen hatte, als er schließlich von ein paar Krankenschwestern aufgegriffen wurde, die ihn so schnell wie möglich in sein Zimmer zurückverfrachten wollten. Er kam sich zwar albern vor in seinem Krankenhausgewand, aber in sein Zimmer wollte er auf keinen Fall. Und nachdem er sie hatte überzeugen können, ihn an sein gewünschtes Ziel zu führen, brachten sie ihn wortlos bis zu einer vollkommen anonymen Tür in einem ganz anderen Teil des riesigen Krankenhauskomplexes. Diese Tür wurde wiederum von zwei stämmigen, schwer bewaffneten Polizisten bewacht, die ihm mit großer Skepsis begegneten. Bis sie von den Schwestern hörten, wer er war. Das veränderte ihr Verhalten schlagartig.

Er sah an seinem Körper hinunter, der in dieses groteske Nachthemd gekleidet war, und zögerte noch einen kurzen Moment, bevor er zaghaft anklopfte. Er war sich nicht sicher, wie die Bewohner des Zimmers ihn empfangen würden.

Dann öffnete er die Tür.

Sie lagen in ihren Betten, die dicht nebeneinanderstanden. Aus seinen noch benebelten Gehirnwindungen schlich sich eine Formulierung auf seine Lippen: »Mein erstes aktiviertes Paar.«

Er hatte fast den Eindruck, dass ihre Gesichter sich bei seinem Anblick aufhellten, allerdings war sein Wahrnehmungsvermögen zurzeit alles andere als auf der Höhe.

»Paul Hjelm«, sagte die Frau in dem Bett zu seiner Linken.

»Du siehst ja kränker aus als wir«, sagte der Mann in dem anderen Bett.

An der Wand hing ein Spiegel, und als Paul Hjelm einen Blick dort hineinwarf, konnte er Fabio Tebaldis Bemerkung nichts entgegenhalten.

Lavinia Potorac sah eindeutig am besten von ihnen aus und viel frischer als Fabio Tebaldi. Ihr fehlten zwar ein paar Zähne, und ihr Körper war von den Qualen der vergangenen zwei Jahre sichtlich mitgenommen, aber sie hatte sich sehr schnell wieder erholt. Tebaldi hingegen sah elend aus, aber seine Augen strahlten voller Lebenskraft.

»Setz dich hier auf den Stuhl zwischen unsere Betten«, bat ihn Potorac.

Hjelm schlurfte dorthin und setzte sich. Seit drei Tagen hatte er kein Wort gesprochen, und sein Hals tat nach wie vor ziemlich weh. Er hatte große Sorge, dass er keinen Ton herausbekommen würde. Allerdings war es ihm ja schon gelungen, vielleicht würde es ja doch funktionieren.

»Ich werde mir niemals verzeihen, dass ich euch zwei Jahre lang dort habe sitzen lassen«, krächzte er.

»Enzo ist der zweitklügste Mensch, den ich kenne«, sagte Tebaldi. »Wenn er sich einen Plan ausdenkt, dann wird er funktionieren. Was wird aus ihm?«

»Ich weiß es nicht«, antwortete Hjelm. »Ich weiß es wirklich nicht.«

»Und ich war gerade im Begriff zu sagen, wen ich für den klügsten Menschen halte«, lächelte Tebaldi.

Hjelm lachte und sah ihn dann nachdenklich an. Fabio Tebaldi war das Kraftpaket der Opcop-Gruppe gewesen. Jetzt war er ausgemergelt und ausgezehrt, fast schon ein Skelett. Aber sein Blick war ungebrochen. Sein Blick war tatsächlich ungebrochen. Und auf seiner linken Schulter sah Hjelm ganz deutlich das Tattoo: die kleine Figur, die von Flammen verschlungen wurde.

»Fabio Allegretti«, sagte Hjelm. »Ein Überlebender.«

Dann wandte er sich Potorac zu und legte seine Hand auf ihre.

»Und wie geht es dir, Lavinia? Hast du deine Familie schon gesehen?«

Auch Lavinia Potorac gehörte zu den harten Knochen der Ursprungsgruppe von Opcop. Und jetzt lag sie da in ihrem Bett, abgemagert und bleich.

»Ja, habe ich«, sagte sie, und ihre Augen strahlten. »Ich hatte Angst, dass Dimitru eine andere Frau kennengelernt hätte, schließlich war ich zwei Jahre lang für tot erklärt. Aber das ist zum Glück nicht passiert. Und ich habe sogar das Gefühl, dass sich Nadia tief in ihrem Inneren noch an mich erinnern kann.«

»Wie alt ist sie? Drei Jahre?«, fragte Hjelm.

»Ja. Sie hat bald Geburtstag. Wir wollen ihn in Rumänien feiern. Und im Schwarzen Meer baden.«

Hjelm schüttelte den Kopf und spürte, wie die Welt um ihn herum sich wieder zu drehen begann. Er drückte mit Daumen und Zeigefinger gegen seine Nasenwurzel. Sie wurden feucht.

»Wenn wir die Sache selbst untersucht hätten ...«, fing er an.

»Aber das konntet ihr doch nicht wissen«, unterbrach ihn Potorac. »Das konntet ihr nicht. Die Vorstellung aber, dass wir dort nur ausharren mussten, weil Fabio als lebende Bombe eingesetzt werden sollte ... pfui Teufel.«

»Ich war ja ein paar Tage außer Gefecht gesetzt, aber habt ihr, also, ich meine, habt ihr mit jemandem darüber gesprochen? Braucht ihr psychologische Hilfe?«

»Nicht akut«, entgegnete Potorac. »Aber es sind zwei verlorene Jahre. Sie werden unser Leben für immer wie ein Echo begleiten.«

»Wie schlimm war es?«

»Hart«, sagte Tebaldi. »Es war sehr hart. Ich werde hier nicht den toughen Kerl spielen. Und ich nehme gerne diese Hilfe in Anspruch. Wir haben nur versucht, bei Verstand zu bleiben. Wir wussten schnell, dass nicht die 'Ndrangheta uns festhielt, dafür hatte ich mit denen schon zu viel zu tun gehabt. Aber wir konnten nicht herausbekommen, wer dahintersteckte. Und ich habe mich geweigert zu glauben, dass uns Lorenzo verraten hat. Das hat er allerdings ja doch irgendwie getan ...«

»Wie ist die Operation gelaufen, Fabio? Du hattest immerhin eine Bombe im Magen.«

»Aber sie war metallfrei. Für den Fall, dass auch ich den Metalldetektor hätte passieren müssen.«

»Lenk nicht vom Thema ab. Wie ist es gelaufen?«

»Ich habe nichts davon mitbekommen, bin nur gestern Morgen aus der Narkose aufgewacht und hatte ein dickes Pflaster auf dem Bauch. Die OP ist so weit gut gelaufen. Das ist alles in Ordnung. Aber ich bin furchtbar wütend. Es wäre für den Heilungsprozess zwar günstiger, wenn ich nicht wütend wäre, das begreife ich schon, aber ich bin so schockiert, wie schnell Geld und Geldgier den Menschen zum Teufel werden lassen.«

»Ich weiß.« Hjelm nickte. »Weniger wütend wäre besser ...«

»Aber eine Sache noch«, unterbrach ihn Tebaldi. »Wer war der Typ, der mir das Leben gerettet hat? Der Tätowierte? Ein neuer Stern am Opcop-Himmel? Mein Ersatz?«

»Eher ein unerwarteter Held«, antwortete Hjelm und lächelte. »Nein, er ist nicht dein Ersatz. Dein Ersatz war ... Nein. Also, dieser Mann heißt Nicholas Durand. Ihn hatten wir als Spitzel bei Camulus alias Asterion eingesetzt. Er ist Miriam Hersheys Freund. Wenn ihr euch noch an Miriam Hershey erinnern könnt ...«

»Wir können uns an alle erinnern«, sagte Potorac. »Wir haben andauernd über euch gesprochen. Opcop war unser gemeinsames Gesprächsthema.«

»Das ist ja ein richtig knallharter Typ«, sagte Tebaldi anerkennend. »Aber er passt nicht so ganz zu der eleganten Hershey. Also, in meinen primitiven Augen.«

»Ja, die Welt ist ein wenig komplexer, als sie auf den ersten Blick erscheint«, sagte Hjelm. »Das ist meine wachsende Erkenntnis. Was wäre zum Beispiel geschehen, wenn es Huntington gelungen wäre, den weltweiten Drogenhandel an sich zu reißen? Hätten die Gewalttaten der Mexikaner ein Ende gehabt? Hätte sich der Drogenmarkt verändert, wäre er ruhiger geworden? Hätten wir Christopher James Huntington als autokratischen Drogenbaron akzeptieren können?«

»Warte mal eben«, unterbrach ihn Tebaldi. »Wer war denn jetzt mein Ersatz?«

Wäre Paul Hjelm weniger benebelt gewesen, hätte er jetzt dem Schweigen den Vorrang gegeben. Er hätte eben nicht starrsinnig durch die Krankenhausflure irren, sondern mit seinem Besuch bei Tebaldi und Potorac warten sollen, bis er wieder vollständig genesen war.

Aber er sagte: »Das erzähle ich euch, wenn ihr wieder auf den Beinen seid.«

»Hallo, du redest hier mit Fabio Tebaldi!«, protestierte der. »Wenn ich außer schwächer eines geworden bin in den vergangenen Jahren, dann klüger und reflektierter. Und die Jahre haben mich gegen Geschwätz allergisch werden lassen. Ich will nur noch die Wahrheit hören, wichtige Sachen, der Rest kann bleiben, wo er will. Also: Wer ist mein Ersatz gewesen?«

»Donatella Bruno«, antwortete Hjelm.

»Verdammt«, stöhnte Tebaldi auf und lächelte. »Die schöne Donatella. Aber warum wolltest du mir das nicht erzählen?«

»Sie ist tot, Fabio. Huntington hat sie umgebracht.«

Tebaldi verstummte. Sank in sich zusammen.

»Ich weiß nicht«, sagte er schließlich. »Ich habe zugesehen, wie meine Familie ermordet wurde, und habe nur überlebt, weil Il Sorridente am Abend davor *Sophies Entscheidung* gesehen hatte. Später habe ich versucht, und ich habe mich wirklich bemüht, den Inhumanismus zu bekämpfen. Wenn man sich aber das Ausmaß meiner Bemühungen ansieht – Lavinia hier, Donatella, ja auch Lorenzo und du mit deinem dunkelblauen Hals –, dann weiß ich nicht weiter. Vielleicht ist es doch das Beste, passiv zu bleiben. Und alles einfach hinzunehmen.«

»Nein«, rief Lavinia Potorac dazwischen und schüttelte den Kopf. »Nein, das ist nicht das Beste. Wir *müssen* dagegenhalten. Sonst wird die Mafia in den nächsten zehn Jahren die Weltherrschaft übernehmen. Und damit meine ich gar nicht unbedingt die 'Ndrangheta und die Cosa Nostra oder die russische Mafia oder die chinesischen Triaden, sondern ich meine damit den Raubtierkapitalismus, der vor nichts zurückschreckt, um an noch mehr Geld zu kommen. Camulus ist ja nichts anderes als die Mafia im neuen Gewand. Solange der Raubtierkapitalismus in der Gesellschaft akzeptiert wird, nähern wir uns immer mehr einer von der Mafia gesteuerten Welt an.«

»Ja, ich weiß«, sagte Hjelm. »Das ist alles nicht so einfach. Wir hören auch nicht auf zu kämpfen. Aber ich habe noch eine Frage an dich, Fabio.«

»Aha?«

»Wer war die Frau, die dich damals mit acht Jahren ins Kloster gebracht hat?«

»Das war Lorenzos Mutter«, sagte Tebaldi. »Nachdem ihr Mann meine Mutter erschossen hatte, machte sie sich sofort auf die Suche nach mir. Sie fand mich weinend in einer Fledermausgrotte. Da brachte sie mich zu Pater Sebastiano und Gianpaolo, und ich durfte weiterleben. Ja, Il Ricurvos Frau. Wie du gesagt hast, es ist kompliziert.«

»Aber wie geht es eigentlich dir, Paul?«, fragte Potorac.

»Ojemine.« Hjelm hob die Hände. »Als würde das jetzt eine Rolle spielen.«

»Aber das tut es«, erwiderte Potorac. »Für uns spielt es eine große Rolle.«

Hjelm lächelte zaghaft.

»Quetschungen am Kehlkopf. Sie haben mich betäubt, um meine Atmung kontrollieren und beobachten zu können. Das wird alles wieder gut. Vielen Dank für eure Anteilnahme.«

»Selbstmitleid ist nur eine Ausflucht«, sagte Tebaldi. »Das haben wir in den zwei Jahren in unserem Verschlag gelernt.«

Paul Hjelm nickte und blieb noch eine Weile schweigend bei den beiden sitzen.

»Ich hoffe, dass uns diese Nahtoderfahrung gelehrt hat, das Leben etwas mehr zu schätzen«, sagte er schließlich.

Vogelperspektive

Schanghai, 1. Oktober

Es war früh am Morgen. Corine Bouhaddi saß auf der Kante von Marek Kowalewskis Hotelbett in Schanghai, als sie der Anruf erreichte. Er kam aus Mechelen und war kurz und knapp.

»Massicotte ist aufgewacht«, meldete Arto Söderstedt.

»Können wir so offen reden?«, fragte Bouhaddi.

»Ja. Die Chinesen verfolgen dasselbe Ziel wie wir. Vielleicht hast du das an deinem Wu Wei auch schon feststellen können?«

»Ja, stimmt. Was ist denn passiert?«

»Drei separate Quellen«, erklärte Söderstedt. »Zu Quelle eins: Acht von zwanzig ›perfekten Leitfiguren‹ haben die Schießerei in der Basilikata überlebt, alle neunzehn Jahre alt und alle mit der identischen DNA ausgestattet. Sie müssten sich theoretisch vollkommen identisch verhalten. Wenn denn die Welt der Genetik der einzige Referenzrahmen für uns wäre.«

»Aber das haben sie nicht getan?«

»Na ja, die Überlebenden sind schwer verletzt. Und wir reden hier von einem Experiment am Menschen in einer Größenordnung, die Ws lädierte Psyche wie einen zarten Fehler erscheinen lässt.«

»Apropos, was gibt es Neues von ihm? Ist er nach wie vor spurlos verschwunden?«

»Ja. Aber zurück zu den Helden unserer ersten Generation, die acht haben in der Tat keine identischen Antworten auf meine Fragen gegeben. Die Hälfte von ihnen ist unfassbar loyal und würde nicht im Traum daran denken, etwas preiszugeben, obwohl wir sie davon überzeugen konnten, dass ihr Herr und Gebieter tot ist. Dass sie jetzt frei sind und tun und lassen können, was sie wollen. Was Freiheit auch immer für jemanden bedeuten mag, der noch nie in seinem Leben auch nur in der Nähe dieser Situation war.«

»In Wahrheit ...«, setzte Bouhaddi an.

»Zitier mir jetzt bloß nicht Erasmus«, unterbrach Söderstedt sie. »Einer der acht, vielleicht kommt noch ein Zweiter hinzu, hat erzählt, dass sie in China aufgewachsen sind. In einem Trainingslager in China, das sich auch immer dort befunden habe.«

»Das war Quelle eins?«

»Ja. Quelle zwei: Ein riesiger Steinbrocken fiel Mirella Massicotte und Colin B. Barnworth gemeinsam von den Schultern, als sie von Huntingtons Tod erfuhren. Sie waren ganz eindeutig in seiner Gewalt und hätten jedes Jahr eine neue Generation liefern müssen. Aber sie wollten mit ihrem Geständnis warten, bis Massicotte wieder aufwacht. Offenbar wollten sie ihre Aussage von ihm abhängig machen. Aber auch sie haben auf China verwiesen.«

»Dann ist Quelle drei also Udo Massicotte?«

»Korrekte Analyse. Er ist heute aufgewacht. Hier in Mechelen ist es jetzt kurz nach ein Uhr nachts. Jutta und ich haben den Tag bei ihm verbracht. Er war in Beichtstimmung. Hatte offenbar die Hoffnung, so seine Strafe abzumildern. Womit er wohl ganz richtigliegt.«

»Na los, spuck es aus!«

Arto Söderstedt gab mehrere Zahlenreihen wieder, die GPS-Koordinaten abgelegener Gebiete im chinesischen Hinterland darstellten.

Während Wu Weis Leute in die Helikopter stiegen, saß Bouhaddi weiterhin neben Kowalewski und wartete darauf, dass er aufwachte. Sie legte sich vorsichtig neben ihn.

Als er die Augen aufschlug, sagte er noch schlaftrunken: »Du fühlst dich so anders an. Ist es Zeit, nach Hause zu fliegen?«

Sie legte ihre Arme um ihn und schmiegte sich an ihn.

»Ich glaube schon.«

Zwölf Stunden später standen sie auf dem Flugplatz von Schanghai und warteten. Wu Wei kam kopfschüttelnd auf sie zu.

»Das war nicht mehr als eine Scheune«, sagte er. »Aufwachsen in einer Scheune, danach leben in einem Militärlager. Und auf dem Weg vom einen zum anderen kaum zwischenmenschlicher Kontakt.«

»Wie viele waren da?«, fragte Kowalewski.

»Keine Ahnung«, antwortete Wu Wei. »Hunderte. Mehrere Generationen. Ein gespenstisches Gedränge, aber praktisch keine Geräusche. Gruselig. Als hätte die Genmanipulation das Gespräch, die Kommunikation ausgemerzt. Der natürliche und selbstverständliche Austausch mit Menschen, die anders sind als man selbst, bleibt einfach aus. Wie soll man da etwas von Bedeutung lernen?«

Die beiden musterten gedankenverloren den Mann, der die vergangenen zwei Monate ihr Gastgeber gewesen war.

»Sie hatten Angst vor mir, oder?«, fragte Wu Wei.

»Wir wussten nicht, auf welcher Seite Sie stehen«, gestand Bouhaddi. »Sie waren unser erster Kontakt mit der chinesischen Polizei. Wir wussten es ganz einfach nicht.«

»Wissen Sie es denn jetzt?«

»Ihre Rolle in dem Ganzen kennen wir nach wie vor nicht, aber wir wissen, dass wir auf derselben Seite stehen.«

»Das genügt mir«, sagte Wu Wei und streckte ihnen die Hand entgegen. Zuerst erwiderte Bouhaddi den Händedruck, danach Kowalewski.

»Aber in Ihrem Land werden noch immer Menschen hingerichtet«, sagte Kowalewski dann.

Wu Wei starrte ihn lange an.

»Da gebe ich Ihnen recht«, entgegnete er schließlich. »Wir haben einen langen Weg vor uns. Aber wir sind auf einem guten Weg.«

»Zumindest, solange Leute wie Sie dabei sind.« Bouhaddi nickte.

Wu Wei lachte auf.

»Sagen Sie, haben Sie wirklich geglaubt, dass wir Sie observieren?«

Bouhaddi und Kowalewski sahen sich an.

»Ach was, nein«, sagte Bouhaddi.

»Sie wissen, dass es einen Ausdruck dafür gibt, Sinophobie? Sie müssen versuchen, diese Angst vor China abzulegen. In Zukunft werden wir alle zusammenleben. Ganz ohne künstliche Grenzen.«

»Sie haben ja so recht«, stimmte Bouhaddi zu. »Und sollten wir Sie in den vergangenen Monaten mit unserem Verhalten in irgendeiner Weise gekränkt haben, dann bitten wir um Entschuldigung.«

»Nein, das haben Sie nicht.« Wu Wei lachte wieder. »Aber Ihr erotisches Possenspiel wäre nicht notwendig gewesen.«

Das Flugzeug hob ab, und sie blickten hinunter auf ihre Heimatstadt der letzten beiden Monate, das Shanghai World Financial Center, das ihr Zuhause gewesen war. Kowalewski legte seinen Kopf auf Bouhaddis Schuler.

»Also, wann wollen wir dieses Possenspiel mal erotisch werden lassen?«, fragte er.

Corine Bouhaddi lachte.

»Das ist es doch schon lange, Marek«, flüsterte sie und legte ihre Wange auf seinen kahlen Schädel.

Eine Sache ist auf jeden Fall ganz sicher, dachte sie. Man weiß nie, wohin einen das Leben führt.

Herbst

Den Haag, 10. Oktober

Es war ein Montagmorgen, als der Herbst in Den Haag anbrach. Paul Hjelm blieb einen Augenblick vor den großen Türen des Konferenzraumes stehen, der nicht mehr die ›Neue Kathedrale‹ genannt wurde. Er sah aus dem Fenster und konnte den Herbst förmlich hören, der von Norden her angeheult kam. Gehörte er noch zu diesem Teil der Welt? Er wusste es nicht mehr. In Schweden war schon längst Herbst, und nun hatten auch die holländischen Laubbäume angefangen, das Chlorophyll aus den Blättern zu saugen, um ihre Energiereserven für den Winter aufzufüllen. Das eine oder andere gelbe Blatt bedeckte schon den Boden unten in dem kleinen Park Scheveningse Bosjes.

Er wollte als Erster in der Kathedrale sein, um zu sehen, wie die Paare eintrafen, eines nach dem anderen, aus den unterschiedlichsten Teilen der Welt.

Also setzte er sich aufs Podium und wartete. Ein Stapel Post und Unterlagen lag vor ihm auf dem Tisch, aber er vermied den Blick darauf vorsätzlich.

Die Ereignisse in der Basilikata hatten die Weltmedien fast zwei Wochen lang beschäftigt, und die Berichterstattungen wollten nicht abebben. Natürlich hatten sich auch kritische Stimmen gemeldet – »Haben wirklich so viele Menschen sterben müssen?« –, aber das hatte Morettis und De Lucas Heldenstatus nicht ins Wanken bringen können. Was sie bezüglich des weltweiten Drogenhandels erwirkt hatten, stellte niemand infrage. Einige Journalisten wollten zwar wissen, woher die beiden die entscheidenden Informationen erhalten hatten und wie die Operation im Einzelnen durchgeführt worden war. Denn es gab so viele ungeklärte Details.

Aber Moretti war Profi bis in die Fingerspitzen und übernahm die Rolle der grauen Eminenz der Mafiabekämpfung mit großer Souveränität. Kein einziges Mal ließ er seiner Zunge freien Lauf. De Luca hingegen fand ein weitaus größeres Vergnügen darin, sich in dem Glanz zu sonnen, und Hjelm hatte mitunter den Eindruck, dass er nur allzu gerne von den explosiven und dramatischen Momenten erzählt hätte. Aber auch ihm gelang es immer, sich im Zaum zu halten.

Und an keiner einzigen Stelle fiel der Name »Opcop«.

Es war ihr Los, im Schatten der Ereignisse zu operieren.

Unter dem Radar zu bleiben.

Es war ein lebenslängliches Los.

Ein Paar nach dem anderen kamen sie nun herein. Was konnte er in ihren Gesichtern lesen? Angelos Sifakis wirkte beinahe enttäuscht, dass er nicht der Erste war, aber er fasste sich schnell wieder. Hjelm rief ihn zu sich aufs Podium. Wie zwei Ehrengäste saßen sie dort, während Laima Balodis und Miriam Hershey eintrafen, aber sie waren nicht nur zu zweit. Nicholas begleitete sie, und er ging aufrechter als je zuvor. Jutta Beyer und Arto Söderstedt sahen aus wie immer. Jorge Chavez und Salvatore Esposito waren in ihrer Eigenschaft als nationale Repräsentaten zu diesem Treffen eingeladen worden. Sie saßen in den hinteren Reihen und stritten sich über irgendetwas. Felipe Navarro und Adrian Marinescu bildeten mittlerweile eine geschlossene Einheit und nahmen ganz vorn Platz. Dann kamen Corine Bouhaddi und Marek Kowalewski, Letzterer blieb seiner Tradition treu und trug nach Abschluss des Falles eine Bandage, dieses Mal über dem rechten Ohr.

Nachdem auch Kowalewski Platz genommen hatte, entstand eine allgemeine Unruhe in den Reihen der Opcop-Mitglieder. Sie waren doch vollzählig. Sifakis flüsterte Hjelm etwas zu. Dieser nickte und ergriff dann das Wort.

»Wir warten noch auf ein letztes Paar.«

Und dann betraten Lavinia Potorac und Fabio Tebaldi die Kathedrale. Sie waren noch schwach auf den Beinen, aber sie sahen wesentlich erholter aus als bei Hjelms Besuch vor etwa anderthalb Wochen.

Die Opcop-Kollegen sprangen alle gleichzeitig auf und applaudierten laut und lange. Die beiden wirkten verlegen. Auch sie hatten sich keinen Journalistenfragen stellen müssen, sie waren nicht Teil des großen Basilikata-Falles gewesen. Denn auch sie blieben unter dem Radar.

»Verflucht, was für eine schicke Bleibe ihr euch hier zugelegt habt, während wir weg waren«, staunte Tebaldi.

Die beiden setzten sich nebeneinander. Die Frage war, ob sie sich jemals wieder voneinander würden trennen können.

»Ich will mit einer Sache beginnen«, ergriff Paul Hjelm dann das Wort, »die einige von uns auf dem Friedhof Cimitero del Verano in Rom vor zweieinhalb Monaten beschlossen hatten. Erinnert sich einer von euch an den genauen Wortlaut?«

Jutta Beyer konnte es sich in letzter Sekunde verkneifen, die Hand in die Luft zu strecken, sie zitierte aber laut und deutlich: »›Unser Versprechen an dich, Donatella, ist es, deinen Mörder zu finden. Und Fabio und Lavinia zu retten. Das ist ein aufrichtiges Versprechen.‹ Und wir haben es gehalten.«

»Vielen Dank, Jutta«, sagte Hjelm ergriffen. »Ja, wir haben es gehalten, gegen alle Widerstände. Das hier wird ein kurzes Treffen werden, die meisten Details sind geklärt. Lasst uns diesen ungeheuer komplexen Fall aber noch einmal zusammenfassen. Beginnen müssen wir mit dem von den Medien so betitelten ›Basilikata-Massaker‹, mit dem wir nichts, aber auch gar nichts zu tun haben. Unsere Einsätze wurden aus den offiziellen Ermittlungen gestrichen, und unsere Ergebnisse werden wie sonst auch als streng geheim deklariert. Nicht weniger als neununddreißig Menschen mussten in den Bergen der Basilikata ihr Leben lassen, vierunddreißig wurden schwer verletzt, der Rest verhaftet. Keiner unserer Kollegen musste sterben, aber einige wurden verletzt. Unter den Toten waren neun

Mexikaner, acht Italiener, acht Söldner unterschiedlichster Nationalität, zwei nicht identifizierbare Leichen und nicht weniger als zwölf ›eineiige Zwillinge‹. Letzteres erregte das besondere Interesse der Presse, wie ihr wisst, bis Wu Wei seine Pressekonferenz abhielt und von dem Zugriff erzählte, bei dem sie eine – wie er das nannte – ›genetische Farm‹ stürmten und dort über zweihundert ›eineiige Zwillinge‹ im Alter von zwei bis achtzehn Jahren vorfanden. Die internationale Presse hat sich in einer Größenordnung auf den Weg nach China gemacht wie noch nie zuvor. Zahllose humanitäre Organisationen haben es sich zur Aufgabe gemacht, den Zwillingen den Weg in ein normales Leben zu ermöglichen. Und da Wu Wei großzügig mit der Information war, dass es sich um eine europäische Farm handelte, und, ohne zu zögern, die Namen der Drahtzieher preisgegeben hat, werden Udo und Mirella Massicotte sowie Colin B. Barnworth wohl kaum ihren Alterssitz auf Korsika beziehen können, wie freimütig und aufgeschlossen sie in den letzten Verhören auch gewesen sein mögen.«

»Haben die eigentlich eine Ménage-à-trois?«, fragte Arto Söderstedt.

»Anscheinend«, bestätigte Navarro. »Laut Barnworth ist Mirella offenbar trotz ihres fortgeschrittenen Alters unersättlich. Er wirkte ein wenig erschöpft und ermattet. Und jetzt werden sie einsam in ihren Einzelzellen sterben. Im Zölibat.«

»Wollen wir uns wieder den wichtigen Fragen zuwenden?«, schlug Sifakis vom Podium herunter vor. »Die ›nicht identifizierbaren Leichen‹ in der Basilikata konnten – mit großzügiger Unterstützung von unbekannter Stelle – als Huntington und Xavier Montoya identifiziert werden. Es gab ausreichend DNA. Die Presse hat sich an Camulus gehängt und rollt die Geschichte noch einmal auf, was das Unternehmen hoffentlich für eine Weile außer Gefecht setzt. Dennoch existieren die Avalanche-Fabriken weiterhin und setzen ihre Produktion auch fort. Die Angelegenheit wurde den amerikanischen Behörden übergeben, wir werden ja sehen, was die daraus machen. Irgendwelche Gedanken dazu?«

Laima Balodis räusperte sich.

»Wenn zwölf von zwanzig ›eineiigen Zwillingen‹ umgekommen sind, deutet das wohl darauf hin, dass die Entwicklung der ›perfekten Leitfiguren‹ doch noch nicht abgeschlossen war.«

»Zum einen waren sie erst neunzehn Jahre alt«, wandte Corine Bouhaddi ein, »zum anderen waren sie ja auch die erste Generation. Genetische Perfektion kann frühestens in zehn Jahren erwartet werden. Bis dahin sind sie nichts anderes als autoritätshöriges Kanonenfutter.«

»Oder aber es deutet darauf hin, dass sie sterben *wollten*«, warf Kowalewski ein. »Ihr Leben ist doch die reinste Qual. Die Kindersoldaten in Uganda haben da eine größere Chance, ein normales Leben zu führen. Ich hoffe, Udo Massicotte wird in der Hölle schmoren. Bald schon. Am besten sofort.«

»Leider ist das nicht der Fall«, sagte Arto Söderstedt. »Massicotte ist wieder ins Gefägnis von Mechelen verlegt worden, nachdem die vier Angestellten festgenommen wurden, die er geschmiert hatte. Er ruht sich aus, liest die Klassiker des Humanismus und verdrängt gekonnt seine Taten.«

»Huntington hatte zweihundert Söldner vor Nuevo Laredo im Norden von Mexiko stationiert«, sagte Miriam Hershey. »Die sollten sofort zum Angriff übergehen – mit Blitzattacken –, sobald Huntington die mexikanischen Drogenbosse beseitigt hätte, um dann die Stadt den Los Zetas aus den Händen zu nehmen. Das hätte ihnen direkten Zugang zum Kokain aus Zentralamerika ermöglicht, aber auch die Schmugglerwege bis nach New York hinauf geöffnet.«

»Von wo aus dann die Ware verschifft wird«, ergänzte Balodis. »Auch dort hatte Huntington eine Armee stationiert. Was kann uns mein Sitznachbar darüber noch erzählen?«

Nicholas Durand zuckte zusammen. Es war unverkennbar, dass er sich noch auf ungewohntem Terrain bewegte.

»Die Leute, die uns in New York getestet haben, gehörten einer lokalen Einheit an. Einer der Männer sagte zu mir, dass sie viele seien. Und er betonte das sogar noch einmal: ›Richtig viele.‹ Ich gehe davon aus, dass sie sich bereit gemacht haben, um am Hafen zuzuschlagen.«

»Danke, Nicholas«, sagte Paul Hjelm und wollte gerade zum nächsten Punkt kommen, als er jäh unterbrochen wurde.

»Meine Fresse!«, schrie Fabio Tebaldi. »Ich habe dich gar nicht wiedererkannt. Du bist Nicholas?«

»Ja«, antwortete Nicholas verwirrt.

Tebaldi reckte sich über die Stuhllehnen und reichte Nicholas die Hand.

»Du hast mir das Leben gerettet, Mann«, sagte Tebaldi.

»Das war Instinkt«, entgegnete Nicholas. »In diesem Raum sitzen zwei Menschen, die mein Leben gerettet haben.«

»Und meines auch«, sagte Tebaldi. »Aber ihr müsst euch besser um Jorge kümmern, der altert ja verteufelt schnell.«

»*Fuck off*«, rief Chavez und lachte. »Vergesst Salvatore nicht, der hat wie verrückt geschossen.«

»Ich habe noch nie zuvor einen Menschen getötet«, sagte Esposito leise. »Das ist nicht einfach. Ich schlafe schlecht.«

»Das Unheimlichste daran ist, dass es vorbeigeht«, sagte Chavez und legte eine Hand auf Espositos Schulter. »Und dass man sich daran gewöhnt.«

Eine Weile herrschte einvernehmliches Schweigen.

»Wir haben ein paar zweifelsfreie Helden unter uns«, sagte Paul Hjelm schließlich. »Nicholas' Einsatz als Spitzel war tief beeindruckend, und die Krönung war die Installation der Kamera in dem Haus in der Basilikata und die Rettung von Tebaldi. Einer von uns aber musste die schwere Last tragen, Menschenleben auszulöschen, und das nicht nur einmal, sondern mehrfach. Die Operation in der Almhütte in den italienischen Alpen, als Jorge mithilfe von Angelos und Salvatore Lorenzo Ragusa gerettet hat – je öfter ich diese Geschichte höre, desto heroischer erscheint sie mir. Das wollte ich noch loswerden.«

»Danke«, sagte Chavez überrascht und fast verlegen. »Angelos hat dort oben auch großen Einsatz gezeigt.«

»Das weiß ich. Überhaupt seid ihr alle herausragend gewesen, liebe Freunde, und dennoch wird niemand jemals davon erfahren.«

Erneut schwiegen alle einen Moment.

Dann hob Fabio Tebaldi noch einmal an: »Also, Lorenzo ... sag mal, was wird mit ihm passieren?«

»Was soll denn deiner Meinung nach mit ihm passieren?«, antwortete Hjelm mit einer Gegenfrage. »Und was meinst du, Lavinia? Immerhin ist er verantwortlich für euren zweijährigen Albtraum. Oder glaubt ihr wirklich daran, dass er davon ausging, dass ihr nur einen Monat lang dort versteckt gehalten und dann freigelassen werden solltet?«

»Ich weiß es nicht«, sagte Tebaldi. »Er stand doch auch mit dem Rücken zur Wand, das war seine einzige Überlebenschance. Außerdem hat er Bonavita erschossen.«

»Ich verspüre keinen Hass«, sagte Potorac. »Er war schließlich auch nur eine Figur in Huntingtons Spiel. Und Huntington kann ich nicht mehr hassen, weil er tot ist. Wie ist er eigentlich gestorben? Stimmt das wirklich, dass ihn eine Drohne getroffen hat? Das klingt total wahnsinnig.«

»Wir haben Zeugenaussagen«, ergriff Sifakis mit Blick zu seinem Vorgesetzten das Wort. »Deren Schilderungen zufolge soll Huntington auf der Rasenfläche ›herumgestolpert‹ sein. Einer der Zeugen hat ausgesagt: ›Sein Kopf hing ganz schief, als wäre sein Genick angebrochen gewesen.‹ Dann kam die Drohne, feuerte und traf ihn in den Rücken. Meine einzige Frage hier lautet: Warum hatte Huntington ein angebrochenes Genick?«

»Das ist doch nur die Aussage eines verwirrten Zeugen«, entgegnete Hjelm. »Die Drohne gehörte dem Killer Xavier Montoya, der von ihrem ersten Treffer getötet wurde. Wir haben zwar herausgefunden, dass sie von einem Piloten in Laredo in Texas gelenkt wurde, aber weder die Drohne noch der Pilot konnten aufgespürt werden. Die Drohne war als Plan B gedacht, falls die Bombe im Haus, die sich in Tebaldis Magen befand, nicht gezündet werden könnte. Dann sollte sie das Haus bombardieren.«

»Aber das hat sie nicht«, sagte Sifakis. »Sie hat den Chef angegriffen und den Chef des Chefs. Aber warum? Und warum hatte der Chef des Chefs ein angebrochenes Genick? Und warum hat der Pilot auf seinen eigenen Chef gezielt?«

Marinescu und Navarro sahen einander vielsagend an. Wer von ihnen sollte die kritische Frage stellen? Marinescu holte tief Luft und wagte es: »Und wer war dieser Bodyguard, den unser Chef bei dem Treffen mit Moretti und De Luca dabeihatte?«

»Außerdem wurde nie gänzlich geklärt, wie wir an die Position des Hauses in der Basilikata gekommen sind«, ergänzte Navarro.

»Ich weiß nicht, wovon ihr da redet«, sagte Hjelm kurz angebunden.

»Ich hoffe, dass du uns vor langer Zeit ins Team genommen hast, weil wir gute Detektive sind«, entgegnete Sifakis. »Und bestenfalls sind wir heute sogar noch besser als damals.«

Paul Hjelm seufzte laut und vernehmlich.

Da beugte sich Lavinia Potorac vor und sagte: »Ich war eine ganze Weile aus dem Verkehr gezogen, aber ich erinnere mich an die Anfangszeit der Opcop-Gruppe. Damals hat der Chef gesagt, dass er die Welt der Politik satthabe. Er hat gesagt, dass wir keine Geheimnisse voreinander haben sollten, dass es kein Spiel mit doppeltem Boden geben dürfe, wenn diese Gruppe eine Zukunft haben solle. Gilt das nach wie vor?«

Hjelm lachte laut auf.

»Ja, das gilt nach wie vor. Aber das darf niemals in irgendeinem Bericht stehen. Und wenn ihr das irgendjemandem verratet, dann lande ich definitiv im Knast. In welchem Land, ist allerdings unklar.«

»USA?«, schlug Söderstedt vor. »Du bist für ein paar Tage verschwunden. Warst du in den USA?«

»Mexiko«, sagte Hjelm. »Ich habe W in Nuevo Laredo abgeholt.«

»Verdammt!«, stöhnte Söderstedt auf. »Die zweitschlimmste Stadt der Welt.«

»Ich habe ihn die ganze Zeit aus der Schusslinie gehalten. Er hat uns dabei geholfen, den Namen von Marte Haugen herauszufiltern, die für die Sprengung der Fabrik in Gaoyou verantwortlich ist. Er hatte sich mithilfe von Xavier Montoyas Handy an dessen Fersen geheftet, was uns bis in die Basilikata geführt hat. Und ich habe ihn als eine Art Leibwächter zu unserem Treffen mit Moretti und De Luca mitgenommen, damit er vollen Einblick in den Fall hat. Weil ich wusste, dass ich seine Hilfe später benötigen würde.«

»Und das hast du alles ohne unser Wissen arrangiert?«, fragte Söderstedt. »Wozu hast du seine Hilfe benötigt?«

»Er hatte großen Ehrgeiz entwickelt, Xavier Montoya auszuschalten«, sagte Hjelm. »Im Register der Fabrik firmierte er nämlich unter ›X‹.«

»Dann hat die NATO-Sektion nach W also noch ein Exemplar entworfen?«

»Ein physisches Prachtexemplar, aber er verfügte nicht über denselben Verstand wie W. Ich hatte ja keine Ahnung, was die vorhatten und worauf das hinauslaufen sollte. Das begriff ich erst, als du mit der Haube auf dem Kopf übergeben wurdest, Fabio. Du warst Huntingtons Geschenk an Bonavita, nur so konnte er in einer sonst waffenfreien Zone eine voll funktionstüchtige Bombe zünden. Er hatte den Auslöser die ganze Zeit in der Tasche, alles in einer sicheren Dose verpackt, damit die Metalldetektoren nicht anschlugen. Auf diese Weise hätte er sich mit einem Schlag der Führungsebene der 'Ndrangheta und der Mexikaner entledigt. Zwar war er gezwungen, dabei auch sechs seiner Männer zu opfern, darunter auch Sie, Nicholas, aber das war es ihm wert. In der Drogenwelt sollte so viel Chaos entstehen, dass Camulus ohne Weiteres die Führung hätte übernehmen können. Ich war gezwungen, ihn an der Zündung der Bombe zu hindern, und habe mir dabei von W helfen lassen. Uns gelang es, den Zünder zu entschärfen, aber sie hatten einen Plan B. Und der bestand aus der Drohne, dem *Raubtier*, dem sogenannten MQ-1 Predator. Xavier konnte dem Piloten in Texas das entscheidende Signal geben, der sah X mit W kämpfen und richtete die Rakete auf W. W konnte in letzter

Sekunde X ins Fadenkreuz befördern. Dann war der Pilot offenbar gezwungen, blitzschnell zu wählen zwischen dem Ursprungsplan – der Sprengung des Hauses – und der Rettung seines Chefs. Er wusste zu diesem Zeitpunkt ja noch nicht, dass Montoya schon tot war. Außerdem erkannte er den sonderbar veränderten Huntington nicht wieder, der sich in einer Drohgebärde über der Person aufbaute, die der Pilot fälschlicherweise für seinen Chef hielt. Also zielte er auf die Quasimodo ähnliche Gestalt und erschoss Huntington. Da waren wir schon auf dem Rückzug.«

»Ich werd nicht mehr«, rief Söderstedt. »Und bitte warum war Huntington eine Quasimodo ähnliche Gestalt?«

»Weil ihm W gegen den Kopf getreten hatte, als er im Begriff war, mich zu erwürgen«, sagte Paul Hjelm. »Ich will mich dafür entschuldigen, dass ich das alles vor euch geheim gehalten habe. Aber ich wusste ja, dass es gesetzwidrig ist, die Dienste des Serienmörders W in Anspruch zu nehmen. Ich wollte euch nicht damit belasten.«

Es war vollkommen still in der Kathedrale. Kathedralenstill. Nur die Gedanken hallten durch den Raum. Endlich erhob Balodis die Stimme.

»Marte Haugen ist übrigens in China des Kindesmordes angeklagt worden. Die norwegische Regierung hat sich auch schon eingeschaltet, aber die Wahrscheinlichkeit, dass sie die Todesstrafe erhält, ist ziemlich groß.«

»Während es sich Udo Massicotte in Mechelen gut gehen lässt«, schnaufte Söderstedt.

»Lorenzo Ragusa wird vermutlich ins Zeugenschutzprogramm aufgenommen«, sagte Sifakis mit einem Blick zu Tebaldi. »Er hat uns ziemlich viel geholfen. Natürlich wäre es besser gewesen, wenn er Bonavita nicht getötet hätte, aber seine schriftlichen Aussagen erläutern die Hintergründe seiner Tat. Und haben uns darüber hinaus mit vielen wichtigen Informationen versorgt. Und wenn er bald wieder sprechen kann, wird Moretti ihn ausquetschen.«

»Und W?«, fragte Söderstedt. »Wo ist er hin?«

»Keine Ahnung«, sagte Hjelm. »Ich habe wirklich keinen blassen Schimmer.«

»Und der Mord an Donatella Bruno?«, fragte Bouhaddi.

»Da können wir leider nur spekulieren«, sagte Hjelm. »Aber vermutlich hat es sich folgendermaßen abgespielt: Kurz vor dem geplanten Anschlag auf die EU-Kommissarin Marianne Barrière kehrt der Verantwortliche, den wir Antonio Rossi nennen, nach Italien zurück. Aber Rossi hatte entgegen unserer Annahme gar nichts mit der 'Ndrangheta zu tun, sondern war Huntingtons Mann in Kalabrien. Das bedeutet allerdings auch, dass Huntington der oberste Kopf der Bettlermafia war. Wenige Tage nach seiner Rückkehr trifft Rossi in der Stadt Pizzo mit Huntington zusammen. Huntingtons Leute untersuchen ihn gründlicher als sonst und entdecken dabei einen Sender in seinem Körper – den Mikrochip, mit dem wir ihn verwanzt haben. Er wird in die kleine Scheune auf dem Land verfrachtet, dort gefoltert und schließlich enthauptet. Seine DNA konnte in der Scheune sichergestellt werden. Später wird den Männern klar, dass sie natürlich auch den Chip aus seinem Körper entfernen müssen. Das tun sie, behalten aber den Chip sowie den Kopf, um ihn jener Person zu schicken, die zu diesem Zeitpunkt von Lorenzo Ragusa die Information erhalten hat, dass Fabio und Lavinia noch leben und die 'Ndrangheta nicht verantwortlich für den Anschlag in der Basilikata ist. Sie schicken Bruno den Kopf und den Chip zusammen mit einer Bombe mit Zeitschaltuhr, die beim Öffnen des Paketes aktiviert wird, das Bruno für ein Geschenk eines verflossenen Liebhabers hält. Und sie hoffen, dass Brunos gesamte inoffizielle Dokumente bei der Explosion ebenfalls zerstört werden.«

»So in etwa hatten wir uns das ja auch gedacht«, warf Söderstedt ein. »Aber gleichzeitig schickte Huntington die Videoaufnahme, in der uns Fabio einen Hinweis zu geben versucht, indem er auf einen Zeitungsartikel zeigt. Ich verstehe nach wie vor nicht, warum sie diesen Film geschickt haben.«

»Das verstehe ich auch nicht, nicht wirklich zumindest«, sagte Hjelm. »Ich vermute allerdings, dass er uns damit gar keine Angst machen, sondern vielmehr einfach angeben wollte. Ebenso wie mit der persönlichen Nachricht an mich, die er durch Lavinia übermittelt hat und die eine Lüge war: ›Wir sehen uns in Kalabrien.‹ Er wollte uns damit zeigen, dass er uns die ganze Zeit einen Schritt voraus war.«

»Aber ›nix mit x‹ hat er bekommen«, sagte Söderstedt.

»Wenn man eine Missile-Rakete mit dem Namen AGM-114 Hellfire ›nix mit x‹ nennen will.«

Erneut senkte sich die Stille über die Anwesenden in der Kathedrale, dieses Mal war sie etwas absoluter. Dem gab es einfach nichts mehr hinzuzufügen.

»Wir machen weiter wie bisher. Es finden sich noch genügend lose Enden, die zusammengefügt werden, Berichte, die geschrieben werden müssen, und ein soziales Umfeld, das wieder gepflegt werden will. Also raus mit euch, Leute, lebt euer Leben. Genießt die Schönheit des europäischen Herbstes. Und vielen Dank für die gute Arbeit. Auch dieses Mal.«

Etwas widerwillig verließen Hjelms Mitarbeiter den Raum. Das Stimmengewirr schwebte zur Decke empor, während sie auf die Türen der Kathedrale zugingen, und zurück blieb nur das Echo.

Angelos Sifakis war neben Paul Hjelm sitzen geblieben.

»Was hat die Direktion von Europol gesagt?«, fragte er ihn.

»Ich weiß, ehrlich gestanden, nicht, wie viel die da oben verstanden haben.«

»Und es kam nichts ... du weißt schon ... über unseren zukünftigen Status?«

»Nein«, sagte Hjelm. »Es hat den Anschein, als hätten wir eine Dauerposition im Schattenreich. Was fürs Erste genügen muss.«

Sifakis nickte und streckte Hjelm die Hand entgegen. Hjelm nahm sie und erwiderte den Händedruck überrascht.

»Du bist ein guter Chef«, sagte Sifakis und verließ die Kathedrale.

Hjelm blieb noch eine Weile auf seinem Platz. Schließlich lachte er und griff nach dem Stapel Post vor sich, das unverkennbarste Zeichen für die erbarmungslose Rückkehr in den Alltag. Sein Blick blieb an einem wattierten Umschlag hängen, auf dem ein nicht identifizierbarer Poststempel prangte, und er spürte ein leichtes Unbehagen in sich aufsteigen. Da der Umschlag aber die Passage durch die Röntgenmaschinen von Europol unbeanstandet durchlaufen hatte, war er wohl sauber. Also öffnete er ihn.

Zu seiner großen Überraschung hielt er ein Kinderbuch in der Hand.

Er sah sich die originellen Illustrationen an und blätterte ein bisschen durch das Buch. Es hatte etwas sehr Geheimnisvolles.

Das Buch war auf Spanisch und hieß *Der Junge und das Mädchen, die einfach anders waren,* und es handelte von einem Jungen und einem Mädchen, die nicht waren wie alle anderen.

Das Autorenpaar hieß Alejandro und Rafaella Hernández.

Pärchenabend

Den Haag, 14. Oktober

Diese dunklen Augen. Die Ruhe, die sie ausstrahlten. Das Lächeln, das in ihnen lag.

»Fühlen Sie sich besser?«, fragte Ruth.

»Kaum«, antwortete Paul.

»Das glaube ich Ihnen nicht. Ihnen geht es viel besser.«

»Vielleicht ein bisschen besser«, gab Paul zu.

»Loslassen«, sagte Ruth. »Wie verhält es sich mit dem Loslassen?«

»Ich weiß nicht, wovon Sie sprechen.«

»Ich spreche von dem Gefühl, dass die Erde eine entsicherte Handgranate ist, die jederzeit losgelassen werden könnte.«

»Ich habe doch losgelassen. Und sie ist nicht explodiert.«

»Vielleicht hängt das Wohl der Erde dann doch nicht von Ihnen allein ab?«

»Es fällt mir schwer, das zu beurteilen«, erwiderte Paul mit einem Lächeln. »Was meinen Sie?«

»Wenn wir es genau nehmen: Wäre der Basilikata-Fall auch nicht anders ausgegangen, wenn Sie und W nicht dabei gewesen wären?«

»Und auch wieder nicht. Tebaldi wäre umgekommen, Nicholas ebenfalls. Huntington hätte überlebt und X auch.«

»Dann können wir also doch mit Fug und Recht behaupten, dass Sie dem Fall eine positive Wendung gegeben haben?«

»Nachdem ich losgelassen habe, ja.«

»Das ist Ihre Interpretation«, wandte Ruth ein. »Aber es war ein unfassbarer Fall. Ich werde Europol das Vierfache in Rechnung stellen.«

»Aber es sind doch erst vier Stunden um, Sie haben gesagt, Sie hätten den ganzen Tag Zeit.«

»Das habe ich auch, aber ich arbeite nicht gratis.«

Sie lachten beide.

»Ich gedenke, Sie für genesen zu erklären, Paul. Es wird keine Sitzungen auf Kosten von Europol mehr geben.«

»Hätte ich den Kranken besser spielen müssen?«

»Glauben Sie denn, dass ich Ihnen das abgekauft hätte?«

»Wenn Sie Zeit für mich haben, würde ich gerne weitermachen.«

»Für Sie habe ich immer Zeit. Aber ich bin verdammt teuer.«

»Und ich bin ein sehr gut bezahlter EU-Beamter. Aber eine Frage habe ich noch an Sie, Ruth.«

»Ja?«

»Wie können Drogen so einen immensen Raum in unserem Leben einnehmen? Warum leben wir in einer Welt, in der das Bedürfnis, ihr zu entfliehen, so unendlich groß ist?«

»Finden Sie nicht, dass Ihre eigene Geschichte eine Antwort auf diese Frage ist?«

»Vielleicht. Aber was war zuerst da, Henne oder Ei?«

»Diese Frage kann ich leider nicht beantworten. Darf ich Ihnen dafür eine stellen?«

»Ja.«

»Sind Sie immer noch eine einsame Seele, Paul Hjelm?«

»Nur da, wo wir alle einsam sind, glaube ich. Im Angesicht des Todes.«

»Es ist schön, dass wir diese erheiternden Gedanken miteinander teilen. Eine Zusatzfrage noch: Haben Sie vor, Ws und Vs Aufenthaltsort für sich zu behalten? Ganz für sich?«

»Ich will sehr gerne glauben, dass meine Gründe rational waren. Dass ich die Opcop-Gruppe vor meinen Exzessen beschützen wollte. Wenn wir alle davon Kenntnis gehabt hätten, wäre die Einheit aufgelöst worden, wenn nur ich davon weiß, werde ich rausgeworfen und lande im Knast, aber die Gruppe könnte weiterexistieren. Aber ich bin mir nicht mehr sicher. Vielleicht wollte ich mich auch einfach nicht mehr nur wie ein *hub* fühlen. Ich wollte Teil des Ganzen sein. Und ich habe diesen Weg gewählt.«

»Dann lautet Ihre Antwort also, dass Sie nicht vorhaben, es ihnen zu erzählen?«

»Ich glaube schon.«

»Dann sind Sie aber doch eine einsame Seele, trotz allem.«

»Soll das die aufmunternde Schlussbemerkung sein?«

»Schlussbemerkung? Ich bin noch nicht fertig. Haben Sie Kerstin alles erzählt?«

»Ja«, sagte Paul Hjelm.

»Persönlich oder über einen halb inoffiziellen Infokanal?«

Hjelm lachte, aber es klang angestrengt.

»Ich werde ihr alles erzählen.«

»Tun Sie das. Heute noch.«

»Das werde ich auch. Sie ist in Den Haag.«

»Ach ja?«

»Ja, bald. Wir treffen uns mit anderen zu einem sogenannten Pärchenabend.«

»Hervorragend«, sagte Ruth. »Dann gibt es also doch noch Hoffnung für Sie.«

*

Sie saßen im Café Restaurant Rootz an der Ecke Raamstraat und Grote Marktstraat, und sie waren zu sechst. Da waren Paul Hjelm und Kerstin Holm, Jorge Chavez und Sara Svenhagen und Arto und Anja Söderstedt. Es war mittlerweile spät geworden, die Speisen waren verzehrt, aber der Wein wollte nicht versiegen.

»Maunderminimum«, sagte Arto.

»Ich hätte es nicht besser ausdrücken können«, entgegnete Jorge. »Was für ein tolles Essen. Und wie schön, euch alle wiederzusehen.«

»Danke gleichfalls«, sagte Anja. »Ihr arbeitet ja zusammen, daher seht ihr euch ab und zu mal, aber für mich ist es das erste Mal seit Jahren. Es ist schön, mit so vielen freundlichen Menschen zusammenzusitzen.«

»Da muss ich unterbrechen«, sagte Arto und goß sich Wein nach. »Ich bin wohl eher ein ganz gewöhnlicher Mensch.«

»Nein«, riefen fünf Münder im Chor.

»Na gut.« Arto nickte und nahm einen großen Schluck. »Wir sind im Begriff, in eine Periode des Maunderminimums einzutreten. Im 16. Jahrhundert hatten wir so etwas bereits einmal. Die Sonne macht eine Art Winterschlaf, und es wird kälter und kälter. Die Sonnenaktivität nimmt signifikant ab, und es gibt keine Sonnenflecken. Kein einziger Fleck ist dann auf der Sonne zu sehen.«

»Für eine Partyunterhaltung ist das ganz schön mager, Arto«, sagte Kerstin.

»Manchmal tut es einfach gut, den Blickwinkel auf unsere Plackerei hier auf Erden zu verändern«, wandte Arto ein. »Unser Dasein von außen zu betrachten.«

»Von einer erloschenen Sonne aus?«, fragte Paul.

»Sie wird nicht erlöschen«, beruhigte ihn Arto. »Aber obwohl wir uns darum bemühen, die Umwelt zu retten und die globale Erwärmung zu verhindern, haben wir offenbar eine hundertfünfzig Jahre andauernde Minieiszeit vor uns. Die Sonne müsste gerade jetzt hochaktiv sein, da sie in einem elfjährigen Rhythmus ihre Aktivität verändert. Die Forscher aber sind verwirrt, denn abgesehen von ein paar Sonnenstürmen ist es dort oben vollkommen ruhig geblieben. Die Sonne ist ungewöhnlich fleckenfrei.«

»Du bist wirklich der Hammer, Arto«, meinte Sara und legte den Arm um ihren Mann.

Jorge küsste sie und sagte dann: »Ich habe nichts dagegen, uns von außen zu betrachten. Das würde vielleicht auch meine mich quälende Frage ins richtige Licht rücken.«

»Ich weiß, welche Frage dich quält«, entgegnete Paul. »Aber das ist jetzt vielleicht nicht der richtige Zeitpunkt dafür.«

»Im Gegensatz zum Maunderminimum«, warf Anja ein. »Was ein großartiges Gesprächsthema ist!«

»Weißt du es wirklich?«, hakte Jorge nach.

»Ich finde, wir wechseln jetzt das Thema«, schlug Kerstin vor. »Wisst ihr, wie es der Bionovia in ihrem Biotechnologie-Cluster in Hornsberg geht?«

»Gut, lasst uns das Thema wechseln«, sagte Paul. »Aber ich habe keine Ahnung, wie es ihnen geht. Sie waren Opfer einer Industriespionage großen Ausmaßes, und ihnen wurden die geheimsten Formeln gestohlen. Die Diebe haben zwar das Zeitliche gesegnet, aber vorher das Präparat dazu verwendet, das Muskelwachstum von Säuglingen überproportional zu steigern. Diese Kinder werden ihr Leben lang darum kämpfen müssen, einigermaßen normal zu sein.«

»Schluss, das ist ja nicht zum Aushalten«, rief Anja dazwischen. »Unterhaltet euch über eure eigenen biologischen Kinder oder etwas anderes. Unseren geht es gut, allen fünfen, vielen Dank. Und wir haben schon zwei Enkelkinder.«

»Enkelkinder?«, wiederholte Paul. »Aber davon habe ich ja gar nichts mitbekommen.«

»Mein Ehemann zieht Unterhaltungen über bevorstehende Eiszeiten vor.«

»Herzlichen Glückwunsch, Anja«, sagte Kerstin und umarmte sie.

»Und was ist mit mir?«, fragte Arto.

Statt ihn zu umarmen, starrte Kerstin ihn nur an.

»Der Geschäftsführer von Bionovia, Hannes Grönlund, ist gerade zum Ehrendoktor der Philosophie an der Sorbonne in Paris ernannt worden.«

»Und es heißt, das Präparat soll bald von der EU auf dem Markt zugelassen werden«, ergänzte Sara. »Die Vorverkaufszahlen schlagen alle Rekorde. Und wahrscheinlich interessieren sich nicht nur Menschen mit Muskelatrophie dafür. Auch die Fitnesscenter sollen Großkunden sein.«

»Dann sprechen wir also von einer genmanipulierten Droge«, sagte Kerstin.

»Aber sie rettet Menschen, die leiden«, entgegnete Anja.

»Jede Medaille hat zwei Seiten«, meinte Jorge. »Das Medikament kann zwar Leben retten, aber was passiert, wenn der Bodybuilder, der das Präparat nimmt, Kinder bekommt?«

»Oder Enkelkinder, Arto«, sagte Sara und drückte Artos Hand.

Arto lächelte.

»Das Leben geht weiter. Es setzt sich überall durch und besiegt alles. Aber keiner weiß genau, was es eigentlich ausmacht.«

»Auf jeden Fall etwas anderes als eine Minieiszeit«, sagte Sara. »Und wir haben uns Jahrzehnte wegen der globalen Erwärmung Gedanken gemacht. Die Chinesen, Russen und Amerikaner sollen mal ihre Vierlitermotoren auf den Markt bringen, dann müssen wir endlich keinen Müll mehr sortieren.«

»Ich habe den starken Eindruck, dass ich vollkommen missverstanden wurde«, meldete sich Arto zurück.

»Das werden wir doch alle die ganze Zeit«, sagte Jorge.

»Unter Umständen also auch du, Arto«, bestätigte Paul. »Glaubst du wirklich nach wie vor, dass wir Asterions Zielscheibe waren? Dass sie Tebaldi und Potorac entführt haben, um die Opcop in die Hände zu bekommen?«

»Ja«, sagte Arto. »Vielleicht habe ich unsere Bedeutung etwas übertrieben. Aber unter Umständen behalte ich recht. In der Zukunft.«

»Gut. Ich halte es nicht länger aus. Welche Frage quält mich deiner Meinung nach, Paul?«

»Wollen wir das wirklich hier besprechen?«, fragte der.

»Könnte es einen der Anwesenden zu sehr erschüttern?«, antwortete Jorge mit einer Gegenfrage.

»Ich will es auch gerne wissen«, sagte seine Frau mit einem Lächeln.

»Anja?«, fragte Kerstin.

»Schieß los«, sagte sie. »Was kann schon schlimmer sein als eine Minieiszeit?«

»Ich glaube«, Paul sprach langsam und deutlich, »dass dich, Jorge, die Frage quält, ob du vier oder fünf Menschen getötet hast.«

Es wurde ganz still am Tisch. Jorge schloss die Augen.

»Falsch«, sagte er und öffnete sie wieder.

»Falsch?«

»Es waren fünf. Mich quält die Frage, ob ich es Salvatore sagen soll. Er schläft schlecht, obwohl er – wenn es hochkommt – nur einen Kuckuck in den Baumwipfeln erwischt hat.«

»Es kostet eben«, sagte Arto weise.

»Was denn?«, fragte Anja.

»Unser Job«, erläuterte Arto. »Die langsam schwindenden Grenzen der Demokratie zu bewachen. Das kostet Kraft.«

»Was wird denn aus uns?«, fragte Sara. »Wird die Opcop-Gruppe weiter existieren?«

»Wahrscheinlich«, sagte Paul. »Aber jetzt machen wir erst einmal eine Pause.«

»Eine Pause?«, fragte Jorge.

»Wir fahren in die Flitterwochen«, sagte Paul, zu Kerstin gewandt. »Und das werden richtig viele Wochen.«

»Richtig, richtig viele«, stimmte Kerstin zu.

»In Erwartung der Eiszeit«, ergänzte Jorge.

»Jetzt beruhigt euch mal alle wieder«, sagte Paul.

»Ich freue mich sehr, dass Lavinia Potorac am Leben ist, aber ich teile ihre Ansicht nicht.«

»Hast du schon wieder zu viel getrunken, Arto?«, fragte seine Frau streng.

»Ja. Und darauf bin ich zur Abwechslung einmal stolz.«

»Was meinst du denn damit, Arto?«, fragte Paul.

»Lavinia hat dir gegenüber doch die These geäußert, dass die Mafia in zehn Jahren die Weltherrschaft übernommen haben wird. Darin stimme ich ihr zu, aber wir meinen nicht dasselbe damit.«

»Kann man darunter etwas anderes verstehen?«, fragte Kerstin.

»Absolut. Der Einfachheit halber teilen wir die Welt in zwei Kategorien ein. Wir leben in der äußeren und in der inneren Welt. In der objektiven und der subjektiven Welt. Könnt ihr mir folgen?«

Mehr als ein Brummen bekam er nicht zur Antwort.

»Ich bin Optimist«, fuhr Arto also fort. »Ich glaube daran, dass der demokratische Gedanke tief in uns verwurzelt ist, tiefer, als wir es selbst annehmen. Ich glaube, dass wir es merken, wenn die Mafia die Weltherrschaft übernehmen will. Im schlimmsten Fall erscheint sie im Gewand des Faschismus, aber darauf sind wir vorbereitet. Daher glaube ich, dass Lavinia sich irrt. In dieser Hinsicht.«

»Aber in einer anderen Hinsicht nicht?«, hakte Paul nach.

»Nein. Wovor wir uns fürchten und in Acht nehmen müssen, ist die Mafia in uns selbst.«

»Amen«, sagte Jorge.

»Es wird Zeit, in den Urlaub zu fahren.«

»Alles handelt immer von etwas anderem«, stellte Paul Hjelm fest.

OPCOP-Gruppe, Europol

Zentrale – Den Haag, Holland:

Paul Hjelm: Schwede und frisch vermählter operativer Chef der Opcop-Gruppe, der zurzeit einen gewissen Bedarf an psychologischer Unterstützung hat.

Jutta Beyer: Fahrrad fahrende Kriminalbeamtin aus Berlin mit einem ausgeprägten Auge für Details, insbesondere für die Fluggeschwindigkeit von Fliegen.

Corine Bouhaddi: Drogenpolizistin aus Marseille. Sie ermittelt neuerdings zusammen mit einem Kollegen, was sie unter Umständen ihre alte Devise »Allein ist man stark« überdenken lässt.

Marek Kowalewski: Polnischer Schreibtischbulle, der sich bei den Opcop-Einsätzen häufig Verletzungen zuzieht. Aber seine neue Teampartnerin bringt frischen Wind in sein Leben.

Miriam Hershey: Britische Polizistin, die sich langsam von ihrer Vergangenheit als Agentin des MI5 befreit und den Sinn des Lebens wiederentdeckt.

Laima Balodis: Ehemalige Mafiaspionin der litauischen Polizei, die keine Lust mehr hat, für suspekte Chefs die Auftragskillerin spielen zu müssen.

Angelos Sifakis: Sanftmütiger, stellvertretender Chef der Opcop-Gruppe, der in den alten griechischen Kolonien Süditaliens ein weiteres Mal in die Hitze des Gefechts gerät.

Felipe Navarro: Ermittler in Sachen Wirtschaftskriminalität aus Madrid, der einen langen Weg gehen musste, um seine Krawatte loszuwerden. Er ist krankgeschrieben und hält sich in seiner Heimatstadt auf.

Adrian Marinescu: Abhör- und Überwachungsspezialist aus Bukarest, der einen ihn überraschenden Kollegen zugewiesen bekommt und mit ihm auf die Insel fährt, auf der das Bier Pietra gebraut wird.

Arto Söderstedt: Finnlandschwedischer Kriminalbeamter, den niemand so richtig einschätzen kann und der zwischendurch behauptet, er sei der Erzengel höchstpersönlich.

Nationale Einheit – Stockholm, Schweden:

Kerstin Holm: Frisch vermählte Chefin des nationalen Büros der Opcop-Gruppe in Stockholm, die unerwartet Einblick in die geheim gehaltenen Aktivitäten der Polizei bekommt.

Sara Svenhagen: Pendelt zwischen Stockholm und Den Haag hin und her, ist aber zurzeit wegen ihres Mannes hauptsächlich in Stockholm tätig.

Jorge Chavez: Bleibt in Europa hängen, vor allem im südlichen Teil, und wird mehrmals gegen seinen Willen zum Äußersten gezwungen.

Am Rand des Geschehens:

Salvatore Esposito: Mitglied des nationalen Büros der Opcop-Gruppe in Rom, der sich plötzlich zusammen mit Jorge Chavez und Angelos Sifakis in der Hitze des Gefechts wiederfindet.

Nicholas Durand: Ein Exknacki und Exjunkie, harter Kerl wider Willen und Miriam Hersheys Freund, der unerwartet zum Gehilfen von Europol wird.

Jon Anderson: Ehemaliges Mitglied des A-Teams, jetzt hauptverantwortlich für die Beteiligung der schwedischen Polizei an sehr geheim gehaltenen Aktivitäten.

Ruth: Eine der herausragendsten Polizeipsychologinnen Europas, die erkennt, welche Konsequenzen eine solche Position haben kann.